盐荒·相思断

YANHUANG
XIANGSI
DUAN

十古不画 / 著

重庆出版集团 重庆出版社

图书在版编目(CIP)数据

盐荒·相思断 / 十古不画著. —重庆:重庆出版社,2021.8
ISBN 978-7-229-15874-3

Ⅰ.①盐… Ⅱ.①十… Ⅲ.①长篇小说—中国—当代 Ⅳ.①I247.5

中国版本图书馆CIP数据核字(2021)第111770号

盐荒·相思断
YANHUANG·XIANGSI DUAN
十古不画 著

责任编辑:袁　宁
责任校对:杨　媚
装帧设计:刘沂鑫

重庆出版集团 出版
重庆出版社

重庆市南岸区南滨路162号1幢　邮政编码:400061　http://www.cqph.com
重庆出版社艺术设计有限公司制版
重庆市国丰印务有限责任公司印刷
重庆出版集团图书发行有限公司发行
E-MAIL:fxchu@cqph.com　邮购电话:023-61520646
全国新华书店经销

开本:720mm×1000mm　1/16　印张:26.5　字数:398千
2021年8月第1版　2021年8月第1次印刷
ISBN 978-7-229-15874-3
定价:68.00元

如有印装质量问题,请向本集团图书发行有限公司调换:023-61520678

版权所有　侵权必究

一

长安又下起鹅毛大雪，城门外的侍卫立如青松，只是眉间已被白雪覆盖，唇色也是冻得发紫。领头的侍卫瞧着暮色渐近，心疼底下兄弟挨冻，便下了令："关城门吧。"

朱红色的两扇城门被合力缓缓关上，开阔的城门变成一道狭小的微光，两门即将合上之际，一支远处射来的白箭卡在了门间。箭尾颤颤，质地柔软，倒不像是能伤及性命的。但众人还是利索地拔刀相护。

不过一会儿，便有一对少男少女出现在城门外。那男的年岁小些，却已见丰神俊秀之姿，一袭青衫下有着与年龄不相称的淡定安然。而那少女戴着幂篱，面庞并不能看得十分真切，只是风吹起黑纱时，能瞧见她眉目如画，秀美面庞却有三分英气，纵使骑着一头跛脚驴，也难掩雍容气质。

少女名叫庄子秦，来自位于大胤朝以南的小国蝶陵。"冰雪突至我们耽搁了些许脚程，实在对不住，劳烦诸位开下城门，行个方便吧。"庄子秦盈盈笑道，仿佛方才那精准拉弓，直击众人之事从没发生过。

领头的侍卫看着他们的装束微微蹙眉："阁下可是蝶陵人氏。为何而来？"

少年点点头："为弈棋而来。"

开口的少年是庄子秦的师弟顾青渊。庄子秦此番日夜兼程，陪着自己的师弟从蝶陵赶到大胤，为的便是大胤三年一度的弈旦评。

这弈旦评本是为各国外交，互相切磋棋艺留下的风俗，欢迎四方来客，但微妙的是蝶陵与大胤朝的战事一触即发。大家本以为，这样的特殊时节，蝶陵必是关起门来，不再和大胤往来，没想到眼前的两人倒是跋山涉水，从千里外冒着风雪赶到了。

皇帝明令过，虽然眼下大胤与四国战事焦灼，但战局是战局，棋局是棋局，切不可因此废了弈旦评传统，即便敌国使者也需礼让三分。想到这里，小侍卫欲重开城门，却被城门吏及时摁住了，他在小侍卫耳边低语："来了有些时日了，怎还如此不上道。"

小侍卫有些茫然，领头的城门吏无奈地摇摇头："皇上的命令不过是为了显出天子气度，但如若此时混入蝶陵细作，出了岔子却是要咱们的脑袋交差。"

小侍卫恍然大悟，却依旧犯难，那眼前这两人该如何处置呢？

"抱歉了二位，我们需按规矩办事。城门到了该关的时刻，便耽误不得。委屈你们在城外将就一晚，明天早些过来吧。"城门吏不动声色地拒绝。

不愧是老到的首领，将棘手的差事甩到明早，那时轮岗的便不是他们。

庄子秦蹙眉，这样的隆冬时节，城外的客栈怕是都已经满了。而如今士兵推诿之意明显是因为他们的特殊身份，明早只怕他们仍会被以各种理由拒绝。想到这儿，她敛起了笑意："若我一定要进呢？"

"师姐，不必为难他们，偌大京郊，总有留宿之地。"顾青渊的性子向来比庄子秦沉稳些，他看出了这群卫兵并无放行之意，他们又卡在刚巧要关城门的尴尬时刻，也就没必要继续浪费唇舌斡旋了。

"也罢。"天色渐晚，再纠缠下去她也不占理了。

想到此处，她牵起驴绳，欲转头作罢，却听拔箭的士兵低声嘲讽。

"蝶陵都快把这天下输了，这两人来此争一棋局的输赢还有甚意思。"

闻此言，跛脚驴的缰绳一紧，被迫停下了脚步。庄子秦回头，清秀的面庞瞬间变得冷厉。

大胤浩浩荡荡举兵犯四国，她这是用尽一生涵养才对大胤卫兵客气含笑。可这笑脸换不来方便，倒换来了敌人的轻蔑。手指一动，腰间的金鞭瞬时握在掌中，她轻轻一挥，金鞭拂在了城门上，便教那城门大开几寸，推开的城门更是撞倒了身形彪悍的侍卫，唯有领头的侍卫受住了这一鞭的内力，勉强立于雪地上。

"姑娘先是阻挠城门关闭，而后又以金鞭挑衅。大胤欢迎四方来客，却也容不得冷箭乱发！"他高声呵斥，剑指前方。

"这样的欢迎，不要也罢！"庄子秦闻言并不罢休，下驴朝着他们走去。顾青渊瞧出了庄子秦的杀意，出声制止："师姐！"

"青渊，"庄子秦冷冷开口，"我答应过大师兄，此行只管安全护送你到京，不可节外生枝。可有些气，我就是咽不下！"

说话间软鞭长啸，激起雪末纷飞，这利落的一鞭眼看就要朝着侍卫打去，忽地不知何处飞出一柄剑将软鞭钉在城墙上，庄子秦一时间竟收回不得。此时众人才发现不知何时有两位青年也到了城门口，其中出手的那位二十五岁上下年纪，清逸俊朗，眉目间却透着说不出的疲惫，这便是庄子秦对廖文列的第一印象了。

只见他身着窄袖白布袍，并未官服加身，但城门吏还是一眼便认出了他，急忙颔首抱拳，眼中除了畏惧也有着几分崇敬："廖大人。"

顾青渊见状，眉头轻皱，手一翻背后的幕篱便到了庄子秦头上，小声嘱咐："别惹事。"

庄子秦拍开顾青渊的手，没有理会他的嘱咐，但也没有解下幕篱。

"不愧是天子脚下。"庄子秦满含讥诮之意，"才多会儿工夫，就把大人物引了过来。怕再过会儿，全天下都会知道，大胤放豪言邀万国来朝，真走到城门脚下了却不敢放行。"

与其说是想进城，不如说她在借题发挥。她摆明了就是要将事情闹大，到时候城里城外的外邦人，都会知道大胤邀万国来朝，临了却不敢放人进城。那大胤的皇帝要被耻笑，守城人要被追究。

"在你们的土地，怕他人进城半寸。在他人的国土，你们倒是长驱直入？"她眼神锐利地直直盯着方才出言不逊的士兵，咄咄逼人，"就凭这样的国风，想让蝶陵输了天下，为时尚早。"

廖文列看了一眼小兵，那眼中有着明显的不满，这是在怪小兵言多必失。

小兵心虚地低下头，也自知是自己逞一时口舌之快，才导致对方这样撕咬不放。如今一品大臣来了，怕是要为两国邦交将自己交托出去。

"姑娘金鞭是能要人性命的。"廖文列并无恼意，说话也是气定神闲，"毕竟你我两国还未开战，算是友邦，这样为难，于蝶陵未必是好事。"

小侍卫心下涌起一阵暖意，大人这话，是护着他的。

廖文列如墨染的双眸向远处不经意般瞧去，庄子秦与顾青渊也顺着他的目光望去，两人像是察觉到了什么。庄子秦不再说话，而是收起了鞭子。

廖文列也没有与庄子秦多言，只是扫了顾青渊一眼，然后淡淡吩咐城门吏："开城门。"

"大人！"城门吏情急，"这女子言行挑衅，下官有理由怀疑……"

廖文列只是摆摆手，制住了城门吏的话："没事，是我说的，开城门。"

城门吏还想说什么，却被廖文列身边的钱兴用眼神制止，最终抱拳道："下官领命。"

城门被缓缓拉开，庄子秦与顾青渊互相看了一眼，牵着坐骑往里走，廖文列则目送二人离去。庄子秦回头看了眼依旧在原地的廖文列，玩味一笑，冲着他们高喊了声："谢阁下！"

"大人不该这样仁慈。"

瞧着小侍卫满眼的不服气。庄子秦只是兀自收拾起自己的鞭子："你们大人不是仁慈，只是比你们聪明。"

城门吏眉头微皱："此话何意？"

"这样的关窍都想不明白，你与你属下这群光顶子也没什么不同。"

此刻消气了的庄子秦收起了鞭子，面目倒又变得柔和，"况且我们有通关文牒，有翻烂了的棋谱。你若是警惕，大可查这些。偏偏你胆小又想省事，懒政的下场就是将事情闹大。青渊，我们走。"

庄子秦抚慰了一下方才受惊的驴子，翻身上去，大摇大摆地进城。顾青渊亦翻身上马，只是临了从包袱里拿出一个小青瓷瓶抛给侍卫："一日两次，不要沾水。师姐的鞭子，即使不沾身，也够让你皮开肉绽。"

说完顾青渊才朝着庄子秦的方向走去。

城门吏瞧着他们走远的身影也终于强撑不住，侍卫们急忙扶住头儿。

"老大，我还是有些不明白。"

城门吏低下头来："是廖大人想得更周全。"

"可是你说过，若是放他们进去，说不定我们也会被追责。"

"这就是廖大人的仁慈之处。"城门吏看着已经远去的车马，眼中带着几分钦佩，"这个风险，他替我们担下了。"

大胤京都，仁义无双的大司农廖文列，因三年前平叛蜀地之乱，而连晋三级，位极人臣，军中朝中，皆是好名声。今日看来，并不是浪得虚名。

而马车上，司农府大总管钱兴眉宇间还带着疑惑。

"在想什么？"廖文列撩起帷帘，瞧着外头苍翠的群山已被附上一层白皑皑的雪。

"这次攻打四国大人是在朝堂上明确反对的。"钱兴叹了口气，深深为大人担心，"皇上认为你有心偏袒那四国，而今你又放了蝶陵人进城。万一正如他们所担心的……"

廖文列笑笑，不以为意："钱兴，连城门吏都害怕细作进城，难道皇上不怕吗？"

钱兴看了眼廖文列满怀深意的笑颜，顿时明白了大人所指为何。

那巍峨的群山，那高耸的城墙，都有无数清风堂的暗哨。

那些高手来如疾风，要人性命只在顷刻间。

真正的细作根本没有机会走到城墙脚下。

春风化雨的宽令背后，早有铁腕做坚实的后盾。

而方才那两个蝶陵人也足够聪明。他们顺着廖文列的眼神早已察觉到城墙后的弓箭手。再闹下去，大胤虽不好看，他们也有性命之忧。

钱兴点了点头，却又苦笑着摇了摇头："即便如此，他们也仍有可能是伪装的高手，大人敢于担下责任，是因为那个少年吧。"

廖文列一愣，眼中似有一瞬的失神，却也没有否认："嗯，最初，他，也是那样的。"

见到顾青渊的那刻，连钱兴也有些恍惚。

那是骄傲弈手的目光，是棋手才有的姿态。再好的细作，也装不出那样的风姿。

"吴大人而今不同了。"钱兴似有感慨，无限伤感，"大人与他走到这一步，属下真是没想到。孙大人选择一直留在蜀地，不回京城，属下更是没想到。"

"过去了。"似乎并不愿意在这个话题上多停留，廖文列垂下眼帘让人看不出心中所想。

钱兴不再说话，廖文列为了灾情的事情，已经心力交瘁了，不必再提这些不可挽回的事，徒增烦恼。

就在廖文列和钱兴相对无言的时候，庄子秦和顾青渊已经在客栈歇下，明日一早再带着文牒去报到。

来大胤的第一夜，庄子秦听着窗外的树枝被厚雪压断的声音，失了眠。

后日便是弈旦评。一个月前，眼见两国战事在即，蝶陵的棋手本没有人愿意来此担风冒险，但顾青渊站了出来，他说自己想下棋，想与高手下棋。

庄子秦身为他的师姐，知道此行危难，但苟且偷安从来不是顾青渊的选择。

而她身为蝶陵三公主，觉得越是这种时候，越需要有人北上中原，为蝶陵赢得一份尊严。于是她出银资助他去往京城，不料顾青渊在路上遇横行的劫匪，将其钱财洗劫一空。是她料到乱世流寇横行，此行怕是不平安，及时追上了顾青渊，一路护送至今。

顾青渊棋艺无双，却向来心无旁骛。对他来说，这只是一次弈棋。

但她有太多私心，对于这次弈旦评，她有不一样的期许。

无论如何，顾青渊必须赢，还需赢得体面又光彩。想到这里，她突然想起从小陪伴顾青渊的那副梨木棋已经在路上损毁。当务之急，必须给青渊物色一副好棋，她要青渊与蝶陵的出场都足够惊艳。

清早，趁着顾青渊前去报名，庄子秦独自游走长安街头。她一身素色白裙，脸上蒙着一块轻纱，遮住了大半面容，尽力让自己隐于人群中，不露真面，可那双眉眼依旧秋波流转，清澈却又有锋芒，叫人望而生叹。撑开一把偌大的丝帛伞，伞面被硕大的雪团扑簌，发着一声声闷响，她朝着外头走去，身后留下的脚印竟浅得不露痕迹。

天气苦寒，长安的百姓大多窝在家中，拨弄炭火，今年秋收丰厚，冬日大可含饴弄孙，乐享天伦。于是大多数的客栈酒楼和寻常经营之地都变得门可罗雀，生意惨淡。

翰轩棋社却与之不同，这个盛行弈棋的世道，即便是这样的恶劣天气，棋社里也围满了弈棋之人。这其中有高手对弈，也有看客喝彩，更有资深弈棋爱好者来采购新的棋盘、棋种。各种声音交织在一起，竟成了冬日里最热闹的光景。

翰轩棋社卖的棋大多由珍贵原料打造，一副造价不菲，却仍处于供不应求的状态。今早，老板摆出十副各自迥异的棋盘云子，不一会儿就被询价疯抢，过了午时，便只剩下这一副棋盘与云子。

这一副棋并非质量拙劣而被遗落，却是明珠暗藏。它分明由玛瑙、琥珀等几十种原料烧制而成，配方一度失传，据说是组织了一批老匠人，经他们回忆摸索才得以复原。但它看着暗淡无光，远不如那几副般仰视如碧玉，俯视若点漆。

庄子秦来到它跟前，拿起它仔细摩挲，这质感让她觉得很是惊喜，在棋盘上一放，发现声音浮而不脆，与这香榧棋盘相配，可说是双绝，这让她满心欢喜。这个大雪的早晨，她已走访了十几家店，始终瞧不上如意的云子。而这一副，终于可以让她安心交予青渊。

正当她想要向老板买下时，手中的云子却叫另一人夺了去。

她侧身一瞥，只见一个男子玩味地瞧着云子，随后更玩味地看着她："小娘子不在家中务事，跑来这翰轩棋社，也是稀奇。"

那男子年纪轻轻，长得虽还算周正，可惜举手投足间皆是纨绔子弟的不正经气，加之他这样调笑自己，让庄子秦着实有些反感。但这是在长安城，看他一身衣物，定是出自贵胄之家，上次她在城门口，说不定已经有有心人盯上，还是不惹事为妙。

思索间，庄子秦将一锭银子抛给老板，卷起棋盘与云子打算离开。公子哥的臂膀却横亘在她面前。

"小娘子好眼力，这出云棋寻常人不识货，看不上也买不起，竟被你捡了漏子。但这棋你不能拿走，我父亲特意命我将它采办回家，烦请抬爱。"公子哥边说着边从庄子秦手中夺过棋子，并给了她多出一倍的银子。

这动作行云流水，他并无一丝愧疚之意，满眼都是理所当然。

庄子秦原本并无波澜的眼神突然有了怒意，她扫视了一番公子哥后边的仆从，习武多年的直觉让她看出男子身后皆是练家子，个个都是以一敌十的好手。对方虽都不是自己的对手，但这里是异国他乡，而且想到自己的使命，她只得按下拳头。

"这棋是我先看中的，公子这样夺人所好可不好。"她巧笑嫣然，虽被面纱蒙住了脸，一双眉眼却足以勾人心魄，"不如这样，我与公子弈上一局，谁赢，这棋便归谁。"

众人一听这话，纷纷大笑起来，那公子哥也满是嘲讽笑意地道："你一个小娘子，哪里识得棋盘？又哪知弈棋的规矩？也罢也罢，你既这么说了，我俞靖览若不奉陪，显得我怕了女人似的。就用这副云棋，一决胜负！"

他话音刚落，棋社中本各自为乐的弈棋者纷纷朝着这边看了过来，"回"字形的楼上上下下共四层，每层都挤满了人，往这边投射目光。

他们见惯了各色高手对决，在这里拼杀得你死我活，但一个神秘的蒙面白衣女子，向向来棋技不弱的俞将军世子挑战，却是从来没有的新鲜事。毕竟这个楼，鲜有女人出入。

双方坐定，各执一色棋子，俞靖览执黑子，棋风稳健，与其人气质大相径庭，倒是这女子下子奇巧，招式诡异，看着竟是更胜一筹的高手。

俞靖览有些诧异地看了看眼前的蒙面女子，再看了看议论纷纷的众人，难不成今天他要成为全京城的笑柄？这样一想，他一下子反倒更乱了章法，失了好大的地盘。庄子秦乘胜追击，与先前的诡异棋风不同，进攻也变得更为激进，半炷香时间，胜负已一目了然。

棋社的小二悉心数子，最终为难地瞧了瞧俞靖览，嘴上虽不敢宣布，但俞靖览输得难堪众人都已心知肚明。

"少爷大意了，老爷说过这棋，你必须拿回去。"手下在俞靖览耳边耳语。

"承让啦。"庄子秦将云子收在梨木盒中，看了一眼俞靖览铁青的脸色，以及身后来者不善的手下，眼珠一动，转身将棋交给老板："烦请老板将这云子给我包起来。"

老板接过棋子，拿起青色麻布，小心折叠一番，交给庄子秦，但此时俞靖览的手下手疾眼快，率先将布包拿走。俞靖览满意地一点头，不顾议论纷纷的众人说道："我不过是陪小娘子玩玩而已，这棋我志在必得。"

"你……"庄子秦胸头涌起一腔怒火，但很快被她压了下去，"公子看着就是位高权重之人，小女子惹不起，这云子就给公子吧。但方才我们弈棋也是整个棋社的人都瞧见的，云子我可以出让，这棋盘，你让给我，算是给方才的弈棋一交代！"

俞靖览看着众人议论纷纷的样子，点点头："也罢，这棋盘归你。"

"谢公子！"庄子秦拿过棋盘，用一块白布包好，"那后会有期。"说话间她已朝着外头飞奔而去。俞靖览莫名觉得有些不对劲，打开青色布包，只见里边的棋子光泽闪闪，他拿起一掂量，轻巧无比。老板定睛一看也着实惊讶："这不是出云棋！"再一看货架底下那排最为寻常的棋空了一格，众人这才惊觉，方才庄子秦将出云棋调了包。待一群粗莽大汉反应过来，她已跃下了楼。几名高手轻功了得，立刻开始追击，众人开始做惶恐的看客。

庄子秦轻功了得，踏雪无痕，在不敢动手露出身份的掣肘下，跑为上计，见他们已从屋内追出，又跃上屋顶，一片片乱瓦砸下，雪末纷飞。

从对面鹤年堂出来的廖文列拿着几个药草包出门，望见对面的景象一怔，一排高手正追逐着一位纤弱的女子。

庄子秦突然见到街上的廖文列一愣。

是他。

他这回穿着一袭素色长衫，不知道的只以为是寻常人家的公子。

昨日她戴着幂篱，他没有见过自己的模样，今日她换了装束，也戴着面纱，并不容易暴露身份。想起他昨日一脸正义凛然的模样，庄子秦突然计上心头。

找他帮忙，兴许可以。

她飞身从乱瓦上跃下，来到廖文列面前。

"喂，你会功夫吗？"她猝然开口问他，彼时大雪纷飞，落在两人的肩头，无声地化开。

他愣了一下才反应过来，看了看女子微微隆起的小腹，她竟还是个孕妇，却在这样的大雪天里被人追杀。

廖文列木讷地点头，点头之际，她把布包掷进他的怀里："里头是我的身家性命，有人要追杀我，你帮我护住它，回头我再来取，可好？"

"好。"他没有细想，只觉这份信任重于千钧，这次他毫不犹豫地点头，"你快走。"

"谢谢你。"她虽蒙着面，但廖文列能从她眼中看见荡漾的笑意，只一瞬间，她便没了影子，只留下一阵若有若无的兰香。

待俞靖览的手下逼近，发现布包已在廖文列手中，眼中的肃杀之意便投向了廖文列。廖文列将布包扛在肩头，拿着药包，只用一只手与众人周旋。

已跑出巷子的庄子秦在拐角处见着廖文列被众人相围，露出得逞的笑。

昨日是他开罪自己，今日又是那群蠢货前来挑衅。如此一来，让他们狗咬狗，自己得渔翁之利，再好不过了。

她想回去客栈，但不知为何，走得并不安心。似乎是因为于心不忍，她回头瞥了一眼战局。廖文列看似敦厚，出招却凌厉灵活，即便是一只手对抗众高手，也有来有往，只是明显他只守不攻，有意息事宁人。对方却个个招招致命，出手越发阴狠。她暗骂廖文列不识时务，眼下这种形式怎可留情。但既然自己脱身了，她便也管不了这么多。

生死有命，算他倒霉。她自言自语一番，给自己的逃跑找了个借口。可也是在这时，廖文列身后的高手将手伸入袖口，指间多出齐刷刷的五枚毒镖，他奋力一甩，那镖投向了廖文列的后颈，却被几颗石子生生拦截，挂到了一旁的老树上。

循着石子飞来的方向望去，还没瞧清楚，甩镖人就被女人一个横踢，脖子脱臼了。廖文列回身，发现她又回来了。这次她不是将身家性命托付于他的小女子，她眼中似有烈焰，掌风带煞，杀气腾腾。两人背靠背护住对方，眼观四路，没了死角，那群人很难进攻，于是只用几招，周围便一片人倒下。

"走。"她握住廖文列的手腾空跃起，两人消失在苍茫的雪空中。

京郊外的破庙里，她终于气喘吁吁地停下了脚步。

"安全了，他们不会追来了。"廖文列将包交给庄子秦，"这是你的东西，还给你。"

庄子秦边喘着气，边摆摆手："不用了，包里不过是几片破瓦，我真正要的东西，在自己身上呢。"说罢她从衣服里拿出云子与棋盘，方才隆起的肚子顿时平了下去。

"原来你方才是骗人的。"廖文列顿时有了恼意，他可是拼了性命想保住这个包袱，"我以为你是落魄的孕妇，也以为你交给我的是极其重要的东西。"

"骗你是我不对，但真的是他们不义在先。"庄子秦悻悻道，"不过你是好人，我在这里赔不是了。"

"他们为何要追你，就只是为了这棋？"廖文列打量着她，眼中满是狐疑。

"对，他们出尔反尔，要抢我这棋。"她的额头竟在这样的冬日沁出了汗，再一看已渐渐暗下来的天空，推托道，"时候不早，好汉，我要回去给我娘生火做饭了。"

"你的招式不是中原的武功，你是昨日在城门口的蝶陵人。"她正蹑手蹑脚想走时，却被廖文列搭住了肩膀。

她早料到自己出手便会暴露身份，没想到还真被内行认出来了。他用了内力，这一搭手让她动弹不得。她若真想摆脱，也不是不行，但只怕会两败俱伤。她回头看了一眼廖文列，平心静气地问道："所以呢，你也想要杀我？"

她这么一说，他反而松开臂膀："你用计将我留下牵绊他们，早可以逃脱，还是选择回来救我，本性不坏。只是你既是蝶陵人，就不要在京城久留了。两国战事在即，你身份特殊，待下去只会更危险。"

庄子秦微微一怔，目光流盼，看得廖文列有些不自在。

"知道我是蝶陵人，竟不杀我？"

"战局之下，都是乱离人，生死有命，谈什么杀不杀。"廖文列将一块令牌抛给庄子秦，"你得罪的是俞将军的世子，他们近日一直在找一副绝世好棋赠予一个朝廷重臣。你这一来，开罪了他们，城门是走不了了。朝西走，给那里的守卫看这牌，他们会放行。"

她接过令牌，牌子简朴粗糙，刻着一个"列"字，她收下令牌："谢了！我这就走，但我想，若是有缘，我们还会再见。"

她走出两步，脚步却又停住了，转身问道："你叫什么名字？"

他犹豫了一下，为难道："我快辞官了，怕生事走不了，今日之事，可以权当没有发生吗？"

她点头，明白了他的意思："好，我不问。"

她终于走了出去，朝西走，不再回头。他看着这个身影，突然有一丝懊悔般问自己：不问她的名字，也不告诉她自己的名字，真的无憾吗？

雪越下越大，覆盖住了天地，覆盖住了他们来时的脚步，就像一切都不曾发生过。

"青渊！"

庄子秦兴冲冲回去时，顾青渊早已面色凝重地坐在客栈里。她一脸不解地放下棋子、棋盘："这是被人欺负了吗？"

顾青渊垂下眼帘，将一纸书信递交给庄子秦："大胤的兵马已经兵临滑台国都之下，大师兄连夜被召，封为主将，驻扎凌河以防不测。"

"什么！"庄子秦色变，滑台是蝶陵的邻国。若是滑台被大胤攻下，唇亡齿寒。下一步，蝶陵与大胤的战役就要彻底打响，而且更重要的不是这个，"已经攻至滑台，那为什么不侧击扰乱大胤后方，却只是驻扎凌河？皇姐她可还在滑台国都之内啊！"

顾青渊没有回答，但答案其实庄子秦非常清楚：是为了所谓的国家尊严。几国曾相互约定，如非本国主动求援，其他国家一兵一卒不得入国界。而滑台曾以为大胤已经是强弩之末，对庄子秦联合两国的提议不屑一顾，如今怕是连求援的信号也传递不出。一念至此她不敢继续想下去，她的皇姐当年嫁给了滑台的王子，后又成了滑台的王妃。滑台有难，以她皇姐的性子怕是也凶多吉少。

庄子秦开始坐立不安，自小最关心自己的家人便是长公主，而如今这位皇姐被困孤城："可恶，大胤军不是才攻下三国，短短数日为何会这么快？大胤莫非非要将我们几国通通赶尽杀绝？"

顾青渊低头抚摸着棋子："师姐你去吧，大胤不会止步于滑台的，我会在棋台上等你的捷报。"

庄子秦停住步伐，有些吃惊地看着顾青渊："你……不拦着我？"

顾青渊轻笑："师姐，你我同门这么多年，以你的脾气我劝你不要以身涉险你会老实留下来吗？"

顾青渊轻轻推了把庄子秦："快去吧，军情如火，差一着便是满盘皆输。"

大师兄稳重有余，需庄子秦这样善出奇谋的军师助阵。

庄子秦点了点头，将麻布打开，露出里边的出云棋："送你的。"

顾青渊一边摩挲一边诧异："师姐有心了，这棋怕是得来不易。"

"你喜欢就好。"她回想起与那个大胤重臣再次相见的场景，紧锁的眉舒缓了几分，"为这棋出了不少事端，磕磕碰碰，也不如当初新了。"

"现在才是最好的色泽。"顾青渊小心地收起，目光不再注视棋子，而是放在了庄子秦身上。顾青渊知道庄子秦眼下十分忧心自己，他只能尽力减轻她心中的负担，一边催促着一边领着她到了马厩旁。

"这回你的小花可能使不上力，骑我的绝影走吧。"顾青渊在自己的骏马旁耳语了几句。

"也好。"庄子秦看了一眼自己的跛脚驴，"别给它系绳，它自会慢悠悠一路寻过来的。"

一边说着她一边翻身上马。

顾青渊望着她远去的身影，眼中满是忧虑。

而庄子秦这一路有了绝影的助力几乎日夜不停，终于到了滑台境内。彼时的滑台早已不见昔日的盛景。滑台国都明显刚刚又经历了一次进攻，城墙头的旗帜在风雨中歪斜，城门外交错横列着大胤和滑台士兵的尸首。城墙上已经来不及填补的硕大缺口与士兵们疲惫的脸庞，无一不说明滑台国沦陷在即。但所幸的是，起码在此刻，他们还没有倒下。

而与此相对的，大胤军却层层叠叠地包围着滑台的国都，不紧不慢地用箭矢和投石消磨着守军的士气，有条不紊地为下一次进攻做着准备。

这群大胤人是打定主意不放过滑台国都内的任何一个人。他们连围三阙一的样子都不愿意做！必须赶在城破之前救出皇姐。

可如何通过大胤的层层封锁才是最大的难题，首先进城门这第一关她便难以过去。

庄子秦寻思着等半夜他们懈怠了可能还好对付些。但夜半时分，竟有一辆大马车往城门方向驶去。

这马车的外帘质地轻软，不像是运送军粮和物资的，如此大摇大摆进城并无躲避的意思，看来里边是个大胤的大人物。挟持着他进城，就容易多了。想到这里庄子秦运镖，马车被卡住，顿时陷进泥潭。前边的车夫赶忙下车探寻究竟，趁着这会儿工夫庄子秦悄然进了马车。她本想拿刀抵住里边人的喉口，却突然愣住了。

里边根本没有什么大人物，只有一群被封住了嘴，满是泪痕的姑娘。

庄子秦瞬间明白为何这辆马车如此矛盾，既要在半夜进城，又敢如此明目张胆。

白天进城是怕有伤风化，光明正大是因为上头许可。

这些姑娘很快就会成为"鼓舞士气"最好的"良药"——军妓。

看她们一个个衣衫凌乱，满脸泪痕，定不是自愿的。庄子秦心中满是愤懑，但局势所迫，她还不能动手。姑娘们面对这个从天而降的少女更是惶恐，但是在她们喉咙发出呜呜声之前庄子秦率先点了她们的穴。

"不必害怕，我会带你们离开，可在那之前，你们得先帮我的忙。"

马车之外，车夫将卡进车轮的飞镖费力地拿去，嘴中骂骂咧咧实在倒霉，遇上这样的晦气事。可是他仔细端详这飞镖，分明是有人故意为之，并不是从地上绞进去的。想到这里，他急忙撩开车帘子，见姑娘们端端正正坐着，一个不少，这才舒了口气。

马车进城很顺利，不一会儿便往军营驶去。这一路庄子秦都横卧在马车上，被姑娘们的身姿挡着。快到军营时，她才起身一个飞踢将人贩子车夫踢滚落下马。

车夫惊恐起身，想高声喊叫时，她的掌风毫不留情，果断了结他的性命，然后抽出腰间的鞭子轻轻一扫，如同利刃一般，解了姑娘们的束缚。

"他死了?!"车上的姑娘虽重获自由，但显然对眼前有些狠辣的女子同样害怕。

"他拐卖妇女，并没有被宽恕的理由。"庄子秦看了一眼车夫的尸首，只淡淡道，"也烦请姑娘们出门留个心眼，历此大劫，同情心还敢这样泛滥，下次我就保不了你们了。"

说完庄子秦将车夫的衣服扒了下来，一边脱着一边问："你们当中有人会驾马吗？"

其中一个个子稍高的姑娘站了出来："我爹从前是马夫，我跟着学会的。"

"好，你穿上他的衣服，只管低头出城门。若是士兵放行自然无事，若是查验，你只告诉这些都是不合格的，需另换一批。"

姑娘点了点头。众人重新上车坐定。驾车的姑娘最后回望了一眼庄子秦，才受教"同情心不能泛滥"，眼下又于心不忍："这位侠女，滑台眼下有屠城之兆，你真的不跟我们一起走吗？"

"先管好你们自己吧。"庄子秦笑笑，眼中依旧神采飞扬，"他们伤不了我。"

马车中的姑娘们哭哭啼啼，驾马的姑娘又心慈不定，庄子秦只得挥鞭一甩，那马吃痛地朝前驶去，这才让众人得以离开。

其实庄子秦知道，这样一群女流之辈，即便出了滑台这样的地狱之城，天下之大，又能跑去哪里？她们怯弱慌神，逐个平安回家何其困难。

但她没有时间了，长姐被困，迟一分有迟一分的危险。

她看到的，不能不当没看到。

但没看到的，她只能自欺欺人，愿她们会有一个好结局。

城门算是进了，早在进城前，她便在滑台城外的墟余山顶拿远视目镜探望过，并绘制了地图。皇姐很可能还在皇宫中，但是皇宫之外依旧封锁严密，她在暗处前进不得。

庄子秦环视着四周，最后视线停留在城下的尸首上。她极目远望，尸首的血迹已经全部凝结发黑，看情况已经放置数日，这些尸首如果再不收殓处理，必定会生出瘟疫。庄子秦一念至此计上心头。

就在她打定主意时，大胤军竟攻势渐息。庄子秦心知机不可失，装作没有发现大胤军暗哨，一脸焦急的模样来到军营边缩头缩脑地探视。

不一会儿，大胤士兵一前一后便堵住了她的去路。庄子秦如同被吓到的农家姑娘一般，尖叫一声想要逃跑，却在慌乱中笨拙地摔倒在地。

看到庄子秦的表现，两位士兵虽然依旧没有收起武器，但脸上明显放松了许多。其中一个看起来比较壮的大声喝问道："你偷偷摸摸看什么呢！"庄子秦一缩身子似乎被士兵的大嗓门吓到一般，带着些许哭腔断断续续地回答："我……我来找我父亲，母亲……母亲她……"说着说着她已经不成腔调了。

此时另一位士兵似乎想起什么,收起了剑,拍了拍胖士兵的肩:"该不会是前段日子抓来的那批民夫家人吧?"胖士兵犹豫了一下但最终没有收手的打算:"管她是不是呢,将军说过窥探军营者杀无赦。"

看着庄子秦听到胖士兵的话语后因为恐惧而瑟瑟发抖的模样,另一位士兵有些不忍:"就一个小姑娘,能干什么。要不这样,她不是找父亲嘛,正好民夫营那边最近损失有点大,送她过去,既不怕她走漏风声,又多一个劳力。"

"这样……"胖士兵顿了顿,看着庄子秦瘦小的模样,心中想着这个体形能当什么劳力,但最终还是不好驳袍泽面子,而且也不愿杀一个手无缚鸡之力的百姓:"也行吧。你起来,跟我们走。"庄子秦畏畏缩缩地站了起来,似乎不情愿地一步步挪向军营,心中却松了口气,放开了一直暗中紧握的软鞭。

刚到民夫营庄子秦就看到有一队民夫被大胤士卒看押着往城下走去,看样子是到了双方约定收殓尸体的时间了,刚才的停止攻击果然是为了此刻。庄子秦二话不说就向那队民夫跌跌撞撞地跑去,一边跑还一边大喊着"父亲!"没跑两步就被两个士兵按倒在地。

押送民夫的士卒的队领注意到这边的动静走了过来:"怎么回事,哪里来的姑娘?"

胖士兵行了一个军礼:"这个女人窥探军营,说是来寻找自己在民夫营的父亲。我们为防止走漏消息,打算将她收押充当劳力。"

面对队领审视的目光,庄子秦如同一个真正的农家姑娘一般缩了缩,目光不断投向民夫队伍中的人。队领叹了口气低声道:"好好的姑娘去哪里不好,偏偏来这种地方。"随即他抬头对两个看押庄子秦的士兵道:"行吧,我这边接收了,她不是看到她父亲在我的队伍里吗?那就让她一起去抬尸体。"

"是!"两人应诺道,胖士兵想了想还是开了口,"队长,需不需要我们代为通报一声?"队领不耐烦地挥挥手:"不必了,来了个女的不知道会生出多少麻烦。先看她能不能活过今日再说,按往日民夫的死亡率，说不定她今天会成为被处理尸体中的一员呢。"

庄子秦浑身一抖，似乎被队领满含恶意的话语吓到一般。队领露出一个凶狠的表情："所以你大可以不听我的命令，我正好少一个麻烦。"

跟随着民夫队伍，庄子秦离城墙越来越近。残破的甲胄、折断的刀剑与破碎的尸体让庄子秦感到一阵阵眩晕。即便戴着打湿的布口罩，强烈的气味还是进入庄子秦的鼻腔，让她几欲窒息。如此惨烈的战场，越发让庄子秦对于庄子楚的安危担忧不已。

终于在夕阳西下时，民夫们搬运好了尸体。随着尸体上的火油被点燃，厚重的黑烟、刺鼻的气味瞬间弥漫开，庄子秦似乎被浓重的气味熏昏了脑袋，晃悠了一下身子后便倒向了熊熊燃烧的尸堆。在一旁监视着民夫们的队领瞳孔不由自主地一缩，往前冲了几步，但最终还是停了下来，面对火焰发出一声轻叹。

而被认为失足坠入火中的庄子秦，此时则借着烟雾和夜色的掩护来到了皇宫。

庄子秦见到庄子楚时两人都愣住了。

庄子秦记忆中的皇姐温婉端庄，艳绝四国，锦衣华服更衬雍容气质。庄子秦出生时便被算出命格太硬，克兄妹父母，因此从小她被寄养在雪谷，与众多兄弟姐妹关系疏离。蝶陵皇室不兴内斗，大多其乐融融，唯有面对庄子秦这个身怀"克兄克父克母"的同胞时十分警惕。但皇姐庄子楚向来不信这些，嫁到滑台之前，她时常去雪谷看望庄子秦，对她照拂有加。

而庄子楚记忆中的庄子秦，白衣如风，率性而为。她虽命格不幸，需流离在外，却又是最幸运的，没有那些森严礼教的束缚，还有世外高人传授武功学识，一生过得自由而热烈。

但此时两人疲惫地坐在角落，一个满头珠翠已去，华服尽是斑斑血迹；另一个蓬头垢面，一身衣物早已瞧不出原本的颜色，泥土的痕迹、烟熏的痕迹、血污的痕迹一层层相互交错着。

"皇姐……"

没等庄子秦说什么，庄子楚反而抢先开了口："你来这里做什么？快，快回去。"

庄子秦握住庄子楚的手，那手冰冷如霜，庄子秦将自己的暖意传递给她："皇姐，我是来带你走的。"

庄子秦说得那样自信，那样胸有成竹。庄子楚知道，皇妹虽时常倔强急躁，但这一次她做了万全的准备。

庄子楚凄然一笑，拂开了庄子秦的手，目光炯炯，这一刻生死在她眼中算不得什么："他生死未卜，我走不了。"

庄子秦一愣，凌乱的大殿、落魄的王妃，她本以为在这风雨飘摇的时刻，自己是皇姐唯一的倚仗，没想到皇姐已将生死置之度外，她才是滑台子民拼死驻守着的精神脊梁。

但外头依旧是四起的兵戈之声，刀锋与血肉颅骨相触，那声响让人惊心。她断不能将自己的皇姐弃之不顾，置身这样的危险中。

"皇姐，你若是遭遇不测，拿什么等滑台王？再不走就真的来不及了。"

进大殿之前庄子秦便知道滑台王生死未卜，而滑台的两个皇子、庄子楚的骨肉则生生在她眼前被刺杀。庄子秦必须带走庄子楚，怕的不仅仅是外边的刀剑，更是担心庄子楚万念俱灰独自赴死。

但庄子楚反而宽慰庄子秦："子秦，你不该这样糊涂。你若是真想救我，此刻，你便不该站在此处。你去蝶陵，去凌河。我等你奋起反击，重新从大胤手里拿回一切。"

"可是……"庄子秦知道庄子楚话至此处，已经没有转圜余地，殿外的脚步声越来越近，她必须走了。

庄子秦将一把小弓弩交到庄子楚手中："这是我进来之前特地为你做的，皇宫的西南角灌木丛下有一个暗口。明日午时我在墟余山山脚下等你，你若是改了主意便过来。"

庄子秦到了窗边，回眸望了一眼自己的皇姐，望着她依旧美艳的容颜，下定决心，下次再见，她必定要让山河换旧颜，让皇姐恢复昔日的荣光。

　　滑台国墟余山脚下，庄子秦戴着白色幕篱，伫立在山头，静静地望着燃烧的都城，望着无数兵器上仍带着血痕的士兵恍如恶鬼般在那个燃烧着的地狱中徘徊。

　　斜晖万道，绯霞尽染。远处有马蹄声渐近，庄子秦有些紧张地望去，却只看见一个浑身是伤的太监下马来到自己面前，手中拿着的则是自己给皇姐的箭弩。

　　来人没有开口，但看得出他是历经九死一生才到庄子秦面前。他一来，她便知道，皇姐不会来了。

　　"王妃说，滑台的子民、士兵还在为这都城流血流汗，她是王妃，没有弃城而逃的道理。"

　　听罢此言，庄子秦苦笑一声，只轻轻点头："谢谢你带来消息。"再看他的伤势，怕是命不久矣，庄子秦不禁问道："你，还有何需要嘱托？但凡我能帮上的一定竭尽全力。"

　　太监淡然一笑，竟不像是垂死之人："王妃说您虽是女子，却智计无双，您是四国的希望，那我在这里，且求一愿。愿您有一日可以让大胤兵退，如若丧家之犬。"

　　庄子秦点点头："好，你等我。"

　　落霞中，几只寒鸦啸声哀长，仿佛也在悼念这沦陷都城昔日的辉煌。

　　断壁残垣、飞溅碎石中，来人失了气息，庄子秦失望地离开了这座城。

　　胤昭十年，大胤皇帝赵深穷兵黩武，命陈嘉元率军讨伐。十月，陈嘉元率十万之众，走水路由淮河入泗水，然后溯黄河西进，不费吹灰之力，便轻易攻破磃磝、滑台、虎牢、金墉四国，又进屯灵昌津南岸，直抵边关，攻打邻边小国蝶陵。

"砰!"一个老兵将手里厚厚的一捆东西随手扔进帐篷打算稍后再整理,搓着手靠近火堆先暖暖身子。同样在取暖的新兵有些不安地向老兵搭话。

"老哥这是新来的棉衣吗?最近的天可越发冷了。"

老兵随意地拨了拨火堆,让火燃得更旺了些:"每年都如此,习惯了。倒是那些大胤人,不知抵不抵得住这老寒天。"

听到老兵提起大胤,新兵显得更加不安了:"大哥你说他们怎么就这么快打下了滑台呢?滑台王妃不是我们蝶陵的长公主吗?为什么都不派人去帮帮滑台人啊?"

老兵一瞪眼:"哪来的这么多问题。就是可惜了长公主,当初我家乡遭难还是公主亲自来赈的灾。本来听说她嫁到滑台后,滑台王对她不错,没想到……世事难料哟。"

"在这儿胡说什么?东西都归置了吗?"一个身材高大的虬髯大汉,板着脸上来训斥。两人立刻站直身子,老兵赶紧回话:"禀徐冉将军,正在整理库存。"

徐冉难得没有计较,只是有些烦心地摆摆手:"罢了,你先帮我取一坛酒来。"

老兵使了个眼色,新兵立刻会意进帐篷取酒:"将军您取酒是要自己喝吗?"

徐冉一瞪眼,老兵知道自己误会了,也是,一向严守军令的铁将军什么时候喝过酒?徐冉接过新兵拿来的酒,最后还是解释了一句:"这是赵将军要的。"

拿着酒回到大营,徐冉将酒往桌上一摆,终究还是没按捺住,开口问道:"赵将军要这酒做什么?"

原本面对着地图沉思的赵睿回过神来,年轻的面庞沉静如水,显出与年纪不相称的沉稳。看到这酒他一直紧绷的脸上露出一点笑意:"这酒,待故人揭盖。"说着他却将酒藏到了柜子后,不再多解释,"徐将军辛苦了,军营现在布置得怎么样了?"

"营帐已全部驻扎完毕,粮食、柴火、衣物等也都齐全。只是……"徐冉犹豫着,赵睿一眼就看穿了徐冉的为难之处:"只是战马的饲料不够,而这萧瑟的冬季寸草不生更是难以寻找补给,若是敌军过了河,我们怕是没有足够的骑兵与他们周旋。"

徐冉点着头,这个事他想了好久,却没有对策:"将军面前,物无遁情,这战马的粮草确实亟待解决。"

"够撑几日?"赵睿沉吟着,心中迅速谋划着已经有了些眉目,但是还缺一个人参详。

"平日用普通干草粗饲料也能凑合,不至于饿死。但若是要冲锋作战就必须用精饲料,我们没有多余的豆饼杂粮,要保持战马的战斗力粮草就只够十日。"

"够了。"知道情况后赵睿反而松了口气,"从现在起除了每日巡逻侦察的马匹,其他的都先喂粗饲料,同时派些散兵去周遭村中,向乡亲们收集些粮草,记住切勿伤民。只要保持住现在的饲料量,我们就能将大胤拦在凌河对岸!"

徐冉见赵睿说得自信还是忍不住劝道:"大人,这些饲料真的够吗?据探子所说,胤朝兵马十万有余,而我们不过一万人马,如果他们强行渡河我们又没有足够的骑兵拦截恐怕无法拦住他们啊。"

赵睿叹了口气不再说话。他何尝不知徐冉说得对,但兵力如此悬殊,也确实再无他法。徐冉明白了他的意思,正要领命而去,刚出帐门就被人一掌打了回去。

徐冉立刻拔刀护住赵睿,警觉地低吼一声:"谁?"

袭击者毫不在意徐冉的提防,大大咧咧地走进帐篷:"这么安排,蝶陵就完了。"赵睿按下徐冉手中的刀:"你可算来了,说说更好的法子。"

进门的庄子秦一身白袍利落飒然,朗朗轩昂,若不是那赛雪肌肤出卖她的女儿身,真像贵胄之家的少年公子。她一挑眉毛:"我借了青渊的绝影日夜兼程,生生快了两天到这儿。刚到你就喊我干活,也不让我歇歇。"

"快了两天？你不是昨天就该到了……"赵睿想到了什么不再追问，只是给她铺上了毯子，"那边可比蝶陵冷多了，你先暖暖。"

庄子秦紧了紧毯子，有些倦意的脸上露出微笑："谢谢师兄。"

徐冉这时才收好了刀，脸上满是尴尬："三公主？你怎么……来了。"庄子秦起身直奔赵睿身后的柜子，拿出了他方才藏起来的酒，笑着道："我来向师兄讨酒。"

"啊？就为了这个事？"徐冉睁大了眼睛，显然是信了庄子秦这随口一言，让赵睿苦笑不止。

"还是这样呆，一句玩笑就哄过去了。我来带你们凯旋，还不乐意了？"

知道自己又被捉弄了的徐冉赶紧摆着手解释："属下当然不是这个意思，只是这是场恶战。"庄子秦知道徐冉并无恶意，但依旧有些被看轻的不满："不是恶战谁来啊。我方才过来已经探看一路，放心吧。这一仗，我不会让蝶陵输。"

说着她晃动酒壶："这坛十年酿让我嗅出了主帅营。有如此好酒师兄不陪我喝一杯？"徐冉看到庄子秦只字不提如何解决饲料的事，脸上已经露出不满，现在看到两人又要去喝酒面色又黑了几分。庄子秦轻笑一声故意向徐冉搭话，"徐将军要一起吗？"

徐冉因庄子秦三公主的身份忍着不满，大声地回复道："大战在即，末将无心饮酒。"

庄子秦伸手掏了掏被徐冉震得有些发痒的耳朵，漫不经心地吩咐："好，不强求。那徐将军你带三千兵甲去河边自青岩起沿河挖六百里壕沟，以防敌军突袭。所有挖出的泥沙全部装袋分批秘密运至中军，三天之内挖不完，军法处置。"

听到庄子秦的安排，徐冉瞪着眼。不准备饲料也就罢了，还挖壕沟，难不成还真想凭这点人马将大胤军队拦在河对岸？想到这儿，他的不满已经溢于言表："公主非军中之人，恐怕没有资格调动我们。"

庄子秦手腕轻转，不知从何处拿出一道圣旨，随意抛给了徐冉，惊得徐冉手忙脚乱地接住圣旨："我父王命我支援前线，位同主将，现在我可有资格调动？"

徐冉面色变幻不定，最终还是叹了口气，双手递回圣旨："不敢，末将领命。"

庄子秦收好圣旨转身向帐外走去："师兄，我们走。"赵睿回头看着满脸憋气的徐冉，还是开口劝解："子秦的话向来只说一半，你习惯就好了。"

徐冉酝酿片刻最终还是放弃了继续进言。他虽然不相信只曾耳闻过的三公主，但他相信带着他们抵抗大胤的赵睿。

然而事实没有让徐冉怀疑太久，自从他挖壕沟，将泥沙装袋运至军营后，原本大张旗鼓做出一副强渡姿态的大胤军队收起了原本浩浩荡荡的军势，除了不断派出骑兵侦察外，大有偃旗息鼓的架势。

徐冉挠挠头，脸上写满难以置信："这……一鼓作气拿下四国的大胤军这就放弃了？"

"当然……不会。"庄子秦故意拉长了音调，"大胤要真是如此轻易中了我的疑兵计，那怎么可能接连拿下四国之地。"

赵睿拍了下懵懵懂懂不得要领的徐冉："我一直跟你说，平日里多看些兵书。这不过是大胤将计就计罢了，陈嘉元这只老狐狸，打算给我们下套呢。"

没等一脸着急的徐冉再开口，庄子秦一眼瞪过去："徐将军，你能不能不要这么一惊一乍的。他将计就计又如何，不如说我要的就是他将计就计。"看着庄子秦带着些许冷意的微笑，徐冉不由自主地汗毛倒竖，小声嘀咕着："聪明人真可怕。"

当日，凌河岸边迎来了难得的平静。

河岸天宇广袤、孤月流光。

庄子秦倚靠在一棵树旁，清澈黑亮的双眸在夜空下神光四溢，赵睿也坐在一旁，斟酌着开口："为何迟了一天？"虽然是问话，但他心中已有答案。

庄子秦也只是默默喝酒，良久才在赵睿的注视下开了口："你不该问这个，我没能带她回来。"

说到这里，她眼眸低垂，似有泪光。赵睿轻轻一叹，他知道，庄子秦那雍容一生却命苦气硬的长姐，不愿随庄子秦逃命。那是蝶陵的长公主，但更是滑台的王妃。她要与她的子民、夫君、儿女同生死。"听闻滑台沦陷时，王子当场血溅金殿，她也在场，不知那会是怎样的锥心之痛。"庄子秦仰头饮尽手中的酒，长叹一声，"我只盼着她尚有锥心之痛，尚有复仇之心。怕只怕经此一战，她心如死灰，做了傻事。"

赵睿看着庄子秦失落的样子，憋了半天才憋出一句话："别担心，你说过的，这一仗我们能赢，到时候反打到滑台去定能将长公主救出。前日是我大意了，没想到他们攻下滑台之后短短数日就兵临边境，慌忙之中险些露了底。"

庄子秦摇摇头："这不怪你，没人能想到陈嘉元拿下滑台后会不顾后方，突然发兵蝶陵，还多亏了你反应迅速才将他们堵在对岸，不然一旦大军渡河我们就毫无胜算了。"

赵睿想起庄子秦的布局，不由得露出了笑意："你让徐冉多挖的两万袋泥沙，我在上面一层铺上了粮米，当众清点入库。他会以为我们口粮充足，定是人马众多，不敢轻举妄动。"两人相视一笑，对饮一杯，毕竟同窗多年有些事尽在不言中，"也多亏了子秦向来知敌。"

庄子秦望着星空，眼神中充满了迷茫："我哪里知敌，我最不知敌。我不知大胤国泰民安，为何要劳师动众，攻打诸国；我也不知被灭了的四国为何不合纵连横，滑台甚至直到最后都不愿接受我们的帮助。最后剩蝶陵形单影只，苦苦支撑。"

是啊，如果不是四国相互猜忌离间，何以会让大胤长驱直入，逐个击破，最后唇亡齿寒？赵睿叹了口气："好在蝶陵士气犹在，大胤又对蝶陵的气候不熟悉，需要休整，我们还有时间。"

"这个时间够我们做很多事。"庄子秦眯起了眼睛，狡黠一笑。

赵睿知道她已经做好了谋划："你预备做什么？"

庄子秦不答反问："你觉得陈嘉元现在在想什么？"

"他还能想什么？不过是如何打赢我们蝶陵。"赵睿未加思索便答道，随后看到庄子秦认真的模样便回过神来，"你是说……"

"这句话我只与你讲。其实对大胤而言，攻打蝶陵从来不是一个能否胜出的问题，而是愿意付出多大代价的问题。"

赵睿看着对岸绵延不绝的军营，心中涌起一丝无力感："是啊，我们兵力太过悬殊，只要对面下定决心，即便强渡攻城也足以冲垮我们的防线了。"

"但他们没这么做，陈嘉元是南征北战的老将，这一战，看得出，他想用最少兵力拿下蝶陵，所以他不敢渡河强攻。"

"既然他们希望完胜，那么自然要挑最薄弱的地方进攻。"

"而凌河隔绝两军无法直接探得虚实，那么最好的办法就是逼我们自己展示。"

"搭桥。"

大胤在对面搭桥，蝶陵这方是一早就能见到的。

若是蝶陵兵力稀少，定会害怕他们搭桥后方便冲过来强攻，所以一早便会出手毁桥。

若是蝶陵与之兵力相差有限，那么蝶陵便没有毁桥的必要，大可以在大胤渡桥一半时，进行攻打，毕竟蝶陵比他们更善于水战。

所以搭桥，便能看出蝶陵真正的兵力。

"妙啊。"

两人一人一句，虽然夸着大胤的奇谋，两人脸上的笑容却越来越明媚。

"这桥肯定要拆，但不能由我们来拆。"赵睿眺望着对岸不断将木材运到河边的大胤士兵，意味深长道。

庄子秦抬头望着天，依旧胸有成竹："说起来，已经是深秋了。"

"给你一百人，同时我带其他人从今日开始准备投石器、箭矢的材料。另外让徐将军带领两千人马于河岸巡逻，以防大胤声东击西。"听到庄子秦没头没尾的话，赵睿却一下子便从蝶陵的万余人中划走五分之一用作巡逻。

庄子秦站起身，随意地拍拍身上的灰尘："好嘞，师兄你就等我的好消息吧。"

远在京城，有些人却不这么看。赵深坐在龙椅上，看着群臣，他身后有一垂帘小室，垂帘里的凤椅上并未坐人。但赵深瞥见那垂帘，眼里有说不出的厌恶。想到蝶陵一战之后形势就将逆转，他又不禁涌出一丝快意：陈嘉元已到蝶陵边关，以他的战略谋局，不出一月，便能攻下蝶陵小国。

"廖爱卿。"

"臣在。"廖文列恭敬出列，深深地低下头，眼中满是不安。他知道皇帝心中的打算，果然赵深说出了他最担心的事。

"陈嘉元此战尤为关键，你身为大司农，定要周全好前线的粮马之事。"

这一年，廖文列已经多次劝阻出兵征讨，始终没能使赵深回心转意。他起身准备再劝说一次，却看见赵深眼中的凛凛寒芒，他知道自己无论说什么都无济于事了，只好默默地一躬身："臣遵旨。"

早朝已毕，廖文列离开大殿的脚步显得分外沉重，就在廖文列思量着前线粮草之事如何解决时，一个熟悉的声音打断了他的思绪。

"廖司农，边关路远，十万大军，这里面所需的粮草恐怕要让你为难了。"

廖文列转身瞧了一眼出言的吴江冷，言语中满是冷淡："不劳太尉费心，府库里虽不充裕但也足够一月之用。陈嘉元是陛下欣赏的良将，一个月内他定能攻下蝶陵。"

吴江冷早已经习惯了廖文列的冷淡，眼中却仍有一丝失落："良将啊，可惜陈嘉元也只是一员良将。此番全天下都等着他大胜而归，恐怕对他一贯谨慎的性子而言反而不是好事。"

听着吴江冷的话语，不祥的感觉如急鼓般敲在廖文列心头，他的神色不由得越发凝重。

"我奉劝司农一句，事缓则圆啊。"吴江冷说完，不待廖文列反应便转身离去，只留下廖文列一个人在原地静静思索。

天渐渐放晴，蝶陵士兵看到犹如阴云一般不断逼近的木桥被冲毁了都欢呼不已。前几日庄子秦观天象料定这几日必有暴雨，表面上蝶陵士兵准备石器、箭矢，不出手毁大胤的木桥，一副准备在他们渡河时一举拿下的假象，实际上却是用这些材料在凌河上游垒砌堤坝，暴雨一来，凌河年年秋季为人所苦的凌汛却成了对敌的利器。这些材料被大雨冲向大江，消失无影，大胤无从查起，只会当这是天意。

大帐之中原本雀跃的气氛却因为一个消息的到来，变得分外沉重：滑台的王妃，蝶陵的长公主在滑台城破、滑台王身亡之际，刎颈自尽追随滑台王而去。

听到探子传回这个消息，庄子秦摔碎了手中的酒杯。她抓起探子的领口，睚眦欲裂："你再说一遍！若敢乱报军情，我必叫你生不如死。"

探子不再说话，只是掏出一支带血的金步摇，庄子秦见到这支金步摇就知道自己最不愿接受的事已经发生了。

她拿过金步摇，狠狠地捏在手中，上头暗红的血和着她的鲜血滴在了地上。她闭眼，两行泪落下，再不见昔日玩世不恭的神情，脸上只有仇恨，嘴里咬牙般吐出三个字："陈嘉元。"

赵睿轻轻拍着庄子秦的背，像是无声的宽慰。徐冉闯进营帐，见此情景像是明白了什么，本该禀报的他顿时噤声。但庄子秦擦了擦泪，干脆利落地命令："说。"罢了她便撩袍坐下。

徐冉一愣，道："先前是在下莽撞了，有眼不识泰山，现在想来惭愧得很。没想到公主处处料敌先机，这不，现在他们造桥一事功亏一篑又要重新开始。"没想到徐冉话音刚落庄子秦和赵睿双双盯着徐冉异口同声地发问："重新开始？"徐冉被两人的气势吓得倒退一步，歪着头没想通两人为何如此激动："是啊，他们的桥被我们前几日偷偷造就的堤坝蓄水冲毁，现在他们自然要从头开始造桥。"

赵睿立起身子，按着头思索着："自古以来就没有被看穿的战法再用一次的道理。更何况造桥本就不是什么讨巧省力的法子，这其中有诈。"

庄子秦也站起身来不住地来回走着，眉头越皱越紧："现在起加派人马盯紧大胤的一举一动，还有我要知道他们从两军对峙以来的所有动向！任何消息都可以！"徐冉也终于意识到事态紧迫，甚至连一句多余的话都没有就飞奔着安排去了。

大帐之中各种军情堆积如山，庄子秦和赵睿埋首于案卷之中不断翻找着这些日子里大胤军队动向的记录。徐冉一头雾水地帮着两人整理书卷，时不时地按两人的吩咐找士兵们确认情况。连日不眠不休地查找下来庄子秦脸上满是倦容，衣衫也显得凌乱不堪。突然庄子秦脸上的倦意一扫而空，她拿着一份案卷拍案而起："原来如此，原来如此！师兄、徐将军！你们可见过大胤有大批骑兵归营的消息？"

赵睿，徐冉对视着摇摇头，这些日子他们已经对这些记录翻看过多次，并没有见过大批骑兵回营的记录。庄子秦深吸一口气，向二人展示了手中的案卷，看起来陈嘉元能势如破竹连破四国并不是没有道理："这里记录着，八日前大胤曾出动过近五千骑兵分散探查凌河。"

徐冉没有看出这其中有何不妥："可是公主，这里记着这些骑兵出营后便分散各自探查去了，探查的地方也不一样，八天之后，也都陆陆续续回来了。"

赵睿却明白了庄子秦的意思："不，不可能。现在双方沿河对峙，骑兵出动得少，我记得他们这次探查加起来也没有五千之数。"

庄子秦深吸一口气，脸上已经满是寒霜："问题是这五千骑兵离开八天到底去了哪里？"

赵睿心中一惊摊开地图沿着凌河上游一路找去，直到看到一个地方，于是一切都变得顺理成章。赵睿声音苦涩地道："这五千人马我想就是大胤最出名的虎步军。他们以造桥作为障眼法，让我们将目光、精力放在这里，虎步军趁机从上游绕行，偷袭我们后方的村庄，迫使我们回击。"

庄子秦死死地盯着地图，脑海中浮现出村庄里无辜百姓惨遭屠戮的景象，眼中有火光闪过："而我们一旦为了守卫村庄调动兵马回防，会削弱岸边防御不说，恐怕这一番调动我们的真实人数也会暴露……徐冉将军，我们之前坚壁清野的行动进行得如何了？"

徐冉大张着嘴，没有想到大胤军队竟然如此大胆："这个，因为之前前线需要人手，现在只有部分村落的村民进城避难了。"

看着庄子秦和赵睿越来越差的脸色，徐冉跪在地上，满是悔意："将军、公主，我有负于你们，没有完成你们的安排，以至于百姓即将受难。"赵睿赶快扶起徐冉："是我没有料到他们会这么快。"

庄子秦脑海中突然闪过一个大胆的想法："比起后悔，怎么补救更重要。师兄，他们奇袭必定轻装简行，身上最多不过十日口粮，来后必定会劫掠散兵村庄补充粮草，你不必与对方交锋，只要在三天内撤出村民不被虎步军劫掠到粮草即可，可以吗？"

徐冉一句"不可能"还没说出口，赵睿已经答应下来："可以。你打算怎么办？"

庄子秦没有怀疑赵睿的承诺，眼中闪烁着凶光："既然他们敢偷袭我们后方，那不妨我们也以其人之道还治其人之身。"

赵睿知道大胤的粮台安在山上居高临下，易守难攻，但同样没有怀疑庄子秦是否能做到："需要什么？"

"一千精兵，一天时间。"

赵睿立刻签发了军令："什么时候动身？"

"明晚，不需要盔甲只需要黑衣，另外多备点火油，我要烧他个通透！"

等到两人说完徐冉方才反应过来："三公主不可啊，你怎么能以身犯险。而且凌汛刚过，河流湍急你怎么过河？更何况对岸大胤军队虎视眈眈……"

还没等徐冉说完，庄子秦便打断他道："徐将军，我只问你信不信我。若信我便当作什么都没有发生，这便是对我最大的帮助了。"

徐冉咬着牙，对于自身的无能无比痛恨："祝君武运昌隆！"

大营中充斥着一片金属碰撞的铿锵之声，从大营一直传到了对岸。庄子秦若有所觉地抬起头，望向大胤军营的方向。

"公主，咱们真的要从这里跳下去吗？"一个士兵看着湍急的瀑布有些畏惧。

庄子秦斜睨士兵一眼："这么游过去就让大胤人射成筛子。你和我一起给其他人做个示范。待我们过去后余下的人五人一组按一样的法子过来，我们在对岸集合。"说着她示意其他人拿出之前准备的芦苇管，带着几个士兵抬着一根浮木潜下水去，借着浮木的浮力就这么顺流而下缓缓渡到了对岸。

大水刚过，凌河上本就漂着些许浮木，庄子秦就这样当着大胤士兵的面大摇大摆地过了河。等到所有人都过了河，时间也由正午到了日暮西斜时分。草草吃过东西，望着渐黑的天色，庄子秦一挥手，所有人都沉默着穿上了单薄的黑衣。此行，有死无生。

陈嘉元站在点将台上，看着夕阳下来来往往为明天渡河做准备的士兵。"大人，将士们士气高涨，明日一战我军必将大破蝶陵。"副将向陈嘉元汇报了开战的准备事宜，但之前自信十足的陈嘉元脸上却没有任何喜色，副将心中一紧，将所做的准备又想了一遍，并没有不妥的地方，"大人，还有什么准备不足的地方吗？"

陈嘉元仿若才发现副将一般，回过神来："不，没什么，此次奇袭，即便被发现也能够牵扯蝶陵的注意力，此战必能拿下。"只是蝶陵真的会如此束手就擒吗？最后一句，陈嘉元没有说出口。回想起这几日蝶陵的表现，陈嘉元心中的不安难以抑制。

"大……大人，不好了！"陈嘉元话音刚落，一个衣衫褴褛的士兵就跌跌撞撞地冲到了他面前，陈嘉元看着士兵身上隐约焦黑的痕迹心中闪过一丝了悟："原来如此！"说着他便冲上瞭望塔，向粮台方向望去，血红的夕阳下远处山坡上的些许光亮是如此不起眼，陈嘉元却只觉得那把火焰就燃烧在自己眼前。

副将一把拉起前来报信的士兵，大吼着："说，到底是怎么回事？粮台好端端的怎么就被烧了！"

士兵刚逃出生天，又被副将这般一吓，哆哆嗦嗦连话都说不利索了："将……将军，是蝶陵。蝶陵人打……打过来了。"

"胡扯！"看着士兵又被自己吓得浑身一抖，副将按下自己的怒气，"这山与他们隔着一条凌河，他们如何跨？就算跨过了，我们居高临下，坐拥地利怎么就守不住？"

"大人，他……他们不知道用了什么法子渡过凌河。兄弟正在准备出战没有防备……"士兵看着葛副将眼中越发浓重的怒意，不敢继续说下去。

"两军对垒，你说没有防备？"

"罢了。"走下瞭望塔的陈嘉元打断了葛副将的叱骂，"有这个工夫不如想想对策。"

"将军，现在我军粮草已经被付之一炬，继续待在此处也无以为继，不如退回滑台也好补给一些，暂时维持将士们的生活，然后再向皇上请求安排粮草。"

陈嘉元想到之后皇上将会因此受到的压力，不禁深深叹息："只能如此了，号令全军，准备退兵！"

二

京城司农府中，廖文列看着手里的信开始发愁。

大寒刚过，长安迎来第一场飘雪。北风凛冽似剑，寻常布絮难以蔽身，于是偌大的长安街头鲜有人烟。一个小厮戴着斗笠，行色匆匆地前往司农府邸，鹅毛大雪浸湿布衣，他来不及抖去肩头的雪，只护着手里的一封信。

司农府邸的炭火烧得正旺，连带着瓦檐难积寒霜厚雪。那雪落到瓦上，顿化为雨水沿着屋檐滴落。大司农廖文列站在窗边，听着雨水滴落到阶前，门外枯枝败叶皆被大雪覆得无痕。许久之后，管家钱兴前来禀告："大人，临安来的信。"

廖文列神色一凛，接过这封信，虽因路程遥远，信纸已被折揉得有些破旧，但这样大雪封山的日子，上头的字没有被洇湿丝毫，清晰可见。他及时叫住下属钱兴："送信人不易，多添几两银子。"

钱兴点头退下，廖文列细细读着信上的内容，温和的脸庞上再添霜意。

那信，来自临安，杏花深巷。

二十辞家颜色故，破窗草兀风雨寒。

单这两句便足以让他钻心之痛。他瞧了瞧自己的司农府邸，比之别的二品官员，已算是雅致简朴，却终究也有掩不住的雍容。这么多年，家书也好，他亲自回乡也罢，都是为了说服老母随他来京都颐养天年。老妇人安土重迁，始终不愿随他入京，更是屡屡催请他辞官回乡。他上书多次陈情表，却得不到皇帝的同意。谨慎如他，亦不敢强辞回乡乱了纲常。

他打开书房精巧的抽屉，将这封家书收入其中。抽屉里已有厚厚一沓泛黄的信纸，每张信纸的末端无一不是一个"归"字。

这三年，他一面慑于皇权，行事谨慎，不敢惹怒龙颜，一面却耳听得战鼓擂擂，那鼓是临安的老母敲击。她宣战的分明不是他，而是当朝皇帝。她宁要她的儿子解甲归田，务农为本，也不要他居庙堂，效忠胆。

终于这一年皇帝兴兵，不顾与他昔日的交情承诺，他也终于下定决心，屡次上奏陈情表。这次，廖文列也还是提笔在墨盘上蘸了蘸，如同之前每一次收到家书时一样写起了"陈情表"。钱兴静静地站在一旁看着，等到廖文列写完后才开口："大人这是第八封，这一封应该照旧会被退回来吧。"

廖文列收起笔将陈情表装在信封里："钱兴，你觉得我该辞吗？"

钱兴看着廖文列犹豫不决的样子笑答道："大人一面放不下对百姓的责任，不愿辜负皇上的信任，一面又不愿让老夫人担忧。如此犹豫不决又怎能成功请辞呢？"

廖文列一瞪眼，佯装发怒："你也开始笑话我了。"

不多时，一个差役拿着一份公文匆匆走了进来："大人，关中来的急报。"

钱兴接过公文，递给了廖文列。看着信封上的官印以及"加急"二字，廖文列脸上的笑意收敛了起来。钱兴看廖文列看完信久久不语，只好出声询问："大人，发生什么事了吗？"

廖文列将看完的公文递给钱兴，言语显得沉重万分："关中洪涝泛滥，冲毁了不少田园房屋，百姓流离失所急需救援。"

自从廖文列任了司农，钱兴每年也常听见这些消息，但这一次心中依旧不好过："关中闹大水倒也不稀奇，每年这个时节总有几处不太平。"

廖文列看着公文里描述的灾情，愁眉深锁："若是平日，我自然开仓赈粮，也无大碍，怕只怕今年……"

钱兴当即会意，廖大人已经为军粮短缺的事头疼有些时日了，现在又有灾情亟待救助。

廖文列犹豫了会儿，看了看外头的风雪，披上狐裘斗篷，临出门看了眼桌上的陈情表，将它放进了抽屉，转身出门离去。

一位年迈的公公迈着碎步来到宫门前，将在门口等待的廖文列引进皇宫："廖大人，皇上有请。"

廖文列正了正衣冠，望着熟悉的宫殿，心中百味杂陈。他低着头默默无声地随着公公走着，一声清脆的长鸣却让他止住了脚步，忽地抬头，见到在冬日惨白的空中翱翔着一只飞鸟。

迎着天幕里铺天盖地般的鹅毛大雪，那只白色的鸟不但没有畏惧风雪，反倒展开羽翼长鸣不断，一身羽毛在雪花中白得越发耀眼。

公公见后头没了跟随的声响，亦停下，好奇地回身顺着廖文列的视线望去："廖大人，还有些路，怎就停住了？"

廖文列指着大雪中一飞冲天的白鸟，语带敬意地询问："公公，你可知这是什么鸟？是宫中何人所养？"

公公瞥了一眼，心中就有数了，在这宫中不在笼子里养鸟的也就只有那一位了，嘴里却只是推说："老奴也不知道，兴许是哪位宫人闲来无事偷偷喂着的野鸟吧。"

廖文列不疑有他，这鸟有这击风搏雨的气概，又怎么会被这宫殿给困住呢："大雪封山，即便是人，街头也难觅影踪，幸好有它，才觉着世间依旧生机。"

年逾花甲的老公公凝视着风雪中盘旋的白鸟，继而长叹："老奴哪知什么生机，只是老奴能听出这长鸣乃哀鸣。它啊，要是再放不下只怕是熬不过这个冬天了。"

廖文列这才察觉这鸟鸣虽然有着不屈的气势，却带着些疲惫："所以，它这是快死了吗？"

公公收回目光不再看那只鸟，摇了摇头示意廖文列跟上："都有命数，此鸟天性自由，天下之大何处不比这里自在？可惜了，它怕是在这里有东西放不下。一双翱翔天际的翅膀天天在这里吹着风雪，又怎么活得久呢？"

廖文列见他启程，最后望了天空一眼，便也加紧了脚步，前往流玉阁。

流玉阁里氤氲着木檀香气，皇帝顾长的身影隐于书幌后，听见外头的脚步渐近，他放下手中的奏章，静待来人。素衣绾髻的宫女替廖文列取下斗篷，廖文列走到书案前，跪叩一声："微臣参见陛下。"

赵深伸出一只手虚抬："不必多礼，起来吧。"

廖文列起身尚未开口，赵深便带着玩笑般的语气询问："这么晚来找朕，总不会又是请辞吧？"

廖文列一躬到底："陛下见笑了，这次不是为了微臣的私事。微臣刚刚收到关中的加急公文，今年关中又遇大水，不少粮仓遭遇损毁，如不及时救济恐怕会产生饥荒，希望陛下能拨给粮食安抚民众。"

赵深面上笑容未变，眼神却逐渐变得冰冷："你是管盐铁粮之事的，最清楚各地盐粮的情况，你告诉朕赈灾之后还能剩多少粮，还够干些什么？"

赵深虽是询问，但话语里没有一点疑惑的意思，廖文列自然也明白赵深意指前线粮草，只能沉默以对。

"三日，我限你三日内准备好送至前线的粮草。"赵深的手在案台上敲了敲，像是强调。

"臣遵旨。"廖文列没有继续进言，这让赵深有些意外，他继续强调："廖司农，朕说的是三日，多一日也不行。"

廖文列低着头神色难测："是，三日内，臣必安排人手将粮食送至前线。"

赵深心下松了口气，语气也缓和了不少。

他何必对廖文列这般严苛呢？

三年前可是廖文列血战川蜀，为自己拿回兵符，也是从那之后，自己才有了和太后抗衡的筹码。

他答应过廖文列，川蜀一役，百姓苦楚，至少休养生息五年，莫再兴兵了。

可是太后、国舅一党垄断商行，更是对自己一手培养的清风堂虎视眈眈。他再不向外扩张势力，只怕要重新回到那些受掣肘的年岁，于是他背弃了自己的诺言。

他是君，而廖文列只是臣，又能多说什么呢？

君威在上，廖文列只是任凭调遣的忠臣良将。

廖文列出了流玉阁，外头风雪依旧，只是那只鸟早已没了踪迹，生死不明。

京都满城的梅花馥郁扑鼻，弈棋大赛如火如荼地进行。长安城里，窄衣小袖、广袖华服，各色头饰，不同的邻邦男子络绎不绝，行色匆匆，无不为了这场旷世的大赛。大胤皇帝治国向来"文武并重"。他不似有的朝代马背得天下，重骑射打仗，平定四方，却蛮性十足，百姓不知礼义；也不似有的帝王怕武将功高盖主，重文轻武，以致国家白白被铁蹄践踏，屈辱谈和。

他一方面提拔武将，官至三公，一方面重视智谋，发展棋艺，以此识出一些人才。

几轮拼杀撕咬，终于到了最后。只是这最后角逐赢出的两位实在有些出人意料。他们既不是东瀛的高手，也不是本朝的人才，一个是巴蜀普通的客栈老板，另一个则是来自小国蝶陵的顾青渊。

虽然弈棋大赛欢迎四方来客，但终究身份特殊，若是让蝶陵赢了去，国威不再。眼前夺魁的要变成蝶陵一个无名无辈的小卒，赵深赶忙召见吴江冷。

"本以为三甲都会是本朝人氏，没想到半路冒出一个蝶陵的小子。越是这种时刻，我越是要对他礼遇有加，只是若让他得了头筹，怕是我大胤会叫天下人耻笑。"

吴江冷听罢此言，知道了皇帝的意思："陛下的意思是，让我出战迎敌？"

"是的，除了你，再无迎敌之人。我知道你早已不屑这些游戏，但事关国威，太尉切不可任性。"

吴江冷点点头："臣愿一试。"

弈棋擂台边围着无数尚不知前线战事的看客百姓，他们摩肩接踵，将自家孩儿高高举过头顶，朝着擂台遥遥相望。押注台两旁立着各自写着"大胤""蝶陵"字眼的旗帜，旗帜下桌子上的铜钱银两已经堆积如山。对于在天子脚下安居乐业的百姓而言，战争饥荒那都是千里之外的事，哪有眼前的棋赛重要。

而在众人视线汇集之处的弈棋台上，一个破衣烂衫的少年，和一个高冠玉面的良将。两个人相对而坐，视周围无数达官贵人如无物，就连一边高台上到来的皇帝也不能引起两人的丝毫关注。

赵深坐上高台，笑着问身边的太后："母后，现在他们两人战况如何了？"

太后笑着点头，话中却意有所指："这棋布错峙，两人打挂十三次，交战半月有余，今日也该决出胜负了。皇上啊，看来我们可不能小瞧了这天下英雄。小小的蝶陵就这般人才辈出，你还年轻可以缓缓图之。"

赵深低头称是，心中却不以为然，回身看着棋局，沉思良久，突然一拍掌："果然妙啊，难怪能逼退我大胤诸多国手。果然这天下万事，不做过一场都难有定论。只可惜这人才虽颇为难得，但出生在蝶陵便注定了眼界有缺，太后以为如何？"

弈棋台上，此刻如同隔绝了一切纷争，天地间只剩黑与白一般。烛台里的香已燃尽，棋局厮杀惨烈，黑子、白子数目不分上下。吴江冷修长的手指拿着一颗棋子在棋盘上方徘徊许久，最终看了看少年顾青渊，落子。顾青渊澄澈的眼神突然暗淡了许多。吴江冷一颗颗将对手的棋子收起，抛入梨木盒中。顾青渊深吸一口气，将手盖在棋盒上："此局已无子可下，算数目吧。"

半月来的交锋让吴江冷对这个年轻的蝶陵人有了几分好感，而他用的出云棋更是自己半个月前看中，托俞家人去寻的，不知为何，最终他们没能把事办成。而今这出云棋在顾青渊手中，吴江冷不恼反有些宽慰，它配得上顾青渊，顾青渊也配得上它。

想到这里，吴江冷出言劝说："棋盘上尚有大片空余，小兄弟仍可一战。"

顾青渊坦然一笑，转瞬间便把输赢放到一边："不必了，看似仍有余地，但以你的功力，我下了也是死棋。"说着他站起身向着高台施了一礼，高声道："陛下，是草民输了。"

顾青渊起身时目光扫过远处一个急急忙忙和护卫交涉的士兵，回身时嘴角微微上扬："这一局终于结束了。"却看见吴江冷脸上带着与自己一样的笑容："不，这一局才刚刚开始。"

"你叫什么名字？"殿前赵深笑容满面地问他的名字。

"蝶陵，顾青渊。"顾青渊声音很轻，却不卑不亢。

"这是赏赐你的，这次你与吴爱卿能有这样精彩的对局，真是让我们开了眼界。"

少年将赏赐之物抱在手里，看了看吴江冷，眼里虽有失望，但更多的是真诚的敬佩："大胤确实高手如云，我服。只是战争日益激化，再不是那种悠悠闲闲下棋的清净世道了。"

少年此话一出，众人哗然。他本就身份特殊，偏偏还敢提及"战争"二字。

皇帝忖度一番，仍保有风度地回答："棋如战争，我们军队中有许多棋道中人，围棋本就出于军伍。你小小年纪就下得如此好，想来心中自有一番天地，日后必成军中大将。"

少年摇摇头："下棋与战争关系不大，棋有规则，双方只能你来我往，而战争可从来不会局限于这小小的方圆之内……"

吴江冷知他再说下去，皇帝的笑怕是绷不住了，急忙抢过话道："既是棋赛，便不要提这些了。青渊小兄弟谦让，臣获胜不过侥幸而已，假以时日微臣恐怕就不是对手了。"吴江冷一副后怕的样子，脸上已经显出几分疲意。

看来吴江冷的年纪确实不小了，若是能入皇室……赵深脑中这个念头一闪而过当即笑道："赢了就是赢了，爱卿已经位列三公，朕也没有什么好赏你的，只是你今年二十有几了，空空荡荡的宅子，没想着添个家眷？"

吴江冷神色一凛，长袖下的拳头已然握紧："微臣长年征战，见惯了生死。算命先生说我鼻有三曲，准头尖薄，有妻，似无妻，注定孤苦一生，谁嫁我，便不得善终。所以，我还是不祸害人家了。"

他是何等恭谨谨慎之人，早已听出赵深的言外之意，却还是将话说得这样死。赵深又如何听不出他话里的拒绝之意，眉头一皱再劝道："太尉饱读诗书，何苦信怪力乱神之言。男婚女嫁，本就是人之常理。说起来我这皇妹在深宫里也不知不觉到了出嫁的年纪了，吴太尉你……"

正在此时一个禁卫军走上前来："皇上，前线急报。"

赵深心中一跳，前两日陈嘉元才在凌河边被迫退却，不应还有什么急报才是："说。"

禁卫军定了定心神："皇上，陈将军撤退途中被蝶陵伏击，全军溃散，陈将军生死不明，蝶陵军乘势反攻现在滑台已经失陷了。"

"什么？"赵深几乎不敢相信自己的耳朵，立刻下令，"立即令蜀地知州汇集兵力，交由远征军葛副将统领，务必拦住蝶陵军！"

"慢着。"然而一个声音毫不客气地打断了赵深的话，淡然的话语让赵深越发烦躁，"皇上，这是军国大事，这么草率处理恐有不妥。将部队交给败军之将带领，这恐怕也难以服众吧？"

赵深深吸一口气："那么母后有何高见。"

谢太后坐在高椅上摆弄着果盘里的水果，显得漫不经心："我不过是后宫妇人，不通行军打仗之事。不过皇上，此事还是在朝堂之上集思广益一下更妥。"

"母后说得在理，是儿臣莽撞了。"赵深知道此事避无可避，只能认下。

而吴江冷还在那边恭谨地站着，等他发落。赵深叹了口气："也罢，国事大于家事，时局特殊，太尉有更重要的事要做，都各自散了吧。"最后，偌大的场上，只剩下吴江冷与顾青渊。

"不介意的话，我送你一程吧。"吴江冷微微一笑，言语间是对对手的尊敬。

顾青渊并未答话，只是淡淡问道："我听人说，吴太尉是主战蝶陵的功臣。"

吴江冷一愣，继而点点头："国势如此，非你我能左右。不管两国战况如何，棋子无罪。我对你，仍旧欣赏。"

顾青渊依旧没有接他的话，自顾自又问道："你手握大权，又主张攻打蝶陵。你很忠于你的君上？"

沉默许久，吴江冷反问道："对我有恩之人，我如何会背叛？"

"可我觉得你恨他。"少年纯澈的眼里第一次有了玩味的光芒，"吴太尉，战争是一时的，而我只想后半生仍能下棋，更希望，下次的对手还是你。此番不用送了，我们有缘自会再见。"

这个手里握着价值连城的宝物，脚下却早已被破草履磨破的少年昂扬而去。吴江冷看着他才知道举国皆错了，他不是为了蝶陵的尊严而来，他只是为了下棋而来。

三

廖文列站在朝堂门口,他已经从其他大臣口中得知了陈嘉元溃败的消息。环顾四周,大臣们脸上都带着焦急的神色,这让廖文列有些恍惚出神。几日前,这些大臣讨论的还是陈将军需要多久攻下蝶陵,现在却在担忧如何挡住蝶陵的进攻。

随着公公的一声通报,大臣们依次进入大殿,见礼。赵深心知此事不能善了,太后强势地阻止保皇派的葛副将再度率兵,想任用自己的人马。他不再云山雾罩,开门见山地诉诸局势:"你们也知道朕急召所为何事。战事如火拖延不得,希望诸位放下成见,说些可靠的意见。"

看到赵深投过来的目光,丞相当仁不让地首先站出来:"现在蝶陵初胜气势如虹,如果重新寻找其他将领带兵前去支援,只怕蝶陵已经打到蜀地了。所以上策应该是就近调集军队,由远征军诸将带领人马戴罪立功。一边暂缓蝶陵攻势,一边收拢溃散的部队,等到战况平稳时再行换将也不迟。"

"若是按丞相所说,我军才是真的陷入万劫不复。"果然不出意外,御史大夫针锋相对地出言反对,"陈将军率十万大军尚且大败,现在就近能调集的兵马最多不过三万。而且依旧要将他们交到那些败军之将手里,怕是不但没能挡住蝶陵的攻势,反而又白白增加数万亡魂。依老臣之见,甚至不需要动用干戈,只要遣一使者,向蝶陵晓以利害,并承诺不再攻打蝶陵。能战胜陈将军的自然不会是蠢人,便会退去。"

朝堂上的大臣渐渐分成两派,你一句"草菅人命",我一句"私通外敌"。赵深看着朝堂上这些公然与自己作对的大臣,心中对太后的恼怒又多了一分。

"皇上。"这一个声音，让已经渐渐混乱的朝堂安静了下来，所有人好奇地看着这个从不在朝堂上主动表态的吴太尉。

赵深也有些好奇，吴江冷今天怎么主动站了出来。

"两位大人说的都不无道理。微臣认为此战避无可避，不然从今以后我大胤将被诸国看轻，从此边关永无宁日。"没等赵深高兴，吴江冷就立刻接上了，"但是也万万不可由远征军诸将再带领部队。且不论乱军中能及时回来的将领有多少，已先败一场的他们带军恐怕军中士气受损。因此必须由他人带军。"

赵深听到此处心中有所明悟："那爱卿觉得谁能担此大任？"吴江冷环视大殿，视线仅在廖文列身上稍作停留，廖文列则避开吴江冷的目光。

吴江冷心下有了决定，继续说道："微臣不才，愿意领兵前往。"

赵深与丞相相视一眼，向来不理会两派纷争的吴太尉竟然说自己愿意领兵前往。

吴江冷愿意带兵确实是再好不过的法子，三年前他平叛蜀地之乱，运筹千里，是不可多得的帅才。他既不是太后党，更不是保皇派，虽然中立派平日里很难受到两边的嘉奖，但他平素不喜金银珠宝，又不在意权势，而在这种时刻，更能得到双方的信赖。赵深正要答应，吴江冷又开了口："只是如果要出兵，有一件事，皇上必须早做定夺。"

回想起方才吴江冷的视线，廖文列心中已经明白吴江冷所指。廖文列低着头，轻声道："粮草。"

"粮草。"吴江冷也在同一时间高声道，面露为难的神色，"兵马未动粮草先行，此次远征军大败，粮草损失殆尽。微臣虽然粗通军略，但现在的粮草只能将蝶陵阻拦一个月。"

赵深听到吴江冷忧心的事，反倒松了口气："这不必担心，前日我已经让廖卿准备好送往前线的粮草，现在陈嘉元战败，这批粮草正好供你使用。"

终于还是来了，廖文列深吸一口气，上前两步："启禀皇上，那批粮草昨日已经按您的吩咐，送到前线了。"

"什么？"赵深微微眯起隐藏在冕旒后的那一双丹凤眼，让人猜不透他的想法，"在三天内就将粮草送到了前线？"

熟知赵深性情的廖文列在他平静的语调中听出了深藏着的怒意，但依旧一字一顿道："当日皇上命我三日内筹集粮草送至关中乾县。灾情如火，微臣不敢怠慢，三日内筹集粮草后便发往了灾区。托皇上洪福，现在关中灾情已定。"

廖文列低着头，感受着赵深那如刀子一般的视线在自己身上徘徊。

"廖卿心系百姓，这几日辛苦你了。既然这些粮食已经用作赈灾，那便罢了。"出乎意料，赵深并没有责怪廖文列。

满朝文武皆在，赵深再好大喜功也说不出远征发兵大于赈济灾民之言。

可廖文列明白，自己从此以后不再会像往日一样受到信任。

"谢陛下。"退回百官之列的廖文列心下却轻松不少，既然皇帝再不信任自己了，也许不久后他便能够得偿所愿，辞官回乡了吧。

"吴太尉，如果粮草充足，你可有把握拦下蝶陵？"

"粮草充足则无后顾之忧，微臣可以数月内轻取蝶陵王首级奉上。"

赵深一合掌："好！既然太尉有此自信，那我就将此事全权交由太尉处理。有谁还有异议？"文武百官无人出声，御史大夫也没有再反对，"那好，此后远征蝶陵就由太尉全权处理。吴爱卿请务必先行拦住蝶陵军，一月内粮草必到。朕期待你再次展现当年的风采。"

"皇上，恕老臣多言。敢问陛下向何处征集粮草？这些年连年征战，百姓们已经不堪重负，再征粮草恐怕会伤及民本。如果没有粮草，我军还是先做防御，不要再轻启战端为好。"

听到赵深仍不愿放弃攻打蝶陵的御史大夫再次出言反对，但赵深此时心中已经有了计策："御史大夫不必担心，朕此次不会再加征赋税，不会取一般百姓丝毫。"

"哦，敢问陛下粮从何而来？"御史大夫自然不会就这样让赵深蒙混过去，继续追问。

赵深露出一丝笑意："百姓生存不易，粮食本就不足。但是据朕所知，在这时节京城中有不少商贾人家，家中粮仓里可还有不少余粮。"

"皇上，不可啊。毫无缘由地强征商贾之家的粮食，只怕会激起他们的不满，甚至会使京城动荡。史上如此横征暴敛的君主，无一可得善终。"御史大夫一听赵深的打算，立刻变了脸色。

面对御史大夫可称得上不敬的话语，赵深依旧微笑着："御史大夫，朕何时说过要强征粮草？"

御史大夫哑口无言，不明白赵深到底打的什么主意。

"你也知道此时乃危急时刻，朕只不过号召天下爱国之士为国献力，若是不愿意朕自然不会强求。愿意捐献的，朕也会用战利品和来年的赋税报答。如此一来不是皆大欢喜？"

御史大夫一时间无法反驳，赵深乘胜追击："此事朕亲自操办，以向天下人证明朕的诚意。至于廖卿，既然廖卿心系灾区，赈灾之事就交由廖爱卿负责了。"

"诺。"

凌河岸边，庄子秦与赵睿等人焦急等待着探子回复。

她将陈嘉元亲手射杀，鞭尸三十，再将首级挂在滑台的城门上，以祭亡灵。但是满城依旧是痛哭声，颠沛的难民伏在至亲的尸首上，这些亲人再也不会醒来。

自己的长姐也不会醒来了，想到这里庄子秦神色越发黯然。这一仗打得这样漂亮，她拿回的却只是长姐的遗物。况且大胤的残兵久久不退，她还是不敢放下心来。而蝶陵自己的兵马粮草早已快坚持不住了，士兵们先前驻守湿冷冰寒的凌河，又长途跋涉，早已双脚溃烂。

终于，探子的马蹄声渐近，下马后的探子告诉庄子秦，大胤已经退兵一百里，渐渐往回撤退。

全军一片欢呼，老兵新兵热泪滚滚。这是蝶陵史上荣光灼灼的一刻。他们的先祖、他们的子女，都会为他们骄傲。

庄子秦却突然瞥见了探子的脚，神色一凛，霎时探子的袖底刀锋寒芒尽露。庄子秦一个闪身却还是避之不及，那刀直逼脖颈，好在徐冉手疾眼快，一手为其挡在刀锋前，另一手掌风稳健，将探子击出营外。

庄子秦听到一声裂帛响，发现自己避过一劫，徐冉的手却受了伤。她掏出随身携带的药瓶为其敷上，除了感激更是愧疚。那探子近在咫尺，她却大意未觉端倪，让徐冉受了伤。

士兵抓回了探子，那一掌打得他口吐鲜血，重伤加身，但他并无惧色及愧色，被强行按跪在主帅营中。

赵睿看了他一眼："你是蝶陵金泽人，不是敌方的奸细，为何要这么做？"

探子冷笑一声："我既已这么做了，就料到了失败的可能，杀了我吧，我无话可说。"

"你对我们无话可说，那对他们呢？"庄子秦指了指帐外的士兵。

那是他同生共死的好兄弟们，他们一起从金泽来到凌河，艰难地熬过那么多日日夜夜。朔风凛凛，他们站在帐外，失望地看着他。探子看着他们神色有些哀戚。

又有士兵入了营帐，带回一个包裹，也是这个探子的，打开一看，是一双双崭新的草鞋，和他脚上那双一模一样。

"他赏我银千两，我第一件事就是买鞋。"探子苦笑一声，"我们九死一生，跟着你们行军打仗，最后我父亲战死疆场，草草被埋，我双脚溃烂，连一双完整的鞋都穿不上。这些，是我买给弟兄的。"

凛冬的风从帐外呼啸而过，庄子秦看着苦楚的士兵，叹了口气："放了他。"

"公主！"徐冉上前低喝一声，"他已被收买，留不得了。"

庄子秦却对帐外高喊："是我对不起出生入死的兄弟，是我没有能力让你们更好。这次，我要你们都活着回去。"言毕她让士兵放了探子，"你走吧，但你要知道，你曾为何而来。"

探子一惊，向来狠辣决绝的三公主将敌军主帅的首级挂在了城门上，却不杀他？但很快他想起了自己的父亲因何而战，他又是因何而来，仰天凄苦笑道："我来此仅仅是为了一双草鞋吗？"

像是有所决断，他对庄子秦道："他们没有退军，相反，派出了大胤最善战的吴江冷。是他给我的重金，他马上就要到了。"

庄子秦还来不及反应，探子抽起身边士兵的刀自刎而死。庄子秦立刻意识到情况大为不妙，疾呼一声："备马！"

数日后，谢府内。

"什么为国献力，不过是为他自己的功绩罢了。不捐不捐。"国舅将描着精致山水画的青花瓷杯往梨花木桌上一扔，茶水飞溅出来洒了一桌。

数日前，皇帝一纸"援攻令"颁布，号令天下商贾为国分忧，捐助粮草。

谢家是京城外戚，更是天下首富，这令一下，虽只是倡议，却也让无数双眼睛齐齐看向谢家。国家军粮短缺，富可敌国的谢家难不成一毛不拔？那谢家这块招牌，即便是太后罩着，也算是砸了。

"这天下谁都可以不捐，除了我们谢家。"太后示意身边的侍女收拾了茶杯，"深儿现在真的是大了，做事越发细致了。"

国舅一瞪眼："他现在翅膀硬了，处处针对我谢家，你竟还有心思夸他，别说你看不出来这是拿刀子逼我们哪！"

太后只是笑笑岔开话题："这次的事，我们恐怕不得不捐粮草，甚至我们还不能少捐。"

"让他拿着我们的钱粮，给自己闯名望，回过头与我们抗衡？要我说，声名都是小事，抓牢手头的最要紧。"国舅端过侍女新换上的茶，吹开茶沫品了一口。

他何尝不清楚谢家是富甲天下，首屈一指的名门望族，做事是需要顾及颜面的，他只是不甘心。多年前，覆灭赵深手下的清风堂后，他本以为赵深会就此安分一些，没想到短短几年赵深便重新振作，而且与谢家更加针锋相对。自己手下的生意一年比一年艰难，而且蜀地的事至今毫无音信。

国舅蓦然抬头看着铜镜里自己和太后的身影，两人头顶都已经有了斑驳的白发。他们两兄妹，再不是少年，没有那么多时间可以周旋消耗了。真把他们逼急了，大不了重演一遍当年旧事，让这天下改姓谢算了。

他正盘算着大不敬的念头，一个小厮走进来，国舅收敛了眼中的凶光。

"老爷，有客人来访。"

国舅一边抬手拨弄着自己的白发，心想大约是来询问这次捐粮之事的人吧，一边漫不经心地问："是谁？"

"司农廖文列廖大人。"

国舅停下了动作，脸上浮现出笑意："妹妹，我有一个主意。"

廖文列坐在谢家富丽堂皇的客厅之中，熏炉里恬淡的安神香，手里清香的大红袍，都不能让他心稍稍平静。退朝后，刚回府上，廖文列就收到了蜀地的告急公文，还有知州孙祥的私信。面对信中蜀地即将爆发的饥荒，廖文列只能再次求见赵深，请求向蜀地拨给粮草赈灾。

赵深只是淡淡地让廖文列自己相机行事，却以统计捐献粮草为由不让他动用国库分毫。廖文列只好向京中权贵商贾请求粮草救灾，然而在赵深的征粮令下，大多数人慑于皇权不敢不"主动捐"，因此余粮殆尽，没有人愿意伸出援手助饥荒之粮。

百般无奈之下他只能来到这首富谢家求助，但是这可是谢家啊。思索至此，廖文列起身准备离开。

"廖大人，稀客稀客啊。"廖文列看着眼前这个一身锦绣华服、年至不惑却精神焕发的男人："国舅，贸然来访打扰了。"

国舅扫了一眼桌上的茶点，皱着眉头不满地向着身后的小厮抱怨："廖大人可是贵客。去，把那些宫中送来的糕点端出来。"

廖文列却满心去意："国舅，不必如此费心了。我这次前来也不过是身为司农例行公事罢了。"

国舅做出一副了然的模样，略带紧张地追问："我们谢氏商行从不拖欠赋税，廖大人可有发现什么问题？"

"国舅请放心，我自然知道谢氏商行的信誉，只不过是最近皇上捐粮一事让各商家都有些不安，我便一一拜访解释罢了。不过我想你应该早知此事，不用我多言了。"

说着廖文列就要告辞，国舅也不挽留，只是低声叹了一句："不知这些商家为国捐了粮，还剩多少人愿为百姓捐一点。"

廖文列止住了脚步："谢国舅何出此言？为国捐粮、为百姓捐粮不是一回事吗？"

国舅走到廖文列身边和他一起望着天边："关中水灾方定，蜀地又遇饥荒。廖大人辛苦你了。"

"我身负皇恩，理应为皇上分忧。"

国舅却听出了廖文列心中的矛盾，心中又多了几分把握："好，廖大人既然有这份为了百姓的心思，我也不能为人之后。我愿为蜀地百姓捐些粮食，以镇饥荒。"

廖文列猛然回头，看着国舅慷慨激昂的模样，出声询问："国舅准备捐助多少粮食？"

"三十万石。"

廖文列睁大了眼睛，随即露出苦笑："国舅大人好算计啊。"

国舅眼中满是诧异，没想到廖文列竟然这么快就想通了其中的关节，当下也不再虚伪客套："我捐这些粮食自然也有一些我的打算，但关键是廖大人你怎么决定？"

廖文列内心纠结不已，国舅出三十万石给灾民，就有借口没有多余的粮给前线军粮，皇帝借此扩张版图顺便削弱谢家财力的计划就将不攻自破。到时谢家落一个关爱百姓的好名声，皇帝则有了好大喜功的大帽子。

廖文列自己身为保皇派的重臣自然不能让国舅得逞，可自己若是拒了，三年前蜀地百姓们饥肠辘辘、骨瘦如柴的模样历历在目。最终他一横心："廖文列替蜀地百姓谢过国舅。"

四

滑台境内，大胤送粮的人马在官道上行走时，天色一变，大雨倾盆而下，从官道两侧滚落无数木桩。这是吴江冷精选的士兵，对这样的雕虫小技应付起来轻而易举，众人巧妙避开了桩子，却发现这种树木材质特殊，易吸水膨胀，不一会儿就挡住了前边的去路。

"这可怎么办？"押粮的士兵询问首领，首领只犹豫片刻便道："路被挡了，粮草耽搁不得，我知道附近有一条河，咱们走船运。"

不远处的庄子秦穿着蓑衣隐在雨帘中，闻言脸上露出了笑意。她跟着运粮人马到了岸边，打算继续采用老招数偷袭粮食，谁知就在这时士兵加急送来快报。

"公主，不好了，吴江冷已经重新拿下四国，现已逼近边境了！"

"什么！"庄子秦看了一眼眼前的这一批粮食和兵马，明白了这一切都只是误导蝶陵的障眼法，吴江冷真正做的事是收拢败军，乘胜追击。这样他根本不需要新粮新兵，而自己的注意力一直放在粮草上。庄子秦一鞭子抽得马儿生疼，急匆匆绝尘而去。

蝶陵的军营已被团团围住。

吴江冷直逼主帅营，寻望了一眼四周，出声问道："出计烧粮的是哪位？"

众人面面相觑,赵睿站了出来:"我是主将,一切都是我的主意。"

"看来主将很擅奇谋啊。"吴江冷走至桌边,打开棋盘,"蝶陵军队已被包围,你若是陪我一弈,我可以暂时不再杀伐。"

赵睿一怔,不明白吴江冷在这种绝对优势之下为何还要在此拖延时间。但对方既然提出了主和的条件,对蝶陵也算是好事。赵睿点头坐定,开始与吴江冷在棋局上周旋。

吴江冷蹙眉看着赵睿的走法,堂堂正正,进退有据,是位良才,但也只是良才。终于吴江冷弈棋到一半,摇头起身:"你不是我要找的人。"

吴江冷命人拿来了笔墨,留书一封:"让那个人来京城找我,我暂且退兵,半月内如果我见不到他,到时候刀兵一起,就休怪我无情了。"

说罢吴江冷撤兵,赵睿与徐冉目瞪口呆。

"将军,他这是……"徐冉看着安然无恙的军队难以置信,方才吴江冷明明可以将他们屠尽。

此时帐外一声马鸣,赵睿听出那是绝影,知道庄子秦回来了。

庄子秦疾速回营,以为自己的军队受到了重创,却发现军队完好无损。

"怎么回事?"她讶异地询问赵睿,赵睿轻叹一口气:"大胤收完四国就选择了停止进攻蝶陵,但是他交换的条件是你去京城找他。"

"公主去京城无异于与虎谋皮。"徐冉急切阻止,"他将你调去京城,我们丧失最强的军师,到时敌如刀俎,我为鱼肉。"

庄子秦收起信,摇了摇头:"他真想攻下蝶陵,何需如此麻烦。既然这是他唯一的条件,我去便是。我也想会会这大胤最会打仗的高手。"

暮色四合,本就冷清的府邸变得越发清肃。

屋内点起几盏明灯,冷风中火苗飘忽不定,映出两个身影,像是在对弈。

最后一枚黑子被抛入梨木棋盒中，方才厮杀得天昏地暗的棋局变得空荡荡的。

执黑子的庄子秦十八岁上下，及腰的长发盘成一个简单素净的发髻，一双美目顾盼神飞间，还有藏不住的精明与算计，却也不惹人讨厌。她狡黠一笑："承让了，吴大人，又是我赢半子。"

"相思断。"吴江冷轻叹一声。

"正是。"女子一笑，"大人输在了这招，无论你怎样应对，重要棋子最终仍无法摆脱被歼的困境。"

他苦笑了声，看了看窗外。夜晚的凉风从窗外拂进，案头上的几本书被翻得沙沙作响。男子起身走至书桌旁，小心翼翼地用方砚压住那几本书，风吹起他的白袍，衣袂当风间，庄子秦看着他的侧颜，不禁暗叹：这样儒雅俊秀的皮囊下，何以是这样的心肠？

"大胤第一弈者？"她一边摩挲着光泽的棋子一边心有疑虑，"总不至于是故意为之吧。"

"技不如人，输了便是输了。"他淡定地走向柜子边，拂开上头缀满流苏的锦缎盖布。

"那好，大人。"她再次提醒，"不管大人是不是故意为之，方才我们约定的是连赢三局，你便告知我此番行动的具体计划。"

"如果你能连赢我三局，我就算不告诉你，也迟早被你识破。"他看了看窗外，将窗收起，没有了风声虫鸣，屋内顿时安静了好多。

他从柜子边走来，重新在位子上坐下，放了一瓶酒在庄子秦面前："来，下最后一局前先尝尝。"

屋子里只有静静的倒酒声。她一饮而尽，露出满意的神情："京都的梅花，才能酿出这样的味道。什么制法，说来听听。"

"清酒一斗，梅花二两装入生绢袋，悬于酒面一指高。密封瓶口，经宿去花袋。其味有梅花香，又甘美。"

"妙。"庄子秦赞赏之余却话锋一转，"接着说正事。我对大人的宏图伟业一点也不感兴趣，却也不甘心只做一枚棋子。"

他微微一怔，这一生他一直靠着自己掐着点，苦心经营一个个局，直到今日早已习惯了把所有人当作棋子，现在却有人想要与他一同执棋。那么便试试吧。

这是她喝掉的第三瓶梅花酒。她难以置信地看了看眼前这个棋局，如前两局一般的大好形势瞬间逆转，才恍然发觉自己的每一步不过都是被安排好的。从来不会被酒呛到的她思索间喝得太急，猛烈地咳了起来，良久她才缓过神："之前你果然都放水了，罢了，棋子便棋子吧，谁让我别无选择呢。但我还是想问一句，你这样的……我是说你这样秀气的家伙不应该做个儒雅书生，高中状元，然后在朝为官，造福百姓吗？"

"难道我不是吗？"他亦倒上一杯清酒反问。

是啊，他就是。他是大胤朝年轻一代的领头人，十八岁凭家传剑法高中武状元，二十岁出征平定四方，乃百姓保家卫国的良将，皇帝十足信赖的忠臣。

"中原侵我蝶陵，很多事情我不得已为之。却不知你又是为何？"她继续喝酒，她的酒量向来比壮实的汉子还好上百倍，"这满屋繁复装饰，你早已衣食无虞；还有这浓香远溢的兰花，这苦心打造的云子；你本就是闲适散淡的人，何以要与我共同……共同对抗这胤朝？"

她终于将压在心头许久的话问了出来。她必须知道自己的合作者所求，洞悉所图，才能开诚布公地合作。否则，他永远似深不见底的深潭，让她着实没有安全感。

他面色依旧如常，不露悲喜，目光却空洞了不少。

她瞧着那双万年冷寂的眼变得如此绝望，突然觉得他说什么已经不重要了。因为这样的眼神告诉了她太多东西："算了，即便你说了，也不会是真话。时候不早，我该走了。"

她道别时回身，眼含笑意，眉目不似中原女子的柔情，眉眼相近，又是剑眉星目，倒有几分男子的英气，配上标致的五官与脸形，美得更为别致。

"慢着。"他叫住女子，目光深如寒潭，"战事在即，京城守备森严，你切莫大意。"

她点头开门，夜色茫茫，寒意四起。她瞧着府上零星的灯光，回头对男子道："多添几个家丁吧。你的府上，终归是冷清了些。"

"下回吧。"他淡淡道，"下回来，兴许这里就能热闹些了。"

"下回，还用上好的梅花酒招待。"她莞尔。

他点头："好。"

不远处的炭火早就烧尽，他看着她走远的身影，瞧着这冷意盎然的园子与自己单薄的衣衫，竟从未觉得如此冷过。

他慢慢合上门，转身，这一生他一直像一只渡尽寒塘的孤鹤，彼岸是否春暖花开呢？他看了看厅前常年供奉着的无名牌位，并不曾得到答案。他从抽屉里拿出一面铜镜，若有所思地抚了良久，良久……

数日后，流玉阁里氤氲着木檀香气，皇帝顾长的身影隐于书幌后，听见外头的脚步渐近，他从案上拿下一沓奏章，端端坐下。素衣绾髻的宫女替廖文列取下斗篷，他走到前头，跪叩一声："皇上，微臣不负所托已经筹得了救灾的粮食。"

"这天寒地冻筹粮可不容易啊。"皇帝冷笑一声，"你如何筹得，说来听听。"

廖文列眼观鼻鼻观心，装作没有看到赵深眼中与话里体贴之意全然相反的讥讽："托皇上洪福，幸得国舅一家慷慨解囊捐赠了三十万石粮食，解了蜀地的燃眉之急。"

赵深冷笑一声，毫不怜惜地将手中天青釉的茶杯拍在书桌上，将茶杯震出道道裂纹："这倒是朕孤陋寡闻了，原来你和国舅竟有如此深厚的情义。"

廖文列心中暗自叹息，时过境迁，现在的皇上已经不再是当年那个心系百姓励精图治的赵深了。

"皇上，微臣无意涉入朝堂斗争。现在蜀地赈灾事宜微臣已经安排妥当，请皇上允许臣辞官回乡照顾老母亲。"

听到廖文列再次请辞，赵深没有一如既往的拒绝，而是陷入了沉思。其实赵深又何尝不知廖文列不但忠心耿耿而且才能出众，不至于做出投奔太后的事，但是廖文列忠于的从来不是坐在龙椅上的自己，而是百姓。

"罢了。"赵深伸手拦住正要谢恩的廖文列，"但是你走之前我还要你做一件事。"皇帝的手指轻叩最上边的一封奏折，"八百里加急的奏章，昨夜刚入宫，你瞧瞧。"

廖文列拿起奏章，轻轻展开，那上边狂狷的字迹映入眼帘。没有人比他更熟悉这字，即便不看落款是谁，他也知道出自谁手。只是这奏章上的内容，让他越发不安："蜀地盐荒肆虐？"

他合上奏章，有些难以置信："川蜀有自己的盐田，能供给自己那方百姓不说，还常向周边供给，况且有孙祥在川蜀尽责尽心，怎会无故盐荒？"

"这也是朕想问你的。"皇帝的一双眸子锐利如豹，换作旁人早被盯得脊背发寒，但廖文列依旧平静如故，皇帝无法从他的神情上探测到任何心虚不安，"你执掌大胤盐铁之事，这样的事态早在初露端倪时便该遏制，殊不知到了这会儿才由朕告知你。"

"微臣失察，请陛下恕罪。"廖文列默默替孙祥揽下了罪责，斟酌言辞道，"微臣即刻派遣下属调查此事。"

"不。"这声拒绝干脆利落，满是不容商榷之意，一旁拨着炭火的公公手中的火钳也着实一抖，碰出了几颗零星的火星子。皇帝放下把玩的璎珞，将紫金暖炉捧在手中，继而缓和了语气，"朕的意思是，此事事关重大。前日，吴江冷才刚刚在前线大获全胜，将蝶陵人重新赶回了蝶陵境内，这几日蜀地就发生了这些事。所以必须由你亲自前去，替我将这些看不得我大胤获胜的蛀虫一个个抓出来。"

"前去川蜀吗？"廖文列眉间一蹙，该来的终究要来。

皇帝点头，再无多余话："朕明日颁旨。"

"陛下。"向来稳重的廖文列此刻呼吸有些急促，"臣三月前已请旨回乡，老母茕茕，待微臣侍奉。而今九州清晏，吴太尉掌兵天下，朝中老臣尽责，微臣实在尸位素餐，难抵大任。还请陛下……"

"陛下，吴太尉到了。"外头的公公轻声禀告，皇帝未曾抬眼："让他进来吧。"

吴江冷一身风氅卸下，里头不是觐见的朝服，一身青衫清素难当。他看了一眼脸色发白的廖文列，感知到这书房里的微妙气氛，拜见之后并不曾开口，静待皇帝发话。

"这么说，你是不愿去川蜀？"许久之后，皇帝开口，"即便是朕要求？"

"川蜀？"吴江冷一怔，知道这两个字对廖文列意味着什么，再次看了看廖文列。这个老好人生平第一次郑重点头，与高高在上的帝王分庭抗礼："是的，臣——不愿意。"

"砰"的一声，一串璎珞坠地，受不住扔掷的猛力，中间连串的绳索断裂，颗颗珠子散落了一地。一旁的宫人们纷纷跪下，大气不敢出。

一旁的吴江冷颔首作揖："陛下，三年前蜀地镇乱，廖大人的旧部将士在那里为国牺牲殒命，廖大人重情，那片地总归还会触景伤情。这才会一时情急，乱了分寸。"罢了他试探地问询："可是蜀地出了什么岔子，非要廖大人前往一趟？"

"朕倒也确实希望是这个原因。"皇帝冷笑间，和缓了情绪，他方才才是真正乱了分寸。这么多年来，朝堂上的官员如走马灯般轮换，吴江冷和廖文列却跟在自己身边多年，他一手将他们从兵营小卒提拔，直到今天位极人臣。

这么多年，廖文列温和谦逊，与世无争，多困难的任务都会应下执行完成，这是他生平第一次，这样直截了当地反抗自己。既然他开口了，那便是难以周旋了。思量许久，皇帝徐徐开口："若此次由你亲自前往调查盐荒，事成之后，朕许你辞官回乡，可好？"

廖文列一怔，他甚至已预备受杖刑之苦，不想皇帝竟开出这样让自己难以拒绝的条件。

蜀地固然是自己的伤痛之地，但回乡何尝不是他的命门。

"朕是想留你的。"皇帝叹息一声，"但朕知你三年前便志不在此。有你娘的原因，更有你自己的原因。掌管天下盐铁之事的司农之位留不住你，这朝堂，便也没有什么可以留住你了。"

"谢陛下体谅。"思虑良久，廖文列应下了这桩交易，皇帝疑他监守自盗，他唯有去往蜀地查明真相才能自证清白。他也唯有清白，皇帝才肯放他回乡，"臣愿去往蜀道，查明真相。"

司农府东厢房外一片绿植姿态婀娜，在冬日的苍白里尤为夺目。一位年轻女子从门里出来，乌黑长发及腰，眉目秀美，仔细挑选着又齐又壮的白术与柴胡。

"气候寒冷，这土也容易受冻，播白术种子记得要深，这样苗根才稳，长得快，易开个。"她边吩咐一旁的下人，边用纤纤玉指拨开冻土，撒入几粒种子，亲自示范着，言语虽轻柔，却也颇让人信服。

廖文列此时步入院中，瞧见她只穿了一件淡蓝织锦长裙，不由得蹙眉上前，沉沉唤了声："颜溪。"

名唤颜溪的女子抬头，手中还沾满了泥巴，见到廖文列粲然一笑："大哥。"

"大雪天，穿这样少，当真不怕老毛病发作。"他虽是苛责，脸上却也满溢着关心的神色，吩咐着丫鬟："给小姐拿斗篷来。"

"不必了。"颜溪叫住回身的丫头："我这也忙活得差不多了，咱们回屋说吧。"

西园书房里，架子上都是泛黄的古医术，有几本散乱在桌台上，发皱折角，像是被翻阅了无数次，一旁的紫檀药斗架里满满当当都是颜溪亲手种植采摘炮制的医药，整间屋子弥漫着淡淡的药草香。廖文列手捧一盏热茶，在软褥上坐下："过些时日，我要出一趟远门。"

颜溪一听，放慢了手中捣药的速度："何时回来？"

"没准数，少则两个月，多则半年。"关于时间，廖文列自己也料不定。

"我听仆从们议论了些事。"颜溪看着廖文列的神色，有些小心翼翼道，"都说你今早又收到家书，去皇上那儿，是请辞。"

"辞是迟早的事。"廖文列低垂眼帘，神色有些复杂，"但走之前，还有些事要办，办妥了，我才能辞得名正言顺。钱兴会随我一同前去，还有王行，鹤峰那部分人马我也会抽走。府上怕是要你打点些。"

颜溪目光骤冷，看着廖文列："所以这一趟，很危险。"继而她放下了药罐，走到他跟前，"我也随你一块儿去。"

"多虑了，并不危险。"廖文列忙不迭道，"你就别跟着凑热闹了。"

"你向来宽厚，体恤他们有战时旧伤，又娶妻生子，从不委派离京，但而今还是选择调走这样精锐的人马，说明是场硬仗。他们的身子一直是我在调理负责，我跟上也好有个照应。"说话间，颜溪已经将桌上的医书整齐地摞在一起，像是已经开始动手收拾行囊，让廖文列有些措手不及。他正要开口，颜溪却又堵住了他的话："行了，硬是要我留下，我也会偷偷跟上，那我可更危险了。"

廖文列眉间似添霜雾。若是别的地方，带上她也确实是兄弟们的保障，偏偏那是蜀地。

他试探地问询："我看方才桌子上放的古籍似乎是研究你的旧疾的，最近可有好转？"

颜溪摇了摇头，沉默未言。

"也没想起什么？"

颜溪还是摇头："也许，医者不自医吧。"

廖文列暗暗松了口气，嘴上却还是宽慰："慢慢来，急不得。"说罢他起身又问道："待会儿我去一趟集市采办，你路上要带些什么？"

颜溪一听此言先是一愣，继而笑逐颜开："你这是同意我一道上路了？那劳烦大哥路过鹤年堂时给我带些麻黄回来，记住是翰轩棋社对面那家。"

"知道了。"廖文列没有回头,却朗声应和,颜溪在后头莞尔一笑,开始正式收拾自己的行囊。

五

铜镜里的容颜倾倒众生,闺阁中袅袅燃起氤氲的香料,鲜红丹蔻,艳丽夺人。

"大小姐这打扮,可又是要轰动整个洛阳城!"丫鬟为其插上最后一支寒鸦钗,由衷赞叹。

"就你嘴甜。"女子欣然笑道,抚了抚自己刚梳好的发髻。

"只可惜这样的打扮总是在夜半三更时。"丫鬟叹了口气。

女子扶着发髻的手停顿了一下,看了看窗外漆黑一片的天幕,垂下了眼帘,起身披上一件大红的外衣轻轻叹道:"走吧。"

黄绫奏章三三两两地摊落在地上。穿着黄色朝服的男子托臂闭目,像是累极了。轻微的脚步声慢慢走近,来人小心地给他披上一件夹袄,手正待靠近突然被凌厉地扣住,咽喉也被一只苍白的手扼住。

困顿的双眼睁开,男子见到眼前人那紧扣的双手顿时松开:"是你。"

刚从生死一线缓过神,沈寻音又恢复一如既往的淡漠:"除了我,还可以是谁?"

三更榻凉的金殿,回响着炭火烧裂的噼啪声。她旁若无人地在那个宝座上坐下,他看着她,觉得自己的皇后应该是这样的。

"找我来什么事?"她的美曾艳绝天下,配上精致的妆容挑不出一丝不足。她还是和昔日一样风华绝代,皮肤还是一样宛若凝脂,只是看着依然老了，因为目光已经不似当年纯明，而显得凌厉悲戚，没有经历无数的死生变故，不会有这样的眼神。

他从恍惚中回过神，将手边的奏折扔过去："全国上下，盐荒肆虐，蜀地盐田，似有变动。"

她打开奏折，从容的脸色渐渐变得僵硬。看罢，她慢慢合上奏折："这件事好像不该清风堂管。廖文列才是你的忠臣良将，一直管着官盐命脉。而今出了这档子事理应让他出马。"

赵深笑笑，不置可否："寻音，这么多年了，你应知晓我办事向来喜欢狡兔三窟。"

"所以，除了廖文列明察，你还需清风堂暗访？"

赵深点点头："我已派遣他调查此事。但是，我又何尝不怀疑盐市会乱，是他监守自盗。"

"是，你向来是不信人的。"她冷冷应和一句。

"寻音，我不信别人。待你，却不同。"他叹了口气。

"是，你信别人一分，却信我三分。"她苦苦一笑，"寻音谢主隆恩。"

赵深不再辩解，只开始传达指令："这一次……"他凑在沈寻音的耳畔，低语了好久。这一次沈寻音的神情不再淡漠，开始有了一丝激动："不行，这件事我会办妥。寻萧的身子早就受不了舟车劳顿。"

"这个险，我不会让你去冒。"

"赵深，你已让我冒过多少次险，你不会不记得。"她冷冽地盯着他，"也不差这一次。"

金殿之上，她坐着王者的宝座，毫不避讳地叫唤他的名字。

已经多少年没有人对他直呼其名了，他的名字被一声尊贵的"陛下"代替。他明黄的龙袍、他喜好的颜色、他厌恶东西的谐音，通通没人敢在他的眼前提及。

"十年了。"他苍凉一叹，"我常常想，如果当初我不曾登基坐这帝位，我们之间也许就不会横亘这么多的东西了。"

"迟了,怎么会有这种如果呢?"十年后的沈寻音轻轻一笑,还是当年倾城的姿态,只是眼角有了细纹,"而今要你驰马放鹰、纵犬逐兔,哪还有可能。既是过去的事,便不要回头看了。往日的情分我沈寻音不敢忘。所以你不必担心清风堂会有被策反的一天。"

清风堂,十年前皇帝一手组织起来的心腹。沈寻音作为清风堂的堂主在江湖上虽颇有声望,但没有人见过她的模样,甚至连她的性别都是一个谜团。于是江湖臆测的小道消息也逐渐变多。清风堂被策反的消息屡屡传进皇帝耳里。

他自然知晓这不过是无稽之谈,他与她之间的情分,是那些说书先生、江湖野夫无法寻得的,他们更不知道,清风堂当初是为何成立的。

只是多年来,一把匕首直刺过来的画面屡屡进入梦中。而每每他噩梦惊醒,身边站着的总是冷艳的她。

他在位十年后,终于从太后手里拿回了主权,可是枕边、朝堂,甚至连自己的母亲,他一眼望去,高处不胜寒,似乎再也不复当年的安然感了。于是,那些谣言隐隐地也在动摇他曾坚定不移的心。

此刻他看着一向清冷淡漠的沈寻音眼中充斥的泪光,欲抬手为她揩去。犹豫了一下,提起的手最终还是去拿桌上的那道密旨,递给她:"母后这边动作有点大,清风堂得有主事的人留下,你比寻萧更合适不是吗?"

她当然懂他话里的意思。

若是让弟弟沈寻萧前去蜀道,舟车劳顿,风餐露宿,自然是意外重重。沈寻萧自小体弱多病,小时被寄养在神医世家,经过多年的调理,总算好了不少。但照旧是羸弱的模样。这些年大大小小的事务,他也开始替姐姐分忧,但凡出远门的事,沈寻音从来不敢让他冒险。

只是太后远比蜀道的万丈深渊更不可测。她知道近来清风堂在江湖上的传言甚嚣尘上,太后早有忌惮,而今怕又是在密谋什么。若是自己去了蜀道,难保回来时清风堂还存不存在。

一番思量后，她接过密旨："如此，寻音告退。"

看着她远去的背影，赵深有些发怔，不自觉地又唤了声："寻音。"

沈寻音立住，转身，雍容华贵地站在那里，美目死水般平静地看着他。

赵深喃喃："柔嘉成性，毓自名门，贞静持躬。应正母仪于万国，做朕原配。正位中宫……"

她愣住，看了看外边的月光，原来今日是腊月二十三，节气大寒，十年前她即将封后的日子，她微微一笑："原来你还记得？"

怎么会不记得，他亲手写于这二十多年来最开心的一个晚上，一生中第一次想要庄重地按下玉玺。

第二天玉玺却不见踪影，继而腥风血雨，物是人非。

从此，她是已死的罪臣之女。

活着的，是一个叫沈寻音的女子。

最倾国的容颜，却永不能见日光。

她还是转身离开，独自打开大殿的大门。寒风乍起，她的红衣被吹拂起来，夺目又暗淡。

六

半月后，蜀道。

恰逢正午，烈阳高悬在头顶，狭窄的道上马队却络绎不绝。众人难得有序地排列着小心往前。因为这道不过一马宽，一边是峭壁，另一边却是万丈危崖，谁也不敢造次。

骑在老马背上的商人掂了掂水壶，早就预料到其中的空荡荡，不甘心地舔着干裂的嘴唇，却是越舔越疼，焦灼地瞧着前方缓缓移动的队伍，却又急不得。

不远处绵延数百里的大剑山有着七十二道峰，道道形如利剑，在这其中有一个天然的缺口，便是马踏之处，"一夫当关，万夫莫开"说的也正是这里。

"当家的，这什么时候才能走到头啊？"后边已经有人开始不满地嘟囔，"即便不累死，也要渴死了。"

"快了。"打头的青年男子正是廖文列，一身青衫，身姿挺立，虽是剑眉星目，眉宇间却满是柔和，被唤作当家，却一点架子也没有。

他一边在前边应话，一边顺手抛给问话人一个青梅。那人咬住青梅，虽酸涩无比，但舌下倒真生出许多流涎。

众人暗自悔恨路过前一站不曾摘取。赶路半个月以来，沿路途经无数中原绝美风光，但终究寂寞了些。饶是铁血汉子，彼此之间的话题也早已开聊到家中娘子与母亲的明争暗斗，顺便交流一下应付的经验。

当家的却是面色凝重，不愿说上只言片语，平日里他也是和和气气，能与大伙儿聊上几句。但大家都知此番前来，当家的是千般不愿，也就没人敢与他搭腔。

他一步三回头，小心翼翼地照拂着身后那匹老马，马上坐着的是他妹妹颜溪，唇红齿白，宛如净瓷，标准的皮相美人。这万丈深渊她不敢多瞧，紧握缰绳，信足了坐着的这匹老马和前边的廖文列，安然地闭着眼睛任由马儿前行。

剑门关的当口总算是过了，危崖顿时开阔起来。廖文列回头看了看那条来时的路，再瞧了瞧一个不少的队群，暗自吁了一口气，对大伙儿道："咱们在这歇息歇息吧。"

这块为数不多的平地是南来北往的商人暂时歇脚之地。从鬼门关一般的险道过来，而后继续下一个更为凶险的要道，自然都需稍微调整。廖文列扫了扫人群，除了他的人马还有多队人在这歇息，其中不乏和自己一样做粮商生意的，也有很多运着丝绸布匹的马车。令他惊讶的是其中有队的首领竟然坐在装饰豪华的马车上。

要知道方才他们粮队特意挑了几匹精干的瘦马，为的就是能安全过了这狭小的道。怎料那人却是这样的排场。

突然间廖文列朝着陡峰看了看，不知为何，他总有一种被人盯着的感觉。

"大哥，听钱主管说，你的名字是'宇文烈'？"颜溪小心地问道，"咱们是受皇命光明正大地查案，也要这样更名换姓吗？"

"其实也不必如此紧张。"廖文列道，"只是想低调行事，怕打草惊蛇。话又说回来，就算是我的本名，江湖上知道的人也寥寥，偏偏皇上还怀疑……唉。"

颜溪听出他话里颇有自嘲的意味，宽慰道："这盐荒是每朝每代都有的事，商人逐利，乱了纲纪，怪不得你。上头要加以管束调查，也没有比你更合适的人了。"

"方才觉得这蜀道凶险，无暇顾及周边山色。现在静静看来，却觉得异常伟丽。"颜溪瞧着廖文列依旧心有郁结便顾左右而言他，望着连绵的山脉赞叹道，"这是你第二次来蜀地了吧！"

"转眼三年过去了。"廖文列唏嘘道。

"三年？"颜溪一笑，"我与你相识，也是在三年前。大哥也是在这蜀地将我救回去的吗？"

聊及此处，廖文列心下一沉，忙不迭三言两语将颜溪打发："是啊，日子过得真快！"

颜溪瞧着青山，不知为何总有种说不出的熟悉感："怪不得我总觉得像是来过这里一般。"

"中原的山川土地，大同小异而已。"廖文列一边解释一边神情有些紧张的模样。

"当家的。"这时有人低声提醒廖文列，他往前望去看到人群开始了莫名的骚动。廖文列挑了挑眉往后一瞥，果然如自己所想，有几个商人打扮的人横过货车拦住了后路。虽然穿着打扮都是商人，但这做派一看就是动作娴熟的土匪，起先是装模作样检查货车，而后纷纷抽出刀剑。

一个领头模样的大喝道："都老实点，交出钱财大爷们就放过你们这几两烂肉。"廖文列的手下亦将手伸入粮中，握住那隐约可见的刀柄，正要将其抽出，却被当家的拦住。廖文列抬手示意手下几人先少安毋躁，然后默默向前几步将颜溪挡在身后，并望了望那辆豪华的马车，估摸着就是这马车太过引人注目，把这帮人招来的。

有个比较机灵的手下悄悄向旁人打听，不一会儿回来了："当家的，这些人自称昭云门，常年于蜀道一带打劫商队，虽然看似凶残，但听说只要舍得部分钱财，倒也没有性命之忧。还听说，因为这一带是他们的地盘，寻常的土匪反而不敢乱来，这钱就像是保护费一般。"

"昭云门？"廖文列听到这名字眉头一蹙，若有所思道，"若只是寻常土匪，目不识丁的，怎会起这样雅致的名字？"

"那我们要不要……"

廖文列暗暗摇头："咱们现在还是暗访，切忌打草惊蛇。让大家都收敛起来，护着点颜溪。"

"那钱……"

"身外之物，给了也就给了。"彼时廖文列只当这路山匪是为财而来，山高皇帝远，他不愿节外生枝，只想着快点打发。

却不知，从这开始，棋局已开。

当家的一说，手下便不情不愿地将钱袋拿出，掏出几锭银两。但几人得令的同时也暗暗围成一圈将颜溪护在中间，不料几人的动作引起了强盗的警觉。一个大汉走过来推开几人："哟，我说藏啥呢？原来还有个小娘子啊！"

廖文列一皱眉正待动手，却飞来一石子直打大汉的后脑门。

"蠢货！又犯浑！莫不是又想让老大赏你吃板子了！"领队的强盗破口骂道，"别忘了咱们出来是干吗的。"

大汉摸了摸头，也不恼："嘿嘿，俺就好奇一看，没坏郭大哥的规矩……"

郭大哥，这称呼莫名在廖文列心头萦绕良久。他们的领头人姓郭，似乎除了劫财，并不允许手下做出格的事。

廖文列边想着边老老实实地将刚才手下翻出的几锭纹银装作恭敬的样子交予他们。汉子伸手抓过银子，却倏忽间被廖文列瞥见他手臂上的刺青。廖文列不觉一震，随即装作立足不稳倒地的样子，双手挥舞中抓住了汉子的短褂，扯了下来，露出了手臂上的"鬼"字刺青。

廖文列看着刺青张口正欲询问，却被颜溪一声"大哥"叫住。

"大哥，没摔着吧？"颜溪瞧出廖文列脸色有些异样，一边做出关心的样子，一边蹲下小声劝说，"你方才才说了，我们此番前来，只负责'买办粮食'一件事，切不可横生枝节。"

听罢此言，廖文列长出一口气："没事。"他苍白着脸色凄然一笑，"不过想起了一些人事。"

他向群山处看去，回忆起了诸多往事。

十三岁他入征名震天下的魏家军，仰慕魏源胥平息内乱的英雄意气，想着有朝一日能与他一样退敌挡乱。

那一年旧皇长逝，外敌四起，烽烟遍地，他加入军伍，以为即将开启建功立业、救国安邦的一生。谁知宫闱政变，太后协同外戚手起刀落，趁大军出征平定边关将魏家满门屠杀，全家老小无一例外。

那一夜，长安城里火光冲天，猩红的血沿着青砖蜿蜒流淌，填满每一寸罅隙。彼时魏家长女姿容倾城，本是命定的皇后，却也在这场杀戮中香消玉殒。廖文列因是新兵入伍，从未跟着魏源胥征战四方，与魏家干系不大，逃过一劫，与孙祥、吴江冷二人一同被重新编排进了京城巡防营。

魏家落败后，大权尽落太后之手，经过一番大换血，军中已经尽是太后亲信。三军之阵，全由一妇人调配。太后谢子乔不惧天下"牝鸡司晨"这样各色难堪的论调，短短数年之内，调兵遣将，硬是多次打退了蠢蠢欲动的外敌，血腥的手段更是让众人不敢另有他想。

就这样太平了几年后，随着皇帝年纪的增长，太后渐渐退居幕后。皇帝借着几次远征邻国，渐渐开始建立自己的威信。那几年廖文列与孙祥、吴江冷三人情同手足合作无间，吴江冷谋事周全，孙祥善出奇谋，廖文列奋勇争先，开始在军中崭露头角。

就在廖文列以为三人能同心协力，同为这大胤朝建立一个太平盛世之时，知州袁朗借着替魏家平反的名号高举反旗，将蜀地一带太后一党屠戮殆尽。太后震怒，也是在这时，吴江冷主动请命前往蜀地镇压，孙祥与廖文列也一同前往。

廖文列虽运筹帷幄，以战止战，但想的依旧是叛军亦是同胞，若能不战而降，自然最好。可吴江冷还是痛下杀手，将这群打着魏家名义的叛军一举歼灭。叛军头目的首级被悬挂城门三日，蜀地满是血腥之气，河水为之断流。

时至今日，那成堆的尸体还时时入廖文列梦中。而这群叛军，手臂上都青着一个"魏"字。今日他偶然瞥见这山贼的手臂，看到那"鬼"字，与鬼字旁的刀疤，十分疑心他们是不是当年的幸存者。他不敢确认，却多么希望确实有这么一帮人活了下来，也好减轻他心头的负罪感。即使他们活下来，干的也不过是这样拦路劫财的勾当，即使他们正如这尚有残存的刺青，不过是寥寥几个孤魂野鬼。

也正是因为吴江冷无情的手段让三个情同兄弟之人分道扬镳，太后与皇帝也在朝堂之上公然分派对立。曾经形影不离的三人，一个借着太后、皇帝对立之势，以中立的姿态左右逢源，青云直上；一个心灰意懒，弃武从文留在西蜀，努力抹平战争的伤痕；还有一个则厌倦战争与朝堂纷争，只想解甲归田。

一条蜀道，引出思绪万千。那年，在蜀地的征战改变了曾经天真的三人，而今廖文列竟是以这样的契机踏上这片土地。

另一边，长安大雪初停，阳光一照，积雪消融，满城如江南一般湿漉漉，洗梧宫外桐影森森，宫人手捧刚飞到的信鸽，探了探，取下信报，步履匆匆地入了内门。

绡帐里走出的女子华裾逶迤，端庄华贵，只是青丝间已夹杂些许白发。她拿起金剪，替窗前那盆鹤望兰剪去多余的枝蔓。

宫人的到来让她放下利剪，宫娥替她斟上一杯滇红。她静静听着传报，望着杯中的茶叶沉浮。

"这么说是已经到了蜀道？"良久之后，她开口问询。

"是的，国舅爷说怕是这样一来，会横生出许多事端。"

"他也是多虑了。"对于廖文列去蜀道查盐荒，太后的态度并没有自己的哥哥那般悲观，"整个长安城都知道，我们大胤朝的大司农志不在朝野，这怕是他最后一次公办了。交代完本职，应该也就回乡了。"

"太后，若只是廖大人的人马前往蜀道，也就罢了。可是'那边'的人也是紧跟在廖大人身旁，怕是有什么行动。"宫人口中的"那边"，是太后十年来心头的利刺，动不得、拔不得的清风堂。

"皇帝派去的？"太后揉了揉太阳穴，说不出的疲惫，"他还是老毛病，谁也信不过。"

"是不是陛下派去的，这个……不知。"宫人似有些惶恐，"陛下而今越来越谨慎，咱们这边留在他那里的人，已快被拔干净了。"

"若是清风堂的人也过去，确实咱们得有所防备了。看来，又是不安生的一年。"她瞧了瞧窗外，枯枝已生新芽，却依旧一片萧瑟之意，"继续盯下去，另外传书给哥哥，那件事，暂时不要查太勤，不然他们两队人马一去，我怕露出破绽。"

"是。"宫人告退。

一阵冷风拂进屋中，太后轻咳两声，引得宫娥惊惶，连忙要将窗牖合上。

"不必了。"太后阻止道，她素来不喜闷热，开着窗子，精气神也足些。毕竟她已经不年轻，倦怠感常常裹挟这具不再年轻的身体。

小宫娥叹气告退，出门迎面撞了一位女子。女子身着藕色襦裙，绾着清肃的发髻，幕篱遮面，看不真切面庞，被这一撞，才撩开了头纱，脸上虽已有些许细纹，但更显得沉静安稳。

“姑姑。”宫娥有些惊喜，“你来啦。”

“流苏，还是这样莽撞。”她嗔怒的责怪里也满是柔和，“这样可如何伺候好太后。”

说到太后，流苏轻轻一叹：“除了姑姑，任谁也不能叫太后满意吧……”话未说完，她便被这位姑姑用手指挡住了朱唇。

“休要胡说。”她轻声斥责，“宫廷之中，言辞还是斟酌些为好，不然叫有心人听去，曲解一番，又是另一番缠斗。”她边说着边从纸包里拿出一串糖葫芦。

“糖葫芦！”流苏的眉梢眼角荡开笑意，她接过糖葫芦，鲜红晶莹的糖衣在这片肃杀的白色里格外瞩目耀眼。

“知道你爱吃，宫里头没有。”姑姑宠溺地笑着，将纸包递给她，“去，剩下的，分给别的人吧。”

流苏接过，一作揖，欢快地跑开。看着流苏跑远的声影，女子才推门入内。只见太后疲乏地坐在案前，似睡又似假寐。女子走到蛸足瑜石香炉前点了丝柏香薰，太后听见响动睁开眼，闻着宁神的香气感觉精神了许多：“你来了。”

“头风病又犯了吧。”女子上前替太后摁住了穴位，小心地推揉，两人之间的相处毫无森严的等级感，倒像是姐妹一般自如，女子瞧了一眼大开的窗户，有些懊恼般责怪，“跟你说过，吹不得冷风，从来不听。”

说罢她不经这位万人之上的太后同意，便去将窗紧紧合上。太后也不恼，只轻声问道：“青蘅，今日怎么有空来我这凤栖宫走动？”

“再不来走动，我怕你这个头风病即使华佗再世也救不了了。”童青蘅走到太后身边，笑着坐下。

“可即便如此，你依旧不肯回我身边。”端庄威严的太后此刻无须矜持，防备，她们虽已不再年轻，面对彼此的眸子里却依旧有亮泽的光芒。

童青蘅眼帘一垂，她陪伴太后四十余载，见过太后还是十几岁千金小姐时的聪慧洒脱，见过太后初嫁人妇的羞涩沉稳，见过太后为夫君力挽狂澜，保住风雨飘摇的赵氏江山，也见过太后铁血手腕，终成一代名后的无奈狠辣。她陪伴太后身侧，知道所有谢家与皇室的秘密，与太后共同面对那些最艰险的岁月。但十年前魏氏一族灭门后，她坚持选择去寺庙，与青灯古佛为伴，朝廷的恩怨荣辱都化为前尘旧事，与己无干。

她是因为什么离开，太后心中一清二楚，见她脸色为难不曾开口，太后也就连忙解围："好了好了，你能来看看我，我已知足。这天还是冷，我这新进贡了几匹料子，尚衣局依着你之前的尺寸做了几套衣服，你过几日来取，瞧瞧合不合身。"

她而今能为童青蘅做的也就只有这些。童家与谢家一直交好，只是童青蘅的父亲战死沙场之后，童家便家道中落。谢子乔的父亲将童青蘅接过来，与自己年纪相仿的女儿同吃同住。两人形影不离，又性情相投，谢子乔被选秀入宫之后，童青蘅以陪嫁丫鬟的身份一起进宫，名为丫鬟，实为可以照应的姐妹。

那些最黑暗艰难的岁月，如果没有她在身侧，谢子乔恐怕早已撑不下去，更勿提成为太后。只是她上位为太后的第一件事，便是屠了魏家满门。那一刻，童青蘅知道，宫闱这条路，太过悠长黑暗。她知道谢子乔的无奈，也无法接受当年那个灵秀傲气的姑娘变成勾一勾手指，就能覆灭一个家族的修罗。她选择去往佛门，为谢子乔手下的冤魂超度往生，以洗清谢子乔身上的些许罪名。

"自从我入静安寺，你隔三差五差人来，我又何尝冻着冷着了。"童青蘅拨着炭火，"倒是对陛下，你该多关心关心，你与他赌气，谁也不划算，不过是两边受伤。"

"他立着一个清风堂，处处针对我，与我为敌。我的暖意是焐不了一颗铁心的。"提及陛下，太后气恼地咳了几声，"而今，那清风堂与大司农廖文列双双去了蜀道调查盐荒，都不知会生出什么样的事端。"

"蜀道？"童青蘅一惊，"这不是……"她下意识地又收住了即将脱口的话，劝慰太后："你也说了，不过就是去调查盐荒的，心眼自然要留一个，但切勿让陛下以为你又志在谋权。"

太后听罢此言，深深叹了口气。

七

廖文列与众手下休息得差不多，被强盗一扰，也想着赶快离开这是非之地。起身时他却无意发现方才那辆引人注意的马车中有人直愣愣地盯着众人之间的颜溪。

待到强盗们离远了点，马车里钻出个青年。青年眉眼非常漂亮，眼睛泉水般清澈，虽是粮商打扮，与生俱来的贵公子气却是掩藏不住的。青年骑上旁边壮汉牵来的白马，径直走来，冲着廖文列象征性地抱了下拳："这位大哥如何称呼？"

廖文列看着前来搭话的青年："鄙人宇文烈，往来蜀地做些小本买卖。"

"原来是宇文大哥，久仰久仰。在下沈寻萧，叫我寻萧即可。"

廖文列无奈地看着眼前这位客套的青年，宇文烈本就是假名，何来久仰，而且看这贵公子时不时地看向众人之间的颜溪醉翁之意不言自明。但廖文列也只能笑着回应："沈兄客气了。"

沈寻萧刚客套几句便略显腼腆地问道："方才我在车上无意瞥见你们似乎带了女眷入蜀，这一路可不容易吧？"边说着他边朝人群中翘首望去。

"是啊，蜀道难难于上青天啊！"廖文列边说着边不动声色地挡在了沈寻萧的前面。

"既然如此之难,为何把女眷带上呢?她是你娘子?"沈寻萧继续打探道,自知有些失礼,忙解释道,"哦,我是觉得带上女人一定多有不便。"

廖文列没有接茬,已经有些警觉这个青年了,并且令这种警惕毫无保留地让沈寻萧感受到。

沈寻萧也有些尴尬,寻思着如何化解:"宇文大哥,我看你也是做粮食生意的,我家也是做生意的,我父亲让我带着这些兄弟和粮食,出来锻炼锻炼。你看这一路山贼横行,不如你我并为一支队伍,互相也有个照拂。"

廖文列看了看他精良的马匹,身边的几个护卫一看便身手不凡,想来他必定是富贵人家的子嗣。他称自己是粮商,避在自己的名下,反倒掩人耳目。虽说对方对颜溪似有所图,但自己一行人都是高手,沈寻萧也讨不了好处,于是廖文列应允道:"你若是不嫌弃。我自然愿意。"

颜溪见山贼已经退去,前边廖文列和一男子相谈甚欢,便挤出队伍往前。

"大哥,咱们什么时候继续上路?"

"快了,你先去前头,我一会儿就来。"

颜溪颔首,转身便走,但沈寻萧终于见到了颜溪的面目,整个人倏地站了起来,脸上的神色分不清是震惊还是惊喜,上前喊了声:"何昔!"

廖文列将手一扬,用剑柄挡在了他前头:"沈兄,你认错人了。"

沈寻萧欲推开这剑,却动不得分毫。见此情景,他白白胖胖的下属走过来欲拔剑,却被他制止:"住手。"手下收住了剑,但眼神仍然十分不友好地瞧着廖文列。

沈寻萧用几近哀求的目光看着廖文列:"我得见见她。她或许是我的故人。"

"她没有故人。"廖文列拒绝得很是利落,没有了平日里的一丝儒雅，言语中满是防备与杀气，"她的父兄都已死于战场，我救下了她。往事与她已没有关联。"

"你只需告诉我，她是不是……"沈寻萧话至此处，却突然断了。见到她，虽乱了心神，但做惯了多年的惊弓之鸟，他清醒地知道这个时刻不可以提起那四个字。

如果此刻他与她相认，是否又会掀起一场腥风血雨？她既然没有死，那便已是最好的结局了。沈寻萧想到这里情绪缓和了下来，但廖文列还是能看到他望着那个远去的背影，嘴唇近乎颤抖。也是在这个时候，颜溪突然回头，与沈寻萧的眼神交会，他冲着她和煦地一笑。

她不解地问："你见过我？"

颜溪的记忆开始于三年前，那时廖文列救下了奄奄一息的她。关于过去，她忘得一干二净，甚至自己的名字都难以想起。他在溪边遇到的她，起名颜溪。往事虽已如烟，但她身上的一身绝学并没有丢失，把脉问诊，妙手回春。

她对过去常有好奇，想着失忆之前，是否会有家人，是否有人在寻她，看遍医书，想着医治失忆，却也效果甚微。廖文列告诉她，她的父兄早已战死沙场，她而今是孤身一人。廖文列以兄长的身份，对她无微不至地照顾，这三年她眼见的也是一个敦厚忠义的大司农，便从来不对他的话生疑。

于是她也渐渐开始了新生，成为廖文列的义妹。而今，眼前这个男人的神情，倒像是认识过去的她。

"你叫什么？"沈寻萧终于开口，声音不知为何哑涩了很多。

"颜溪。"她看着他，眼神澄澈平静。

不是那个人，相似罢了。毕竟他在街头巷尾，曾把无数人认作那个人。

这不过也是相思入骨后的错觉罢了。

"好名字。"沈寻萧笑笑，"你很像我的一位故人。"

故人？颜溪很是好奇，或许他真的是从前认识自己的人。她想上前问个明白，但他无所谓地转身，回到了自己的马车上。沈寻萧白胖的属下叹着气摇了摇头："公子次次都用这招，越演越像！都不知腻的吗！让二位见笑了。"说罢他也径自走开。

原来只是一个公子哥儿搭讪的伎俩。颜溪有些失落，廖文列却松了口气。

"我本以为他真的认识我。"颜溪说及此处，头突然有些痛。

"怎么，旧疾又发作了吗？"廖文列关切地询问。

颜溪点点头："头又开始痛了，不过不碍事。"过了一会儿，头痛渐渐好转平复。

"认识又如何呢？"这回轮到廖文列劝慰颜溪，"这几年，你无忧无虑，过得不也照样自在？若是想起往事，想起那已经离去的父兄，怕是徒增伤悲吧。"

"话虽如此，但而今，我总觉得自己像是无根的草，飘摇在这世上。没有过去，也着实让人悲伤。"

"颜溪，或许这过去让人更悲伤。"廖文列知道话已至此，不能再说下去了，"咱们朝前吧，前头的路，长着呢。"

颜溪无奈地点点头，上了马。

"走，上马出发吧。"廖文列朝着众人施令，一群人又浩浩荡荡出发了。

两队人马合并之后，几个伙计都是粗人，一路也无事可做，相互一阵寒暄之后，竟很快就打成一片。

走了段路，沈寻萧也从豪华马车中下来，与廖文列同行。两位当家彼此之间看着和气，言语中却相互留了几分。

远远地有人瞧见他们越走越近，百米之外，浩浩荡荡的一群人渺小如蚁，而这方的山形就像是一只食蚁兽。

众人正走着只听前边一阵惨烈的讨饶声传来。沈寻萧警觉地勒住缰绳。只见前边三五个壮汉追着一个身材瘦小的男子，男子骑着一只跛脚的毛驴，虽不停地扯着缰绳，却被后头的人轻松追上，被一脚从毛驴上踹了下来。

"你们太不讲理！"那男子从驴上滚下来哭喊着，看着年纪不大，细皮嫩肉，长得斯文清秀，书生打扮，手中拿着一个酒壶，这等危急时刻仍然不忘往嘴里灌几口酒。

沈寻萧皱皱眉头欲告知大伙继续朝前走，却见廖文列要下马的架势。两人挨得近，他顺势拦住了廖文列，低下声道："各人自扫门前雪。"

大汉并不理会男子的哭喊，上前一步："你不把欠着的酒钱还了，我就把你拎到悬崖边扔下去。"

"等等！"微醉的男子伸手阻止，"这样好吗，我拿我的画换你的酒。在我们老家，我的画可是千金难求啊。"男子边说着边打开肩上的包袱，拿出画轴抛给大汉。

大汉虽不屑他所谓的名画，但见他抛了过来，也就顺手接住，好奇地打开，不远处的廖文列隐约能见到是一幅并不常见的画。狰狞的面貌下，人们的脸都畸形了，横七竖八地倒在地上，就这样填满了整幅画，毫无美感，毫无留白，与传统的写意之美相去甚远。

大汉看着这幅诡异的画竟被吓了一跳，险些没拿稳画，随后感觉到自己在大庭广众之下有失颜面，对着醉汉怒吼："耍老子！"他将画一把扔下，还不等男子开口就上前将男子拽住，伸手就是一拳，男子惨叫，用袖口一抹，更是满脸血肉模糊。

醉汉被倒拎之际，瞧见不远处的马队，喜出望外："远处的兄弟！缘分啊。那个，五两银子有吗？出五两我做你手下可好？"

"钱兴。"廖文列唤了唤身后的管家。

钱兴面露难色："方才打劫时，咱们的活钱就被搜刮得差不多了。这会子五两银子，可也不是小数目。不知那酒鬼怎会欠下这么多。"

沈寻萧冷嗤："这样的泼皮你也管？"

见两人都这样发话，廖文列有些犹豫地看了看前方，但终究还是开口:"钱兴,把银子给我吧。咱们这路上该备的也都备了,怕是用不到什么钱。"

钱兴一脸不情愿地把钱递过去。

风沙变得有些大。男子孱弱的身子被倒拎在悬崖边晃啊晃,就像一个弱不禁风的布偶,随时都有摔下去的可能。正说话间,狂风大作,众人不禁眯起了眼。大汉也站得不稳,朝后一退,不想脚下有颗滑石。他一惊,松开手,只听惨烈的一声尖叫响彻长空。

众人睁眼,廖文列不知何时已经在悬崖边勒住了坠崖人的手。男子紧闭着眼睛,不敢看底下的万丈深渊,只响彻云霄地哭喊:"你得救我上去啊!你得救我啊!千万别撒手!"

"你别喊了。"廖文列皱了皱眉头,"你这一喊,我倒是想放手捂耳朵。"

"不喊了不喊了。"那人的哭声瞬间停止,手死死抓住廖文列。

"你抓紧了。"廖文列将其猛力一提,不想却发现自己用力过猛,双双跌在崖边。廖文列暗自思忖这人倒是清瘦,总以为这样体格的男子虽然瘦小,但好歹也要些力道,没想到却这样轻巧。

"没事吧?"他看着失魂落魄的男子淡淡问了句。

"我没事。"男子失落地看了看崖下,"可惜我的酒壶丢了。"

廖文列无奈一叹,生死关头,这人竟还记挂着一个酒壶。

廖文列抛给壮汉一锭纹银:"我替他还上。你就别再为难他了。"

汉子这辈子没见过如此大的纹银,眉开眼笑地接过:"不愧是好汉啊!算你走运了。那……咱就撤了。"他说着大手一挥,眼色一使,带着一帮欢呼雀跃的小弟走了。

"喂!你赔我的酒壶!"男子追了几步,却只吃到那帮人扬起的尘土。他呸呸了几声,只得愤恨地回到原处,这才正眼看廖文列,整个人像是被雷电击中一般,僵在原地。

廖文列瞧了瞧这个满身酒气的瘦小男子,不知为何,竟有种似曾相识之感:"我们是不是见过?"话一出口,他便后悔了,自己何时开始也和沈寻萧一般喜欢这样搭讪？何况对面还是个男子。

那醉汉愣在原地，半天回不过神，许久之后才木讷地摇摇头："不曾见过……吧。"

此时沈寻萧带着大队人马到了这前边。

"时候不早，咱们得继续赶路了。"沈寻萧打量了一眼这个醉汉，皱了皱眉，对廖文列道，"咱们都不熟路，天也快黑了，怕是要摸索很久。"

廖文列走至马前，却被醉汉拉住了胳膊："这位兄台，在下庄子秦，谢谢你方才出银救我。小生是此地一名画师，常年以画换酒，而今无以为报，只能跟在你这做一名手下啦。"

"不必了。"廖文列回绝，"你自由了。我们也得接着赶路，就此别过。"

廖文列踏上马鞍，却被生生拽下，不禁暗自想着方才怎么没发现这人力气竟这样大。

"这不行啊。"庄子秦较真起来，边说边捡起地上的画小心翼翼地掸掸，"我向来言出必行。让人知晓我答应了不作数，在江湖上还怎么混？"

"你原来也混不下去吧。"沈寻萧在一旁幽幽道。

"喂！嘴不积德的不得善终啊，我说话很灵的。"庄子秦愤愤。

"小兄弟，咱们有要事在身，实在耽搁不得。你既然从恶霸那里解脱了，就去寻个稳当的差事。咱们后会有期。"廖文列费了好大劲儿才让庄子秦的手从自己胳膊上移开。

"既然你们这么嫌弃，那我也不强求。"庄子秦努了努嘴，"再会喽。"

廖文列摇摇头。瞧庄子秦剑眉星目，五官线条利落干净，虽有些阴气，但放在人群中也算是一等一的美男子，偏偏辜负了这好皮囊，做了个无赖。

庄子秦正欲踏上跛脚驴，沈寻萧突然想起什么似的叫住："慢着！"

庄子秦惊讶地回头:"公子有事?"

"你说你是这里的画师,那对这片地应该很熟悉吧?"

"自然。"庄子秦没好气地翻了个白眼,"这蜀地的名川就没我没去过的,我都画吐了。"

"听你口音也不像本地人。"一直未说话的颜溪开口。这人自诩走遍这里的山川,照理也该是本地人。

"笑话!"庄子秦嗤之以鼻,"我是画师,游历四海,这口音不似本地实属正常。倒是这蜀道,剑锋危崖,风光无限,确实是我常年待的地方。"

"那你可知道现在蜀地有何变故?现在按官道走还有几日?"沈寻萧仿佛抓住了救命稻草,与先前的嫌弃不同,皱眉紧张地问道。

庄子秦略一沉吟道:"最近蜀地饥荒,又听闻往来客商提起各地盐荒四起,现在的官道上怕全是走私盐的、逃难的以及粮商。怕是比往日要多行几日,约半个月。不过……"她故意顿了顿,引得众人提了口气,都听她下文,见大家一副期待的神情,她才得意扬扬地抛出下文,"若是走我知道的那条近道,虽崎岖了些但六七日能到。"

"能信吗?"沈寻萧皱眉问道。而他问这句话时,也不顾庄子秦就站在旁边。

庄子秦对于这样的公然藐视显然有些气鼓鼓的。

"看他虽油嘴滑舌了点,倒不像是坏人。"颜溪开口。

"眼下也没别的法子了。这浩浩荡荡的人马,皆初来乍到,不走近路等这半月过去,怕是这些货风吹日晒得坏不少。"廖文列对着前边道,"小兄弟,烦请你带我们走一遭。这是苦差,所以你说个条件吧。"

庄子秦一挑眉毛:"方才你们一副嫌弃的样子把我拒了,现在,我得要重金才能带你们过去。"她伸出一只手掌,"五百两,一分也不能少。"

"喂!你这厮!"钱兴有些看不下去,打抱不平道,"我们当家的把唯一的一锭银子都用来救你的燃眉之急,你可好,恩将仇报。"

"我刚刚是要报恩啊。"庄子秦说得理直气壮,仿佛自己是最委屈、最占理那个,"你们自己说不要,那这事就平了。一码归一码,现在是你们重新求我啊。"

"我现在知道你为啥会被人追着打了。"沈寻萧冷冷道,"换作是我,也想把你乱棍打死。"

"这位公子现在说这些未免太幼稚了。"对于他的侮辱庄子秦气定神闲,毫不生气。

颜溪看大伙儿为难的样子,又看到了崖下化作碎片的酒壶,想到庄子秦先前因酒壶碎了鬼哭狼嚎的样子,想了想计上心头:"先生,我们之前刚遇昭云门的强人,也实在没太多银两,但车上还有些上好的杜康不知可否通融一下?"

庄子秦闻言顿时眼就直了:"杜康,你说的可是杜康?"

廖文列也突然知道了颜溪的用意,连忙回头示意手下拿出自己的酒壶打开。庄子秦闻见酒香不由自主地向着廖文列走了两步,猛然发觉自己的失态后强装镇定,眼睛却一直盯在酒上。

"那个,既然你们如此不走运遇上了强人,我也不为难你们收你们钱了。"庄子秦强自装出一副同情的样子,"我的向导费你们就拿一些酒来顶可好?"

"那真是太好了。"颜溪看了看廖文列,两人对视一笑,舒了口气。

"这人来历不明且多加小心。"沈寻萧却不如二人这般放松,凑到廖文列耳边低语,"先应下。过了这坎,再甩了也不迟。"

"应了便是应了。"廖文列摇摇头,"小兄弟,我答应你便是。只是咱们这一路都有要紧事,你若是贪杯误事,可别怪我赖你酒。还有这马匹,我们是断然不能舍的。我们都是来蜀地做生意的粮商,马背上的是身家性命。"

顿了顿,他看着依旧目不转睛的庄子秦,将手里的酒壶扔了过去:"这且先当作定金。"

"我既然敢带你,自然有法子,必定不会误你们的大事。"庄子秦摸着酒壶笑笑,"今后要承蒙大家照顾了。敢问诸位好汉名字?"

"沈寻萧。"沈寻萧不自禁地翻了个白眼。

"宇文烈。"廖文列开口。

"这位美女,你叫啥?"庄子秦笑眯眯地看着颜溪,本来猥琐的表情在她俊秀的脸上变成了玩世不恭。

"颜溪。"颜溪淡淡一笑,却不曾注意到沈寻萧偷偷看她的目光。

"好吧。"庄子秦朝着人马喊话,"诸位赶紧跟上我,我知晓除了这剑门关之外,尚有一条近道可过。"

"行,大家都跟上吧!"廖文列朝着后头喊。浩浩荡荡的人马继续前行,庄子秦跃上了跛脚驴,驴的两边放着箱匣、一把油纸伞。匣子看着陈旧,经了些风霜,看上去确实是江湖游历的离人。

"咱们要不并出一匹马给她吧?"颜溪看着庄子秦有些同情,"我看她这驴,也是够累的,我们的速度也可加快些。"

"小兄弟,你会骑马吗?"廖文列朝庄子秦喊道,"会的话我让我手下把货物挤挤,给你腾出一匹马来。"

庄子秦转过头,对他们的宽厚有些惊讶,继而答道:"不用,阿花跟我更亲,我习惯骑它了。"

庄子秦带着一行人走的虽是幽静小道,但手下们继续热络地聊着。廖文列向来话少,庄子秦却是个十足的话痨。

"大哥,你们是打京城来的吧?"她行至廖文列身边,硬生生把颜溪挤到了后边。

"对。"路途坎坷,廖文列回身看了眼马车上的颜溪,有些应付地答着。

"我娘年轻的时候去过京城。她说那年那里的梅花开得正盛。"庄子秦眯眼,陷入了遐想,眉梢竟有一丝落寞,"我上回去京城,梅花却被雪覆住了,没见着。"

"京城冬日,梅花确实满城。"廖文列竟然开始搭腔,"我家门前的巷子，走过去，总抖落一树的花瓣。"

"哇。"庄子秦露出惊喜的表情，廖文列看着这人觉得像一个惊奇的姑娘，但庄子秦话锋一转，"你知道梅花也能制酒吗？"

他一说后半句，廖文列便忙打消自己可怕的想法。三句不离酒的酒鬼，怎么看也不是个姑娘。

"不知。"廖文列淡淡道，"我们那里的酒大都是高粱酿的。"

"十月后，摘下将开未开的梅花蓓蕾，将其花口、蒂心用蜡封住，浸腌在蜜罐里，到夏天取出，还保鲜如新。冬天大雪之时，从荒野的远山上收集洁净的白雪，运到雪窖里，密封贮藏。一旦夏天到来，就可以'雪泡梅花酒'了。度数低，消暑解渴，还清香扑鼻。"庄子秦侃侃而谈，"你记住了吗？"

"啊？"廖文列似懂非懂地点点头，"你虽是儿郎，没想到钻研的竟是这些作画酿酒的雅好。"

庄子秦满不在乎地牵着驴："你是想说男儿都该带吴钩，收取关山五十州？可惜我志不在此啊。不过，我看你可以。"

"我？"廖文列笑笑，"我不过是个普通的粮商，天南地北，养家糊口罢了。"

"我看不像。"庄子秦笑容复杂，轻轻嘀咕了一句。

这时两侧依旧险象迭生，茂密葱郁的树林变成了死寂的枯松，沿路能听到的都是乌鸦凄厉的叫唤。

沈寻萧望着越来越窄的小道总觉得有说不出的诡异感，皱着眉头扬了扬手："停。"

跳脱在前头的庄子秦勒住驴转身，好奇地问道："怎么不走了？"

沈寻萧打量着她："时间是越过越久，这路也是越带越偏啊。"

庄子秦满不在乎地一笑："我知道你们不信我，我也不藏私。"说完她下驴，从袖子中掏出一幅山水画一般的地图，"这是我自己画的图，你看我们先走小道至广元剑阁，然后沿金牛道走一段，等到了梓潼后沿梓江走，过盐亭、三台、中江三地再入金牛道。"

沈寻萧听着庄子秦毫不犹豫地说出地名，神色自若也不像现编的便点点头，正要开口，庄子秦一脸坏笑地凑上来搭着沈寻萧的肩："你看，我路线都告诉你了，你也挺讨厌我的，要不你多给我几壶好酒我就把这地图给你，然后我回剑门关继续拿画换酒，你们继续赶路。也省得我让公子你一直操心了。"

沈寻萧看了眼地图皱着眉头打掉庄子秦搭在自己肩上的手，淡淡道："你这地图也只有你看得懂了。"说完他便一踢马腹加快速度离去。

看着庄子秦还想追上去继续推销自己的地图，廖文列只能赶紧拉住庄子秦："行了，你这画精致是没错，但这图一无山脉走向，二无地形标注，我们买了也只能当山水画看，你还是好好带路吧。"

庄子秦盯着廖文列的眼睛笑意盈盈："你不怀疑我了？"

廖文列看着庄子秦，有那么一瞬恍惚间见到的是一个漂亮的姑娘。他回过神，大笑了几声："我哪怀疑过你，我若怀疑你何必将身家性命托给你？我还舍不得那几壶好酒呢。寻萧的话你也别往心里去，这些商人在外闯荡，多几个心眼也是应该的。"

庄子秦看着廖文列坦荡荡的样子玩味地笑了笑："你这话说得好似你自己不是个商人一样！"

廖文列略微一滞，然后长叹一声："商人也是各种各样的，我从商这几年遇上的多是可靠之人，所以依旧敢信人。寻萧我虽然和他相处不长，但看得出他是个好人，恐怕是曾遇上过什么才不敢信人了吧！"

静谧的树林中，只有墨绿色的树迎风而动的声音，众人驻足小憩。沈寻萧的手下看着路边的枯枝，拔刀轻抖刀尖，边上的老树上便被刻上了一个惟妙惟肖的白馒头，馒头上的丝丝缕缕刻痕更是像腾腾的热气。

"没想到小白的刀法如此精妙。"廖文列看着树上那个连热气都画上的馒头称赞着。

庄子秦也对沈寻萧笑道："沈寻萧这属下不得了，白白胖胖的像刚蒸好的馒头，但手脚利落得又像是个精干的瘦子。"庄子秦说话间还戳了戳白葡萄雪白饱满的脸颊。

"你这是对我们胖子的歧视。"白葡萄冷冷回道,走到一边。

庄子秦看着他若有所思:"这样的世道,雇这样的高手,还能有这样排场的人,都不干净。得亏我不是朝廷之人,不然我可得好好查查,说不定都是不义之财。"

"不义之财哪那么好发。"廖文列摇摇头。

"什么中饱私囊啦,什么卖官啦,什么卖盐啦……"庄子秦摇头晃脑地恨不得将所有的污水倒在沈寻萧身上。

听她说到卖盐,廖文列手不由得一僵,继而不动声色道:"别说这么多了,接着赶路吧。"

有了庄子秦的带路,入蜀迅速了不少,两天不到一行人便快到剑阁了,也没有再遇上强人剪径之事。只是口粮渐少,廖文列担忧地开口:"这前头可有过路的客栈?咱们的干粮也差不多完了,是时候找家客栈歇脚吃点汤水了。"

"客栈有啊。"庄子秦拿着树枝抽打着一旁的枯木,"再走一个时辰就到了。只是这条路行人稀少,客栈生意自然也不好。而且那与其叫客栈……不如叫茅屋。"

"有个歇脚的地方就好。"廖文列知道同行的伙计常年风餐露宿,自然不会计较房子的好坏。

大约一个时辰后,廖文列远远地便瞧见一缕烟从一户人家里冒出。

"看!炊烟。那个就是我说的客栈。"庄子秦兴奋地指着前方,却看见廖文列目光异样,她循着廖文列的目光望去,那烟色乌黑,越冒越浓,看着显然不像炊烟。

"着……着火了。"庄子秦奋力往前跑去。

"喂!危险!"廖文列赶忙追上。

那屋中有一妇人惊恐地尖叫着。庄子秦看到她正用酒去浇火,不想越浇越大。

"救命啊!"妇人哭喊着,"造孽啊。"

"还真是造孽!"庄子秦夺下她的酒壶,把她往门外推搡,拿起旁边满是灰尘的遮布拼命盖下去。廖文列四下张望,瞧见一口水缸,即刻费劲地将它推进了火堆中。

二人赶到得及时,乱窜的火苗算是渐渐平息下来。只是灶头、墙壁都已经烧得炭黑一片。庄子秦的脸上也满是烟尘,原本清俊的面庞变得脏兮兮的。妇人拍拍胸脯故作淡定,最终还是哭了出来:"挨千刀的,明知道我这辈子没有下过灶头,还让我一个人留在这儿。"

"这儿现在是你一个人吗?"廖文列的表情非常僵硬。

"对啊。"妇人拿起脏了的围裙擦擦眼泪,"挨千刀的去京城了。这让我怎么活啊!"

"千里迢迢的,进京做什么?"廖文列有些惊讶,"现在也不是赶考的时节啊。"

"我家那口子好下棋。"妇人叹息着摇了摇头,"对于很多棋者,这一年一度的弈棋大赛,可比赶考重要多了。"

廖文列恍然大悟:"三月才结束比赛,寻常人家确实还需再赶半月才能回来。"

庄子秦神色微微一变,朝着窗外的远处看去,只看见群山在夜色的笼罩下隐约起伏。她移回视线,将这份忧思收敛了起来。

"我也爱下棋。"庄子秦此时插话道,"但这大赛,与其说是天下爱棋者切磋技艺用的,倒不如说是鲤鱼跃龙门用的。多少大胤朝的议员都是从中出来的,这艺考可比正统的科举竞争压力小多了。不过有一点确实好,这大赛不拒四方来客,哪怕是战事吃紧的国家,也可以友好参赛。"

"我家那口子倒真是冲着交友而去的呢。"妇人听了庄子秦的话,很不甘心地向庄子秦辩解道,"只是他这一走,我一个人啊,孤零零的……"说着说着她便悲恸地一屁股坐在地上哭了起来,不想这地面刚被火灼烧过,她坐下那瞬又立刻弹起,痛得龇牙咧嘴。

庄子秦忍不住哈哈大笑:"大娘,米没煮成,你也不至于煮屁股啊。"

"什么话！"妇人面有愠色，"你们这群人怎么突然跑我这祥瑞客栈来了？"

"我们自然是来住宿啦。"庄子秦嘴快，忽略了廖文列的眼色。待他发现，话已出口。

"原来是客官呀！"老板娘立刻笑逐颜开，抚了抚早已抚不整洁的发髻，"但是我不会烧饭，你们得自行解决伙食。"

廖文列一把拉过庄子秦："这里没法住啊。干粮不足不说，这房子还被烧了，我们这和野营有什么区别吗？"

"这个简单。"庄子秦眨巴眨巴眼睛，"山间有野鸡野兔出没，你带你的兄弟抓些回来，再摘些野菜即可。"

妇人也连忙补充道："这荒山野岭的，我一个人也害怕。而且方才是你们帮助我把火扑灭的，我不收钱。"

廖文列皱眉问道："你？会……做菜？"

"当然！"庄子秦得意地昂着头，"有这功夫怀疑我的手艺不如干点正事，让大伙赶紧安顿。咱们得趁着天没黑之前，出去猎点野味。"

所谓安顿，也不过是一群汉子在屋里将草垛铺好，挤在一块儿。总共四间房，分别属于老板娘、颜溪、沈寻萧，剩下一间廖文列让给了庄子秦。庄子秦也毫不推诿地住进了屋子，稍作歇息后便带着众人去找食材。

蜀地多有瘴气，因环境阴暗潮湿，生了许多野蘑。但也唯有庄子秦能对这些野蘑加以辨认。

"这个、这个、这个可以。"她有条不紊地指着地上的蘑菇，指挥手下们干活。

"我说你一个男人怎么从来不动手，就知道在那儿瞎指挥。"粮队主管钱兴不禁对她有了怨言。

庄子秦气得跳脚，指着自己的脑门儿："老子体弱，但这儿比你们发达。你们出力，我出智慧，明明是合理分配，到你这呆子嘴里，怎么就这么难听。"

"好了好了,你别急。"颜溪赶忙上前打圆场,"咱们去另一片地方看看吧。"边说着她边将庄子秦拉开,庄子秦气呼呼地跟着她走开,临了不忘回头叮嘱钱兴他们,"就这片的能吃,要是摘了那块,误食了就直接让你娘子备棺材吧。"

正拉着庄子秦的颜溪眼里突然有了惊喜的神色,她蹲下身,看着地上的一片绿植,一畦畦青翠欲滴的防风铺满山坡,挥舞着蒲扇般的手掌疯长着,还有川芎、玄参等药材。

颜溪摘了放入箩筐中,不时将药材翻抖,药香顿时飘散开。

庄子秦看着她,与先前一派悠闲之姿不同,不由自主地蹲下身:"颜溪你通医理啊?"

那边立刻有壮汉搭腔:"她是再世华佗,我们这些人的刀剑风寒伤,她都能治。前年荡敌我差点有去无回,还是姑娘给续命的。"说到荡敌,汉子自知说漏了什么,连忙噤声,可庄子秦显然没有认真听他说。

"这我可没看出来。"庄子秦凑近颜溪,颜溪本能地躲开,却闻见一股幽香。她嗅了嗅道:"你是戴了香囊吗?"

庄子秦一愣,看了看腰间:"哦,是呢。这香囊我娘留给我的,一直戴身上。"

身边的汉子们立刻开始了调笑,带着讥讽的眼神看着庄子秦,堂堂男儿,手无缚鸡之力,却整日戴着一个香囊。颜溪却不以为意:"这香味好奇特。"她伸手去拿了那香囊,"这花香我从未闻到过。"

庄子秦急急忙忙将香囊从颜溪手里抽出,大呼一声:"别动!"颜溪一愣,庄子秦连忙补充道:"对不起,这是我娘留给我的,我都不喜欢他人碰。"

颜溪笑着摇摇头:"不碍事的,是我冒昧啦。"但这花香奇特又浓郁,她碰触了之后,身上也带了些香气。

"方才你说没闻过这花香,其实世上百花,岂能闻个遍。这药材指不定还有很多医书里不曾记载的。好了，我看咱们也不能将晚饭变成蘑菇宴，再去别的地方猎几只野兔吧。"庄子秦边说着眼睛边斜睨汉子们，"都是壮硕的带功夫好手，看你们今天能有多少收获。"

舟车劳顿一天的汉子们饱餐拾掇好后，也渐渐鼾声四起。庄子秦手提酒壶推开门，借着月光，瞥了他们一眼。虽早已沉沉睡去，但众人睡姿竟也出奇相似，且每人都将兵器放于身旁，眼虽闭着，手却是一刻不放松地握着刀剑。庄子秦冷笑一声摇摇头，却倏忽看到一个空了的铺位。

夜色如墨，风劲如啸，庄子秦隐约能听出这风声里夹杂着铁器声。月下，浮光掠影般，有个身影在闪动。庄子秦静静地朝着那身影走过去，只见凌厉的一刀从她脸旁闪过，她忙愣在原地一动不动。幸亏使刀者腕力足够，那刀生生回旋擦过她的脸庞，但庄子秦依旧感受到了刀体的凉意。

"你不要命了。"说话的是向来温和的廖文列，他喘着粗气，话语半带苛责，"只稍一寸，就是喉口。"

"我哪知你这厮竟半夜在此舞刀。"庄子秦席地而坐，喝了口酒，"我以为你们粮商关心的不过是庄稼地里的收成，原来你还有练刀的嗜好。"

"出门在外，总需学上一招半式，方能傍身。"廖文列亦在她身旁坐下，"所以我就特佩服你这样手无寸铁还敢行走江湖的人。"

"毕竟人家说江湖险恶，指的是人心，不是这利刃。可是谁人耍滑瞒得过我？"庄子秦一边狡黠地笑，一边补充了一句，"包括你。"

"我？"廖文列略带心虚地干笑了两声，"你一无钱财，二无地位，我何必对你耍滑。"

"我没说你对我。"庄子秦起身，满天繁星下留给廖文列一个背影，"但如果我是你，一定会做得更滴水不漏。"

"什么意思？"此刻廖文列见不到庄子秦的脸庞，看不真切她的神情。

"没什么。"庄子秦转过身，脸上还是平日里吊儿郎当的样子，"我知道你们不是一般人，可是逢人且说三分话本就应该。我无意打听你们的底细，你也别总怀疑我了。"

"我，我是信赖你的。"廖文列没料到她这样直接抛话，一瞬间有些无措。

庄子秦暗笑："刚刚那一刀，你是故意的对吗？"

廖文列睁大眼，张了张嘴，但似乎觉得自己若是再辩解下去，只怕也是自取其辱，最终只是问了句："你怎么知道？"

"你能在千钧一发之际让锋刃避开我，难道就不能在这之前，刀势尚稳之际收住刀？"庄子秦折下一根枯枝，"那一刀你就是为了刺探我是否会功夫。可是，我不怪你。"

"对不起，这一路你为我们鞍前马后，做了很多，我却还这样疑心你。"庄子秦明知自己满是刺探，却不责怪、不恼怒，廖文列没料想这个之前急躁的小青年是这样通透的人。

"我说啦，这都无所谓。"庄子秦在廖文列身边躺下，望着满天繁星，"过几日就到成都了，届时我赶上你的马车，车里都装着上好的老酒，浪迹天涯。想想这个，我就觉得日子还是挺有过头的。"

"你终日里就这样游荡吗？看你也是读过书识过字的，就没想过考取功名，在朝为官吗？"

"笼中鸟有什么做头。"庄子秦冷笑一声，"就为了那一纸身份文牒，世人未免太俗。我就想喝酒诗茶，过神仙日子。"

廖文列看着眼前这个曾被追讨欠酒钱的"神仙"笑着摇了摇头："这样不事生产，不报效国家，哪像是大丈夫所为？"

这个被追债且嗜酒的江湖人突然正色起身，廖文列以为这一句得罪了她，慌忙道歉："我并无他意。"

庄子秦只是看着他，以从未有过的严肃语气问道："宇文兄，你说一个国家之于百姓，是四处扩张疆土，扬我国威比较好，还是有余韵养我这样下棋、作画的闲散人好？"

廖文列一愣，竟答不上话。

庄子秦自问自答地喃喃道："疆土再多，成全的是帝王的版图，满足的是将相的雄心，牺牲的是无辜的兵士，苦的是流离的百姓。我倒更希望我的国家，作诗的作诗，作画的作画。"她眼里似乎有了一丝恨意，"而今，那些怀着封妻荫子梦的将相功成万骨枯，竟成了人人敬仰的标杆。"

廖文列点点头却又摇摇头："是啊，除了少数人，谁人喜欢战乱？但不是所有的将士想的都是封妻荫子、建功立业。他们或许只是希望自己的国家，作诗的能安心作诗，作画的能安心作画。你现在坐在这方饮酒作乐，逍遥自在。可是八年前，这里遍地焦土。你而今的安然，是有人拿命换来的。"说到此处，廖文列拿过庄子秦手中的酒，在地上祭洒了些。

庄子秦一愣，一时竟辩驳不了什么。廖文列看了看她，笑着起身，又望了望月色："小兄弟，夜深了，走吧，明日还要赶路呢。"

他少时参军，一路扶摇而上，如今虽不能再挑灯看剑，但好歹担得起"朝廷栋梁"四个字。而庄子秦这样远离庙堂的闲散人，看似是朝野读书人最不齿的，但何尝又不是最值得艳羡的？

庄子秦伸出手，廖文列轻巧一勾，将她拉起："那么，明日见了。"廖文列颔首，往屋里走去。

庄子秦望着他的背影许久，也一道进了屋。

第二日，众人便决定从这客栈离去。老板娘就像承诺的那般并未收取多少银两。庄子秦与廖文列更是她的救命恩人，她欲送些东西，实在家徒四壁，于是只给了一颗黑色的棋子。

"我家相公是下棋的高手，在外认识不少人。这棋说是用很特别的工艺打造的，你要不就留着吧。"

众人暗自发笑，这样的东西不如不送更有面子。庄子秦拿过棋子，在手中摩挲良久，道谢着收了下来。门外传来了敲门声："娘子我回来了！弈棋大赛，夫君我拿了第三！赏金千两！！"

与老板、老板娘说着道贺的话，庄子秦却忍不住想起自己的师弟在弈棋大赛上的失利。吴太尉，他弈棋的水平自己清清楚楚，心中却依旧忍不住失落。

八

一行人又赶了一阵路，远远地已经能望见剑阁了。周围的人流逐渐多了起来，看着人群大多面黄肌瘦，廖文列悄悄向庄子秦问道："蜀中难道遇到了饥荒？"

庄子秦叹了口气："朝廷前些年在蜀地平叛，蜀中田地多有损毁，劳力也多有伤亡。这几年又打算攻打蝶陵，战鼓一响，黄金万两。结果蜀地非但没有减税，反而加捐。州府大人虽然已经为民竭心尽力，开仓赈灾，但还是饥荒不止。这些难民是去州府讨生活的。"

闻言廖文列也是心中黯然，但没等两人感慨多久就听旁边车队中一人大声鼓舞车队众人："大家加快速度啊！咱尽快把这批粮运到成都卖了就可以好好地玩玩了！"

廖文列心中一惊暗道不好，只来得及对庄子秦大喊一声："快跑！"便回头直奔自己的车队去。果然难民们听到这里是粮商运粮队便开始蠢蠢欲动，人群中不知谁喊了句："这群黑心的奸商，我们这里闹饥荒他们却来这里剐我们的骨！"难民顿时群情激奋，有几个人甚至开始动手推搡车队护卫。

廖文列急忙对着手下诸人大喊："放弃车队，各自冲出人群，去剑阁求援！"然后他一把将颜溪拉上自己的马后开始往外冲。

"大哥，你不用管我，你快走。"颜溪扭了扭试图挣开廖文列，廖文列赶紧低声吼道："长途跋涉这么久你也不看看自己累成什么样了，老实点！"

廖文列低头驾马在人群间隙中穿梭，但心中始终有种不安的感觉挥之不去，就好像遗忘了什么一样。

眼看着冲出围得越来越紧的难民群，廖文列不安地回头望了一眼，却瞥见人群中庄子秦那个从不离手的酒壶被扔上了天。猛然间想起庄子秦也陪着几人行了一路，尤其是两个时辰前庄子秦言语中隐隐透露出希望先休息，廖文列暗自咬牙。当初逞强的何止颜溪一人，如果自己早些发现便不会有这些麻烦。他一思量便有了决断，一个翻身下马道："颜溪，你先去城门口等我！我稍后便去！"说罢他拿起鞭子在马背上奋力一抽，看着马驮着颜溪跑远后反身冲进了人群。

但廖文列一身商人打扮无疑让他成为渐渐失去理智的难民们泄愤的目标，难民们一边叫嚷着"商人没一个好东西"，一边企图对廖文列拳脚相加。廖文列仗着自己一身武艺靠身法躲避着难民的攻击，但由于不好还手也落得狼狈不已。

寻着酒味挤了一段后廖文列一低头，看到自己送给庄子秦的酒壶摔在地上被人踩得粉碎，庄子秦宝贝不已的杜康流了一地，她却已不见踪影。四下巡望之际，廖文列转身突然发现有个人在捡破碎的酒壶，那身形酷似庄子秦，只是披头散发、衣衫褴褛被人群拥挤着，她这一蹲极有可能被慌乱的人群踩踏。廖文列伸出手试探地叫了声："小兄弟？"庄子秦慌乱回头，廖文列顿时愣住，庄子秦的发髻早已散落，一头长发披肩。看着庄子秦那张即使沾了些许灰尘仍透出秀气的脸，廖文列再次觉得眼前这个人分明是个姑娘："你……"尽管此前他已看出些端倪，但获知对方的女儿身后他还是略感震惊。

"发什么愣！"庄子秦怒道。她的外衣已经褴褛不堪，扣子也不知遗落何处，露出雪白的臂膀。

廖文列迅速回过神，脱下外衣披在她身上，反身蹲下："快，上来，抓紧！"

庄子秦略一犹豫咬咬牙趴在了廖文列的背上，看了看披在自己身上的衣服讶然道："你不会就穿这身闯进来的吧？"

廖文列小心地护着背上的庄子秦，快步往外走，听见她发问便"嗯"了一声算是回答。

"我说，"庄子秦难以置信他的智商，"你不知道现在这些人有多恨商人吗？你没想过其实只要打扮得和难民一样他们就不会为难吗？"

廖文列侧身躲过旁边一人，伸出一只手用力推开挡在面前的人，随后脚下用力一个箭步冲出几步，这才微微舒了口气，闷声答道："我担心你的安危，没想这么多。我是不是做了多余的事？"

"是啊！"庄子秦努力让自己的声音听起来显得漫不经心，但不知为何声音中高兴的感觉完全压抑不住。于是庄子秦将自己的脸埋得更深，轻轻地说了句："反正……谢谢喽。"

廖文列没有答话，靠着自己的功夫艰难地往外挤，但是由于不好下重手，又要护着背后的庄子秦，不一会儿身上便多了几道血痕和瘀青。就在他们逐渐接近外围的时候，廖文列开始清晰地感觉到自己的体力正逐渐流失。正在此时一个壮汉冲开人群看了看两人淡淡地说了句"跟上"，然后如同战车一般向外冲去。廖文列强提一口气跟着壮汉开出的路冲出了人群。

冲出暴民群后廖文列长松一口气，不顾形象地一屁股坐在了地上。

"大哥，你没事吧？"颜溪一见廖文列出来立刻冲了过来，廖文列强撑起一个微笑："我没事，我不是说过让你去城门口等我吗？这里太危险了。"

庄子秦趁乱悄悄从披在身上的外衣上撕下一根布条，扎好自己的头发，整理好衣服，把外套扔给了廖文列。

"你的外套怎就脱了？好歹能护着点身体。"颜溪略带责怪道。

"哦……是……"廖文列看了看庄子秦的表情，她的眼神分明透露着"死也不能说"的潜台词。

"因为……因为……"廖文列支吾着。

"因为这个憨货竟然一身商人打扮冲进难民群，生怕那些被冲昏头脑的难民不针对他，所以我让他脱了。"庄子秦撇撇嘴。

"二位没事就好，城防军马上就来。"说完沈寻萧看了眼庄子秦，"宇文大哥，你下次别如此冲动，难民们也有分寸，不会下死手的。"

听了沈寻萧的话，庄子秦有种吃了死苍蝇的感觉。她看了看廖文列，用眼神表示了下谢意。罢了她定了定神，寻找自己的驴，但小花早已不见踪影。庄子秦骑上马打算寻觅小花的踪影，留下一句"你们先休息一会儿吧，我去附近转转"，便掉转马头缓缓离开。

颜溪看庄子秦越来越远有些担忧："庄大哥没事吧，不会被沈公子说得不高兴了，就这么走了吧？"

"别急，我去看看她。"廖文列话音未落便追了上去。

"骑那么快是不打算带路了？"他追至庄子秦身后远远地喊道。

岭上枯松漫布，此处却有大片山茶花，花团锦簇，雪色的花瓣与她的一身素衣相互映衬。

"酒还没到手，我怎么可能弃逃？"庄子秦勒住缰绳，放慢了速度鄙夷道，"我不过是想找我的小花，它不见了。"

"你不觉得你欠我一个解释吗？"廖文列蹙眉，骑马走近。

"什么解释？"庄子秦佯装惊讶。

廖文列目光下移，向来温文尔雅的他现在直勾勾地盯着庄子秦的胸部。

"干吗？"庄子秦警觉地护住胸口，"想不到你这么不要脸！"

"解释一下你在紧张什么。"廖文列自如地收回目光，朝着远方看去。

"行了！"庄子秦像泄了气一般，"你不都知道了？"

"吁——"廖文列勒住马儿在原地不动了。

"怎么了？"庄子秦回头，"不会因为我是个女的，你就瞧不起，不让带路了吧？"

"你还有什么是瞒着我们的？"廖文列的目光向来都是温和清澈的，

此刻却似深潭。

他此行目的知道的人虽然寥寥，但天下没有不透风的墙。庄子秦莫名其妙地出现，还恰好知道小路，种种巧合已经让他隐约觉得不安，而今连她这男儿身都是假的。

"没了。"庄子秦答得干脆，"我一个女人家行走江湖，扮个男装肯定方便些，这个……不过分吧？"

庄子秦边说边挥手赶了赶一边飞来的几只蜜蜂，突然胯下原本安分的马人立而起，吓得庄子秦直接拖长了语调，险些掉下。

"救命啊！"她一边惨叫着拼命求助一边手舞足蹈地想要安抚受惊的马，"我鲜少骑马，都是骑驴的啊！"

廖文列眼见受惊的马带着庄子秦远去也迅速挥鞭追赶，看着庄子秦手忙脚乱的动作让马越来越不安，开始向着树林密处狂奔而去，赶忙向着庄子秦喊道："别慌，先抱紧马别摔下来。"

庄子秦听到廖文列的指示如蒙大赦，立即趴在马背上紧紧抱着马脖子一动也不敢动："然……然后呢？快让它停下来啊！要出人命啦！"

廖文列看着大呼小叫的庄子秦，觉得自己之前的担忧完全是无用功，谁家细作会是这种天天犯蠢的二货呢？收敛了一下心思，他又加了几鞭向着庄子秦赶去。

庄子秦用力地抱紧了马，脖子处传来的勒紧感也让马更加急躁。本来就是匹上好的马，多番刺激下速度更是非同一般，廖文列骑着陪伴自己征战多年的骏马一时之间竟然追赶不上。

两人追逐了一阵，眼看着庄子秦渐渐体力不支，而两人之间仍有些距离，廖文列也顾不上怜惜陪伴自己多年的战马："对不住了老伙计。"轻轻地对着老战友说了一句，廖文列拔出佩剑在马屁股上划出一道血痕，老马吃痛下加速了几分。

眼见着就要追上，不远处一棵粗壮老树经不住岁月侵蚀倒下横卧在路正中，让人避无可避，而庄子秦对前面的危险一无所知。廖文列提起一口气，一掌击在胯下马背上，整个人腾空而起，随后足尖在四周的树干上连点借力，一时间竟如离弦之箭，带着一往无前的气势往前冲去，生生在数息之内冲到了庄子秦身后。

而此时庄子秦本来看见廖文列赶上来了正高兴，但一见廖文列面色沉重心里一惊。偏偏正在此时马儿跑到了老树前，发现前路被挡又来不及减速于是整匹马又一次人立而起。庄子秦却因为分心手一松，眼见连人带马都要摔在地上。

"吁——"庄子秦本已经绝望地做好了断上一两根肋骨的打算，往后倒去的身体却碰上了一个宽厚的胸膛。廖文列在千钧一发之际坐在了庄子秦身后，挡住了即将摔落的庄子秦，一把抓过缰绳往旁边一带硬是将立起的马转了个向，险险贴着老树掠过，仅仅被老树横生的细枝划出几道血痕。

刚才狂奔不止的马在廖文列的安抚下渐渐平静下来，一点点慢了下来。廖文列此时才长出一口浊气。

"你，你没事吧……"廖文列赶忙松开手，尴尬地询问。

"死不了。"庄子秦艰难起身。

"这马一直以来挺听话的，这次怎就突然受惊了？"廖文列打量着马。

庄子秦心有余悸："我怎么知道，这马突然就疯起来了。"

廖文列绕着马走着，看到马屁股上有着黑色的什么刺一般的东西，小心翼翼地拔下来后发现是一根蜂刺："嗯？附近有这么大的蜜蜂吗？"

庄子秦接过刺一看，皱着眉头道："这似乎是蜀地的噬灵蜂。人被叮上一口，半条命就去了。这马估摸着也是吃痛得紧，一下就失控了。"

就在两人说话之际，庄子秦瞧见不远处的花丛中隐隐有个身影。

"谁？"她跃起身子朝前掠去，拨开花丛后露出惊喜的神色，"小花，你怎么在这儿呢？"

跛脚的小花摇了摇尾巴，闷哼一声。庄子秦抚慰着它道："刚刚吓着你了吧，走，咱们回去了。"

庄子秦、廖文列缓缓骑行回来时，却看见众人围成一圈。人群之外的钱兴察觉到二人回来，赶紧示意众人让开一条路。廖文列这才看见被围在中间的是面色惨白如雪的颜溪，廖文列赶紧策马上前，眼看就要撞上人群时，一提缰绳翻身直接跃入人群中。

廖文列刚想靠近查看究竟，白葡萄却默不作声地挡在了廖文列身前。廖文列紧锁双眉正打算推开眼前这个不识趣的大汉，却听到白葡萄背后传来个声音："小白，让他过来吧。"廖文列这才发现沈寻萧正在颜溪身后排开一排金针，神色已经有些疲惫了。

钱兴和庄子秦这才挤进人群，钱兴赶紧解释："当家的，你们走后不久小姐担心你们，就打算顺着痕迹去找你们，结果还没进林子就倒下了。咱们这一群大老粗也只懂治些皮外伤，多亏沈公子还知道些针石之术，才不至于束手无策。"

"寻萧。"情急之下廖文列也来不及客套，"她到底是出了什么事？"

沈寻萧仔细打量了一下廖文列焦急的神情，才道："看这情况怕是中毒了。"

廖文列一惊："中毒？这些日子我们吃的都是自己采摘的食物。难不成……是那家客栈？！"

一旁的庄子秦有些看不下去廖文列进退失据的样子，对着他的脑袋就是一掌："冷静点，要是那家客栈下的毒我们几个一个都跑不了。"庄子秦仔细端详着颜溪的状况，与颜溪一同采摘野菜的画面突然闪过脑海，她暗叫不好，颜溪曾经拿起过自己的香囊端详。

庄子秦的香囊里藏的是家乡秘配的香气，专门配合御蜂术而用。此香容易招噬灵蜂，碰上不会御蜂的人，便有性命之忧。方才为了让廖文列相信自己的笨拙，她不得不使出这样更拙劣的苦肉计，没想到却间接伤了颜溪。

庄子秦开始逐一检查颜溪裸露在外的手踝、脖颈处。

"你在干什么？"庄子秦抬头，意外地发现这句略含怒意的质问竟然发自沈寻萧，不由怒斥道："你不是也懂医术，怎么连望闻问切都不知道？你不懂这些，被蜂蜇了应该先把刺拔了也不知道？"

"被蜂蜇了？"廖文列也似有所悟，"难道是……"他话音未落，庄子秦撩起颜溪脑后的青丝，在脖颈处赫然扎着一根黑色的蜂刺。

"噬灵蜂。"二人异口同声道。

"无缘无故的，颜溪怎么会招惹噬灵蜂？"廖文列百思不得其解。

庄子秦忙不迭打马虎眼："也不是无故，这山林里什么没有，方才咱们不也差点被盯上了？"

"你要是能救回颜溪，算我欠你一命。"

"谁稀罕你的命。"庄子秦眼底闪过一丝愧疚之色，"她的命我本来就要救！"

她使用御蜂术不过是为了蜇一下马，颜溪受伤远在她意料之外。尽管她知道如果自己此刻救了颜溪，比之前带路立功都大，更容易快速获取他们的信任，可她仍充满愧疚，宁可这事不曾发生。

"她平日里有什么病症没有？"

廖文列忙悉心答道："她时常会头痛。"

"头痛？"庄子秦触了触颜溪的头，并未发现有什么异样，"是反复发作很多年了吗？"

"对。"廖文列本想回答三年，却只说道，"确实很多年了。医者不自医，颜溪自己也无法查明真相。"

"那我这种三脚猫就更别试了。"庄子秦泄气道，她确实查不出任何异样，"我还是乖乖把这蜂毒给治好吧。"

庄子秦转身一一指着众人："寻萧你会穴位吧？先把蜂蜇处附近几大穴位封了。钱兴你们几个懂点草药的快去找点活血的药来。"最后她一指在一边惴惴不安的廖文列和白葡萄，"还有你们两个只有傻力气的过来给我磨药。"

一群人立刻风风火火地行动起来，还有几个不懂草药的糙汉子凑上来问还能帮点什么。庄子秦用一顿花拳绣腿把这些练家子全哄到了一边。

沈寻萧看到庄子秦小心翼翼地从怀里拿出一串琥珀，摘下一颗研磨成粉。那串琥珀虽不说价值连城，但对庄子秦这样窘迫的江湖人来说，已经算是极为贵重的物品了。想到这儿，沈寻萧暗自点头，突然对庄子秦生出几分好感。

　　片刻后，庄子秦将三人研磨好的药材化开喂颜溪服下，又将钱兴翻找出来的药材选了几味，用手巾蘸取研磨后的药草汁液在颜溪的伤口处小心按压。

　　"你这一手砭、针、灸、药、按、引六大医术皆有涉猎，不知道你师从哪一家？"沈寻萧看着庄子秦救治颜溪的手法，突然发问。

　　庄子秦头也不抬地继续治疗："山野之法，哪里来这么多的讲究，知道怎么样有效就怎么来喽。"

　　说话间，颜溪微微皱眉开始醒转。沈寻萧也顾不上继续追问，长长出了口气："谢谢。"庄子秦听到这个一直戒心满满的毒舌男道谢竟愣了一下，还没来得及反讽一句廖文列就激动地上来拍了拍她的肩膀："子秦了不得！颜溪醒了！"但猛然间他又反应过来庄子秦是女儿身，一时间手伸也不是缩也不是，最后讪笑着道了句谢。

　　看着这群人笨拙却又真切的关心，庄子秦一时间竟有些羡慕。她甩了甩头，抛去无谓的感慨，找了处树荫一个人悠闲地喝起了酒。

　　没想到这么快就开春了，她望着渐生绿芽的树枝，想起一月前的京城，与而今已是两幅景象。她瞧着屋里忙前忙后的廖文列，握了握手里的腰牌，上头的"列"字清晰可见，她一边看着，一边很不是滋味。

　　为何偏偏是他呢？她暗叹一口气，只觉造化弄人。

九

几日后，一行人终于出了小道，重新踏上平整的官道。看着已经隐约可见的成都府，廖文列有些难以置信："这就到了？"

"怎么？你还嫌太快？那我再带你钻几天林子，只要你再付我一笔带路费就好。"

看着被自己发现女扮男装后，嘴越发不客气的庄子秦，廖文列也只好苦笑。他正在尴尬时，沈寻萧靠了过来："宇文大哥，这成都就快到了，不知道你们有何打算？"

廖文列答道："咱们这边是这么打算的，难得来一次西蜀，等进了城，好好玩上一段时间再做打算。"

沈寻萧略一沉吟道："既然如此，几位不如来我府上小住？我在成都府也算半个东道主，可以带你们逛逛这天府之都。"

"好啊，那便打扰了。"廖文列爽快地答应下来，倒是让沈寻萧有点意外。

庄子秦在一边听着摇头晃脑地感叹："你们去游山玩水，我就抱着我的酒睡桥洞去喽。"

沈寻萧故作惊讶："哦，你不来吗？"

庄子秦倒是确实有些意外，嘴上却不留情："原来你连我也一起邀请了啊？我还以为你的目的只是颜溪呢。"

果然一提起颜溪便似乎命中了沈寻萧的要害，自从庄子秦治好颜溪之后，沈寻萧倒是对庄子秦放下了一些提防与偏见，一则出于感激，二则也确实从她身上见到了江湖义气与江湖人的办法，再也不似一开始那般看她低人一等。

众人嬉笑着已经来到成都城下，城门口有军士盘查往来商旅，官道上也有不少人巡逻。虽然难民比起剑门关外有增无减，却秩序井然。廖文列正在打量往来的客商，突然有人上前搭话："可是宇文大人？"

廖文列回头，看见一个文人打扮的人带着几个官差在路边向自己示意。对方看着年纪不大，至多二十出头，但稳稳当当，显得沉稳，一身青衣简洁朴素，只是右手袖口还沾着点墨痕，多是被盘点货物的笔给不小心画上的。

庄子秦打量了一下对方，暗自对颜溪吐槽道："这人脏兮兮的，你瞧袖口那里，全是墨痕。"

"人家也是因为忙，一时疏忽嘛。"颜溪尴尬地低声道。

"你们几位是？"廖文列回忆了一下，自己在西蜀应该没几个熟人，而这人自己似乎从来没有见过。

沈寻萧看见廖文列被人拦下，一皱眉上来小声问道："宇文大哥遇上什么麻烦了吗？"然后他用并不友善的眼神看了看来人。

来人见状，行了一礼："在下周磊，受知州大人所托在此等候。"

"是你啊。"廖文列点点头，想起老友孙祥那个毫不正经的样子暗道，这个玩世不恭的家伙这些日子也终于上心开始认真了。回过神，看见周磊还恭敬地等着，廖文列有些不好意思："那这些粮食我们应该运到哪里？"

周磊对这些事显然已经不是第一次处理了，拿出账本："宇文大人若是方便，我们就在此清点，稍后直接由知州府派人护送至各地。"

"那就有劳周磊大人了。"廖文列正要交代手下将粮食交给周磊时，沈寻萧上前搭话："既然你是知州的人，那就一起将我们这一批粮食一并收了吧。这是你们知州孙大人托我们运来的粮食。"

周磊愣了下，看了看两人："啊，没想到二位竟然一同前来，这可是帮了我们家大人大忙了。可惜大人现在忙于治理旱灾盐荒之事，不能亲自前来感谢二位的鼎力相助。"

"你就别替那懒货找说辞了，他啊，就算有空也不会跑这么远来接人。"廖文列小声嘀咕,看到几人疑惑的眼神干咳一声收起对损友的腹诽,"那就麻烦周大人接收了。"

廖文列正待离开,却被沈寻萧喊住:"慢着,宇文大哥你不问问这货物如何交接、费用如何清算吗?"

廖文列一时语塞,这次运粮给知州是假,调查盐荒才是真正的目的。可是他这功夫做得未免太表面,一下就被沈寻萧察觉出不对,正暗想该怎么圆回来时,颜溪在一边笑道:"我这老哥啊,就是个甩手掌柜。平日里这些都是钱主管负责,他就是个负责到处游山玩水的。"

"是啊是啊。"钱兴忙上来解围,"这些事当家的就不要管了。交给我就好。"

沈寻萧听着眼里露出一丝羡慕之情:"那宇文大哥可真是好福气,有这么一批能干的下属。哪像我,旧禾商会看着挺大,却事事要我过问,难得清闲。"

"旧禾商会?"廖文列有些吃惊。大胤新皇登基之后,除了鼓励农耕之外,对商人也前所未有地宽松厚待,于是这盛世之下,买卖人不再是卑微的象征,各地也都成立了商会门派,互相有个照拂。在这诸多商会门派里,旧禾就是最大的一支,堪与谢家商行抗衡。天下贸易,它似乎都有涉猎,但具体做什么,又不为人所知,在江湖中既显赫又有些神秘。

颜溪轻笑:"原来你是旧禾商会的公子,久仰了。能者多劳,你们商会大,名满天下谁人不知,自然事多。哪像我家老哥这点家底,喂饱这一帮汉子就行,行商这么多年也就混个不亏不赚。"

众人嬉笑一阵,廖文列还是和众人留下在一边等沈寻萧和周磊交接相关事宜。庄子秦见沈寻萧离得远,小声问道:"他让你住他家你就住,亏你答应得这么爽快。我看这公子阴森森的,可不是什么好人。"

颜溪虽不认同庄子秦说沈寻萧是阴森小人,但也疑惑不解:"其实我也很好奇,沈公子邀我们去住,你怎么答应得如此痛快?平日里你连手下都不肯劳烦,更何况是打扰人家、住他家这样的大事。"

看着二人不解的神情，廖文列倒是对此并不在意："这一路行来，我感觉这个沈寻萧并非什么凶恶之人，却总对我们一行格外在意。"

"是不是凶恶之人我可不知道，但格外注意是真的。那家伙看见颜溪眼睛都直了，平时一副高冷的样子，颜溪一开口就立刻柔情似水了。"

颜溪表情有些复杂地看了眼远处的沈寻萧，这一路她总感觉对这人有种莫名的熟悉感，让她不由自主地想保持距离："你们既然察觉了为什……"

"我也想要试探一下他。"廖文列话一出口，颜溪有些诧异地看了他一眼，"且不论他只是单纯在意颜溪，还是别有所图，在这成都的地盘上我们都不如他势力大，如果他真的有入套，我们在外反而容易敌暗我明。与其小心翼翼地行走，不如他只是想招待我们，我们也没有什么损失反而成都。如果他真有别的心思，彼此低头不见抬头，子说呢。"

颜溪听完下意识地看了眼庄子秦，暗忖廖文列算是向庄子秦透露了他们这边别有身份？

庄子秦听完晃着酒壶思索了一会儿，最后放弃了一般，将酒壶往怀里一塞："你既然决定了我也不说啥了，有人请我住、请我喝，又何乐而不为呢？不过老实讲我总觉得他请我不怀好意，该不会打算整我吧？"

"我觉得我还不至于无趣到这种程度。"庄子秦听到背后传来了沈寻萧的声音，顿时一惊："不声不响的打算吓死人啊？"

沈寻萧的府邸坐落在成都的闹市旁，但宅子的设计颇为考究，外头再多喧嚣，进了这屋子，便清静许多。

"我虽料到你是家境阔绰的富家子弟，却没料到是这样阔绰。"庄子秦看着府内摆设，啧啧惊叹，"你家真的只是卖粮的？"

"卖粮只是其中一部分。"沈寻萧倒也不谦虚不避讳，"这府邸也不过是我沈家的其中一座。至于做什么，我想你也不必细问，我不会说，说了你也不会信。"沈寻萧走到颜溪身边："这里，你可喜欢？"

颜溪一愣，继而淡淡道："我们一路风尘，能有这样的招待之所，很是感激沈公子。"

"都是分内事。"见颜溪对他有了好颜色，沈寻萧竟露出少年般的羞涩笑容，"那我让仆从们带诸位到各自的房间，顺便换身衣服，洗洗风尘吧。"

训练有素的家仆迎上，将众人带去了各自的房间。

沈寻萧看着颜溪的背影，若有所思地问白葡萄："小白，你觉得她像吗？"

白葡萄摇了摇头："天下间没有比她长得更像楚姑娘的了，可是她与楚姑娘的性情差太多了。"

"也许，也许只是……"

"少爷。"白葡萄打断沈寻萧没有让他说下去，"无论她在不在世上，她都不会希望你这样，这样见着天下的姑娘都觉得有她的影子。"说罢白葡萄轻轻颔首告退，只留沈寻萧一人发愣。

一阵冷风吹过，沈寻萧猛烈地咳了起来。掏出袖间的小药丸吞下。他自小体弱，需要随身备着药丸，从小又被寄养在神医世家的妙手山庄。只是三年前，蜀地叛乱，太后彻查，发现了妙手山庄与当年的魏家关系匪浅，而痛下杀手。等他带人赶到之时，偌大的一个山庄竟无一人存活。他带着清风堂的人发疯般不眠不休找了数个日夜，却毫无所获。这三年自己无数次在梦中惊醒，没想到在这蜀道之上竟然再次见到了这张让自己无法忘怀的脸。

远处的喧闹声惊醒了沉浸在回忆中的沈寻萧，他抬头便看见一行人浩浩荡荡地走了过来。起码这样也不错，他心中暗道，然后带着淡淡的微笑迎向几人："来，今天我来带你们逛逛这天府之国。你们是想游览蜀地景致，还是去看看古迹？"

颜溪却撇撇嘴："游览不必了，这一路走来我身上带的草药也用了不少，而且这蜀地有不少稀有药材我也想入手一些。沈公子，附近可有什么大药房？"

沈寻萧一笑："你既然提到了草药，我说个地方，你肯定喜欢。"

与京城戒备森严的氛围不同，成都的百姓缓步徐行，即便是在这普通的街道上，一切都像是慢了下来。廖文列看了一眼身边晃晃荡荡走路的庄子秦，暗想也难怪她成天一副不忧思前途的模样，原来这成都本就是休养生息的地方。

"咱们这到底是要去哪儿？"半个时辰前沈寻萧就发话要带颜溪去个好地方，但一路除了跟着晃悠似乎漫无目的。

沈寻萧有些无奈只得也停下脚步："本来我还想卖个关子，给颜溪一个惊喜，可你们这么耐不住。"

沈寻萧指了指前方："喏，我们再行一条街，那里有个更生堂。"

"更生堂？"颜溪有些疑惑道，"做什么的？"

庄子秦倒是恍然大悟："没想到你会推荐那里，倒是挺懂投其所好的嘛。"

沈寻萧没有理庄子秦，继续解释："更生堂，即死肉更生，那里都是卖药救命的，不过与寻常药铺不同的是，那里出的都是天下最名贵，抑或只在传说中出现的药材。便宜的也需几百两白银，贵的更是价值连城。"

颜溪一听这话便来了兴致："当真？可是既然药材珍贵，怕是能进去的非富即贵，像我们这样……"

"你说对了。"庄子秦挤挤眼，"进这更生堂的，不是手里有成把的银子，就是江湖上神秘的高手。不过，我与这堂主颇有交情，可以带你进去开开眼界。"

"不简单啊！竟能与这样的人士交好。"廖文列露出赞叹的神色。这一路，他越发觉得这个看着并不牢靠的家伙其实本事不在他们之下。

"你竟然认识他们堂主？"沈寻萧也有几分惊讶，自己也只是更生堂的常客而已，没想到眼前这个为了几两酒钱差点被人扔下悬崖的人还能有这份人缘。

"要说不简单也简单。"庄子秦从腰中掏出酒壶，凑近廖文列悄悄道，"他啊，也嗜酒，咱们是酒友哈哈哈哈……"她边说着边往前走。

十

更生堂的门面并不惹眼，外头有一个其貌不扬的小厮。正当三人准备进门之际，门被打开了，从里边出来一个戴着斗笠的男子，纱幕挡住了他的脸庞，使人看不真切他的五官。颜溪喃喃："我怎么觉得他这身形我像是在哪里见过？"

庄子秦望了一眼，冷笑一声："三年清知县，十万雪花银。没想到这知府的手下都有这样的厚财。"

廖文列有些不解地看向庄子秦，庄子秦一抬下巴示意道："你看他的袖口。"只见那人的袖口沾着明显的墨痕，这不正是几日前与他们打照面的周磊吗。廖文列欲上前叫住他，却被庄子秦拦下："他出入此处，事出蹊跷，万不可打草惊蛇。"

廖文列点点头："先进去探听一下再说。"

更生堂没有想象中富丽堂皇，堂口陈列着各色珍贵药材，小厮带着他们向堂口深处走去，里边果然传出一阵酒香。

"我说得没错吧。"庄子秦昂首阔步朝里边一声喊，"孙兄，好久不见了。"

一个布衣青衫、三十岁左右的男子端端坐在上方，看庄子秦来了，眼里满是惊喜："许久不见啊，又去哪里逍遥快活了？"

"去给你找最好的酒了。"庄子秦将酒壶抛给男子，男子利落地接住，拔开瓶盖，畅快地喝上一口，不禁啧啧赞叹，"陈酿了，都没有酒渣，且香气扑鼻。"

"喜欢吗？"庄子秦在一旁坐下，"这酒是我这几位朋友相赠的，这是宇文烈，这是颜溪，还有这两个路人甲、乙，这位是孙锐。"

孙锐看了一眼所谓的路人甲、乙，这才发现沈寻萧："哟，沈公子你也来了。没想到你们两位竟然认识，沈公子今天也是来配药的？"

沈寻萧点点头："最近老毛病又有些反复，过来换药再买些药材备着。"

孙锐了然，有些惋惜地看着沈寻萧："倒是苦了你，可惜我医术不精，偌大一个更生堂竟无人能根治沈公子这病。"

沈寻萧倒是一脸无所谓："这些毛病我早就习惯了，就连当年妙手山庄医了我数年也没能根治。算了，那我先去换药，就麻烦孙掌柜的好好招待我的这些朋友。"看到颜溪对"妙手山庄"四个字毫无反应，沈寻萧眼中闪过一丝失落。

"妙手山庄啊……可惜了，当年先皇重病要是能请到他们，现在也不至于……"孙锐止住话头，向着沈寻萧晃了晃手中的酒壶，也不客气，"那就恕我不能奉陪了。"

看着沈寻萧告辞前去换药，庄子秦饶有兴趣地打听："没想到这个沈寻萧还是个药罐子，话说老孙，他患的什么病？难道是……"

看着庄子秦不怀好意的笑容，廖文列干咳一声打断："子秦我们还有正事。"

"哦，对对对，正事要紧。老孙，有些事还需向你打听。"

"说吧。"孙锐爽快利落道，"坐，子秦很少引荐人，你们算是第一回。"

"方才，从这里出去一个男子，他和我们恰好是旧识，照理是不应出入这里的。"廖文列在一旁的榻上坐下。

"原来你们认得他。"孙锐露出讶异的神色，"他戴着斗笠，样貌我看不真切，但是他带来的药着实将我难倒了。"

"什么药？"颜溪抖擞了精神问道。

孙锐一边倒茶一边摇摇头道："我也说了，不如将药留下，待我仔细研究三日或许可以配制出相同的，但他似乎很是谨慎，将药带了回去。"

颜溪叹了口气："来迟了一步。"

孙锐将茶水端给三人："我不知他跟你们是什么关系，但看得出这药对他很重要，我嗅出了其中几味药，皆是世间罕有，就算我知道药方，配齐怕是也要白银千两。"

孙锐将茶水端到颜溪面前之际，颜溪抓住了他的衣袖，将掌心握在自己鼻前一嗅："积雪草、龙涎香、海马、熊胆、藏红花……"剩下的则是几味再寻常不过的药，她心下了然之际，才惊觉自己失态，"抱歉。"

孙锐笑笑，收回了手："无妨，颜姑娘一看就是精通医理之人。我不过闻出其中三味而已。"

"我义妹出身医药世家，对这些药物自小就了解。"廖文列道，"方才那人是我旧友的一个手下，一年俸禄不过十几两，这药绝不是他自己买的。"

说话间，颜溪已经蘸墨将药方写下。

"这药方也不会来自蜀地。"庄子秦拍拍孙锐的肩膀，"更生堂没有的药，蜀地也不会有。你的知州旧友看来不简单，一个手下都能有这样的手笔购买外地的药，更别提……"

"孙祥不是那种人。"廖文列说得不紧不慢，话语间却充满了肯定，"他出任蜀地知州，定会尽心尽责。那些事，他是不齿做的。"

庄子秦瞧着他坚定的模样一愣，她并不知孙祥与他之间的关系亲密无间到什么地步。

他们曾是金戈铁马在战场死里逃生的兄弟。吴江冷、廖文列、孙祥识于微时，一起尝过血腥的滋味，拖着满身是伤的彼此在大炮中逃难，没有歃血为盟，没有天地为证，却早已成了八拜之交。

三年前的蜀地叛乱镇压，三人有了不同幅度的晋升。尤其是吴江冷一跃成为太尉，坐在了当年魏源胥的位置，造起了与其当年一般大小的府邸。只是他生性喜静，偌大的府邸，难见家丁的身影。廖文列眼见同袍血染蜀地，也对征战生出了厌恶，主动请命转了文职。孙祥是三人之中最为不羁的，拒绝了京城加官晋爵的荣华，选择留在蜀地当一个小小的知州。这片尸横遍野的焦土，他要它重新变得肥沃。

　　"我觉得你该回去让你的知州旧友好好查查这属下了。"庄子秦打断了廖文列的思绪，敲起他的警钟，"如果你觉得你的朋友这样可信，那有问题的一定是周磊自己。他哪来这样大的手笔？蜀地民不聊生，粮荒、盐荒四起，他手里却握着这样的宝贝，也难怪别人误会是知州敛财。"

　　"可是不管怎样，这药是他拿来救命的。"孙锐为这个并不相熟的嫌疑人争辩道，"他说只要更生堂能配出这药，即便倾家荡产也在所不惜。"

　　"我也认同孙大哥的观点。"颜溪再检查了一遍药方，"当务之急，并不是查数他的家当，反倒是按照方子将药抓齐，给他送去。至于这药从何而来、他为何有这样的财力，我们可以慢慢细问。"

　　廖文列点点头："我不如二位思虑周全，事不宜迟，我们这就把药送过去。"

　　"二位在这里稍等片刻。"孙锐拿着方子去前厅抓完药递交给颜溪。

　　"孙兄，咱们下回再聚。"廖文列与颜溪起身，"这钱……"

　　"何必见外。"孙锐笑笑带他们出门，婉拒道，"子秦的朋友，就是我的朋友，药拿着便好。我恭候二位再度大驾光临。"他顺带意味深长地看了一眼颜溪，"颜姑娘医术高超，下回在下必定还要讨教一番。只是姑娘自己，似乎受过重疾吧？"

　　廖文列脸色微微一变，被庄子秦尽收眼底。

　　孙锐说罢，上前一步，抚了抚颜溪的发丝："姑娘乌发如绸，实在让人羡慕。"颜溪很是不快地躲开。

"她是我从匪寇手里救下的，满身是伤，前事也忘了一些，有过重疾是再正常不过的事。"廖文列一边不动声色地解释，一边急着迈步朝门外走去，"事关紧急，咱们得先过去一趟。子秦，你先留在这里和寻萧说一声，我们先行告退。晚上，沈府再聚。"

廖文列脚步迅疾，连带颜溪也一路小跑跟上。庄子秦看着急急远走的他们，再回头看了看孙锐复杂的眼神，知道他必定又是探到了些什么："说吧，颜溪怎么了？"

"想从我口里探得大情报，却这样打发我？"孙锐笑笑，故意欲言又止。

"不说可就算了，我自己探听到也非难事。"庄子秦作势欲走，被孙锐拉住。

"行了，进屋说。"孙锐摇摇头，"何时这样务实，还开不得玩笑了。"

孙锐面前端坐的庄子秦，一扫往日的嬉皮笑脸，沉静时眉宇间反倒满是男儿般的英气。

"刚刚我逾矩，摸了摸她的头顶，她的头上，有三根金针封印。"孙锐亦在一旁坐下，"而后廖文列又说她失去了记忆，更加断定我的想法。这个颜溪，应该是被人封住记忆了。"

"不会啊。"庄子秦很是疑惑，"当初颜溪被噬灵蜂所伤，危在旦夕，我救她时特意摸过头顶，并无金针。"

"这是当年中原楚家独门的秋毫针，并不如寻常金针那般容易发现。"

"可在我们的计划里，并未有她的出现，后来在祥瑞客栈采草药，我才注意到她精通医理。一定是廖文列带着照料身边人，以防不测的。我估计她的存在人畜无害，不会对计划有什么影响。"庄子秦与颜溪相处过一段时日，知她秉性善良，虽能妙手回春，但智谋上比起自己处于下风，即使她时时陪在廖文列身边，也不见得会破坏计划。

"你知道金针封印难度有多大吗？除了一名神医，更需内功深厚的人帮协。到底发生过什么事，才需要动用这样的力气去封存她的记忆？也许她的回忆里有我们想要的东西。"

"那也得看以后需不需要吧。"庄子秦显然与孙锐有不同的想法，"她将记忆封存，许是因为很多私人感情的事，不一定涉及我们所需要的东西。不管怎么样，不到万不得已，我不愿意打她的主意。"

孙锐点点头："总之，你一切小心，不过，我倒是也放心你，你的武功应该在他们大部分人之上。"

"倒霉就倒霉在我只能装作不会武功。"庄子秦叹了口气，"我与那廖文列在京城打过照面，我的招式路数被他摸得一清二楚，还暴露了我是蝶陵人的身份。"

"那这一路，他可有察觉什么？"

庄子秦摇了摇头说道："这倒是没有，因为当时在京城我不曾露面，他到现在都没有认出我就是跟他交过手的人。"

"那就好，你与他们相处半月有余了，接下来打算怎么做呢？"

庄子秦的目光投向了远处，许久后她凝重道："孙锐，我要开始查案了，那个人说过，只要帮助廖文列查出幕后主使，致使中原朝廷大乱，他们就会无暇发兵，入侵蝶陵。"

"这是好事。"孙锐微微一笑，"可是你在犹豫，你怕危险？"

庄子秦平日里神采奕奕的眸子此刻失了光辉，眸底漾出几分惆怅："当然怕涉险，可我更怕会有欺瞒，会有鲜血，会卷入无辜的人。"

"战局之下，我们谁也没有无辜的资格。"孙锐冷冷淡淡道，"回去吧，太阳要落山了。"

廖文列与颜溪一路打听，来到了周磊的住所，虽不是茅舍，但砖瓦墙皆已陈旧，只是这住处陈旧，未必代表他手头拮据。廖文列试着敲门，里边并无应答，只听到了急切的咳声。颜溪一听，急忙推门而入，只见一个清丽的少妇在床上痛苦不堪，嘴里甚至咳出鲜血。颜溪将随身带着的药丸让其吞下，再在她的后背上猛力地抚了抚。直到她的咳声渐渐慢下来，颜溪把了把脉，吁了口气："幸亏咱们赶上了，不然这一口气不顺,后果怕是不堪设想。你是周磊的夫人吧,他人呢?"

妇人叹了口气,虚弱道:"他出门给我抓药去了,还未归来。二位是我相公的朋友吗?"

颜溪点点头拿出了药:"我们知道周磊这几日一直在找药方。待会儿我们就熬了给你服下。"

门突然被推开,周磊看着颜溪和廖文列一愣:"是你们……"他下意识地便将手中的药藏起。

"相公。"妇人欲起身,被颜溪扶住。

"你现在还不能下床。"颜溪替她掖好被子,妇人虚弱地睡了过去。廖文列看了一眼周磊:"咱们外头说话吧。"

早春的石凳显得有些凉,但远比不过周磊的手冷,他坐在院落的石凳上,手里还紧紧攥着颜溪给的药方:"颜姑娘能辨出其中的药,并将其配好,在下实在感激不尽。"

"你若真的感激,就把这药的来历告知一下吧。"廖文列单刀直入,并未打算九曲回环。

"这药是一江湖道士路过我家给予我的。娘子吃了之后,病情缓解不少。后来道士云游四方,不知去向,我遍寻名医,甚至去了更生堂,最后都没人能将这药配出。"周磊一副失落的样子,"我当初竟也没来得及谢他。"

"道士?"廖文列满腹狐疑,却又没有确凿的证据。对于这瓶价值不菲的药,周磊找到了一个无懈可击的说辞。廖文列与颜溪互相看了看,彼此心下了然,告别了周磊,打算回沈府。

"道士,你信吗?"日头渐渐暗了下去,廖文列边走边问着身边的颜溪。

颜溪摇了摇头:"道士固然不可信,但周磊也未必是大恶之人。他方才慌张的神色,一看就是没撒过几次谎的。"

"他是接应粮食的主管,对盐队的线路也一直知晓。我打算从他开始入手此案。"廖文列看着远处的夕阳,"一开始我都不愿随子秦去什么更生堂，没想到这一去却有大收获。"

夕阳下突然有个身影朝他们跑来，老远就喊着："宇文兄、颜姑娘，开饭啦！"

不用说也知道是谁在老远处叫唤，廖文列竟会心一笑。大概是很小的时候，自己的娘也会在老远处喊自己回去吃饭，那时伴着袅袅炊烟、山间清风，他畅快地向前飞奔。后来他执意入伍，背井离乡，一个人漂泊在外，对这种感觉早已忘却。

他把手放在嘴边，也朝着远处喊了一声："来了！"这一声喊却将颜溪吓了一跳，继而颜溪"扑哧"一笑："你平日这样严肃，今日竟也与庄大哥一般不羁。"

"只是想起些旧日回忆。"廖文列有些不好意思地解释道，顺便问了问颜溪，"你觉得庄子秦这人可信吗？"

颜溪若有所思，但最终叹了口气："我涉江湖太浅，总觉得无论是谁，看着都慈眉善目，除了那个滑头的沈寻萧。庄大哥有情有义，还救过我的性命，人虽跳脱了些，但也总出奇招，一路帮衬我们很多，着实是聪慧之人。"

廖文列苦笑一声："聪慧之人？她恐怕早已知道我们不是寻常的粮商了，有时候我觉得我们虽在她眼皮底下偷摸着查案，但其实她早已知晓一切。"

颜溪眉头一紧："虽说调查盐荒不是什么了不起的案件，但万一中间有危险，将她卷入可不好。"

廖文列点了点头："的确，该找个合适的理由让她离开了。"说罢，廖文列心头竟生出一丝不舍。他知道，这个江湖浪人不羁洒脱，绝不会永远留在他身边。

十一

廖文列与颜溪回到沈府，只见众人围桌而坐，白葡萄也一并就座，偌大的身躯显得格外引人注目。他的手脚大于常人，那双筷子似乎也是为他特制成大一号的。见他没有和一般的护院一起用餐，廖文列心中暗忖：沈寻萧虽表面对白葡萄不假颜色，心中却没有将他当作寻常下人看待。

金丝楠木桌上摆开几道色香味俱全的菜，但上边早已没了蒸腾的热气。廖文列瞥见那碗东坡肉，晶莹的汤汁表面已经凝了一层膜，可见菜已上了些许时间，众人也都等了一些时间。廖文列满怀歉意道："寻萧，对不住。今天在更生堂临时遇上了点事，没打招呼便先行离开了。"

沈寻萧毫不在意地摇摇手，示意几人就座，让侍女给几人斟上美酒，顺手拍了下已经蠢蠢欲动的白葡萄。见白葡萄不甘心地罢手，沈寻萧带着几分关切地问廖文列："急事吗？是否要紧，有没有我能帮上忙的地方？"

廖文列盯着酒杯中琥珀色的酒液，如同在审视美酒的品色一般，稍后才毫不在意地回道："不是什么大不了的事，方才店里有个客人拿来一个偏方。颜溪这性子你不了解，她一见稀有的药方就走不动道，急着拉我去找人家问方子了。"

"这性子，我倒是了解。"沈寻萧看了看颜溪，若有所思，"来来来，吃菜。"

颜溪有些不好意思地红着脸埋怨廖文列："这事儿可不全怪我，今天你也是够积极的。"

沈寻萧看着她的样子，一时失神，恍惚中似回到了多年前的午后，一方阳光斜射进书房，有个女孩在里边瞧着医书，一坐就是一整天。自己常常陪坐在她身边，一壶药酒在侧，安安静静地看着书，也看看她。

被酒莫惊春睡重，读书消得泼茶香，当时只道是寻常。

当时自己笑话她是个书呆子，女孩也是这么红着脸埋怨："若不是你的病，我用得着这样寻思药方？"

那日的午后、那日的阳光、那日清风里的药酒香，多年都不曾从心头拂去。

廖文列有些讨好地笑着："好好好，那叫好学之心。只是有些对不住寻萧，难得抽出时间带我们逛成都，我们却这样不声不响先走了。"

沈寻萧这才回过神，收回了痴痴看着颜溪的眼神，一向带着淡淡微笑的脸上竟难得地闪过一丝红晕，举杯轻抿一口掩饰自己的失措。

"这都不碍事。颜溪这样痴迷医术，看来我带你们去更生堂是去对地方了。只是这行医之事，向来是男子居多，不知为何你一个女儿家竟如此精通医理，这当中可是有什么原因？家学渊源？自学成才？"沈寻萧说完便悄悄地观察颜溪的反应。多日的相处，廖文列已放下防备，沈寻萧这样密集地询问，他也未多加阻拦。

颜溪歪着头想了想，她很少去探究自己为何会如此沉迷于医术，从前一直以为自己出身神医世家，但廖文列说过她的父兄只是沙场牺牲的将士。最终她轻笑一声："男儿在医理中探寻博大精深之术，而我这女儿家，大概是因为见不得别人受苦吧？所以见着有人受伤就忍不住前去帮忙。"

此时自顾自已经喝了不少酒的庄子秦，一边回头招呼侍女再上一壶酒，一边感叹："颜溪你就是心地善良，你这样容易被某些不怀好意的男人骗啊。"说着她的视线不住地往沈寻萧身上飘去，言下之意再明显不过。

沈寻萧只轻轻一句："有本事放下酒杯再说话。"

庄子秦被抓着痛处，下意识护着侍女刚送上来的酒壶："别想，凭本事蹭的酒，为什么要放下？！"说着她拿起酒壶闻了闻酒香，有些不甘，"可恶啊，偏偏这酒还挺不错，酒米比例恰到好处，是上好的杂粮酒，闻这味道怕是百年以上老窖酿造。"

看着庄子秦嘴上难得地认怂，沈寻萧慢悠悠地品着酒："你也就在这酒上有几分造诣了。"

一群人如此笑闹中，一顿饭倒是也吃得热闹。

饭后庄子秦拿走了桌上还不曾喝过的一壶高粱酒，沈寻萧好心提点道："那酒后劲足，你可悠着点。"

庄子秦不以为然地拿着酒和众人离开，依旧是沈寻萧与白葡萄走在最后。沈寻萧看着远处颜溪的身影，像是带着商量口气般道："小白，我想查她。我想知道她到底是不是何昔。为什么她们的容貌会这样相像？为什么她们同样精通医理？"

"少爷，大小姐不会让你这么做的。"白葡萄叹了口气，"此行，是为了尽快查出廖文列是否有监守自盗之嫌，不可节外生枝。就算要调查颜姑娘，也不是在这个节骨眼上。"

"何昔哪里是节外的枝。"沈寻萧深沉地叹息一声。

他才是她的枝。而她，是自己倚仗的躯干。

她是他的一整个童年与少年，是前半生的羁绊，是命脉相连的女子。

没有她自小的陪伴与医治，自己怕是早就每年新香添旧坟。

"是啊，颜溪姑娘与她容貌再像，性情也大不相同。何昔姑娘刚毅固执，有她在，所有的病人心头便有一份安宁。而颜溪姑娘性情温顺，这绝不是一个人。"白葡萄忆及楚何昔，眼里满是崇拜的光芒。在他心中，楚何昔不是一个普通的姑娘，是顶天立地的英雄。

沈寻萧微微一笑，忆起当年，所有的医者都默契地告诉自己的父亲同一个结果：这个孩子活不过十岁。父亲将自己送往了妙手山庄，希冀神医楚灵越可以医治好他，但楚灵越也摇头叹息，只敢保证，让沈寻萧在妙手山庄调理，尽量延命至十五岁。

楚何昔是楚灵越的独女，自小也对医理很有研究，她与这个少年年纪相仿，于是日日相伴左右。那时的沈寻萧只觉人生譬如朝露，短浅而没有流连余地，直到她的出现。她命令自己要活下去，也能活下去。她的父亲日日调养沈寻萧的身子，在他十二岁时，便有些回天无力，他的身子也日益虚弱，每日只能病恹恹地躺在床上，逢着有日光的中午，仆人便将他推到院子里，日复一日，周而复始。

乏味而无趣的人生里她是唯一的亮光，可是偏偏那段日子她没有陪伴在他身旁，他像快要燃尽的柴火，火焰越来越暗淡。就在他觉得自己快坚持不下去时，她带着药方兴冲冲而来，给了他重生的希冀。她自己却面容枯槁，为了他的病，她不眠不休，翻遍医书，让自己的那句"你能活下去"不再是轻飘飘的鼓励，而是重如千钧的承诺。

很久之后，他才知，为了他的病，楚何昔夜以继日，积劳呕血，怕是不能天年永寿。她是拿她三十年的寿命与死神争分夺秒，与阎王借生死簿，续了沈寻萧的命。

只是，他没想到，她走得如此之快。三年前，妙手山庄的一场大火，烧掉了他的童年与少年，也将他的挚爱挫骨扬灰。

他从来没有想过，连她的最后一面他都不曾见到，他们竟是这样惨烈的结局。

他呕血昏迷，御医束手无策，最终凭着自己的意志撑了过来。他知道。他这条命不单是自己的，有一半的寿数来自楚何昔。

沈寻萧更清楚，沈寻音早就料到路上风险重重，自己的弟弟又常常意气用事，所有人手的调动事实上全部交给了白葡萄，沈寻萧的自主权非常有限。他知道若是自己执意要查，白葡萄也不会多说什么，但一方面他不愿为难白葡萄，以少主的身份压制对方，另一方面也知道白葡萄所言甚是。

"少爷若真的对颜溪姑娘有心，何必在乎她是不是楚姑娘，对她好便是了。毕竟，谁也不愿做谁的影子。"白葡萄知道沈寻萧心中有所郁结，劝解道。

沈寻萧却摇了摇头："她若不是何昔，我便更不知该如何面对她了。"

院中冷月轻斜，夜色静美，庄子秦拿着饭桌上顺的酒坐在树下，独自与月对酌，神情若有所思。廖文列在成都丝毫不提盐荒之事，下午他们去见了那个可疑的周磊，回来也只字不提。自己更不好去打听些什么，反倒会露出马脚。但发兵时日越来越近，这边再不探查，恐怕军中异动，后果不堪设想。

庄子秦愁思万千，一口一口往嘴里灌着酒，不知是因为这酒确实劲头大，还是因为今日心情不佳，她竟有了少有的醉意，都不曾发现后头移来一个身影，快走到她身边时她才发觉。

"大晚上坐在这里也不怕着凉。"那身影果然就是廖文列，他在她身旁坐下，顺势将她的酒夺了过去。庄子秦伸手欲夺回，却被他三番五次地绕开了手，她也不恼，最后放弃抢夺，一把抓住廖文列的衣襟，将他拽到了自己眼前，两人的鼻尖几近触到，吓得廖文列愣在原地哑然了，但她只是对他傻呵呵一笑："也罢，剩下的半壶，送你了。"说罢她松开廖文列，拽着他的胳膊枕了上去，廖文列正欲将其推开，却听见她低声喃喃："今日心情不好，你就别说话，当一回我的绣花枕头，借我靠靠。"

话至此处，廖文列不好再多说什么，只是看着已经空了一半的酒壶，实在不解地问道："你能不能告诉我，为何你一个女子，会染上酗酒这样的毛病？"

庄子秦闭着眼紧拽着他的胳膊，像是在回答，又像是哼哼唧唧地自言自语："小时候体弱，我娘就经常搞一些大补方给我，里边有好多药酒啊。后来喝着喝着我就上了瘾，发现其中的玄妙之趣。"

"还玄妙之趣呢。"廖文列侧过身去看见她因为半壶酒而微醺的面庞泛起了娇俏的酡红，有那么一瞬间，竟失了神，脱口而出道，"子秦，其实我总觉得你很熟悉，就像是曾经在哪里见过你一般。"

廖文列这话一出，庄子秦的酒醒了大半，她略带惊恐地松开他的胳膊，并拭了拭他胳膊上的口水："怪就怪我这张脸，泯然众人，所以才让你觉得很熟悉。我看时候也差不多了，我就先走了哈。"

"子秦。"廖文列还是叫住了她，冷冷一声，猜不透后边要说些什么。

庄子秦僵硬地转头，嘴角挂着的笑牵强得比哭还难看，生怕廖文列想起了京城那桩旧事。

"你一路跟随我们半月有余，如今也承蒙你的仗义相助，顺利到了成都，过几日我让钱兴给你准备些盘缠，然后你去过你想过的日子吧。"廖文列终于将难言说了出来。

她曾对自己说过，终日游历，浪迹天涯就是她的兴趣。而今，牵涉朝廷的盐荒案马上要启动调查，让她卷入，实属不该。就让一切，在最开始时便结束吧。

庄子秦一怔，继而愤慨万分："沈寻萧沈大公子还没赶我走，你倒是上赶着要我离开。没想到啊，你才是鸟尽弓藏之人！"

"我不是这个意思。"廖文列哪知她会生这样大的气，"只是我们接下来有事情要办，我不想连累你。"

"我知道你们有事要办。"庄子秦起身，悠悠道，"你不信我？怕我妨碍你们的事？"

"这一路走来，我能看出你是个聪慧爽朗的姑娘，我当然信你，可也正是因为信你，我才不该留你。"

"行了。"庄子秦略带嫌弃地打断他的话，"你既然信我，就不要赶我走，我不但不会坏你的事，指不定能帮你什么呢。就你们那档子屁事，藏也藏不了，掖也掖不住，还在我面前故弄玄虚。以后要我走的话不许再提了。"说罢她转身潇洒离去，这回廖文列没有再叫住她，只是远远地瞧着她离开，那身影，竟让莫名的熟悉感又上来了。

十二

　　午后，颜溪坐在院子里的小亭子中小憩，晒着太阳，随手翻着带来的医书。沈家宅院里栽满了东瀛移植而来的山樱，初樱动时艳，擅藻灼辉芳，满院落的樱花挤簇拥堆，胜似冬雪。那花瓣时时徐徐飘飞，落定在医书上，不一会儿便覆住了上头的字。但颜溪似乎毫无察觉，直到一双纤长的手替她拂开落花，与此同时，一阵酒香飘过，颜溪这才察觉到什么，一抬头，不出所料看见两颊微红的庄子秦。

　　"老远看着，我还感叹你这样用功，果然和我们这种江湖草野不同，没想到却是在这出神。字都盖住了，还瞧什么呢？"庄子秦一边戏谑一边跳坐到石桌上。她坐在烂漫樱花下，拿着酒壶仰头痛饮，丝毫不是落魄酒鬼样，反倒显得豁达雍容。

　　而颜溪也确实未曾真的看书，她心中思量着上回见周磊的事。周磊言语中不详不尽，显然有所隐瞒，偏偏关于道士之说听着像是胡扯，却也行得通，自己并没有什么理由追问到底。想了良久，她终究得不到什么好办法，只得叹息一声，再次抬头，发现庄子秦依旧在痛饮。这人就不会醉吗？疑问从颜溪心中闪过："庄大哥，中午刚喝了一顿现在又喝？你小心饮酒过度。"说着又像是想到什么，她从袖间拿出一个小药瓶，"这是我给你配的葶苈散，一直忘记给你了，对你这样喜好饮酒的人有好处。"

　　庄子秦接过药瓶，有些愣住，道了声："谢谢，你对我这样好，我倒有些不知该怎么办了。"

　　颜溪摇摇头："有什么好谢的，这会儿倒是客气起来了，你别忘了你可救过我的命呢。"

说起救命，庄子秦越发有些歉意了，慌忙转移话题，晃着手里的酒壶嘿嘿笑着："其实你不必担心，你以为我成日里喝酒为何不醉？都是这种清淡的梅花酒，用来提神醒脑再好不过了。"

颜溪面对庄子秦的歪理，只得无可奈何地摇摇头："不过，你今天怎么有这份闲情雅致出来赏花？"

庄子秦神秘兮兮地凑近："我看你啊，近日里愁眉紧锁，叹息不止。因为你们，我才有这样的好日子过，当然也要一报还一报，来替你解决解决事情了。"

颜溪有些吃惊地看着她，没想到这个看似没心没肺的酒鬼，心思竟然也如此细腻。

想要和她商谈一下的想法在脑海里盘旋，但方才回到沈府时，廖文列已经发话找个借口让庄子秦离开，颜溪只好按下不表："我能有什么事呢，咱们把这粮食送到，考察下成都的粮食状况，休息几日，便也回去了。庄大哥，这几日我看你也悠闲自在，为何不出去找份差事呢？"

"反正这里有吃有喝，我干吗急着思量生计啊。"庄子秦眯起眼，抬头享受着和煦的阳光。

"毕竟是寄人篱下，莫不如早些离开，早做打算。"

颜溪话音刚落，庄子秦收起了惬意的模样，略带哀怨地看着颜溪："连你也嫌弃我好吃懒做？"

颜溪急忙辩解："不不不，我不是这……"她还没说完，就被庄子秦打断："不过你们不也是寄人篱下吗。你们都不着急，我干吗着急啊。"

"我……"颜溪竟被噎得哑口无言。

庄子秦看颜溪一脸郁闷纠结，突然眼珠一转，露出一脸坏笑："唉，我都憋不下去了，你们不就是盐荒那档子事吗？这事儿我都能替你大哥查明，有什么好卖关子的。"

颜溪听得此言，顿时手一抖，书脱手落在桌子上，也将庄子秦的酒壶碰翻，黄酒涓涓流出，庄子秦及时拿过了酒壶。

颜溪抬头吃惊地看着庄子秦："你这话是哪儿听来的，谁告诉你我们是来查盐荒的？"

庄子秦一脸心疼地看着洒出的酒，摇摇手："这事儿还用别人说吗？你也太小看我的脑子了吧，你们这行人的功夫都非同寻常，招式毫无花哨只求杀敌，一看就是军中人士。而且一路上花销颇为大方，实在不像无利不起早的商人所为。入成都后也丝毫不提及生意，反倒随着我们到处闲逛，这应该就是在调查什么。而现在蜀地值得调查的大事一是饥荒，一是盐荒。剑阁城外遇到难民时却出乎你大哥意料，所以必定不是为饥荒而来。我大胆一猜，你大哥在朝中可是负责盐铁之事？"

颜溪思虑半晌，方缓缓点头："庄大哥果然聪明过人，那么，你是预备帮我们调查此事？"

庄子秦顿了一下，似乎做出了什么决定："既然姑娘你也对我坦白了，那我也不瞒着你了。其实我想帮你大哥是因为……"庄子秦勾了勾手指，让颜溪靠得近一些，"我喜欢他。"

"什么！"颜溪惊叫一声，自知失态又低下声音，"你……你竟有龙阳之好？"

看着颜溪的眼神，庄子秦停下来组织了一下语言："非也，非也，其实我是女儿身，江湖行走多有不便，不料被你大哥意外识破。"

庄子秦发现颜溪满是惊讶的神情，反倒有些安心，对廖文列又增了一分好感："看来你大哥确实守口如瓶，有好好替我保密。其实在剑阁外遇上难民的时候，他就发现我是女人了。"

颜溪回想起剑阁变故之后，廖文列确实开始对庄子秦关照有加，现在回头细细想来确实有些蹊跷："那大哥对你，倒也是分外关心，就连方才的葶苈散，也是他提醒我为你配制的。"

庄子秦猛力点头："是啊是啊，看来，我也是很有希望的。对了，我爱慕他这件事，你要替我保密啊。"

颜溪懂事地点点头："庄……我还是叫你一声子秦吧，这事我自然会替你保密，但能不能让你加入进来最终还得我大哥拿主意。"

"快去，快去。"庄子秦连连挥手，示意颜溪赶紧去。

颜溪只得起身去找廖文列，她本想再说些什么，一回头看见庄子秦大大咧咧地坐在椅子上挥手催促的样子，也就作罢了。

看见颜溪离去，庄子秦坐回花亭中，一只脚架在长椅之上，给自己斟满一杯酒，看着花亭外的桂花，慢慢抿着。

而二人都没有察觉到，在花园的另一边，沈寻萧看着二人亲密交谈的样子，面上寒霜渐浓。

与此同时，书房里主管钱兴向廖文列报告完自己的调查情况，廖文列轻轻敲打着书桌沉吟道："我们总结下现在的情报，其一，由于之前的战乱以及饥荒，盐的产量的确有所下降。"

钱兴点点头："这点在历年的官府档案里都可以查到。"

"所以最值得怀疑的是第二点，最近几次运盐队都在途中音信全无。"

钱兴叹了口气："正是，这些运盐队，久的已经几个月没有回来，最近的半个月出去的，也都杳无音信，现在看来他们怕是遭人毒手了，也不知道是哪路山贼如此猖狂。"

"山贼？"不知为何，蜀道上遇到的昭云门匪徒的身影一瞬间闪过廖文列的脑海，那个明晃晃的"鬼"字实在让他印象深刻。但这不过是直觉的臆测，并没有真凭实据，廖文列摇摇头将之甩在脑后。"关键在于运盐队的路线、时间都非寻常人可知，只有府衙内的人才能掌握。而他们次次遭遇不测，恐怕这成都府有内鬼。"他起身正色道，"看来我得去见见孙祥孙知州了。"

钱兴了然："大人说得不错，是时候见见知州大人了。不过咱们已有多年没见过知州大人，大人此去还是照旧？"

廖文列正待点头，门外传来了敲门声："大哥，你在里头吗？我有事找你商议。"

钱兴上前几步打开门，颜溪一看开门的是钱兴便抱歉地一笑："钱大哥在呢，有没有打扰到你们商量正事？"

廖文列摆摆手："没事，我们这会子正好也整理完线索了。你这边有什么要与我商量的？"

颜溪犹豫了一下，开口道："下午与庄子秦在亭子里晒太阳，我本想委婉地让她离开，但反被将了一军。现在，我是来问你，我们要不要请她帮我们调查盐荒一事？我看她也不像与此事有关，而且精通蜀地事务，应该可以助大哥一臂之力。"

钱兴一听原来是要庄子秦掺和盐荒之事，皱着眉头极力反对："颜姑娘，我看此事不妥啊。虽然盐荒不是什么了不起的秘案，没必要太遮遮掩掩，但这人极为嗜酒，我怕她喝酒误事，到时候嘴一松，暴露我们的身份就打草惊蛇了。"

颜溪轻轻地摇头道："钱大哥，子秦虽然看似嗜酒但其实有度，来成都这一路上也一直在关照车队，从未误事，这点你是亲历者，应该也清楚。至于暴露我们的身份，她恐怕早就知道我们为何而来，只是还不清楚我们的具体身份罢了。"

说完颜溪便将庄子秦在花亭中的一番分析复述了一遍。

廖文列轻叹一声："看来我们还是大意了，不承想她这样细致入微。"

"原本我想一口应了她，但你说过，不想她卷入其中，想让她离府。"

廖文列苦笑一声，想起昨晚的情形有些发窘："我确实想要她离府，但……眼下怕是离不成了。"

"她也明示了她的女儿身，需要我们这边的庇佑。"

廖文列一愣，没想到庄子秦自己将这个秘密说了出来："罢了，她既然知道了秘密，又主动寻求庇佑留下，也好。只是不知道她是否愿意帮忙查盐荒一案？"

颜溪笑道:"二位刚才不是说了她嗜酒嘛,有酒何愁不答应?"

廖文列和钱兴相视一笑,确实,在庄子秦这里,酒相当于是流通的货币。

商议完此事,廖文列重新坐定,提笔写了封拜帖交给钱兴:"你先把这封拜帖送到知州孙大人府上。"

钱兴收下拜帖:"大人不现在出发直接过去吗,莫不是打算带庄子秦一起去?"

廖文列点点头,继而回想起那位知州的种种怪癖,不由得扶额:"是啊,希望孙祥他在一年里或多或少收敛了一些吧。"

廖文列叩庄子秦的房门时,里头叫嚷着"就来就来",却半天不见开门,许久之后,那门"吱嘎"一声开了,却叫廖文列着实一愣。眼前的庄子秦一身女装白衣楚楚,一双眼秋波流转,嘴角还是那精明狡黠的笑,显得聪慧伶俐。廖文列不由得出神,总觉得像是在哪里见过她,正要细细回想时,却被庄子秦一拍肩膀:"瞧什么呢,这样专注。"

廖文列回过神,有些慌乱:"没什么,第一次见你穿女装,觉得很是……好。"

"是吗?"庄子秦低头瞧了瞧自己的装束,"觉得好便好,我还怕你们瞧着不习惯呢。"

"挺习惯。"廖文列笑笑,"不过现在,你得跟我去个地方。"

"现在吗?"庄子秦看着远处已经落山的夕阳。

"对,现在。"

十三

夜已深，两个身着斗篷的黑衣人悄悄来到孙府后门。其中一人看着自己一身裹得密不透风的打扮，问另一人道："咱们真的有必要打扮成这样吗？"

廖文列叹了口气："不怕一万，就怕万一。且不论此事幕后主使到底是谁，但可以肯定的是，孙府周围眼线肯定不少。我本来打算直接翻墙潜入的，但你不善武艺，我也只好出此下策了。"

庄子秦哧笑一声："都是由头，说到底还是你武艺不精，带个人就进不了人家的府邸了。"

廖文列正待解释，早已候在门口的管事听见外面的声音，打开了门，招手示意两人进去。

庄子秦瞧着这孙府不大，但各式绿植被摆得满满当当，走在长廊里不得不拨弄开这些横生的枝蔓，不由得低声吐槽道："你这朋友就跟山妖似的，好好的府邸，弄得就像个野林，也不怕招虫蚁。"

廖文列尴尬回应："各人有各人的癖好，我另一个朋友就爱清静，偌大的宅子一个家丁都没有。"

他说着另一个朋友时，庄子秦神情复杂，但夜色漆黑，廖文列并未看见她的异样。

快到书房时，廖文列停住脚步，向着管事拱手："那就先有劳管事您通报一声，之前我已送上拜帖，他应该知道来人是谁。"

管事一愣，连连摇头："不不不，大人的书房在他使用时一般都不许我们接近，而且正如您说的，拜帖他早已看过了，所以我家大人也早有吩咐，若您来了直接进去便可，不必再通报了。"

管事哪知廖文列让他去通报不过是为了委婉提醒一下孙祥，这次还带了外人，提前收敛些，但管事既已将话说到这份上，廖文列不好再催促，无奈之下只得嘱咐庄子秦："知州大人有些……总之等会儿千万不要惊讶。"

庄子秦见几人神神秘秘，心下对孙祥的好奇更甚。两人沿着长廊走向书房，随着两人的靠近，庄子秦隐隐听见书房传来断断续续的悲鸣。她想起钱兴还有这管事提起孙祥时讳莫如深的表情，一阵寒意直冲脑门，下意识地往廖文列身后躲了躲："这地方太瘆人，我有些不愿往前走了。"

廖文列一脸惊讶："什么也没有，你在怕些什么？"

庄子秦拉着廖文列的袖口，轻声问道："我就问你，这个知州大人该不会有些特殊嗜好吧？感觉这院子里有冤魂在啊。"

廖文列长叹一口气，握住了庄子秦拉着自己袖口的手，安慰道："别慌，没鬼，是人，而且是个好人，只是有点怪。"

庄子秦看着被廖文列握住的手，脸慢慢红了起来。月色下，她偷偷看了眼廖文列，这个沉稳的男子因为中规中矩的处事方式，常常让人觉得乏味，她也从未认真看过他的脸庞，没想到，斗篷下若隐若现的这张脸上长着如此周正的五官。因为夜色加斗篷，廖文列没有发现她女儿家的心事，庄子秦便心安理得地让廖文列牵着走向书房。

等到了书房门口，庄子秦才听清楚那个幽怨的男声喊的是："啊——好烦啊——好想混吃等死啊！饥荒、盐荒什么的好头疼啊——我不想当知州啊——"

廖文列在门口重重地咳嗽了一声，然后敲了敲书房门，书房里的声音停顿了会儿又懒洋洋地响起："啊，廖文列是吧？自己进来就好，我懒得去开门。"

廖文列推开门，庄子秦便看见一个穿着朴素的文人在地上打滚。他长着一张文质彬彬的脸，五官清秀俊朗，却挂着自暴自弃的表情，用一副生无可恋的语气嘀咕着："不想干活，不想干活，我要休息，饥荒什么的好麻烦。"

庄子秦僵硬地转过头盯着廖文列,脸上的惊恐不比刚才误会孙祥是个凄厉之人少。她指着地上将衣服滚得凌乱不堪、满是灰尘的人,用颤抖的声音发问:"这就是知州孙祥?这就是那个爱民如子的知州大人?!这就是你说的出走王爷孙祥?"

廖文列单手捂脸转过头,不敢直视庄子秦的眼神。躺在地上的人也终于意识到还有陌生人在场,一边有气无力地爬起来,一边打量着庄子秦:"你这次怎么就老老实实递拜帖,不像以前那样直接翻墙而入?看你们打扮成这样子,就这么不想和我扯上关系吗?"

廖文列望着门外的夜空一脸无奈:"我的知州大人,但凡你稍微正常一些,我们也不至于躲着你。"

孙祥坐上一边的躺椅,如同陷进去一般全身靠在椅背上。"但我就是没干劲嘛,你又不是不知道处理政务有多无聊。算了,就像你们想不通我一样,我也完全不能理解你们这些乐在其中的人是何想法。你这次过来是为了盐荒的事吧?"他瞄了瞄一直站在旁边还没从震惊里缓过来的庄子秦,"这是谁,都能说吧,不是内奸吧?"

庄子秦尴尬道:"就算怀疑你也别当着我的面啊。"

廖文列收拾好情绪,严肃起来:"子秦是自己人。孙祥,此次盐荒严重,导致各地盐价飞涨,百姓……"

孙祥挥手打断廖文列:"行了,这么久没见,还是老样子,官腔越来越重了。我懒得听这些没有用的,这是你们朝廷喜欢用的一套。我这边的调查结果在桌上,自己拿。"

廖文列和庄子秦上前翻看资料时,廖文列低声问道:"我……平时说话真的有官腔吗?"

庄子秦故作惊讶道:"什么?原来你不是故意用官腔的啊?"庄子秦看着略显失落的廖文列于心不忍,补充道:"行了,你平日说话挺像个正常人,一涉及江山百姓就开始了。"

廖文列无言地翻看着数量不多的资料:"就这些?"

孙祥翻身伏趴在躺椅上："如果还有更多的资料，我就直接查明盐荒一事了，还需要你伪装运粮老远跑来？我现在只能先确定我手下这边定有内应，可是……你也知道的，查内应好烦的，一天到晚怀疑自己人真是够了。"

庄子秦看着几个人的资料，冷哼一声："孙大人一边嫌麻烦，一边调查得可有够仔细的。"

孙祥耸耸肩，看向书桌旁厚厚的卷宗："没法子，职责所在，而且我也是放不下。那么多难民没了粮食，那么多百姓盐荒，但是我上哪里给难民们变出粮食啊！我上哪里变出盐来啊！要不我干脆截了江冷的军粮，反正他那里多的是，也不差这点。或者我干脆闹大盐荒，到时候大得吴江冷的仗也打不起来了，我再去向江冷要求退粮。"

庄子秦看着喋喋不休地说着某些可怕计划的孙祥，捅了捅廖文列："喂，你确定盐荒不是因为他扣押了官盐拿去换粮了？"

廖文列本想替孙祥辩解几句，但几次张开嘴都找不到合适的说法。沉默了一会儿后，廖文列上前拍了拍孙祥的肩："孙大人，要不你就招了，收拾收拾，和我们回一趟京城吧。"

孙祥拍开廖文列的手，没好气地翻着白眼："去去去，就知道拿我寻开心，你有这工夫，去给我把内应抓出来啊。"

廖文列点点头，不再装严肃，露出了坏笑："说来也巧，有一个这几天刚好碰到过，不出意外，定能从他那里摸出不少线索。"

庄子秦此时也突然反应过来："你的意思是……那个周磊还真在嫌疑人当中？"

孙祥沉默了一阵，但没过一会儿便恢复了先前懒洋洋的样子，挥手赶人道："行了，我知道的都告诉你们了，你们赶紧该干吗干吗去，该绑绑，改抓抓，我当不知道。没事就别来找我，不，有事也别来烦我。好想早点辞官告老还乡什么也不用干啊。"

看着孙祥又一次打算开始打滚，廖文列赶紧拉着庄子秦逃一般离开。

庄子秦摘下斗篷顿觉一身轻松，与廖文列走在回去的路上，月色朦胧，春寒料峭，山间还有丝丝凉意。往常话痨开朗的庄子秦不知为何此刻表情有些深沉，廖文列便主动开了口："我上次这样看成都的月是三年前了。"

庄子秦从沉思里回过神，也望了望这弯下弦月："三年前你就来这儿玩耍过？好大的闲情逸致。"

"不是玩耍，三年前蜀地叛乱是举国皆知的事，你难道不知道吗？"廖文列有些疑惑地看着庄子秦。

庄子秦一愣，随即道："你太想当然了，我们平头百姓，关心的不过是柴米油盐，哪里打仗，其实我们根本不关注。况且那时我还在吴越一带吧。不过，你们带兵打仗，竟有闲情看月亮。"

廖文列苦笑："有时直接在野地里入眠，睁眼就是月亮。那时，我们三兄弟都会用力地看看月色。因为你不知道，这是不是你最后一次看月。对战时的军人来说，明天太奢侈了。"

不知为何，这话竟隐隐触动庄子秦的心怀："所以战争有什么好，无论是谁，都不得益，除了那个高高在上的人。"

"是啊，鳏寡孤独，无一不是因为战乱。"

庄子秦突然转头问道："所以你是鳏寡孤独里的哪一位？"

"都不是。"廖文列仰头看着天幕，"我的母亲在家乡，现在，她应该跟我看着同一轮月。"

"天涯共此时。"像是被感染一般，庄子秦也抬头望着皎皎明月，"世间要是永远这样宁谧安详多好，可惜，皇帝又急着部署兵马，搅得我们蜀地民不聊生。"

"兵马确实是皇帝部署，但这粮荒、盐荒并非他的本意。"眼见民间百姓这样误会皇上，廖文列的解释有些急切。

"哦？你很了解他？"庄子秦反问道。

"我不了解，但我相信我们大胤朝的皇帝是个明君。"

庄子秦不知为何心头一堵，她当然知晓这个大胤朝的忠臣良将说出这话，再正常不过。但也是这话，清楚真切地提醒着自己，他与她之间，隔着不同的立场，效忠着不同的帝王，谋福于不同的国家。这一刻，她也不知心头那种不快为何如此强烈。

"时候不早了，咱们赶紧回去吧。"她无心再与他论道，加快了脚步往前走去。

廖文列也瞧出她的不快，费解的同时忙跟上她的脚步。

清晨庄子秦便被廖文列叫醒，让她前往后花园商议事情。她困顿地勉强从床上爬起，陪着大老爷们坐在后花园里。廖文列知道惊扰了她的好梦，拿了上好的酒与水果摆在石桌上。

庄子秦眯着眼看着盛开的花，伸了个大大的懒腰："廖文列，我们在这里，就这样无所事事真的好吗？昨天不是已经从孙祥那里得到情报，确定了一个可疑人士吗？"

廖文列举起手中的酒杯反问庄子秦："你觉得周磊就是内通者吗？"

庄子秦也举杯对碰，小喝一口后才答道："嗯，他恐怕是因为药方而被人威胁利用，要他老实交代，必须得拿到点确实的证据才行。"

廖文列赞同地点头，缓缓道："正是，而且我有种直觉，这次盐荒恐怕没我想象的那么简单。"

庄子秦看廖文列一本正经的样子，嗤之以鼻道："我还以为你身为男子汉大丈夫，不信怪力乱神呢。"

廖文列长叹一口气，自嘲地笑了笑："自幼从军，生死一线的事多了，没些直觉我也活不到今天。"说完他面色怅然地一口饮尽杯中之物，"算了不提这些，至于这次盐荒我只能说太巧了。"

庄子秦见廖文列不愿提起往事，也就顺着他的话头试探地问道："怎么个巧法？"

颜溪重新给廖文列斟上梅花酒，小声劝了句："慢点喝。"

面对庄子秦的疑问，廖文列显然有些疑虑。庄子秦不满地一拍桌子："疑人不用，用人不疑，你既然让我帮忙查案，就该把你知道的都告诉我。"

"好好好，你莫急。"廖文列抚慰似的点点头，"这事说来话长。十年前陛下登基，他一直雄心勃勃想要建立伟业，一统四方，却一直受制于太后。母子二人关系随着手下势力的明争暗斗越来越紧张，各地也是相互倾轧不止。三年前，好不容易太后退让了，却又出了蜀地叛乱。"

说到蜀地叛乱，廖文列眼神暗淡下来，又要将酒一饮而尽，却被颜溪拦了下来："大哥，子秦贪杯也就罢了，你这会儿怎么也被传染了？慢些。"

廖文列只得放下酒杯，继续道："叛乱被镇压后，本以为各地历经多年动乱，终于可以休养生息，皇上却一意孤行要远征蝶陵。各地几年来本就积压着民怨，皇上的计划中只要攻打蝶陵得胜，便可携大胜之威震慑四方。但这场本来胜多败少的仗，偏偏在这时候闹出盐荒一事。若是处理得不好，内乱一起，导致蝶陵前线失利，恐怕将万劫不复。"

"蝶陵……"庄子秦喃喃着这两个字，眼中闪过一抹恨意，手不由得握紧，最终却只能装作淡然地问道："如此说来，此事必定是太后一派所为？为了阻止皇帝的远征计划而闹盐荒来牵制后方？"

廖文列摆摆手："不，太后与皇上毕竟是母子，天下大乱对他们都没有好处。幕后之人怕是皇上与太后都没有打算放过，甚至打算自立门户揭竿而起也未可知。"

廖文列分析到此处，不禁令庄子秦神色一凛。她没有想到这个看似憨直的老实人竟有这样的分析力，转念一想，也是，若没有丁点儿智慧，他也坐不到大司农的位置。

正当此时钱兴匆匆走到几人身边，小声对廖文列说道："大人，周磊已经上钩了。"

廖文列露出欣喜的神色，急忙起身转头对颜溪吩咐："你先留在这儿，若是沈府的人问起来了先糊弄过去。子秦，你跟我一起走一趟。"

说罢他拉起不情愿的庄子秦一起跟着钱兴离去。

十四

　　曲道悠长，墙壁古旧，孙府的后院隐蔽寂静，里头有一个废弃已久的仓库。

　　"话说为什么在我家？"孙祥站在仓库外，向廖文列抱怨道，"我不是说过了你们爱干吗干吗，我权当不知道吗？好麻烦的……"

　　廖文列拍了拍孙祥的肩："谁让你是知州大人。我们这怎么说也是私绑朝廷官员，有你这个顶头上司在场，我日后也好交代。"

　　孙祥一脸无奈地看着廖文列，打了一个悠长的哈欠："那你们慢慢审，我先去睡觉……不，处理公文去了。"

　　廖文列一把拉住打算开溜的孙祥："别急着走啊，等会儿审问还需你压阵呢。"

　　庄子秦看着两人，一个知州，一个司农，拉拉扯扯，全无一点形象，随后她无语地看向侍立一旁的钱兴："这两个人一直这么能折腾吗？"

　　钱兴看了看两个人想了会儿，决定还是什么都不说的好。

　　最后孙祥还是没能挣脱武将出身的廖文列，被拉进了仓库。钱兴上前解下了蒙在周磊脸上的黑布，周磊微微眯起眼睛来适应光线的变化，但似乎对被人绑架并不感到意外，反而非常淡然。

　　等到周磊适应仓库内的烛光后，才倏忽瞧见躲在几人身后的孙祥。孙祥此刻面色复杂地看着他，夜凉如水，平日玩世不恭的知州收起了笑容，一双眼眸在黑夜里利剑般注视着他。周磊只觉浑身寒冷彻骨，脸上露出了紧张之色："知州大人，你……你们这是何意？"

　　廖文列也早已收起与孙祥玩闹时的神情，石塑般的刚毅面庞难测喜怒，一脸正色地瞧着周磊，竟也瞬间有了几分肃杀之意："周磊，我们为何找你，你应该心知肚明。"

"请大人明示。"周磊的眼神恢复了平静，一脸不解地回答廖文列。

廖文列见周磊不愿说，也不纠缠，转身拍了拍孙祥的背，将漫不经心摆弄着一把木伞的知州大人推到了周磊的面前："你的手下，你来劝。我就不插手了。"

孙祥脸上瞬间布满了不愉快，他被廖文列强行推到了周磊身前。

"孙，孙大人……"周磊边叫着边试图挣扎捆绳，却越挣扎越紧。

无视眼底透出浓浓不安的周磊，孙祥优哉地拖过一个箱子，大马金刀地坐在箱子上，手里拄着一把其貌不扬的木伞，继而略显头疼地再次看着周磊："你跟我也这么多年了，都清楚对方是个什么样的人，我这个人最大的毛病就是嫌麻烦，所以你还是老老实实交代，到底是谁，让你透露运盐队路线的？"

早春的夜晚风声如哽，凉意四起，周磊脸上却布满了细密的汗，即便如此，周磊还是没有开口，只愧疚地低下了头。

"周磊你应该知道，我做事只要能达到目的，是不会在意方法的，毕竟我懒得想那么多。而恰好你在我手下这么久，我也知道一些你的事，甚至你为何会被收买，我都猜到了一二。你家中娘子重病，需要人照料，你若是被押入牢中，恐怕她的状况也堪忧。"

"大人！我……"周磊话音未落，门口突然传来一声轻响。

懒懒散散的孙祥抬起手中的木伞及时往背后一支，竟有几根凌厉的短刺扎在了伞面上。

廖文列与钱兴见状，双双破门而出，左右环顾探查方才使暗器的凶手，可黑衣人早已越墙而逃，以疾如烈风的速度消失在无边的夜色里。只停留片刻，廖文列便带着钱兴朝前追去，无视身后传来孙祥愤恨的叫喊："我的门！"

而仓库里，看着不断念叨着要廖文列赔偿家具费的孙祥，庄子秦心里怎么都不愿承认这就是当朝大司农结拜交好的高手。

孙祥嚷嚷了几句，看见还留在仓库里的庄子秦，有些意外地问道："你不去追吗？那可是要刺杀我的凶手！"

"那你为什么不去追？"庄子秦气得反问，先前自己是廖文列粮队里最好吃懒做的家伙，她还满怀歉意，现在看了孙祥的模样，自己当初简直太勤快了。

孙祥收起木伞，从伞上拔了根短刺打量着："我？嗯，有很多原因啦，当然，最关键的是——我懒得追。"

庄子秦有一种深深的无力感，话语间也满是深深的嘲讽："孙大人，我说你懒到这份上，是怎么当上知州的？"

听到这话，孙祥将手里的短刺往地上一丢，用倍感委屈的语气向庄子秦抱怨道："你以为我想当啊？知州每天有那么多杂事，我只想晒着太阳，吹着风，摆弄我的小玩意儿啊。还不是廖文列他们几个多管闲事，非要向皇上举荐我，我也不知道皇上看上我哪点了，让我来当知州。圣旨一下，我的好日子就这么没了啊。"

"亏得外界还传闻蜀地知州爱民如子，真不知是多无聊的人才能说出这样溜须拍马的话。"强忍着拔刀砍翻这个"怨妇"的冲动，庄子秦讥嘲道，但很快她知道现在并不是训孙祥的时候，试着转移话题，让自己心绪平静，"现在既然贼人已经走了，那你继续审吧。"

孙祥看了眼受惊的周磊，对方早就连人带椅一起倒在地上："庄子秦你脑子被驴踢了吗？他们既然都已经派人偷袭，那便是知道我在这里审理，你不赶快带着我逃，还要接着在这里审，你想我们都被杀人灭口……"突然孙祥眼眸一亮，也猜到了庄子秦的意图，"你这是故意不走，要我留在这里引蛇出洞？"

庄子秦点点头："难道大人不是这个打算？"

孙祥别过头望着窗外："我都说了我只是懒得动。"

看着孙祥那死皮赖脸的无赖样，庄子秦一时间无法反驳。就在这个沉默的瞬间，房顶传来一个细微的声响。本来还无精打采的孙祥几乎与那声响同时做出反应，手一翻，用伞挑起一块柴火直击屋顶。

埋伏在屋顶的黑衣人一见行踪暴露也不继续隐藏，直接向下破开屋顶。顿时屋中一声巨响，尘土飞扬，庄子秦一个懒驴打滚躲到一边，等到尘土稍散才看清是三个黑衣人。但令庄子秦颇为惊讶的是，懒散的孙祥手持木伞，竟与三个明显身手不凡的黑衣人战得有来有往。

孙祥手中的伞原先看似并无玄妙，但不知被他进行了怎样的改造，不仅收放自如，与黑衣人的刀剑相交之时竟发出金石之声。只见孙祥不时收伞做枪，撑伞为盾，黑衣人显然是第一次接触这种奇门兵器，竟被压制得只能防守，难以寸进。

就在庄子秦觉得黑衣人即将束手就擒之时，异变又起。孙祥竖起尖锐的伞尖打算逼退一人时，没想到黑衣人不退反进，只听"刺"的一声，那木伞来不及收势，直直刺进了黑衣人体内。孙祥心中一沉，暗道不妙，连忙收手，但黑衣人眼神决绝地再次往前走，只见木伞穿心而入，一股鲜血喷射而出，溅了孙祥一身。

另外两个黑衣人则趁此时机，欺身杀向地上的周磊。孙祥眼神一瞥，捏住伞柄按动机关，竟从伞柄内又抽出一柄细剑刺向二人。二人故技重施，分出一人舍身杀向孙祥。眼看着孙祥被拖住，黑衣人即将得手，在一边观察已久的庄子秦一扬手，向着黑衣人扔出一个纸包，黑衣人下意识挥剑挑开纸包，未曾料到里面装的全是石灰粉，锋利的剑刃劈烂了外头的纸包，石灰粉冲着他撒开，他猝不及防下被糊了一脸，只觉眼睛灼伤般疼痛，只能胡乱挥舞武器。

孙祥干净利落地收拾掉已心存死志的对手，正打算生擒被庄子秦暗算的黑衣人，身后突然传来破空之声。孙祥猛然回头，第一个被伞刺穿的刺客挣扎起身，手中发射出一支吹箭，这才彻底倒地。他竟在被刺穿心脉之后，强忍剧痛发出了最后一击。

而被石灰粉夺取视力的黑衣人听到这声响，像是猜到了什么，突然停止动作如同断线木偶一般缓缓倒下，庄子秦小心翼翼地上前检查了一番，无奈地摇了摇头："他是猜到了结果，才决然而去的。对方还真是够下血本，这些好手早就服了毒。这次刺杀成与不成，这三人都活不了。"

庄子秦回头看见孙祥蹲在周磊身边，果然黑衣人最后那一支吹箭最终还是命中周磊，吹箭上抹着的剧毒瞬间夺走了这个年轻男子的性命。他们的任务，完成了。

孙祥看着脸色惨然，却又异常平静的下属，眼里第一次流露出哀伤的神情。他眉间紧蹙，脸上肌肉微颤，许久不曾开口说话。庄子秦瞧着死去的周磊，亦有些难以接受，她瞧了瞧自己的手，最终颤抖地放下。

这不是她的本意，她的本意里有阴谋，有阳谋，却并无人命。她只是想查明真相，但合作者的目的，似乎并没有那么单纯。

这是她的行动计划里第一个死去的人，这一瞬，她有种万劫不复的痛感。那个人，口口声声说自己是他的合作者，可是当他派人来追杀周磊时，用的是这样的高手，下的也是这样的狠手。他何曾顾及过她的安危？若不是自己侥幸逃过一劫恐怕她也会被高手劫杀在暗夜里。想到这里，她心中生出一种警觉感，兔死狐悲，兔还没死，他却已用这样的手段。

沉默许久之后的孙祥默默地合上了周磊的眼睛："你跟了我这么久，怎么就不能学学我。活得这么累又是何苦呢？"

庄子秦也回过神，看着这一地的尸体，佯装镇定地收起思绪问道："孙大人，接下来怎么办？"

孙祥怔了一下，继而毫不顾忌地上的尘土，就势一躺："唯一的线索已经断了，我信任的下属死了，大家收拾收拾赶紧散了吧。继续像刚才那样折腾，我起码少活三十年。"

庄子秦无语地看着已经进入懒散模式的孙祥，虚火"噌噌"地往上升，在心中怒吼：跟你待久了，我才要减寿三十年啊。她平复了一下心情，憋着一口气继续试探性地发问："孙大人，你刚才可真是好身手，着实令人敬佩。实在看不出像孙大人这样的……嗯，文人还有这般功夫。"

孙祥透过破了一个洞的屋顶，望着漆黑的天空，似乎回忆起什么，最终却撇撇嘴毫不在意地说道："还不是当年从军的时候，被那两个练功狂逼的，想找人对练相互打不就好了嘛，都喜欢找我打是闹哪样啊。"

庄子秦也抬头看了看漆黑的天幕，一轮冷月遥遥地挂着。这让她想起那日与廖文列走回沈府时的情景，也是这样月色溶溶。她想起廖文列说起从军时，他与兄弟便常常躺在地上看月亮，再瞧了瞧眼前看着月色出神的孙祥，回想了一下孙祥的招式，虽用的是一把木伞，却是枪法路数，且隐隐可以看出和廖文列一样是军中的路数，不禁开口试探："那我猜练功狂之一应该就是廖文列了，还有一个人是谁呢？"

"说了你也不认识，都过去这么久了，提他干吗？"提到另一人，一直显得什么都不在意的孙祥显然有些面色不快，他想避而不谈那个人，却顿时激起了庄子秦的好奇心。但没等庄子秦继续追问，门口就传来脚步声。庄子秦凝神戒备，门外之人一点也没有隐藏的意思，脚步声越来越大，而孙祥依旧躺在地上装死。

片刻之后，廖文列与钱兴带着一脸落寞的神情踏入了门槛。庄子秦这才松了一口气，不满地踢了死尸般的孙祥一脚："喂，你知道是自己人也不告诉我一声。"

孙祥哼哼两声算是回应："你也不想想连你都能察觉到来人了，除了这几个二愣子还能是谁？"

廖文列打量着室内的惨状，俯下身检查了一下已经咽气许久的周磊："这到底是怎么一回事？"

"你们走了以后这里又来了一批客人，而且这些客人还带来了不小的麻烦。"庄子秦叹了口气道。

廖文列看了看孙祥，也叹息不止，突然像是想到了什么："那他娘子……"

"我已经将其接到安全的地方了。"孙祥此时坐起身来，再次看着因中毒而显得脸色发青的周磊的尸体，"等你这温暾的家伙出马，人早被杀光了。"

庄子秦这才发现，孙祥果然不如表现的这般闲散，可是他这样的性子又是在逃避什么呢？

许久之后孙祥又没头没脑地冒出一句："廖文列，这是你带来的局，你得帮我把这里收拾了。"随后他便耸耸肩，也不管自己在地上躺着沾上的一身灰，扛着伞直接走出了小仓库。

廖文列看着他的背影，猜到了自己老友心中恐怕没有表面上这么从容。一向对自己人深信不疑的孙祥这一次先被背叛，又被人当面杀死了部下，恐怕心中已经悲愤至极。但是现在周磊一死，手上仅有的线索也断了，他们只知道背后谋划这一切的人非同小可。这些刺客功夫都不寻常，却都只被当作消耗品毫不怜惜地派了出来，身后主事之人非但手段狠辣如魔，力量看来也远在自己预计之上。廖文列隐隐觉得自己似乎置身于一张大网之中。

一行人往回走时，天幕已渐亮。这一整个晚上，他们不但没有抓住对方的打手，反而失去了仅有的线索，只能闷闷不乐地回到住处。看着院子里三三两两忙碌的仆从，看似浇花清扫，一派闲适，廖文列却感到了一丝违和，仔细一想，院中的仆从似乎少了不少。

他随手叫住一个路过的侍女发问道："姑娘，沈公子现在在家中吗？"

侍女刚被叫住有些慌乱，看了眼廖文列发现是自家主人的座上宾之后才松了口气，有些拘谨地答道："我家主人今天有些急事，出门去了，两三日后才能回来。"

廖文列点头，并没有多想。

一旁的庄子秦看了看侍女的神色，却觉察到一些奇怪的地方："那白葡萄和其他人也是随寻萧一起出门了？"

侍女想了想，有些不好意思地往后缩了缩："都是今早出的门，大概是一起的吧。"

"各位，可是遇上了什么麻烦？"看见廖文列一行询问侍女，沈府总管忙走过来查看情况，"公子早上特意交代，让我好生照料几位，若有不周之处，还望及时告知。"

侍女如同解脱一般往总管身后躲了躲。庄子秦摸着自己的脸，转头有点受伤地向其他人发问："我说，我有这么吓人吗？"廖文列看着躲在总管身后偷看这边的侍女，虽心有疑惑，却也没多想，向总管解释道："她就是好奇心重，前几日有寻萧在，热闹不少，而今府邸冷清，便急着问寻萧的下落。"

"公子说生意上出了点事，乡下有些事务需要他亲自处理一下，所以只能冷落诸位几日。他还特意让我转告诸位，等他回来会亲自向各位请罪。"

"看来出的事情并不小，否则他也不必如此着急，有什么我们能帮上忙的吗？"看总管说得诚恳，廖文列便也没纠结沈寻萧为何突然离去，只是有些担忧他是否遇上了麻烦。

"只是一点财务上的问题，乡下的佃农今年收成不好，欠了好些地租，他亲自去一趟了解情况。"总管道明缘由，谢绝了廖文列的好意，"没什么事的话，我们就先告退了。"

说完总管便带着不时回头瞄庄子秦一眼的侍女离开了。看着离去的总管，庄子秦嘀咕了一句："为何偏偏是这个时候？"

廖文列转头看着若有所思的庄子秦问道："怎么了？"

庄子秦回过神，笑而不语，给了一个没事的眼神。

廖文列、庄子秦和颜溪回到了房间。

捧起颜溪泡好的龙井茶，吹开茶水中漂浮的几片茶叶，廖文列稍微放松了一下自己的神经。

庄子秦也接过颜溪递过来的茶，抿了一口，吐了吐舌头："真不知道你们中原人为什么喜欢喝这种苦兮兮的东西。这茶哪里有酒好喝？！"说着她就去摸身上的酒壶，却发现不知何时掉了酒壶盖子，酒壶早已空空荡荡，"奇怪，我这盖子很稳当的，怎么会掉呢？"

颜溪看着她空空如也的酒瓶，再看了看此刻忍笑的廖文列，眼神一交会，便知庄子秦的酒盖是为何掉的。她哼了一声："嫌茶苦，那你就别喝啊，我还嫌费茶叶呢。以后也别喊我给你准备什么下酒菜。"

"别啊，我就这么一说，细细一品这茶还真是绝了。"庄子秦夸张地品着茶，露出赞绝的表情，赔着笑脸缩回了手，不出一会儿又苦着一张脸。

看着庄子秦喝药一般的样子，廖文列不禁会心一笑。本就不满的庄子秦顿时对这边怒目而视，廖文列只好干笑两声转移话题："对了，刚才回来时我见你嘀咕着什么，是发现什么了吗？"

一向大大咧咧的庄子秦收住了夸张的神情，难得地犹豫了一下，低头望着杯中的茶叶打旋，沉默许久后，抬头望向窗外飘落的花瓣："这是东瀛最名贵的寒绯樱，万两银子难求一株，沈家宅院却栽种了一千零六十四株。而我们方才遇到的武功高手，需要多雄厚的实力与财力才能雇用？你不觉得沈寻萧偏偏在这个时候离开，实在太巧了吗？"

廖文列和颜溪一下子便明白了庄子秦话中所指，二人面面相觑，最后反而是一向对沈寻萧冷言冷语的颜溪替他说话："这……只是单纯的巧合吧？成都人烟阜盛，而今虽受粮荒、盐荒之苦，但家底深厚的也有许多人。"

庄子秦回过头看着颜溪，露出了略显尴尬的笑容："我也希望是我多虑了。那个花花公子怎么可能有这么大的野心，他又不缺吃不缺喝，何苦冒这么大的风险呢？"说着她便端起茶杯豪饮一口，然后一口茶水全喷了出来，还不停地"呸呸呸"吐茶叶渣，原本的尴尬变成了一脸苦相。

十五

  沈寻萧正优哉游哉地躺在楼船上的躺椅中，一阵微风拂过让他猛地打了个喷嚏，他揉了揉鼻子喃喃自语道："怎么总觉得有人说我坏话。"说着他便走出船舱，独自伫立江畔，身姿挺拔，皎洁如玉的面庞上神色复杂，远不是平日里纨绔子弟的模样。他看着外头明媚的阳光，照在身上只觉得暖意融融，甚至有些让人止不住地困倦。

  可也是在这样舒适的日光下沈寻萧感到浑身不自在，不由得嘀咕："怎么总觉得有人在背后议论我呢。"他话音刚落，白葡萄叼着个骨头也出来了，一边剔着骨头上残存不多的肉一边质疑道："少爷，我们已经跟了一路，并没有任何异常，该不会我们的情报错了吧？"

  "不可能。"沈寻萧头也不回肯定地否决，惊讶得白葡萄不慎将骨头落入了江中，他心疼地听到"扑通"一声，但很快意识到现在并不是沉迷食欲的时候，连忙正色地听沈寻萧分析下文。

  "这次盐队为了避免再遭到狙击，出发得很突然，对方显然措手不及还来不及布阵。所以这一次的情报，连伪装都来不及布置就被我们的人截住了。换句话说这次的情报是准确无误的。"沈寻萧一边分析一边拿起绸帕递给白葡萄。

  白葡萄吮吸了下手指，接过帕子不好意思地擦了擦油汪汪的嘴巴，又歪着头想了想："少爷的意思是那边也来不及准备，所以这批盐船他们怕是没机会下手，就干脆放过，让其安全通行到了此处？"

  这一次沈寻萧没有反驳，望着远处靠岸补给的盐船，江风下劲帆猎猎作响，几个汉子有条不紊地接应着，井然有序的情形让他觉得自己或许是多虑了，但隐隐总有一种不安萦绕心头。

"少爷，不会有什么事的，你都看了一天一夜，要出事早出了。你就回船吧。外头风大，怕是又要着凉。"白葡萄边说着边往船舱里走，寻觅下一块肉。可也是这一瞬白葡萄僵直了身子，鼻子一动闻到了空气中隐隐飘来的气味，心中暗道不好："少爷！小心！"

听到白葡萄的疾呼，沈寻萧心中一惊，方才的不安得到了证实。

"来人随我上！"沈寻萧厉喝一声，不待船舱中的手下冲出来便一马当先冲了出去。白葡萄紧随其后，隐隐用自己的身子护着不管不顾的沈寻萧。

一行高手从水面上飞过，夕阳下平静的江河激起了万千浊浪，气势磅礴。

但暮色下的江面迎接他们的并非刀刃，这突袭轻巧得十分诡异，他们毫无阻碍地便接近盐船停靠的小港口，一路上没有遇到暗哨的沈寻萧捏了捏自己浸满江水的袍子，叹息一声，自己恐怕已来迟一步。

这个小港口整洁异常，却又安静得诡异，暮色下，显得更为萧条冷落。只有几乎微不可闻的血腥气在述说这里不久之前发生过一桩惨案。

沈寻萧瞥了一眼身后的白葡萄，心中暗自感叹自己的这位得力手下不愧是吃货，这鼻子简直比狗还灵，隔着这么远都能闻到这微乎其微的血腥味。然后他凝神静气，步履轻稳，小心翼翼地靠近盐船。船舱里的摆设与港口并无异样，所有东西都完好无损地归位原地，桌上冒着热气的茶水满盈，喝茶者却不知去了何处。角落的鳜鱼鳞片刮了一半，处理者却已不知所终。沈寻萧闭眼叹息，片刻之前他们还在这船上劳作谈笑，许是聊着家中妻儿老母，许是聊着鸿鹄之志。而现在所有的船员就像是从人间蒸发了一般，又或者就像是不曾存在于世。

"看来……来人不是为财，那必是为了……"沈寻萧定了定神，继续缓缓向船舱深处走去。和方才的见闻一样，所有船舱里的东西虽被碰落不少，但都完整地留在原地。他面如寒霜地继续前行，直到走到舱底，顿住了脚步。

满舱的新盐虽质地粗粝,但被洗晒得干净晶莹,最后一抹霞光从舱外投射进来,折射出剔透的光芒。他站在那里,第一次觉得平日食用的盐粒竟这样璀璨,也这样残酷。

所有的财物未被窃取。他以为来者必是为了这价比黄金的盐,但显然新盐满舱,并未被盗走。

如此一来,袭击者没有遗留任何线索。

有这份实力的在这江湖上岂能是默默无闻之辈?但他回顾了一圈江湖人物,并无特别可疑之人。沈寻萧对于越想越发没有头绪的现状有些沮丧。突然他猛地抬首,回身再次看了看现场:一击即脱,毫不拖泥带水,撤退干净利落,毫无痕迹,这风格简直就像——清风堂。

沈寻萧猛然一惊,如冰水浇头,寒意彻骨,心知此事不妙,自己怕是已经中了对手的陷阱。

就在此刻,船外传来一阵密集的破空声,随后便是一阵陶罐破裂的声音。沈寻萧跃出船舱,刺鼻的火油味直冲入鼻腔。他犹豫了下,仍想奋力一搏,但理智告诉他早已错过最佳的动手时机,幕后之人怕是一开始便盯上了自己一行人。

最终他只能狠狠一咬牙,来不及吩咐手下,只大喊一声:"走!"便头也不回地往港口边的树林里冲去。

白葡萄一言不发地拿起一边的盾牌,在水边的淤泥里狠狠一抹,盾牌上顿时便附上厚厚一层湿泥。白葡萄刚处理好盾,小山坡上又是一阵破空之声,密密麻麻的火箭向着小小的港口射来,箭矢遮天蔽日,连日光也为之一暗。

白葡萄不由分说地单手拎起沈寻萧,将他护在身后,另一只手持盾向着港口外飞奔出去。火箭密如细雨般落在港口,之前的火油瞬间被点燃,火势在转瞬之间便不可收拾,港口陷入一片火海之中。沈寻萧手下众人虽一个个都是好手,但此刻面对如此密集的箭雨已自顾不暇,被直接射杀的已还算万幸,不少人被箭所伤后,未能及时离开,在火海中生生被烧死。

只有三四个轻功绝佳又运势不错的手下，还跟在白葡萄身边一起往外冲。眼看着一行人就要脱离火海，白葡萄耳朵微微一动，一些细小的声音传入了他的耳中。于是他当即运劲，迅速将手中的沈寻萧远远地扔了出去，转身狠狠地将盾牌砸入地下，同时将身体压在盾牌上。就在这一瞬间，港口中各个出口的隐蔽处几乎同时传出巨响，在黑火药的推力下，石子、陶罐碎片都带着无可阻挡的气势，夺去了所有企图逃离火场者的生命。

被扔出去的沈寻萧挣扎着爬起来，熊熊烈火依旧燃烧着，熔断的木板支架慢慢坍塌在江面上。他想冲上前，不客气的火苗又狠狠地蹿到他面前，差点烧到襟口。他此刻脸上满是黑烟，披头散发，早失了贵公子的矜贵。但他早已顾不得这些，只声嘶力竭地喊着："小白！白葡萄！"已及弱冠的青年跪倒在山坡上，喊声响彻山谷，暮色下显得悲凉凄厉。

放出火箭的小山坡早已没有动静。但火海中，也没有应答声。

十年前，他几乎失去所有亲人，三年前，他失去了生命中的挚爱。

是这个从江湖浪迹而来，白胖得像是笨拙，又身姿灵巧的男孩走进了自己和姐姐的生命。他说要他效忠只有一个条件，三餐管饱。

清风堂管了他三餐的伙食，他无数次用性命来报恩。

对沈寻萧和沈寻音来说，他早已是他们的家人。

这一刻，沈寻萧清晰地感受到多年前那阵生不如死的痛楚。

许久之后，火势渐小，沈寻萧失魂落魄地靠近船只，望着跟着自己的手下们被烧成焦炭的尸体。他屈膝虔诚地向着他们磕了几个头，磕着磕着，悲从中来，不顾男儿有泪不轻弹的教义法则，悲恸大哭。

他哭自己的祖辈父辈一门将相，出生入死，多的是死士保护。而他自己虽历经浩劫，身边亦不乏小卒拼死护他。

祖父、父亲为家国天下，尚且情有可原。

而自己，何德何能值得这样以命抵命？

突然响起细微的声响，沈寻萧猛地抬头。

一直宛如气绝的白葡萄有些费劲地站了起来，默默地站在沈寻萧身前不远处，白白胖胖的脸上满是烟熏血污的痕迹，看上去竟有了几分修罗之相。他的盾牌上布满了各种石子、木屑、碎片，身上也布满了血痕，却依旧保持着持盾的姿势丝毫未动。

港口一片狼藉，沈寻萧走到白葡萄身边，顿时有些哑然，最终只是拍拍他的肩膀，嘴角勾起一抹欣慰的笑。

突然几簇火苗的势头又大了起来，眼看火势越来越猛，沈寻萧哑着嗓子，发出宛若来自地狱深处的低吼："我们走！"

两人一路搀扶着向前，背后火光冲天，但这一路他们再没回头看一眼。

"虽不知到底是谁送我们这么一份大礼，我们不好好回请一顿可不行啊。"

十六

沈家府邸里的樱花到了凋落期，满地密密铺织着绯红的落花。廖文列一袭青衫，坐在这落花下，神色肃穆。今日他的心情实在不佳，好不容易找到的线索却被人干净利落地斩断，自己除了得知此事必定是有人布局之外一无所获，这群刺客名声不显却武功超绝，对孙祥的私宅以及当晚的情况都了如指掌，恐怕孙祥身边的伏线并不止周磊一个。

老远处庄子秦过来，前几日那身雪色素衣已换成了水蓝色的袄裙，映衬得她如画的眉目更显飒爽。她脸上还是挂着那抹从容自信的笑，也是这笑，令她锋芒毕露。不知为何，见着这样的她廖文列一瞬间有些晃神，原本郁结的心情也好了不少："这身比上次的，瞧着还好看些。"

"这身是从我朋友那里借的。"庄子秦大咧咧地坐下,虽已恢复女儿身,但她的一只脚依旧像钉在石凳上。

"你既有朋友,何必来这沈府寄人篱下?"听她谈及朋友,廖文列有些不解道,"去朋友那里总比在这里自在,而且你真的没有自己的容身之所吗?"

"我朋友一间茅屋,遮风挡雨都成问题,当然是这沈府好了。厨子会做各地口味的菜,酒随意取,床够我翻滚两个跟头那么宽。"说到兴头上,庄子秦照例问道,"那个……呢?"

廖文列自然知道她说的是什么,有些不容商榷地拒道:"这几日是查案的紧要关头,你别贪杯误事了。我已经让钱兴去知会仆从,不要再给你酒了。除非……你能帮我探出些眉目。"

庄子秦撇撇嘴,有些自讨没趣,继而嫌弃地看着廖文列:"我说你好歹大小也是个官,亏你还是奉命来查这事,不就是证人被灭口嘛,这就束手无策了?"

廖文列这一路也熟悉了她的脾性,听这话的意思,她怕是已经想到了什么,忙讨好般敷衍:"你有什么便赶紧说吧,好酒等着你呢。"

庄子秦虽不太满意廖文列那敷衍的语气,但倒是那句"好酒等着你呢"正中她的下怀:"办法很简单,现在我们之所以进展困难,就是唯一的线索周磊死了。那我们让他不死不就行了嘛。"

颜溪此时刚好端了些茶水和水果过来,她放下盘子,有些哭笑不得地看着得意扬扬的庄子秦:"可周磊已经死了啊,这世上再好的神医也不能叫死人复生啊。"

倒是廖文列若有所思地点点头,看得颜溪莫名其妙:"看来是我愚钝了,但你们两个也别打哑谜了,快些告诉我是什么法子。"

庄子秦不信一向看起来缺根筋的廖文列真想通了,有意不说话,想看他笑话。廖文列瞧着庄子秦得意忘形的神情,开始有条不紊地解释:"周磊确实死了,可与此同时那几个刺客也死了,以孙祥的功夫,那几个刺客能得手都已出乎我意料。他们一定没有余力再发出信号传递刺杀成功的消息。"

"也就是说目睹周磊已死的只有你、子秦、钱兴以及孙祥，再加上我，知道的便是五个人。"颜溪听到此处顿时也反应过来，"那么现在，周磊是死是活全看我们怎么说。以昨晚的情况来看，刺客对周磊志在必得，如果得知周磊未死，想必他们一定会再次杀上门来。"颜溪想通之后顿时觉得轻松不少，但是还有些隐忧在心头盘旋不去，"可上次他们派出了一等一的高手，如果他们得知上一次刺杀，费尽周章都以失败告终，这次我们这边一定会加倍防范，如此一来他们难道还会自投罗网？"

"会。"庄子秦吃惊地看着信心满满的廖文列，这件事在她看来都只是五五之间的概率，可这个憨人是哪里来的自信？

"因为孙祥身边还有我们不知道的细作。也正是因为我们不知道是谁，所以只好暂时谁也不信，那么下一次审讯在场的还只能是我们几个。有能力培养出这种实力的刺客的人，我相信他是不会放过这么好的机会的。"

庄子秦一瞬间有种不认识眼前这个男人的错觉，他的憨直并不假，可是憨直与智慧似乎又并不矛盾。

"怎么了？有什么不对的地方吗？"见庄子秦思索的样子，廖文列以为是自己的推论有什么不对的地方，出声询问。

庄子秦惊觉自己又放下了警戒，在潜伏对象身边走神，真是嫌自己活得太久了。她眼珠一转又想出一套说辞："恐怕下次在场的人还得加一个。"

"谁？"颜溪有点好奇，没想到庄子秦指了指她。

"我？"颜溪一怔，不知庄子秦为何出这样的主意。

"不行。"廖文列不待两个人多说直接否决了这个提议，"颜溪不会功夫，去了万一受伤……"

"我也不会功夫啊。"庄子秦气鼓鼓道，"你真当我金佛护身，会毫发无损啊。"

"你的反应能力在我们之上。"廖文列半戴高帽半不无道理地搪塞庄子秦,"这相当于金佛了。"

倒是颜溪有些好奇,继续问庄子秦道:"若是我去了,会有什么益处吗?"

"很简单,我们要放出什么样的风声,才能告知潜伏孙祥身边的暗探,周磊这个人还活着?如果周磊毫发无损,当时我们就接着审问了,等到他们得知消息再派人过来暗杀,这个时间差周磊已经什么都交代了,杀死他还有必要吗?但如果周磊虽然未死,却身受重伤,至今昏迷未醒,你说幕后之人会不会赌一把在周磊说出什么计划之前再来灭一次口?"

颜溪点头,觉得庄子秦分析得甚是有理:"好,那就把我算上吧,但需要我怎么做?"

庄子秦瞟了眼廖文列,把玩着落在石桌上的樱花不说话。看到某人直接把话题甩了过来,廖文列有些头疼地开始组织语言,想要劝说颜溪不要以身犯险,但经庄子秦一分析,他也知道颜溪的作用十分大。

颜溪眼神殷切地看着廖文列,把他准备的大段说辞堵在了嘴边,他最终点了点头:"好,你多加小心,我也会在一旁护你周全。"

看着廖文列无奈答应的样子,颜溪嘴角闪过一丝恶作剧得逞的笑意。不知道为何,看到这一幕的庄子秦竟有小小的醋意。

"我只顾着跟你们说话忘记厨房还熬着草药。"颜溪突然大叫一声,转身跑走。

庄子秦看着跑远的颜溪,再看看她拿过来的果盘,伸手去拿了个橙子。

她纤长白玉般的手指破新橙似乎有些吃力,廖文列从她手里拿过橙子:"我来吧。"

庄子秦一愣,还没反应过来橙子就到了廖文列手里。不知为何,她鬼使神差地问了句:"颜溪真的只是你的义妹吗?"

廖文列剥橙的手停顿了一下,随后他看着她反问:"不然你觉得呢？"

"我只是好奇。"庄子秦迅速斟酌言辞来掩饰自己的慌乱，"你们朝夕相处，男未婚女未嫁，难道就不会动心吗？"

廖文列只轻轻一笑："这么说的话，我们也朝夕相处，也未婚未嫁。"

"我们哪能一样？"庄子秦急了。

"哪里不一样？"他竟看着她继续发问。

是啊，哪里不一样？她总不能跟他说，他们国别家异，隔着万千族人的尸体吧。想到这，庄子秦低下了头，而廖文列只当她害羞了。

廖文列手里的橙子被剥得规整干净，他将其递给庄子秦："尝尝。"庄子秦有些心虚地开始吃橙子。丰厚香甜的汁水一咬便沁满了嘴，她赞许地点头："四月的血橙这样甜美，是琼州过来的味道。沈家果然不一般。"

"你喜欢吃这个啊。"廖文列笑笑，看着远方，像是想起什么一般，"我娘也喜欢，小的时候我常常给她剥橙子。"

"你经常提起你娘呢。"庄子秦一边忘我地吃着，让廖文列再给她剥几个，一边问道，"那你爹呢？"

说及此处，廖文列的目光骤然暗淡了，此刻庄子秦的注意力显然并不在他身上，自顾自地念叨着："你这样忠君爱国、老实死板的样子，你爹从小没少给你灌输这些大道理吧……"

"我爹在我没出生的时候，就去参军打仗了。我出生那年，他就去世了，所以我没见过他。"廖文列面色冰冷地及时堵住了念念叨叨的庄子秦。

"对，对不起啊。"庄子秦才察觉到他的异样，又听闻这样的惨讯有些尴尬，"那你娘真是了不起，一人拉扯大了你。你也出息，在朝中做着大官，让她乐享天伦。"

提及自己的娘亲，廖文列的面色缓和了不少："其实从我十三岁参军打仗开始，我娘就一直反对，后来我在朝中做了官，她也一直催我回乡。这些年，我见着了战争的真实面目，也在朝廷斡旋太久，渐渐明白她的苦心。这次盐荒案结束，皇上便答应我辞官回乡了。今后，我便可以回临安陪着她老人家。"

庄子秦听罢看了看眼前这个儒雅丰俊的男子，眼底漾出一丝愧疚之色。他第一次见自己时，就对她说，他快要辞官了，还满怀过世外桃源日子的遐想，不承想又被卷入这样的案件中。虽然真相是什么，一切还未可知，但是她突然有些担心案子查到最后会牵连廖文列。

"子秦，谢谢你。"他突然开口，着实把庄子秦吓了一跳，"这次调查，我也贪功贪快，想着尽快找出真相，可以洗清自己的嫌疑，也可早点回乡，所以将你拉下了水，所幸你这样尽心，我很是感激。"

"感激就不必了。"庄子秦没有似平日那般趁机讨酒，而是支支吾吾道，"我只怕将来……将来我，做得不够好，你会怨我。"

"怨谁也不会怨你啊，好了好了，咱们走吧。"廖文列并未听出弦外之音，起身替庄子秦拂去肩膀上的落花，"咱们也是时候准备准备了。"

日头很快下去，入夜之后，孙府周围一片死寂，三个黑衣人悄悄来到了孙府后门。管家开门后，三人在门口比画着，似乎是要求密见孙祥，于是管家带着三人一路避开守卫来到孙祥房中。几人屏退所有仆役到了别院，关上门，神秘地商量了一晚。第二天管家前来询问时，却发现昨晚过来的三人早已没了踪迹。

孙祥通红着眼睛打着哈欠，将一份药方交给管家，再三嘱咐要他亲自去照方抓药，还不得告知任何人昨晚来客以及药方的事。

"你说，我们做戏做到这个份上，万一幕后黑手埋着的暗探能力不行，察觉不到我们，也就不会传递消息给他们组织了，到那时怎么办？"颜溪有些担心，倒是刚才还一副昏昏欲睡表情的孙祥这时候精神十足地摆弄着手里的小机关："我倒是希望他们不来，到时候又是打架，又是查案，还要全府检查一遍暗探，想想就麻烦得要死。"

一身夜行衣的廖文列知道孙祥这些手下一直跟随他，孙祥对他们也非常信任。结果眼下一下子出现两个叛徒，也许还不止，对他的打击怕不是一般大。估计他把幕后黑手碎尸万段的心都有，但他又不想将那层狠厉透露给旁人，于是此刻廖文列也不像往常一样调侃孙祥，而是直接引开话题："你们说这群刺客会在什么时候来？"

"谁知道呢，除非主事之人就在城里，否则就算飞鸽传书也要到明后天吧，照我看，他们应该会在三天后周磊'康复'，我们打算开始审问的时候下手吧。"孙祥有些心不在焉地随口答道，"一想到要这么提心吊胆地过三天就好麻烦啊。而且你也知道，我的轻功一向是弱项，回头不但追不上刺客，反而拖你们的后腿就不太好了，要不你们看着我先撤？"

"别闹，计划里你还要和他们当面打一场呢。"还没说完廖文列像是察觉到什么，猛然望向窗外。

院子里空无一人，零星的几片绿叶像是在随风摆动。

他自知自己耳听八方的能力不及孙祥，以为不过是自己多疑，可再一回头，发现孙祥依旧懒洋洋地瘫在椅子上，只是机关伞不知何时已经握在了手上。

廖文列这才确信自己方才没有判断错，确实有人闯入了府里："看来我们的客人没有那么有耐心，等不到三天之后就想赶尽杀绝。不过这对你而言也是件好事，起码不用等三天了，早破案早安心。"

一看两人这样子，庄子秦就知道刺客已经来了。虽然有些诧异于黑衣人到来的速度，但她还是不动声色地带着颜溪躲在了一旁。

几个黑衣人悄无声息地来到门外，为首的黑衣人熟练地拿出小刀挑开了还算精巧的门闩。几人相视点头，一起用力踹开大门，迎面一把铁伞如同长枪般从门内直刺而出。四个黑衣人虽然有些吃惊，但还是有所防备，为首之人一个驴打滚闪开伞尖，旁边一人乘势拔刀砍向孙祥侧面。孙祥按动机关，铁伞打开，挡住这一击，又顺手拔出伞中剑，一手持伞面为盾，一手持剑，攻了出来。

四人与孙祥缠斗片刻，发现屋内的两个人中并没有周磊的身影，心知不妙。孙祥府内的护卫也反应过来有人偷袭，迅速包围了院子，防止刺客逃脱。黑衣人见势不妙，迅速做出决定，几个眼神交流后，两个黑衣人如同疯了一般不计伤势、不顾性命地一味抢攻。见识过这些刺客的拼命招数的孙祥心中已经有所准备，招式留情，可也因要顾忌这些，需要的注意力更为集中。这二人已令他使出十足的精力招架，面对另外两名转身离去的黑衣人，他再无力阻拦。

与留下殿后的两个黑衣人纠缠一番之后，孙祥很快找到机会重创一人。院外也传来刀兵相交的声音，听着护卫的喊话，方才离去的两个黑衣人似乎也留下了一人。

接下来只需再解决这一个便好，这念头刚浮现在孙祥脑海里，他就惊讶地瞧见，未被重伤的黑衣人毫不犹豫地一剑杀死了倒地昏迷的同伙，然后反手就要自刎。孙祥立刻将剑掷出，阻止了黑衣人自杀，并迅速将他压制住，抬手便卸掉了刺客的下巴。然而一股淡淡的苦杏仁味传入孙祥的鼻中，他咬牙切齿，知道这个黑衣人已经命不久矣。

"你们到底是谁？"孙祥嘶吼一声，厉声问道。

然而刺客头一垂，已经回答不了任何问题。

不一会儿方才在门外的护卫匆匆来报，逃跑的两个黑衣人只留下一个，而且最后见势不妙也自行了断了。

"知道了。"孙祥挥挥手示意他下去，面无表情地朝着房中走去。

门外响起猛烈的叩响，庄子秦无奈地起身开门，见着孙祥一脸不满的样子就猜到了大概。她正要开口，孙祥一摆手："什么都别问，我现在很累。"说完他在茶桌旁坐下，趴在那里一动不动。

"那现在只能看廖文列接下来的行动了？"庄子秦难得好心地给他斟了茶。

孙祥望着不知道何时打开的窗户，喃喃道："是啊，只能看那个练功狂的本事了。如果他弃武从文这三年没有荒废功夫的话，应该是不成问题的。"

说到这儿，他蓦地想起了当年，三兄弟中就属廖文列练得最勤，连吃饭都扎着马步练着功，也不管不顾周围人的调笑。廖文列的一身功夫是自己无数血汗换来的，怎么可能荒废。想到当年的趣事，不知不觉孙祥的心情也开阔不少，于是他将机关伞往桌上一扔，整个人再次懒散下来："反正，需要我做的我都已经做完了，接下来要是再有问题，让廖文列自己去解决吧。你看看，自打你和他来我府上之后，我就没有睡过一个安稳觉。等这事完了，我非得把他留这儿，帮我将这几天堆积起来的政务解决了再走。"

庄子秦不由得在心中暗叹：怎么会有人能找借口偷懒到这个份上，这几天的政务明明是你自己只顾摆弄那些机关小玩意儿才堆积起来的啊。

颜溪倒是不在意这些，而是对廖文列当年的事情倍感好奇："我知道大哥当年是军中主事之人，只是关于过往，他似乎并不想提及太多，我一直好奇你们当年在军营中都发生了什么。"

自然知道廖文列在避讳什么，所以也决计不会和颜溪谈那些事。但一看现在廖文列不在，也正是拆台的好机会，孙祥便将廖文列当年从军时无伤大雅的糗事一件件说了出来。

"他十三岁和我一起入的军队，那时候特别蠢，也总被匪气的同仁欺负。我们早上都赖床，吃住用的水是他早起打的，不过后来……有新来的人瞧他可怜，以后的早晨就是他俩一起去打水了。"

那个新来的人，便是吴江冷，与廖文列一起四更起床，每日翻山打两趟水，打得双臂孔武有力，掌风稳健，徒手便能撂倒一个壮硕的汉子。

庄子秦也不由自主地竖耳倾听，可听着听着突然发现有些奇怪："我之前听那呆子提起过，说当年在军中有三兄弟，除了你和廖文列，还有一个……是谁呢？"

原本兴致盎然的孙祥听到她提起另一个人，脸色迅速黯淡下去。沉默良久，他只是叹了一声："是啊，还有一个人，这都是过去的事了。"方才竹筒倒豆子似的唠嗑架势也突然收住了，他又低头摆弄起自己的那些木器。

三年前到底发生了什么，让向来嬉笑怒骂的孙祥每每提及便面如冰霜，让温和谦逊的廖文列每每想起便眉头紧缩？

庄子秦隐隐有种感觉，三年前的那件事恐怕和这次的事件息息相关，自己却对此一无所知。她想探问究竟，又深知这超出了自己的身份。

看着气氛有些尴尬，颜溪给几人倒了杯茶水："说起来，我也是三年前在蜀地被大哥所救。这算是时隔多年第一次回来。"

"哦？颜溪姑娘是本地人？"庄子秦有些惊讶，想起之前颜溪在蜀道的种种样子，看着显然是第一次来这地方。

"看起来不像吧。我曾经因为一些事失去记忆，之后被大哥所救，迷迷糊糊地就被带出了蜀地。所以虽说我是本地人，但确实是第一次来这里。"

庄子秦想起在更生堂时孙锐告诉过自己，颜溪的记忆并非外伤所致，而是头上有金针封印，这才失去记忆。

庄子秦试探着问询颜溪："那你还记不记得自己是在哪里被发现的？你知道的，我也算是半个蜀地通，说不定能知道点什么，帮你找回记忆呢。"

"若是有什么线索的话，我好歹也算是这蜀地的父母官，也可以帮你查找一下还有没有亲人。"孙祥本是好意，颜溪却并没有想象中那么激动，只是淡淡地婉拒了两人的好意："二位的好意我心领了，其实这些年，大哥一直在为我打探消息，也早已查明，我在蜀地已没有什么亲人。我的父兄也早已战死疆场，马革裹尸。"

"这么说你的父兄也是我们旧部的将士？可否告知一下他们的名字呢？"孙祥有些好奇，他与廖文列南征北战多年，廖文列收了这烈士的女儿照理他也应该知道名字。

"我爹叫颜悦，孙大人可曾听说过？"颜溪不无遗憾道，"我问孙大人可曾听说、可曾见过，事实上连我自己都不记得他长什么样子。"

孙祥原本笑着的面庞僵了一下，看了她许久，最终神色复杂地吐出一句："认识，不熟，是个杀敌果敢的好将军。"

十七

不到一盏茶的工夫，门口护卫匆匆来报："大人，有人手持你的信物，要求守军围住春芳楼。守军现在虽然围住了楼，但是没敢轻举妄动，派人前来请示，是否要进行搜查。"

孙祥伸了个懒腰起身："看来廖文列的功夫没有退步啊，不过这些刺客还真是会挑地方，挑了这么一个风流场。你先传令下去，搜！而且要搜得彻底，我们随后就到。"

廖文列一路追踪刺客，黑衣人显然有所防备，一路上使出了种种手段耍滑，廖文列几次险些被黑衣人甩掉，最后黑衣人钻进春芳楼便再没了动静。

不一会儿工夫，钱兴带着人马随着廖文列留下的记号急匆匆赶了过来："大人。"

廖文列点头，嘱咐几人道："你们几个，看住春芳楼，我现在去守军处。"

"守军怕是只听孙大人调遣。"钱兴很怕廖文列空手而归。

"不用担心，我有孙祥的信物，还带了我自己的官印。"

守军很快踏着规整的步伐来到了春芳楼，对于这个紧急的任务和特殊的地点，众人有点蒙住。

"即刻搜查春芳楼。"廖文列命令守军头领道，守军头领不敢懈怠，第一时间发号施令。众多守军人头攒动，有序排开，围住了春芳楼，但行动也仅仅止于围住。

"怎么了？"廖文列有些焦急又有些不解，"我说的不是包围，是搜查。这是我的意思，但更是孙大人的意思。"

"这个，我们都清楚的。"守军头领敛容恭敬，但又有些惶恐，"照例大人的命令我们是肯定听从的，可这……毕竟是春芳楼。"

廖文列一时没有理解他的意思，以为他指的是春芳楼特殊的营生："这都什么时候了，你还顾及这个。"

"大人。"排首的小兵出列，替汗涔涔的首领解围，"我们老大说的并不是因为这是座花酒楼，而是春芳楼，背后的势力是我们不敢得罪的。没有孙大人的口谕，我们不能妄动。"

派人前去请示知州大人需要时间，但廖文列也担心刺客逃脱，只好让守军围在原地，自己带着钱兴一行人进楼搜查，头领也没有阻拦，只是加紧了对春芳楼的包围。

楼里的妈妈看几个大汉气势汹汹地闯进来，带着豆粉水、护院匆匆前来阻拦，张口还没来得及叱骂，就看见门口杀气腾腾的守军。常在风月场厮混的老鸨一眼就看出形势不对，生生将话吞了回去，脸上跟换面具似的堆起了笑脸："哟，这位官爷大驾光临，不知有何贵干啊？"

廖文列一挥手，手下诸人无视春芳楼的一行人，开始一间间查房。老鸨赶紧使了个眼色，客嫂、豆粉水们赶紧跟着这群煞星给客人们赔礼道歉去了。

"差爷，不知道鄙院是犯了哪条禁令啊？这么不明不白地搜查总要有个说法，不然奴家不好和客人们交代啊。"老鸨一面奉上茶水，一面出言试探。

廖文列看老鸨虽面上恭敬，言辞却不卑不亢，面对这一番阵仗，不但不慌乱，还隐隐有些问罪的意思，心知这家院子后台果然不简单。

"有刺客潜入知州府企图刺杀知州大人，我们得知刺客现在正潜伏在楼中，事发突然，多有得罪。"

老鸨心中一惊，看廖文列神色不似作伪，连声说道："不敢不敢。"然后她转身对着到处道歉的手下，高声吩咐："快快快，差爷们来这里捉拿要犯，让客人们都到这大厅来。今天算我韩姐请了，就当给各位赔罪了。"

老鸨韩姐这么一番作态，倒是让廖文列手下有些不好意思了，不由自主慢了下来，等人自己出了房门再进去搜查。廖文列有些不安起来，但韩姐这一手以退为进，摆出了配合的姿态，他也不好发作，只能暗暗着急。还好没过多久，守军收到孙祥命令，分出一队人马进楼帮着搜查，才让廖文列安心了一点。

阁楼里传来一声呼喊："找到了！"廖文列二话不说飞跃上了楼，韩姐带人紧随其后，到了房间却只看见一个黑衣人倒在地上，且早就断了气。廖文列发现一边的火炉里似乎烧着什么，抬手便打翻火炉，一边的韩姐吓得失声尖叫了起来。火炉倒地，几份还未烧尽的文稿带着火星散落一地。

钱兴等人也和廖文列相处得久了，养出难有的默契，不等廖文列吩咐，便立刻上前抢救文稿。但是即便一行人行动果断迅速，文稿还是已经烧毁大半，华丽的地板上也被火星烧出了点点焦痕，使得韩姐的脸色非常不好看。廖文列没有心情去理会韩姐阴沉下来的脸色，而是蹲在地上拼凑起文稿，企图认出信件里的字。其他的人则拿着剑小心翼翼地开始搜索房屋，看看是否有其他遗漏的线索。

钱兴突然注意到了一边面色不虞的韩姐，想到之后恐怕还有事要询问这个老鸨，便上前劝慰了几句："妈妈不用心急，如果查得你们和此事无关，我们自然会赔偿你的损失。"

韩姐当了多年老鸨，见惯了江湖套路，自然明白钱兴的言外之意：若是乖乖配合，且查明春芳楼与此事无关，那便万事大吉；若是不配合，恐怕一个包庇刺客的罪名就足以让她的店关门大吉。虽说自己身后有国舅庇佑，但前不久上面也传下话来，新来蜀地的官员并不是省油的灯，切勿高调行事，入了他的眼，麻烦就大了。所以眼见最近局势紧张，自己这一次怕是也只能忍气吞声了。

想到这，韩姐当下便摆出一副笑脸："官爷哪里的话，我们这些年来战战兢兢，那些杀人越货的事是万万不敢碰的。今天我们一不留神，让这些歹人混了进来，已经是铸成大错了。差爷但有用得着我们的，尽管吩咐，小的们一定全力配合。"

"妈妈明白这个道理那就再好不过了，那就麻烦你们将这间屋子是何人所住、住了多久、这些日子见过何人，一一告知，也好摆脱你们的嫌疑。"钱兴趁势而上，让韩姐推托不得。

韩姐心中一阵腹诽，要不是怕在这个节骨眼上出事，哪轮得到你们这群丘八来这春芳楼摆架子，面上却丝毫不显，转头对身后的豆粉水们使个眼色："你们都听见了，还不快去'好好'查查哪位姐们儿招待过这边的客人，知无不言，言无不尽地都告诉差爷们。"

钱兴下意识地觉得这个老鸨看似恭敬但怕是没那么配合，想着防一手总没错，叫了两人打算跟着一起询问。韩姐不着痕迹地示意客嫂堵着门口，面带微笑地劝钱兴："这些小事就不劳各位差爷了，我这风月场有些地方怕是有伤风化，万一冲突了哪位贵人，小的们对谁都不好交代啊。"

钱兴一时间有些踌躇，不知道该不该强行往外闯，正犹豫间门口传来孙祥那标志性懒洋洋的声音："怎么了怎么了？都站在这儿。"

韩姐闻声心里暗暗叫苦，这个知州看似是个怠懒不理事的主，但平时油盐不进。国舅那里多次要求自己交好这一位，但从这位上任以来，自己愣是连面都没见上几次。几个客嫂见是知州来了，只得赶紧让开道，钱兴跟见了救星一般小声将情况交代了一番。

孙祥一挥手，骂骂咧咧道："你个大男人想那么多干什么，累不累。想查就去查呗，有谁有意见让他来找我。"钱兴得到保证就放下心来，出去询问。

韩姐一合计，豆粉水们此时应该已经把自己与国舅的那些东西收拾好了，便没有多说什么。

孙祥无视那群变得更加小心翼翼的老鸨客嫂，悄悄走到廖文列身后偷看他摆弄的文稿。廖文列头也不抬，就猜到身后的是孙祥这厮："你有空这么鬼鬼祟祟地跟在身后，倒不如来帮我看看这些文稿。"廖文列揉揉有些发疼的太阳穴，这些文稿已经被烧得残破不堪不说，还通篇是一些晦涩难懂、不着边际的内容，一看便是密文。自己行军打仗，处理政务都不在话下，就是对这些遮遮掩掩、神神秘秘的密文暗号、机关陷阱一窍不通。

"喂喂喂，我可是知州啊，而且我这次就是来帮你镇场子的。你好意思让我刚到就指使我干这干那的？"孙祥嘴上虽然这么抱怨着，却老老实实地接过廖文列递过来的文稿看起来，一边看一边摇头，"你就不能多保一些文稿吗？本就是密文，现在只剩这么些，要是解密出了岔子，我可不负责。"

"这些密文很少吗？我还觉得抢救回来的远比烧了的多呢。"廖文列随口应了一句后便一如既往地无视喋喋不休的孙知州，俯下身查看起倒地的炉子，不知为何他总觉得有些怪异。廖文列伸出手取了点炉灰捻了捻，心中疑惑越来越深，"这炉灰……"

"大人，房间里没有找到其他线索。"搜索房间的几个手下的汇报声打断了廖文列的思绪。廖文列有些泄气地一捶拳："啧，销毁得有够彻底的。"

廖文列思索了片刻转向还在门口候命的韩姐："这位……"

"官爷，小女子韩华，不幸年纪大了一些，街里街坊多叫我韩姐。"廖文列装作看不见韩姐媚笑着悄悄递过来的银票："那么，韩姐你可知道这间屋子里的人是几时住进来的？有几个？平时都做些什么？"

韩姐一看银子不好使，却也面色如常地将银票收了回来，老老实实地回忆了一下："这间房是两个京城里来的生意人租下的，他们一直神神秘秘的所以我还有些印象。他们自月初开始在这边，住了快有小半个月了。平时来来去去前来拜访的客人不少，却少有叫我家女儿们作陪的。要不是他们钱给得痛快，像他们这样的客人我都不愿接。"

"那你既然发现他们神神秘秘的,就没有关注下他们平日里的行动?"廖文列继续追问道。

韩姐一拍手做无辜的样子:"官爷瞧你这话说得,我们可是老实店家。再说来我们这里的哪个客人不神神秘秘的?客人再怎么奇怪,我们也不好上去打听,干我们这行的,就怕知道的太多。"

廖文列一听便知道在这个人精似的老鸨身上是打听不出什么消息了,这推得是一干二净。

"老三,过来。"廖文列回头便看见孙祥苦大仇深地招手示意自己过去说话。韩姐和其他人知趣地退了出去,就庄子秦装作没看见孙祥皱起的眉头一脸好奇地留了下来。

廖文列见状,对她正色道:"子秦,这事你也看到了,幕后之人势力不浅,你再深入下去怕是会惹上麻烦。不如……"

"要说惹上麻烦,从进成都起就惹上了,而且与人斗智如饮美酒,让人不可自拔啊。"看着庄子秦一副酒瘾上来一般心痒难耐的表情廖文列也不多说什么了,示意孙祥直说即可:"你刚才想说什么?"

孙祥一副有好戏开场的样子:"这事怕是和京城里的几位脱不了关系。"

廖文列闻言倒是没有多少惊讶,这世上能悄无声息地培养出这么多死士的人只可能在朝堂,虽心中已有了几分答案,他还是问道:"是哪一位?"

孙祥将文稿放在桌上沉吟道:"你还记得三年前的妙手山庄吗?"

"什么?"廖文列惊呼出声,三年前熊熊燃烧的火海浮现在脑海里,他的声音顿时有些发颤,"清风堂?!他们又出现了吗?"

清风堂,皇帝培养了十年的心腹,江湖闻之色变的组织。

十年前太后一意孤行,灭门魏家,让皇帝深知自己不过是傀儡般的摆设,于是培养了自己的组织清风堂。从此他能眼观四路,耳听八方,获得第一手的情报,做出最睿智的策略。

没有人见过清风堂的主事人,他是男是女、多大年纪,与皇帝到底是什么关系,都无人得知。他缥缈到让人觉得清风堂或许并不存在,只是江湖人的杜撰。

但是三年前,妙手山庄的血案,风风雨雨的传闻都指向了清风堂。因妙手山庄与当年的魏家交好的隐情被查出,它就不得不无声无息地消失在这世间。也是妙手山庄一事之后,清风堂在江湖上的名声越发煊赫了。

孙祥也并不十分确认是否清风堂所为:"现在下结论为时尚早,这次的事不知道为何我总觉得哪里出了问题。此事你先不要上报,等到确凿无误了再做了断。"

廖文列心头似冒出缕缕寒气:"这个我自然知晓,毕竟如果幕后主使是清风堂,那这盐荒便不再是简单的盐荒,天下怕又将有一场血雨腥风。"

看着两人愁眉深锁的样子,庄子秦故意问道:"清风堂?可是三年前名扬天下的清风堂?他们不是屠灭完一个挺有名的家族之后,被江湖各派追杀,已经退隐江湖了吗?"

廖文列闻言苦笑道:"要是清风堂真的退出江湖就好了,他们只是由明转暗,韬光养晦罢了。现在看来无论此事是真是假清风堂恐怕要重出江湖了。"

就在此时门外传来一阵喧哗声,随后门口响起一声急促的呼喊:"报!知州大人,运盐队被劫了!"

三人相视一眼,从彼此眼中看到了惊讶。这未免也太大胆了,一边派人刺杀证人,一边截杀运盐队,简直有恃无恐。

来不及多说,三人匆匆出门。门口的韩姐瞟了一眼房内,看到桌上的文稿悄悄使了个眼色,一个豆水粉便悄悄地进了房,韩姐若无其事地掩上门继续在一边侍立。

廖文列没有察觉到韩姐的小动作,只看见前来报信的小厮气喘吁吁的样子,赶紧问道:"运盐队出什么事了?何处遇袭?有没有人存活?"

小厮平复了一下气息："在途中暗港遇的袭。小的们是给暗港送补给的时候才发现整个港口已经被付之一炬，曲长不敢擅作主张就派我一路换马前来报信。"

"看来我们得有人去现场看看才行。"廖文列话还没说完就看见孙祥默默地往后退了两步，一时为之气结，"行行行，我去。我去行了吧？我话可说在前头，我去查偷袭一事，等我回来，孙祥你这边可得给我查清楚。"

孙祥只得苦着一张脸答应下来："行，'廖大人'，你就放心去吧。"

廖文列喊来了还在调查的钱兴一干人等，几人之间交换了信息，也确实没有什么新线索，只能将这边先交给孙祥处理。

十八

沈府，廖文列一行简单收拾一番便立即出发。沈府管家目送一行人出门后，默默回到书房写了一封密信，用鸽子放了出去。

庄子秦骑在马上默默不语，廖文列瞧出她满脸不悦，问道："这是怎么了？你看着像是比我还沮丧。"

"孙祥这种人，真不知你为何交好。"她将郁结心头的话说了出来，像是为廖文列鸣不平，"每每万分紧急之际，他都懒散推托，拿着知州的俸禄，却从来不起表率。就像此行凶险，他便迅速退却把这烫手山芋给了你。"

廖文列听完此话，只是笑笑："你说他每每万分紧急之际，就懒散推托，那你可曾见他因懒散误事？"

庄子秦一愣，不甘地答道："那倒是没有。可这次出行，他贪生拒行，总是事实。"

"留下调查，又何尝安全呢。"廖文列反问道，"你可知孙祥嬉笑怒骂的背后是什么样的性情？他其实很重情义，但此行他知道手下必会有牺牲，只是怕见到他们牺牲，自己冲动用事。"

"你既然信他，那我也无话可说。"庄子秦听罢廖文列的话，心中其实已认同孙祥，嘴上却依旧倔强，"总之，我和他，不对口。咱们行了这么久，何时才到啊？"

"还有多少路程？"廖文列问身边的钱兴，钱兴也不拿地图，四下一望心里便有了数："大约还要一个时辰。"

廖文列看看众人已经有些疲惫，尤其是庄子秦一副快虚脱的样子，但是心里又想早一些到现场："子秦，要不你先在这里和其他人歇一会儿，我和钱兴先过去看看。"庄子秦正要嘴硬说自己没事，却见廖文列一皱眉拔剑大喝一声："谁？"

路边树林里传来一个小心翼翼、略带试探的声音："宇文大哥？"廖文列听着有些耳熟，倒是庄子秦先听出来了："难道是沈公子？"

树林里的人这才从藏身处走出来，正是沈寻萧和白葡萄，廖文列有些惊讶地看着狼狈的二人："寻萧你们这是？"

沈寻萧苦笑了一声："行走江湖这么多年，反倒被小人暗算。前些日子去处理了一些自家产业的事，回来的路上一个没注意被强人给洗劫了，幸好白葡萄带着我逃了出来。"几人面面相觑都没想到曾经风度翩翩的贵公子几日不见竟然沦落至此，一时竟不知道该怎么安慰。只有庄子秦玩味地看了廖文列一眼，廖文列知道这个眼神的意思。

白葡萄的身法他们都见识过，遇上寻常匪寇怕是能以一敌百。能将白葡萄重伤，将沈寻萧弄得如此狼狈之人，必定不是普通劫匪。

"不知道你们怎么会来这边？"见廖文列、庄子秦没有说话，沈寻萧继续问道。

"有个朋友托我来此办些事，恰好路过此处。"因为沈寻萧的保留，廖文列也只说了三分话。

沈寻萧低头沉吟片刻道："托你的朋友可是知州大人？来此可是为

了查清贼人打劫的事？"

廖文列吃惊地看着沈寻萧，钱兴等人也下意识地握紧了各自的刀剑，廖文列示意众人住手："你是怎么知道的？"

沈寻萧倒是显得松了一口气："如果是这样那倒是最好，小弟我不出意外可能就是被这伙贼人所劫。"

"什么？"几人面面相觑，谁也没想到出现了这么一出，静待沈寻萧自圆其说。

"前几天坐船沿河回来，看到岸边有黑烟，就带人前去查看，没想到还未接近地方就被人偷袭。几阵箭雨下来兄弟们连凶手都没见到就死伤殆尽，只逃出了我们二人。我们在林子里躲了几日，估摸着这群人应该散了才敢走出来。"

廖文列仔细地看着沈寻萧说话的神情，觉得不似作伪，加上白葡萄身上的箭伤心里信了几分。

庄子秦打量着二人道："如果沈大公子的说法无误的话，他们怕是遇上打劫运盐队的悍匪了。这群人为了灭口才对沈大公子他们痛下杀手。"

"宇文大哥，你若是要调查这件事，请把我带上。我一定要知道是谁杀了我的兄弟们，这仇我沈寻萧一定要报！"说到最后这位公子哥有了些恨不得食其肉寝其皮之感。

沈寻萧这样莫名出现在树林里，说辞里又露出诸多破绽，廖文列心中对他生出了几分提防，但此刻沈寻萧眼中的愤然分明是那样熟悉。

战场上，当自己的袍泽一个个从马上坠落，一个个倒在血泊中时，他也曾有过这样的苦楚与愤怒，想到那时的心境，他信了沈寻萧几分。

"寻萧，不管你之前知不知道我的身份，这次，我带着诚意告诉你我真实的目的。"廖文列自知事情到了这一步，暗访已不可能，接下来就该光明正大展开调查了，"我是当朝大司农廖文列，奉命调查盐荒一事。"

沈寻萧点头，脸上并无惊讶的神色，只是看了眼廖文列身边女装的庄子秦："你是女的？"继而他又笑笑，"廖大哥可真信任你，怕是在我之前，就对你袒露了身份。"

"现在不是说这个的时候。"庄子秦冷哼一声，"你们快上马吧，我们赶紧去看看情况。"

说话间廖文列便让手下几人合乘空出一匹马来让沈寻萧与白葡萄一起前往。

四月的春风本是温柔可人，而今众人却觉风声鹤唳，在这风吹草动中充满了戒备。等到了暗港，在港口遗迹戒备的曲长满脸惶恐地迎了出来，虽然知道来人大概就是孙祥派过来查案的，但仍旧为了谨慎起见，查过孙祥的手令后才将几人带到了已经化为一片焦土的港口中。

庄子秦瞧着港口皱了皱眉："可知道案发时间？"

曲长露出为难的神色："几位大人，我等昨日运粮来到此处时就发现此处已是一片焦土了，并且只发现几具尸体。"

庄子秦点点头："这么说是这港口的守军招架不住对手，被活活烧死在这里。"

"非也，这些尸体我们已经查看过，并不是港口的守军。我们还检查了一下港口周边，可惜，袭击者撤得很干净，也没有留下什么线索。"曲长一边察言观色一边小心翼翼地说道，担忧着这个新来调查的大人不知是什么性情，会不会因为自己探查不到丝毫而降罪于自己。

"港口应该是三天前被袭的，而且袭击者准备充分，完全出乎守军的意料。"沈寻萧一边将自己知道的情况说了出来，一边紧紧地看着几人的反应，想要从中探究到些许蛛丝马迹。

曲长有些惊讶地回头，瞧了瞧沈寻萧，虽一身褴褛，但气度风华，一看就不是普通的百姓。只是不知这个样子有些落魄的公子哥怎会对这港口遇袭之事这样熟悉。

廖文列见曲长颇有疑虑，便向曲长解释道："三天前贼人袭击港口时，这位公子来过这里，那些尸体恐怕就是他的手下。"说完他便转身询问沈寻萧："当时你有没有发现什么可疑之处？"

沈寻萧蹲在船边，用枝丫拨动焦尸探查了一番，并没有在几人身上找到什么可疑的神态，不禁有些泄气。此刻廖文列又开口询问当天的事，沈寻萧心知急不得，只能谨慎地一点点将信息抛出："当时的港口异常干净，没有任何尸体和血迹，且安静整齐得不像是遇过袭击一般。"曲长点点头确认了沈寻萧的说法："这倒是，现场除了那几具尸体外我们都没有找到其他打斗的痕迹。"

几人相视思索了片刻，庄子秦似乎想到了什么一般："那运盐船上呢？难道也是一样整齐？"

沈寻萧心下犹豫了一下，最终决定还是有所隐瞒："这个还真不清楚，我们没等上船查看就被贼人袭击了，只是粗略地望了一眼，我记得当时的甲板上好像也很整齐。"

"这么说来，有三种可能。第一种可能是袭击者武力非凡，运盐队一行人都来不及抵抗便被屠戮殆尽；又或者，袭击者是出其不意，在众人毫无防备时出手袭击。最后一种可能，便是两者兼备。"庄子秦一边捋着条理，一边分析道，"最可怕的就是，这里是盐队暗港，常年有卫兵驻守，像我这种大老粗，来之前都不知道这个地方，就算知道了，连接近都不可能。袭击者如果是在当天袭击港口和盐队，还能处理得如此迅速，那这实力实在可怕。"

几人正在考虑天下谁有这等实力时，庄子秦脑中突然灵光一闪："也许这些人实力并没有这么恐怖。"

"此话怎讲？"沈寻萧出言询问，他当初也理所当然地去思考这天下谁能将此事干得如此干净利落，但除了自家的清风堂，似乎并没有其他人能有这份实力。

廖文列亦面色微微一变，看向了庄子秦，想知道她又察觉到了什么。

庄子秦走至港口边，负手而立，条理分明地开始分析，这一刻她像一个女诸葛一般让人叹服："港口守军和运盐队一起被灭，而且所有人凭空消失，处理得一干二净，怕是要把天下所有高手搜罗到一块儿，才能做成这事。但如果二者不是一起被灭的呢？"

"有人先袭击了港口，处理干净现场，然后伪装成守军驻守此地，等盐队来了，乘其不备暗中袭击？"经庄子秦一点拨，沈寻萧豁然开朗道，但随即觉察到还是不对劲。

要能骗过运盐队，恐怕要对守军中的切口暗号相当熟悉才行，而对盐队的布置、暗号、行动最为清楚的人不就是掌管盐铁的廖文列？廖文列早年又是出身军中，手下高手如云……想到这，他收住了更可怕的猜想，这猜想毕竟现在证据不足，说什么都为时尚早，沈寻萧暗暗告诫自己切不可声张。

而此时廖文列也陷入深思，丝毫没有察觉到已经有人将自己放到了嫌疑人的位置上。

杀人于无形。三年前，他也曾遇到过这样一个组织，所有杀手的刀法身手快如黑影，处理尸体一样干净利落不留任何蛛丝马迹。

他本以为三年前，那个组织退出江湖，自己有生之年，再不会遇上，但方才在寻芳楼里的文稿和这边焦痕遍地的现场分明在提醒自己，在寻芳楼和孙祥讨论的情况恐怕并不是自己漫无边际的臆测——清风堂真的回来了。

"说起来。"庄子秦打破了众人的思索，"沈寻萧，照道理你的出现应该不在袭击者的预料之中，也就是说他们最有可能在你这里露出马脚。你赶快回忆回忆，是否还记得他们是怎么袭击你的？"

沈寻萧不动声色地掩去自己查看现场的行动，将被袭击的过程一五一十地向众人说了："他们就是在那边林中放的箭，但是很遗憾我没能看清这群混账的样子。"看着沈寻萧一脸悔恨不甘的样子众人也只能安慰几句。

钱兴看了眼廖文列，见廖文列点头认可，便对曲长道："得劳烦曲长大人带路，让我们去后山看看。"

曲长立刻带着一干人等前往山头，一番搜查后，也确实在沈寻萧所指的地方找到了埋伏过的痕迹。钱兴查看了痕迹，预计埋伏于此处的人数有近百人。

"百人？这人数是不是少了点？"得知人数的庄子秦有些惊讶地问道，"我见识过沈寻萧手下那些人的身手，只有百人放箭的话应该不至于只有二人逃出来。"

面对众人探寻的目光，沈寻萧只能进一步说明当时的战况："现在想来，当时港口内应该早就布置了易燃物，一轮火箭之后火势就布满整个港口，封住了大部分出口，对方更是用弓箭逼着我们从仅有的几个出口往外冲。最可恨的是他们早就在那几个出口处埋下火药，就在我们快要冲出火场时，火药爆炸了，所有弟兄也都栽在了爆炸中。"

曲长点头确认了沈寻萧的说法："我们确实也发现了大量爆炸的痕迹，之前一直认为是火势引燃了原先在港口的爆炸物，现在看来是贼人故意所为。"

但是庄子秦依旧紧皱着眉头，对沈寻萧的说辞并不十分相信："可是按这样推断的话，之前的说法就不对了。如果寻萧真的是误入港口的话，贼人不可能在短时间内做出这么多布置。也就是说，这些布置早就已经布好，贼人很确定有人会来。"

几人心中顿时各自转起了念头，廖文列想不通这群袭击者在这等着谁，他瞧了沈寻萧一眼，心下疑云顿生。难不成就是在等沈寻萧？但他们怎么就能确定沈寻萧一定会从这里经过？可如果对方不是等沈寻萧，那么这个倒霉的家伙是替谁挡了刀？

另一边沈寻萧却确定对方一定是冲着自己来的，只是想不通到底是谁泄露了自己的行踪。

而庄子秦此刻也一脸深沉，让人捉摸不透她在想些什么。

诡异的氛围笼罩着案发现场的所有人，猜忌的触手缓缓地缠绕上众人的心头。

"看来这次回去又有不少事要调查了啊。"廖文列知道此次他有必要好好查查清风堂的事了，但一想到此事千头万绪，不由得感叹。

沈寻萧听到这话有些意味深长地问道："这话听起来，像是大哥有线索了？难道你知道是谁杀害了我的这么多兄弟？"

"这个……"廖文列犹豫了一下还是决定不将沈寻萧牵扯其中，"其实我现在还不能确定到底是谁作案，只是有了些想法，这些猜测没有确凿证据之前，我也不能空口乱说。你放心，我一定会查出真相，还你手下一个公道。"

沈寻萧不置可否地应了一声，对廖文列的闪烁其词，心中又多了几分提防。廖文列见他面色阴沉，却只以为他是因手下遇害难过，不愿放弃调查此事，哪里能想到是自己刚才的话又让自己多一分嫌疑。廖文列拍了拍沈寻萧的肩膀，以示安慰，又吩咐众人再去查找了一番，虽没有大的线索，但也确实找到原来港口士兵尸体被埋葬的地方，算是验证了庄子秦港口和盐队不是同时被袭击的说法。

回去的路上，钱兴有些泄气地抱怨："你们说这些人袭击港口，却又不抢劫财物，实在让人捉摸不透，到底是为了干什么？"

"怕是为了进一步引发盐荒，好贩卖私盐吧。"廖文列自接手司农一职，掌管天下盐粮铁以来其实常常有走私者为了私利而做出出格的事，但做到这个份上的怕是前无古人后无来者了。再一想到这事涉及清风堂以及清风堂背后的那位大人，他也不敢声张，在钱兴那边应付一下便过去了。他瞧着远处落下的夕阳，山间阴风顿起，又是一阵头疼。他甚至有种预感，此事一旦处理不好便会天下大乱，兵戈四起。

回到成都府时已近夜色，廖文列带着人马刚进城便有孙府的人急急忙忙地将其拦下。

"怎么回事？"他勒住马有些疑惑。

"大人，孙大人让您进城后不要去往沈府，立即前去他府上一趟。"

"这么着急，那我随你一块儿去。"庄子秦的马行到了廖文列身边，却被那手下婉拒："孙大人说，廖大人一人前往即可。"

庄子秦知趣地瞧了廖文列一眼，又退回了原处。

"那子秦，你们先回去，我到孙祥那里一趟。"廖文列对众人吩咐道，庄子秦眼里满是担忧的神情，廖文列冲她宽慰地笑笑，"别紧张，我是去孙祥府上,出不了什么大事。"

庄子秦点点头:"我……们等你回来。"

十九

等到廖文列满头雾水地到了孙府,只看到侍立在门口的两个黑甲兵,顿时一震,这黑甲兵气宇轩昂,身姿笔挺,一看就是军中精锐,且不是一般军营里的兵卒。他此刻才明白,有个人,来了。

孙府向来杂草绿植丛生,只有院子是为数不多的空旷处,廖文列缓步走进去,溶溶月色下,灯影暗淡,有个背影孤寡淡漠,一袭玄色长袍在夜色下黑曜石般闪着光泽。那人玉带高髻,侧脸刀刻斧凿般精致利落,但回身瞧廖文列时,那眼神像是一个老成的长者。他不经意地瞥了一眼,便又回过头去,将手间的棋子落下,和他对弈的是孙府的管家,脸上写满了战战兢兢。

棋盘上满是黑子的天下,看似平稳间,也处处是局,这样精于布局的,也确实是天下第一弈手,吴江冷的做派。

"你来了。"吴江冷头也不抬地向着站在他身后一言不发的廖文列发话,继续思索接下来的招数。

"嗯,你怎么来了?"廖文列撩袍坐在一旁的石凳上。

"输了输了。"见二人要谈事,管家识趣地知道在这时候该屏退了,便干脆地投子认输,"能和吴大人过招,虽本就注定了会输,但也是与有荣焉。二位大人聊着,我去准备晚膳了。"

"最近朝廷要对蝶陵用兵,由我主帅。"见管家走远,吴江冷一颗一颗地将黑子重新抛入盒中。方才那局,其实还没下完,想到这他是遗憾的。

"哦，那卑职在这里要恭喜吴大人又要建功立业了。"廖文列不冷不热地回应着。吴江泠微微摇头，不知是在可惜棋局还是在可惜三人当年的时光。

整理完棋子，吴江泠示意廖文列："有兴趣陪我下一局吗？"

"你知道我不擅这个。"廖文列出言婉拒道，"棋局，棋逢对手才有乐趣，像方才管家与你那样，其实没甚意思。"

"天下没有稳赢的棋局。"吴江泠道，"所以对我来说，每一局，都未知，都有意思。"

廖文列这回没再回话，只是默默地坐到了他的对面。

吴江泠抬手示意由廖文列先手。两人对了几步之后，廖文列先按捺不住，开口道："你今天来这里到底有什么打算？你明明知道……"

"我明明知道孙祥不想见我是吗？"吴江泠冷冷一笑，"你还是这样，掩耳盗铃，以为话说半句，便能改变些什么。"

廖文列想到旧事还是有些刺痛，当年的三兄弟到底为何会走到如今这个地步？

仅仅是因为战略不同，仅仅是因为吴江泠邀功嗜杀吗？他们的手上又何尝没有沾过人命，不过五十步笑百步。

但每每想起吴江泠那时不容商榷的冷酷漠然，廖文列都无法再说服自己叫他一声大哥。

"你们直到现在还是认为我当初做错了吗？"

"难道你认为你当初做得对吗？"廖文列见吴江泠淡然的样子语带讥讽地反问，连带着落子也带上了几分杀气，"对敌方无论是战是降，你都进行屠城，对逃兵杖毙鞭尸。你有没有想过即便是逃兵，也是我们自己的将士，他们不过是胆怯懦弱了，却要付出这样的代价，他们也有妻儿！"

"谁没有妻儿？"吴江泠看着愤慨的廖文列，"孙祥意气用事，天真可笑，总想着即便是战场，也能不费一兵一卒解决。你却是看惯生死，杀敌建过战功的。何以我杀了敌寇逃兵要这样大的反应，即便三年过去都还是这般赌气？逃兵，背弃了国家，背弃了承诺，背弃了牺牲将士的遗愿，他们是蛆虫……"

"够了！"廖文列面色发青，厉声喝道，一反常态地愤怒道，"所以，即便是现在重新让你选一次，你还是会这样做，对吗？"

"重新选一次？"吴江冷似乎有些诧异面前的人为什么会这么问，继而哑然失笑，"文列，三年过去了，你还是一点也没变。这么……幼稚。重新来一次？不过是再杀一次。"

淡然的语气让廖文列感觉一盆冰水从头浇下，心里寒冷刺骨，一如三年前吴江冷下令坑杀全部叛军逃兵时一样。他不知道当初那个虽然不苟言笑但是善解人意的大哥为何会下这样的死命，这样决绝："为什么？"

吴江冷有些诧异地看着廖文列，有些哑然失笑："三年前我回答过你们了，既然你们看起来并不相信，那么我现在再回答一次。为了天下太平，我要告诉天下所有人叛乱的后果就只有死，我要这天下无人敢再举反旗。"

廖文列默然不语，三年前他听完就愤然离开了，三年后再次听到却不知为何隐隐觉得吴江冷怕根本不是为了天下。

没有人一出生，便是为了天下，包括被所有人认为忠厚爱国的他。吴江冷，也不会例外。

"你真的是这么想的？"

"当然。"

"那你今天又来这里干什么？"

面对廖文列的质问吴江冷依旧淡然地注视着棋局："很简单，盐荒。"

廖文列叹了口气，自己猜得果然没错，吴江冷正是为了这盐荒而来。想到盐荒可能涉及的清风堂，涉及的背后阴谋，想起三年前的腥风血雨，廖文列不由得紧皱眉头："你知道多少了？"

"我知道了我应该知道的——盐队遇袭了是吗？"虽然是疑问句，

吴江冷却没有一丝询问的样子。

廖文列并不正面回应，只是接着探问："你打算怎么做？"

"我要接管整个蜀地的防务，然后肃清匪类流民，震慑宵小。"吴江冷的要求果然如廖文列所料，只是一旦答应蜀地怕又要有一番惨象。

廖文列眼里满是不屑与怒气："当年你用那样的手段，就是你所谓的肃清，所谓的震慑吗？而今，你难道要再来一次不成？你知道孙祥不可能会答应的。"

"那如果我非要这么做呢？要知道征西军现在可就在蜀地。"吴江冷面色温和，话语里的温度却临近冰点。

廖文列一愣，继而平静地摇摇头："你不会这么做。"

吴江冷意味深长地打量着廖文列，等着他说出理由。

"这不划算。"

一直面无表情的吴江冷嘴角扬起一丝按捺不住的笑意：不愧是陪着自己经历过无数战火的兄弟，即便已经分道扬镳这么多年，却依旧对自己这么了解。但想到之后的安排，他隐去了笑容暗暗提醒自己不能有所动摇："我可以摆出这几个条件，一、之后蜀地的盐粮运输由征西军协同护卫。二、征西军暂借部分粮草给孙知州赈灾，知州必须在秋赋之后归还。三、在获得知州许可之前，征西军不对蜀地的任何情况进行干涉。"

"那么你的要求是什么？"听完吴江冷优厚的条件，廖文列平静如常，没有与这几个条件对称的激动反应，因为他深知条件越优厚，这个男人的要求便越苛刻。

"我需要知道盐荒的调查情况。"吴江冷抬手制止了急于开口拒绝的廖文列，"准确地说，我需要知道是谁策划出盐荒这件事。我不需要知道什么幕后黑手，不需要知道如何发动的，我只要知道负责动手的人是谁。"

"你知道这个想干什么？"廖文列颇为意外，吴江冷智计无双，做事又向来喜欢斩草除根，不知为何这次他选择剃的不过是表面这一茬。

吴江冷露出一个毫无温度的笑容："我要除后患。我对真相毫无兴趣，只需要一个安定的蜀地作为我的战略后方。这次大军讨伐蝶陵，别说失败，即使是任何不够完美的胜利都不被允许。所以我要排除一切不稳定的因素。"

　　言毕，棋局上廖文列已经无路可退。

　　"承让了。"吴江冷起身，夜色下他的身影清癯瘦长，翩翩之姿看不出半分杀气。他看了一眼屋内的大门，那门依旧紧锁，他知道这宅子的主人今晚不会见他了，扬了扬声调，像是说给廖文列听，又像是说给屋里的人听："时候不早了，我先回去了。"

　　远远地，孙祥瞧见吴江冷起身，朝着大门外走去，玄色身形渐行渐远，最终成了融入夜色的一个点，他这才推门出来，坐到廖文列身边："我都听到了，你怎么打算？"

　　廖文列苦笑道："他还是这么了解我们，与其说这个条件我无法拒绝，不如说就算我想要拒绝，你也会劝我吧。"

　　孙祥没有否认，他三年前虽与吴江冷割袍断义，但他身为蜀地的知州，知道这场合作规避不得。这种被人算死的感觉让他格外烦躁。平复了一下心情，孙祥便问起了下午盐队被劫案的调查收获。

　　廖文列将自己的发现一一说了，最终抛出结论："无论如何，清风堂与此事脱不了干系。"

　　孙祥点点头："你我都不约而同想到了它，看来此事八九不离十与它有关，不过现阶段我们还是缺少证据。"

　　"对了，你那边的进展如何？"

　　孙祥露出得意的笑："我这儿可比你强一些。刚才，我那边已经查明了刺客的身份。"

　　"是谁？"廖文列急急问道。

　　"昭云门。"孙祥幽幽地吐出三个字，继而补充道，"起码表面上与清风堂无关。"

　　廖文列想起蜀道上那群训练有素的"绿林好汉"，手臂上有诡异的

"鬼"字，但怎么也想不到竟然和这盐荒有关："这确实有点出乎我的意料，昭云门这群人我们来蜀道时是打过照面，看上去像是一群只为劫财，却不伤害无辜的宵小之辈，和刺客的路数有些不同。"

孙祥继续道："你别忙着惊讶，我在春芳楼还发现一点有意思的事。"

廖文列第一时间就想起那个圆滑世故的老鸨："怎么，是不是那个韩姐有问题？"

"她有没有问题我还不知道，但是你猜这个春芳楼是谁家的产业？"孙祥玩味一笑。

廖文列想了想，既然清风堂选择这里作为据点的话，怕只能是皇帝的地盘了吧。这么想着廖文列试探着伸手指了指上方，孙祥摇着头："恰恰相反，这是当今国舅的产业。"

廖文列一愣，瞬间觉得原本渐渐清晰的线索一下子又陷入迷雾之中："竟是国舅，清风堂是陛下的心腹，国舅而今拥兵自重，与他势同水火，这……清风堂的据点怎么会在国舅这里？"

"你问我，我能问谁？"孙祥恢复了玩世不恭的劲儿，"我就问你，你下一步打算怎么办？想继续追查袭击者，还是先看看春芳楼？"

略一合计廖文列便有了决断："我先想办法潜入昭云门看看，春芳楼与此事有没有关系还两说，但你要先帮我盯着点，贸然打草惊蛇就不好了。"

孙祥点点头，两人又商量了一番细节，结束已是深夜。凉风刺骨，让两个大男人直打哆嗦。繁星浩瀚，孙祥抬头看了许久，轻叹一声："这番波折之后，不知道蜀地的百姓们还能不能继续过太平日子。"

廖文列张了张嘴，想劝慰几句，终究却说不出安慰的话。

他心知肚明，不管最后的真相到底是什么，对百姓的伤害都已经无法挽回，只能淡淡地说一句："尽力而为吧。"

三年前，他们出征西蜀，望着皎皎明月，互相加油打气，说的也是"尽力而为"，最终所有的努力换回了一片焦土。

三年后，来者不善，带着汹汹的阴谋巨浪而来，拍打得他们措手不及。这次，他们不知道对手是谁，也突然不知自己最后的结局是什么。

"后悔来这一趟了吧。"孙祥调侃着廖文列，努力冲淡这悲伤的气息，"你娘等着你回乡，一年后抱你的大胖小子。不管怎么样，你得活着回去。"

廖文列亦拍拍他的肩膀："你呢，蜀地这三年知州生涯，好像彻底让人忘记了那个羽墨王爷。"

孙祥一愣，羽墨王爷，这四个字好像是自己的前世一般。

"你是为了蜀地的百姓留在这里，也是为了她。"廖文列叹了口气，只有在这样的深夜，才适合提及这样讳莫如深的话题，"可是三年过去了，也该放下了。"

桃花流水窅然去，明月清风何处寻。

孙祥抬眼，眸子里满是悲伤的神情，却最终什么也没说，只是转过身去。廖文列知道这一刻他必须转身，若不然，便要叫兄弟笑话，笑话他的滚滚男儿泪。

"早些休息，我先走了！"廖文列知道是他离开的时候了。

"等一下。"平复了心情的孙祥却叫住他，转过身子，眼睛微微发红，但整个人已经恢复淡定。

"还有什么事？"廖文列问道。

"颜悦大将军？"孙祥看着廖文列，神情肃穆，"这个世界上，并没有这个人，所以，那个颜溪到底是谁？"

廖文列僵在原地，神色恍惚，嘴巴似乎动了动，却编不出说辞，最终悠悠道："孙祥，如果你信我，就不要问她的身世。你只需要知道，隐瞒她的身份，是我一生中最问心无愧的事。"

二十

等到廖文列回到住处，庄子秦、沈寻萧与一干人也都坐在院落里小声说着话，还时不时地向留守的颜溪说点调查的进展。廖文列也颇为惊讶："二更了，你们都不回去歇着吗？"

看见廖文列回来了，庄子秦雀跃地跑到他面前："发生这么大的事情，谁睡得着呢。"庄子秦话音刚落，身旁传来细微的鼾声，众人一回头，白葡萄在院中的树下已经开始打呼。沈寻萧悄声走到他身边，给他盖上了锦袍。

"孙大人急急忙忙地把你叫过去，是又出什么事了吗？"没等廖文列坐下，庄子秦又风风火火地开口询问，众人也满脸紧张神色，生怕又是一桩死伤无数的命案。

廖文列见他们凝重的神情，眼巴巴地看着他，苦笑着向众人解释："没什么大事，就是来了一个孙祥他不想见，又不能不见的人。这个坑货就把我拉过去当盾牌使了。"

庄子秦一听，不免又好奇道："这世上竟然还有我们孙知州应付不来的人，有机会我倒是还真想见识见识。"

她一听有人能治住那个整天想着偷懒耍滑的孙祥，顿时遗憾自己当时没有跟去见识一下。一边的沈寻萧却因为失去了自己多年来的手下，没有心情跟往常一样讥讽几句庄子秦，直截了当地发问："知州大人可查到什么线索了？"

"现在倒是有两条线索：一、刺客是昭云门的人，袭击运盐队的不出意外应该也是他们。二、刺客们停留的春芳楼，是国舅的产业。"

听到"国舅"这两个字，沈寻萧低下了头，装作喝茶的样子来掩饰眼中的恨意,钱兴和颜溪则露出意外的表情:"怎么会是国舅?"

廖文列点点头:"这就是可疑的地方。"

钱兴长叹一声,廖文列一向不喜欢涉入宫廷之争,即使国舅、太后一派与皇上之间剑拔弩张,朝廷几近人人站队,他也不曾牵涉其中。这性子也连带着手下这些人一听到事情可能和宫里有关也都头痛不已:"大人,你就说我们接下来怎么办吧。"

廖文列看着众人正色道:"我要先探查昭云门,再顺藤摸瓜,揪出真凶。"

沈寻萧主动请缨:"我的兄弟们都因此而死,我必须追查出真凶还他们一个公道。江湖之事我不甚清楚,但是在这成都府里,我还有几份余力。你若是去调查昭云门,那我便先去探探这春芳楼的底吧。"

廖文列打量着沈寻萧,似乎想看出这个男人的真意,最终点点头:"这样也好,我带人出发去探探昭云门到底是何方神圣。颜溪,你就留在……"

"喀喀!"庄子秦故意咳嗽了一声,打断廖文列的话,"这次去探昭云门一路上风险可不小啊,你不带上我们的神医大人真的好吗?"

廖文列一摆手,语气里带着不容商榷的拒绝:"正是因为危险,所以……"

颜溪打断廖文列的话,眼里满是坚毅,与昔日的柔弱神情判若两人:"时局险峻,我虽不会武功,但身上带的剧毒足够我应付歹人。你带上我,以防不测。"

沈寻萧在一旁打量着这一刻的颜溪,她为医者的光芒多像那个多年前的女子,她曾对他说,若是他的病好了,她便要去周游四海,行医四方,救济苍生。可是后来,这个梦想陨落了。

廖文列见颜溪这样坚定,语气也缓和下来:"这次主要是暗探,我们也不宜带太多人。既然你要前去,那么钱兴这次你便留下来,带着其他人帮我们的知州大人和寻萧吧。这次由我们三人去就好。"

"等等……"庄子秦一脸诧异地看着廖文列,"'我们三人'是指哪三个人？"

廖文列一脸莫名地指了指庄子秦，庄子秦扭过头装没看见："我不去，荒郊野外的危险不说还没'酒'喝。当时我可只答应帮你查案，没答应给你卖命啊。"

沈寻萧本就看庄子秦故意将颜溪支开心里有些不快，冷哼一声："那简单啊，你不去不就行了？难不成少了你一个还查不到东西了，大不了你来查春芳楼，我去。"

廖文列看见庄子秦一边说着不愿意，一边不断地晃动酒壶还时不时偷瞄自己就知道这个酒鬼的打算了，板起脸来一本正经地点着头："寻萧说得不错，人各有志不可强求。子秦不愿意去就算了，反正这一路上多有风险，子秦也不会功夫，待在这成都府里还安全些。"

庄子秦一看这酒是骗不成了，搞不好自己还真去不了，忙把话圆了回来："话也不能这么说，寻萧你追查春芳楼责任重大，这事非你这个地头蛇怕是还真查不了。何况事关蜀地百姓，危险点也是值得的，而且我相信廖大哥体贴民情，不会让人白干活的吧？"

几人一时都明了了她的算盘，只有沈寻萧嘀咕了几句"厚颜无耻"。

"行了，明天一早还要动身，大家各自回去歇息吧。备好精力才可作战。"廖文列招呼众人回屋休息，自己也进入屋中小憩。

他们身后，乌云压月。

一大早，颜溪便与廖文列洗漱完毕，抖擞精神拎着睡眼惺忪的庄子秦出发了。半梦半醒的庄子秦骂骂咧咧的，挣扎着想要回去继续酣睡。只见廖文列将她架上了骏马，用力一鞭抽向马屁股。骏马飞驰而去，马上的庄子秦下意识抓住缰绳，顿时清醒无比，高声叫骂一声："廖文列！"一阵尘土飞扬间，声音响彻山谷，廖文列与颜溪哈哈大笑。

到了蜀道上天朗气清，廖文列向几个本地人打听起了昭云门的情况，开始为之后的探查做准备。庄子秦却只得到一些不靠谱的流言，只知道昭云门是在两年前在蜀道一带突然出现,一下子就将在蜀道上讨生活的绿林好汉们收入麾下。这两年来在蜀道上虽然劫了不少财物,但做事算山贼里少有的讲道义的。要说有什么特别的,那就是入伙后人人手臂上都会文个"鬼"字,文字的说法也是各种各样,有说是象征昭云门神出鬼没的,有说入伙对鬼神起誓的,让人不明所以。

一天下来,在众说纷纭间,昭云门这条线似乎越来越模糊。廖文列起身望向窗外,不知不觉间满园的花已经凋谢殆尽,晚间的风吹来,也带了些初夏的闷热,天空中低垂的云层让人不由得心情烦躁。

廖文列转身的刹那,天边风起云涌。

谷雨已过,立夏将至。天气已一日日热起来,加之不断小雨,空气中满是闷热的感觉,让人提不起劲。廖文列带着颜溪、庄子秦以及两个机灵的手下前往蜀道,蜀马的蹄子随意地踩踏着刚冒头的杂草,如同它的骑手一般有气无力地前行着。

庄子秦又一次长出一口气,不住地拿手给自己扇风,倒不是觉着热,只是这雨后潮湿的空气实在是让人气闷。昨晚下雨时清爽空气带来的愉快心情此时已经所剩无几,她几次拿起酒壶都兴致缺缺地放下了。

"瞧你这样子,不知道的还以为是哪家娇生惯养的大小姐呢。"廖文列忍不住出言调侃,庄子秦眼皮一抬刚打算回几句,却看见一行人里就自己半死不活,连颜溪都还有说有笑的,便将话吞了回去。

"廖文列。"庄子秦带着几分距离感叫住了在前边带头的男人,看到男人询问的眼神,庄子秦将自己这几天来的疑问抛了出来,"眼看着这蜀道就要到了,你也该告诉我们,你到底打算怎么调查这个昭云门了吧?暗访?偷袭?"

廖文列咧着嘴笑了笑:"没那么复杂,昭云门已经一统蜀道江湖,所在地早已不是秘密,那么直接找上门去不就好了?"

庄子秦在那一瞬间有种这个男人脑子果然被烧坏了的释然感:"你认真的?咱们就这样直接去找他们?"

廖文列点头:"当然,我觉得讲道义的江湖好汉是不会拒绝一个商人上门来请求自己保护商队吧?"

庄子秦再次难以置信地看着他,觉得自己这辈子是搞不清楚这人的脑回路了,时而精明果断,时而又蠢得可怕,自己之前相信他自信满满是有所准备,真是昏头了。

这时廖文列突然抬手止住队伍,一时间四下寂静,只有风吹过树梢的沙沙声让人心烦意乱。他定了定神,朝着天空问询道:"敢问是何方好汉?"

见猎物们已经发现自己的踪迹,猎手们便大大方方地现身了。二十来个汉子分成两批,将一行人的前后路都堵了起来,庄子秦面有惧色,准备开溜,却找不到突破口。廖文列瞧了她一眼,不知为何他这一眼让她心安不少,廖文列不卑不亢地开口道:"不知道几位是哪方山头的?"

一个领头样的大汉手里提着一把双刃斧上前两步,随手将斧子往地上一顿,霎时间激起不少尘土:"看各位这样子,应该也不是第一次往来这蜀道。我们昭云门的规矩不需要我再说一遍了吧。"

"原来是昭云门的好汉们,久仰久仰。"廖文列客套了一番,庄子秦却觉得有些不对。且不说这里还没到蜀道,按昭云门的规矩,往来商贩要是合作乖乖交出部分财物便不会多加为难,但眼前这伙人一边说着话一边却隐隐成合围之势,怕是不怀好意。于是她便悄悄给颜溪使了个眼色,两人往三个男人中间靠了靠。

"那真是巧了,我们这次便是特意来拜访你们昭云门大掌柜的。"庄子秦藏好身形便笑着开口搭话,言毕又小声嘀咕了一句,"小心。"

廖文列没有回应,庄子秦却知道他已经有了戒备,便大胆地开始试着套话:"这些年来我们在这蜀道上多亏了你们大掌柜的照应,这次带了些礼物特来献给大掌柜的。"

领头的汉子满意地点点头:"算你们晓事,这礼物就由我们转交给大掌柜吧。"

看着大汉一伸手就要这边拿出礼物的样子，颜溪松了口气小声地询问："这是群狐假虎威的劫匪？"

庄子秦紧紧地盯着大汉，心却越绷越紧。这个为首之人虽然掩饰得很好，但是看着装作翻找行李的廖文列，周围山贼们眼中却没有对财物的贪婪，只有浓浓的杀机。

庄子秦明白了这群人到底是来干什么的，于是大吼一声："小心！刺客！"

电光石火之间廖文列长剑已然出鞘，剑光所指寒芒一片。原本满身匪气的山贼头子也在那一刹那如同换了个人一般，气息尽敛，一把大斧生生使出了匕首的灵动。

其余的山贼也一起冲杀上来，没有喊杀之声，一群人如同影子一般悄无声息，只有锋利的刀刃上闪过的寒光不断提醒着几人现在身处危机之中。廖文列撤步提剑，目光如刀般死死地盯着为首的山贼头子，心里默默地估算着距离。眼见人已经杀到面前，廖文列一声大喝犹如春雷般响起，剑光一闪山贼手中的斧子便脱手飞出。另两人也心有灵犀一般同时杀出，山路狭窄三人一时间竟占了上风。

庄子秦见他们已经开打，抓着颜溪闪到了树后，悄悄打开随身的包裹取出一把精巧的手弩来，警惕地盯着四周，防止被人抄后。同时廖文列一行虽然占了先机，但毕竟敌众我寡，联手杀了几人暂时逼退山贼后，三人赶紧抓住机会喘了口气。

廖文列抬头看着手下二人，经过一番厮杀身上已经留下不少伤口，如果再对峙下去怕是讨不了好。他环视四周，这伙"山贼"依旧沉默着包围自己一行，这阵势，怕是自己就算愿意讨饶，交出所有财物，他们也并不会心动。

听着四周树丛中隐约的金戈之声，廖文列心知这群人今日怕是打定主意要把自己留在这儿了。但他冷哼一声，眼中闪过一丝轻蔑之色：就凭你们这些人，要不是还要护着颜溪、庄子秦二人，还想留下我？

"你们两个等我冲开缺口，带着颜溪她们先闯出去。"廖文列悄悄退后一步，小声吩咐着，"我稍后就跟上。"

"是！"二人低声应诺。廖文列深吸一口气，脑海中渐渐回忆起当年战场上的厮杀，这让他很不快。但这让对手更为不快，他们惊讶地感受到自己的敌人由一个江湖高手变成了一个战场杀神。巨大的压力，让这群饱经训练的死士也有些受不住，纷纷低吼一声再次杀上前来。

"杀！"廖文列剑光连闪，将剑舞得如同城墙一般只等对方攻上来。然而一阵破空之声，为首的几个"山贼"一个踉跄摔倒在地，身上不知何时多了几支箭矢。"山贼们"的攻势为之一顿，没等众人找到射箭者，便又听到"嗖"一声，又一个袭击者应声倒下。随着一声呼啸，其余的"山贼"便如同他们出现时一样一下子便消失得干干净净，若非地上留下的几具尸体，几乎让人以为刚才的战斗是一场幻觉。

"多谢好汉出手相救！"廖文列大声答谢尚未露面的援助者，手中的剑却未回鞘。很快一个背枪持弓的青年带着几个一看便训练有素的壮汉从林中转出："几位可是往来的客商？伤口可有大碍？"青年小心地打量着四周，确认贼人都走了，便放下了手中的弓箭询问廖文列一行的情况。

"在下廖文列，多亏阁下伸手相助，都只受了点小伤。不知阁下名号师承？"廖文列看青年人衣着不凡，步伐稳健，尤其是背后那一杆大枪，如果不是装饰怕也是一个江湖好手。

"不必谢，不必谢。"青年人没有在意廖文列的客套，径自走到尸体边查看起来，"我们本就是冲着这群人来的，反倒要多谢你们让他们现了形。"

廖文列看青年人面色如常不似作伪，才放下一些提防示意庄子秦二人出来："那看来阁下知道这些人的真实身份喽。"

青年人撩起一具尸体的袖子，尸体手臂上赫然刺着一个"鬼"字，但是廖文列发现刺青和蜀道上见到的刺青有些不同。天边一队寒鸦怪叫着飞过，气氛变得有些凝重，看见刺青后的青年人眉头紧锁，有些心不在焉地答复道："叫我袁庆就好。"

"还真是昭云门的人，昭云门什么时候已经将地盘扩展到这剑门关来了？"颜溪看见刺青后有些疑惑。自称袁庆的青年人露出些许苦笑的样子，犹豫着想说些什么，结果倒是廖文列先开了口："这事怕没那么简单，这群人可能不是昭云门的。"

这下袁庆倒是惊讶了，不由得问道："何以见得？"

廖文列也不隐瞒，坦然地说了自己的想法："其实我之前入蜀的时候遇到过昭云门的好汉。虽然只是一面之缘，还破费了一些财产，但是看得出他们不是那种会谋财害命、赶尽杀绝的人。"

袁庆听完这话不由得仰天大笑，在他那刚及冠之年的脸上竟显出几分豪气来："你这话说得倒有意思了，昭云门说是武林中人，但到底落草为寇，干的是拦路打劫的活，你竟然说他们不像谋财害命之人。"

"我只是相信我亲眼所见。"廖文列坦然地直视着袁庆，心里知道这个人怕是和昭云门有所关联，"若非如此我又何苦前去昭云门拜访呢。"

"哦？"袁庆饶有兴趣地绕着廖文列转了两圈，仔仔细细地打量着他，"竟然还有想要拜访山贼的。看你也是习武之人，不像是读书读傻的书呆子，你说说你找昭云门干什么？"

廖文列亦看着他，答道："我找大当家的有笔生意要谈。"

"生意啊。"袁庆百感交集地感叹着，似乎想起了什么往事，兴致也不似刚才一般高昂了，"你们如果想去昭云门的话可以和我同行，我在昭云门刚好有些熟人。"

庄子秦听到眼前这个年轻人竟然和昭云门的人相熟，有些好奇地凑上来询问："你真的和他们很熟吗？那你可知道他们到底是群怎样的人？"

袁庆低头看了眼尸体手臂上的刺青，年轻的脸上露出几分与年纪不符的沧桑感："怎样的人？说到底，不过是一群早该死去却又心有不甘地在这世上徒劳挣扎、可怜的孤魂野鬼罢了。"

"不管怎么说。"袁庆没有纠结多久便抬起头来，灿烂的阳光映照在他的脸上显出十二分的朝气，让人怀疑刚才的颓唐是幻觉一般，"这次出来的目标算是达成了，好好收拾了一番这群冒牌货，起码这段时间内不用担心他们打着昭云门的名义到处惹事了。"

"经常有人冒用昭云门的身份吗？"廖文列发问，想起孙祥认定刺客来自昭云门就是由刺青判断，现在看来真凶是谁怕是还得两论。

袁庆没有察觉到廖文列的心思，翻身上马，随口答复："其实我现在也不知道这群人到底是何方神圣，这个刺青毫无疑问是昭云门特有的，原本应该是无法仿照的。"

颜溪有些不明所以："不就是刺一个'鬼'字嘛，这里面还有什么不同吗？"

袁庆待几个手下收拾好"山贼"的尸体遗物，将尸体付之一炬，才招呼众人跟上："昭云门的刺青都是由……一个刺青大师所刺，行笔技法都不是一般人随便能够模仿的。而这些人手臂上的刺青确实是大师的手笔。"

庄子秦察觉到袁庆提到大师的名字时犹豫了一下后，特意含混了过去，心中默默记下了一笔，看来得找机会找到这个大师好好聊聊。她有些感慨道："没想到昭云门在蜀地已经有如此声望了。"

"昭云门再怎么出名，也就在蜀道一带有些名气。你这话从何说起？"袁庆对庄子秦的感慨有些不以为意，庄子秦把玩着手里的酒壶，已经被她抚摸得光可鉴人的酒壶上映照出了袁庆的表情："如果昭云门不出名的话，那么这些人为何要借着昭云门的名义四处惹事？我看这些人实力也不差，完全没有必要狐假虎威，那么他们费尽心机这么做就只有一个可能——嫁祸。"

酒壶上袁庆的脸色迅速阴沉下来："嫁祸？假如接下来这群家伙真的要干出什么有损昭云门名声的事，我会在这之前，就先解决掉他们。"

庄子秦和廖文列对视一眼，两人都隐约明白了袁庆的意思：他不知道这群刺客已经杀死了人，做出了他所说的有损昭云门的事。

看来要不就是有人刻意嫁祸给昭云门，又或者是昭云门瞒着袁庆悄悄干的，此番探访昭云门恐怕一路上的波折少不了。两人沉思间，一声子规啼哭，惊起一片老鸦，声声鸟鸣兽啼之中一行人披着黄昏的日光，向着蜀道行去。

二十一

一路行来，众人只觉得道路越来越窄，两边均是峭壁，但望之郁郁葱葱，千峰庐山锦绣谷，一水蜀道玻璃江。

"看来昭云门这伙人并非徒有虚名啊。"庄子秦打量着两边的峭壁，一路上光明哨就有五六处，而林中时不时闪过的人影更是提醒众人暗哨更多，心里不禁对昭云门的身份有了些猜测："这些人行事作风不像是江湖人士，倒有几分军旅之人的做派。说起来，昭云门是两三年前突然出现的吧。呆子，我记得你提起过当时你还在军中对吧？那时候蜀地可有军人叛逃？"

三年前，蜀地叛逃的军人那可就多了去了。当年被围在外城之中一把火烧尽的叛军就有数千人。如此想着廖文列的思绪不由得飘到了三年前。

"为什么，为什么要赶尽杀绝？"城头狂风呼啸，廖文列大声质问着下令射杀一切企图逃出火场之人的吴江冷，但是火焰中吴江冷的回答让他冷彻心扉："我要用这些人的尸体告诫天下人。"

"廖文列？呆子！"廖文列回过神来，就看见庄子秦一脸气呼呼的样子盯着自己，"和我说话就这么无聊？"

看着眼前女子嗔怒的模样，廖文列原本沉闷的心情舒朗不少："不，只是想起了一些往事。如果说昭云门真的是三年前的叛军，那很多事就很有意思了。"眼巴巴地等着下文的庄子秦看廖文列并没有说下去的意思，不满地撇着嘴不再答话了，廖文列苦笑着道："这些事之后有机会我再和你细说。"

两人说话间狭长的山谷为之一开，四周树影婆娑，斑驳的阳光细碎地铺在青石板上。一个用竹子围成的小寨子静静地待在青山绿树之中，宅子中隐隐传来的些许操练的口号声让宅子显露出一些人气。

"这可真是一个避世的好地方。"颜溪由衷地赞叹道，廖文列也深有同感。这地方简直不像是山贼的宅子，倒有几分避世桃源的感觉，阡陌小路，鸡犬相闻，但是细细看去又能发现看似简陋的小山庄竟无一处死角，加之外面山道狭窄，堪称易守难攻。廖文列不由得赞叹道："能找到这样一块宝地，又设计得如此精妙，看来昭云门里能人不少啊。"

听着廖文列的恭维，袁庆并未显出愉悦的模样，反倒有些意兴阑珊："什么能人不能人，只求能在这世上保得平安就行，山庄修得再好又如何？要是真祸到临头，也不过一把火的事。"话一说完他便觉察到自己这话似乎有些失态，忙下马引导一行人进门，"诸位，你们的马就交给小的们去安置吧，我先带你们去房间休息。"

廖文列将缰绳交给门口的守卫，向袁庆行了一礼："那就有劳袁公子了。"

袁庆摆摆手："行了，我就是一介粗人，你不也是习武之人吗，那就按我们江湖人的习惯来，叫我袁庆就行，不用这些虚的。"

"那就好，老实说，看见你们这寨子如此井井有条，我还以为你们这里规矩一定严得要死，都不好意思多说话。果然江湖人就应该率性而为嘛。"庄子秦一听不需要讲究虚礼，整个人顿时就放松下来，"袁庆我跟你说，这个呆子说是练过武的，但人死板无趣得很，你不用跟他一般见识。还有你们这里有酒没？"

袁庆开怀大笑，两人竟有些意气相投："有有有，没有酒的山庄还能叫山庄嘛。"

眼看着两人的话题越跑越远，廖文列只好打断："酒的事之后再说，还麻烦早些和大当家说一声，我们有事求见。"被打断话题的袁庆倒是不在意，反倒庄子秦不满地瞪了廖文列一眼。

袁庆回道："大当家的就在寨子里，只是他习惯晚上见人。这样吧，你们先休息，午餐后我陪你们四处转转，晚上便带你们见大当家。"

说完他便带着一行人穿过大堂往偏厅走去。

穿过偏厅，有几间简陋却算得上雅致的客房，外头虽铺就的是白茅，但里头的书案、茶几、屏风一应俱全，廖文列粗粗扫了一眼，便看见案头上名贵的天琛墨。

廖文列谢绝了袁庆让人帮忙收拾行李的提议，袁庆也不勉强，就约定众人先行休息，饭后再带众人游览山庄。几人简单收拾了一下行李，颜溪打开药箱，给之前受伤的手下们悉心换上了药。

廖文列走到窗口，庭院之中，几个小厮侍弄着些许蔬菜草药，倒是没瞧见一般人家里种的梅兰。庄子秦也走过来，看见这些人在院里种菜有些感慨："昭云门里的这些人倒是实际，要是山庄里全种着这些，怕是都能自给自足了吧。"

但是这证明了廖文列心中的猜想："昭云门的人恐怕确实是三年前蜀地叛军后人。"

回想起自己答应过吴江冷将实施者告知他，但如果吴江冷得知昭云门是三年前叛军余孽的消息，怕是会将袭击盐队等罪名全扣在昭云门身上，再一次将他们屠杀殆尽。到时候无论真相如何都不再重要，虽然廖文列曾经也想早些结束这件事，自己好尽早回乡。

但是现在发生了这么多事，幕后之人所图一定不小，不查清楚，草草结案他于心难安。

"蜀地叛军？"庄子秦低头思索了一会儿，望着窗外的人似乎想在他们身上找出军人的影子，"我是两年前才来蜀地游历的，对当年蜀地的叛乱只是有所耳闻。但你不是说过，当时叛军全部被消灭了吗？这次的事件难道和三年前的事有关?"

廖文列转身不再看窗外,随手拿起茶案上的青瓷杯打量着,但是庄子秦这一次没有放弃,目不转睛地盯着廖文列等着他解释。

"当年蜀地叛军确实被消灭了,但是那场大火中尸体大多面目全非,很多人都无法辨认。叛军中许多人都只能算是生死不明,要说他们没有死在那场大火中也不无可能。现在,麻烦的是昭云门和这次事件是否真的有关系尚且两论,可是幕后之人恐怕很想告诉我们三年前的事还没有完。"

想到这里,廖文列在脑海中回溯了整个事件:当年因平叛蜀地而分道扬镳的三兄弟再度聚首,疑似叛军后人的昭云门、趁乱灭门妙手山庄的清风堂再出江湖。廖文列甚至产生了时空交错的感觉:难道要重现一次三年前的蜀地之乱?三年前以为魏家平反之名而起的叛乱,就让皇上和太后决裂,无数的性命逝去以至于整整三年大胤无力再起战事。现在皇上和太后各自拥兵,唯一的中立派吴江冷却又远在边疆……思考至此,初夏正午的暖阳之下廖文列竟生出一身冷汗。

庄子秦见廖文列说着说着又陷入深思,正打算出言询问,袁庆带着膳食过来了。膳食中虽然只是一些普通菜品但做得颇为精致,尤其是带过来的不少美酒让庄子秦十分满意,当下就和袁庆对饮起来。两人酒量不分胜负最后还是廖文列担心喝多了误事才劝下来。

饭后众人闲谈了一阵,袁庆再一次问起来意。廖文列依旧只说为了合作而来,让袁庆有些不满。身在江湖,识人无数,他能看出廖文列身上的坦荡之气,却不知为何对方始终不肯告诉实话。但袁庆也不纠缠,趁着日头尚早,便让两位伤号在屋中休养,自己则带着另外三人在山庄里闲逛。

饭后徐徐散步,暖阳与和煦的微风拂过,说不出的惬意。廖文列一边走着,一边发现山庄内部也与外面无异,看起来平常无奇却内藏玄机,整个山庄分为三重,每重之间的院落又像格子一般,将山庄分为数块,外人想要进攻就得层层突破。而且整个山庄水道纵横,每个院落都有水龙等防火物，一切都井然有序，俨然有些军营之感。倒是袁庆不但能自由出入，还能带着自己这些来历不明的人四处游荡，恐怕不像他说的仅仅是相熟而已。

走着走着一行人便来到了练武场，里面有不少汉子正在操练。打头的教头见有人来了，便走上前来招呼，袁庆远远地摇了摇头示意教头继续操练。这群壮汉操练应该有些时间了，身上的布衣已经汗迹斑斑，却依旧精神十足，进退之间井然有序。看到这些廖文列心中已经有了结论，昭云门果然是当年叛军余党。回过神来他却看见袁庆意味深长的眼神，知道刚才自己想起以前的事又有些失态了。

袁庆一言不发地从武器架上选出一把木剑，在手中随意挽了一个剑花，突然间将木剑脱手甩了过来。廖文列早有准备，伸手一弹剑脊，木剑凌空转了几个圈被稳稳地接在手中。

袁庆看到这一手却没有显出一点惊讶，伸手拿过一杆木枪，一副本该如此的样子跃跃欲试地邀战："我初见你便觉得你功夫非凡，怎么样，有没有兴趣露一手？"

"那就承让了。"廖文列正要行礼，就听到一声呼啸，一点寒芒破空而来。廖文列侧身险险闪过，长剑如蛇一般随杆而上，直奔袁庆双手，欲逼他弃枪。袁庆冷哼一声，用力一震长枪一抖弹开了长剑。二人各退一步重新摆起了架势。

"喂喂喂，你不是说比武吗？这么偷袭太不厚道了吧。"庄子秦见袁庆抢先出手不满地抗议着，袁庆还没有说话倒是廖文列替他辩解了一下："这不怪袁庆，我们习武之人行走江湖本来就不知道何时会遇上战斗，是我拘礼了。"

袁庆一听倒是乐了："我一直以为你是个无趣的人，现在看来倒是我看走眼了。你既然都这么说了，我可就不客气了。"说完他便一抖长枪，闪出数朵枪花欺身上前。

颜溪见二人打得不可开交，便有些紧张，但看了一阵觉察出些不对。

"你大哥……没有出全力。"庄子秦轻声自言自语道，颜溪也恍然大悟。廖文列此时只是用普通的招式见招拆招，平日里练剑的那些杀招一个都没有使出来。这么一想她不由得就对袁庆有些轻视："这个袁庆，话说得这么狠，真交起手来也不过如此嘛。"

没想到庄子秦摇摇头道："不，袁庆也留手了。我虽然不懂功夫，但好歹还能看看。袁庆招式虽多，行招之间动作却生涩，好几处动作都有些别扭，恐怕用的不是本门功夫。"庄子秦停了停，有些犹豫地说出了自己的推断，"有可能袁庆用的甚至不是最擅长的兵器。"

颜溪哑然，这两人你来我往打得自己已经目不暇接，竟然都未使出全力。说话间二人又走了几招，廖文列虽然只是防守，但一柄长剑舞得密不透风，任对方狂风暴雨就是不得寸进。倒是袁庆招数用尽，开始用一些奇招反被抓住几次破绽。

眼见自己落了下风袁庆长枪一晃，荡开长剑逼着廖文列露出中门空当。长枪抡圆了劈头打下，廖文列一矮身架起长剑扛住了这势大力沉的一击。两人各自用力相持不下，廖文列心中有了些猜测，手中剑一绕用巧劲往前一带，袁庆竟没能握住长枪，长枪旋转着脱手飞出。

"文列，你果然好功夫，是我输了。"袁庆也不恼，痛痛快快地认了输。

廖文列捡起长枪递过去："谦虚了，要是你用刀，咱们的胜负还两说。"

"输了就是输了，你不也是没用本门功夫？再说，我的拳脚、眼力也都输啦。"见廖文列还想说点什么客套话袁庆毫不客气地打断了，"行了行了，我又不是没输过，习武之人谁不是输过来的。你的招式善出奇，无穷如天地，不竭如江河。"

"好一个无穷如天地，不竭如江河。好久没听到这句话了，我岂敢担此谬赞，现在天下还有几人能做到这个呢？"廖文列面上哈哈大笑，心下却"咯噔"一下。

无穷如天地，不竭如江河，这不正是当年江湖上盛赞魏家军兵法的吗？"

两人相视而笑，倒是庄子秦在一边嘀咕着："男人，真难理解，前一秒还你死我活，下一秒就能举杯对酌。"

一来一去，夕阳已经西斜，漫天金光铺洒开，将这山庄的光景衬出醉人的模样。

"快到晚餐的时间了。"袁庆一挥手，"走，我带你们见大当家去。"

大堂里早已摆好酒席，琳琅满目的山珍飘出诱人的香味，廖文列一瞧，坐在主座上的竟是个文弱书生，一袭白色锦袍的映衬下显得肤色越发白皙羸弱，时不时还空洞地咳着。但他气质雍容，即便纤弱至此，让人知道他是掌兵的大当家也不觉意外。

袁庆向几位介绍道："这位就是昭云门当家的——郭霍。"

郭霍在座位上拱手行礼："在下郭霍，谢过几位助我昭云门少门主，并重创那伙盗用我昭云门名声的狡诈之徒。"

"大当家的客气了，我们也只是恰好遇上。还多亏了袁庆……少门主相助才摆脱贼人。"

廖文列边说着边有些诧异地打量了一眼郭霍和袁庆二人，郭霍看起来年纪也只比袁庆年长几岁，而且相貌、姓氏无一相似。袁庆大大咧咧地径自走到次席坐下，并没有想解释的意思。郭霍如同兄长看待顽劣的弟弟，露出了一丝无奈的微笑："老门主去世时少门主尚且年幼，就托我先打理昭云门。等少门主成年后再将昭云门交给他，但是……"

"嘿，我天生就不是什么管理门派的料，只喜欢练武，四处闯荡，让我待在一个地方天天处理门派事务还不如直接给我一刀来得痛快。"袁庆边说着边往海碗里倒酒，还不时帮庄子秦斟上。

袁庆随性的样子让廖文列想起了成都府里偷懒耍滑的某人，忍不住轻笑出声，看见昭云门的两人将视线转移过来，又赶紧解释："少门主这样子让我想起了一个故友，一开始也是如此不肯用功，现在也算学有所成。"

"哦?"郭霍来了兴致,"廖先生的朋友是怎么开始肯下功夫的呢?"

廖文列想起三年前的事变孙祥自荐知州后彻夜苦读的样子,不由得有些黯然:"不过是有了职责所在,不得不学罢了。"

郭霍心里似乎有些触动,轻声感叹:"职责所在……怕只怕,到时候来不及了啊。"边说着他边轻咳了几声。

"什么职责所在,我看大哥你干得不是挺好的嘛。而且我这天天在外面游荡,说不定你活得比我长呢。"

郭霍闻言当即板下脸来,恨铁不成钢似的责骂:"你这说的叫什么话,老门主辛辛苦苦保下这份家业,你不接也就算了,年纪轻轻连孩子都没有还说这些。你信不信我这就让人关你禁闭,等你哪天开始读书了,哪天结婚生子了再放你出来!"

袁庆立刻苦着脸开始讨饶:"哥,你这么关我我非得疯了不可,你就忍心看我整天以泪洗面吗?再说现在那群冒我们名的人只是丢了几个人,是谁干的都还没有查出来呢,你就能眼睁睁看着他们败坏我们昭云门的名声吗?"

"我本来就不支持你去查这件事,现在蜀地暗流涌动,我们少惹事为妙。"郭霍有些气馁,哭笑不得地向廖文列一行拱手示意,"不好意思让各位见笑了。"

廖文列赶忙说道:"袁庆兄弟这是真性情,在这世上实在是难得。"

"什么真性情都是叫我给惯坏了。"

袁庆一看势头不对立刻出言打断:"先别说我了,廖文列你不是一直神神秘秘地说有事要和我们当家的商量吗?"

郭霍也不好继续追究袁庆的事,看着廖文列,一副洗耳恭听的模样,廖文列整理了一下情绪,沉声道:"我想和昭云门合作。"

廖文列注视着郭霍,却发现他面色如常不动声色:"我们昭云门说得好听点叫绿林豪杰,其实干的都是响马剪径的活,不知道廖先生打算合作些什么?"

"大当家的，我之前在蜀道上和贵部众有过一面之缘。贵部众虽然干着打家劫舍的活，却纪律严明收放有度。自从贵部众一统蜀道后，宵小绝迹行道反而比之前安全许多。而且你们从不滥取，对往来客商而言所费其实不多，就当花钱买个平安。还有不少商旅甚至对昭云门称赞有加，大当家的就没想过官府招抚？"

郭霍摆弄着手中的琉璃盏，眼神中有一丝心动。但随后他便将酒一饮而尽，客气地婉拒了廖文列的提议："多谢廖先生厚爱，我们昭云门承受不起。先生请。"

廖文列不知郭霍为何突然如此疏离，只能停下话题将酒一饮而尽："我也只是一时兴起，僭越了。既然大当家的不愿意那就算了，其实我想说的生意是大当家可对运镖有兴趣？"

郭霍哑然失笑，眼神中充满着提防："廖先生真是太看得起我们昭云门了，先是劝我们就抚，后是劝我们走镖。廖先生是真不知道我们昭云门是干什么营生的，还是来寻我们开心的？"郭霍说得声色俱厉，廖文列却不以为意，依旧心平气和："大当家的，何必动怒。你们现在在蜀道上做的虽然说是剪径的活，但在我看来已经和运镖无异。"

郭霍默然不语等着廖文列的下文，廖文列见他不作声了，便继续说了下去："大当家的，什么是运镖？无非收人钱财替人解祸。昭云门虽然在蜀道上强收财物，但是如今这蜀道上往来客商们反而走得比其他地方安稳，只因为你们肃清了这蜀道上的土匪强人。既然如此，有清清白白的钱可以赚又何必继续在此落草呢？"

廖文列见郭霍依旧不置可否，终于有些气馁，还待继续劝说，庄子秦无意中看到在一边自顾自饮酒吃菜的袁庆计上心头："袁庆，你就没点想法？"

袁庆正吃得开心，见众人又把话题扯到自己身上不由得一愣："什么想法？"庄子秦故作神秘地诱惑着袁庆："你不是喜欢到处去逛逛，喜欢和人过招吗？现在有个机会让你赏遍天下美景，尝遍天下美酒哦。"袁庆果然上钩："还有这种好事？"

郭霍正想训斥袁庆几句，廖文列看到庄子秦的眼神一下子领会了她的想法，立刻向郭霍劝说："袁庆他生性好动，长时间待在这蜀道上也不是事。不如让他出去走这入蜀的镖，既可以让他长些见识，你也方便关照，关键是袁庆走镖不以昭云门的名义，以后也算是一条后路，毕竟现在昭云门的营生终非长久之道。"

廖文列话里有话，郭霍听到以后袁庆也可以多条后路时，像是想起什么，神色有些复杂，竟隐隐露出一丝疲惫来。廖文列露出不易察觉的微笑，看来他判断得没错，这就是蜀地当年的叛军，这个羸弱的男子以一己之力维稳了风雨飘摇的旧部，但是他也不敢保证明天，他们是否还能见到曙光。

郭霍看着袁庆跃跃欲试的样子，终于不再坚持，语气也渐渐软了下来："文列兄有何见教？"

"如果大当家的有心，我近期倒是有些商队需要往来蜀地，可以让袁庆试试手。"

郭霍有些犹豫但终究没有拒绝："你说说细节，我可以考虑考虑。"袁庆听说自己可以出去闯荡，也兴致勃勃地加入了讨论。

廖文列见时机已经成熟，不经意般提起："呀，差点忘了昭云门里人人手臂上都有刺青，如果用门里人运镖恐怕会惹人非议。"

"这倒是个问题。"郭霍沉吟着似乎在思索解决方法，廖文列恍然间想起什么一般长叹一声："以前倒还好，昭云门名声也只在蜀地商旅之间盛传。但现在多了一伙人打着昭云门的名义，身上也有刺青，在成都府里、四川境内到处惹事。现在有这个刺青在身出门恐怕官府都不会坐视不理。"

郭霍手一抖，酒洒出少许："哦？我只知道这伙人在蜀道四周借我们的名义为非作歹，没想到还敢在成都府里惹事。"

"是啊，据说将孙知州的人犯给刺杀了。要不是我知道昭云门的行事作风，怕是也要以为是你们干的呢。"庄子秦也边说着边试探几人的神情。

袁庆听了有些气愤难耐，一拍桌子："大哥！我就说不能放着这些人胡来，现在好好的，咱们要替人背这冤枉锅。"

郭霍不说话，低头打量着酒杯里自己的倒影，最后平静地开口："文列兄可有什么办法？"

廖文列装作苦思良久的样子，将自己早就准备好的方法抛了出来："现在有两个办法：要么查出是谁冒用昭云门的名义做下这些事，如果办得好说不定可以彻底洗白昭云门的名声。要么就找人将袁庆他们的刺青改了，但怕是治标不治本。"

袁庆也没多想，立刻回道："当然是要揪出这群家伙，不然谁知道他们还会干出什么事。"

郭霍却平淡地回绝了袁庆的提议："这群人怕是已经谋划很久了，我们现在处处被动，一时之间也查不出什么东西。还是先把刺青改了，先生现在就在山庄里，改起来也方便。"

"大哥！"袁庆显然心有不甘，但郭霍向廖文列举杯示意，并没有理睬袁庆的样子："我这弟弟就麻烦文列兄多费心了。"

二十二

夜晚，晚宴之后郭霍邀廖文列一行在山庄中小住。几个房间挨得近，见昭云门的人离开，颜溪和庄子秦便到了廖文列屋内。

山风正劲，廖文列瞧了瞧四周，最后小心地关上窗子，颜溪终于问出心中的疑惑："大哥，这个昭云门真的是盐荒一事的犯人吗？"

廖文列转头对两位手下示意，二人点点头便上门口望风。

"现在看来昭云门确实参与了，而且怕还是昭云门亲自动的手。"

"可是……"颜溪想起袁庆的样子不似作伪，"那袁庆一看就是血气方刚的小青年，满心满眼都是武学，确实对此事一无所知的样子。"

廖文列点点头，他何尝不是这样的感觉："袁庆应该确实不知道这件事，但正是如此，我才肯定是昭云门自己下的手。恐怕我们的大当家自己也清楚，干下这些事后，昭云门很快就会被查出，然后就要亡了，他不想袁庆涉入其中，未来也好给昭云门留个后路，才没有告诉他吧。"

庄子秦倒是对廖文列这套兄弟情深的说法不以为然："袁庆挂着少门主的名，要是昭云门真的参与其中就等同谋反。他又能逃到哪里去？要我说，这个郭霍就是嫌袁庆直来直往的性子碍事才没告诉他，哪来这么多弯弯绕。要是真不想拖累袁庆，他一开始就不该蹚这浑水。"

廖文列摇摇头："恐怕他也是身不由己吧。袭击盐队等这些事幕后一定另有主使，不然引发盐荒对他们没有任何好处。"

颜溪听到廖文列提到身不由己时隐隐有了些想法："大哥，幕后黑手是用什么迫使郭霍下这么大本钱的？"

庄子秦摆弄着手里的文宝，漫不经心地猜测："用什么？不是名利相诱，就是生死相挟……"庄子秦本就是玲珑心思，话说到一半就明白问题所在，郭霍将昭云门看得极重，也不像为了几两银子就昏头昏脑的莽夫。从他的话里能听出他很清楚昭云门犯下这些事已经没有未来可言，无论许以多大的名利都毫无用处，更别说以死相挟。那么郭霍到底是为何才会心甘情愿被人驱使？

"大哥，你还记得我们曾经猜测过昭云门的人是否三年前叛军余党吗？"颜溪想起一行人之前的猜测，廖文列了然但这依然不足以让郭霍搭上整个昭云门，这简直是本末倒置。一行人又一次陷入沉默。

"袁庆少门主，这么晚了有什么事吗？"门口的手下拦住了来人出言高声询问，有意让屋里的诸位听得更清楚些。

房里的三人面面相觑都猜不到他的来意。

"开门请袁庆少主进来。"廖文列朝着门外唤道。

袁庆走进屋中，没客套几句便问起了成都城内所谓的昭云门人刺杀案犯的事。

"那件事我还是希望能知道得更多些，这毕竟事关我们昭云门的声誉。"

廖文列只得一番推说："其实少主，我们也不甚清楚，我们是从成都过来求合作的，成都到处在流传这件事，也就听了一嘴，关于详情，恐怕你还得另行打听。"

"好，那你就将你听说的，一一说与我听。"袁庆拣了一条空凳坐下，一副"我并不好打发"的模样。

廖文列一愣，看了看庄子秦，庄子秦别过头，并不打算替他解围的模样，于是他只好硬着头皮继续说："我只听说身上有着昭云门刺青的人先后两次潜入知州府，刺杀案犯。"

说到这里，廖文列停住了嘴。看袁庆苦思冥想的样子，恐怕也是毫无线索，廖文列便又提了一句："说起来，我还听闻金沙江上运盐队被劫，所有守军凭空失踪，也是有人以昭云门的名义干的。"

袁庆愤然而起："这群人简直欺人太甚，我一定要查个清楚，看看是谁这么大胆敢冒我们昭云门的名义！"

"可是我们的郭大当家不是不让继续查嘛。"庄子秦循循善诱道，袁庆没有听出庄子秦话里的讥讽，回嘴道："大哥只是太小心了，这么多年小心翼翼地经营着昭云门，把胆气都磨没了。"

庄子秦暗自腹诽这个蠢货，你义兄干的这事不知道有多大胆。廖文列看出庄子秦的不屑神情，只好赶快引开话题："刚才晚宴上，我听大当家提起了'先生'，那先生可是给你们文身的人？"

袁庆点点头："是啊。"

廖文列趁势发问："你不是说起过昭云门的刺青无人能仿吗？那为何那帮人身上有一模一样的刺青，我想这位先生也许知道些内情。"

袁庆一听觉得也有些道理："也好，反正明天也要去先生那里重新换新刺青，正好询问一下。"

廖文列继续发问道："袁庆，那你知不知道是谁可能冒充你们昭云门呢？你们可与谁结过仇？要知道能够潜入知州府，可不是一般人能做到，而且能做到这个份上的人没有必要借用你们的名气。"

袁庆苦思良久，摇了摇头："我们昭云门在这蜀道上得罪的人不少，但要说有如此实力的恐怕没有。"

廖文列见袁庆是真的对此一无所知便不再继续询问，几人又聊了些江湖见闻便散了。袁庆走之前还特意对廖文列抱拳行了一礼："有劳文列兄帮我们找出真凶，还昭云门一个清白。"

说罢他便匆匆出门，颜溪看着他露出同情的神色："大哥，我可是第一次见你这样请君入瓮。他为人单纯，很多事都被蒙在鼓里，若是得知真相，不知会如何失望。"

廖文列叹了一声："得知真相，失望的又何止他，说不定你我，亦是失意人。"

庄子秦知道他说的是什么。

这张铺天盖地的网，他已经逃不开了。她一直以若即若离的姿态参与这个案件，但她又何尝逃得开呢？

第二天一早，袁庆便匆匆去往另一个山头。那山头鸟鸣幽翠，有一处不大不小的宅子落在其中，宅子后院小湖中有一个小亭子，正红朱漆的柱子上顶着碧绿的琉璃瓦，碧波荡漾的湖水里满是点点的荷叶，颇有雅静悠然的世外桃源之意。亭子里摆着一张乌木书案，一个须发飘飘的老者提笔书写着些什么。

一向风风火火的袁庆进了亭子倒是安静不少，似乎是这亭中熏香有着什么安神奇效。袁庆等到老者写完一稿方出言搭话，恭敬地叫了一声："先生。"

莫维信被这突如其来的一声吓了一跳，原本遒劲有力的书法最后一笔也莫名地飘了。他抬头这才发觉亭子后的袁庆，扔下笔出声责骂道："你这毛毛躁躁的性子什么时候才能改改？"

袁庆将他重新按在石椅上，小心地捶着背："先生，我这不是想您了，所以来瞧瞧您嘛。"

莫维信并不吃他这一套："你就别给我绕弯子了，昨日郭小子已经差人来跟我道明原委了。你下山去跑镖也好，以后你们两兄弟黑白两道也好有个照应。听见了吗？"

袁庆连忙垂手而立，一副老老实实受教的样子，也不知他小时候是受了多少规矩，竟然如此听话。

莫维信收拾了一下笔墨，随口问道："那么刺青之事你打算怎么办？你若是想，我倒是可以将刺青完全抹去。"

袁庆不待莫维信说完便打断了他："先生，这是我对父亲最后的念想了。"

莫维信一愣，袁庆口中的父亲何尝不是自己多年的旧友，只是对方英年早逝，留下独子袁庆与沉稳主事的义子郭霍，早早将他们托付给了自己。莫维信忆及故人颇为唏嘘，从一侧的小柜子里取出些刺青器具："你父亲已经去世三年，你也应当多往前看才是。"

袁庆应承一声却不多说什么，莫维信看着袁庆倔强的样子，但他的眼神中又分明流露出些许怀念的神情，便叹了口气道："你还念着他，九泉之下他定会欣慰。但更能让他欣慰的，便是你的平安。快，伸出手来……"

袁庆听完这话，便默默地伸出手，再不辩解。莫维信拿起金针，熟稔地连点刺青，这刺青也在他的妙手下渐渐改变了，最后成了一个篆书"瑰"字，那字样浑然天成，看不出丝毫更改的痕迹。

"其他随你下山的人，我就索性将他们的刺青全去了吧。"莫维信将金针淬火，收入囊中。

袁庆这次依旧兴致不高但没有反对，只是扯开话题，小心地问道："先生，最近有人来找您刺过青吗？"

莫维信摇摇头："我都这把老骨头了，'莫改居士'的名头怕是世人早就忘了。除了你们两个小子来麻烦我，谁还会跑到这个深山老林里来找我？"

袁庆点点头，知道莫维信说的都是实情，但仍继续追问道："那这世上，可有人能模仿您的手法痕迹？"

"没有，我这名号的来历就是因为我的作画刺青自成一派，旁人别说是模仿，就是有一丝改动也会显得别扭，所以得了这么一个莫改的名号。"莫维信说得颇为自得，让袁庆隐隐有些怀疑自己是否看走了眼。

"说到刺青……"见袁庆提到刺青，莫维信想起些最近让自己在意的事，"你们两兄弟我一直不放心，郭霍这孩子这几年做事虽然小心谨慎，但是最近昭云门越来越大，来的人也应该多加筛选才是。"

袁庆初时没放在心上，打趣道："怎么，是不是大哥挑的人不合您的胃口？要不我这就去把他们扫地出门？"

莫维信拿起手中盒子一拍袁庆的脑门，瞪着眼说："别胡闹，只是你大哥最近收的那些人，煞气太重，身上恐怕背了不少命债。"

袁庆心中掠过一丝不安，因为门里最近并没有收任何新人，但他这回并没有出口问询，而是宽慰道："先生，干我们这一行的谁身上没背点人命？大哥，他不容易，您也不要怪他啦。"

莫维信想起郭霍这几年来收敛性子，小心翼翼经营昭云门，不禁有些心疼这个自己看着长大的孩子。郭霍从小身子羸弱，经不起操劳，而今却日夜殚精竭虑，想到这莫维信只是叹息。气氛一时间变得沉闷起来，袁庆看刺青已经结疤，又急于向自己的义兄确认些情况便出言告退了："先生，时候不早，我该走了，家里还有客人要招待。"

"去吧。"莫维信已经重新蘸上笔墨，开始写诗。

袁庆转身离开，并不曾注意先生写的是什么。那正是"知汝远来应有意，好收吾骨瘴江边"！

回到昭云门的山庄，袁庆便匆匆向书房赶去，这个时间郭霍应该在那里处理事务。刚穿过月门，袁庆突然听到头顶些许瓦片破碎的声音，心中不知为何突然有些不安，当即提气纵身一跃却没有在屋顶发现任何身影。他刚要松一口气，就听到书房传来郭霍的喝骂声，还夹杂着一些瓷器破裂、刀剑入木的声音。袁庆赶紧翻下屋顶，随手抄起一边的门闩当作武器就往书房冲。

等他冲进房里,只见三四个黑衣人围攻着郭霍,郭霍左支右绌显得很是狼狈,身上已经有不少伤口。袁庆突然杀出,趁黑衣人不备先手砸倒一人,长棍一挑将黑衣人手中的剑甩给郭霍。两人携手总算是占了上风,黑衣人节节败退,直至被逼到书房外。只见二人一个不动如山,守得是水泼不进;一个侵略似火,攻得是肆无忌惮。但黑衣人们一心死守,两人一时间倒也攻不进去。袁庆有些心焦的同时还有些纳罕,这伙冒名昭云门的匪徒前几次交手都是见事不可为便果断撤退,这次怎么如此坚决?僵持间身后传来一阵杂乱的脚步声,袁庆余光一扫看到是自家服装的人,心中一喜大喊:"快来帮忙!抓活的!"

喊完他一振手里的长棍重整态势,就要继续上前厮杀。黑衣人也绝望一般不再死守,摆出拼命的架势,空门大开显然是存了以命换命的心思。袁庆本来武器不顺手,施展不开颇有打乌龟壳的感觉,正郁闷间却见几人反杀出来,不由得大吼一声:"来得好!"

但没等他动手就突然被人抓住胳膊,猛然甩到了一边。袁庆一抬头却看见郭霍只来得及挡开两道直奔要害的暗箭,身上眨眼间便多了数道伤口,手中长剑也脱手落地——来的不是自己人,那群假冒昭云门的贼人就这么堂而皇之地在山庄内!

袁庆一声怒吼,把手里的棍子当作标枪一般投射而出。黑衣人伸剑想要拨开长棍,却骇然发现看似轻巧的棍子有如千斤之重,竟丝毫拨撩不动,被直直打飞了出去,其他黑衣人阵势一时为之一乱。袁庆趁势一个懒驴打滚,捡起郭霍落地的长剑,起身挡开"昭云门人"射来的暗箭。

"袁庆!快走!"郭霍喊得撕心裂肺,却换得袁庆默然不语地将自己推到暗处,转身如同疯魔一般杀入敌人之中。两个"昭云门人"见黑衣人竟然有些支持不住只得放弃放箭,加入战局。

"傻小子!快走啊!"

袁庆恍然间似乎看到了当年那个总是挡在他前头的"笨蛋大哥",

自从三年前父亲去世之后，大哥带着父亲残部建立昭云门后就性格大变，开朗喜欢交友好恶作剧的霍公子一下子变成了成熟稳重小心翼翼不苟言笑的郭当家。现在看来大哥果然还是那个大哥，想着袁庆脸上便不由得露出几分笑意。

一个恍惚之间，袁庆身上又多出几道伤口，但他似乎浑然未觉。刀伤血污加上已经有些魔怔的狞笑，袁庆一时间有如修罗一般让人望之胆寒。郭霍却知道自己的兄弟已经是强弩之末，一想到自己所做的一切不由得绝望地闭上了眼睛不忍继续看。

不久传来两声箭矢入肉的闷响，郭霍浑身一震不由自主地睁眼向袁庆望去，却意外地发现中箭的并不是袁庆。倒是那两个"昭云门人"倒在地上生死不明，最后两个黑衣人见势不妙联手逼退袁庆，几个腾跃消失在山林之间。

袁庆见黑衣人退走，转头看见廖文列一行人小心翼翼地步入院子，心中那口气一松，不禁跪倒在地。

廖文列上前查看，郭霍重伤倒地，袁庆也一副力竭的模样，所幸看起来起码性命无虞。颜溪见二人伤得严重，不等廖文列探察完便上前给二人疗伤。

趁着颜溪疗伤，廖文列一行粗粗地收拾了一下院子，将尸体全摆放在一块儿。跟前几次交手一样，这帮人一个活口都没留下，几个身受重伤的人都服毒自尽了，如此轻易地放弃自己的生命，这份果断让人不寒而栗。不知到底是怎样的组织可以培养出这样一等一的高手，却又让他们对生命毫无留恋。

袁庆休息了一会儿，伤口也包扎妥当，终于恢复一些精神，郭霍则因为伤势过重昏睡了过去。

"不幸中的万幸，要害全避开了。只是伤口过多，失血严重，怕是要休息一段时间才能醒过来。"看到袁庆还有些不安，廖文列也只能宽慰几句，"我这妹妹也算得上是一方神医，有她在一定没问题的。"

袁庆摸着自己身上已经不再疼痛的伤口，心中生出些复杂的情绪：

"那就有劳了。"

二十三

廖文列一行收拾妥当，袁庆便凑了上来，脸上满是感激的模样："廖兄这次多亏了你们出手相救，不然我们兄弟二人今天就没命了。"袁庆一动刚包扎好的伤口又渗出血，廖文列赶紧扶袁庆坐下："你伤口还未好，不要乱动。要是伤口又裂了，颜溪非得好好教训你我一顿。"

见袁庆坐下后伤口没有变化廖文列才重新开口："这次说起来实在侥幸，我们本来是来拜访大当家的，详细谈谈开设镖局的事，结果前去通报的小厮久久未回。一行人商量了一下觉得以防万一，就私自闯进了后院。没想到一路走来人迹全无，直到这个院子四周才看见一些尸体，看得出来他们都是被偷袭而死。"

袁庆想起那几个姗姗来迟的"昭云门人"，原来他们一直在门外偷袭前来支援的人，难怪自己酣战许久竟一个救兵都没有。想到这些好汉最后都倒在"自己人"的偷袭之下，袁庆不禁怒火中烧，双手无意识地紧握拳头，指甲几乎要掐出血来，低沉着声音咬着牙："我一定要查出这群人到底是谁，我要将他们全部碎尸万段。"

"你要复仇首先得把伤养好，不然你这一身伤能找谁报仇？"颜溪过来看见袁庆在那里动气，将药箱往桌上一拍，秀目一瞪，"我方才已经说过了，不要乱动，气息平和。你权当没有听到是吗？"顺道她还瞥了廖文列一眼，眼神带着责怪他多话的意思，廖文列自知理亏只好讪笑着移开视线，当没看到。

"伸手，换药！"颜溪毫不客气地指使袁庆摆出各种动作，换药包扎却依旧轻柔小心，袁庆一时间视线不知该放在何处，只好眼观鼻鼻观心，任由颜溪摆弄。很快颜溪便换好了药，用干净的布又重新包扎了一遍："这两天好好休息，先把这事放一放。"

"可是……"袁庆还想争取一下，颜溪用力一拉包扎带，让袁庆一声闷哼打断了他的下半句话，道："你要么好好养伤然后报仇雪恨，要么就这样出去死在半路上。"说完她也不等袁庆回复就提着药箱又离开了。

"袁庆你少安毋躁，那群人既然不辞辛苦来刺杀郭霍，那么说明你义兄一定掌握了一些让他们忌惮的东西。你先养伤，等大当家的醒了再好好问一下，怎么也比你没头没脑地乱找来得快。"

一眨眼，等郭霍醒来已经是几日之后。廖文列等人得到消息就立刻赶了过去，到卧室时袁庆已经在里头，一脸关切焦急的神情："大哥，这群黑衣人到底是谁？你是不是招惹了什么仇家？"

郭霍有些苦涩地笑了："都是你哥当年欠下的债，这些人是讨债来了。"看到廖文列等人在门口，郭霍打算起身却被颜溪按住："不要乱动。"郭霍只能点头示意："抱歉，这次昭云门遇此大祸多亏几位相助。"

廖文列看了看郭霍的神色，虽然脸色还有些白，但看得出精神还算不错："路见不平，拔刀相助，本就是我们习武之人的责任。不知大当家可知道他们的来历？"

"来历自然知道，但是对你们而言光知道来历恐怕不够吧？"看到郭霍饶有兴致地打量着自己，廖文列知道对方已经知道自己真实的来意了，笑了笑，也并不否认，只是劝说道："大当家的，对方已经打算灭口了，你还是不愿意说吗？"

"大哥你就告诉我们吧，就算是皇帝老子敢这么算计我昭云门，我也要拔他两根龙须，叫他知道疼！"袁庆说得豪情万丈，郭霍听了却越发流露出犹豫愁苦的样子来："我可以告诉你们黑衣人的身份，但是你们要答应我一点。"郭霍直直地盯着廖文列，大有若是不答应就咬死秘密的架势，廖文列不由得摆正了姿态："你请说，但凡我能做到的绝不推辞。"

郭霍死死地盯着廖文列，似乎想在他脸上看出一丝敷衍的痕迹，最终放弃似的长叹一声："罢了，袁庆，你先出去，我有些事要和文列兄商量。"

"反而，反而不能跟我说吗？"袁庆瞪大眼睛，一脸惊讶状，丝毫没有动身的意思。

"袁庆！"郭霍大喝一声，袁庆别过脸就当没听见，郭霍挣扎着要起身却牵动伤口，只得苦着一张脸又躺了回去。袁庆忍着转身的冲动："你到底有什么瞒着我？你还想继续瞒我多久？"

郭霍见袁庆是打定主意不愿走了，也就不再强求："文列兄，我这样子怕是时日无多。我想请你在我死后多多关照这个傻小子，不要让他为我报仇。"廖文列有些惊讶，颜溪之前明明诊断他身体已经没有大碍，何来时日无多一说？郭霍握住廖文列的手轻轻地摇摇头，示意他不要多问，廖文列也只好把疑问藏在心中答应下来。

"傻小子，过来！"袁庆装作打量着挂画没听见。郭霍看着袁庆蹩脚的演技不禁露出几分笑意，"现在长能耐了，连我的话都不愿意听了？"

袁庆这才不情不愿地走到郭霍跟前。

"傻小子你听着，我会把所有事情都告诉你们，但你别傻傻地一个人冲上去复仇，你要给我好好活下去。活下去才是一切，人死了就什么都没了。"

"可是……"袁庆还打算说些什么，却立刻被郭霍打断了："没有什么可是的，这次的事文列兄不会不管，一切交给他处理就好。你之后就带着你的那些兄弟四处跑镖去吧，不要再管昭云门的事了。"

看着袁庆不服气的样子，郭霍知道他没有完全放弃："袁庆，你要是想知道真相，就给我起誓：不得为任何人复仇，好好活下去——用我和你父亲的名义起誓。"袁庆猛然抬头和郭霍对视，郭霍露出狡黠的笑，"反正以你自己的名义你一定坚持不住，那就看看我和老门主能不能压住你喽。"

袁庆咧开嘴露出个比哭还难看的笑容："我从小到大都没有赢过你，直到现在你还是把我看得这么透。"郭霍静静地看着他不说话，等着袁庆做出决定。袁庆咽了口唾沫，润了润干涸的喉咙："好，我发誓。"

"那么，潜入知州府，袭击运盐队的人到底是谁？"庄子秦见袁庆已经发誓，便出声询问。郭霍有些意味深长地打量了廖文列一眼："其实你们也猜到一些了吧？袭击盐队是昭云门干的，刺杀证人也是昭云门干的。"

"什……"袁庆一时说不出话来，庄子秦倒是隐约有些猜想："那么这些事是不是你指使的？"

郭霍看到庄子秦能立刻反应过来，赞许地点点头："并不是。其实，昭云门从成立那刻起，就不在我的控制之中。"

话到这里，庄子秦就不懂了，看了看廖文列，廖文列了然，看来和预料中的一样："这么说来，三年前你们从大军追杀中逃得性命是得了'贵人'相助，那个'贵人'以此作为代价，要求你们建立了昭云门是吗？"

郭霍似乎是回忆起了当年的硝烟，轻叹一声："是啊，准确地说是'贵人'与义父达成协议，以义父身死为代价让我们这些年轻人逃得性命。昭云门是我在他们的帮助下建立起来的，所以他们从一开始就是昭云门的人。"

"父亲他……"一个接一个的消息让袁庆有些不能接受，自己一心当作家一般的昭云门从一开始就是别人为了做事方便而建立的，自己一直以来觉得是败坏昭云门名声的人才是昭云门真正的主人。

郭霍看到袁庆动摇的样子有些于心不忍："傻小子，不要想太多。就算他们帮着我们建立了昭云门，这么多年来我们为他们干的事早就把债还清了，从今以后昭云门就是我们的昭云门。我会想办法洗清昭云门的名声。"

"那么这群'贵人'到底是谁？"廖文列发问，郭霍沉默了一会儿没有直接给出回复。

"你们去一个地方，那里有你们需要的证据和答案。"

"哪里？"

"一个叫祥瑞客栈的地方。"

郭霍此言一出，廖文列和庄子秦、颜溪都有些讶然。

"那个地方我们去过。"庄子秦道，"只有一个奇怪的老板娘和一个爱下棋的老板，他们难道……"

"话已至此，我不便多说了。"郭霍一脸为难的样子，"总之，你们必须前往那里一趟。"

"好，我们尽快出发。"廖文列带着一行人欲走。

"傻小子。"郭霍突然叫住袁庆，袁庆转头，郭霍苍白的面容上浮起长兄般慈爱的笑意，"做事三思，切莫冲动。还有这一路，一定要小心啊。"

"知道了知道了。"这些话郭霍这么多年反反复复不知说了多少遍，袁庆有些不耐地甩甩手，"我走了，过几日回来。"

门慢慢地被关上了，郭霍动了动嘴唇，想说些什么，最终还是没有开口。他看着袁庆出门，长长地叹了一口气。

去那里，那里有你要的答案。

因为这一句，夕阳西下，廖文列一行带着行李在昭云门门口等袁庆。

"我早就该想到那家客栈不寻常，都成了那副模样还能开下去，其中一定有猫腻。"庄子秦自从知道自己往来过不少次的客栈里就藏着线索后就不断感叹。而想起那家店的老板娘的手艺，即使沉稳如廖文列脸色也是一阵变幻不定："没想到为了查案，我们竟还要再去一次那家客栈。"

上一次去往祥瑞客栈，满载着众人的欢笑，这次却是为了那么多条人命的真相，大家不约而同地移开了视线，生怕看到其他人眼中绝望的神情，一群不畏生死的汉子之间气氛一时间竟然有些风萧萧兮易水寒。

收拾完行李的袁庆一出门看见一行人愁云惨淡的样子，吓了一跳："你们这是怎么了，一个个无精打采。"

"哦，你收拾好了啊。"廖文列打起精神招呼袁庆，"说起来，你之前一次都没有去过'祥瑞客栈'吗？"

袁庆不明所以地看着众人："只是有所耳闻，我之前甚至都不知道除了我们这寨子里的人，还有活着另谋出路的。这些年大哥为了我都默默地背负了多少秘密啊。"

庄子秦见气氛实在低沉，有些受不了了："别想那么多了，现在你哥不是都决定将一切告诉你了吗？车到山前必有路，何必烦恼那么多，事情总是能一件件解决的。"

袁庆本就性子乐观，被庄子秦鼓励了一下便打起精神："说得也是啊！"他暂时将烦心事放在一边，开始和几人聊路上的打算，但廖文列与他们准备一同上路的同时，紧锁起了眉头。

郭霍大可将原委全部道出，却选择说到一半便让众人前去祥瑞客栈拿证据，这恐怕是因为郭霍另有打算。于是他招手，将两个手下招呼至身边："你们其中一个留下，看着点昭云门，一旦发现什么异动立刻来通知我们。"

"这样可不够。"听到廖文列的布置，安抚完袁庆，庄子秦走到他身边，摇着头插进话来，"昭云门怕是一定会出事，要是等到有所异动才来通知我们就什么都晚了。"

廖文列心中本就有些不安，闻言立刻将询问的目光投向已有计策的庄子秦："照你的意思，有什么别的办法吗？若是他们二人都留下，我怕咱们路上不够照应，毕竟你和颜溪都不会武功。"

"很简单，现在立刻派人去找孙大人，让他带人看管昭云门。这样昭云门便是由官府的守军看管，你要知道公开袭击一个山贼寨子，和公开袭击守军，其中的差别，幕后黑手无论如何都得掂量掂量。"

廖文列点点头，觉得有些道理，无论是郭霍打算带领昭云门干些鱼死网破的事，还是幕后黑手打算将郭霍他们杀人灭口，有孙祥的兵马看着都可以有所缓冲。当下他便让手下二人分别行事，一人继续看着昭云门以防万一，一人星夜赶往成都通知孙祥出兵。

做完布置廖文列终于心中稍定，但是庄子秦的一句"接下来就是怎么面对老板娘了"又让廖文列头疼起来。看着他愁眉紧锁的样子，庄子秦难得地劝慰道："行了，一定都能查出来，一定会解决的。"

廖文列抬头看了看她，在这千头万绪的时刻，她的面庞竟有让他瞬间安心的神效。

二十四

清晨的露水拂在身上，和着阴风让人感到丝丝凉意。袁庆身为对路径最熟的少门主踏马在前，廖文列看着这个弱冠男子虽经风雨却依旧这样器宇轩昂，神采奕奕，反倒是一声叹息。

"为何叹息？"庄子秦察觉到他的异样，出声问道。

"袁庆能这样无忧无虑地活下来，后边不知是多少人的牺牲，才保住这样一颗纯粹的心。"

不远处的袁庆也听到了这句话，放松了缰绳，马儿的步伐减慢，与廖文列的马并排，他看着远处，像是在追忆什么："我父亲袁朗去世三年了。"

"袁朗……"廖文列蹙眉，像是想起了什么，"我记得他，他就是当年的叛军头目。"

"父亲叛了就是叛了，这点我不否认。"袁庆言语间满是悲愤，"可是你可知道他为何叛乱？"

"斯人已去，我不便多说。只是他打着魏家旗号谋反，这是无可辩驳的罪行。"

"我父亲许是无数人眼里的乱臣贼子，但在我心中是铁骨铮铮的英雄！"袁庆昂首挺胸，目光如炬，"魏门本就从蜀地发家，被灭门之后太后垂帘听政，一直认为蜀地对魏家还是念念不忘，所以对蜀地军民很苛刻。我父亲是受不了重压才打着魏家的名义愤然起兵，在蜀地一呼百应。而且他本就是忠臣，所以没有对保皇派动手，却对太后宗亲下死手。这触怒了太后，也引发了妙手山庄灭门事件。"

"妙手山庄。"电光石火间，这四个讳莫如深的字从袁庆口中说出，让颜溪瞬间头痛欲裂。

"你怎么了？"庄子秦立刻下马扶住颜溪，"快，下马歇歇。"

颜溪此刻脑海中一片空白，只有这四个字久久萦绕。

"你在胡说什么！"廖文列呵斥袁庆，也下马扶住颜溪。

"为什么她听到……"

"不要胡说！"庄子秦问到一半的话又被廖文列厉声驳回，那四个字他咬紧牙关三年，从不敢在颜溪面前提起，"谁也不许再提三年前的往事。"

庄子秦与袁庆悻悻互相看了一眼，默契地闭上了嘴。

"我没事。"颜溪虚弱地回应，她的脑海里分明闪过无数血腥残忍的场景，但她定了定神，看到廖文列这样苛责身边的人，有些歉疚，选择了将这个场景抹去，"是霜寒露重，我受了凉，便开始有些头痛。大哥你这样紧张，错怪了旁人是不对的。"

"是我乱了方寸，向二位道歉了。"廖文列也缓下了语气，"刚才也是因为颜溪突然发病，我一时间有些心急。"

庄子秦看了一眼廖文列扶着颜溪的手臂，以及一脸关切的神情，心下有了些许不快的神色："既然没事就赶紧上路，别你侬我侬的了。"

颜溪和廖文列有些莫名其妙地互相看了一眼，也没多说什么，便继续上路了。

一行人快马加鞭到了客栈已是傍晚，庄子秦打量着眼前破败的客栈，有些不确定地发问："这个客栈，是不是比我们之前来时更破旧了？"

廖文列也有些哑然，没想到原来就已经摇摇欲坠的客栈还能够更加破旧，每一次到这里总会有些超出想象。袁庆看到这个堪比废墟的客栈也是惊讶不已，不知道想到了些什么，看起来有些悲伤："没想到他们竟然住在这种地方。"

那年他们虽说是人人唾骂的叛军，但响应号召的人并不在少数，军饷粮食充足。

庄子秦放弃似的叹了口气："我打赌他们住在这个地方的理由肯定和你想象的有些不一样。"

袁庆不明所以地望向客栈，只听到一阵令人牙酸的"吱呀"声，一根已经腐朽的木杆带着一床破旧的棉被重重地砸在众人面前，扬起一阵土灰，劈头盖脸地给了众人一个"意外之喜"。随后老板娘那令人难忘的声音从客栈里传了出来："这日子可怎么过啊，好不容易想打扫下屋子这是又怎么了？"

说着老板娘就全身包裹得严严实实地从客栈里走了出来，手里还拎着鸡毛掸子，似乎正在除灰的样子。袁庆透过厚厚的灰尘看见老板娘的样子，听到老板娘的声音后就呆愣在原地，任由扬灰落了自己一身。他没有想到当年叱咤沙场的女将魏甯君，竟然也会有打扫屋子的一天。

而老板娘见到袁庆，眼里竟也有察觉不到的泪光。她总是衣衫不整，头发也乱蓬蓬的，永远咋咋呼呼的样子，但是此刻她安静地站在那里，竟能看出是个美人坯子的模样。

庄子秦一边躲闪着灰尘一边不住地用袖子扇风："我说老板娘，你就不能好好修修这屋子吗？这客栈要是能住人才见鬼了。"

老板娘回过神一瞪眼，手里的鸡毛掸子舞得虎虎生风："原来是你啊，还是这么不会说话，怎么就不能住人了？我不就住在这里吗？"

"魏姐？"袁庆试探着问了一声，老板娘愣了一下："袁庆？小庆子你怎么来了？"

"小庆子……噗。"庄子秦听到袁庆的小名没忍住笑出了声，惹得其他两人也是忍俊不禁，让袁庆闹了一个大红脸。

老板娘倒是毫不在意，绕着袁庆转了几圈，还时不时地捏一捏他手臂上的肌肉："三年不见，长得真快，一眨眼就是个大孩子了。"见老板娘颇有要细细回忆当年的架势，袁庆急忙打断："我的事先不提，魏姐你三年前是怎么逃出来的？"

魏窅君飞快地给袁庆使了个眼色阻止他继续说下去，扫视了一圈其他几人，庄子秦见状解释道："老板娘，你不用防着我们，我们都已经知道事情的大概了。近来发生了不少和三年前有关的事，我们这次就是特地陪少门主前来了解事情始末的。"见袁庆也点点头，老板娘找来几张勉强能坐的椅子，用鸡毛掸子胡乱扫了扫灰，示意几人先坐："那么你们已经知道了多少？"

"郭大哥说当年父亲和人达成交易，用自己做代价换得了我们兄弟二人及其他一些人的性命。那些人为了保证我们的安全帮助大哥建立了昭云门。"袁庆道。

"他没有提起是谁和袁大人达成了协议？"老板娘低着头似乎在回忆当年的风雨，袁庆摇摇头："大哥不肯说，说这祥瑞客栈里有证据，非要我自己来找。"

"郭霍啊，郭霍。"老板娘猜到了郭霍的打算，心中感慨万千，"好吧，既然这样我就跟你们细细说来。三年前……"

三年前，蜀地，叛军营中。

"大人！不好了，之前打下外城其实是敌人的诱敌之计。大军已经尽数被困在外城之中，吴江冷现在只留部分人马看守外城，其余人轻装简行已经奔着后营杀过来了。"满身是伤的士兵冲进军营，报告完紧急情况就咽气了。

袁朗脸色阴沉道："我们还剩多少人马？"

魏菅君拱手禀告："大人，后营这里主管粮草输送，只余亲兵两百余人、辎重部队三千余人。对方此次倾巢而出恐怕绝不会少于万人。"

袁朗默然不语，大帐之中弥漫着不安的气氛，良久袁朗长叹一声，语气满是自责："没想到最后还是棋输一着，可惜我自以为能征善战，还想着为蜀地百姓挣一个出路，没想到事到如今反而拖累了父老乡亲们。"

"大人不要自责，皇上、太后没把我们当百姓，我们自然要起来讨个公道。现在自然也不能辜负他们的期待，大丈夫谁人无死，我辈自当舍生取义！"闻言帐中的武将们纷纷躁动起来。

"对，怕他作甚！"

"死也要搅他个天翻地覆！"

"杀到城下去，救出先锋军，咱给他们点厉害看看。"

这群被天下人的骂声定性为叛军的将士各个目光坚毅，视死如归。

袁朗心中顿时豪气万千一拍桌案："好，我们死也不能辱没了我们蜀兵的名声！传令下去若是有人要走我绝不追究，愿意留下陪我一道赴死的今天都给我好好休息，明天我们痛痛快快地闹他一场！"

众将大声称诺，吵闹中袁朗离开大帐望着营地中来来往往的士兵，虽然话说得气势汹汹，但是一想到这些充满活力与未来的年轻人就要在明天必死的战斗中牺牲，心中还是非常难受。但就算强行解散，他们也不一定能在事后的清算中逃得性命，自己这些老骨头也就罢了，这些年轻人白白死在这场毫无胜机的战斗中实在是可惜，要是有人能保下他们该有多好。

袁朗一边想着自己在朝中的故人，一边走向自己的营帐。没想到一进营帐他便见一个陌生的年轻男人坐在里面，宛如在自己的营地一般自顾自摆弄着桌上的棋局："袁将军，久仰久仰。请坐。"

袁朗冷笑一声，在男人对面坐下："如果我没记错这可是我的大营，你是何人？这么喧宾夺主就不怕我就地砍了你吗？"眼前这个看起来甚至有些文弱的男人却丝毫没有动摇，依旧不紧不慢地下着棋，"今日过后这大营就和袁大人你再无关系了，袁大人又何必如此在意注定要失去的东西呢？"

袁朗冷哼一声："明天一战胜负还未可知，你如此惑乱军心当真不怕死？"

年轻男子颇为遗憾地起身："既然袁大人如此有自信，那是我冒昧打扰了。本想着为蜀军留下点火种，看到大人这么有把握，那是我多心了。在下告退。"男子弯腰施礼便要转身离开。

"你这想来就来，想走就走倒是自由得很，可真是不把我蜀军放在眼里！"袁朗见对方视自己营防如无物不由得有些恼火，男子却依旧是让人不快的淡然态度。

"若还是几日之前的中军大营，我自然不敢小觑，但凭现在这群年轻人我还真没有放在眼里。明日一战，这群人也不过是白白送命罢了，但若是再让他们历练几年就不好下定论了。"

袁朗虽然不满，可来人所说的正是他心中所虑："你到底有什么打算？"

男子见袁朗终于不再抗拒，重新落座："袁大人你们常在前线出没，这一次怕是在劫难逃，但是现在后营中这些亲兵都是才从蜀地训练完毕的年轻人，我可以让他们离开战场，保全他们的性命。袁大人你是为蜀地百姓谋出路，如果你们全部死在此处，以后如果朝廷变本加厉，还有谁可以替蜀地百姓说话？留下这些年轻人多少是个火种，让朝廷有所忌惮，不敢胡作非为。"

这一番话正说在袁朗心上，他本就有这个打算，但苦于此番起义之后朝中故人纷纷与他断绝往来，避之唯恐不及，更别提愿意包庇叛军余党了："你们费尽心思这么做，对你们有什么好处？"

"好处自然有，但就不劳袁大人你费心了。留得青山在的道理你不是不懂，更何况……"男子俯身上前，声音里透着阵阵寒意，"你根本没有其他选择，不是吗？"

袁朗一直努力镇定的脸色终于变得惨白，声音颤抖着显得有些刺耳："你到底是谁？！"

男人脸上露出一丝讥笑："清风堂，沈寻萧。"

"什么？"廖文列失声惊呼，颜溪的脸色也变得惨白。只有庄子秦面色如常："呆子，有这么难以相信吗？你不是早就对他的身份有所怀疑了？"

一边的袁庆看到几人的表现有些疑惑："你们认识这个沈寻萧？"

廖文列一时不知该从何说起，回想起过去的一幕幕似乎沈寻萧的每一个动作都变得可疑起来。

他出现在昭云门打劫的蜀道，提出要与他们同行，还邀请他们入住沈府，这一路每一步，他似乎都紧紧跟随在自己身后。

廖文列猛地甩了甩头打断自己的想象，虽然相处时间不长，但以他的识人阅历来看沈寻萧不是这种阴冷狠毒之人："老板娘，你接着说下去，我不信这就是全部真相。"

魏啬君疑惑地看了廖文列一眼，显得有些犹豫，但还是继续说了下去："之后，袁大人便命令我乘夜带着亲兵们离开，大人自己带着后勤队与追兵厮杀。几日后传来消息，官军宣布我们这些亲兵全部'战死沙场'。不久后清风堂派人来接我们，并带我们到了蜀道，建立了昭云门，将你们这些后人也一起接了过去。我身为叛将，实在不适合抛头露面，郭霍便接下了门主的担子。"

袁庆听到郭霍这么早就背负这么多秘密，显得非常低落："他为什么什么都不和我商量？"

"很简单，因为事情这才只是开始，对吗？"庄子秦出声，魏啬君没有否认只是接着话头说了下去："没错，袁大人当时为了保下火种没有更好的选择。但是清风堂肯定不是来做善事的，他们在这三年不断派人'加入'昭云门办自己的事。郭霍这三年一直在替他们收尾，昭云门对他而言既是托身之所也是负担。"

"所以他才口头上一直催我回去继承昭云门，却一直没有行动，甚至不要求我待在门里。"袁庆这时才想通自己义兄种种矛盾行为的原因。

庄子秦听着还是觉得缺了些什么："郭霍说这边有证据，是这样吗？"

老板娘有些吃惊，没想到郭霍连这个都告诉了眼前这些外人："是的，没想到，事情已经到了这个地步。郭霍这些年一直对他们防了一手，清风堂对他下达指示的信件原本应该阅后即焚，但他都偷偷地将原件留了下来。你们在这里稍等。"说着老板娘便自顾自走到了后台。

几人面面相觑，袁庆最先沉不住气："廖文列，你们到底是何方神圣？"

"别紧张，我们没有恶意，只是想知道真相。"看到袁庆隐隐的敌意，廖文列赶紧出言宽慰，庄子秦则对袁庆的戒备不以为然："你也不想想，你哥要是没猜到我们是干什么的，会将这一切告诉我们吗？"

想到郭霍言语中有将自己交托给廖文列的意思，袁庆才重新放下戒备："你们都神神秘秘的什么也不说，你们是这样，大哥也是这样。为什么不告诉我呢？"

廖文列犹豫了一番，还是决定告诉袁庆一些事："袁庆，我们来蜀地就是为了调查盐荒一事，如果这件事是清风堂假借昭云门的名义所为，我一定会为你们正名。"

袁庆有些动容，庄子秦却很煞风景地插进话来："可是就怕昭云门被胁迫确实参与其中，看现在这事闹得沸沸扬扬，昭云门想要全身而退怕是难得很。"

"我们昭云门不可能参与其中！"袁庆立刻反驳，庄子秦冷笑着道："你敢说没有？"

回想起郭霍一直不愿意让自己调查贼人的情形，袁庆一时间无言以对。

就在众人僵持之时，老板娘拿着一个破旧的首饰盒回到了大堂，随后按动首饰盒四周的机关，随着一阵轻响盒子被打开了，里面放着厚厚一沓书信。几人都各自取了几份查看起来，里面写的都是三年来某人以清风堂的名义要求郭霍将人加入到昭云门中，以及要求郭霍在蜀地配合着寻找什么人。最后颜溪找到最新的几份书信，里面除了一如既往地要求加人以外，赫然写着要求郭霍袭击盐队，并威胁道如果不从就要将昭云门是叛军余党一事告知天下，让朝廷军队前来剿灭昭云门。

"岂有此理。"袁庆心头火起一掌拍断了一旁的桌子，庄子秦皱着眉头："你这吹胡子瞪眼的能有什么用，接下来你打算怎么办？"

"这事昭云门虽然参与其中但是只能算被迫胁从，有了缘由，这些我可以想想办法，让昭云门的人马罪行从宽。"廖文列宽慰袁庆。

但庄子秦还是觉得，如果仅仅是这些事情郭霍没有必要瞒着不说，特地让自己一行远到此处才能知真相，除非他打算调虎离山，干一些不能让他们这些人在场的事，或者说不能让袁庆在场。一个想法突然在她脑中浮现："不好，昭云门恐怕要出事！"

"什么！"袁庆一听顿时就急了，"昭云门怎么了？"

"清风堂既然刺杀郭霍失败，那么郭霍和清风堂的合作便到此为止。现在双方已经撕破脸皮，拔刀相向了，清风堂也没有必要继续替昭云门保守秘密了。"庄子秦此时也想通了其中的关键，"也就是说现在官军很可能已经知道昭云门是叛军之后了。这样即便你派了人马通知守军，说不定官兵也会率先到达，然后……屠杀！"

恐怕官兵此时已经在前往昭云门的路上了，毕竟现在在蜀地统领大军的可是那个男人，廖文列心中暗想。

袁庆听闻此言，二话不说就要出门，却被老板娘拦住："你打算做什么？"

"我要回昭云门去救人！"袁庆挣扎着想甩开老板娘，庄子秦冷笑一声："老板娘你就让他去吧，让我们见识下袁大高手在万军丛中杀个七进七出，救出昭云门上下所有人！"

袁庆回头眼中满是怒火地瞪了庄子秦一眼，庄子秦不为所动依旧保持着不屑的样子："你也不想想郭霍特意让你跟着我们离开昭云门是为了什么！"

廖文列此时猛然回想起临走时郭霍的嘱托，才明白他的真意，心中颇为感慨："原来他是为了这个。袁庆，你大哥做了这么多，就是为了能让你好好地活在阳光下。"

"什么？"

廖文列看着桌上厚厚的信件，这些都是郭霍为袁庆留下的立身之本："郭门主早就知道昭云门这个样子长久不了，一旦失去利用价值就会被毫不犹豫地抛弃。但你们背负着当年叛乱的罪名，只能受制于人。要想摆脱这个罪名只能将功赎罪。"廖文列抚摸着破旧的木盒，"这就是他为你备下的功劳，你将以揭发清风堂勾结昭云门的功臣身份活下去。"

袁庆默默地听着，眼中有了些泪光，哽咽道："我不要当这劳什子功臣，我只要门里的兄弟们平安无事。"

廖文列心中念头急转，一个想法逐渐浮出脑海："也许这事还有转机。"

几人齐刷刷将视线转了过来，庄子秦忍不住发问："你打算怎么办？"

"一个字：拖！"

待他说罢众人面面相觑，竟不约而同地领会到了廖文列的意思，立刻出发快马加鞭地向昭云门赶去。廖文列在心中暗暗祈祷着吴江冷能晚一些到，自己之前派往成都的人能尽快带着孙祥赶到。

二十五

昭云门外，等廖文列一行人赶到，只见官军的大营将山道堵得严严实实，还没等几人接近便有军士出来阻拦："前方军事重地，闲杂人等不得接近！"

廖文列亮出官印："我有军情要事告知太尉！"军士却依旧没有让路，将众人拦在营外，然后检查了一下官印，派了一个士兵回去请求指示。袁庆看见空中隐约飘出的黑烟，心中焦急，不住地在原地转圈。

不过一炷香的时间，在众人眼里却显得格外漫长，前去禀报的士兵终于回来，跟军士一番耳语后，军士抱拳行了一礼："对不住，吴大人不想见您。司农大人请回吧。"

廖文列心中一沉，吴江冷恐怕已经猜到了自己一行的来意，这一次他是打定主意要斩草除根才不见自己。一边的袁庆听到不见顿时急眼了："我们现在怎么办？"

廖文列使了个眼色，众人纷纷上马做出要走的样子，廖文列回了一礼："既然吴大人不愿意见我，那我也没别的办法，我们只能……"正说着他猛抽一鞭，"硬闯了！"

军士一时来不及反应，被廖文列一鞭拂开，退后几步，廖文列与一行人趁势闯了过去。

一路上士兵们似乎收到了命令，虽依旧试图阻拦，却无人放箭，一行人花了不少时间最后都安全冲到了大帐前。吴江冷早已带人在帐外全副武装等待着众人的到来："你果然还是闯进来了。"

廖文列下马毫不客气地顶了回去："你既然知道为什么还要拦着我？"

吴江冷扫视一圈，目光在庄子秦身上停留了片刻，最后落在廖文列身上："那么你明知不可能阻止我，为何还是要闯进来？"

　　"因为我受皇命调查盐荒一事，昭云门里有重要的证物。"

　　吴江冷嗤笑一声，不置可否地伸手将几人请到帐内："如果仅仅是为了盐荒一事而来，那你不用调查了，我来告诉你，盐荒就是昭云门发起的，我也是秉公执法。事到如今，你若是真想阻止我，还是用其他方法吧。"

　　"胡说！此事和昭云门无关！"袁庆忍不住插话，吴江冷注视他一会儿道："你就是昭云门少门主，叛将袁朗之后，袁庆？你敢到我的大营来倒是好胆色。"

　　廖文列上前一步挡在袁庆身前："盐荒一事背后另有主谋，而袁庆就是人证。"

　　"你让我相信一个叛将之子的话？"吴江冷对此嗤之以鼻，手下众将纷纷准备拔剑出鞘，廖文列寸步不让："要是我还有物证呢？"

　　"哦，那么幕后黑手是谁？"

　　廖文列犹豫了一下，最终还是没有说出沈寻萧的名字："清风堂。"

　　"那就有趣了，你猜我是从何得知是昭云门袭击盐队的？"吴江冷背过身端详着身后的地图，"正好也是清风堂派人告知。"

　　虽然早有预料，但是听到清风堂主动现身，直接通知吴江冷是清风堂袭击了盐队，还是让廖文列有些惊讶，莫不是他们已经放弃隐藏了？

　　"吴太尉，你也知道清风堂背后是谁，所以他们也从来没有退出过江湖，也不会退出江湖。而昭云门只是清风堂在江湖上的棋子罢了。"

　　吴江冷有些失望地低叹一声："廖司农，你还是这样较真。这件事你查出了真相又如何？你既然知道是谁在清风堂身后就应该停手了。况且我早已说过我对幕后黑手是谁、为什么发起盐荒毫无兴趣，我只需要知道干掉谁可以停止盐荒，这件事便结了。何况就算没有盐荒一事，光叛军之后这一条你就无法阻止我。三年前我被授命全权处理叛乱一事，现在是时候给这个推迟三年的任务画上句号了。"

　　廖文列听着吴江冷话里冰冷的杀意，心中一疼："大哥。"

　　一声大哥让吴江冷如老者一般的眸子里突然闪过一丝光亮，但很快又熄灭了。

　　"结义之初，你明明最见不得这些欺瞒的事，事事都要追究到底。究竟发生了什么，让你变成今天这个模样？"

　　吴江冷紧握双拳，脸上却不为所动的表情："因为当年我太年轻，看不懂这悠悠世道。"

　　"现在你就是最清楚明白的吗？"廖文列上前一步，与他平静的双眸对视，"也许现在的你，比曾经更糊涂。"

　　吴江冷不再与之纠缠，转身想号令手下，却被廖文列拦住。他看了一眼廖文列，眼中颇具厉色："你这是做什么？让开！"

　　"我与你比试一局棋，若是我输了，便将这叛军全权交由你处理，如何？"

　　廖文列的提议让吴江冷一愣，继而他哈哈大笑："且不说我并无必要与你赛上一局，即便我与你比了，你也该知胜算几何。"

　　"所以，这对你来说不过是一桩稳赢的交易，你没有拒绝的理由。而你若是不答应，恐怕我和我身后的这帮朋友，就要与你的军士较量较量了。"

　　吴江冷犹豫半晌道："山路迢迢，我不曾带棋盘。"

　　"我有。"身后的庄子秦突然道，边说着边从包裹里拿出一副棋，这棋子光泽上乘，堪称世间无双，吴江冷看着棋子许久，又看了看庄子秦，神色复杂："姑娘，这棋盘非一般人能得，不知你……"

　　"你管我哪里拿的，想下就下便是。"庄子秦不客气地打断他的话。

　　吴江冷微微一笑："文列，你身边多了一位机灵的姑娘，只是自古聪明反被聪明误。"

　　廖文列与吴江冷坐定，廖文列下子小心周旋，吴江冷一派云淡风轻，这棋局劣势明显，庄子秦瞧着廖文列摇摇头，他哪是吴江冷的对手。但廖文列仍竭力忧思，每一步缓慢谨慎，就像一个明知自己必死，却依旧从容的烈士。

一炷香后，胜负已定，且毫无悬念。

"我说过。"吴江冷嘴角勾起笑意，"你的胜算不大。"

廖文列亦笑了笑："你也说过，没有必赢的棋局，每一局，都是未知。"

就在此时外面传来报告声："报大人，知州孙祥带着差役闯进大营来了。"

吴江冷猛然转过身，看着廖文列一败涂地的残局，醒悟过来："你做这么多，故意与我下棋，只是为了拖延时间。"

廖文列不置可否，也不曾开口，孙祥已到，目的已成，他无须多辩解什么。

吴江冷深吸一口气："罢了罢了，横竖这边的事情已经处理完了。"吴江冷瞥了一眼袁庆，"至于你，我就算你检举有功，我会上奏皇上，不再追究你叛将之后的身份。来人！整理营地，我们走！"

吴江冷走出大帐没多久，孙祥便风风火火地冲了进来："文列，事情怎么样了？"

虽然吴江冷走得痛快，也没打算留下与孙祥的守军硬扛，但回想起他临走前那句"这边的事情已经处理完了"，廖文列心中却只有不祥的预感。

他对着孙祥摇了摇头："我也不知道昭云门里边的情况，吴江冷方才一直将我们拦住，只有进去了才知道。"

袁庆更是不等几人说完便率先离开大帐，先行往昭云门赶去。廖文列几人和孙祥带来的差役们会合后也一起向昭云门赶去。

一行人还未到昭云门内，便远远地闻到了空气中弥漫着的血腥气。从门口开始直到后院，一路上满是胡乱堆叠在一起的尸体。廖文列此时才醒悟到，刚才在大帐之中拖延时间的不只自己一个人。

"怪不得，我掏出棋盘，他说我聪明反被聪明误。"庄子秦喃喃，难以置信地看着眼前的尸堆，眼里竟有不易察觉的泪光，"他，何必，何必这样？"

"怪不得，他那句'你的胜算不大'还只算是谦辞，他永远比我先考虑一步。"廖文列亦喃喃。

"吴江冷跟你们周旋时，根本没有停止攻打昭云门。"孙祥看着这一地的尸体，脸色越发阴沉，挥手示意手下的人四散开各自探索，"快，都去看看还有没有人活着！"

等到廖文列来到书房，只看见袁庆抱着郭霍的身体呆坐在地上，如同失了魂一般眼神空洞。颜溪上前探了下郭霍的气息，最后只留下一声轻叹。

这个陪着他走过二十载的兄弟，以这样的方式离开了，殚精竭虑了三年，为他筹措好所有的路，然后从容地作别。

几人默默地陪着袁庆，廖文列几次欲开口，却并不知该说些什么。

不一会儿前去探索的差役们也回来了，报告着整个昭云门最后只活下区区数人，还个个身负重伤，但意外的是加上已死之人，总人数并不多。

"看来郭霍早就有所觉悟，已经将门里大部分人遣散。这也难怪昭云门破得如此之快，他早已心存死志了。"

怪不得他们走前，他叫住了袁庆，还是那样唠叨。那是他作为兄长最后的嘱咐。而袁庆，还极其不耐地打发了他。

"袁庆，人死不能复生，请节哀。"颜溪看不下去袁庆失魂落魄的样子，出言宽慰。

袁庆大梦初醒一般意识到自己的义兄已经永远离自己而去，发出了如同受伤野兽般的哀号。廖文列只得一掌击昏他，以避免袁庆一时急火攻心。

孙祥此时才有时间发问："文列，这里到底发生了什么？为何吴江冷会掺和进来？"

廖文列瘫坐在椅子上整理了一下思绪，将这几天调查到的事一一道了出来。孙祥听完整件事的来龙去脉，蹲在地上捂着头开始碎碎念："不应该啊？为什么会是清风堂？清风堂为什么要发动盐荒？"

看着廖文列和孙祥苦苦思索的样子，庄子秦忍不住发问："为何不可能是清风堂？说不定他们就靠贩私盐过日子呢？"

廖文列和孙祥相视苦笑，廖文列解释道："因为没有必要，而且他们身后的那位也不可能允许他们这么做。"

庄子秦皱眉："身后的那位？是谁？"

廖文列没有多解释，只是伸手指了指上方，庄子秦立刻明白过来，但随即又产生了新的疑问："清风堂是皇帝自己建立的吗？如果不是，那么如何确定清风堂一定和皇帝一条心？说不定清风堂自己有什么小心思，瞒着皇帝陛下做了这件事。"庄子秦话里隐隐带着些对当今皇上的嘲弄，但在场的人都各自思索着没人察觉。

"这个……"廖文列一时语塞，倒是孙祥踱着步子若有所思道："清风堂一向行事神秘，堂主更是从不见外人，但可以肯定不是皇帝本人。我们现在也只知道皇上对于清风堂非常信任，倚为臂膀，而清风堂对皇帝是否忠心倒还真未可知。"

庄子秦似乎被挑起了兴致："既然他们堂主从不露面，你们怎么知道不是皇帝自己闲着无聊建的清风堂？"

廖文列露出一个哭笑不得的表情："因为清风堂堂主确有其人，只是世人从来没有见过他的样子。"

答案简单得让庄子秦有些失望，撇撇嘴不再说话。孙祥继续分析："虽然现在种种证据都指向清风堂，可以说铁证如山，但是恐怕我们不查明清风堂做这些事的原因，皇上就一定会力保清风堂，最多不像以往那般倚重罢了。"

庄子秦颔首赞同："原来有皇帝撑腰，怪不得他们敢于将昭云门一事告知吴江冷，让他公然灭口。而昭云门一灭，关键的人证物证全部消失，就无法彻底扳倒清风堂。正如吴江冷所说，现在你们最明智的选择就是立即上报是三年前的叛军昭云门发动盐荒，而如今已经摆平铲除，然后不再插手此事。反正你们上报以后，且不说皇上不知道是清风堂，就算知道，也不会再允许你们继续查下去了。"

庄子秦的话说得在理，孙祥转向廖文列："文列，此事你就到此为止吧。现在昭云门已灭，盐荒一事也算是解决了，这些证据已经足够你回去交差了。"

"恭喜啊！"庄子秦一拍廖文列的肩，"早就听说你办完此事想要辞官回乡见你母亲。现在总算是熬出头了。"

廖文列看了看庄子秦，却并不答话，转身直直地盯着孙祥，一直盯到孙祥受不住移开视线，廖文列才发问："我回去了，你又打算怎么办？"

"我？我才懒得管这档子破事，反正现在盐荒已定，蜀地也安稳下来了，我又何必自找麻烦？"孙祥用一如既往懒洋洋的语调回答，手却不住地抠着手里的机关伞。

廖文列轻笑着摇头，自己的二哥还是老样子，从来撒不了谎："你要是真放得下，三年前就不会选择留在蜀地了。"

孙祥一愣，玩世不恭的脸庞上是肃穆的神情："文列，你与我不一样。"

他与自己不一样，每个人都是天上的纸鸢，手中的线却在不同的地方。

他的线在临安的老母手中，在巴蜀、京城，他都是游子。

而自己，吾心安处是故乡，蜀地，成了永远的牵挂。

廖文列何尝不知孙祥此刻心中所想，只是拍了拍他的肩："已经查到这个份上，我怎么可能将接下来最危难的调查留给你，自己全身而退？无论是谁，做出这种事，都必须为之付出代价！"

"再查下去，你我也会付出代价。"孙祥看着廖文列，严肃地一字一顿道。

廖文列笑笑，伸出手："同生共死这么多年，还怕这个？"

孙祥无奈地叹了一声，伸出手亦紧紧握住廖文列的手："你也还是老样子,那么,你打算从哪里查起?"

廖文列眯起眼睛,掩住眼中一闪而过的精光:"还有一个'朋友',我需要找他好好聊一聊。"

二十六

成都府,数日之前。

自从廖文列一行出城之后,沈寻萧已经在春芳楼盯了好几天。但这风流场本就鱼龙混杂,沈寻萧几日下来倒是查出不少鸡鸣狗盗的不法之徒,对于国舅和春芳楼的联系却毫无进展。

但越是如此沈寻萧越是觉得他们在这蜀地所图甚大,可惜手下好手在盐队一事中损失殆尽,新补充进来的虽然功夫不错,但是终究没有原来那些弟兄使起来顺手,这让毫无进展的沈寻萧越发焦躁。

直到几日前有人来报,孙祥带着人匆匆出城,他才发现春芳楼的破绽。得到孙祥出城的消息后,沈寻萧立刻带着人手暗中将春芳楼的角角落落都看住了。不多时,就出现一个小贩沿途叫卖着针线,被春芳楼的姐们从后门喊了进去,不到一炷香的工夫,便出来了。沈寻萧立刻安排人跟上去,随后春芳楼里便飞出一只鸽子。

沈寻萧一招手,白葡萄便飞出一镖,竟直接将数丈高的鸽子击落,随后硕大的身躯如同羽毛一般轻盈,几个纵跃就翻上墙头,在鸽子落入人群之前将其接住。街道上的人只觉得天空一暗,抬头却什么也没有看见。

沈寻萧接过鸽子,搜索了一番,果然从鸽子的翅膀下找到暗藏的信件。信件是用明文写的,看来事态紧急他们连使用暗号的时间都来不及,不过这倒是方便了沈寻萧。

只见信上写着：蜀地发现三年前叛军余党，号称昭云门，"残子"若是真在三年前躲过灭门一事，很有可能躲在昭云门中。属下立刻想法前去探查，请大人近日在朝堂之上多加注意。

沈寻萧看完信，心中疑惑并未消减。三年前蜀地叛乱将太后一党势力一扫而空，国舅费尽心力，重新在蜀地安排下人手，却只是为了找这所谓的"残子"，一个三年前逃得性命的人？

沈寻萧吩咐手下继续盯着春芳楼，带着白葡萄回到沈府。他到沈府不久，就有人押着小贩进来了。这小贩一身粗布衣衫，样貌平平，身子甚至有些佝偻，一双小眼眯着，像是有些畏光。

沈寻萧盯着小贩微笑着不说话，小贩露出了一个讨好的笑容："大……大人，不知道小的哪里得罪大人了？"

"没什么得罪的，就是有些事想请教你。'残子'是谁？"

小贩眼神闪烁了一下，便露出一副懵懂的样子："'残子'？小的不会下棋啊，大人要是有兴致小的倒是认识几个会下棋的，他们说不定会知道。"

沈寻萧露出遗憾的表情："万梁令，万坛主，恐怕得劳烦万兄跟我们走一趟了。"

说完他背过身去不再看小贩，拂了拂手："明日，将他知道的全部挖出来，手段你们看着办。"

手下应诺一声，将跪在地上小贩打扮的万梁令拖了出去，万梁令膝盖上的粗布直接被磨破一层，眼中这才露出几分恐惧，凄厉地喊着"我什么都不知道啊"，话音未落，已被拖出老远。

声音渐渐远去，房间里只留下白葡萄和沈寻萧二人。

"白葡萄，你说'残子'会是她吗？"沈寻萧发问，却并没有看向白葡萄，这一问，倒不如说更像在问自己。

三年前，躲过灭门一事。

三年前灭门的最大案宗，不就是每每令他噩梦连连的妙手山庄？

白葡萄擦拭着手中的刀，开了口："如果她真的还活着，你打算怎么办?"

　　沈寻萧哑然,这个疑问从他在蜀道上遇见颜溪那一刻起就纠缠着他。蜀道上,颜溪说不认识自己时,那眼神毫不作假。究竟她确实只是一个不相关的过客,还是前尘往事太过痛苦,她选择了忘却?

　　毕竟三年前,妙手山庄那场灭门惨案,无论有怎样的隐情,在天下人看来都是自己所在的清风堂下的手,而这么多天下人里,也包括她吧。这么多年,他都没有机会亲口告诉她,清风堂从未对妙手山庄下手,一切不过是太后的栽赃嫁祸。

　　如果她还活在这个世上,在她眼里自己怕是她的杀父仇人吧。不过自己这条命本就是她给的,她若是想要,拿去又有何妨?

　　白葡萄看穿了沈寻萧的想法一般:"少爷,小姐让我看着你,你不能死。"

　　沈寻萧沉默了片刻突然大笑:"是啊,我还不能死。太后都还活着,我又怎么能先死呢?"

　　沈寻萧回头看着一路跟随自己的白葡萄,眼中阴霾渐渐散去,笑着道:"去告诉厨房,晚上给你加两个鸡腿。"

　　白葡萄脸上顿时露出单纯的笑容来,硕大的身子眨眼间就消失不见。

　　沈府的暗牢里,弥漫着一丝血腥气息。审问比预想中困难一些,那万梁令看似求饶,嘴却严实得不行,任凭各种刑法,不曾透露任何蛛丝马迹。

　　春芳楼那边,也觉察到自己已经被人盯上,第二天楼中的不少人就换了新面孔,一直盯着春芳楼的人却没有觉察到这些人的出入。

　　幸而当日沈寻萧当机立断抓住了一个"舌头",将他捆绑回了沈府暗室进行拷打。新来的俘虏心理防线并不如旧人坚强,没怎么用刑便一五一十地交代了。

　　"大人饶命,小的必定知无不言言无不尽,这春芳楼里其实藏有暗道。"

一得知这一消息，沈寻萧立刻派人去堵截暗道，但该撤离的人马早就不见影踪，这番行动为时已晚。

沈寻萧也不恼，亲自来到暗室，见手下用这样残酷的刑法，屏退了他们。

春芳楼背靠国舅，行事却异常低调，能被国舅任命为探子的坛主，若是在区区刑法下便招供了，这样得来的情报才值得怀疑。沈寻萧成日里也不再做别的事，即便是三餐也在暗室里吃，日日与万梁令为伴，待太阳落山，才走出这暗室。

第一日他说："我已将你的妻儿安顿在郊外江边的竹屋，吃穿用度皆上乘，也有人护着，你不用担心。"他晃着手里那个已经泛旧的拨浪鼓，叹道："难为你为春芳楼打听这样多的情报，儿子却连个新玩具也买不起。"

第二日他拿走了万梁令身上的信牌，耳语着差人去办了些事，待来人交付办妥，他才说："挂着你的信牌的'浮尸'出现在湖上，春芳楼的人已'知道'你酗酒横死。从此你对他们来说，便是个死人了。"

第三日他什么也没做，陪着万梁令在暗无天日的地牢里坐了一天，临走前，他走到窄小的窗前，那窗边斜射进微弱的光线，他只轻声说了句："咱们又辜负了一个好天气，你真的不想见见外头的暖阳吗？"

万梁令抬头，额间的血与汗交杂在一起滴落到眼里，结成痂，眼前一片模糊。沈寻萧示意下人替他擦去血污，那一刻万梁令重新见到了窗外的夕阳，顿时流下了混浊的泪。

从前，他有眼疾，畏光畏风，总避在阴暗处。但这一刻，他无比渴望外头的和风旭阳，再也不想在这样滴水阴暗的牢笼里与鼠蚁为伴。

"你曾是蜀地情报的一把好手，这么多年，因妻儿被国舅掣肘，就没想着有朝一日摆脱他？这么多年，你何曾敢抬头瞧这朗朗乾坤？"

沈寻萧言毕，暗室里一片死寂，只听得滴答滴答的落水声，片刻后，万梁令喃喃一声："想问什么，便说吧。"

沈寻萧沉默了一会儿，开始询问道："春芳楼是不是三年前蜀地叛乱之后建立的？国舅想以此掩人耳目，追踪在妙手山庄灭门案的幸存者？"

万梁令摇了摇头，答案着实令沈寻萧惊讶："春芳楼并不是三年前蜀地叛乱之后才进入成都的，而是更早之前就已经在了。"

"更早？"沈寻萧眯眼，"说清楚些。"

万梁令继续艰难地喘着气："我跟了春芳楼十年，它在皇上刚登基时就已经埋了下来。"

"也就是说他们已经在这里经营了十年。"这个回答出乎沈寻萧意料，他边思量着边吩咐人将万梁令从刑架上接下来，给予上座。

"是的，而且这十年，春芳楼只做了一件事：找人。行事异常低调，从不招惹找人之外的别的事，也因此春芳楼得以在三年前蜀地的生灵涂炭中幸存下来。"在座位上的万梁令虽依旧淌血，但说话已经没有那么艰难。他尝到了开口的甜头。

"那么你可知道，他们在找的是什么人？"

下人递上了热腾腾的清水毛巾，小心地替万梁令擦拭血汗，万梁令边受用着边继续道："从春芳楼建立那一刻起，他们便一直在寻找一个告老还乡的御医——他们称之为'闲手'，并且生死勿论。但是那个'闲手'如同人间蒸发一样毫无踪迹，直到三年前蜀地叛乱，春芳楼才借着袁朗叛乱搅起的浑水发现了一丝痕迹。"

"也就是那个御医被查到了？他去哪里了？"沈寻萧吞咽了一下，神色显得有些紧张，拳头都不由自主地握紧了几分。

万梁令犹豫了一下，终究说出了口："在……在妙手山庄。"

"什么？"沈寻萧一拍椅子，先前的温和一扫而空，声色俱厉道，"你可确定？"

万梁令点点头："确认无误。"

"难道是他？"沈寻萧回想起自己小时被寄养在妙手山庄时，那个常常来看自己的老御医。

那个慈眉善目的老人又是哪里得罪了太后,让他们足足找了七年,且在三年前,将与之相关的山庄也赶尽杀绝?

见沈寻萧不说话,万梁令继续汇报:"发现御医在妙手山庄后,春芳楼便派人前去探察,结果……"

"结果发现他早就死了是吧?"沈寻萧打断他道,当年魏家灭门之后,自己离开妙手山庄,为保性命改名换姓进入清风堂,不久后就得到消息,老御医已经郁郁而终。

"大人英明。"小心翼翼地捧了下沈寻萧,万梁令继续讲了下去,"太后一派得知消息以后,为了以防万一便将妙手山庄灭门。"

沈寻萧紧紧握住椅子扶手,手上青筋毕露才勉强控制住自己的情绪。三年前蜀地借由父亲的名号叛乱,妙手山庄又在同一时间被灭门。他一直以为是因为蜀地叛军,导致太后迁怒与父亲交好的妙手山庄,原来妙手山庄被灭,是另有隐情。

万梁令明显察觉到了沈寻萧异样的神情,心一横索性一口气全说了:"妙手山庄被灭门之后,国舅多次要求春芳楼清点人数,却发现少了庄主之女楚何昔的尸身。为了查清楚她的死活,春芳楼便一直留在蜀地,但是三年来没有任何消息。直到前段时间,国舅突然要求春芳楼设法联系上昭云门,随后盐荒爆发。起初我们也并不清楚这昭云门到底是何方神圣,直到前几日孙祥大人出城,我们才得到消息,昭云门是当年叛军之后。"

沈寻萧获知了这巨大的信息量,一直隐忍着自己的情绪。直到万梁令说出未曾找到楚何昔的尸身,那一刻,沈寻萧只觉经脉倒流,浑身沸腾一般。

"你,你说什么?"他说话突然有些不利索,"你说,未曾找到何昔的尸身……当年,当年太后不是说,清点无误吗?"

"那是太后不愿声张,才对外发布的消息,不然这么多年,咱们也不用偷偷找寻,大可通缉。"

沈寻萧努力让自己冷静,压下得知楚何昔可能尚在人世的喜悦,又将这一切梳理了一遍，才觉察到另一个重大的信息："你是说盐荒是在国舅联系昭云门之后才发生的？"

"是。"

沈寻萧站起身来来回走着，这个消息让他看到了复仇的机会："我没有记错的话，太后一派的财力，买卖私盐占了不小份额。"

白葡萄猜到了沈寻萧的打算，却觉得不妥只得小声提醒："少爷，可是我们没有实据，直接下结论不太好吧？"

沈寻萧冷笑一声："实据？太后他们办事什么时候讲过实据？既然他们不守规矩我们又何必客气，何况现在皇上正苦于处处被太后掣肘，此事一出正是时候。"

白葡萄闻言只好称是，沈寻萧又吩咐几句，手下安排妥当后，便让他们送密函，这一下盐荒一事算是了结了。

以自家姐姐和皇帝的手段，若知道盐荒是昭云门勾结国舅而起，太后那边怕是不会太好过，自己就不必再操心。倒是这个"残子"，让沈寻萧放心不下。

国舅他们如此执着地要找到楚何昔到底是为了什么？

想起颜溪那张与楚何昔一模一样的脸，以及一样精通医术，加之这个消息，沈寻萧已经能确定颜溪就是楚何昔。但是她为何完全认不出自己，又为何会跟在廖文列身边？

廖文列为何要刻意隐瞒她的身世？

疑问一个接一个浮现在沈寻萧的脑海里，现在只有等廖文列一行回来才能查个清楚。想到这里，沈寻萧不由得想起庄子秦，那个当初特意提起要带走颜溪的人。他深吸一口气闭上眼，但愿一切只是自己多疑。

二十七

城门外的庄子秦莫名地感觉到一阵恶寒,不禁打了个哆嗦。

"现在眼见着快要入秋了,多注意些身体,少喝些酒。"看见庄子秦似乎受凉的样子,廖文列一边解下披风给她披上,一边不住念叨着。

庄子秦脸上浮起一缕红晕:"话多,现在都到成都了。你想好怎么套沈寻萧的话了没?他那人看似纨绔子弟,鬼肠子多得很,恐怕比你我想象中都复杂。"

"说实在的,我有些无法想象,寻萧他是清风堂的人,还亲手发起了盐荒。"想起盐队被劫时,沈寻萧眼里隐藏的怒火,廖文列还是有些难以相信世上有人能有如此演技。

庄子秦一摊手:"我也觉得那个家伙不会有这样的胆子,可现在人证物证俱在,可以说是铁证如山。除非这一切都是有人布局设计,但除了当今圣上恐怕没有人能布下这么大的局吧,皇上也没必要布局陷害自己的左膀右臂吧?"

廖文列也知道庄子秦说得都在理,自己与沈寻萧也相交不深,只是心中直觉对方不可能做出这样的事。现在回来又要想办法查沈寻萧的底,廖文列一时间投鼠忌器,也不知道该从何查起。

庄子秦见廖文列皱眉的样子就知道他有些束手无策:"其实有一点我一直很在意。"

"哦,你说说看?"廖文列有了些兴致,庄子秦托着下巴露出了疑惑的神情。"不过我说之前,你得告诉我,颜溪姑娘到底是什么身份?"

庄子秦没看到廖文列那不自然的表情一般自顾自地说了下去,"现在盐荒一事与三年前蜀地叛乱有着千丝万缕的联系,颜溪又是在三年前失去记忆被带出蜀地的。而且我们都能看出来沈寻萧对颜溪殷勤得过分，现在知道了他是清风堂的人，就总觉得他对颜溪的过去倍感兴趣，怕不是纯粹喜欢美女这般单纯。"

庄子秦回身直视廖文列的双眼："所以，我才要你告诉我，颜溪到底是谁。恐怕她的身份不是那么简单吧？"

廖文列挣扎了许久还是迎上了庄子秦的目光："其实我也不清楚颜溪的过去，只知道那些事恐怕会给她带来危险，所以抱歉，我不能告诉你她从前的事。"

庄子秦知道，要从廖文列口中探听别人的往事本就并非易事，何况她要打听的是颜溪："你不想说我也不勉强，其实只要沈寻萧对颜溪的过去感兴趣，我们就有办法让他自己说出三年前的事。"

"你要用颜溪做诱饵？"廖文列刚想拒绝，就被庄子秦打断："你难道不想知道三年前的真相？再说，虽然颜溪自己不说，你就真的没有察觉到其实颜溪从没有放下过当年的事？她比谁都想知道曾经的事，你这样真的是在保护她吗？也许一切只是你的自以为是。"

廖文列顿时哑口无言。想起颜溪常常发作的头痛，想起她时常问自己过去的事，而他每每都选择搪塞，他知道，自己瞒不了颜溪一辈子，最终只能叹一口气："你可以行动，但，绝对不能伤害到她。"

看到廖文列如此护着颜溪，庄子秦心里莫名有些烦躁："我不会让你家颜溪受一点点伤，行了吧？其实她跟你也并无血缘关系，你们这男当婚女当嫁的，你把她收房得了。"

廖文列不知道自己哪里得罪庄子秦了，让她突然间话语中又开始夹枪带棍："若想解气，说我便是，扯上颜溪做什么？"

庄子秦深吸口气，不再搭理他，快步朝前走去。

说着话，一行人已经到了沈府。沈府管事立刻迎了出来："诸位此番出行辛苦了，我家少爷已经等候几位多时。这边请。"

廖文列领首，一行人进了门，管事不经意般往街道上一瞥，对门一个卖泥人的小贩微不可察地摇摇头，管事这才放心地跟着几人走进沈府。沈寻萧交代过，颜溪之前出入成都一直未被察觉是因为大部分时候待在府上，此次出行半月之久，被盯梢上的风险极大，所以特意在府外留了眼线。

廖文列一行刚放下行李，沈寻萧就带着白葡萄前来拜访："总算是把你们盼回来了。这一路，收获如何？"

"沈大公子可真是着急，咱们前脚刚放下行李，你这后脚就跟过来了。"庄子秦冷哼一声，与廖文列对视了一眼。二人心下都默契地觉得沈寻萧心急便容易露出马脚。

"行了，上好的女儿红，还不够堵你的嘴？"沈寻萧将一个酒壶朝庄子秦抛去，却被廖文列接下了。

廖文列将酒壶放在桌上："寻萧，卖我个面子，以后除了我，谁也别给他酒了。"

沈寻萧与庄子秦双双一愣。庄子秦首先开口质疑道："你这是卸磨杀驴，案子查得差不多了，就开始这样对我。"

"你说是便是吧。"廖文列并未多理睬她，只是再次向沈寻萧询问道："可以吗，寻萧？"

沈寻萧忍笑点头："既然廖大哥开口，那我有什么拒绝的理由，答应便是。"庄子秦正要开口，沈寻萧拦住她，"行了，这白吃白住的，我也没跟你计较。这事儿就这么办了，言多必失。"

这隐含威胁的意味让庄子秦将原本打算咒骂的话生生吞了回去，她转而看向颜溪，颜溪只是无奈地扬了扬眉毛，一副爱莫能助的样子。

沈寻萧瞧着颜溪，神色复杂道："颜姑娘，蜀道险阻，你这一路辛苦了。"

颜溪依旧是看似有礼，实则与他疏离地答道："大哥和子秦在前头筹措才是最辛苦的，我这算得了什么。"

沈寻萧还是看着她，这次他的目光大胆张扬，毫不顾忌旁人，看得颜溪有些不自在，急急忙忙找了个借口："几位在这里慢慢聊，我先回房了。"说罢她转身出门，沈寻萧也不曾追去，只是回过神与廖文列谈话。

"你们有没有查到，到底是谁在港口上袭击了我的手下？"沈寻萧恢复了严肃的神色，再次将问题抛出。

廖文列犹豫了一下，便将早已准备好的说辞拿了出来："袭击盐队的就是昭云门，可惜等我到时昭云门已经被吴江冷剿灭，没能找到多少线索。"

沈寻萧点点头："果然是昭云门，不过昭云门怕还不是最终的指使者。策划这场惨案的，恐怕另有其人。"

沈寻萧此话一出，廖文列有些惊讶，他没有想到沈寻萧会主动提出有人指使，但他继续选择不动声色地试探："那看来，你这几日在成都府里收获颇丰？"

沈寻萧不置可否，只是反问道："廖大哥，是否还记得那家春芳楼？"

庄子秦轻蔑地嗤笑了一声："不愧是风流公子，还是对这种风流场念念不忘。"

沈寻萧倒是习惯了庄子秦的调笑："自古英雄爱美人，漂亮姑娘自然要欣赏。不过这一次和姑娘无关，上次廖大哥告知春芳楼可能和京城里的几位有联系后，我便差人盯着春芳楼，看看有没有什么破绽。结果功夫不负有心人，前几日终于被我找到一些线索。"

"哦？快说说。"庄子秦一副兴致盎然的样子，开始催促沈寻萧。

沈寻萧回头示意白葡萄去拿那封密信："前几日知州孙大人不知道因为何事，带着人匆匆离城。当天我们就从春芳楼截获了这封密信。"

说完他便静静地等待廖文列等人将密信看完。

庄子秦靠在廖文列身后一起看完了密信，小声地问道："这个密信是真的吗？"

廖文列又细细地看了一遍，神色有了变化，猜到了这密信上说的"残子"是谁："不好说，七成。"

片刻后，廖文列抬头询问："这密信中提到的'残子'，你知道是谁吗?"

沈寻萧带着遗憾的神情连连摇头:"可惜了,我也只截到这封信,其他的一无所知。不过,可以看出,盐荒一事,昭云门只是一个棋子。说到底昭云门又不贩私盐,冒着被官军围剿的危险参与到此事中,肯定另有人配合甚至指使。"

廖文列故作不解的样子:"那你觉得是谁在暗中谋划?"

沈寻萧沉吟着道:"这我不敢肯定,不过就现在看来,春芳楼背后的国舅很有可能参与其中。且不论国舅在这蜀地找的这个'残子'是谁,现在这世上最大的私盐买卖就在谢氏家族。"

谢氏家族,太后谢子乔的母家,出了无数忠烈名将,终成了让人可望不可即的望族。当年与之抗衡的也只有魏氏家族,可十年前,被太后铲除得一干二净。

说完沈寻萧停顿了一下,话头一转:"你在昭云门里,就没有发现些什么线索?"

"线索倒是有一些。"廖文列显出几分犹豫,"如你所说,昭云门背后确实有人指使。但是我们调查的结果和你的不太一样。"

沈寻萧有些意外:"你们查到了什么?"

廖文列看着沈寻萧,淡淡地吐出一句:"我们查到了这场盐荒的主使者是——清、风、堂。"

听到"清风堂"三个字,沈寻萧心中一惊,脱口而出道:"这不可能!"

看到廖文列惊讶的神情,沈寻萧立刻意识到了自己的失态,摇晃着手里的扇子强自压下心里的震惊,面上露出几分疑惑的样子:"当年名震天下的清风堂不是在三年前就已经解散了?怎么可能到这蜀地来?这决计不可能。"

廖文列看似平静,实则将沈寻萧的动作神态都暗记于心,面上却是一副无奈的样子:"这些我就不是很清楚了,不过以当年清风堂的威势,虽然因为灭门妙手山庄一事而受到武林各派的追杀,但要说彻底解散，还不至于。我猜测应该只是暂时蛰伏。关键在于清风堂已经退出江湖三年了，此番复出到底是为了什么？"

听到妙手山庄的名号，沈寻萧有些黯然，虽然有所掩饰但还是被廖文列察觉到了。沈寻萧思索了一阵，小心措辞道："看来我们两边一定有人拿到了假情报。"

庄子秦一挑眉，手指轻叩桌面："何以见得？为什么不可能是国舅和清风堂合伙呢？"

沈寻萧摇着手中的扇子，站起身来来回回地走着："因为他们有仇。清风堂背后站着当今皇上，国舅则是太后最大的倚靠。现在朝堂上皇上和太后相互掣肘，关系一日比一日差，他们各自手下最信任的人又怎么会一起做事？"

庄子秦脸上揶揄的神情渐浓："你说得倒是有几分道理，不过你身为一个商人，对朝堂上的事清楚得很啊。"

沈寻萧苦笑着自嘲，巧妙跳过庄子秦挖的坑："当然得注意着。现在时局动荡，我们这些做生意的要是没点消息来源，万一朝中有什么变动，那可就是灭顶之灾。"这话说得诚恳，庄子秦也不深究，哼了一声便不再说话。

几人心里各自转着各自的心事，最后廖文列打破了沉默："寻萧，那你觉得哪边是真，哪边是假？"

沈寻萧心里虽认定是国舅故意陷害清风堂，却也不能直说，而且这件事的背后关系到他最在意的妙手山庄一案："真假我不知道，不过国舅也好，昭云门也好，都与三年前蜀地叛乱一事息息相关，三年前蜀地一定埋藏了什么惊天之谜，幕后之人才会冒着如此大的风险行事。"

"那你的意思是？"廖文列隐约猜到了沈寻萧的想法，沈寻萧"啪"地合上扇子，回身对着几人道："那么我们在他们之前找出这个秘密就行了，我们也来找这个'残子'。"

廖文列与庄子秦慢慢踱步回了西厢，院外桐影森森，颜溪早早给他们备好了茶，见他们过来，斟上了两杯："都聊些什么？"

廖文列将和沈寻萧的对话对颜溪说了一遍，颜溪看起来有些不安："你们觉得沈寻萧说的这些可信吗？"

庄子秦不屑地说道："不敢说有多可信，不过他的话倒也不全是假的。"廖文列喝一口茶，不住地按压着自己的太阳穴，"你看出了些什么？"

庄子秦正色，对两人细细分析道："首先，他应该还不知道郭霍偷偷留下了书信铁证，现在怕还以为自己已经成功灭口了。其次，国舅在蜀地寻找'残子'这一事应该是真的，不过想要找到'残子'的恐怕不只有国舅，清风堂也想要找到这个人。最后，之前一直想不通清风堂的动机，现在我也猜到一二了。"

颜溪困惑地看着庄子秦，庄子秦也喝了一口茶缓缓，但随即苦着脸将茶杯推到了一边："清风堂恐怕想要嫁祸国舅。"

颜溪瞪大了眼睛，难以置信地问道："嫁祸国舅？为什么？"

"他自己说得很清楚了，皇帝与太后相互掣肘，身为皇上最得意的手下，自然要'为君分忧'，想办法斩去太后的臂膀喽。"

颜溪还是有些将信将疑："他们闹得整个蜀地民不聊生，只是为了那一点朝堂之争？"

庄子秦似乎被颜溪这一句话触动了心事，趴在桌子上带着几分无奈几分讥讽道："是啊，对于那些大人物，朝堂之争才是正道，百姓的死活哪有手中权力重要。"

廖文列忍不住申辩了两句："也不是所有人都这样，起码当今圣上心中还是有天下百姓的。"

庄子秦低头掩住眼中的怒火："要是他真的心有百姓又为何会连年征战？又为何会允许吴江冷屠尽叛军？而且，你猜如果将清风堂主使盐荒一事呈报上去，皇帝陛下又会是何反应？"

廖文列哑口无言，他很清楚皇上对清风堂的态度，不会喜欢自己调查出来的真相。

庄子秦看出了廖文列的动摇，探问道："所以即便如此你还是想要继续调查？即便最后的真相会让你受损？"

廖文列摇了摇头，望向窗外漆黑的夜空："当然要查，无论结果如何，我要让幕后的人知道，有些事是不能拿来当作棋子的。"

有些事，是不能拿来当作棋子的。

庄子秦垂下眼帘，默然不语。

二十八

颜溪看着气氛凝重起来，赶紧转移话题："那既然如此，我们该想想应该从何查起。毕竟现在我们和清风堂各执一词，我们的种种证据都指向了清风堂，而清风堂呈上的情报定是弹劾国舅的。如此一来，恐怕朝堂之上会因此天翻地覆，真相如何反倒没人注意了。如果要查，就必须找到无可争议的证据才行。"

庄子秦兴致缺缺："虽然我觉得无论找到什么证据，皇上都会否定，但是既然你们打算继续调查那我也不便多说什么了。就现在而言，既然国舅和清风堂都打算找到'残子'，甚至都不惜发起盐荒，搅乱蜀地的局势也要找到这个人，那么我们现在抢先找到这人就行。从沈寻萧给的飞鸽传书来看，'残子'是三年前某场灭门案的幸存者。你们有什么线索吗？"

颜溪和廖文列对视一眼，看着颜溪想要说些什么的样子，廖文列轻轻摇着头。关于三年前的秘密，他有心隐藏，却终究无能为力。既然所有的真相都要扑过来，那自己不如主动出声："三年前，蜀地灭门案恐怕就是妙手山庄的事了。这件事当年在江湖上也掀起了轩然大波，妙手山庄在江湖上名声一直很好，不少江湖大派与之有救命的交情。

然而三年前清风堂以勾结叛军为名突袭妙手山庄，妙手山庄上下无一人幸存。江湖震动，各大派纷纷下令追杀与清风堂有关的人士，以致清风堂退出江湖。不过现在看来妙手山庄依旧有人活了下来。"

庄子秦看了一眼颜溪，颜溪此刻目光呆滞，像是神游一般，庄子秦移回视线，托着下巴，思考了片刻道："算了，我就不想是谁活下来了。沈寻萧将这个消息告诉我们，自然是想借我们之手替他找到那个活下来的'残子'。既然他想借我们的力量，我们为何不好好利用下他呢？既然当年是清风堂灭了妙手山庄，那他一定对当年的事情知之甚详。"

廖文列此时却想起了另一个人：吴江冷。

当年就是他的一封密信请求自己前去妙手山庄一探究竟，去看看那里是否有人幸存，结果自己还是晚了一步，只救下失去记忆的颜溪。当时的吴江冷已有嗜杀之意，对叛军毫不留情。妙手山庄以勾结叛军为名被治罪，廖文列怕颜溪活下来的消息被吴江冷知道会惨遭不测，于是他生平第一次骗这个结义大哥，说妙手山庄无一人幸存。

他以为吴江冷得知这个消息心绪会平稳些，没想到对方却变本加厉，真正变成了屠杀的修罗。他不知这两件事是否有必然的联系，但此刻，这件事确实浮上心头，挥之不去。

提及妙手山庄，颜溪的头又有些痛了，她便早早告退回房休息。庄子秦看着她的背影，叹息一声："如果你接着查下去，她迟早会知道的。"

廖文列蓦然一震："你这话什么意思？"

庄子秦瞧了廖文列一眼，脸上满是轻蔑的神情："我看出来了，她和当年的妙手山庄关系甚大，甚至可以说是关键人物。你一身磊落，为何不将真相告知她？"

"告诉她山庄一百零八人被屠杀殆尽，告诉她父兄英明一世，临了还被诬陷与叛军同流合污吗？"廖文列反问庄子秦，"我救她出来时，她一身是血，分不清是她自己的还是亲人的。换作是你，你会告诉她真相吗?"

庄子秦愣在原地,只觉这个夜晚冷意四起:"你不告诉她,但真相迟早有一天会查到。"

"这种时刻,请你允许我做个逃避的人。"廖文列低头,"能晚一天告诉她,就晚一天。我实在没有勇气……"

"好。"庄子秦难得柔声道,"颜溪的快乐来之不易,咱们,就保全这份偷来的时光吧。"

清早微风颤颤,吹得院落里的桃花抖动。

廖文列在院中练剑,剑势大开大合却又不急不躁,剑法中竟没有任何一个多余的动作。演练完毕,身后传来了掌声:"果然好剑法,不知道廖大哥师从何处?"沈寻萧不知何时在一旁静静地观看廖文列练剑,直到此时才出声。

廖文列收剑,略微平缓了一下有些紊乱的气息,笑着回复:"一点家传的剑法,跟着剑谱练的,全是厮杀的路数,粗野得很,让你见笑了。"

沈寻萧却不这么认为:"廖大哥实在是过谦了,你这剑法虽然并无什么独特之处,却也毫不花哨,招招都是杀招,就连防御走的也是以伤换命的路子。倒是让我想起军中的战法,但似乎又有所不同。"

廖文列没想到沈寻萧看起来不善武艺的样子,眼光倒是毒辣得很:"是啊,家父就是军人,多年战场厮杀也算有所得,便将军中的剑法写了谱子,用以防身传世。"

回想刚才看到的剑法,沈寻萧抬头有些敬佩地说道:"军中功夫早有定规,多年来多少高手都未能改动分毫。伯父不但进行改进,甚至可以说已经独成一派了,想来伯父一定是位了不起的人物吧?"

听到沈寻萧的赞赏廖文列却并不高兴,眼中还闪过一丝阴霾:"让你失望了,我父亲就是一个普通的老兵,早就默默无闻地战死疆场了。"

沈寻萧以为自己让廖文列回忆起亡父，有所触动，赶紧低声道了个歉。廖文列也不在这个话题上过多纠缠，将话题转到了昨天的商谈上："现在昭云门已灭，你手下的大仇得报，此事又涉及朝廷党争，你为何还要往里面掺和呢？"

沈寻萧叹气，不甘地说道："昭云门已灭，但是幕后推手依旧逍遥法外。我想用真相来祭奠我死去的兄弟。"

"就算这个真相会给你带来无尽的麻烦，甚至会让天下陷入动荡？"

沈寻萧有些不解地看着廖文列，意识到廖文列这个问题发自真心后，也正色道："就算遇上再多阻挠我也要找出真相，只有半吊子的结果才会引起纷争，只有真相能平息争议。"

廖文列没有从沈寻萧的眼神中看出一丝虚伪，心中不禁有些动摇：是自己的观察力下降了，还是沈寻萧演技太好，又或者此事另有隐情？

"廖大哥？"廖文列被打断思绪，咳嗽了一声掩饰自己刚刚走神的事实："你有这份觉悟就好。现在你可有其他有关'残子'的消息？三年前清风堂屠灭妙手山庄后，国舅一行足足找了三年都没有找到线索，那么'残子'只可能落在清风堂手中，不是吗？"

沈寻萧低垂着眼，虽然早有准备但每当想起当年还是按捺不住心中的怒火，深吸一口气露出犹豫的神情："其实我机缘巧合下知道一些三年前的事。"

廖文列伸手邀沈寻萧坐下细谈，沈寻萧坐下后思索了一阵，似乎在整理语言："其实三年前屠灭妙手山庄的是清风堂，却不是现在的清风堂。"

廖文列不明所以地看向沈寻萧："此话怎讲？"

"三年前动手的虽然是清风堂的人，却不是清风堂主使的。"看着廖文列依旧疑惑的神色，沈寻萧继续解释道，"三年前，蜀地袁朗以为魏家平反为名起兵谋反，一路上对太后一党毫不留情，太后一派在蜀地的根基被连根拔起。"

廖文列点头："这些我都知道，随后当今太尉吴江冷率军屠尽叛军，从此深受太后和皇上信任，一路平步青云。"

沈寻萧却摇了摇头："那是吴太尉自己决定做的事，虽然深合太后之意，却不是太后的指示。"

廖文列心有所感："你是说……"

"是的，太后遇此挫折，不可能不加以报复。"

"但为什么是妙手山庄？"

沈寻萧深深地叹了口气，脸上写满了无可奈何："当年皇上逐渐成年，羽翼日益丰满，正是励精图治的时候，与太后起了不少次冲突。"不知为何沈寻萧突然讲起了当年朝中的事，廖文列虽疑惑为何他会知晓得这样清楚，但没有打断只是静静地听着，"当时皇上借助清风堂远在江湖不涉朝堂的便利，瞒着太后做了不少事。两派冲突日益激烈，正在此时蜀地叛军又对皇上一党网开一面，却对太后一派斩尽杀绝，太后自然把这笔账算在了皇帝身上。"

廖文列茅塞顿开，难怪当年皇帝、太后双方都容不下叛军，要想解开误会叛军必须死。吴江冷或许就是看穿了这一点，所以才在孙祥费尽心血劝降叛军之后，趁孙祥前去京城之际设计屠灭叛军。

沈寻萧继续说了下去："所以太后为了报复皇帝，灭了被清风堂庇护的妙手山庄。"

"什么？妙手山庄反而是被清风堂庇护的？"廖文列猛然站起身来，这个说法大大超出自己的想象，他第一时间觉得是假消息。一直以来所有人都认为妙手山庄是被清风堂屠杀的，何来庇佑一说？

但仔细一想他又觉得这个消息假得毫无必要，沈寻萧如果仅仅是为了找出"残子"，完全可以用更好的说法。

廖文列谨慎地向沈寻萧求证："皇上为何要庇护妙手山庄？"

廖文列的询问没有出乎沈寻萧的意料，他一拍手，做出无奈的样子："这就不是我一个小小的生意人能知道的了。我只知道这个'残子'如果落在国舅手上恐怕性命堪忧。"

廖文列眉头紧锁，妙手山庄里到底藏了多少秘密？太后和皇上到底哪一方才是当年主使之人？

沈寻萧看着廖文列深思的样子，坐在一边倒着茶水，装作不经意地提起："说起来这次盐荒和三年前蜀地之乱颇为相似啊。"

廖文列耳朵一动，做出倾听的样子，沈寻萧用手蘸着茶水在桌上不断比画："你看：一、两场大乱都席卷蜀地，只要在蜀地生活的人就没有不被波及的。二、人员相似，当年活下来的人这一次又都牵涉其中。三、三年前他们在找'闲手'，三年后他们又在找'残子'。"

廖文列在沈寻萧说到一半时便明白了其言下之意，他看着沈寻萧画下的痕迹："你是说三年前真正将妙手山庄灭门的和这一次的幕后主使是同一人？"

沈寻萧收起笑容："就算不是同一人，他和三年前灭妙手山庄之人的关系也一定不同寻常。"

"所以你觉得我们应该先调查三年前的事？"廖文列抬起头，目光如同幽潭深不见底。

"是的。"沈寻萧有些紧张，他在赌，赌这个男人想要保护"颜溪"，保护楚何昔。不然……沈寻萧余光瞥过空无一人的角落，他知道白葡萄就在那边，只要他一个眼神便会杀出来。

夏日的阳光清早便已经显得有些毒辣，沈寻萧额头冒出了点细碎的汗水，廖文列思考了很久："好，那我们就先来好好查查三年前的事。我可能有'残子'的消息，但是除非能确定三年前真的另有隐情，否则她是不会出现的。"

看到廖文列谨慎的样子，沈寻萧反而暗自松了口气。虽然还是不能确定楚何昔为何会改名换姓待在廖文列身边，但起码这个人对她没有恶意。沈寻萧心中思绪万千，脸上却显出惊讶的神情："你竟然知道'残子'在哪里？也好，此事还是多加慎重的好。"

正在此时，沈府管事匆匆走了进来："廖先生，门口孙大人派人有请。"

廖文列和沈寻萧对视一眼，沈寻萧疑惑地问："孙大人难道发现了什么？来人可有说什么事吗？"

管事一躬身带着歉意道："来人没有说，只是让廖先生尽快过去。"

廖文列点点头："明白了，我这就过去。"

沈寻萧有些担忧地看向廖文列："现在盐荒案虽然已经结束，但各方暗流涌动越发凶险，你要多加小心。"廖文列点点头便提剑出门，沈寻萧给了管事一个眼神，管事也领命而去。

二十九

廖文列在来人的带领下急急忙忙赶到孙府，进门一看，便知道孙祥为什么急着找自己了。吴江泠独自坐在院中，似乎已候多时了。

和上次一样，孙祥依旧闭门不见。吃了闭门羹的吴江泠却毫不在意自己被冷落，优哉游哉地坐在院子里自斟自饮。看到廖文列来了还特意斟了一杯酒，示意廖文列坐下说话，俨然比主人还要自在的样子。

廖文列无奈落座，沉着脸没好气地问："吴大人，昭云门已灭，盐荒已定。你还有什么事要和孙大人商量的吗？"

吴江泠不急不忙地举杯，看着廖文列一言不发。廖文列知道自己若是不喝了这一杯，吴江泠什么都不会说，便拿起自己那一杯一饮而尽。

这是喝酒，也是低头。

吴江泠一边重新给廖文列满上，一边终于开口了："我这次过来，并非来找孙祥，而是来找你。"

廖文列有些不解，面上却冷笑一声："找我？不敢当，我有什么值得吴大人亲自前来？"

吴江泠意味深长地打量着廖文列："我只是有些事情不明白特来请

教一下。"

廖文列别开视线，不与吴江冷对视："那我就在这里先道歉了，无论你想问什么都无可奉告。"

吴江冷早有所料，一点也不动怒，只是把玩着手里的白玉酒杯："你这么干脆地拒绝，真的合适吗？现在你想要问我的事，可比我想要问你的多吧？"

廖文列被说中心事，又喝了一杯，眼神中透出浓浓的怀疑："这么说，你愿意把我想知道的，全告诉我？"

吴江冷轻笑着摇着头："当然不可能全告诉你，但要是你能回答我的问题，我也可以告诉你一些事。"

廖文列沉默不语，但吴江冷似乎也不在意他的回答，自顾自地向廖文列举起酒杯一干而尽："皇上派你前来这里调查盐荒，现在盐荒已定，你为何还在这里？"

廖文列低头注视着手里酒杯中清澄的酒液，自言自语一般回答："皇上派我来是查清楚谁发起的盐荒，现在盐荒虽然已经结束，但是幕后主使者依旧逍遥法外，我自然不能回去。"

廖文列将酒一饮而尽："那么现在该我问你了，一样的问题，现在盐荒已定，你一向置身事外，与自己无关的事从不关心，这一次又为何要继续参与进来？"

吴江冷淡然一笑："没想到你还会为我着想。有件事你想错了，盐荒的真相和我息息相关。"吴江冷看似望着空中的飞鸟，但他知道廖文列此刻探究的眼神正直勾勾盯着自己，于是便继续解释："你应该没有忘记我来到这蜀地边关的目的吧？与蝶陵交战在即，我可不想自己在前线厮杀时，后方出现任何变故。此次和蝶陵一战，大胤获胜毫无悬念。但是大胜可不够，我要蝶陵输得毫无抵抗力，所以我不能允许有任何人带来一点点给我军造成麻烦的可能。"

吴江冷虽然依旧在微笑，但是短短几句话中有一闪而过的杀意，就连夏日的骄阳也不能带来更多暖意。随后吴江冷转过身来，刚才的寒意如同幻觉一般消失不见，他饮尽杯中酒继续问："就你所知，盐荒幕后主使者到底想要干什么，为利？还是为权？"

廖文列叹了一口气，看来吴江冷果然已经知道不少："不知道，但现在看来此事很有可能引起宫里那两位相争。如果从结果看，两边都有可能。"

廖文列看着吴江冷毫无变化的表情，知道吴江冷对这个回答不满意，思忖了一会儿便继续说道："也有可能只是为了找一个人，一个太后找了十年的人。"

吴江冷脸上终于露出几分惊讶，廖文列却不继续说下去，而是举起酒杯一口闷下："吴江冷，三年前你匆匆让我前去妙手山庄找人，到底是为了什么？"廖文列直视着吴江冷，此时吴江冷终于有些失去一直以来的从容，收敛起笑容："三年前啊……因为三年前我得知妙手山庄与魏家有关，想要知道关于当年魏家灭门一事。"

"魏家灭门？"廖文列皱眉，反而更是不解，"关魏家什么事情？"

吴江冷转着手里的酒杯："这就是另一个问题了。不过算了，就当赠送了。既然太后和皇上都这么忌惮魏家的人，双方都生怕魏家后人活在世上，那么是不是说只要救下魏家后人，得知他们的秘密就可以更进一步了？"

廖文列眯起了眼睛，凭借多年的关系，察觉到了吴江冷话里的那一丝违和。他当初让自己前去妙手山庄果然还是想对他们不利。

吴江冷取过酒壶给自己满上："文列，太后他们在这里找谁？"

"'残子'，一个可能从十年前告老还乡的御医处知道了一些秘闻而被追踪的人。"廖文列知道自己说谎是瞒不过吴江冷的，所以便只说了一半真话，并未说出残子就是颜溪。

吴江冷准备再次给自己满上，却发现酒壶已经空了，他似乎有些遗憾："没酒了，看来这是最后一个问题了。"

廖文列端着酒杯，如同在品味酒香一般，不住地晃动着酒杯，却迟迟不喝。他心中有太多问题想问，关于盐荒，关于三年前的叛乱和灭门，甚至是关于魏家的。最终廖文列还是仰头喝完了最后一杯："最后一杯，我想要你一个承诺。"

吴江冷先是一愣，然后拍着手大笑不止："我该说你什么好？经过三年前的事，你竟然还想要我的承诺？"

廖文列不说话，只是看着吴江冷，笑声渐止，吴江冷带着不知是嘲讽还是自嘲的笑容开口了："那你就说说看吧。"

廖文列一字一顿地说道："我不管你图谋些什么，给无关的人留一条生路，别把别人也别把自己逼得太狠。"

"呵……"吴江冷轻笑一声，什么也没说便起身，利落地转身，留给廖文列决绝的背影。那背影瘦削挺俊，隐于黑色的袍子里，没有人能看真切他的身形，也没有人能看真切他真正的目的。

廖文列看着吴江冷的背影，苦笑着想自己是不是真的太天真。

孙府管家送走吴江冷后，过来询问廖文列的打算："先让你家老爷不用躲了，出来吧。"

孙府管家露出尴尬的表情："其实我家老爷收到您的消息去蜀道以后现在还没有回来。"

廖文列不解地问："今天不是你家老爷喊我来救场的吗？"

孙府管家拱手行了一礼表示歉意："是吴大人来了以后，派自己的手下前去喊大人您来的。"

廖文列皱起眉头，既然吴江冷知道自己在沈府，那为何要费尽周章将自己喊到孙祥府里来商量？想到这里他悚然一惊，回身看了一眼门外，果然一个黑影闪过，快到廖文列以为自己产生了错觉。

难道沈寻萧的清风堂一直在暗中跟踪自己，这偌大的成都府里竟然没有其他隐秘的地方，只有这知州府是沈寻萧触不到的地方？

也是，自己当初为了探沈寻萧的虚实才答应住在沈府，现在沈寻萧的身份已弄明白，自己是该换个住处了。廖文列心下已定，对管家缓缓道："管家，我想拜托你一件事。"

回到沈府，暮色已沉，沈寻萧见廖文列回来，便吩咐下人去备好晚宴，几个人则在偏厅小憩。廖文列犹豫许久，最终还是开了口："寻萧，过几日我们可能就得搬走了。"

"什么？廖大哥你们要走？"面对突如其来的辞行，沈寻萧有些意外，"是我有哪里招待不周吗？"

廖文列连连摆手："你客气了，我们本来只是打算在成都小住几日，没想到现在为了查清盐荒一事要在此长住，再继续叨扰你就不合适了。"

沈寻萧听罢，显得有些生气："你这是看不起兄弟我。院子空着也是空着，有人住还显得热闹些，你们就安心地在这住下。"

廖文列显得不好意思："其实今天孙知州把我喊去，说是为了方便我调查盐荒，帮我买下了宅子，也方便他有事来找我商量。"

一边跟随廖文列过来的孙府管事也点着头搭话："我家大人已经把屋子都收拾好了，廖先生只要过去就可以入住了。而且大伙儿就在这成都府内，沈先生要是想要拜访也挺方便。"

沈寻萧叹着气，知道廖文列无论有意无意，都不愿在他这沈府多留了："既然是知州大人的意思，我就不多说什么了。廖大哥，要是有空可要多来我这里坐坐。盐荒一事，如果有用得上我的地方也请不用客气。"

一向跟沈寻萧不对付的庄子秦此时反倒露出了依依不舍的样子，沈寻萧打趣道："怎么不嫌我烦了？舍不得走？"

庄子秦做着鬼脸："谁舍不得走啊，我只是舍不得这里的酒啊。"

廖文列大笑着："又不是不来这里了，我想要是我们上门来做客寻萧不会舍不得好酒的吧？"

"那是当然。"

庄子秦立刻喜上眉梢："那就好，就这么说定了，你可别赖账啊！走了走了。"廖文列一抱拳，"寻萧，那就再会。来日再上门拜访。"

沈寻萧也回了一礼，目送几人出门后，脸上的笑容渐渐敛去，沈府的管家上前小声问道："大人？"沈寻萧收回目光，点头道："让人跟上，找到地方后安排人盯着点。"

几日后，廖文列收拾停当，孙祥也终于从昭云门归来。

廖文列的院子不大但是胜在清幽，孙祥到处打量一番后便来到了后院，毫不客气地拿过廖文列的茶杯牛饮了一口："看不出来，三年没见你终于有点审美。"

一边的庄子秦坏笑着丝毫不留情面地揭穿道："他哪里有什么审美，你是没见过他一开始打算的布置，不知道的人还以为是进了哪个山大王的寨子呢。还不是颜溪和我辛苦，才让这里像模像样。"

孙祥闻言一拍大腿，恍然大悟："我就说呢，这个练功狂什么时候有这份兴致了。"

廖文列有些不好意思地转开话题："行了，托你办的事怎么样了？"

孙祥一听就收起笑容故意苦着脸抱怨："下次这种事你自己干，好麻烦的。"

廖文列早就习惯了孙祥懒散的样子，就当没看见："这么快？"

孙祥点点头："我当初之所以找了这个地方作为你的宅子，就是因为它的位置，在我的地道附近，现在要通往知州府，只需略加改动就好，自然就快了。倒是你一向不擅长机关之术，这次还让我做了机关布置，你自己可别忘了操作的方法。到时候开不了门倒也罢了，别把自己折进去。"

廖文列被说得有些尴尬，小声地辩解："我又不傻，这一点东西还是记得住的。"

孙祥想起过去的事一瞪眼："你还好意思说，过去我被你弄坏的小机关还少了不成？"

庄子秦意外地听着两个人的对话："你们这说的是？"

廖文列挠了挠头："为了以防万一，做点保险措施。"

孙祥没有继续细说的打算，坐正身子向廖文列问起盐荒的事："昭云门那边已经安置妥当，袁庆等昭云门幸存下来的人现在暂时安排在祥瑞客栈——现在应该叫祥瑞镖局了吧。等这次风波过去他们就不必再背负过去叛军的罪名，以后也能好好过日子了。昭云门里我也找了一遍，吴江冷干得很彻底，所有有价值的线索都被收走了，没有发现什么新的东西。接下来你们打算怎么办？"

廖文列有些担心地看着颜溪，小心地说道："我打算回妙手山庄去看看。"颜溪果然在听到妙手山庄时就显出了难受的样子，廖文列赶紧让她把药吃下才好些。

这段时日，她自己也察觉到自己和妙手山庄的关系恐怕非同小可："你们每每提起妙手山庄，我都会本能地头痛。大哥，你是不是知道些什么？"

廖文列沉默了会儿道："颜溪，很多事情，对你来说，知道得越多，只会越痛苦。"

颜溪郑重地点头："我相信，你瞒我必有你的苦衷。你也放心，我既一心追查失忆的真相，便也受得住真相背后的代价。"廖文列点点头。

孙祥不解地看着廖文列："事情已经过去三年了，还能发现什么？"

"一是当年我匆匆而过没能仔细查看一番，之后就回到了京城，但有些事情总埋在心头。二是既然幕后黑手这么在意三年前妙手山庄一事，我这次过去说不定能引他们出手。"廖文列关切地建议，"颜溪，要不你就留在这里？"

孙祥有些不解地看着颜溪的反应，但是终究没有多问："要是真的不适就留下来吧，我会照应着的。"

颜溪心中闪过廖文列一直以来对自己的照顾，深呼吸平复了一下气息，抬起头坚定地拒绝了廖文列的好意："这件事与我的过去有关，这次前去妙手山庄无论是为了调查还是引蛇出洞我都必须去。"

孙祥想起颜溪是廖文列三年前在蜀地找到的，心中有所明悟："需要我安排人手护送你们去吗？"

庄子秦否决了孙祥护送的提议："这次幕后之人连盐队都敢劫，除非你能派大军护送，不然还不如少点人更容易躲避。"

廖文列没有在意庄子秦和孙祥的分歧，只是不安地看着颜溪，颜溪一如既往的温柔笑容背后却透露出一股执着，廖文列败下阵来："大家都各自准备吧，三日后出发。"

众人散去，只有廖文列与庄子秦还在原地徘徊。他没想到，自己藏了三年的秘密就快隐瞒不住。或许当初应该心一狠，不让颜溪重新踏上蜀地。但往事不可追。

"颜溪每每发病，你都会让她吃一种药。"庄子秦瞧着神色不好的廖文列问道，"是治她的头风的？"

"这是我向宫中御医求得的药，每每颜溪因为回忆起过去而头痛时，服下这个药，头痛便会好转。"

庄子秦冷冷一笑："仅仅如此？"

廖文列垂下眼帘，一副认输的模样："什么都瞒不过你。这药的副作用便是会让人好不容易想起的记忆消退。"

"所以这三年这药是治她头痛的良方，却也是让她一直想不起往事的毒药？"庄子秦不知为何有些生气，"我希望你搞明白一件事，问心无愧的事情，不一定是对的。一个没有记忆的人，根本就不是一个完整的人。"说罢她走开，步履显得有些急促，显然是动怒了。

廖文列也看着被丢在地上的药瓶，若有所思。

三十

天渐渐凉快下来，廖文列一行人缓缓走出了城门。一阵轻风吹落几片树叶，吹进了成都府里，街上刚刚摆脱盐荒熙熙攘攘的人群中，无数暗探、细作忙碌了起来。廖文列一行出城的消息被送到了各方势力手中，所有人或喜或忧地看着这个消息，各自做着自己的打算。本来已经渐渐平息下来的风波，如同风暴一般搅动起来。

孙祥坐在书房里专心地研究着手里的袖珍手弩，管家轻轻地走进来小声地说道："大人他们出发了。"

孙祥叹了口气，担忧地望向廖文列离去的方向："希望他们一路顺风吧。"

沈寻萧在院子里不住地来回走着，白葡萄走了进来："少爷，我们也该动身了。"沈寻萧眼中光芒一闪，点点头："走。"

春芳楼里韩姐将手里的密函放入火炉里，发呆一般看着信函一点点被火焰吞没，直到最后一点灰烬被一阵微风吹起，才突然醒悟一般提笔疾书起来。

军营大帐中，外面传来阵阵训练的声浪，大帐里却安静得很。吴江冷看着地图，只是一言不发地布置着地图上的兵棋，每动一步，帐外不断有士兵阵列严整地出营而去。

廖文列紧了紧衣袖，蜀地的夏天似乎过去得格外快，眼见大暑刚过便有了些凉意。颜溪从包裹里拿出些药丸分给众人，庄子秦苦着脸将药丸举得远远的："我现在身体挺好的，不吃行不行啊？"

颜溪果断地将药塞进了庄子秦的嘴里："这药就是在你没病的时候吃的，现在气候无常，加上妙手山庄四周瘴气极重。要是等出了问题再吃药就什么都晚了。"

廖文列倒是知道颜溪的脾气，老老实实地吃了药，边吃还边劝庄子秦："你就老实吃药吧。颜溪平日里温顺善解人意，但碰上治病救人的事就执拗得很。你就认命吧。"

颜溪不满地瞥了廖文列一眼："认命什么，我这还不是为了你们别丢命。"眼见颜溪要生气，庄子秦只好一把把药塞进嘴里，但药一进嘴庄子秦整张脸都皱在了一起："哇，妙手山庄的人每次进出也要吃这么苦的药吗？"

颜溪看着庄子秦夸张的样子忍不住笑出了声，眉眼间的阴霾也随之散去:"亏你还略懂医术呢,比这还苦的药可多了去了。"

庄子秦犹自不满地抱怨:"你说这妙手山庄建哪里不好,非要建在这个瘴气弥漫的地方。"

颜溪望着隐隐有些熟悉的山谷:"正是因为瘴气弥漫人迹罕至所以才建在这里,既免去了世俗的烦扰,周边也尽是稀有的草药。"

廖文列知道庄子秦这般不着调是有意让颜溪轻松些,便投过去一个感激的眼神,庄子秦却视若无睹地继续和颜溪逗趣。廖文列有些尴尬地摸着自己的头,转身向钱兴等人吩咐:"前面就是妙手山庄了,都小心一些。"

"是!"众人齐声答应,倒是钱兴小声问道:"大人我们都到妙手山庄了,一路上也没有遇上什么麻烦。还需要如此谨慎吗?"廖文列紧皱着眉头不说话。

"你这手下比你的主子还呆。"庄子秦调笑道,"正是因为一路畅通无阻,我才更为担心。当初出城时为了引蛇出洞我们并未多加隐藏,幕后之人一定已经得知消息,他不会就这么放任我们继续调查下去。既然路上没有阻拦我们只能说明有两种可能,第一种就是我们判断失误,这里什么都没有,第二种就是他们在这里守株待兔打算一举解决我们。"

钱兴对庄子秦揶揄自己不以为意,听她一番解释后依旧有些怀疑:"大人,你可是朝廷命官,他们真的敢冒天下之大不韪,公然袭击我们吗?"

廖文列苦笑着摇头:"钱兴,恐怕这次事情背后藏着的秘密,绝对够让某些人铤而走险了。"

钱兴点着头,虽然脸上还有些迷茫但是没有继续发问。

傍晚的余晖洒下一片金色,廖文列一行小心翼翼地接近了妙手山庄,马踏之处,都是焦黑的炭木以及各种断壁残垣。当年人人敬重有之的妙手山庄,早已化为废墟。马儿悲鸣一声,所有人勒住缰绳止步,他们似乎都在这里闻到了三年前的血腥与火焰。颜溪脸色惨白,廖文列也在心里默默地为逝者祈祷安息，就连一向玩世不恭的庄子秦也向着废墟低头致意。

所有人小心翼翼地下马靠近破旧的废墟，廖文列走在最前面带路。三年前他就是在这里的尸堆里发现了颜溪，当时担心凶手还在四周徘徊没能仔细查看便匆匆离去，之后便回到了京都，再也没有来过蜀地。

走进大门廖文列便愣在原地，随后急忙转身拦住所有人："颜溪你先在外面休息一会儿，钱兴你先带几人过来。"

庄子秦好奇地越过廖文列看了一眼门里的状况，脸色立刻转青，连退几步才稳住身体，连声音都有些变调："这……这是什么情况？"

钱兴带着人和廖文列先进了山庄，山庄里赫然是累累白骨，这些白骨经过岁月的侵蚀，早已有些发黑，其中还有不少骨头不知道被哪里的野狗叼了去。这些白骨胡乱地叠在一起，历经三年的风雨飘摇，显得更为凌乱不堪。

廖文列脸色一沉，眼中满是痛意："我早该想到的，三年前我匆匆离去没能给他们收殓尸骨，现在三年过去了，他们一直未能入土为安。都是我的错。"

廖文列双膝一软，冲着这乱葬岗一般的尸骨堆重重跪下。一帮人马也纷纷跟着他跪下，磕了重重的响头，许久才起身。

钱兴有些不忍地看着地上的白骨，上前拍着廖文列的背劝慰道："大人，这不怪你。起码你来了，而且你现在做的不就是为他们雪洗沉冤，找出真凶吗？他们不会怪你的。"

廖文列不说话，只是小心翼翼地收拾起尸骨，钱兴等人也不言不语，埋头收拾，最后还是花了不少时间才将整个山庄里的尸骨收殓完毕。但其中也只有几具完整的尸骨，大多数早已经支离破碎，他们时间有限，也只能草草将这些亡灵埋在山庄背后的山坡上。处理完尸骨后廖文列才将颜溪等人喊进来，没有香火没有纸钱，众人只能一起立了一个无字石碑以慰亡灵。

这么折腾一番天色早已暗如墨色，众人也都身心俱疲，廖文列只能安排众人晚上先在废墟里休息一晚。所幸有几间房子还算完整，勉强能遮一下风。钱兴等人收拾着地方做着过夜的准备，颜溪一个人默默地走出了房间，廖文列有些不放心地跟了出去。

夜色中颜溪向四周望去，残破的墙壁让整个山庄一览无余，这幅场景让颜溪既熟悉又陌生。她似乎认得这里的每一处场景，但是又觉得这一切不应该是这样。她踏着杂草丛生的土地，手触着断壁残垣。所及之处，扑簌簌的墙灰便落了下来。她努力地回想自己曾经在这里的一切，想着想着头便剧烈地疼痛起来，不由得伸手想扶住什么。廖文列赶紧上前扶住颜溪，轻车熟路地从颜溪身上拿出药丸喂她吃下，颜溪的脸色才渐渐恢复过来。

廖文列看到颜溪恢复才松了口气，心里不免有些后悔当初一时心软让颜溪跟过来。他寻思一番开口："明日我让鹤峰找一匹快马，送你回去吧。"

颜溪扶着廖文列并不应答，只是虚弱地轻声问道："陪我走走好吗？"

廖文列轻声叹息，默默地扶着颜溪往前走去。庄子秦靠在门框上看着两人慢慢离开，转头对正在收拾的钱兴道："你家大人和小姐落单了，你们就不去护着点？"

钱兴觉得有些道理，就点了两个人："你们前去，远远照应着。"布置完了钱兴看着出门的两人，心情有些复杂道："其实来人若真是连大人都对付不了，那么我们上去也就只能拖延些时间罢了。"

庄子秦难得地宽慰了他一句："你们毕竟还能拖延些时间，要知道高手之间争的就是那一瞬间。"

钱兴有些意外，笑道："没想到会被你……你看起来弱不禁风，倒是也有些眼光啊。"

庄子秦没好气地给了钱兴一个白眼："我只是不会功夫，这些眼界都没有我还怎么行走江湖？难得好心安慰你一句还这么不识趣，不和你聊了，我也看夜景去了。"说完她便往外走，钱兴急忙在身后招呼：

"小心点,别走太远了!遇上情况赶紧回来!"庄子秦头也不回地摆摆手:"不回来,我找你家大人去,反正你家大人对付不了的,你也只能拖时间。"

钱兴被呛了一下,房里的其他人不禁都笑了出来,钱兴瞪了这些兄弟一眼,自己也没忍住,笑骂道:"这家伙还记上了。"

廖文列和颜溪漫无目的地走着,廖文列向几间破屋望了一眼,屋子里所有没有被焚毁的家具都被人细细劈开寻找暗匣,可能有夹层的墙壁也全被砸开。看来早就有人来相当仔细地探查过,他们却任由妙手山庄上下百余口人的尸骸被秃鹫野狗蚕食。

颜溪自然也想到了,只望了一眼就再也没向屋子里瞧过。两人走着走着就走到了后院,眼看着就要走出山庄了。

"颜溪,夜深了,眼看着快要出山庄了,你若真想出去看看,明早我再陪你一趟可好?"

颜溪点点头,正要回身眼角却瞥到后院一角立着一座孤零零的墓碑。廖文列也转眼注意到了墓碑,有些好奇地上前:"山庄里的人死后应该都埋在今天山坡上的墓园里才是,这里为什么有座孤坟?"

两人走近一看,碑上写着:故友神医钟凌之墓。颜溪只是觉得眼熟,埋在这里的人应该和自己关系匪浅,但刚刚吃的药让她的记忆变得混沌不清,想了好久她也没想起是谁。廖文列仔细打量了一番墓碑发现一些怪异的地方,墓碑上字迹已经有些旧了,显然立在这里已经有六七个年头,坟头上的土却显得有些新。

盗墓贼,廖文列随即否定了自己的念头,这妙手山庄四周瘴气围绕,能进来的必定不是一般人,而且之前这妙手山庄满是白骨足以吓退这些摸金倒斗的人了。那就是之前来这里探查的人,但是为什么墓园里这么多坟他们不动偏偏挖这一座?看来这人应该是个线索,廖文列在心中记下了钟凌的名字。

廖文列蹲下身子捻了些土,一丝奇怪的刺鼻气味飘进了他的鼻子里。廖文列苦思冥想一阵,这味道是——硫黄。火药两个字一浮现在脑海中，廖文列立刻脸色大变回身猛然抱起颜溪就要逃离，只听嗖的一声，一支火箭直射向坟头。廖文列马上卧倒将颜溪护在身下，就在同一时间坟头猛然炸开，扬起的黄泥盖了廖文列一身。

"哥！"颜溪一向温婉的声音此刻已经破调，显得十分刺耳，但也使得廖文列从爆炸的眩晕中醒了过来。两人回头望去，孤坟现在已经变成一个大坑，两个黑衣人掀开厚重的棺盖一跃而出。廖文列目瞪口呆，但是已经来不及追究这两个人是如何潜伏在坟墓里的，立刻起身拔剑准备迎战。可是一阵眩晕袭来，让廖文列几乎站立不稳。

眼见廖文列陷入危险，旁边突然飞过来一块石头，虽然这石头谁也没打到却成功地让黑衣人迟疑了一瞬。

"你们还愣着干什么？快去帮忙！"随着一声女人的娇喝，廖文列那两个被爆炸镇住的手下终于反应过来，挺身而出掩护廖文列且战且退。

两个黑衣人见有武士过来帮忙也没有放弃，反而步步紧逼。廖文列来不及平息被爆炸震得翻腾不已的气血，勉强加入战局才堪堪挡住攻势。随着焦灼的战局，时间慢慢地流逝，远处隐约传来的喊杀之声让廖文列有些心绪不宁。对方既然在此埋伏自己，还留了人拦截援军，自然不可能只有这么两个杀手，一定还有人在暗中窥伺。结果他越是提防暗中的杀招，就越是分心，加上气血未平竟然有些胸闷气喘眼前发黑，对招中更是失误连连，险象环生，身上被划出了几道伤痕。

自从从军之后廖文列打过不少硬仗，受伤流血也是家常便饭，更别说这些皮外伤，但以往能伤到他的无一不是倚仗着人多势众，今天却是以多打少还打得他如此被动。心中种种滋味纠缠，廖文列一时不察又被划了一道血痕，疼痛中神志一清，明白不能再这么拖下去，于是打定主意强提一口气，欺身而上。黑衣人两剑齐出封住廖文列的进路，廖文列不闪不避，直到刀剑快要伤到他他才轻转脚步，侧身出剑。黑衣人只看到如电一般闪过的剑光，胸口便多了一道巨大的伤痕，廖文列一击得手剑势一转逼退另一个想要趁机攻击的黑衣人。

眼尖的庄子秦不由得发出一声低呼，颜溪这才发现廖文列侧腹不知何时多了一道伤口，鲜血缓缓渗出显得十分瘆人。刀剑相交的声音、破败焦黑的山庄、以命相搏的厮杀、深可见骨的伤口，这一切都不停地刺激着颜溪的神经。慢慢地颜溪眼前的一切都有些模糊起来，她似乎看见已经燃尽的房屋又烧起火来，房屋间不断有朦朦胧胧的人影在奔跑呼救，然后被一团团黑影追上砍倒在地。颜溪似乎感觉到接下来会发生什么，立刻捂住鼻子，但是火焰烧灼人体的焦臭味如同直接出现在鼻腔里一般透过她的层层防护刺激着她的神经。颜溪忍不住干呕起来，在遥远的地方似乎有人在不断地呼喊着她的名字，颜溪抬起头想要寻找声音的来源，却看到一个黑影注意到了她，缓缓向着她靠近。

一种莫大的恐惧瞬间笼罩住颜溪的所有心神，让她不断地退后想要远离这个黑影，朦胧中她似乎看到一个身影向黑影飞奔而去，而另一个女性身影拦在了自己身前。

"不，不要。不该是这样，不要留下我一个。"颜溪突然在自己袖子中摸到了什么，几乎是下意识地拿了出来，凭着直觉按动机关。只听"嗡"的一声弦响，三支短弩划破空气全数没入黑影的身体之中，随着短弩入肉的闷响以及飞溅而出的鲜血，所有的人影、火焰如潮水般退去。颜溪怔怔地看着眼前倒下的黑衣人，以及他那毫无生气的眼睛，终于晕了过去。

三十一

廖文列看到黑衣人倒下，虽有些难以置信竟然是颜溪出手，但终究松了一口气。他本想自己一举先解决掉坟里奔出来的这两个黑衣人，再慢慢对付伏兵，但是没想到来人敛息功夫如此了得。等到自己解决掉对手的时候，来人已经潜到颜溪身边，而自己竟毫无所觉。看着颜溪无神的眼睛，廖文列知道她又犯病了，且比之前都要严重。虽然庄子秦最后出来挺身相护但她和颜溪都不会功夫，而自己又救护不及。没想到颜溪在最后关头回过神，还拿出了孙祥的袖珍三星弩。

廖文列想起远在成都的孙祥突然心头一暖，但很快他一个箭步跨了过来，先踢开伏兵的尸体以防万一，然后才蹲下身子查看颜溪的样子。颜溪的脸色白得吓人，没有一点点血色，双目紧闭，庄子秦把着脉安慰道："身体没有什么大碍，只是有什么东西牵动心神，思绪激荡之下晕了过去。"

廖文列猜到了原因，恐怕是这场战斗勾起了颜溪的回忆，又让她的老毛病犯了。

"药呢？药怎么不见了？"廖文列翻找了一下却没有在以往的位置找到药，难道是刚才掉在哪里了？廖文列回头看着一片混乱的场地心中焦急万分。庄子秦拿出孙锐配好的药，犹豫着是否要给廖文列，最后看着颜溪痛苦的神情心中不禁感叹，还是不愿将这个善良的人卷进事件之中，刚要收回药丸却被廖文列看见。廖文列惊喜地从庄子秦手中一把拿过药："太好了，子秦你是在哪里找到的？"

"是我刚才看到从颜溪身上掉下来的，你确定是这个药？"庄子秦狠狠地想要阻止廖文列给颜溪喂药。

廖文列检查了一下看起来与平时的药并没有区别，看着颜溪昏迷中痛苦的样子来不及多想，赶快给颜溪喂下了药。看着颜溪渐渐平复，廖文列终于放下心来，没想到这口气一松，刚才强行压下的气血顿时翻腾起来，喉咙里涌上一股腥甜的气息，一口血喷了出来。庄子秦这才注意到廖文列已经满身伤痕，急忙上前打算给廖文列包扎，却被廖文列拦下："这些伤没什么，比这重的伤我都受过不少，现在留守的兄弟们还在应敌，我必须赶快赶过去。"

廖文列一抹嘴角的血痕，便要起身，却被庄子秦拉住，一把推倒在地上："你这伤势去了就是包袱！你难道这么不相信你的兄弟们不能继续挺下去？你平复气息之前给我老老实实待着！"一边说着，庄子秦一边一手按下了廖文列，直接让他卧倒在地上，廖文列还没来得及反应庄子秦便跨坐在廖文列身上。

"喂！你！"廖文列有些惊恐地看着庄子秦。

庄子秦却不以为意地在他原本就满是血痕的脸上狠狠揍了一拳："瞎想什么！"

廖文列惨叫一声，痛苦不迭。方才利刃入骨，他都没喊一声，现在被她这一揍却疼得龇牙咧嘴。

庄子秦不理会他的惨叫，而是压着他给他包扎伤口。廖文列颇为意外，庄子秦看起来瘦瘦小小力道倒是不小，随后一丝淡香冲开了浓郁的血腥气，廖文列这才意识到自己满怀温香软玉，赶紧眼观鼻鼻观心努力平复紊乱的气息。

时间紧迫，庄子秦只是给廖文列敷上金疮药，从衣服上撕了两条还算干净的布草草包扎了一下。庄子秦仔细地看着伤口已经止住血，廖文列的气息也渐渐平稳下来，这才意识到自己干了些什么，努力板着脸起身，压抑着自己紧张得有些颤抖的嗓音道："行了，现在帮你的兄弟们去吧，别又弄一身伤。"

廖文列赶紧起身，低声道了声谢，转身盼咐手下两人小心看好昏迷中的颜溪慢慢跟上，自己则在最前面探路。厮杀声渐渐变响，房间外的空地上，钱兴与众手下背靠背结成阵形，与数倍于自己的敌人厮杀而毫不落下风，地上已经倒下不少人，但都是陌生面孔。

廖文列二话不说加入战圈，钱兴等人像是早有所料一样阵形一变，以廖文列为刀锋杀入敌群，袭击者瞬间便落入下风。随着远处一声哨响，袭击者们抬手扔出几枚烟幕弹，借着烟雾消失在夜色中。廖文列拦住想要追击的钱兴："让他们走。"

钱兴没有多问，只是戒备着四周小声问道："大人，是否需要换地方？"

廖文列打量着四周，在这荒山野岭里，除了他们落脚的屋子似乎也没有更多其他选择了："不必了，颜溪现在有些不适，屋子里还舒适一些。"

庄子秦看战斗已经结束才小心翼翼地从阴影处走出来。看到颜溪昏迷的样子，钱兴倍感惊讶："怎么会……大人你们那边的敌人很棘手吗？"

廖文列想起是因为自己的慌张失态才使得颜溪受伤，心中暗暗自责，钱兴在廖文列手下多年很快就猜到了原委："是那一声爆炸！可恶，我早该想到的，早知道这样我就不该在这里和他们纠缠，要是早点冲过去的话小姐就不会受伤了。"

廖文列拍着钱兴的肩，挤出一个鼓励的笑容："不，这次是我大意了，你的做法没有错。那种情形下，你要是强行突破反而会受到不必要的损伤，到时候我们就都处于劣势。现在你起码缠住了大部分敌人，你做得很好，不用自责。"

钱兴帮忙安置好颜溪，带着人小心地检查着战场。在众人的护卫下庄子秦终于放松下来，廖文列看着一地打斗痕迹，蹙眉抛出疑问："你说这些人也是幕后主使派来的吗？"

回忆着打斗中的种种细节，庄子秦否定了廖文列的猜测："应该不是同一伙人，太弱了，人数也太少了。"

钱兴颇为讶异地看着庄子秦："怎么会？前几次交手大人能以一敌三而不落下风，这一次两个人就被弄得受伤了，怎么反而是弱了？"

庄子秦不再解释，只是看了看廖文列，廖文列点着头，越想越觉得刚才的战斗有些蹊跷："子秦说得对，他们不但是弱了，甚至我隐隐觉得他们连人手都不足。刚才我之所以落入下风，一是被爆炸波及受了内伤……"廖文列话还未说完被庄子秦一把拉过了胳膊，不禁有些慌乱，"子秦……"

"闭嘴。"庄子秦轻喝一声，眉头深锁地替他把着脉。廖文列看着一向玩世不恭的庄子秦紧张的神色，心里一暖。庄子秦一边拿出几种奇怪的药草研磨汁液一边催促道："你继续说，不用管我。"

廖文列喃喃："方才是你让我闭嘴的。"

"那你可以开口了。"庄子秦的心神已经全在草药上。

"哦。"廖文列乖巧地应了声，收敛心神继续分析，"一是这些刺客在我受了内伤还要分心戒备有人暗中偷袭的状态下仍然不能占到便宜，二是虽然钱兴缠住了不少敌人，但是我们出来的人数并没有特意隐瞒，以幕后黑手事事追求周全的性格，他在这里布下多少伏兵我都不会意外，结果也不过是来了这么些人。"

庄子秦明白了廖文列的言下之意，这次偷袭甚至有些儿戏。要不是颜溪出去透风，意外发现那座孤坟，袭击者们甚至一点胜算都没有，光钱兴等人就可以稳稳地压他们一头。庄子秦一边将磨好的药汁递给廖文列让他喝下，一边出神地想着种种细节，手指不住地敲击着桌子发出有节奏的轻响："有几种可能，幕后黑手能动用的精锐死士已经在前几次交手中消耗殆尽。而现在我们调查的内容直指他的要害，所以他不得不用这些人。"

廖文列喝下药汁，一股暖流流转全身让他觉得好过了不少："这不可能，幕后黑手不论是清风堂还是国舅，手里都不只这些高手。"

庄子秦赞同地点头："虽然现在还不能断定就是这两方主使的，但无论是谁都不应该这么快就力竭。还有种可能就是这一次袭击者与前几次的不一样，这一次主使的人不像之前的人喜欢谋定而后动，而是喜欢抓住一切能利用的机会。你和颜溪独自出去出乎他的意料，但是对他而言是一个好机会，事实上他也差点就成功了。"

廖文列颇为认同，这一次虽然看起来比过去都要危险，但并没有前几次那样有种密不透风的感觉，倒像是一个看到机会就一掷千金的赌徒。不过还是有些违和之处。

庄子秦自然也知道这个推论看似合理，但是依旧无法解释一些事，比如为什么僵持了这么久后，对方迟迟没有援军。无论是事发突然，还是本来就人手不足，总有些说不过去。庄子秦眯着眼睛说出了自己最后的猜测："那就只有最后一个可能了，就是这次的袭击者不但不是和幕后黑手一伙，甚至是相互为敌的关系，他们狗咬狗，袭击被对方阻止了，所以援军没有办法及时赶到。"

想到国舅与清风堂的关系，廖文列心里对这个猜测最为认同："也就是说现在这个妙手山庄四周，除了我们还有不止一股势力在暗中虎视眈眈。"眺望着屋外一片漆黑的夜晚，廖文列似乎感觉到了自己被无数双眼睛窥伺着，"看来我一直低估了妙手山庄的重要性，三年前这里到底埋藏了什么真相，以至于要牺牲这么多条人命？"一想到这里廖文列心里对这些人的手段有些愤怒不已。

庄子秦静静地站到廖文列身边握住他紧握的拳头："他们袭击我们只能说明他们怕了，说明我们走在正确的路上。只要找出真相，无论主使者是谁，总要付出代价。我们现在需要的是冷静。"

廖文列慢慢松开拳头，任由庄子秦抚摸着自己的手掌，心里不可思议地平静下来。两个人就这么默默地站着谁也没有说话。直到钱兴检查完战场回来看到两人的手牵在一起，用力地咳嗽了一声。廖文列有些尴尬地抽回了手，庄子秦依旧是那副无所谓的样子，只是通红的耳朵已出卖她佯装镇定的模样，廖文列开口问道："怎么样，有什么发现吗？"

谈到正事，钱兴收住脸上了然的笑意，点着头："发现了不少东西，我们甚至抓到一个活口，可惜受伤太重没能问出太多东西。"

"什么？你们抓住了活口？"廖文列非常惊讶，回过头去，从庄子秦眼中也看到了一样的震惊，"看来我们刚才的推测没有错，这次的袭击者果然和之前的不是同一批。他都说了些什么？"

钱兴继续讲述着自己的发现："根据他临死前说的，他是春芳楼的人。我们也检查了其他尸体，认出其中有一个人确实曾在春芳楼当过差，基本可以确定他没有说谎。"

廖文列拔出匕首，拿起地上的破砖开始刻字："春芳楼，那也就是说是国舅的人袭击了我们？"

庄子秦踱着步子，眼神不断变幻，自问自答道："国舅为什么要袭击我们，他们不是要寻找'残子'吗？难道和我们一开始估计的相反，国舅一开始就知道'残子'所知道的真相，想找到'残子'只是为了灭口？"虽然她这不过是自言自语，但神情异常笃定，廖文列一边听着一边又拿起一块砖刻上了"残子"二字。

庄子秦摩挲着"残子"两个字，思绪万千："国舅追查'残子'的下落是因为他是三年前妙手山庄灭门事件的幸存者，而国舅之所以追查幸存者又是因为当年'闲手'死前一直待在妙手山庄。这么一看，沈寻萧当时所说的妙手山庄并不是被清风堂所害，而是被太后所灭门的倒也就说得过去了。"

说话间廖文列已经刻了不少砖，清风堂、昭云门、春芳楼、吴江冷等名字俱列其上，廖文列试着将他们按现在的线索联系起来，排了几次都是一团乱麻，只有"残子"和"闲手"一直在最中间。苦思冥想之后，廖文列依旧毫无所获，叹了口气问道："子秦，你有什么看法吗。算了，这些人你都不熟悉，甚至吴江冷的名字，你可能听都没听过。"他一转头，发现庄子秦不知何时已经靠在墙角睡着了。廖文列抬头，看到天边的启明星已经在空中闪耀，知道他们确实已经折腾了一夜，都乏了。

廖文列轻手轻脚地将庄子秦抱到被子上，仔细地替她盖好毯子，正要离开却被庄子秦一把揪住。

"思尔为雏日，高飞背母时。蠢货，为什么还要卷入其中呢？"

"你醒着？"廖文列一惊，庄子秦话语清晰不似梦话，却分明又是一副酣睡的模样。许久见庄子秦没有反应，廖文列料定方才不过是她的梦话，再起身往外走。这次，他不再淡定了。

是的，思尔为雏日，高飞背母时。

他来蜀地时，写家书一封，答应过母亲，查完盐案，即刻回程。可是如今妙手山庄的案子被连根牵出，他再难安心地走了。

三十二

"大人。"钱兴从外头进来，小声地打断了廖文列的思绪，"小姐好像有些不对。"

"什么？"廖文列赶了过去，颜溪仍旧没有醒过来，但看着也不似昏迷，似乎陷入了噩梦之中，紧闭着双眼，脸上写满恐惧和不安。廖文列有些焦急地想要唤醒颜溪，身后却传来一个声音阻止了他，庄子秦不知何时已醒来，披着毯子站在众人身后："不要强行叫醒她，她现在陷在自己往日的回忆中，只能由她自己苏醒，贸然唤醒会对她的记忆造成不可挽回的伤害。"

廖文列安静下来，缓缓地扳开颜溪紧握的拳头，用自己宽大的手掌包住了颜溪的双手，就这么一直握着。不知道是不是廖文列的举动起了作用，颜溪痛苦的神色慢慢褪去。

"子秦，你知道她这是怎么了吗？"

庄子秦没有直接回答，而是反问廖文列："颜溪是三年前妙手山庄灭门案的幸存者是吗？灭门的时候她就在这里见证了整个灭门惨案是吗？"

廖文列沉默良久，最后苦笑着说道："你既然都猜到了，还有向我确认的必要吗？是的，当年我找到颜溪的时候，妙手山庄的大火还没有彻底熄灭，她应该是亲眼见证了妙手山庄的覆灭。"

庄子秦点头，看着颜溪的样子眼中满是怜惜，还有一点不易察觉的歉意："那就是了，恐怕是你们今晚的打斗刺激了颜溪的记忆，她现在应该已经陷入三年前的回忆之中。"

廖文列紧张地询问道："我们能够做些什么？"

"相信她，相信这三年来，你们之间的羁绊能让她放下对当年的恐惧。"庄子秦看到廖文列依旧有些不安，继续劝慰，"我看得出来，你是真把她当妹妹一样爱护。所以你要相信她也一样把你当哥哥一样依赖。"

说话间，颜溪神色终于恢复些许，呼吸重新顺畅起来。庄子秦小心地翻开颜溪的眼皮，查看了一下，总算吁了口气："没什么大碍了，她现在只是有些累了。等过一会儿她醒过来，说不定能回忆起过去的事情，现在我们很多的谜团应该就能迎刃而解。也算是一件好事吧。"廖文列出神地望着颜溪沉睡的样子，对庄子秦的话不置可否。

就在庄子秦打算回去再休息一会儿的时候，廖文列突然开了口："等她醒过来我打算先把她送回成都去。我从一开始就不该答应让她参与进来的。"

"就算你知道她是'残子'？"廖文列并不惊讶庄子秦看出了端倪："正因为她是，所以我不能让她继续下去了。要是国舅和清风堂也知道了她的身份，那她就彻底永无宁日了。"

"但是，你们会保护我的不是吗？"一个虚弱的声音打断了廖文列的话，颜溪不知道何时醒了过来。廖文列赶紧扶着颜溪坐起来："感觉怎么样？你应该多休息一会儿。"

颜溪皱着眉头按压了一会儿穴道，才深出一口气，似乎好了不少："现在好些了，大哥，虽然我很感激你为我着想，但是这件事我本就脱不开关系。现在我回忆起了一些过去的事，知道了当年发生的事，我就必须还三年前的事一个公道。"

这一次廖文列没有妥协，依旧板着脸要求颜溪先回去："颜溪，我答应你，妙手山庄的事情我一定追查到底，让当年的真凶付出代价。但是你不能继续深入下去了，有什么消息我会告诉你的。"

"一百三十六。"颜溪低着头颤抖着身子报出一个数字，廖文列和庄子秦对视一眼都从对方眼里看到了对颜溪话语的迷茫和不安。虽然看不到颜溪的样子，但是两人都看得出来颜溪在努力压抑着自己，好一阵子颜溪才缓缓道出这个数字的真相，"一百三十六个人。三年前，在这里我亲眼看着自己的亲人、师兄弟倒在这里被付之一炬。我不能……"颜溪没能忍住眼泪，一时间泣不成声说不出话来，庄子秦坐到颜溪身边，抚着她的后背轻轻按压其穴道，不一会儿颜溪的哭声渐渐低了下去，靠在庄子秦身上又睡了过去。

庄子秦将颜溪重新放平在床上，向一边神情关切的廖文列解释了一句："我怕她哀极伤神，先让她睡一会儿。"庄子秦替颜溪又把了下脉，低着头不知道对着谁低声劝说着："你还是把她带上吧。要是就这么让她回去，怕是身上的症状好治，心里的病灶要缠绕她一辈子。"

廖文列长叹一声，起身走出门去。

钱兴见廖文列走出了门，立刻上前询问颜溪的状况。

"她还在里面休息，钱兴你听着我这里有个任务交给你。"

钱兴立正大声答应道："是！"

廖文列赶快挥手让钱兴小声点以免打扰到颜溪休息："从今天起，直到盐荒一事结束我要你寸步不离地护着颜溪，无论何事都不能离开她。"

钱兴拍了拍胸口向廖文列保证："除非我死，否则没人能碰小姐一根头发。"钱兴已经跟了廖文列许多年，不但功夫了得，心思也是军人中难得的细腻。况且这一路的经历，他也早就明了，这个廖文列三年前捡回来的所谓将军之后的女子，其实是妙手山庄的故人。

钱兴这样保证廖文列才放下心来："行，那你们先看着这里，我带两个人去昨天我遇袭的地方看看。"

钱兴犹豫了一下道："大人要不要多带些人？"

"这些人够了，他们的目标是颜溪，这里的压力更大。"回话的却不是廖文列，庄子秦也从房间里走了出来，"我跟你一起去。"廖文列正要开口拒绝就被庄子秦堵了回来，"昨晚是被他们先手偷袭，加上要防备着人偷袭颜溪，你才会落入下风。今天总不会再陷入昨晚那样的窘境了吧？"

廖文列被激了一下，辩解着："当然不会和昨晚一样，但是刀剑无眼。"

庄子秦无视廖文列的唠叨，径自往前走去："我相信你能保护好我啊，我的身家性命就交给你了。"廖文列只好带着人跟了上去。

昨晚的花园里杂草丛生，原本的孤坟如今只剩一个大坑，若是靠近了还能闻到淡淡的硝烟味。庄子秦查看了一下四周，确认没有机关便纵身跳入坑里。

"喂！"廖文列见状吓得赶紧赶了过来，"你不要命了，这就往里面跳，要是还有机关怎么办？"

庄子秦仔细查看着坑底的痕迹，心不在焉地敷衍着廖文列："已经检查过了，而且昨晚他们也是临时决定袭击的。要是这么短的时间他们能做下这么多的布置我也心服口服。比起这些……"庄子秦在底下似发现了什么，招手示意廖文列也下来看看。

廖文列无奈地示意手下两人看好四周，纵身一跃也跳下坑底。在坑底廖文列发现空间意外地宽大，而棺木、尸身以及各种陪葬物不知道被移到了何处，全然不见踪影。

庄子秦从地上捡起一段破碎的竹管，向廖文列示意："看来他们在下面就是靠这个换气，边上的泥土还比较湿润柔软，他们应该就是在我们刚到这里时才做下的布置。看样子虽不是特意准备在昨晚伏击你们，但是他们很确定你们会对这座孤坟感兴趣。"

廖文列接过竹管总觉得有些眼熟，一时却回想不起来，听到庄子秦的分析后暂时将自己的疑惑放到一边："这么看来碑上写的钟凌确有其人，甚至这里原本确实是他的葬身之处。钟凌……过去京城里有位名满天下的御医也是叫钟凌，不知道是不是同一人物。"

庄子秦眼珠一转，一些事在脑海中渐渐串了起来："你还记得国舅为什么要寻找'残子'吗？妙手山庄远在江湖，从来不问朝堂之事，国舅也好清风堂也好，他们为什么会对妙手山庄的幸存者这么在意？"

廖文列被提醒之后才恍然大悟："难道他们在意的不是颜溪，而是钟凌？"

"而现在钟凌已死，最有可能知道钟凌心中秘密的妙手山庄他们自然要斩草除根。"说着庄子秦有些不适应坟里的阴冷以及腐朽的泥土味，咳嗽起来，"这里久留不得，我们上去吧。"庄子秦边说着边看看上头。这里四壁光滑，跃下容易，上去却非易事。庄子秦走到廖文列身边，环住他的脖子，淡定道："抱我。"

廖文列瞬间像是受到了惊吓："啊？"

"快啊。"庄子秦白了他一眼。廖文列鬼使神差地伸出手，环住庄子秦的腰，有些莫名其妙地抱住她。庄子秦无奈地道："谁让你这么抱了，是横抱啊，不会武功的人根本没法上去啊。"

廖文列这才恍然大悟，大方地一手揽腰，一手扶起她的脚，轻轻一纵便飞出了墓地。两人立在原地，廖文列看着怀中的庄子秦一双星目与剑眉远比男儿英气，可配在凝脂般的脸上，又多了几分女子的娇媚。

"你……差不多可以放我下来了吧。"庄子秦看着恍神的廖文列，轻轻一笑，像是看破了什么。心虚的廖文列连忙放开她，借着整理衣物平复了下莫名有些失常的心跳，再抬起头时已经恢复如常，"看样子这个钟凌才是关键，你在京城就没有听说过他的事吗？"

廖文列冥想许久，最终露出歉意的神情："我只知道钟凌当年号称再世华佗。可是在十年前，当今皇上登基之时就突然告老还乡，那个时候我还是一介小卒，所以只知道些大概。后来朝中大臣也有不少想要找他给自家家人看病，可是他老家早已荒芜，无人居住，从此没有人知道他到底去了哪里。"

庄子秦敏锐地觉察到了廖文列话里的关键："你是说皇帝一登基，他就立刻离开了京城，而且故意避开了所有人的耳目？"

廖文列没有发觉其中的异常，只是点了点头："没错，有什么不对吗？"

"其中问题大了,现在清风堂和国舅都在找'残子',他们与其说是找颜溪不如说是找知道钟凌秘密的人。而且从昨晚看国舅一行的方针是灭口,清风堂一行的方针是追查。说明太后知道钟凌知道了什么,而皇上不知道,并且太后打算让这个秘密永远没有人知道。钟凌当初显然也知道太后一旦掌权就不会允许自己继续活下去,所以才在皇帝刚登基,太后势力未稳的时候逃出京城。"庄子秦一边分析,一边不断地来回踱步。她终于感觉到自己开始接近事件的核心了,"之所以在皇帝登基后才逃,说明太后的这个秘密极有可能与皇帝的登基有关,直到他登基之前钟凌应该一直在太后的监视之下,直到皇帝成功登基,太后有所松懈钟凌才找到机会脱身。"

庄子秦正因为接近真相而兴奋,廖文列却越听越心惊,如果庄子秦说得没错,那么赵深的即位隐藏着如此巨大的阴谋,自己一旦揭穿是否真的合适?

看到廖文列阴沉的脸色,庄子秦的话语戛然而止,心思机敏如她自然一眼就看出了廖文列的顾虑:"我再劝你一次吧。你若是担心祸及己身,现在还有退出的机会,这些线索足够证明你的清白了。"

廖文列苦笑着,脸上满是无奈:"我倒不是顾及我自己,我本来就答应了颜溪,自然要追查到底。只是我总感觉这件事背后的真相一旦大白天下,不知要起多少血雨腥风,不知道多少百姓要流离失所。"庄子秦想起了自己国家面对战争时,老百姓们苦不堪言的情形,自己现在所作所为日后可能也将导致不少人面临一样的痛苦,不禁有些犹豫。

廖文列以为是自己的一番话让大家都有些沉默,便收拾心情笑着鼓舞大家:"这些也只是最坏的情况,而且不揭穿真相让这些草菅人命的人有所报应,天知道他们还会干出什么丧心病狂的事。"

庄子秦扯出一个笑容附和着,但她心里清楚吴江冷在身后虎视眈眈,他不会错过这个挑起内乱的大好时机的,只是这是拯救蝶陵的唯一机会。

虽然发现不少线索,几人却陷入对未来的不安。在这种消沉的状态下，几人没有发现更多细节，只是确定了袭击者确实是国舅的人。等回到营地已经是中午了，廖文列隔着很远就闻到了一股浓郁的药味，靠近就看见钱兴小心翼翼地煲着药："你这是哪里来的药？"

钱兴见廖文列回来了，回身打了个招呼解释道："小姐刚才醒了，给自己配了一点养神的药，我这里给她煎着，等会儿饭后给她服下。"

廖文列听到颜溪醒过来了，赶紧询问颜溪的状况。

没等钱兴回答，房里就传来颜溪的声音："是大哥回来了吗？"钱兴向着房子里努努嘴："你自己进去看吧。"庄子秦有些疑惑地闻了闻煎药的气味，心里有些不好的预感，留在房外询问钱兴具体药方。廖文列提心吊胆地进了房间，却发现颜溪躺在床上意外精神地在纸上不断写着什么。廖文列靠近一看发现都是当年发生在妙手山庄里的事，事无巨细地写在上面："你这是在……"

颜溪抬起头来，看起来气色不错的样子，展颜一笑："我的记忆似乎只恢复了一部分，为了防止自己再忘记我想先将想起来的东西记下来。"

庄子秦进门看到颜溪的样子，脸色大变，上前一把抓起颜溪的手查看脉象，满脸焦急的神色："你不要命了？！"

廖文列被庄子秦的举动吓了一跳："发生什么了？"

庄子秦拿出颜溪写给钱兴的药方拍在桌子上："你看看你家好妹妹做的事，她现在是强行催命在这里硬挺着，这一上午不知道折寿多少年。"

颜溪自己依旧毫不在意，云淡风轻地笑道："子秦，你过虑了，我自然知道自己的情况，所以才给了钱兴这个药方，让他煎药给我养神不是吗？"

庄子秦看到颜溪毫不珍惜自己性命的样子，气不打一处来："可是你喝药前的每一分精力都在透支未来啊。"

廖文列这才听出颜溪悄悄做了什么，着急地询问庄子秦："那现在让她喝药来得及吗？"

庄子秦无奈地摇着头："且不说现在药还熬着，颜溪现在这样子怕是没有写完这些东西之前不愿喝药吧。毕竟喝了药后头脑昏沉不说，下次醒来说不定就又忘了什么。"

"我总要为他们做些什么。"看着颜溪坚定的眼神，廖文列有种被打败的感觉，只好默默转身出门帮钱兴一起煎药。

庄子秦也不再劝说什么，拿过笔道："你好好躺着，你说我来写。"

三十三

等到颜溪服下药又睡下时，身边已经写了厚厚一沓纸。庄子秦活动着有些酸痛的手腕，心中颇为感慨没有想到颜溪竟然能坚持到这个份上。廖文列拿出准备好的湿巾敷在庄子秦的手上，让庄子秦的手舒服不少，感激中庄子秦嘴上却不饶人："哟，看不出现在终于会疼人了啊。"

廖文列有些不好意思地低头翻看起写好的案卷来，随口询问庄子秦有什么发现。

庄子秦瘫在椅子上放松着自己，头脑却飞速地转动着："虽然这里写下的内容已是我精简过的，但其实里面有用的信息还是不多。"庄子秦换了个让自己更舒服的姿势，对着廖文列继续说道："颜溪的记忆还没有完全恢复，不过她倒是想起自己为什么会失忆。有一部分是因为当年的打击太大，她自己下意识地选择了逃避和遗忘，但更重要的原因是当年有人用金针封印了她的记忆。"

廖文列在案卷中找到了这一段，有些不解："是谁如此费尽心机要封印她的记忆？"

"恐怕是她的父亲，妙手山庄的庄主吧。"庄子秦暗想怕是老庄主在生命的最后时刻，最放心不下的还是自己女儿的安危。她又想到自己所做的事，有些感慨这种平凡而伟大的父爱与自己无缘，"她的父亲担心她一时无法接受这个现实，所以特意下了三重封印。第一重最轻，而且早已破解，封印的是她的医术，怕的是她被人看出与妙手山庄有关。"

廖文列回想起刚救回颜溪时，她确实懵懵懂懂对很多事都一窍不通，直到后来才突然开窍一般精通医术。

看到廖文列颔首深思的样子，庄子秦知道自己说得没错，就继续分析下去："第二重封印的是与妙手山庄相关的回忆，是怕颜溪伤心过度。这一道封印在昨天的刺激下，恐怕也已经破了，幸而这几年过去这些事都被时间冲淡了，颜溪也足够坚强。第三道我只是猜测，恐怕就是当初导致妙手山庄被灭门的那个秘密，第三道封印极为坚固，应该是老庄主担心颜溪回忆起来后给自己带来杀身之祸。"

说到这庄子秦又想起昨晚的袭击："但是看样子就算颜溪没有回想起那个秘密，一样有人想杀她灭口。"

廖文列握着腰间的佩剑，压抑着复杂的心情："那她应该也回忆起三年前妙手山庄灭门当晚的情况了吧？当时发生了什么？"

提起这个问题庄子秦眼神有些闪烁犹豫，面对廖文列疑惑的目光，庄子秦最后还是开了口："和我们之前预计的可能有些不同，沈寻萧可能骗了我们，当年袭击妙手山庄的是清风堂。"

"这个不是早就知道了吗？而且极有可能是国舅指使清风堂分部下的手。"

庄子秦叹了口气，摇头道："关键就在这里，颜溪清楚地记得是沈寻萧带着清风堂杀入妙手山庄，她躲在密室时曾亲眼看着沈寻萧浑身是血地到处追杀幸存者。"

廖文列大惊失色："是他亲自带人下的手？"随即廖文列察觉到了些许违和之处，"等等，颜溪当年就知道沈寻萧是清风堂的人，而且知道是清风堂袭击了妙手山庄？"

庄子秦料到了廖文列的反应，但是这个问题的答案连她都觉得有些难以置信："是的，她早就知道沈寻萧是清风堂的人，而且是沈寻萧亲自告诉她的。"一瞬间，廖文列的脸色如同变魔术一般，惊讶、怀疑、愤怒不断地变换着，最终变成了纠结："这到底是怎么回事？"

庄子秦感慨地看着沉睡着的颜溪："那就是一个很长的故事了，长到要从十多年前说起。沈寻萧其实并不是他的本名，他原本是魏源胥魏家的后人，小时候因为体弱多病就一直被寄养在与魏家交好的妙手山庄中，也因此在十年前魏家灭门一事中逃得性命。后来他身体也渐渐恢复，为了不拖累妙手山庄，沈寻萧加入了皇帝建立的清风堂。之后沈寻萧一直和颜溪有着断断续续的书信往来，直到三年前蜀地兵变前夕才突然断绝音信。"

廖文列越听越不解："这么看来沈寻萧与妙手山庄关系不错，但是为什么……"

庄子秦想起颜溪提到沈寻萧时心碎的神情，心中暗道恐怕这两人不仅仅是关系不错而已："原因有很多，为了自保、为了前程都有可能，但是真实原因恐怕只能去问沈寻萧了。总之，那一晚颜溪亲眼看着沈寻萧杀入妙手山庄是不争的事实。沈寻萧曾经跟颜溪提起过清风堂下属身上的暗号，所以当天袭击妙手山庄的确实是清风堂。"

这个冲击性的事实让廖文列的脑袋发涨一般难受起来，这直接推翻了他们之前的众多猜测："清风堂是听命于皇上的，难道皇上也早就知道了妙手山庄隐藏的秘密所以下手？还是沈寻萧早就暗中投靠了太后？"

庄子秦沉默着，因为这些她也不知道答案，一切真相都埋藏在妙手山庄的秘密之下。

"不过现在只有一点可以肯定，接下来我们恐怕已经没有退路了。不论真相如何、真凶是谁，他都不会放过我们。"庄子秦道出了现在众人面临的险境，"而且不知道为什么，我总有种缺少了某种关键要素的感觉，这些事件的背后除了皇上和太后以外，阴影中还潜藏着一个影子，不断影响所有的事。"

廖文列很快做出了决定，现在情况严峻，对方既然公然袭击了一次，自然会有第二次、第三次。而且既然事件的关键在于颜溪被封印的记忆，那么妙手山庄已经没有继续待下去的理由了："大家都先休息，等颜溪醒来我们立刻乘夜启程回成都，那里有孙祥照应还安全一些。"

听到廖文列的打算，庄子秦心中闪过一丝阴暗的猜想："孙祥……真的可以信任吗？"

廖文列的动作似乎被冻结了一般停滞下来，但是很快他便用力地摇着头："他是我的兄弟，我相信他。"

庄子秦赶紧挥去心中的阴影，自己真的是过于紧张了，竟然会怀疑孙祥，如果他真的是幕后黑手那他一直以来的行为完全说不过去，但是除了他现在到底还能相信谁？

夜幕很快降临，廖文列一行点燃营火，做出一副准备过夜的样子，却在颜溪的引导下偷偷从山庄的后门绕了出去。然而没有走出多远，廖文列就听到草丛中隐隐约约传来细碎的响声，暗中打了一个手势，钱兴等人立刻默契地暗中做好了应敌的准备。

眼看着廖文列等人似乎毫无所觉地踏进了自己的伏击圈，黑暗中袭击者露出了不屑的笑容："什么清野战神，不过如此，上一次若不是有人暗中掣肘早就死不知道多少次了。这一次他们作茧自缚，自作聪明地留了营火装作还在这里的样子，恐怕那个暗中帮助他们的人还在妙手山庄里傻傻地守着吧。"

随着廖文列的接近，袭击者慢慢举起了手，就在将要发动袭击的最后一秒，反而是廖文列提前发动了袭击。

趁袭击者不备，一波反攻延缓了袭击者们的攻势后，廖文列立刻在敌人反应过来前收缩攻势，攻守转换之间一点破绽都没有露。这一手让已经有些轻视廖文列的袭击者重新端正了态度，不再试图一次性剿灭廖文列，而是用层层叠叠的防线不断消磨廖文列等人的精力与意志，将原本占据先手的廖文列拖入了无穷无尽的消耗战中，这让廖文列嗅到了危险的气息。

　　与颜溪同一马车的庄子秦悄悄掀开马车窗帘的一角，仔细地观察着战斗的变化，她自然也看出了袭击者打算利用人数生生耗死廖文列的图谋。即便对面每一个人都只能给廖文列增加点小麻烦，这个人数也足够让廖文列等人全部葬送在这里。但是不知为何袭击者的行为总给庄子秦一种说不出的怪异感。

　　"廖文列，你就没办法突围吗？"听到庄子秦的大声问话，廖文列心中苦笑，办法自然是有的，但是突围之后还能活下来几个人就是未知数了。而现在这情况不冲就会全被困死在这里，那就只能拼了。

　　"所有人，准备！"

　　"等等！不要突围！"庄子秦终于发现违和感所在，袭击者虽然摆出了一副消耗战的样子，但是真正消耗不起的是对面。在这个各方势力齐登场的妙手山庄，有人想廖文列死，也有人想廖文列活着。只要拖下去等到其他人反应过来，变成一场混战廖文列这些精锐才能浑水摸鱼。

　　"廖文列，我们防守保存实力为主，如果有必要甚至可以撤回妙手山庄。"虽然来不及详细解释这么做的原因，但是廖文列毫不怀疑地按照庄子秦的要求放缓了攻势。眼见着廖文列就要上钩的袭击者终于失去一开始的从容，看着廖文列放弃强攻专注防守，略一合算清风堂的那些人反应再慢也该察觉状况不对过来查看了，胜负就在此刻。

　　廖文列很快就从袭击者们突然疯狂的进攻中明白，庄子秦抓住了对方的痛脚，现在对方开始做最后的进攻了，只要挺过这一波就好。

　　"所有人，结圆阵！"随着廖文列一声令下，钱兴等人齐齐一声大喝，短短数秒就在马车前架起盾矛，并且随着号令声不断刺击、推盾、后撤。几个简单到极点的动作让袭击者们的数次进攻被拍碎在盾墙上，廖文列也放弃了一贯使用的佩剑，拿着自己的长枪，不断地游走收拾了所有的漏网之鱼。

看着廖文列岿然不动的防线，袭击者竟然感觉自己是在进攻一座真正的城墙。

"哼，城墙是吗，那我就用对付城墙的方式来对付你吧。"短暂地停止无谓的进攻后，袭击者很快亮出了新武器，一根粗大的原木被当作"攻城锤"来使用。

"真是疯了。"即使是廖文列看到这一幕也不禁头皮发麻。

就在双方即将相撞的时候一阵箭矢破空的声音，为这场战斗画上了终止符，抬着原木的人第一时间被击杀。袭击者见事已不可为，留下一地尸体如潮水般迅速退去。

"我们也走。"廖文列一行也不与神秘的救助者见面，悄无声息地消失在夜幕之中。

一行人在庄子秦和恢复记忆的颜溪的带领下，一路绕着小道回成都。也不知道是袭击者放弃了追杀还是廖文列一行行踪隐匿得好，一路上没再遇到袭击，只在过蜀道时遇上了两次剪径的小毛贼——自从昭云门覆灭之后蜀道的安全反而一日不如一日。

得知廖文列在妙手山庄遇到袭击的孙祥，立刻带着人出城接应。看到廖文列身上新增的伤疤，孙祥忍不住问道："在妙手山庄里你们到底遇到了什么？"顺着廖文列的视线，孙祥看到了廖文列手下兄弟们略显疲惫的样子，只能暂且将疑问按下，"先回城，等会儿你跟我好好说说。"

回到自己布置的房子，廖文列终于松了一口气，不论对方是谁，在这成都府里多少还是要收敛一些。孙祥吩咐侍卫先警戒四周街道，然后等着廖文列讲调查妙手山庄的结果。

廖文列将自己的发现都告知孙祥之后，孙祥虽然陷入了深思，但也没有多惊讶。这倒是让廖文列有些好奇："孙祥，你难道早就知道这一切？"

孙祥苦笑着靠在椅子上："这有什么难的，能干出这些事的自然只有朝堂上的那两位，只是你一直不愿这么想，而我也一直找不到他们这么做的动机。现在看来三年前我们兄弟三个都只不过是棋盘上的棋子，我去招安袁朗反而是将他推入了死地。"

"你不用自责，当年你也只是尽自己的力量保全更多生命而已。"

孙祥只是伤感了一瞬间，面对廖文列的安慰淡然一笑："我这三年早就想开了，就算我知道这些，当年我还是会那么做吧。现在说这些只是徒增伤感，看样子你们回到这里应该是已经有所打算了。"

庄子秦点头，同意了孙祥的说法："我们确实打算做一些事，一件是让颜溪彻底恢复记忆。"

"你们想知道她身上的那个秘密？就算那可能会让你们万劫不复？"

面对孙祥的疑问廖文列的回答非常坚定："我们起码要对得起妙手山庄里的亡魂，真相不该被掩埋。"

"那好吧，有什么需要我做的？"

庄子秦脸上露出一丝笑意："这件事我们来处理就好。倒是另有一件事要麻烦知州大人你了。"

听完庄子秦的要求，孙祥也有些被她的大胆所震惊："你这想法……还真是麻烦啊。"

"这件事要是办成了，我们也就知道到底谁才是真凶。所以就有劳我们的知州大人多多费心了。"庄子秦装模作样地行了一礼，把孙祥逗乐了："文列，我是越来越佩服你这军师了，你怎么总是随手就能捡到些奇奇怪怪的人呢？行了，这事就交给我。你们好好照顾颜溪吧。"

三十四

当晚，月色皎皎，重回成都的第一晚，从生死场里逃出来的庄子秦出了府邸，直奔更生堂。

更生堂里氤氲着刚燃起的檀香，琴声铮铮，像是在等高山流水的知音人。曲毕，房门开合，一身素衣的庄子秦进来，拣了一旁的软榻坐下。孙锐按住了琴弦，并未抬头就已知来人是谁："案子已经破了？"

"是。"说话间庄子秦并未露出喜色。

孙锐抬头，看着她锁眉抿唇，远比上回见她时更焦虑："你这是怎么了？案子解决了，是好事。吴江冷也很守诺，退兵一百里，大有撤军的意思。"

"案子其实没有破。"庄子秦叹了口气，她知道这口气不该叹，对于蝶陵来说，案子到这里，就能全身而退了，可是那个人，退不了，他还要为了真相去犯险。他去犯险，她也就不忍退了，"清风堂并非真正的主谋，凶手怕是另有其人。"

"子秦。"孙锐打断庄子秦原本要说下去的话，"吴江冷传信来了。"

"他说什么？"庄子秦心头骤然一紧。

"四个字，到此为止。"孙锐看着庄子秦，神色复杂，"他的目的怕是已经达到了，所以才让我们停止，他也很守诺地正在撤兵。所以子秦，找个机会，与他们道别吧。"

"现在不可以。"庄子秦道，语气中甚至有一丝着急，"他在哪里，我要见他。"

"你何以认为他在蜀地？"

"他是时候来这里了，真相已经快水落石出。"

孙锐点点头："按他的说法，他想让廖文列尽早上书，即使还有些疑点也无所谓。他担心拖久了太后就和皇帝私下和解，那时真相如何就再也没人关心了。"

庄子秦不屑地斟酒冷笑："他还会关心真相？他担心的是双方和解后，他就无法从中获利了吧？"

孙锐不知是心疼美酒还是担心庄子秦喝多了误事，从庄子秦手里夺下了酒杯："我们不管吴江冷的目的到底是什么，但是我们的目的就是要让胤朝无暇进攻蝶陵。现在的线索已经足够我们达到目的了，再纠缠下去有可能对我们不利。"

庄子秦装作没听到孙锐的劝告，一边试图夺回酒杯，一边嚷嚷着最后一口试图蒙混过去。两人你来我往过了几招，孙锐最后认真起来一把按住庄子秦："不要闹了，你这点小把戏还想糊弄我？你今天必须给我一个理由。"

庄子秦看到孙锐严肃的样子心知混不过去，只能交代："一个理由？我给你两个：一是我觉察到这件事背后主使另有其人，这人不但能操纵清风堂和国舅双方，还让他们毫无所觉。在查清楚他的目的前停止非常危险，万一他达成目的后使双方和解，我们的一切努力都将付诸东流。二是颜溪身上背负着国舅无论如何也要抹消的秘密，如果我们能掌握这个秘密，很有可能以此威胁他们退兵。"

孙锐一言不发地看着庄子秦，这让庄子秦有种被看透的感觉，很不自在地扭了扭身子。

"好吧，那么吴江冷那边我会尽力敷衍。"

孙锐松开手，庄子秦嘟着嘴也没了喝酒的兴致，起身准备离开："那就有劳你了。"

"子秦。"孙锐终于在庄子秦快离开时忍不住叫住了她，将酒放到她手上，张口几次最后却只说了一句，"自己多加小心。"

看着庄子秦离开的背影，孙锐长叹一声，一向心高气傲的蝶陵公主却对敌国之人动了心，两人的未来将会面临种种磨难，自己的一时心软也许会给庄子秦带来无尽的痛苦："但愿她吉人自有天相吧。"

庄子秦回到廖府，却没有看到廖文列的身影。来到厨房却看见颜溪正在配药，她赶紧上前扶颜溪到一边坐下："你怎么不好好休息，这些活让你哥或者钱兴他们干就好。你现在身体虚必须好好休息。"

颜溪坐下后轻轻喘了口气，笑着解释："我都休息好久了，现在就该走动走动。再说配药可是个精细活，我才不放心那些大老粗帮我配药呢。"说着颜溪就要起身，庄子秦强硬地将颜溪摁在椅子上："那你现在也走动够了，剩下的活就由我来做吧。我可是也懂医术的，你应该放心了吧。"

颜溪拗不过只好坐着看庄子秦忙活开来，看了一会儿庄子秦熟练配药的样子，颜溪似乎无意般说道："说起来，从妙手山庄到现在各种事接连而至，我都一直没有机会好好向你道谢。"

庄子秦头也不抬："有什么好谢的，我只是做了我应该做的而已。"

颜溪出神地望着药炉中的火焰："当然要谢，要不是你我恐怕永远也恢复不了记忆。"

庄子秦流畅的动作突然被冻结一般僵住了，药材撒落在地，颜溪看到地上的药材不禁低呼一声。庄子秦急忙收拾药材，做出懊恼的样子："嘿，早知道就不该在孙锐那里偷酒喝。"

颜溪似乎想到孙锐发现酒不见后懊恼的样子，捂着嘴偷笑，听到颜溪的笑声庄子秦知道自己是过关了。

"你要是真想谢谢我啊，那就先回去休息，这里有我看着就行，你身体刚恢复要是有个好歹，你哥又得唠叨我好久。"

这次颜溪没有拒绝，站起身从袋子里拿出一个药方："对了，子秦，那你帮我把这些我常用的头痛药也一起配了吧。我之前那些都在妙手山庄丢失了。"庄子秦答应了一声，颜溪将药方放在桌上就回房去了，庄子秦最后小心地调整了一下药炉，起身从桌上拿起药方查看。

看到药方的一瞬间，庄子秦就明白自己换药的事情已经败露，药方上写着的明心散的配方，是她替换后的配方，有助于病人恢复记忆却能让头风之疾发作得更严重。而颜溪之前服用的一直是忘忧散，镇静宁神却会消退记忆。但是颜溪不但没有揭穿自己反而让自己继续配药，庄子秦深深地为颜溪感到惋惜，心中暗叹，在蝶陵人人都说自己心思机敏，现在看来颜溪才是真正玲珑剔透，要不是被卷入斗争必定能成为一方人物。然而自己不得不继续将她放到自己的棋局中进行算计，想到这里庄子秦看着自己纤细的双手，自嘲地笑了。自己又何尝不是棋子，竟然还有这份闲心为他人着想。

而此时廖文列孤身来到沈寻萧府上，沈寻萧如同早有准备一般在大堂静候廖文列的到来："廖大哥，许久不见了。不知你们妙手山庄一行是否顺利？"沈寻萧一边请廖文列落座，一边让人看茶，似乎真的因为廖文列回来而高兴一般。

廖文列见沈寻萧不轻易露出破绽，也不与他周旋，直接向他一拱手："寻萧，我今天是来谢你出手相助的。"

虽然对廖文列直来直往的性格已经有所了解，但是面对如此直接的话语沈寻萧内心还是忍不住有所动摇。他脸色不变，眼神却有些闪烁，咳嗽了一声整理好情绪道："不知道廖大哥谢我些什么？是我的人在路上遇见你们了？"

见沈寻萧不愿意承认，廖文列继续追击："妙手山庄里我们两次被人袭击，如果不是你出手相救恐怕我们免不了伤亡惨重。"

沈寻萧依旧不动声色，露出疑惑惊讶的神情："你们在妙手山庄遇袭了，袭击者是谁？竟然连廖大哥你都陷入了苦战？他们就是盐荒的幕后主使吗？"

廖文列见沈寻萧一味推托，只好暂且放弃："袭击者我虽然没有铁证，但是也能确定他们的身份了。然而遗憾的是他们与幕后主使并不是同一伙人。"

这倒是让沈寻萧颇为意外："那他们为什么袭击你们，难道真凶没有去妙手山庄？"

"真凶有没有去尚不清楚，但是这次的袭击者想要灭口，他们准备不惜一切代价阻止任何人调查三年前妙手山庄灭门一事。"

"果然。"一直淡然处之的沈寻萧听到妙手山庄灭门一事有可能另有隐情，还是激动地站起身来，"我就知道他们不可能仅仅为了报复。"

廖文列终于等到沈寻萧动摇的一刻："寻萧你也对妙手山庄的事有兴趣吗？"

意识到自己失态的沈寻萧屏退左右："廖大哥，实不相瞒，其实妙手山庄对我……有恩。当年太后以报复皇帝的名义屠杀了妙手山庄后我就一直有所怀疑。"

虽然沈寻萧依旧不愿意承认自己的身份，廖文列却没有多气馁，这些都还在意料之中："怀疑什么？"

"我一直怀疑太后消灭妙手山庄另有原因，她想要灭口。"

廖文列早已知道这件事，但还是做出惊讶的模样："灭口？你为什么会这么想。"

"太后如果真有心要打击皇上，消灭清风堂，何必千辛万苦用嫁祸的方式？以当时太后对清风堂的渗透程度，她完全可以直接袭击清风堂。嫁祸虽然让清风堂不敢再光明正大地行走江湖，但是主力尚在，只是行动比起过去要多加收敛罢了。甚至有一天妙手山庄的真相大白于天下后，这一切都会变成太后的麻烦。太后如此精明的人选择这种费时费力还有隐患的方式，只能说她另有所图。"

廖文列心里苦笑，果然还是弄不懂这些聪明人的想法，对方一面绝不承认自己清风堂的身份，一面却毫不掩饰地不断将清风堂内部的情报透露出来。不过这都无所谓，今天廖文列就是来敲山震虎的，沈寻萧说的虽然看起来合情合理，却丝毫没有提及三年前自己就在灭门现场的事，那就从这里下手。

然而廖文列还没来得及说话，就听见沈寻萧叹息一声，似乎想起来清风堂这些年的艰辛："不过，三年前的事确实对清风堂打击颇大，这么多人的背叛让所有剩下的人都开始疑心重重。整个清风堂被迫从构架、联系方式、信物等全进行了改变，可以说除了人以外几乎可以算是另一个组织了。"

廖文列震惊地张着嘴，在刚才沈寻萧无意间的抱怨中，廖文列察觉一个一直以来被忽视的问题。他站起身逼近沈寻萧，直直地盯着他，一副要吞了他的样子："寻萧，你是说三年前清风堂就改变了一切对外联系的方式和确认身份的信物？"

沈寻萧伸手拦下准备上前的白葡萄，深吸一口气，坦然回视廖文列的眼睛，郑重地回复："是的。清风堂没有理由继续使用已经暴露的暗号以及信物，这些东西只有还是秘密时才有用。"

廖文列没有察觉到一丝可疑的气息，但想到这个情报所带来的冲击，不由自主地开始来来回回踱步。

"廖大哥，你可是发现了什么？"

廖文列想起自己还在沈寻萧府上，只好尴尬地敷衍着匆匆告退。

沈寻萧摇晃着手中的扇子，看着廖文列坐过的位置，出声询问："白葡萄，有多少人知道清风堂过去的暗号和信物？"

白葡萄在一边掰着手指想了半天，最后只能摇摇头："不知道，好多人都有可能知道啊。"

沈寻萧本也没有期待白葡萄的回答，虽然废弃了之前的暗号以及信物后，清风堂就没有再特意对其进行隐瞒，但是有能力查到的也不容易。可是查到了又能怎样，这只是一套废弃了的联系方式，不再有任何用处，那么廖文列又是觉察到了什么，自己的盲点到底在哪里？

沈寻萧"啪"地合起扇子，看来有些事有必要和姐姐确认一下了。

三十五

廖文列风风火火地赶回府中，看到庄子秦正在给颜溪喂药。等到颜溪喝完药，廖文列招手示意庄子秦出来说话，颜溪看到廖文列凝重的神色知道有重大情报："大哥你发现了什么吗？就在这里说吧，说不定我还知道些什么。"

廖文列有些担忧颜溪的身体状况，但最终还是没有坚持："刚才我按之前的计划，去了沈寻萧那里。"廖文列看颜溪依旧神色如常才继续说了下去，"在说话时我注意到一点，我们一直忽略的一点。"

庄子秦回想自己的推论应该是没有问题的："你就直说吧，你发现了什么?"

廖文列转向颜溪:"颜溪你说过沈寻萧曾经和你说过清风堂的事吧?那么你可知道他们彼此确认身份的信物与沟通往来的暗号?"

虽然颜溪不太愿意回忆与沈寻萧有关的事,但她也知道事关重大,略微回想了一下就给出了肯定的答复。

得到回应的廖文列继续向颜溪发问:"那么'清风堂'给昭云门的书信,以及在春芳楼发现的'清风堂'据点中的资料,这些东西是否有清风堂的标记?"

颜溪还是一头雾水:"当然有,要不然我们怎么能确认这些就是清风堂指使的呢?"

庄子秦已经明白廖文列的意思,脸色一变:"果然是这样吗?"

"你们就不要打哑谜了。你们说的到底是什么意思?"看着两人神秘兮兮的样子,颜溪有些受不了地抱怨了一下,庄子秦只好解释:"其实很简单,如果按沈寻萧所说,三年前是国舅借清风堂之手覆灭了妙手山庄,那么清风堂现在的暗号标记绝对不会是三年前的暗号标记。这一切背后还有其他人在做手脚。"

这个消息让颜溪有些发愣,随后就像难以忍受这个推论一般提出了质疑:"但这一切都建立在三年前确实是国舅下手的基础上,如果这一切都是沈寻萧编出来的借口呢?"

庄子秦在颜溪身边坐下抚着她的背,让她平静下来,然后才细细解释:"三年前动手的一定是国舅,这次在妙手山庄我们受到国舅的袭击,全靠神秘人的帮助才有惊无险地脱离险境,这些神秘人只可能是清风堂。如果三年前是清风堂下的手,那么这一次他们就没有理由帮助我们。"

颜溪还是无法接受:"为什么袭击者一定是国舅?他们也有可能是清风堂啊。"

庄子秦苦笑,看来颜溪无法忘怀三年前她在妙手山庄见到的那一幕:"如果是清风堂,白葡萄为什么不出手?袭击者既然公然袭击我们，必然抱着无法与我们和解的觉悟，为什么还要躲躲闪闪地留着王牌不用？"

颜溪哑口无言，最后还是倔强地狡辩："就算是清风堂帮了我们，但是沈寻萧勾结昭云门，袭击妙手山庄都是事实，说不定他就是三年前叛出清风堂的那群人呢。"

"颜溪……"廖文列有些看不下去了，轻声劝解，"三年前你所看到的情景说不定另有隐情，如果沈寻萧真的已经叛出清风堂，归附国舅，那么他为什么要向我们透露这么多消息？"

颜溪虽然不再反驳，但是眼里依然满是倔强。

庄子秦握住廖文列的手，示意他少安毋躁："你该做的都已经做了，沈寻萧不是傻子，现在应该已经察觉到异常，就看孙祥那边处理得怎么样了。如果一切顺利我们很快就能一探幕后黑手的究竟。"

孙祥又检查了一遍身上的武器装备，他一向反感使用武力，自从三年前的事之后就再也没有碰过这些东西，现在再次拿起这些满是机关的武器竟然有些怀念的感觉。

"大人，大家都准备好了。"管家也身披甲胄进来请示。

看着这个跟了自己许多年的手下，孙祥忍不住调笑道："这么多年没有活动筋骨了，大家的身手还在吗？"

管家仰起头露出自信的微笑："大人，您自己没有锻炼但兄弟们可不敢放松，再怎么说我们也曾是陷阵营的人，在这世上能拦住陷阵营的只有陷阵营自己。"

陷阵营这三个字让孙祥想起了曾经的辉煌，当年这三个字象征着战无不胜，攻无不克，没有任何人能阻挡，可惜最后就一语成谶，能拦住陷阵营的只有陷阵营自己。

"那就好，出发。一个都不能放过。"孙祥提醒自己此时不是缅怀过去的时候，看着众人身上未曾被时光磨去的杀气，孙祥满意地一挥手带着众人直奔春芳楼而去。

春芳楼里韩华正在筛选需要保留的情报，这几天春芳楼处处不顺，先是因为刺客被搜查了一番，虽然自己应对得当没有暴露情报，但是之后的事一件接着一件，让韩华感觉有些力不从心。

自己手下潜伏最久的眼线莫名失踪，然后清风堂不知从哪里找来了证据说盐荒是国舅为谋私利发起的，为此国舅还专门差人前来命令自己查清此事。结果这边事情还没有头绪，沉寂了三年的妙手山庄之事又不知为何进入前来调查盐荒的廖文列的视线中。她知道国舅与太后对此事的态度：任何试图探究当年真相的人——杀无赦。为此她调集了所有能动用的人手，结果最后还是错估了廖文列的实力，功亏一篑不说还元气大伤。她知道既然已经与廖文列撕破脸面，自己必然不可能幸存，遣散大部分人手后，她便带着心腹潜回春芳楼处理还留在这里的情报。

正当韩华整理到一半时，一个心腹小厮跌跌撞撞地冲了进来："韩姐，孙祥已经带人围住春芳楼了。"

这么快？廖文列他们已经回到成都了？韩华心中几分惊讶掺杂着几分无奈，自从万梁令被抓后，自己的情报就开始慢了一拍："你们赶快把所有书信记录都烧了。"说着韩华抬手打翻了油灯，火焰顺着油脂很快蔓延开去，她飞快地打开隐藏在各处的暗柜，将其中的东西一股脑扔在身后的火焰中。

小厮通知完其他人回到房间时，里面已经烟雾缭绕，火势大盛："韩姐，别找了，火势已经起来了。再不走就来不及了。"韩华对小厮的话置若罔闻，依旧翻找着各处的文件，将它们投入火海。小厮在门外急得直跺脚，最后硬着头皮冲进火海抱起韩华就走。

韩华挣扎了一下，眼看离房间越来越远，也就平静下来："现在可以放我下来了，我出来了就不会再回去。"

小厮赶紧放手，韩华整理一下有些凌乱的衣物："所有人，走！"说着她便打开地道，出现在她面前的却是守株待兔的孙祥。

看着韩华手下严阵以待，随时准备以死相拼的样子，孙祥劝说道：

"我说韩妈妈,我等了你这么久,你该处理的东西也都处理掉了,你就老实和我走一趟吧。"

"哦?我倒是觉得拼一拼说不定就能逃出去呢。"韩华丝毫没有被包抄后路的紧张与不安,但是其他人就没有这么淡然了,她话音刚落就响起一片刀剑出鞘的声音。只有孙祥和韩华一样镇定,没有丝毫动手的打算:"要是你有逃出去的把握,早就这么做了。你要知道现在和我走,你还有一条生路,如果你真的逃出去了……你可知道现在这成都府里有多少人想要你的人头?"

"知州大人可要为我做主了,奴家一直在这里老实经营不敢有丝毫逾越。"韩华做出楚楚可怜的样子,好像受了莫大的委屈一样,如果不是身后越烧越烈的大火,倒真能糊弄不少人,"行了,你在这里逗口舌之快不就为了拖延时间,好让这把火烧得更干净点吗?我对你们那些钩心斗角的秘密不感兴趣,我只要你跟我走,有些事必须向你们好好确认一番。"

韩华完全没有相信孙祥的意思,只是一边与孙祥静静地对峙,一边在心中默默记数,直到预计东西都烧得差不多了,而孙祥依旧没有动手的意思,她才在心里对孙祥的动机好奇起来:"孙大人找奴家到底有何贵干?"

孙祥一挥手,手下所有人让开一条小道:"那就委屈你先跟我们走一趟了。"

三十六

成都大牢里,韩华等人虽然被关押着,却并没有刻意分开,也没有加派人手特意看护,简直如同普通人犯一样。春芳楼的众人小声商量着如何从这里逃出去,韩华反而冷眼看着他们商量一副兴致缺缺的样子。

"韩姐,你觉得我们有机会活着离开这里吗?"小厮小声地问着韩华,声音虽小其他人却同时停下讨论纷纷望向韩华。

"当然,就像他说的一样我们现在在这里反而安全。我现在倒是很好奇,我们亲爱的知州大人到底想要从我们这里知道什么。"

"我想知道你们对盐荒这件事怎么看?"孙祥不知道什么时候出现在牢门外,韩华展颜一笑:"孙大人还想着我们,真是让我们受宠若惊。不过现在人人都认定我们就是凶手,您却来问我们怎么看?"

"真相如何现在还未有定论,难道你愿意承认了?"孙祥试图刺激韩华,韩华一眼就看穿了孙祥毫无诚意的激将法,不过难得有人想听听自己的说法,她也不推辞:"如果您问我们怎么看,我只能说这一切都是有人设计陷害。幕后黑手恐怕对我们早已恨之入骨,所以准备了这些'线索'来陷害我们春芳楼。"

"那么你觉得有谁会对你们有如此大的仇恨,甚至不惜犯下如此大的罪孽?"

韩华掏出手绢做出捂嘴偷笑的样子来掩饰自己内心的愤怒:"大人你不是也很清楚吗,为何要明知故问?这蜀地上对我们恨之入骨的数不胜数,但要说有能力布下如此大局的只有一个。他们最近的举动不正好证实了这一点嘛。"

两人无言对视,突然异口同声地说出那个名字:"清风堂。"

韩华饶有兴致地打量着淡然说出和自己同样答案的孙祥:"原来知州大人也怀疑他们?"

孙祥未置可否,侧身靠在墙上摆出一副置身事外的模样:"我对他们的看法和我对你们的看法一样,只是没有证据。不过我相信很快就有了。"

韩华环视四周心中似有所悟:"看来我是大人准备的鱼饵了。"

孙祥毫不在意地承认了韩华的说法:"是的,不过你难道就不想亲眼看看到底是谁在给你们找麻烦吗？"

韩华轻笑着打趣："那如果我们就是大人想钓的鱼可如何是好？"

孙祥如同第一次想到这一点一般，一拍手转身对着狱卒说道："快记下来，他们认罪了。来来来，韩妈妈这边画押，这件麻烦事就算结束了。"

韩华不为所动："虽然早就听说孙大人生性跳脱，但是没想到大人如此风趣。"

"我可没有开玩笑。"韩华从孙祥眼中看到一丝危险的气息，"如果真的是你们干的，我劝你们最好现在就交代。这一次无论主使是谁，我都会让他后悔一生。"

"那我真应该庆幸自己也是此事的受害者。"这个男人果然还是当年那个煞星，面对孙祥的质问，韩华不露声色地退让了一步。

"那最好。如果你们不是真凶，那么真凶一定不会放任你们在这里让我慢慢调查。"孙祥的话突然中断了，脸上浮现一抹令人心惊的冷笑："不过来得这么着急就确实出乎我的意料了。"他话音未落，随着一声爆炸传来，牢房中响起厮杀声。狱卒们虽然早有准备，但是袭击者们破墙而入还是让他们有些混乱。抓住这一丝破绽的黑衣人们一路猛攻，直奔春芳楼一行而去。孙祥不知从何处拿出一个长方形的机关盒，稍加操作就变成了一把小型连弩，对着领头的黑衣人扣动扳机，三支短弩如流星般直奔要害射去。

这致命一击却被为首的黑衣人以迅雷般的剑法挡开。孙祥和黑衣人首领都显得有些意外，孙祥没想到准备多时的一击被如此轻易地化解，黑衣人首领则没有想到孙祥现在就在这里。

"你们继续任务，我来对付他。"首领发出指示，孙祥冷哼一声："那你倒是可以试试啊。"说着他按动机关一甩短弩，瞬间短弩就变成了一杆长枪，刺向试图越过自己的黑衣人。首领一把抓住被攻击的手下，将他甩到自己身后，救了他一命。

"想要过去先打倒我。"

首领悄悄给了身后众人一个眼神后，攻了上去。一个黑衣人趁首领吸引着孙祥的注意力，悄悄离开战场设置起火药。

"原来你们是这个打算。"身后传来的声音让黑衣人心中一惊，二话不说回身就准备一剑，他却看见自己的手臂不知何时已经不在自己身上了，而自己身后站着一胖一瘦两个身影。

孙祥站在牢房中狭小的过道上，颇有一夫当关万夫莫敌的气势。强攻不成，准备火药的手下也没有消息，这让首领有了很不好的预感。果然就在他与孙祥纠缠的时候，身后突然传来一声惨叫。廖文列从黑衣人身后杀了过来，其他黑衣人只能勉力抵抗。首领冷眼看着这场袭击陷入困境，不过这一切都还在大人的意料之中，首领一边分心戒备身后，一边默默计算着时间。

首领陷入困境却依旧沉着的样子，让韩华心里开始警惕："所有人打起精神来，小心点。"然而就在春芳楼众人提防着首领出什么暗招的时候，袭击却来自他们身后。随着一声巨大的爆炸声，关押着春芳楼众人的牢房背后的墙被炸开一个大洞，几个背靠墙壁的人一下子就倒在地上生死不明。随后全副武装的另一伙黑衣人从大洞处鱼跃而入，小厮带着其他几个幸存下来的人护着韩华奋力迎战，但是毕竟手无寸铁，而且这群黑衣人的功夫明显也非同一般。

"韩姐，快走！"小厮不闪不避受了一剑，反而用力猛击对手的手腕迫使对方放手，小厮一咬牙从身体里拔出剑试图帮韩华杀出一条路，不料却被韩华一把拉住后领往身后一扔。韩华一如既往地带着微笑，坦然地面对着杀气腾腾的敌人："你们的目标不就是我吗？那么就来吧。"

黑衣人们有些怀疑地戒备着，牢门外的首领看到这边的动静大喊一声："在犹豫什么！"孙祥趁此机会用右手猛然刺出长枪，首领勉强架开长枪，孙祥左手从枪柄处抽出一把利剑，在首领身上留下几处伤口："你还有心思管其他人？"

不过首领的提醒让韩华的形势急转直下，黑衣人步步紧逼。身边没有一个人能够伸出援手，离得最近的只有对面牢房中那个早已倒在地上生死不明的灰袍身影。眼看韩华就要香消玉殒，一截剑头突兀地从黑衣人的胸口冒出，黑衣人难以置信地回过头，却看见自己的同伙全部如同脱线木偶一般无力地倒在地上。

"真没想到是你。"韩华看到救命恩人却没有一丝放松的意思，反而第一次露出凝重的神情。

"哼，当然是我。我可不想你们不明不白地死在这些来历不明的人手上，我要亲手彻底地毁灭你们。"沈寻萧眼里虽然满是恨意，却还是让白葡萄将剑收了起来。

沈寻萧的出现让首领方寸大乱："怎么可能？你不应该在这里！"

"那么为什么他不可能在这里呢？"一个声音从沈寻萧身后传出，庄子秦探着头小心地确认了安全才走出来，"是因为沈寻萧和京城联系的书信中说要回去？还是单纯因为你们觉得沈寻萧一向仇恨太后一派，他不落井下石就已经不可思议了？"

首领没有说话，看到沈寻萧和庄子秦的那一刻他就知道自己的任务已经完全失败了，事情已经超脱大人的意料，必须有人将这件事告诉大人。

"用最后方案！"听到命令余下的黑衣人眼神变得决绝，庄子秦立刻意识到他们的打算，用紧张到有些变调的声音喊道："所有人！立刻趴下，不要让他们靠近！"黑衣人们听到自己的打算被识破，也不继续隐藏，点燃身上暗藏的火药。孙祥看到这幅场景依旧没有后退，他身后的牢房里就是身受重伤的春芳楼一行，如果他退后他们必死无疑。

随着一声震耳欲聋的巨响，连续被爆炸三次的监狱显得摇摇欲坠。正面扛下冲击的孙祥小心翼翼地收起自己千钧一发间撑起的铁骨伞，即便如此爆炸还是在他身上留下许多伤口："文列，还活着吗？"

一具焦黑的尸体动弹了一下，廖文列从下面钻了出来，用力摇了摇有些昏沉的脑袋："我还没那么容易死。"

孙祥回身确认韩华和沈寻萧等人有没有受伤，结果这群人不但毫发无伤还精神十足地互相对峙着，庄子秦毫不客气地插入双方中间："行了行了，现在你们也该知道，这次事情除了你们还有其他人插手其中了吧？"

韩华心里虽然明白，嘴上却不饶人："那可不好说，我看这些人说不准是谁派来的呢。"说着她翻开脚边的黑衣人的领子，用手一摸，嘴角扬起一抹冷笑正要开口。

"你发现这些人身上有清风堂的标记了是吧？"庄子秦不等韩华开口就说出对方的发现。

韩华收起冷笑："那我倒是要听听你们的说法了。"

庄子秦也不急着回答，反问道："那么你先告诉我，你们是怎么知道清风堂的内部标记的？"

"这和此事有关吗？"

庄子秦也不期待韩华会老实交代："当然有，其实你不说我也能猜到。三年前你们费尽心机渗透进了清风堂，所以知道他们的记号。但是自从你们借清风堂之手屠灭妙手山庄之后，清风堂就进行了一次大清洗，你们的暗线全部断绝，从那以后你们关于清风堂的情报就一直没有更新吧？"

"是又如何，不是又如何？"韩华不置可否，但是在场的所有人都明白这算是默认了庄子秦的说法。

"哼，敢做不敢当。"沈寻萧用恰好让人听到的声音小声说道。

庄子秦瞥了沈寻萧一眼让他安静，继续说道："那么我有一个问题，你们春芳楼会继续使用一个三年前就暴露给敌人的标记作为暗号吗？"

韩华思索了一会儿，脸上又露出一如既往的媚笑，上前亲热地想要握庄子秦的手："妹妹这么能言善辩，倒是让姐姐我羡慕得很啊。不知道妹妹有没有兴趣来帮姐姐做事？"

庄子秦连连后退，将白葡萄推出来当盾牌使："那还是算了。"

韩华面对清风堂的人还是保持了克制："妹妹既然不愿意我也不强

求，我只有一事不明，这幕后黑手费尽心思目的到底是什么？"

"还能是什么，当然是……"孙锐的警告突然闪过庄子秦的脑海，自己的目的是让大胤内乱阻止他们进攻蝶陵，如果双方真的就此和解那么蝶陵的百姓应当如何是好？

"妹妹怎么了？"韩华露出关心的样子，眼中却显出怀疑的神色。

庄子秦心思急转："我只是在想这么简单的事你们怎么可能看不出来。幕后主使不是想要挑起你们双方的斗争，就是想要知道当年你们春芳楼不惜屠灭妙手山庄也要掩盖的秘密。如果是后者那么现在他恐怕已经快得手了。"

韩华知道十年前的秘密是太后触之不得的逆鳞，任何知道或者想要知道这个秘密的人都将面对无止境的追杀。韩华眼中出现了一丝难得的真诚："妹妹，还有在场的各位，听我一句劝，不要再追究当年的事了，这对任何人都没有好处，秘密就应该沉睡在黑暗中。"

廖文列有些惊讶地停下处理伤口的动作："你们在妙手山庄都开始袭击了，现在还愿意放过我们？"

"那是因为你们想要接触你们不应该知道的东西，如果你们放弃查下去我们自然没有理由给自己找麻烦。"

沈寻萧对韩华的说法很是不屑："你们现在都这副德行了还说这些，我们就是要继续查下去又如何？何况三年前你们背信弃义灭了妙手山庄，现在又要我们如何信你？"

面对沈寻萧的质问，韩华默然无语。庄子秦此时挺身插入针锋相对的两人之间，打断了两人敌视的对视："这些事我们以后再说，我们调查妙手山庄只是因为此事与幕后黑手有关，如果能查清幕后黑手我们暂时放过这件事也可以。"

韩华顺着庄子秦递出的台阶放低了态度："如此也好，我会告知上面的人多加注意，不过你们必须尽快查明真相，否则……这天下怕是就要乱了。"

说完韩华扶着小厮，领着幸存下来的春芳楼等人从墙壁上破洞处往外走去，沈寻萧按捺着心中的杀意看着春芳楼一行渐渐远去。

"我们真的不再继续追查妙手山庄的事了吗？"廖文列不甘心地发问，却换回庄子秦恨铁不成钢的眼神："你还真是傻子，你现在还有线索可查吗？还不是得等颜溪恢复记忆。我只说不主动去查，颜溪自己想起点什么就不能怪我们了。"

"你们现在终于愿意相信我了？"听到庄子秦在自己面前提起有关颜溪记忆的事，沈寻萧靠在断墙上打趣道。

"那也是这次的目的之一，颜溪妹子现在你应该相信这家伙了吧？"庄子秦向另一边的牢房望去。

另一边牢房里一个从一开始就躺在地上的灰袍人影，缓缓站起身来，赫然就是颜溪。沈寻萧不由自主地瞪大了眼睛，露出难以置信的神情。颜溪走到沈寻萧身前，直直地盯着他的眼睛，似乎要用视线把他射穿："告诉我，三年前，你在妙手山庄做什么？"

"你怎么知道？我找遍了山庄没有找到你！"这一切都有些超出沈寻萧的意料，廖文列有些担忧地想要上前，却被庄子秦拉住了。

"告诉我，为什么你会在那里。"颜溪不断逼进，沈寻萧却连连后退，颜溪冷笑一声，"你为什么要躲？"

白葡萄默默地站出来挡在沈寻萧身前，又被庄子秦急急出言阻止："嘿，听我说大个子，这对你的主人可没有帮助，姐姐带你吃烧鸡去。"

沈寻萧轻轻拍了拍白葡萄的背，如同三年前那晚一样："去吧，我能应付。"等到白葡萄离开，沈寻萧深深吸了一口气道："既然你想知道，那我就全部告诉你。"做出决定后的沈寻萧似乎终于放下心中的不安，"这会花很长时间，但我会尽力将我知道的一切说清楚。"

三十七

　　三年前，第一次独当大任的沈寻萧带着白葡萄离开京城，准备重新踏上离开多年的西蜀之地。临行前沈寻音有些不安，这些年宫廷中的尔虞我诈让那个本就聪慧的女子越发机警了，西蜀叛乱之后太后的行动一反常态，各种相互矛盾的线索让她对日渐壮大的清风堂内部情况有些担忧。但也正因此她必须坐镇京城，前去西蜀探查的任务只能交给沈寻萧了。

　　"你此去路上一定要多加小心，一切以保命为重。现在蜀地形势变幻莫测，各方势力犬牙交错。你只要探清形势就好，切莫涉入其中。"

　　面对姐姐的嘱咐，沈寻萧心底有着小小的不耐烦："姐，你过于担心了。再怎么说，袁朗打着的也是魏家的旗号，无论如何也不至于对我不利。"

　　沈寻音内心暗自叹息，怕就怕在他打着的是我们魏家的名义啊。但是沈寻萧踌躇满志的样子，显然已经听不进劝了，沈寻音只好转向白葡萄："小白，你已经跟了我这么久，这次你可要保护好寻萧。"

　　白葡萄一拍胸口："小姐你放心。只要我活着没有人能伤到少爷。"

　　"你的实力我放心。"沈寻音俯身在白葡萄耳边小声嘱咐，"如果这个笨蛋想要以身犯险，那你就把他打晕给我扛回来。"白葡萄毫不犹豫地点头答应下来，沈寻音退后一步，"那就祝你们一路顺风，小白好好记住我说的，回来给你做酥饼吃。"

　　然而蜀地的形势正如沈寻音所料，犹如一团乱麻。被沈寻萧寄予厚望的袁朗只是借用魏家的名义行事，在孙祥许诺恢复蜀地赋税徭役、善待蜀地百姓后，袁朗便停止攻势准备接受招安。沈寻萧虽然不满，但是蜀地百姓受魏家拖累，多年来一直生活在水深火热之中，自己却毫无办法，这样也算是魏家对蜀地百姓的补偿了。

眼看局势平定，正当沈寻萧准备收拢人手离开蜀地时，异变突起。清风堂蜀地分舵沈寻峰匆匆来报，吴江冷准备趁孙祥回京为袁朗请命的机会，设计剿灭袁朗主力，并肃清魏家在蜀地的全部残余势力。沈寻萧心惊之下，没有觉察到沈寻峰那意味深长的眼神，只连忙问道："妙手山庄如何，可有人朝妙手山庄去了？"

"妙手山庄？"沈寻峰露出疑惑的神情，思索着道，"倒是没有人到妙手山庄去，不过山庄里难道也有魏家旧人吗？需要属下前去联络吗？"

沈寻萧已察觉自己失言，自从魏家事发之后，为防万一清风堂已经刻意划清与妙手山庄间的关系，他只好拉出寄居在妙手山庄的钟凌来当挡箭牌："啊，只是有个和魏家相识的钟御医寄居在妙手山庄，我担心山庄受到波及，你顺便也派人去跑一趟吧。"

沈寻峰低下头掩藏起自己的眼神，答应了一声。

安排好沈寻峰联络所有魏家旧人，让他们各自躲避后，沈寻萧准备亲自前去质问吴江冷，此行却被白葡萄拦了下来。

"你给我让开！"沈寻萧换着法子想出去都被白葡萄一一拦下："不行，小姐说了不能让你以身犯险。如果吴江冷真的要清除魏家势力，那少爷你去就太危险了。"

沈寻萧见硬闯不行，呵斥不行，便试着诱惑这个胖子："小白，你听我说，我不会暴露自己的身份，我只是以清风堂的名义向他确认下他的打算罢了。很快就能回来，不会有危险的，回来我给你带烤鹅好不好？"

白葡萄眼神动摇了一瞬，但是很快他便摇着头拒绝了诱惑："不行，小姐说了，少爷你一定要以身犯险的话就让我把你打晕了带回去。"说着他就举起手，吓得沈寻萧往后一跳："行行行，我不去，我不去总行了吧？"

沈寻萧气馁地坐下，心里却还想着偷跑出去的办法："来人，请沈寻峰过来我有事相商。"

门口的小厮回应道："沈寻峰出去了，大人若是有事可以先吩咐小的。"

沈寻萧心想着沈寻峰大约是按自己的吩咐去通知旧人各自避难，于是嘀咕了一句性子真急，并未将此事放在心上，一心想着溜出去和吴江冷当面对质。

晚上趁着饭点，沈寻萧借口要办公事故意留在书房，准备趁着白葡萄吃饭的工夫翻出府去。然而沈寻萧翻出围墙，转头就看见白葡萄那铁壁似的身躯，手一提就把沈寻萧提起来准备拎回房间去。然后小巷里一声微弱的呻吟中断了白葡萄的动作，沈寻萧趁机挣脱白葡萄的控制："行了行了，我就出来随便走走。先去看看出什么事了。"

白葡萄拦住沈寻萧，独自走进小巷，不一会儿就拎回来一个浑身是血的伤员。

"你这抱人的动作以后一定得改改。"沈寻萧回忆起自己刚才被白葡萄单手夹在腋下的样子不禁边抱怨着边查看起伤员的样子，这一看让沈寻萧心中一惊，此人是清风堂的，既然是清风堂的人为什么受此重伤宁可躲在小巷里也不愿接近分舵？"小白，把他带到我房间里去，别让任何人看见。然后再带个医生过来，一样别让人看见。"

但是白葡萄并未有走开的打算，只是看着沈寻萧，让沈寻萧哭笑不得："我都说了我不走了，我现在觉得有些事情不太妙，我需要确认一下，稍后我就回房，到时候你必须把医生带来。"

白葡萄怀疑地看着沈寻萧："少爷，你不骗我？"

白葡萄的怀疑让沈寻萧有些泄气，自己在他心里竟然如此没有信誉："不骗你，我保证以后都不再骗你了。行了吧？"

白葡萄这才拎着伤员一个纵跃，消失在夜色中。也不知道这么大个个子是怎么练出这一身功夫的，沈寻萧不禁又一次感叹白葡萄这奇特的体形。

整理了一下被白葡萄拎过后有些凌乱的衣裳，沈寻萧绕到前门大大方方地回了分舵，副舵主匆匆赶了过来："大人您这么晚了还亲自出去办事了吗？有事吩咐我们去做就行了。"

沈寻萧伸展着身子，似乎心不在焉地随口回道："没什么特别的事，我身子弱，得时不时出去运动运动才行。"副舵主眼中流露出的怀疑警惕被沈寻萧捕捉到了，副舵主很快恢复关切的样子："原来如此。不过大人，我们清风堂在蜀地树敌不少，太后虎视眈眈，您还是不要轻易出门比较好。或者知会我们一声，我们也好保护大人，不然大人万一有点闪失我们不好向堂主交代。"

沈寻萧小心地隐藏着心中越来越浓的怀疑，摆出和以往一样玩世不恭的模样："好了，我知道了。我这不是看你们舵主带着人都出去办事了就没继续麻烦你们嘛。再说我有白葡萄在，闲杂人等怎么可能近我的身。"他提到白葡萄时，副舵主眼中又闪过一丝警惕和不安，沈寻萧默默记下，嘴里却没有停下，"说起来你们舵主带这么多人是办什么事去了？"

"最近太后动作频频，舵主带人探查去了。"

沈寻萧点着头一副并不在意的样子，往房里走去，却想起什么似的猛然回身问道："他带着这么多人探查去了，那我吩咐你们通知魏家旧人的事是谁在办？"

"这个……"副舵主被突如其来的发问惊住，眼神闪烁着回答，"舵主已经安排人去通知了。"

"安排人去通知了？我可是吩咐他亲自去通知此事，而且我似乎指示过要调查太后，必须先知会我吧？"

副舵主摆出一副迷茫的面孔："这个我就不清楚了，大概是有什么特别的发现，要不等舵主回来我让他亲自向您解释？"

你真不知道就有鬼了，沈寻萧在心里冷笑："那好吧，我就等他回来。他不在你多费心盯着点这件事，我等你们的好消息。"沈寻萧如同真的只是一时兴起发问一般转身离开，一时间他似乎感觉到这个自己住了许久的据点里有许多双眼睛盯着自己的一举一动,直到走进自己的房间这种感觉才渐渐散去。

沈寻萧刚进房间,白葡萄就迫不及待地迎了上来,来来回回地打量他。

"别看了,你看我都说了不会骗你了,我这不是好好回来了嘛。医生呢?"

白葡萄一指内室:"在里面看病。"

内室里一身素白睡衣的孙锐正在给伤员换药,看到沈寻萧回来了不禁抱怨道:"寻萧啊,你下次换个人来找我行吗?"

看着孙锐单薄的衣物就猜到白葡萄是怎么"请"的人,说不好就是直接从床上拎过来的,瞪了一眼一脸无辜的白葡萄,沈寻萧带着歉意地赶紧找了一身外衣让孙锐暂时披上:"孙大夫,他怎么样了?"

"伤及肺腑,他能活到现在就是个奇迹,治好是不可能了,我顶多让他多活几天,你们赶紧问问他有什么想做的赶紧做了吧。"

"多谢孙大夫了,白葡萄好好送孙大夫回去。"沈寻萧特地强调了"好好"两个字。

白葡萄听到吩咐又要伸手抓孙锐,被沈寻萧一掌拍掉伸出的手:"你就不会好好背人家?"

"背着人不方便迎敌嘛。"白葡萄还颇为委屈,却只换来又一个怒视。看到白葡萄老老实实背起了孙锐,沈寻萧最后向孙锐嘱咐道:"孙大夫,今晚的事还请你务必保密。"

"行,今晚我就睡在家里,只是做了场被人拎着飞来飞去的噩梦而已。"看来孙锐还是对白葡萄送人的方式颇有怨言的,沈寻萧只好赔笑道:"抱歉,那就多谢大夫了。"

目送孙锐离开,沈寻萧回到房里时伤员已经醒了,看到沈寻萧很是激动地想要起身,沈寻萧忙按住他:"你身受重伤,先好好躺着别乱动。告诉我你为何宁可躲在小巷也不回到清风堂?"伤员焦急的样子让沈寻萧越发不安,但是对方接下来的话让沈寻萧犹遭五雷轰顶:"大人，舵主早就背叛清风堂了。现在他带着人准备前去收拾魏家旧人，第一站就是妙手山庄！"

"什么?!"刚让伤员好好躺着的沈寻萧不由自主地晃动着他，"告诉我到底发生了什么?!"伤员刚刚止血的伤口又渗出鲜血，脸孔因为痛苦扭曲成一团，沈寻萧这才意识到自己的粗鲁举动，赶紧放开手。

伤员咬着牙忍着疼痛，声音中满是恨意，慢慢道出了原委："舵主早已背叛清风堂，近年来悄悄地在分舵中安插自己的心腹。此次蜀地叛乱，太后认定是清风堂在背后指使，舵主为求自保一直在寻找机会向太后投诚。当大人您命令舵主通知魏家后人避难时，舵主就决定拿他们的人头作为投名状。"

刚说完伤员心绪波动之下，一口鲜血喷在了素白的床单上，显得触目惊心。沈寻萧听到妙手山庄将要遇险时，心中的愤怒简直让他目眦欲裂，恨不得立刻飞到妙手山庄去，但最后一丝理智还是让他选择先问个清楚："那个叛徒是何时出发的？都有哪些人选择了背叛？"

伤员刚平复气息，听到沈寻萧的问话不禁又激动起来，脸上泛起了病态的潮红："这几年舵主不断派出堂里的兄弟去对付太后，很多兄弟最后都没能回来，想来必定是他早就暗中通知才让这么多兄弟有去无回。现在借着联系魏家后人的名义，他把我们这些还忠于清风堂的老人约出城一网打尽，这蜀地分舵中一般堂众还是心向清风堂，但是高层中恐怕已经全部是他的爪牙。"

伤员用不符合一个濒死之人的力气死死抓住沈寻萧的手，咳嗽不已但脸上的神色越来越精神："大人！要替兄弟们报仇啊！"

沈寻萧轻轻拍着伤员几乎要掐进自己肉里的手，低声安抚："会的，我一定会的。"然而这个怒目圆睁的大汉没有了回应，沈寻萧慢慢将他放倒在床上，将手从伤员的掌中抽了出来，手上赫然已经被捏出瘀血。沈寻萧深吸一口气，全力压抑着自己心中翻滚不休的怒火。

"白葡萄，去把所有留在这里的副舵主、香主这些管事的全部绑到这里来。"沈寻萧一收之前纨绔子弟的姿态，面沉似水，身上翻腾着抑制不住的杀意,"如有抵抗,杀无赦!"

一时间,分舵里天翻地覆,所有高层被白葡萄一网打尽,但是在沈寻萧快刀斩乱麻的狠厉手段下混乱迅速平息。

安排自己带来的亲信看好这群叛徒后,沈寻萧将诸多后事都抛在一边打算前往妙手山庄,而白葡萄又一次拦在他面前。

"那里危险,舵主把所有高手都带过去了。"白葡萄试图劝说沈寻萧,已将自己的愤怒与不安压抑许久的沈寻萧看到白葡萄又准备阻止自己,再也按捺不住拔出剑直指白葡萄:"你以为你是谁?不要挡我的路,要么让开,要么死!"

白葡萄毫不退让,依旧与沈寻萧针锋相对不让他离开,沈寻萧心急如焚看到白葡萄不打算让开,一剑不管不顾地就刺了下去。但是白葡萄毫无躲闪的打算,似乎准备这样受下这一剑。

所幸最后一刻沈寻萧想起了沈寻音的嘱托恢复一丝清明,硬生生偏转剑锋狠狠削断了旁边的木桌:"白葡萄告诉我,姐姐当初到底是怎么嘱咐你的?"

"小姐说不能让你以身犯险,不然就把你打……"沈寻萧打断了白葡萄的话:"不用每次强调打晕带回去。那么我再问你,你能不能保护我的安全?"

白葡萄一拍圆滚滚的肚子:"当然能。"

沈寻萧满意地点着头难得地露出一丝笑意:"有你在我就不能算有危险,那么何来以身犯险之说?现在我命令你迅速准备好我们立刻出发!"

白葡萄觉得似乎有哪里不对,但很快就放弃了思考,只要没有违背小姐的吩咐就好,他终于让开路,和沈寻萧一起出发。

二人日夜兼程,几乎不眠不休地赶向妙手山庄,但沈寻萧在山谷外隐约看到火光的那一刻,知道自己最终还是晚了一步。沈寻萧丝毫不掩饰自己的踪迹,就这么直直地向着庄内闯去。两个看守大门的堂众正在嘲笑妙手山庄脆弱的防御,见到沈寻萧时二人都愣在原地:"大人你……"一个堂众刚开口就发现自己的胸口不知何时已经多了一个洞口，鲜血如同他今天无数次目睹的那样泉涌般往外流着，只是这一次伤口在自己身上。

他的伙伴立刻准备拔剑自卫，却抓了个空，此时他才注意到自己的手臂早已空空如也，只能惊恐无力地倒在地上发出凄厉的惨叫。可惜的是，这声惨叫被掩埋在弥漫整个山庄的痛苦之中，没有引起任何一个屠杀者的注意。

白葡萄如死神一般收割着这些满手鲜血的袭击者的灵魂，沈寻萧则强迫自己去查看地上的每一具尸体，每看到一具尸体沈寻萧心中楚何昔生还的希望就小几分，但是没有发现楚何昔本人的尸体，这最后一丝希望就如同蜘蛛丝一般，脆弱微小却支撑着沈寻萧不坠入无底的深渊。

沈寻萧发了疯一般袭击着每一个进入自己视线的杀人者，翻看每一具残破不堪的尸体。直到妙手山庄的火势越来越大，他依旧如同入了魔一样在火场里寻找着，对身边炽热的火焰和白葡萄焦急的呼唤视而不见听而不闻，直到最后眼前一黑，被人打晕过去。等到再次醒来，沈寻萧已经在回京的路上了。

三十八

"接下来就是清风堂对内部的大清洗，几乎将一切推倒重建，从此清风堂元气大伤由明转暗。"沈寻萧说完了心中多年来的执念，神色轻松不少，"我当年经历的就是这些，你们信也好，不信也罢，我只想告诉你们我对你们没有恶意，但是太后，我恨不得食其肉寝其皮！"沈寻萧一拳砸在墙上，原本就被炸药折腾了几次的墙壁被砸出一个大洞，沈寻萧的手上也流下不少血。

颜溪看到沈寻萧手上的伤口，心中没来由地一阵心疼，取出金疮药默默地帮他把伤口包上。

"原来如此，不过皇帝为何要这么执着地保护魏家旧人？当年不就是皇上亲自下令将魏家灭门的吗？"知道一些旧事的孙祥提出自己的疑问，沈寻萧看着给自己包扎的颜溪眼中的戾气渐渐退去："很简单，将魏家灭门的是太后。皇上当时势单力薄为了保存魏家的火种，作为代价他只能默认是自己下的令。证据也很简单，清风堂就是为了保护魏家旧人而建，而我就是魏源胥之子。"

所有人都面面相觑难以置信，只有颜溪依旧不动声色。

"颜溪妹子你早就知道了吗？"庄子秦有些意外，颜溪之前对此只字未提，颜溪眼中满是苦涩和无奈："不，我才想起来。"庄子秦立刻意识到其中的意义，拼命给廖文列使眼色。

"沈寻萧你说的我们需要确认，如果这一切都是真的，我们自然也会将我们知道的告诉你。"廖文列虽然不明所以但言下之意已经是下了逐客令，沈寻萧双眼出神地看着颜溪给自己包扎的伤口，过了半晌才跟大梦初醒一般，脸上带着领悟什么一样释然的表情转身离开了。

廖文列还没开口，庄子秦抢先按住了他的嘴，在他耳边小声道："现在先别问，这里不是地方，我们先回去。"她神秘的样子让廖文列一头雾水，庄子秦不管廖文列的疑惑，扶起随着沈寻萧离开后脱力一般依靠在墙上的颜溪，"妹子，现在什么都别想。我们先回去，不着急，一点点来。"

廖文列这才注意到颜溪的异常，匆忙对孙祥告辞："这里就交给你收拾了。"

这一次孙祥难得没有抱怨，只是拍着廖文列的肩膀："有什么我能做的，立刻告知我。"

廖文列犹豫了一会儿道："其实你不必和我一起继续……"

孙祥将廖文列往前一推打断了他的话："你什么时候这么婆婆妈妈

了，还替我操心，好好查你的案。真要有麻烦我绝对跑得比你快。"

劝说不了孙祥的廖文列只好背起颜溪，先行离开。孙祥目送廖文列离开后看着黑衣人首领的尸体陷入深思，不知道为何他的功夫总让孙祥有种熟悉的感觉，这让孙祥有了非常不好的预感，招手示意自家管事过来："有些事看来需要你跑一趟了。"

回到廖府，廖文列小心地放下背后的颜溪，刚才还只是有些无力的颜溪，此时已经面色惨白，汗如雨下。

"颜溪你怎么了？"

庄子秦二话不说强行地拉过颜溪的手腕把了把脉象，却惊讶地发现脉象如常，抬头就看见颜溪纠结不安的眼神，心里明白了几分："没事，她只是经过这些事有些累了。让她一个人好好休息就行。"廖文列放下了心，七手八脚地准备让颜溪躺下休息，实在看不下去的庄子秦一把将他推出门外。

颜溪终于松了一口气，庄子秦在颜溪对面坐下握着她的手："颜溪，你恢复记忆了对不对？"颜溪眼神躲闪着想要否认，但看着庄子秦笃定的模样最后只是无言地默认了她的猜测。

"那你就先躺着好好休息休息，这几天这么多事也是苦了你了。"说着庄子秦起身帮颜溪准备被褥，颜溪没有意料到庄子秦会是这般反应，忍不住出声询问："你就不问我想起了什么？"庄子秦一边铺着被子一边随意地回问，似乎真的丝毫不在意颜溪回忆起了什么："那么你现在想好怎么说了吗？"

颜溪苦笑，现在自己的脑海被不断出现的回忆搅成了一团糨糊，这些破碎的记忆显得如此遥远如此虚幻简直如同梦境。

庄子秦将颜溪按在床上："所以现在不要想太多，放轻松。我和你哥一直在，你只需要慢慢整理好思绪。不论你回忆起什么，你只要记得我们永远会和你站在一边。"庄子秦帮颜溪盖好被子，整理了一下颜溪略显凌乱的青丝，"但是现在，好好休息。"

庄子秦看着颜溪的睡脸，心中感慨万千。这个女子如同有着什么魔力一般，让所有人对她从心底生不出讨厌的感觉。自己也是一样早已看出她对廖文列隐隐约约的情愫，而廖文列更是对她有着毫无保留的关怀，自己却无法对她生出一丝一毫嫉妒。她对身边所有人都是一样的关心，见不得任何人受到伤害，如此脆弱又如此坚强，让人心生亲切感，忍不住把她当作自己的妹妹一般疼爱。想必廖文列也是一样吧。

正当此时，在这越发寒冷的深秋，窗外突然传来一声清脆的子规啼叫。庄子秦听出了啼叫中奇特的韵律，知道孙锐急着找自己，但是为什么偏偏是这个时候？难道蝶陵出什么事了？庄子秦并不敢继续想下去，立刻简单收拾了一下就准备出门。她刚走到门外就迎面撞上一直候在外面的廖文列，心里焦急的廖文列没有察觉到庄子秦眼中的那一丝慌乱：“子秦，颜溪怎么样了？”

"她只是累了，我现在去更生堂再给她配点药。如果我估计得不错我们很快就能知道妙手山庄被灭门的秘密了。"庄子秦闪烁其词地敷衍了廖文列几句，廖文列担忧地偷偷望了眼熟睡中的颜溪，有些不知道该如何是好："那我陪你一起去吧。"

"不用了！"庄子秦二话不说立刻拒绝了廖文列的提议，看到廖文列投来疑惑的眼神才觉察到自己的鲁莽，只好现编一个理由，"颜溪记忆即将恢复，是最为危险的时候。现在万一走漏了消息，国舅和幕后之人随时有可能公然袭击这里，所以必须有高手在这里坐镇。"

虽然隐隐约约觉察到庄子秦在隐瞒什么，但是廖文列并没有继续追究，只是不断嘱咐庄子秦多加注意安全。

走出廖宅的庄子秦回身望了一眼这座自己参与布置的宅子，心里涌起一阵莫名的不安：自己还能这样欺骗众人在这里待多久？每在这里多待一天自己就越发难以离开此处，孙锐说得对，自己已经投入太深了。

来到更生堂，庄子秦意外地发现一贯坐镇后堂的孙锐竟然出现在前厅听诊。远远看到庄子秦到来的孙锐匆匆结束了诊断，向着其他等候的病人一抱拳："诸位乡亲对不住了，在下身体有些不适，诸位就由我们更生堂其他医生听诊吧。"说着他就不管病人们的苦苦挽留回到后堂去了，庄子秦心知恐怕出了大事，也急忙从侧门进了后堂。

她一进门，早已等在门口的孙锐开口就问："监狱的事是你谋划的吗？为什么不事先和我说一声？"

庄子秦轻皱蛾眉，心中暗惊：好快的消息，监狱一事过去还不到两个时辰，这边就已经清楚来龙去脉了吗？蝶陵何时在蜀地有如此强大的情报网了？

孙锐叹了口气，让庄子秦先进屋坐下："刚才吴太尉那里来了消息，告知了我监狱的事，并质问我到底意欲何为，我这才知道你干了什么。子秦，你还记不记得我们来这蜀地最初的目的是什么？"

庄子秦低着头，早在计划实行之前她就明白这一切会有什么后果，如果幕后黑手并非朝廷中人，那么太后和皇帝必然和解。而如此一来吴江冷将无法继续拖延，攻打蝶陵志在必行："这些我都知道。"

"既然知道那你还……"孙锐止住了话语，看着庄子秦深深地叹着气，"那么你说说你的想法吧。"

庄子秦给自己倒了杯茶水，看着杯中漂浮不定的茶叶，慢慢开了口："孙锐，我们不计危险来到这里是为了阻止战争，避免蝶陵百姓受难的是吧？我们原来的计策是用中原百姓深陷战火为代价，换取蝶陵一时的安稳。我们真的有权利用更多人的生命来拯救蝶陵的安危吗？"

孙锐面色越发凝重，悄悄握住了袖中的短刺："中原人的死活与我们蝶陵何干？难道就为了他们的生活，我们蝶陵就应该任人宰割吗！"

听到孙锐的质问庄子秦反而下定决心一般，饮了一口茶，任由苦涩的茶水在口中扩散："当然不！蝶陵自然不会就这样认命。但是我们不能再用挑起矛盾这种办法了，我们不能用无辜者的血来换取安全。而且，万一中原人察觉我们参与其中，恐怕蝶陵的日子会更加难过。"

庄子秦最后的话语说动了孙锐，他暗中松开短刺的那一瞬间如释重负。说到底他无论如何也不愿走到最后一步："这么说来你已经有更好的办法了吗？"

庄子秦展颜一笑："那是自然，而且还不止一个。我们可以找出幕后黑手，大胤皇帝攻打蝶陵不就是为了声望嘛，我们送他这份大礼他又何必吃力不讨好地攻打蝶陵呢？"

孙锐敲打着桌子，沉吟道："那么太后会同意吗？终止战争可不是皇帝一个人说了算。"

"那就更不是问题了。"庄子秦毫不在意地一挥手，一副尽在掌握的模样，"我很快就能掌握太后无论如何也要掩盖的秘密，想必以此作为威胁，她也不会执意攻打蝶陵。"

看着庄子秦自信满满的样子，一向了解她的孙锐直截了当地问道："那你老实告诉我，有几分把握？"

被揭穿自己虚张声势的庄子秦一下子便泄了气，用细若蚊蚋的声音道："三成。"

孙锐反而放心一般点头："嗯，比我料想的高。按你的性格，我还以为只有一成，足足高了两成。"孙锐满意地看着庄子秦难得地露出惊讶的样子，"最后一个问题，万一失败了，你打算怎么办？"

"怎么办？无非回到蝶陵，和大胤堂堂正正打一场，打到他们知道蝶陵不好惹为止！"庄子秦拔出自己暗藏在腰间的软剑，挽了个剑花，眼神坚毅，"不然真当我蝶陵无人可卫家乡！"

三十九

与此同时，庄子秦出门不久，廖文列就迎来一位不请自来的客人。

"文列，你这是打算在蜀地长住了吗？"吴江冷悠闲地打量着院子里的布置，似乎很满意地点着头，"看不出三年过去了，你在朝中待了这么久终于涨了些品位，我还以为你会把这里布置成军营呢。"

"我在这里只是因为盐荒一案尚未查明。倒是你不是说对真凶是谁毫无兴趣，只要盐荒停止就好了吗？为什么现在还有工夫在这成都晃悠？"

提到此处吴江冷似乎很是头疼的样子，摇着头满脸无奈："我也不想待在这里天天看孙祥的脸色，只是得到消息似乎蝶陵有人潜入了成都，这让我怎么放心离开？"

蝶陵有人潜入了成都？廖文列将信将疑，但是吴江冷应该没有理由欺骗自己，难道和盐荒有关？廖文列越想越觉得可疑："那么吴太尉可有发现间谍的踪迹？"

"这个就不劳你费心了，你还是好好查你的案，现在太后和皇上可都没什么耐心了。"吴江冷转过话题，不愿再提谍的事，廖文列冷哼一声："我这边也不劳太尉操心，一切顺利得很，你还是考虑考虑怎么升官发财吧。此次攻打蝶陵怕是太尉您的功劳簿上又不知道要增加多少条人命了。"

面对廖文列的冷嘲热讽吴江冷只是轻叹一声，但很快还是淡然地微笑道："那就要看蝶陵的人识不识趣了，说到底我也只是受君之命，要是蝶陵乖乖投降我也没必要多造杀孽，不是吗？"

"哦，是这样吗？要是蝶陵真的投降了，吴太尉你一人未杀岂不是显得很无能？"廖文列丝毫不相信吴江冷的话，继续嘲讽着，吴江冷终于也有了几分火气："廖文列，你有工夫管我边疆战局，还不如老老实实先管好自己手里的那些事。你在蜀地调查此事已经快一年了，盐荒早已结束你却一直拖着迟迟没有结论，朝中的各方势力都已经对你有所不满了。"

看到吴江冷激动的神情，以及言语里虽然激烈却掩藏不住的那一丝关切，廖文列却冷冷地拒绝了吴江冷的好意："吴大人你来这里就是为了提醒我这些吗？那下官先行谢过，这件事我自有分寸。"

"三弟！"吴江冷脱口而出三年前的称呼让廖文列有些时光倒流的恍惚感，"你为什么不惜赌上自己的前途也要执着至此？你再追究下去只能将自己置于险地，到最后甚至与此事有关的每一方都会视你为敌！你为什么要做到这个地步？"

"你是不是知道了什么？"廖文列直视着吴江冷，锐利的目光似乎要把他洞穿一般。

吴江冷深深地叹了口气，自嘲地笑道："我只知道有些事我不应该知道。看来三年了你还是什么都没变，认定的事谁也没有办法阻止你继续下去。"

廖文列回想起三人当初的情义，也不由得叹息："是啊，我一直没变，所以我不能理解你为何会变成现在追名逐利的样子。"

吴江冷默然不语，廖文列也不奢望吴江冷答复，自顾自地说着："当年在军中，你比我和孙祥都聪明，很多事看得比我们透彻，更重要的是你比我们都要坚定。当年你对魏家灭门……"

"够了。"吴江冷突兀地打断了廖文列的话，脸色越发阴沉起来，"我在袁朗叛乱之后才意识到，没有地位、权力，任何追求都只不过是可笑的儿戏。只有让自己活下来，活得更加强大才能够做自己想做的事。"

"那么你现在已经官居太尉了，为什么还要如此追名逐利？现在你想要做的事，天下还有谁拦得住你？"

听着廖文列的话语，吴江冷看向自己身为武将过分纤细的手，随后用力地握拳，用力到连关节都开始发白："我最后再劝你一次，不要继续追查下去了，否则不但是你，你身边的人也都会被牵连。你……好自为之吧。"说完意兴阑珊的吴江冷不等廖文列回应，便转身离去。

吴江冷出门就迎面遇上了拿着药回来的庄子秦，二人对视一眼，吴江冷深邃的眼神让庄子秦心中的不安越发浓厚，但是二人什么都没有说就这样擦肩而过。庄子秦看到廖文列在院子里愁眉不展的样子，上前搭话道："怎么这副样子？吴江冷说了什么吗？"

看到庄子秦回来的廖文列勉强扯出一个笑容："没什么，还是劝我不要再深入下去。看来他已经知道真凶是谁，但就是不愿意说，恐怕真凶连他也要忌惮几分。"

庄子秦想起孙锐的话，虽然她花言巧语地说服了孙锐，但是她心中依旧迷茫着，犹豫着提议道："要不我们就如他所说就此收手吧。盐荒已定，皇上和太后之间矛盾日深，现在不打将来也必将有一战。你又何苦将自己葬送在这里呢？"

廖文列有些意外庄子秦的转变，但想到将要面对的危险，他以为庄子秦是担心她自己的安危："子秦，从今天开始你就不必继续参与此事了。"

心中本就不安的庄子秦心跳猛地漏了一拍，带着些许颤抖的声音问道："为什么？"

廖文列从她手中接过药："你还没有涉入过深，现在离开，他们还不至于太过为难你。颜溪已经恢复记忆，如果你也知道了导致妙手山庄灭门的秘密，恐怕有些人就不会放过你了。"

发现不是自己身份暴露的庄子秦松了口气，也被廖文列的关心所感动，一把抢回药："你个大老粗，毛毛糙糙的怎么煎药，还是我来。"说着她便往厨房走去，走到一半，背对着廖文列，不知道是对廖文列说还是在安慰自己："我现在已经不可能置身事外了，就让我们走到最后，看看是否有奇迹发生吧。"

"孙大人！"孙祥指挥着人收拾着残破的牢房，管家匆匆而来神色显得有些慌张，这让已经忙得不可开交的孙祥颇有自暴自弃的冲动："又发生什么事了？"

管家递上一份文书，孙祥接过文书一看，脸色如同走马灯一般不断变化，最后他将文书往地上一摔，对着管家大喊道："告诉他，不劳他插手，如果此事属实我身为蜀地知州自然会处理！如果他敢把手伸过来就别怪我不客气！"

管家颇为无奈地看着大发脾气的孙祥，每当遇见吴江冷的事孙祥总是这么容易失去控制。管家正要离开去和吴江冷派来的人交涉，却又被孙祥喊住："之前让你去联系的事怎么样了？"

想起孙祥之前的吩咐，管家如实汇报："还没有消息。"

孙祥不禁有些不满："这么慢？"

"是啊，当年陷阵营解散后兄弟们各奔东西，除了我们这些跟着大人以及一些回了老家的，其他人不知为何音信全无，至今没能联系上他们。"

挥手放管家离开后，孙祥陷入了深思："吴江冷，你究竟打算做什么？"

时间过去得很快，距离牢房的那一场大战眨眼便过去了四五天，原本风雨欲来的气氛如同幻觉一般。庄子秦整日和廖文列、颜溪谈笑，解开了心结的沈寻萧也常来拜访，几乎快住在廖府，却从来不提过去的事，似乎日子就能这样永远平稳地过下去。

这一天，成都迎来了入冬后的第一场雪。廖文列和沈寻萧、庄子秦三人正在亭子里饮酒赏雪，身体刚恢复的颜溪也缓缓从屋子里走了出来。

沈寻萧远远看见颜溪衣衫有些单薄，赶紧解下自己的外衣给颜溪披上："怎么出来了？天气这么冷，你身体也才刚好。"

颜溪没有拒绝沈寻萧的好意，低声道谢："谢谢，我出来透透气。"颜溪停顿了一下，握拳给自己打气，"还有对不起，寻萧。"

沈寻萧用力压抑着心中想要紧紧抱住眼前这个让自己朝思暮想的女子的冲动，深呼吸平复着心情，一路用身体替颜溪当着风陪她来到了亭子里。

庄子秦拉过颜溪的手看了看脉象，向着廖文列点点头让他放心："妹子，怎么今天看见这雪景终于也忍不住想出来了？你身体没问题了，但也别在外面待太久。"

颜溪微笑着示意自己知道了："其实我倒是要谢谢这场雪。被这冷风一激，原来糨糊一般的脑子也终于清醒了，原本模模糊糊的记忆也终于整理清楚了。"说到这，庄子秦抬手制止了颜溪继续说下去，廖文列也会意地准备让沈寻萧先行离开。

心中知道自己还没有完全被接受的沈寻萧虽然有些黯然却颇有自知之明地准备离开，却被颜溪拉住了袖子："让他留下来吧！寻萧，我可以和当年一样相信你吗？"

沈寻萧再也忍不住内心的冲动，将颜溪拥在怀里："当然，我过去、现在、未来都不会辜负你。"

颜溪什么也没有说，只是轻轻地回抱了过去。

"喀喀。"庄子秦忍不住出声提醒二人还有别人存在，廖文列轻叹一声："好吧，我相信颜溪的决定，既然颜溪选择相信你，那么我也会相信你。颜溪你说说吧，你想起了什么？"

颜溪没有直接回答，而是看向沈寻萧："寻萧你还记得妙手山庄的钟神医吗？"

沈寻萧回想起小时候在妙手山庄养病时，没少因为淘气被这个古板的老神医教训："当然记得，但是我只知道他是个死板的老先生，医术可能与老庄主不相上下，常常看到他们两个聊些听不懂的医术，其他的就一无所知了。"

颜溪心中感慨着造化弄人："钟凌钟神医晚年在你走后一直很自责。他一直认为魏家灭门一事他有责任。"

沈寻萧露出了难以置信的神情，当年的那个老神医虽说古怪了一点，但是为人也算正派，他怎么也没有想到对方会与十年前的事扯上关系。

倒是庄子秦旁观者清，看出了些许端倪："难道十年前太后灭魏家和三年前屠杀妙手山庄是同一个原因？"

颜溪点头，认可了庄子秦的推测："你说得没错。"然而话到了嘴边，颜溪还是犹豫起来，连十年前如日中天的魏家也在一夜之间覆灭，一旦说出这个秘密在场的几人又能否保全性命？

廖文列看出了颜溪的顾虑："颜溪你放心，你大哥没这么容易死。"

庄子秦白了一眼丝毫不会劝人的廖文列："颜溪，你就不用顾虑我们了。要是太后真的打算灭口，无论你说不说我们都逃脱不了，只能像当年的妙手山庄一样不明不白地丢了性命。你说出来我们说不定就能找到反制的办法。"

颜溪终于被说服，缓缓讲起了当年的故事："钟神医过去曾是宫中的御医。十三年前的一个晚上，有一个宫女匆匆抱着一个重伤的少年来请他诊治，少年身上满是鲜血，似乎是从高处坠落，五脏六腑皆受到了重创。他认定少年活不过第二天，于是劝宫女好好准备少年的后事。宫女在他的门外苦苦哀求了半宿，直到早上才黯然离去。直到此时钟凌才隐隐听说，那个少年是与魏源胥在城墙上玩耍时不慎摔落的皇子赵深。"

其他三人面面相觑，这个故事一开场便出乎所有人的意料，沈寻萧几乎不相信自己的耳朵："你是说赵深？"

颜溪深深地叹了口气，这就是一切悲剧的开端："是的，赵深。以钟神医的医术自然看得出少年的伤已经无药可医，不然以他的性子断然不至于见死不救。但是令钟凌害怕的是，三天后，他没有等到皇子去世的消息，而是得知小皇子重伤初愈。"

"钟大人，谢贵人有请。"面对前来请自己的谢贵人，钟凌心中十分不安。他混迹宫中多年，如果那个少年真的是皇子，无论谢贵人是怨还是恨，自己都有办法全身而退；但是对方如此平静地前来请自己，除非那个少年不是赵深，否则……一念至此，钟凌不寒而栗。

钟凌见到少年的第一眼几乎不敢相信自己的眼睛，前几日重伤的皇子竟然只是消瘦了一些，但他一把脉就知道那个最坏的可能成真了。眼前这人并不是皇子，只是和皇子长得一模一样罢了。

钟凌在皇宫混迹多年，见惯了后宫争斗，自然知道揭穿此事自己怕是就不能活着走出宫门。他用尽全力控制住自己的表情，做出惊喜的样子祝贺谢贵人："谢贵人福泽深厚，皇子脉象稳定只需稍加调养就好。"

回到御医院后他立即将谢贵人赠予他的糕点扔得一干二净。之后在宫里谢贵人母凭子贵一步步迈向皇后之位，那个"赵深"也成为太子，钟凌更是只能将这个秘密死死地藏在心里。

之后的日子里钟凌更是小心翼翼闭口不言，一直度日如年。直到十年前那一天，先皇驾崩新皇即位，钟凌看出先皇死得蹊跷，但为防太后报复只能逃走，于是便趁着宫里忙着新皇登基的时候，悄悄给魏太尉留了一封当心太后的书信，便逃出了京城。好在钟凌本就在皇宫无牵无挂，走得也轻松，脱离了太后的视线后他就来到了一直有书信往来的妙手山庄避难。

然而不久之后，京城就传来魏太尉一家因勾结外寇意图谋反而被株连九族，随之而来的是一串佛珠。看到佛珠的钟凌追悔莫及，只因自己将先皇之死存疑的猜测告知了太尉，才连累魏家满门忠烈惨遭毒手。

此后钟凌一直活在自责中，而且为了不连累他人，他不能向任何人讲述心中的苦闷，短短数年便衰老得不成样子。幸好魏家的两个孩子还活在人世让钟凌心中多少有了点安慰，那串佛珠也被藏了起来，不愿再牵扯更多人。然而三年前，蜀地袁朗举起反旗，熟知宫廷争斗的钟凌非常不安，与老庄主商议时方发觉老庄主一直在调查佛珠。

钟凌气急之下一病不起，老庄主最后还想劝自己的老友："他们在庙堂，我们在江湖，只要你不再提起此事太后不会如此穷追不舍。再说以我们妙手山庄在江湖上的地位，除非太后想与整个武林为敌，否则多少总会顾忌几分。"

钟凌露出一抹苦笑："我的庄主啊！你的妙手山庄在江湖上名望再大，与当年的魏家相比如何？"

老庄主哑口无言，本就身体亏空的钟凌没能挺住。而老庄主依旧放不下魏家与老友的死，继续追查着佛珠，直到真相大白的那一刻灾难降临。

四十

沈寻萧满脸悔恨莫及，当时自己的一时失察导致妙手山庄这场惨剧。其他人则神色各异，廖文列沉浸在自己尽忠多年的皇上只是太后捧到台前的赝品这一打击中，而庄子秦面色变幻不定眼中惊喜与惊恐交织着。

"廖文列，现在三年前的真相已经明了，你打算怎么做？"沈寻萧毫不避讳自己想要替妙手山庄报仇的想法，带着些许对太后的杀意直接向廖文列发问，"太后必定要为她在妙手山庄的所作所为付出代价，然而现在贸然提出恐怕只会适得其反。"

廖文列试图劝说沈寻萧："现在重要的是盐荒一事。既然三年前是太后利用蜀地叛乱袭击妙手山庄，那么会不会就如我们之前所想那样，这次盐荒只是为了引出颜溪这个妙手山庄的幸存者？"

"恰恰相反，现在我越来越确定有其他人从中作梗。如果是太后策划了这一切，我们就不会这么优哉地继续在这里讨论了。"庄子秦否定了廖文列的猜想，"而且这个人的目的就是使我们怀疑太后，最终挑起太后和皇帝的冲突。"庄子秦的脑袋飞快地转动着，一个人的身影渐渐浮现，他所做的一切都和庄子秦的猜测相符，只是庄子秦想不通他做这一切是为了什么。虽然只见了短短数面，但是庄子秦不认为那个温和的男人仅仅是为了权势做出这些事。

"那么到底是谁造成了盐荒？我们明明知道此人一定和妙手山庄一事有所联系，但是现在所知的参与者都不是主使。太后、清风堂、昭云门都不是真凶。我们到底还忽略了谁？"廖文列冥思苦想却一无所得，沈寻萧却对此毫无兴趣，看到几人讨论着盐荒一事丝毫没有立刻找太后讨回公道的打算，心中的不满渐浓："我不管盐荒到底如何，我只知道太后手上命债累累，既然你们不打算找她算账，那我自己去。"说着他便要转身出门，廖文列手疾眼快拉住沈寻萧："寻萧，你冷静一下。我们不会就此放弃，但是现在不是时候，贸然揭露真相只会使三年前的惨剧重演。"

沈寻萧冷笑着，似乎在嘲讽廖文列的胆怯："太后要是想重演当年的场面，我们清风堂自然会让她付出代价。"

"然后像三年前一样被打得元气大伤？"庄子秦冷言相对惹得沈寻萧怒目而视，但庄子秦似乎毫无所觉，以手代笔在桌子上比画着，"清风堂的一切都来自皇帝的支持，但如果你今天把这个真相捅出去，就等于告知天下皇帝并非正统，到时天下有多少亡命之徒会起非分之想暂且不论。你觉得皇帝会放过你们吗？"

"那我们应该怎么办？"恢复记忆的颜溪一直默默地听着众人的争论，直到此时才出声询问，眼神中除了对未来的担忧却没有多少恨意。

听到颜溪的发问沈寻萧才收敛了怒意，闷闷不乐地重新坐下："既然盐荒一事的幕后黑手也对以前的事念念不忘，那最好的选择就是先把他揪出来，然后借此事将太后隐藏的秘密透露给皇上，同时汇集力量找准时机一举和太后清算。"

"等你做完这些，什么都晚了。"沈寻萧低声抱怨着，颜溪轻轻握住沈寻萧的手摇头，面对颜溪沈寻萧只好按下不快，但是心中借此事打击太后的想法如同火焰，越烧越旺。

"说起来。"颜溪思索着，发现了一个从未深究过的问题，"廖大哥当初你是怎么来到妙手山庄的？妙手山庄虽然并非什么绝地，但也不是一般人可以轻易找到的，你当年是怎么知道妙手山庄遇袭一事的？"

廖文列犹豫了一瞬间，就将当初的事原原本本地说了："说起来我当时也是受人之托，是吴江冷特意传书给我，让我去妙手山庄查看情况。我也是到了山庄后才发现山庄已经只剩下一片焦土，之后我在废墟中找到了颜溪，但是因为担心袭击者还在四周就匆匆带着颜溪走了。之后我们就和吴江冷分道扬镳，我也就没有将颜溪的事告知吴江冷，也算是以防万一。"

"吴江冷，吴江冷。"颜溪喃喃自语，脑中突然闪过年幼时，沈寻音曾带着一个瘦弱的少年前来求医，那个少年的名字就是吴江冷，"难怪他知道如何来妙手山庄。"

"颜溪你想起什么了？"面对关切的庄子秦，颜溪挤出个笑容示意自己没事，廖文列轻抚着桌子中的棋盘，自己之前倒是真忘了这场棋局中还有一个棋手，他看似置身事外却与所有事密切相关。庄子秦收到廖文列望向自己的眼神，知道廖文列心中有和自己一样的猜想。

"吴江冷。"两人异口同声地说道，廖文列一拍手，"是了，看来吴江冷一定参与了此事，但是为什么？"是啊，为什么，这也是最为困惑庄子秦的问题，如果真凶真的是吴江冷，那么他最后想要阻止自己继续调查也就说得过去了。但是既然如此他从一开始为何要千辛万苦找到自己让自己帮助廖文列破案？但是无论如何如果真凶是吴江冷的话，那么更生堂怕是有危险了。想到这里庄子秦心里开始焦急起来："那么我们接下来的目标就是查清楚吴江冷的动向了，至于原因，我们抓住他的把柄之后一定就能知道。"

许久不见的孙祥不一会儿就风风火火地闯了进来，廖文列将自己写完的信交给钱兴让他派人送去京城，然后才笑着和毫无客人自觉、瘫倒在位子上的孙祥打趣："你有些日子没来我这了，现在一来又这么一副半死不活的样子，怎么收拾个监狱就把你累成这样？"

孙祥头也不回地接住廖文列丢过来的橘子，皱着眉一副与橘子不共戴天的样子，狠狠地剥开橘子放进嘴里用力地咬着："那件事早就处理好了，倒是我们的那位'大哥'看我太清闲，给我找了件大事让我忙活。"

廖文列剥橘子的动作一滞，这可真是说什么来什么，他带着几分关切询问："怎么，吴江冷在成都府里干了什么吗？"

孙祥自暴自弃地塞了一嘴橘子，听到廖文列发问，艰难地将满口的橘子咽下，看着孙祥还有心情耍宝，廖文列略微心安。

"就是为了不让他干什么，我才忙啊。"

眼见着孙祥伸手去拿橘子，廖文列直接拿走盘子，挡住孙祥的手："你先说，我帮你剥。"

孙祥只好嚼着橘子不情不愿地讲述了发生的事："嘿，说来也简单。吴江冷不知道从哪里得到的消息，说是成都府里有蝶陵细作潜了进来，他要入城调查，结果被我直接顶回去了。我怎么可能让他带军入城，且不说他会干点什么，现在城里盐荒、饥荒刚结束，而且大战将至，百姓本就不安。一旦大军入城，天知道会出什么乱子。"

廖文列看着孙祥的样子就知道，吴江冷没这么容易放弃，一边将剥好的橘子扔给孙祥，一边取笑："你要是真就这样把他顶回去了，你就不会现在这副样子了。说说吧，吴江冷提了什么条件？"

被廖文列揭破真相，孙祥把橘子往桌上一放："这家伙竟然让我限期找出细作，否则他就亲自带人来抓。还和我说什么，皇上将出征蝶陵有关的所有事情交由他全权处理了，搞得我都没法子拒绝。我一直就看着这成都府，哪里会冒出什么蝶陵细作，我看就是他随口扯的借口。"

看着满腹牢骚的孙祥，廖文列只能苦笑，这家伙一遇上吴江冷的事还是这么冲动："你确定城里没有细作就直接这么回他不就行了，而且吴江冷让你查细作就一点线索都没给你？"

孙祥瞟了两眼桌子上剥好的橘子，最终还是觉得没必要和自己过不去，重新拿起来塞进嘴里："最可气的就在这里，最近饥荒、盐荒拥进成都逃难的难民不少，我还真不敢保证。而且他也确实给我看了一些线索。"似乎是想到这几日徒劳无功的搜索，以及日益逼近的期限，孙祥有些疲惫地叹着气，"要是城里混进细作，现在还真是好时机。所以现在盐荒这件事只能靠你们调查了，我已经爱莫能助了。"

看着孙祥的样子廖文列有一瞬间的冲动，想将自己的发现告诉这个与自己相处多年的兄弟，但想到可能带来的危险，廖文列还是什么都没有说："没事，我们这里现在一切顺利，倒是你要是有什么需要我们帮忙的不用客气尽管开口。"

孙祥坏笑着掩饰自己眼中的感动："那行啊，你现在就帮我一个忙吧，你帮我把剩下的橘子都剥了吧。"

廖文列二话不说一个橘子向孙祥头上砸去，孙祥偏头，错手接住橘子："喂喂喂，你不是说尽管开口吗？我都忙了这么些天了，你犒劳下我不行啊。"

话分两头，这边孙祥正和廖文列闹着，另一边颜溪匆匆出门却没有看到庄子秦的身影，问了声门卫却只道庄子秦走得挺急。颜溪想着反正都是去更生堂，自己直接去药房里找她就是了。等到她来到更生堂却发现更生堂大白天的大门紧闭，看不到人影。颜溪只好向一边茶水摊里的老板打听："老板你可知道更生堂怎么了？"

老板听到更生堂露出惋惜的神色，叹着气："姑娘你若是急着求医还是先另找其他地方吧，这更生堂恐怕还要几日才能再开，到时候还是不是孙锐孙神医问诊就不知道了。"

之前颜溪来更生堂配药与孙锐多次切磋医术，两个人彼此惺惺相惜，现在看着老板的样子颜溪心中有些不安："孙大夫难不成出了什么意外？"

老板知道颜溪会错意了，笑着宽慰她："孙神医倒是没有什么大碍，就是老家闹了瘟疫，孙神医放心不下就回家乡去了。他走得匆忙虽然托了其他大夫来继续坐镇更生堂，但这几日人还没来就暂且先关门了。至于孙神医，什么时候回来那就不知道了。"

颜溪道了谢，除了感叹一下世事无常，也只好先回去了。

而此时，号称已经回到老家的孙锐却依旧在更生堂后院中与庄子秦说着话："子秦，现在事态不太妙了。"

庄子秦刚到地方，还没来得及问更生堂关门的原因就听到孙锐的话，脑海中前线战火四起的景象一掠而过："发生了什么，难道吴江冷不守承诺发起进攻了？"

孙锐知道自己有些急躁了，让庄子秦先坐下拍着她的手让她先别急："你先别急，事情倒还没坏到那个份上。事实上这次事情和吴江冷无关，是知州大人。"

庄子秦这才想起，往常时不时就来廖文列这里偷懒的孙祥已经有一阵子没有过来了："是孙祥？他干了什么让你们这么顾忌？"

孙锐想着这几天的事，头又开始隐隐作痛，只好一边按着太阳穴一边跟庄子秦解释："说起来也奇怪，也不知是我们当中谁走漏了风声，还是从哪里得到的消息，自从你们在监狱闹了一番后，知州大人突然在成都府内查起间谍来了。"

庄子秦思虑万千，迅速回想了一遍自己的行动，自己一向小心翼翼，最近也没有任何大动作，不至于被盯上："难道是春芳楼的事让他下定决心彻查全城？"

孙锐摆手否定了庄子秦的猜想："如果是这样事情就简单了，春芳楼一直在孙祥的视线里，只是碍于太后他没法干涉罢了，所以春芳楼的猫腻他早就知道，不会现在才想起查。"

孙锐从袖子里掏出一卷小字条："更重要的是这个。"

庄子秦接过字条，仔细一看上面赫然写着：孙祥已知城中有蝶陵细作，望尽快结案。

庄子秦不用问便知道是谁送来的消息，想到之前的猜测嘴角不禁泛起一抹冷笑："孙锐你之前说此事与吴江冷无关，在我看来却恰恰相反，我们的吴大人开始害怕了。"

孙锐没有询问庄子秦这么断言的理由，他相信这个从小就古灵精怪的公主的判断："那么我们应该怎么做？"

庄子秦踱着步反复思考着吴江冷的举动，最后望向天边似乎对着远处的某人轻笑道："吴大人，你这步棋下得可不怎么样啊。既然如此就不要怪我不客气了。孙锐！"

孙锐立刻起身听令："属下在。"

庄子秦一边在心中飞快地谋划，一边开始布局："收拢所有人手，停止所有非必要的活动。试着和春芳楼的人联系上，暂且先不要暴露身份。"

孙锐答应一声就要出门布置，庄子秦想起与吴江冷对弈时他那如死水一般望不见底的眼神又加了一句："还有将所有我们和吴江冷联系的证据都收集起来，以防万一。"

安排好一切的庄子秦，不禁回想起一直以来的种种线索，心中五味杂陈。不过，现在已经现身亲自坐上了棋手的位置，那么胜负才开始。

想起如同利剑一般挂在蝶陵头顶的十万大军，庄子秦在心中向吴江冷下了战帖。

四十一

沈寻萧手中握着详细地记录了太后谋害魏氏一族的原因以及皇帝的身世的字条，踌躇万分。只要将这张小字条寄回京城，太后一派或许就将灰飞烟灭，也或许自己就将消失在这人世间。三年了，本以为自己早已随着颜溪逝去而磨灭的复仇之心，在颜溪喊出自己名字的那一刻重新开始燃烧。他已经失去过颜溪一次，而在听到颜溪讲述那个秘密后他明白只要太后还在这世上一日，就会永无止境地试图一次次将颜溪夺走。为此他必须为了颜溪彻底铲除太后，就算为此付出一切也在所不惜："小白，把这个用天字号飞鸽传书给皇上……"

就在白葡萄准备取过字条的瞬间，颜溪临别时的眼神浮现在沈寻萧的脑海里，让他下意识地握紧了字条。白葡萄一下子没能拿过字条，不由得歪着头疑惑地询问："少爷？"沈寻萧轻叹一声，提笔加上了几个字后重新递给了白葡萄："你亲自跑一趟回京，交给堂主。"

白葡萄却不接字条："不行，我得看着少爷你。"

看着白葡萄一副"你就是想支开我"的样子，沈寻萧压下嘴角那一抹笑意正色道："小白，此事非同小可。不仅关系到我的安危，还关系到整个清风堂的安危，不是你亲自护送我不放心。还有我和你约定，你不在的这几日，必定谨慎办事，万分留心。"

白葡萄这才接过字条，依旧不放心地向沈寻萧确认："你不骗我？"

沈寻萧没忍住笑意："我何时骗过你？"

白葡萄用力摇摇头："半个月就够了。我回来前你一定不能出门。"

"你不必回来了，咱们直接在京城会合。"沈寻萧拍着白葡萄敦厚的肩膀，"毕竟过不了多久我也要回京了，但你的任务耽搁不得，小白，拜托了。"

沈寻萧目送白葡萄一个纵跃消失在夜幕中，那全力奔跑的身法竟比飞鸟还快上几分。这小子轻功又进步了，希望他一路顺利吧，沈寻萧目送白葡萄离开后好久才缓缓关上门。

门突然开了，正埋首案卷的廖文列猛然抬头，只见颜溪匆匆忙忙地进屋关门，将手里的药材放在桌上开始烤火："这天气真是越来越冷了，好久没回蜀地竟然都忘了蜀地的冬日来得比京城早。"

廖文列看着颜溪的样子颇为心疼，就将自己的热茶和暖炉递了过去："先喝点水暖暖吧。怎么一个人回来了，没遇上庄子秦吗？"

被廖文列一提想起更生堂的事，颜溪不禁为孙锐感到惋惜："是啊，有些不巧。孙大夫家乡发了疫病，更生堂暂时关门了，就没有遇见子秦，我只好一个人去其他地方买药材。"

这么巧？廖文列心中闪过一丝疑惑，嘴上却埋怨着颜溪的擅自行动："你啊，子秦不在你就应该早些回来，这些药也不是现在非买不可。你又不是不知道现在成都府内暗流涌动，万一……"

眼看着廖文列打开了话匣子，就要面对一场漫长的说教，颜溪赶紧使出绝技撒娇打断了滔滔不绝的廖文列："好了，我知道了。接下来我就听哥哥的，大门不出二门不迈，老老实实地看家，谁叫我也不出去。"

廖文列一大段话全被堵在了肚子里，只好无奈地摇着头："唉，我给你拿姜茶去，小心感冒了。"

"谢谢大哥了。"

廖文列刚出门，庄子秦就进来了，颜溪看着庄子秦对这冷风毫无所觉，赶紧示意："子秦快将门关上，这天气，你就不觉得冷吗？"庄子秦这才后知后觉地发现自己没有关门，一阵阵风直往屋里灌。

"嘿，在这蜀地待久了，都习惯这边的温度了，没发现天气已经凉了。"

颜溪疑惑地看着庄子秦，今年蜀地这天气可比往年冷得多，难道是自己在京城这几年习惯了？

"子秦，这几年蜀地冬天都是这么冷吗？"

庄子秦比画了下自己手臂上的肉："虽然不会功夫，但毕竟我也算走南闯北的人，大概是习惯了吧。"

看着庄子秦想努力挤出一点肌肉的样子，颜溪没忍住笑意，但很快她便想起之前出门的事，随口问道："你这么冷的天去哪里了？"

"哦，去更生堂买了点药材。"庄子秦整理着有些凌乱的衣物，随口答道。

颜溪一顿，不解地看着庄子秦："更生堂不是关门了吗？"

庄子秦神色如常，一副正是如此的样子，手却不经意地颤抖了一下："哦，是啊。是我之前在更生堂预定的药材，前些日子他们那里没有终霜草。我和孙锐约定了今日去取，没想到他竟然已经回去了，幸好这草他托人替我留着。我今天就是去取这东西了。"庄子秦余光看到一边桌子上的药材，"姑娘今天也去更生堂了？"

颜溪露出无奈的样子："可不是嘛，只可惜孙大夫不在，只好找其他药房了。希望孙大夫平安吧。"

正在此时门又开了，廖文列两只手各端着一杯姜茶进门，脚一勾就将门关上免得外面的冷风进来，然后将温热的姜茶递给庄子秦："刚出门就看见你回来了。来，你们两个都喝点姜茶。"

"不错不错，知道心疼人了。"庄子秦满意地接过姜茶，小小地啜了一口，感到身体暖和了起来，不禁露出舒坦的表情。廖文列看着二人放松的样子，有些遗憾："可惜之前那些蜜橘被孙祥那个家伙吃完了，不然这时候拿出来倒是不错。"

"孙大人可有些日子没来了，最近公务很多吗？还是说天气变化身体出了什么问题？"想着有些日子没有见到孙祥，颜溪有些担心。

廖文列想着孙祥那没心没肺的样子，不禁笑出了声："哈，这家伙可是祸害遗千年，再加上一般政务，以他的性子肯定能逃就逃，巴不得来我这里躲清闲呢。孙祥他最近有些事必须亲自处理，刚才还跟我抱怨了一通呢。"

庄子秦心中一跳，装作不经意地问道："难道是最近城里流传的什么细作的事？"

廖文列惊讶地看了庄子秦一眼，但转念一想大约是庄子秦买药时在坊间听到了什么传闻吧，毕竟孙祥全城搜查动静也不小："是啊，最近有消息说城里混进了蝶陵细作，孙祥为这事头疼好几天了。"

庄子秦做出不屑的样子试探着："要是我没猜错，这个消息是吴江冷透露给孙祥的吧？"

廖文列觉察到了庄子秦的言下之意，不由得皱起眉头："你的意思是？"

庄子秦站起身来，捧着姜茶绕着火炉来回走着，一直以来所有的线索纷纷扰扰支离破碎，确认透露了更生堂消息的是吴江冷之后，庄子秦反而觉得自己似乎开始看清吴江冷面前的棋盘了。她一边慢慢地整理着思绪，一边缓缓道来："我们之前已经断定吴江冷与盐荒一事有关，然而我们不知道他到底图什么。现在我们先将那无关的线索放一边，只看吴江冷的动作，他一直以来做了什么。"

廖文列无意识地敲着桌子，回忆着吴江冷的动作，出征收复四国之后，他先是练兵，然后调查盐荒，讨伐昭云门，调查细作。廖文列隐隐觉得有哪里不对，看着廖文列疑惑的样子，庄子秦小声提示道："吴江冷现在身处何职？"

"何职？当然是当朝太尉，征夷大将军。"颜溪歪着头不知道庄子秦明知故问的意义，廖文列心中则如同闪电划过："我怎么会忽视了这些。"

"大哥？"颜溪看着两人如同打哑谜一般说得不明不白，不禁出声问道。

廖文列一边思考着对策，一边向颜溪解释："吴江冷之所以会来蜀地，归根结底是因为皇上派他率领大军攻打蝶陵。然而他攻下四国之后就因为没有军粮而屯兵边界，按兵不动。之后皇上给他派了粮草，但他借口种种，不发兵不说甚至连人都不在蝶陵前线而在蜀地待了整整一年。以他事事追求周全的性格，他的任何计划都会想办法将之放在自己的视线中。"

庄子秦放下手中的姜茶，已经明白吴江冷的打算，这一步步的算计让所有人不得不随着他的步调起舞："所以他的计划从一开始就与蝶陵无关，他的目标就在蜀地，就在这大胤。"

"怎么会……他为什么要这么做？"颜溪虽然依旧不明白吴江冷的打算，但仅仅是现在的消息就已经让她坐立难安。

庄子秦直直地看着廖文列，知道一言不发的廖文列已经看出吴江冷的目的，于是分析着："至于目的，假使我们之前没能因为机缘巧合发现三年前的黑幕，或者迫于压力没有继续追查下去，那么你们猜现在会是怎样的形势？"

廖文列叹了口气低沉地说道："调查成都则只能得到线索春芳楼意图嫁祸清风堂，调查昭云门则线索直指清风堂，加上我夹在中间，无论我们几方怎么调查怎么汇报,最后的结论只能是互相矛盾。太后与皇帝关系本就一触即发,加上吴江冷以讨伐蝶陵为名调走了京城周边的大军。"

一念至此廖文列不禁打了个寒战,自己是何等幸运走到了今日:"一旦双方冲突加剧,身为京城护卫统领的国舅与只剩下御林军的皇上,恐怕会有一场大战。"

庄子秦补上了廖文列最后不愿意提及的话:"而大战后,无论胜者是谁,他都必须讨好手握重兵的吴江冷。"

"那……那这么说细作的事只是吴太尉为了拖延时间的计策?我们现在应该怎么办,立刻向皇上报告此事?"颜溪有些慌了神,一想到京城内大战将起,血流成河,当年妙手山庄尸横遍野的那一幕就不断地浮现在她的眼前,让她感到一阵阵眩晕。

庄子秦立刻拒绝了颜溪的提议:"现在还不行,现在证据不足,我们都只是推测,没有任何实据。皇帝到时候会相信谁还未可知。"

廖文列眼尖地发现心焦的颜溪摇摇欲坠的样子,赶紧扶住了她:"不要急,总有办法解决的。"

庄子秦也赶紧劝慰:"现在吴江冷既然抛出了细作,说明他暂时还不打算动手,我们还有时间,只要能找到证明吴江冷是幕后真凶的证据就行了。"

"证据……证据。"颜溪隐隐感觉到了,却怎么也无法抓住,在屋里不断地转着圈。突然间一个身影跃入颜溪的脑海,颜溪对有些担忧地看着自己的廖文列笑道:"有一个人一定见过真凶的样子!而且我们都知道他在的地方。"

廖文列和庄子秦面面相觑,突然一个名字从三人嘴里同时脱口而出:"祥瑞客栈!"

深夜,高殿之上的赵深静静地注视着沈寻音,一言不发。沈寻音低着头默默无语地整理已经处理好的案卷,似乎如同这些年来的每一个夜晚一样，但是她知道有些事就要发生了。

"寻音，近来清风堂有什么消息吗？"赵深开口打破了这寂静的氛围，脸上的表情犹如只是在找一个闲来聊天的话题一般淡然，沈寻音心中却是一沉。十多年了，就算登基后赵深已经对尔虞我诈的斗争越来越熟悉，但是有些习惯还是改不了，还是那样越是在意的事越是装作无意地提起。

"禀皇上，沈寻萧来报，盐荒一事恐怕另有真凶。"

"哦，竟然不是太后？"这个结论与赵深的推测有些出入，但他随即将之抛到脑后，盯着沈寻音问出了没头没脑的一句话，"那么可以是太后吗？"

沈寻音却对赵深的打算心知肚明，赵深从一开始就对盐荒一事的真凶毫不在意，他在意的只是能不能借此事打击太后而已。

"皇上请三思，此事不宜操之过急……我们的时间比他们多。"赵深注视着身边低着头的沈寻音，突然伸手握住了沈寻音的柔荑："可是已经十年了，你已经成为沈寻音十年了，太久了。"

沈寻音心中一动，强忍住心中的情愫，冷冷地劝说着："皇上应以社稷为重，此刻与太后摊牌我们并无十足的胜算，望皇上莫忘三年前的事。"

沈寻音的话让赵深的动作如同被冻结一般。他怎么可能忘记，三年前本以为自己已经羽翼丰满，可以与太后一战，却被太后用无情的现实告知，只要她想甚至可以让自己花七年心血建立的清风堂瞬间破灭。

"那么你的意思是？"赵深收回手，沈寻音没有看赵深的脸却能清楚地知道他心中的不甘。"皇上可以借此事敲打国舅，并提出将所有食盐生意收为国有。"沈寻音的建议与赵深所想的一样，赵深深以为然，但沈寻音犹豫片刻补充道，"还有希望皇上立刻召回廖文列，或让他限期回京。否则他一旦证明太后与此事无关，恐怕我们会陷入被动。"

这倒是出乎赵深的预料，想到廖文列那个性子，怕是一回来前线军粮又要吃紧,但是权衡利弊之下赵深还是点了头:"那就这样吧。寻音,清风堂只有这件事需要告诉我吗?"

"是。"沈寻音毫不犹豫地回答,赵深似乎放下心一般:"没有事就最好,你辛苦了,退下吧。"看着沈寻音缓缓离去的身影,赵深脸色越发凝重。十多年了,正如沈寻音深知赵深的一举一动,赵深又何尝不是如此,"寻音,到底发生了什么,你连我都要瞒着?"

四十二

吴江冷端坐在假山围绕之中的石台边,目不转睛地对着桌子上的棋局深思不已,如同雕塑一般纹丝不动毫无生气。若是无视掉假山间那些可疑的深色痕迹以及空气中隐隐的血腥味,此情此景倒也不失为一幅上好的弈棋图。突然一个身影打破了院子里的寂静,吴牧心不知何时站在了吴江冷身后,而吴江冷一副对其并未设防的模样。

身为陷阵营的旧人,吴牧心自从少年时被吴江冷从战火中救出一条命后,多年来一直跟随在吴江冷身边做事,而且从来不问为什么。

但是这一路以来的部署,已经让吴牧心隐约猜到吴江冷的最终目的。吴江冷静静听完吴牧心刚收到的情报:"哦,你说皇上没有与太后反目?"吴江冷话虽如此却毫无意外之情。

吴牧心点着头有些遗憾:"是啊,看来那封信确实不是揭发太后的。真不知道廖大人是怎么说服清风堂和春芳楼的,现在两边竟然都没了动作。"

吴江冷抬手在棋盘上落下一白子,吃下黑方的一条大龙,棋盘的一角为之一清,吴江冷抬头看着吴牧心:"你很吃惊?"

吴牧心轻笑,脸上没有丝毫意外的神情:"不,一切正如大人所料。"

"那么就按之前计划的去做吧。"

吴牧心却没有立刻离开，犹豫再三还是开口向吴江冷确认："太后那边属下已经安排好了，只是廖大人……"

吴江冷收回视线，继续看着棋盘："如果他就此放弃回京，那就罢了；如果他还是不肯放弃，那就不必再留情了。"棋盘上刚吃下大龙的白子只是偏安一隅，然而其他地方黑子却已经星罗棋布了，吴江冷执黑子继续紧逼，落子的一瞬间吴牧心甚至感觉到整个昭云门里的血腥味浓郁得让人反胃，而吴江冷依旧只是冷漠地继续着棋局。

"韩华，此事你有何解释？"韩华看着眼前的密报以及面无表情的国舅，有些不明白，虽然在蜀地做出决定的时候她就知道会有此刻，但是为什么这么快？眼前密报中的内容正是自己前几日调查到的：清风堂勾结昭云门发起盐荒，并且有人伪造了太后与昭云门勾结的证据。

"大人，此事尚有蹊跷，很有可能是有人故意挑拨皇上与太后的关系。"

"哦……原来如此。"国舅做出一副了然的样子，眼中却依旧没有一丝温度，"那么是谁这么大胆，可有证据？"

韩华心中苦笑，国舅心中已经有了定论，此时自己说什么都是徒劳，但是该做的事还是要做："大人，我们春芳楼在成都被捕后，曾有黑衣人企图假借清风堂的名义灭口，最后是清风堂少堂主沈寻萧带人救下了我们。"

这一番解释反而让国舅眼神越发寒冷："那就难怪了，原来清风堂对你们还有救命之恩啊。"

韩华当即跪在地上深深地低下了头："韩华在蜀地十年，从未懈怠，更未忘记过大人的嘱托，此事韩华只是实话实说。除此以外春芳楼十年来从未跟清风堂有任何纠葛。"

短暂的沉默在韩华看来如同没有尽头一般漫长。

"起来吧,将你在蜀地查到的所有情况一一告诉我。"国舅的声音听不出喜怒,他也没有对韩华做任何惩罚,韩华心中却泛起一丝苦涩。国舅到底还是信任自己的,但这一份多年来辛苦换得的信任恐怕在今天之后将不复存在。

韩华一五一十地将蜀地发生的一切详细地告诉了国舅,在最后她还是没有忍住心中的疑问:"大人打算怎么办?"

国舅露出一抹狠厉的笑容:"我们的皇上身边既然有人想要陷害忠良,那么我们也就只好清君侧了。"

"可是这样也许就中了幕后之人的算计。"韩华凭借多年来对国舅的了解,听出了国舅话里的兵戈之意,最后试着劝说国舅放弃。

国舅却只是将一份诏书扔在韩华面前:"你看看吧。"韩华打开诏书,只看了一半就知道这一战无可避免:蜀地盐荒,各地盐商不仅不思报国救难,反而借此哄抬盐价以致民不聊生,今将所有食盐买卖收为国有。若有期限后依旧买卖私盐者,杖二十,发配从军。

"皇上既然已经不在意真相,那么我们也就不必客气了。韩华,将你手上还有的人全部聚集起来,如果皇上执意如此,那么我们也只好用实力'证明'自己的清白了。"

京城里风起云涌,一时间无数人开始不停奔波。而在成都终于找到线索的廖文列却迎来一纸诏书,严令廖文列立刻回京汇报,不得拖延。接到圣旨的廖文列等人都在彼此眼中看到了疑惑与不安,这个时机实在是太巧了,简直如同知道了自己一行的一切行动一般。

"你打算怎么办?就这么放弃吗?"

廖文列抚摸着手中的圣旨,心中有了决断:"君命不可违。所有人,准备回京吧。"

庄子秦猛然抬头,不敢相信廖文列就这么放弃了。但是看到廖文列坚定的眼神,她似乎明白了什么,只是默默不语地离开了房间。

颜溪有些担心地看着庄子秦:"大哥,要不我去劝劝子秦?"

廖文列回想起庄子秦的神色却露出了微笑："不用了，子秦已经明白了。"

不多久，钱兴就带着行李马车缓缓出城。孙祥送别了车队，回到自己的府衙，对占着自己书房的庄子秦抱怨："你看廖文列都走了，你还在我这里耗着做什么？"

庄子秦头也不抬，自顾自地摆弄着孙祥宝贝的机关匣，没头没脑地回了一句："等人。"

她话音刚落，书房里就传来机关转动的声音，庄子秦背后的书架缓缓退开，两个人从书架后的暗道中小心地走了出来，正是刚刚出城去的廖文列和颜溪。

廖文列看到一脸不满的庄子秦已经等在这里，脸上露出不出所料的微笑，回头对颜溪说道："你看我说得没错吧，她早就明了。"

"谁稀罕这样的明了，下一次你必须好好将自己的打算告诉我，而不是让我去猜。"庄子秦嘴上虽然不满，转身时脸上却带着窃笑。不知不觉，两人竟走到了心意相通的一步。

孙祥见廖文列已经到了，收起一贯放荡的做派，正色向廖文列发问："你确定要这么做吗？就算这次金蝉脱壳留了下来，但是能争取到的时间也有限。而且一旦被人发现你悄悄留在这里，之后你可就百口莫辩了。"

廖文列知道孙祥是在为自己担心，上前拍了拍孙祥的肩膀："这些事总要有人去做，你放心，这次队伍从大道缓缓而行，到京城起码小半个月。我查完线索立刻从小道赶上，不会有问题的。"

心知现在木已成舟，本想再询问下自己能做什么的孙祥突然眉头紧锁，猛然望向门外。"谁？"他说着便伸手准备拿起武器，却被廖文列按住了手，廖文列向着门外朗声说道："既然来了就别躲躲藏藏的了，这里都是自己人。"

应着廖文列的喊话，熟悉的身影从屋顶翻身而下，来人正是沈寻萧。

孙祥不解地看向廖文列，似乎在询问沈寻萧为何会在这里。

"解铃还须系铃人，现在对于盐荒最为重要的证据，便是'清风堂'暗中操纵昭云门的信件，那么最直接的办法就是让清风堂和当年叛军旧人当面对质。"

沈寻萧点头，自从他向颜溪坦白自己清风堂的身份后便不再回避自己的立场："确实如此，我们清风堂甚至是在廖大哥告知我们这个消息后才知道竟然还有这么一回事。"

孙祥看着廖文列和沈寻萧二人坦然以对的模样也就不再多说什么，对着众人用力地以拳叩胸行了一个军礼："那么我就祝你们武运昌隆，马到成功。"

廖文列也立刻立正回礼，临走前，回想起蜀地的最后一个隐患，他又对孙祥小声嘱咐："孙祥，我们走后蜀地就只剩你了，请好好盯着吴江冷。我有种感觉，无论我们成败与否，他都不会继续冷眼旁观。"

"你就放心吧，你不说我也会盯着他的。"看着孙祥果断的回答，廖文列苦笑，看来自己是杞人忧天了："那么保重。"

"保重。"

车马萧萧，这一行人为了避人耳目而轻装简行，沈寻萧也没有了来时的张扬。几声嘶鸣后，孙祥目送着众人驰马远去。他从未想过，这一别再见已物是人非。

"没有想到最后的线索会在这个小破客栈里，记得第一次来的时候这里还险些着火。"沈寻萧回忆着一年前刚和廖文列相遇时来到此地的场景，心中不免感叹。

"那时子秦和我嘲笑这样的客栈起名祥瑞，可真是贻笑大方。不承想，冥冥之中，自有天意，这间小小的客栈助大家破玄机，明真相。"

店里的人听到外面的人马声，便迎出来招待，正是许久未见的袁庆。

"是你们！"袁庆看到廖文列等人显得很是惊讶，随即意识到了廖文列的来意，迫不及待地问道，"怎么样？幕后黑手找到了吗？"

廖文列瞥了一眼沈寻萧，没有直接说出目的："老板娘在吗？我们现在已经有眉目了，只是有些事还需要最后确认。"

袁庆一面将众人往店里迎，一面向着店里招呼："魏姐！有贵客来了，快出来。"

颜溪看着袁庆一身小二打扮有些好奇："袁公子，你现在怎么这一身打扮？"

袁庆露出一丝寂寞的微笑："昭云门覆灭后我就已经不是什么公子了，虽然也有不少旧部前来投奔，但是我本就不是当头领的料。再说陷害昭云门的黑手还未正法，我也没有那个心思去收拢旧部，干脆就在这里混饭吃。"

"你就是昭云门的少门主袁庆？"沈寻萧虽然早有耳闻，但是看到袁庆落魄的样子实在有些难以想象这是那个颜溪口中率性而为的少门主。

袁庆这时才注意到沈寻萧这个生面孔："这位是？"

"小庆子，吵什么啊，就我们这地方还能有贵客？啊……是你们啊。"魏畲君一脸不满地从后厨走了出来，一个陌生的男人在一边赔着笑："各位对不住了，内人一向性格耿直没有恶意，请别在意。"

庄子秦有些好奇地打量着这个瘦高书生样的男人："这位倒是第一次见。"

魏畲君大大咧咧地坐下，漫不经心地介绍着这个男人："这位是我男人，当年的义军军师、现在的客栈老板，李方鸿。"

李方鸿脸色一变，正要开口就被魏畲君打断按在椅子上："你也不用顾忌了，这几位都是郭霍信任的人，都知道我们的身份，不用继续藏着掖着。"

李方鸿面对魏畲君的行动，只能苦笑不已。

廖文列等人除了沈寻萧也各自向李方鸿介绍了自己。

"此次事关紧急，我也不再客套，就直奔主题了，我这次来只想问一件事。当年清风堂那人来袁朗军中劝说的时候都有谁亲眼见过他的样子？这些人可有逃过一劫活下来的？"

袁庆听到廖文列的问话有些沉不住气："为什么这么问？难道这么多年来威胁操纵昭云门的不是清风堂吗？"

魏竒君则和李方鸿对视一眼，本来打算闭口不言的李方鸿最后还是在魏竒君的视线中败下阵来："当年清风堂的沈寻萧深夜来访，而且不知道他用了什么方法潜入大营，竟然没有任何人察觉，不过巧合的是那时我正在大营中和将军商量军务。虽然后来他与将军的密谈我没参与，但是出大帐之前我看到过他的样子。"

"那么这一位清风堂沈寻萧可是你当年在大帐中见过的那位？"廖文列一指在一边沉默不语的沈寻萧向李方鸿发问。

袁庆一听到廖文列的话震惊之余二话不说就拔出剑来，反倒是一直对什么事都不拘小节的魏竒君轻拍一掌就将袁庆的剑推回剑鞘中。

"魏姐？"袁庆难以置信地看着魏竒君，魏竒君白了袁庆一眼后看向了李方鸿："小庆子，你也不小了，偶尔也用用脑子。当家的，怎么说？"

李方鸿仔细地打量着沈寻萧，眉头越皱越紧："不对，这到底是怎么回事？难道从一开始就错了？"

就算迟钝如袁庆此时也明白发生了什么："李哥，你确定？三年过去了或许容貌有些变化呢？"

李方鸿一边不断回忆着这些年来的蛛丝马迹，一边解释："虽说身形有些相似，都不粗壮，但是当年前来交涉的'沈寻萧'明显能感受到是久经军旅之人，而这位……恐怕曾经重病过吧？虽然能看出练过武，却没有当年那位那么精深。而且最关键的是三年前的人比这位年长，人怎么说也不至于越活越年轻吧？"

魏竒君若有所思地点着头，转回身看着廖文列，身上那股泼辣不羁的气质一收，眼睛炯炯有神，廖文列一时间觉得自己似乎看到了一把呼之欲出的宝剑："廖文列，你既然把他带来让我们确认，说明你已经有眉目了是吗？那么你怀疑当年的人是谁？"

　　廖文列向庄子秦点头示意，庄子秦从包裹里取出一幅画卷展开，上面画着一个目光如深潭一般不可探测的男人。李方鸿看到画像的一瞬间瞳孔一缩，失声惊呼："是他！他是谁？"

　　廖文列的脸色变得阴沉起来，虽然早就知道是吴江冷策划了所有事件，但是得知真相的一瞬廖文列还是感受到了难以抑制的愤怒，此时他才知道这么多年了自己心中还是一直想要相信他。

　　"吴江冷，当朝太尉，三年前讨伐你们的官军大将。"沈寻萧开口解释，语气中带着淡淡的嘲讽，"你们连朝廷派来讨伐你们的人的样貌都不清楚，还傻傻地替仇人干了三年活。"

　　"你！"袁庆拍案而起，却被魏啬君一掌拍在脑袋上："发火前你给我好好想想，现在我们的仇人到底是谁！"说完魏啬君面向沈寻萧不卑不亢，"沈公子是吗？对于我们受人蒙骗误会了你，我表示歉意。但是当年我们一直镇守边关从不过问国事，而吴江冷也从未上过战场，我们不认得这人也实属无奈。但是我们终将复仇，就从来没有人能伤到我们蜀军之后还能全身而退的，我们一定会让任何伤害我们袍泽的人付出代价。"

　　沈寻萧听完魏啬君的话收起了之前戏谑的表情："我为我之前的话道歉，不愧是当年蜀军第一战将，魏啬君果然不啬男儿。"

　　李方鸿看到气氛缓和下来，就向廖文列询问道："那么你们接下来有什么打算？"

　　廖文列犹豫片刻，最终还是开了口："接下来我有个不情之请，想请你们随我上京城说明整个事件，令真相大白于天下。"

　　李方鸿冷冷地笑道："哦，那么我们为什么要跟你去京城呢？"

　　颜溪看到李方鸿打算拒绝的样子非常不解："李大哥这明明是你们证明自身清白的大好机会，难道你们不打算去吗？"

　　李方鸿斜眼看了颜溪许久，发现她是真心这么想的，才开口解释："证明清白？就算盐荒一事昭云门是受人指使，但是我们当年为百姓起义，在朝廷眼里至今仍是叛军余孽，人人得而诛之。我们前去京城就是羊入虎口十死无生。不然你可以问问这位廖大人或者沈公子，他们谁能保证我们的安全？"

颜溪听到李方鸿的这番话才知道自己这个请求无异于要求他们牺牲性命，不由得心怀愧疚低头不语。

沈寻萧看到颜溪低落的神色，不禁伸手握住颜溪的手，高声向李方鸿保证："李将军，我身为清风堂少堂主可以向你保证，以你们揭发盐荒真凶的功劳，只要你们愿意脱离与叛军的关系，我可以保你们周全。"

"呸。"袁庆毫不掩饰地表现了自己的不屑，魏啻君和李方鸿也都冷眼看着沈寻萧显得毫无兴趣："要是我们只是为了活命何苦成立昭云门，隐姓埋名各自回家去不就行了。我们为了蜀地百姓早已将生死置之度外，但是我们为什么要为了那些高居朝堂之上的大人，而进京白白断送性命？"

廖文列看到沈寻萧被逼得哑口无言，愤愤不平地重新坐下，心中暗叹，在自己开口之时就知道不会如此顺利。蜀军与朝廷不死不休，即使他们明白自己被人利用也不会与朝廷和解。一念至此廖文列起身向着三人行了一个大礼："我请三位为了京城百姓三思。当年袁将军正是因为不忍心蜀地百姓受苦才甘愿扛起恶名，高举义旗为蜀地百姓讨一个公道。而如今盐荒一事已经引得朝中太后和皇上对立，如不好好处理恐怕双方就要刀兵相向。到时候刀兵一起，京城百姓何辜？而且吴江冷在后虎视眈眈，一旦发难，大胤百姓何辜？"廖文列的这番肺腑之言倒是让三人动容。

袁庆更是被勾起了对父亲的回忆，那一年他也曾问过父亲，袁家世代忠良为什么要谋反，"庆儿你要记住，我们袁家世代镇守边关，无数袁家男儿血洒疆场不是为了保大胤的江山，而是为了守护身后的百姓。"

袁庆至今仍记得父亲说这话时的眼神，那般坚定，如同现在廖文列的眼神一般。袁庆几乎都要起身开口答应下来，却被魏啬君暗中一粒石子打中膝盖，重新坐了下来。面对袁庆疑惑的眼神魏啬君视若无睹，只是扶廖文列起身："这件事事关重大，请容我们考虑一下。"

廖文列松了一口气，虽然魏啬君仍没有答应下来，但是起码事情有了转机："这个自然，我也知道此事为难你们了，但是除此之外我们已经别无他法。"

"我们会好好考虑的。"说完魏啬君就拉着袁庆往回走，李方鸿向诸人行了一礼，到柜台后拿出了钥匙："那就请诸位先在客栈里小住几天，我们这里偏远客少，楼上全是空房，各位自行挑选中意的就行。"说完他也跟着魏啬君回到了后院。

四十三

沈寻萧看到这三人摇摆不定的样子心中焦躁起来："廖大哥，你说他们会答应吗？要是不能揭露吴江冷的阴谋，到时候皇上与太后开战，太后必定会不再留手全力绞杀一切与过去有关的人。清风堂和颜溪必将首当其冲，我们必须想想办法。"

庄子秦刚才只是默默地观察着祥瑞客栈的三人一言不发，现在却显得游刃有余，甚至还有心情饮起酒来："你放心吧，他们会答应的。"

沈寻萧看着庄子秦漫不经心的样子，想到颜溪可能将要面临的险境就气不打一处来："是啊，你到时候倒是随处一躲就行。事不关己，高高挂起。"

庄子秦虽然知道沈寻萧是关心则乱，但是听到他如此指责自己也有些恼火，随手将酒壶往桌上一放："那么沈公子你可敢与我一赌？我有十足的把握袁庆他们会答应此事。如果他们拒绝，我就用蜀军的名义陪你们上京。"

颜溪悄悄拉了拉沈寻萧的衣袖，摇着头劝他不要意气之争，沈寻萧也知道自己过于无理取闹，但此事他也只有硬着头皮答应："那么如果他们答应了，我就任凭你处置。"

廖文列看到气氛渐渐冷下来，只得开口询问："子秦，你怎么断定他们会答应？"

庄子秦没好气地白了廖文列一眼，小声嘀咕了一句明知故问，但还是开口解释起来："其实很简单，就一句话，他们是蜀军之后，是那个为了百姓不惜反叛朝廷的蜀军之后。那个袁庆自然不用说了，刚才若不是魏奤君拦着恐怕早就答应下来。而魏奤君虽然阻止了袁庆，你们也都清楚，魏奤君性子直，如果真的不愿去恐怕现在已经拒绝了吧，但关键不在于魏奤君。"庄子秦停顿了一会儿，廖文列接过她的话头："关键是李方鸿是吗？"

庄子秦喝了口酒润润有些干渴的喉咙，这正是她唯一担心的地方："是的，之前他就一直在为昭云门的存续而奔走，就算被人利用也在所不惜。事到如今要他面对昭云门最后火苗熄灭的危机前去京城，我实在有些担心。"

沈寻萧虽然跟庄子秦打赌他们不会去京城，但是听到庄子秦说三人真的有可能被李方鸿说服不去反而着急起来。廖文列赶紧宽慰大家："无论如何他们都是当年愿意为了百姓付出一切的人，我相信他们会做出正确的选择。我们就安心等待他们明天的回复吧。"

"从结论上而言，你们不用去京城。"回到后房的李方鸿简单直接地说出了自己的结论。与一脸难以置信的袁庆不同，与李方鸿夫妻多年的魏奤君敏锐地发现了李方鸿话里的打算，同样简单直接地给出了自己的答复："不行。"袁庆也随声附和："是啊，李大哥，我们不能就这样白白放过算计我们的人。"

魏奤君又是一掌拍在袁庆的脑袋上："小庆子，你还没听出来吗？

这家伙不是不打算去京城，而是打算一个人去。你给我听着，我要陪你一起去。"

李方鸿一直淡然的脸上流露出一抹笑意，他也早就知道这位陪伴自己多年的枕边人是无论如何也要跟随自己一起的，就像这些年来一样，无论是从军还是起义还是隐姓埋名地开这个小客栈。

袁庆捋了半天才明白两人的打算："我……"然而他还没有说完就被魏窅君打断了："不行，你必须留在这里重新收拢昭云门的旧部。"

袁庆想到两人将要面对的危险，想到过往的种种，低下了头："魏姐，就让我去吧。三年前在义军之中面对朝廷军我已经逃过一次了，数月前在昭云门里面对大军的剿杀我又逃了一次。我不想再逃下去了，我也是蜀军的一员，早在当年随着父亲参军的时候我就有了为百姓战死的觉悟，而不是一味逃跑。"

"糊涂。"魏窅君举起手又打算给他一掌，却被李方鸿拦住："袁庆，抬起头来。"

袁庆颤抖着忍住泪水，抬起头，眼中写满了视死如归。李方鸿心中感叹，三年过去，这个只知道一个劲往前冲的愣头青也长大了，不再一味任凭他人安排："既然你有这个觉悟，很好。但是你有没有想过，你父亲为什么宁愿与来历不明的说客合流，也要保下我们建立昭云门？而你大哥又是为什么宁愿身死也要保下你和蜀军旧部？"

袁庆一时语塞，他从未想过这个问题，此时被提起，思绪不由自主地向着最坏的地方延展开去："是因为我不成熟难当大任吗？所以父亲也好，郭大哥也好，你们也好，都不愿意将一切告诉我。"说着袁庆头上又挨了一下，但是这一次动手的不是魏窅君，在袁庆印象里一直温温暾暾的李方鸿眼中满是失望："你就如此看轻我们吗？在你从军的那一刻起，我们对你的要求就是将军，而只追求战斗不思考结果的，那只能是一个战士而已。没想到这么久过去了你还是毫无进步。"

李方鸿深吸一口气，努力重新让自己平静下来："起义不难，难的是如何保证众多将士用鲜血换来的和平能够持续。对于当年愿意抛弃一切追随袁将军的人而言，死从来不是难以面对的事，难的是背负着所有兄弟的期望活下去，无论背负怎样的骂名，无论是否被人利用也要活下去。因为只有活下去才能继续守护所有兄弟用性命换来的成就。"而此时脾气一向火暴的魏奮君也一反常态轻拍着袁庆的背，给他鼓劲："所以你不但要活下去，要好好活下去，还要重新将昭云门的旗帜拉起来，告诉所有人当年敢于高举反旗的蜀军还在，让任何敢于对蜀地百姓不利的人都好好掂量掂量。"

深夜，祥瑞客栈的灯火一盏盏灭了。漆黑寂静的夜色中几声鸟鸣显得分外清晰，庄子秦眉头一皱，为什么是在这个时间？她小心翼翼地起身，几个起落跃出客栈，却没注意到身后有一道疑惑的目光。

庄子秦跟随着客栈外的记号来到了一个隐蔽的山洞中，山洞里面赫然都是更生堂的人，或者说都是"蝶陵的细作"。庄子秦看到里面有几人身上带着伤，心中的不安越发浓重。

"这是发生了什么？"庄子秦有些难以置信，自己明明已经让孙锐收拢人手暂时蛰伏了，为何以他的本事还会沦落到这个地步？

孙锐阴沉着脸，脸上已经看不到往日的憨厚："孙祥不知从哪里得到了消息，带人突袭了我们，虽然我们有所准备但还是被打了个措手不及，人虽然大多逃出来了，但是资料与情报全部丢失了。"

听到人还在庄子秦略微松了口气，只要人还在一切都还有机会，此时她却没有注意到孙锐眼底的那一抹歉意。

"现在的更生堂已经没有办法继续提供消息了，你们那边进展如何？"孙锐强打精神询问庄子秦状况，庄子秦不疑有他，信心满满地讲出了最新的发现："现在已经找到能够将吴江冷一击致命的证据了，只要将他们送到京城就行了。到时候吴江冷一下台，大胤军队群龙无首，就算换了其他人，有廖文列卡着军粮也无法进攻。再加上我们握着太后的把柄，蝶陵就算彻底安全了。"

就在庄子秦展望着美好的将来时，孙锐一反常态地打断了她："恐怕我们没有这个余裕了，你的想法固然好，可是你想过中间有多少困难吗？"

庄子秦打量着孙锐，不知道他为什么突然说这番话："我之前已经说过了，这个计划有三成的成功率，而现在我们有五成。"

"不，这个计划毫无胜算。"

庄子秦从孙锐脸上看不到一丝开玩笑的意味，于是便一言不发地等着他的解释。果然孙锐来回走了两步后下定决心一般开始解释："首先我们一直以来都有一个误算，那就是吴江冷会如何干涉这件事。他除了开始时要求我们配合廖文列调查之后就一直没有行动，即便最后要求我们停止调查，也仅仅是告知孙祥我们的存在，没有任何直接行动。于是我们就以为他会这样一直旁观下去。"

话已至此，如庄子秦般冰雪聪明的人自然明白了，吴江冷之前在旁观不代表他会一直旁观下去。这一次孙祥突袭更生堂想必就是得到了吴江冷的消息，如果自己等人进一步揭发他的阴谋，那么他的阻拦会越来越凶猛。

"但是，即便如此我们还是有胜算，不是吗？现在敌明我暗，只要我们想办法潜回京城就能一击制胜。"庄子秦试图说服孙锐，却只换来他不断摇头："不，你根本就不懂他的可怕，我们早就……"

孙锐突然停住话头，大喝一声："谁？"说着他便甩出几枚暗器，电光石火之间庄子秦听到了一声呼喝，脸色大变："别伤她！"

与此同时她一甩袖口，带起一阵劲风吹歪了暗器，"咚咚咚"数声闷响，暗器贴着黑暗中的身影钉在了树上。

黑暗中的身影受了惊吓一下子倒在草丛中，很快被人押进洞穴。

来人果然如同庄子秦所料，是本应待在祥瑞客栈的颜溪。

"你怎么会在这里？"

颜溪眼中满是对庄子秦的怀疑，冷冷道："这应该是我问你才对吧？"话毕颜溪想起刚才自己千钧一发的情形，又有了些许不忍，"方才如果你没有发现来人是我，是不是就不会阻止孙锐杀我？"

庄子秦本想否认，但是她扪心自问如果来者不是廖文列一行，恐怕即便孙锐不下手，她也不会轻易放过。就在庄子秦哑然无语的时候，只听见孙锐冷笑一声："你是何来的自信我们不会杀你？"说着他突然发难，只见他轻抖手腕，还未看清他的动作便已经有数点寒光破空而来。

庄子秦没有想到孙锐竟然在自己救下颜溪之后依旧想要下杀手，情急之中运转内功袖子一挥一带一卷，将暗器全部拢在自己的袖子里，随后抽出剑一把拉过颜溪护在自己身后，怒视着孙锐："你做什么，你要背叛我不成？"

孙锐此时与素日里宅心仁厚治病救人的孙神医判若两人，满脸煞气："不是我背叛你，而是你背叛了蝶陵。"

此话一出，庄子秦感觉到身后的颜溪柔弱的身子颤抖了一下："你真的是蝶陵人？"

庄子秦没有说话，看着颜溪的眼神有些闪躲，最终定了定神："是，我是蝶陵人，但我对你们，没有恶意。"

颜溪冷冷一笑："但这一路，你隐瞒身份，皆是在利用我们不是吗？"

"我们想要干什么已经与你没有关系了，三公主，事到如今难道还要留着这个隐患吗？"面对步步紧逼的孙锐，庄子秦寸步不让："别忘了，我们的目的只是阻止大胤攻打蝶陵而已，不要伤及无辜。"

孙锐扯了扯嘴角露出一个冷笑："原来你还记得我们的目的是阻止他们攻打蝶陵，那么为什么明知前去京城已经毫无胜算，只会破坏我们和吴江冷之间的协议，你还要继续？"

"够了。"庄子秦大喝一声，将孙锐剩下的话都顶了回去，"起码我才是这次任务的负责人，现在我决定继续原定计划，并且你们不得伤害廖文列一行任何人！"

孙锐脸色数次变化，最终还是选择沉默着什么都不说地走出洞穴。庄子秦目送孙锐离开了洞穴才百味杂陈地放下武器，却没有转过身，因为她不知道此时应该如何面对颜溪："有什么想问就问吧。"庄子秦最终还是鼓起勇气开了口。她心中猜想着颜溪此时应该是何等失望。

然而颜溪的声音意外地很平静："我只问你一句，从我们相遇到如今经历了这么多，有哪些是真的？有哪些是假的？"

庄子秦回身注视着颜溪的双眼，在她的眼神中已经找不到方才怀疑的影子："如果我说了，你愿意相信我？"

颜溪露出如往日一般温柔的笑容，伸手挽起庄子秦的袖子，庄子秦手腕上已经被暗器划出几道浅浅的伤口："如果你想要隐瞒，刚才就不必救我不是吗？其实我之前就隐约觉得你藏着一些秘密，现在你愿意和我说一说吗？"颜溪一边低头帮庄子秦包扎伤口，一边平静地询问道。

庄子秦看着颜溪包扎的样子心中有了决断："请你相信，我隐藏身份是迫不得已，但是一路以来我跟你们一起所做的事都出自真心。"

颜溪点头，回忆起一路上的点点滴滴，有一个问题盘桓在她的心中："那么刚才你们提起和吴江冷有所联系是怎么回事？"

庄子秦心中泛起苦涩的感觉，果然还是绕不开这个结："其实我们一开始来到蜀地调查盐荒是受了吴江冷的威胁，他以暂时不进攻蝶陵为条件要求我们帮助廖文列调查盐荒。"

颜溪难以置信地睁大了眼睛，失声惊呼："什么？是吴江冷让你们调查盐荒？"

"虽然听起来不可思议，但确实如此。"庄子秦只能硬着头皮继续解释，"大约是他自信自己的布局不会被人看穿吧？相对而言他更担心廖文列不能将他特意准备的'线索'全部发现。"

颜溪捂着头努力地试图理解庄子秦话里的含义："也就是说吴太尉丝毫不觉得自己会暴露，反而担心廖大哥调查能力不足，不能挑起太后和皇上的争端？"

"事实上如果不是你的存在，让沈寻萧愿意与我们合作，恐怕我们真的会认为清风堂就是真凶。"一想到自诩聪明，自己差一点就成为吴江冷的提线木偶，被他完全玩弄于股掌之中，庄子秦不满的同时也感到一阵后怕。

"好吧，我相信你。但如果是吴江冷威胁你们帮廖大哥调查的话，现在你们背叛吴江冷，他要是立即进攻蝶陵你们该如何是好啊？"

庄子秦看到颜溪自身都尚未脱离险境就已经替蝶陵的安危担心，心中触动，更加坚定了要将她安全带回去的决心："所以我们才要赶快，在吴江冷进攻前揭发他的阴谋。只要吴江冷束手就擒，我们就有办法让皇上不再攻打蝶陵。"

用你身上的秘密，最后一句庄子秦放在了心里没有说出口。

"那么我们早点行动吧，明天一早无论老板娘他们答不答应我们都立刻前往京城。无论是京城的百姓还是蝶陵的百姓，我们都不能让他们成为牺牲品。"

颜溪站起身来拉着庄子秦的手，庄子秦看到颜溪单纯地为了百姓安危而担心的眼神，忍不住出声问道："你就一点都不怀疑我的话吗？"

颜溪握紧了庄子秦的手，浅笑着："因为我相信我的眼睛，通过这一年来的相处我相信你有难言之隐，但是你绝不是那种会背弃他人对你的信任的人。"

庄子秦心中触动，不禁露出了些许笑意，任由颜溪拉着自己往外走去。

"不会背叛他人的信任？呵，真是天大的笑话。"刚出洞口庄子秦就看到一直待在洞外的孙锐，庄子秦立即将颜溪护在身后，孙锐则拔出武器和其他人一同缓缓围了上来，"于是你要为了他们所谓的信任而背叛整个蝶陵！"

庄子秦面对过去自己的部下步步后退，企图为自己辩解："我已经说了，我这是为了蝶陵！我们只有与廖文列合作揭发吴江冷的阴谋才有希望不受制于人，让蝶陵真正和平。"

孙锐看到有些人被庄子秦说动，动作有些犹豫，厉声呵斥道："不要听三公主胡说！她鬼迷心窍，非要放虎归山。颜溪知道了我们所有的计划、所有的底牌，又是大胤的人，谁能保证万无一失？万一她泄露情报，廖文列一行人又不相信你，我们整个蝶陵都会随之陪葬！"

颜溪有些难以置信，几个月前，她初识孙锐，颇有知音之感，因为他同样妙手回春，同样精通医理。可是如今，他目光冰冷，全然没有昔日的情谊。

庄子秦也未曾料到昔日与颜溪相处得融洽的孙锐此刻却像秃鹰一样守在兔子身旁。颜溪上前一步，面色并无慌张，只是冲着孙锐苦苦一笑："孙大夫。"

这一声孙大夫让孙锐充满戾气的目光柔和了些。

他全家老小死在了大胤的铁蹄下，从此孑然一身，对待大胤人，他可以比任何人更狠更下得了手。但颜溪这一喊，反倒叫他有些手足无措。

是啊，他曾经是个真正的大夫，不知从何时开始，变成了筹谋算计的政客。

颜溪似乎从袖底要拿出什么东西，这一个动作让多疑的孙锐立刻十二分警觉。他率先发难，其他的人犹豫了一下也随着孙锐杀了上去。庄子秦一把将颜溪推回洞穴，拔剑守住了洞口。虽然孙锐人多势众，但是地势狭窄外加双方都念及旧情没有下死手，一时间谁也没能奈何谁。

"不要再执迷不悟了，你自己也清楚此事成功率有多低。"

庄子秦丝毫没有退让的意思："孙锐！你才是执迷不悟。你明知道这么做蝶陵会永远受制于人，受人摆布，那样的和平有什么意义？"

"有什么意义？活下去就是意义！那就是我们来这大胤的意义！"孙锐看到庄子秦冥顽不灵的样子心中也起了真火，"你一个养尊处优的公主，又长在深谷，怎么会知道对于百姓而言只要能活下去，能好好活下去就是一切。"

庄子秦心中明白此刻讲道理已经无用，只有先打倒孙锐才能好好交谈："多说无用，来吧！"

庄子秦刚下定决心用上全部功夫一招制服孙锐，打算却落了空。刀剑相交的那一瞬间庄子秦心中震惊不已，本以为过去一直是自己让着孙锐，但是没想到孙锐的真功夫完全不在自己之下。

想来也是，在自己一行人来到大胤之前，蝶陵在大胤的情报全靠孙锐一人支撑，这么多年孙锐从未失手，他的功夫怎么可能一般。

"没想到你竟然藏得如此之深，你还藏了些什么手段？"庄子秦出言讥讽试图扰乱孙锐的心神，孙锐深知庄子秦的脾气，不为所动："我潜伏在大胤多年，藏的手段自然不少。从前我们是同伴我自然不必用，现在你既然选择与蝶陵为敌，那你就只能拿命来试试我有多少手段了。"说完孙锐手腕一抖又是数把暗器直奔庄子秦的门面而去，庄子秦侧身低头刚避过暗器，一道青光已经到了眼前。原来孙锐射出暗器之后，藏剑锋于暗器的寒芒之中悄无声息地攻到了庄子秦面前。

孙锐手腕一转，长剑立刻向着庄子秦的咽喉划去，如果庄子秦不离开洞口恐怕立刻就会血溅三尺。庄子秦冷哼一声，顺着剑势往地上一倒，快要触地时猛然一掌打在地上，飞起一脚正中孙锐手腕，孙锐的剑险些脱手飞出。

"啧，老老实实地给我躲开，我还不想沾上蝶陵人的血。"孙锐略一后撤就又攻了上去，招招攻向要害逼迫庄子秦离开洞口。

庄子秦看似从容地化解了危机，心中却有苦说不出，刚才那一掌牵动了之前为颜溪挡暗器时不小心受的伤，现在行动时不免有些迟滞，伤口的疼痛更是成倍地消耗着她的心神。眼见孙锐不再手下留情，如果没有人来帮忙恐怕自己今晚就要死在这里了。

孙锐又是一记强攻直刺庄子秦心口，洞口狭窄庄子秦无处可躲，只好架剑硬接这一记直刺。然而在这关键时刻，庄子秦的伤口终于承受不住崩裂开来，鲜血渗出衣服，庄子秦手一软没能挡住这一击，认命般合上了眼。自己已经足够尽力了，这样也许就对得起自己对廖文列和颜溪的亏欠了吧。在这最后一刻庄子秦内心甚至感到有些解脱，只是回想起眼前孙锐那难以置信的表情，她还是有些抱歉，孙锐大概也没想到她之前已经负了伤，只是想逼她放弃而已，这么一来不知道孙锐以后会如何自处。

四十四

短短一瞬间，庄子秦胡思乱想了很多，但是预料中的疼痛一直没有来。庄子秦疑惑地睁开眼，却看到了让她如坠冰窟的一幕：本应该躲在洞里的颜溪不知道何时护在了自己身前，而在她胸口处触目惊心的鲜红用一种极其残酷的方式向庄子秦述说了方才发生的一切。

"不！"庄子秦从未想过事情会发展到这一步，而身为凶手的孙锐也呆愣在原地。虽然他一直想要置颜溪于死地，却没有想到会用这种方式达成他的目的。而颜溪的袖间拿出的不过是一本医书。

三个月前，孙锐说过要互相讨教，颜溪平日里闲来无事，便著有这本医书，本想交予孙锐批注一版。但现在医书早已染上鲜红的血，颜溪最终还是把这本医书交到了孙锐手中。

他的手微微颤抖着，如果方才那一刻可以重来，兴许他便不会下这样决绝的狠手了。孙锐将剑扔在了庄子秦面前。

庄子秦含泪注视着他，眼中颇有杀气："你以为，我不敢杀你？"

孙锐只是闭上了眼："你可以杀了我，但你仍要记得最初的目的。"

庄子秦最终只是低声一吼："滚。"

孙锐犹豫了一下，一个手势所有更生堂的人都缓缓退开，只留下庄子秦和颜溪二人。颜溪流血不止命悬一线，却是释然的模样。庄子秦抑制不住自己的眼泪，明明不该是这样的，她才刚刚解开自己记忆的谜团，才刚刚与爱人相认，才刚刚能够坦然面对过去，现在正是重新开始的时刻才对。

"你为什么要出来?你知道我和他们是一伙的!"

"可是我不出来,孙大夫不会罢休的不是吗?"颜溪刚说了一句就止不住地咳嗽起来,原本一身皂白色的褒衣长裙已经被染得鲜红。原本医术精湛的庄子秦此时只能手忙脚乱地试图给颜溪包扎伤口止血。这种徒劳的努力被颜溪阻止了,颜溪握住庄子秦的手:"不用了,我知道我坚持不了多久。我还要多谢你,没有你的帮助,我无法找回当年的记忆。起码现在我能毫无遗憾地去了……只有一件事。"在人生的最后时刻颜溪才发现自己最放心不下的还是当年那个柔弱的少年,她挣扎着从腰间摘下一把小小的玉箫,"把这个交给寻萧,告诉他不要为我复仇,放下仇恨好好地活下去。"

庄子秦颤抖着握着颜溪拿着玉箫的手,忍不住用力抱紧了颜溪:"别说傻话,你会好好地活下去的,这一切只有你亲自跟他说才行。"

颜溪深吸一口气忍着疼痛露出一个微笑来,轻轻摇了摇头将玉箫塞进庄子秦手里:"还有照顾好廖大哥,他现在需要你们的帮助。之后我不在了,你们都要小心自己的身体。你要少喝酒,女孩子喝太多……"颜溪的声音越来越轻,原本因为疼痛而纠结在一起的眉头也渐渐舒展开来,脸上安详的表情如同只是夏日午后倦了小歇一会儿一般。

庄子秦感受着怀中人越来越冷的身躯,手中紧握着玉箫,指甲深深地陷进手掌中,关节也显得发白,张着嘴却说不出一个字来。

庄子秦抬起头,看到一阵风吹过,入冬后最后残留在树上的几片枯叶再也坚持不住,只能无奈地飘落。

树叶飘过廖文列身边,一种难以言喻的不安和焦躁浮上他的心头,剑势一偏原本奔着草人喉咙去的长剑却砍断了草人的手臂。

"有心事?"沈寻萧原本在一旁静静看着廖文列练剑,有些诧异于他的失误,"难不成在担心魏晋君他们?"

廖文列收剑,平复了一下呼吸:"这个自然也是担心的,但是我相信他们会做出正确的选择,何况就算他们不答应,我们该做的依旧要做。"看到沈寻萧询问的眼神，廖文列有些困扰地挠了挠头开始组织措辞，"说起来有些惭愧，也许是最近太顺利了，现在我有些不好的预感，总觉得自己是不是忽略了一些重要的信息。"

沈寻萧觉得廖文列紧张过度了："我们掌握了足够的证据，现在只要将其送到京城就可以了，无论吴江冷还在谋划些什么也来不及了。"

但愿如此吧，廖文列在心里想着："先回客栈吧，过了一夜他们也该得出答案了。"

廖文列带着沈寻萧刚回到客栈，就看到他们想要的"答案"，两人相视一笑，果然不愧是蜀军之后。客厅中间已经放着打包好的行李，魏畜君和李方鸿正在桌子边等待着。

沈寻萧放下一件心事，一拍手："好，廖大哥果然没有看错你们，我这就去叫颜溪她们准备出发。"

廖文列带着对两人的愧疚以及尊敬向两人行了一个大礼："我在这里替百姓谢过两位了。"

魏畜君一如既往地直言不讳："我们是自愿陪你去京城做证，不是为了谁，只是为了自己心安而已，你不必谢我们。但是你能否保证我们这一去能够化解干戈？"

廖文列面对二人审视的目光坦然以对："我无法保证我们这一次回京能否成功，但是我可以向你们保证除非我身死，否则只要我活着一天就一定不会让百姓受刀兵之苦。"

魏畜君听完廖文列的话不禁笑出声："你可真有意思，我还是第一次见劝人送死，还跟人说你死了事也不一定成的。"

廖文列露出一个自嘲的笑容，眼中却没有丝毫迷惘："说起来惭愧，此事事关重大，不到最后一刻谁也不知道会发生什么。不过你们既然将性命都托付给了我，那么我就必须告诉你们实情。"

"你就不怕把我们吓跑了？"魏畜君看着廖文列没有打算放弃的样子揶揄道，廖文列也表情坦然。这个问题他早就想过了，答案早已在心中："怕，当然怕。但是无论你们去与不去，我都会尽自己一切努力阻止这一切，虽然没有你们的帮助，成功的可能性很低，但是不试试怎么知道？"

魏窨君满意地点头，放下了心中最后一丝芥蒂，看来自己的决定并没有错："那么多说无用，我们尽快出发吧。"

就在此时，一连串急促的脚步声打破了众人间踌躇满志的气氛："你们有谁看到过颜溪？"

面对六神无主的沈寻萧，三人面面相觑，廖文列心中不祥的预感越发强烈："寻萧你发现了什么？"

"就是什么都没有发现我才担心。我找遍了客栈都没有看到她的身影。"此时的沈寻萧心中急躁，嘴上也变得不客气。

廖文列知道沈寻萧是关心则乱，也就没有将他言语里的讥讽放在心上，更关键的是他环视一圈发现了另一个问题："你刚才寻找颜溪的时候有没有看见庄子秦和袁庆？"

沈寻萧一愣，他刚才只顾寻找颜溪的下落："没有，这个客栈里只剩下我们四人了。"

这时候眼看两人就要误会，魏窨君插进话来："袁庆不会随我们去京城，他也不知道此事详情，今早我们就让他出发办其他事去了。"

沈寻萧眼中闪过一丝希望，迫不及待地问："那么你们早上有没有看到过颜溪？"

魏窨君向李方鸿投去询问的目光，却只得到否认的回复："看来我们都没有看到过她们，今早为了给袁庆送行我们早早就在门口了，没有看到她们出入过。"

廖文列强压着心中的烦躁，来回踱着步，心中念头飞转，看样子颜溪和庄子秦应该是在昨晚失踪的。

而沈寻萧显然已经急昏了头，用怀疑的眼神盯着魏窨君和李方鸿二人："真的吗？为什么袁庆走得那么急，偏偏是今早？"

魏窨君没有廖文列的诸多顾虑，冷哼一声，当即反讽道："那么你觉得我们是为了什么藏起她们两个呢？"

沈寻萧被呛得哑口无言，许久才深吸一口气勉强恢复一些冷静，向二人道了歉。相比魏耷君，李方鸿一开始就没将他的话放在心上，只是想着事情的经过："沈公子，你去找她们的时候，她们房间里可有什么异样？"

沈寻萧眉头几乎纠缠成了一团，仔仔细细回忆着刚才在两人房间里发现的一切："门窗都完好，没有破门而入的痕迹，甚至连行李都整齐地堆放着，没有被翻动的痕迹。房间里太久没人住有些灰，所以也能看出没有抵抗的痕迹……"

得知两人消失大致时间的廖文列心中疑惑不减反增，昨夜自己因为担心袁庆等人是否会答应辗转很久才浅睡片刻，如果有人潜入强行带走两个人，自己不应该毫无察觉："除非她们是自己走出客栈的。"廖文列小声地自言自语。

没等廖文列想出什么来，魏耷君的一句话给现场已经焦躁的气氛又加了一把火："那么现在你们打算怎么办？之前你们也说了时间紧迫，太后已经蠢蠢欲动，随时有可能发难。我们是进京还是先寻找她们？"

沈寻萧回答得毫不犹豫，在他看来简直多此一问："当然是先找到颜溪要紧。"廖文列也点头："她是妙手山庄案最重要的证人，我们必须先找到她再行事。"

这时庄子秦从外头带着野菜篮回来，神色虽佯装镇定，但终归脸色不太好。

"你回来了？"众人上前，廖文列看了看她的模样，焦急地问出："有没有受伤？"与此同时，沈寻萧问出口的是："看到颜溪没有？"

"我只是早上去摘了些野菜，想着今天赶路之前可以给大伙儿烧点吃的再上路，并没有看到颜溪。"她一脸讶然的模样，"颜溪不在客栈吗？"

廖文列对她的神色有些生疑，此时心焦的沈寻萧反倒没有察觉任何异样。庄子秦继续佯装镇定："说不定就是早上走失迷路了，我们先在这里等等她，我烧点粥，说不定一会儿她就回来了，实在不行再出去找找吧。"

廖文列看着她的身影走进厨房，却瞥见她衣袖里的手臂上有伤。他没有说话，重新去查看了颜溪的房间和庄子秦的房间。

确实，两个房间都没有任何打斗的痕迹，也正如沈寻萧所说，房间有些落灰。但是他总觉得有些不对劲，试着将手指往床上一抹，一层厚厚的灰尘擦在了手上。廖文列神色一变。

床单上也是灰尘，说明她们都一夜没睡，也就是说她们从昨天晚上开始就出门了！庄子秦却说自己早上出去摘野菜了，她在撒谎！

廖文列回想起前几日更生堂明明已经关门，她却说自己去了那里，想起她不慎说出是吴江冷告诉孙祥消息的事，不禁捏了捏拳头。他能感受到自己的紧张，有一些事情他不愿意去猜测，但所有的事实指向了那个方向。

颜溪无故失踪，所有人都无心吃饭，沈寻萧踱步良久，终究还是打算出门去寻找，但众人漫无目的地找寻了一圈，毫无所获。

夜晚，庄子秦辗转难眠，起身推开窗子，看着外头的皎皎明月，叹了口气，随后趁着四下无人走了出去。但是她刚出客栈门一枚飞镖便朝着她射了过来，不知来人是有意不伤害她，还是功力欠火候，飞镖并不足以伤害到她，她轻巧地接住，然后开始和黑衣人过招。

庄子秦招招凌厉，很想揭开黑衣人的面纱，但黑衣人没过几招就急着离开，庄子秦直追上去，二人很快在野外又打了起来。

见她咬得这么死，对方也不再蓄力，庄子秦明显感觉自己刚才小看了他，转化招架姿势时，她随身携带的腰牌被对方一个飞踢，甩了出去。庄子秦忙要去接却被黑衣人抢先一步接到。

黑衣人见到腰牌愣住了，庄子秦亦愤怒无比，冲着黑衣人猛地打出一掌，掌风蓄着浑厚的内力将毫无防备的黑衣人甩了出去，黑衣人捂住胸口，只觉一阵钻心之痛，但是依旧没有回击。正在庄子秦欲打第二掌时，黑衣人摘下了蒙面巾，庄子秦愣在原地，硬生生收住了力，因为来人正是廖文列。

廖文列握着腰牌，冷冷质问："你为什么会有这块腰牌？"

庄子秦看着他苦苦一笑："原来你早就怀疑我了。"

廖文列看着她的身影，和一年前那个与他在京城并肩击敌的蒙面女子重合了，终于想起这块腰牌就是自己给她送她进出城门的。

那个蝶陵女子，就是她。

原来她骗自己的事情比想象中多太多。

她骗自己说她是川蜀人，也骗自己不会武功，更骗自己是早上出门，未曾见到颜溪。

廖文列开口，声音有些沙哑："说吧，这一路以来，你的目的是什么？"

庄子秦轻笑，若是为了最初目的，她何必今时今日还留在他身边？她倔强地没有开口，廖文列的脸上有了少有的愠怒："即使这样，你仍不愿说实话吗？"

此刻他的剑指着她。

一年前，他们一起将后背留给对方，将拳掌对准别人。

如今却刀剑相向。

不远处一阵悲号让二人从对视中走出，循声望去，看到沈寻萧抱着颜溪的尸体悲痛欲绝。廖文列见到此情景，也不由得眼前一黑，有些踉跄，勉强扶住树干稳住了自己的身体。

"怎么回事？"廖文列询问沈寻萧的手下们。

"公子担忧颜溪姑娘的安危，半夜还是叫我们一同出来寻找，就在百米之外，我们发现了一批可疑的人，交手后才知道是蝶陵人的招数，应该就是他们杀了颜溪，现在来处理尸体。"

手下疑惑地看着廖文列他们："你们也是出来找颜溪姑娘的吗？"

廖文列看着庄子秦，顿了顿，还是开口问了："此事和你有关吗？"

庄子秦眼中有不易察觉的泪光，廖文列近前一步："不管你是不是蝶陵人，你只需说无关，我便信你。"

庄子秦嗫嚅很久，她一直都是善于伪装、撒谎不打草稿的主，可是此刻喉口似被一双手捏住，终究她还是说不出口。

她深吸一口气，貌似轻松地告诉廖文列："他们都是我的手下，皆听我命令行事，所有的事我会一力承担。"

沈寻萧眼睛变得有些血红，他难以置信地听着庄子秦说出这些话："你是说，颜溪的死跟你有关？"

他早就猜疑过来路不明的庄子秦究竟有何图谋。可惜她一不图财，二不图权，真的就安然地帮助他们找到了真相，也帮助清风堂洗脱了冤情。谁会想到，她最后的目标是颜溪！

想到自己无数次想把庄子秦赶走，但最终还是大意心软，而今却换来颜溪的惨死，沈寻萧万念俱灰，咯出血来，趁自己的意志还没有完全垮塌，抽出剑来直指庄子秦。

廖文列却上前一步，挡在了庄子秦前边。

"你做什么？"沈寻萧冷冷一笑，嘴角尚流着鲜血，眼神空洞凄哀，"颜溪当你是亲大哥，你却还在包庇这个细作。"

"此事关乎蝶陵间谍、两国交战、盐荒真相以及吴江冷的阴谋，必须留活口彻查清楚。"

沈寻萧冷冷一笑："别以为我不知道你打什么主意，你舍不得杀她，因为……"

"寻萧！"廖文列一声呵斥打断了他的话，手握住了利刃，鲜血顺势流下，廖文列的语气第一次有了不容商榷的霸道，"她的命我必须留，你当我为公也好，徇私也好。就算要处理，也是押送回京之后的事。"

庄子秦欲上前给廖文列包扎，才从裙摆上撕下布条，却被廖文列伸手点了穴道。

"好，血债迟早血偿，我不急于一时。"但沈寻萧话锋一转，"但她诡计多端，一直将我们蒙在鼓里，为免生变，必须挑断手筋脚筋。"

"我会看住她。出了什么事，我一力承担。"廖文列眼神满含霜意地望了庄子秦一眼，如同他们从未相识。那块布条他没有用来扎伤口，而是用来捆绑庄子秦的双手。最后那个死结他打得很是用力，将她勒得有些疼。

庄子秦看着廖文列，眼中第一次有了泪水，廖文列只是冷漠地移开了目光。

四十五

颜溪此刻面色安详，只是比平日里面色更苍白些。沈寻萧替她整衣衫，却触到了她的大片血迹，往日的一幕幕浮现在他眼前。妙手山庄的真相刚刚揭开，两人刚刚解除误会，他都已经想好了，解决这些事情后，他就退出清风堂。她喜欢浪迹天涯、悬壶济世，那他就陪着她四海为家；她喜欢偏安一隅，做寻常人家，他就做她的良人，陪她洗手做羹汤。

可是这一切，都成了梦幻泡影，今生，这一切都不会实现了。

眼见他即将情绪崩溃，廖文列和李方鸿强行拉开了他，并点了穴防止他急火攻心呕血。庄子秦呆呆地看着眼前的一切，面色并不比逝去的颜溪好多少。

为颜溪的墓填上最后一抔土后，沈寻萧怔怔地看着颜溪的墓碑发呆，李方鸿看到沈寻萧失魂落魄的样子出声询问："寻萧，你要不留下来处理她的后事吧？"

然而令人没有想到的是沈寻萧无言地摇着头拒绝了这个提议，良久才低声道出缘由："颜溪最后的愿望是停止这场无谓的战斗，这也是对凶手最好的报复了吧。"

"但昨天把庄姑娘带回去问了一夜，她还是不愿意说出颜溪之死的真相，只是一口咬定吴江冷会在路上对我们下手。"魏奢君叹了口气，曾经比起这几个贵公子，她还是和那个潇洒不羁的庄子秦更投缘，仿佛看到了年轻时候的自己，但没想到，事态会发展到这个地步。

沈寻萧冷冷一笑："她当然急于摆脱自己的嫌疑。吴江冷当然要提防，她庄子秦也不是什么善茬。"

"不是我偏袒啊，我总感觉庄姑娘虽然和颜溪姑娘的死有关，但她不是杀颜溪的凶手，她在袒护什么人。"

"魏将军、李将军，如果你们也和廖文列一样，因为私……私人交情而包庇她，那我们之间也没有什么交流的必要了。我已经答应不会杀她，必会守诺。你们也没必要在我面前为她辩白。"沈寻萧一边说着一边下逐客令，"颜溪生前也不喜热闹，诸位若是没有别的事，就先回去吧，我再留下陪陪她。"

两人面面相觑，最终只能选择尴尬离开。此时的庄子秦被束缚在房中，依偎着角落，看着窗外。"吱嘎"一声门被推开，是廖文列。

他走进房间坐下，开场白和昨天并无区别："那群黑衣人到底是谁，我们认识吗？"

"不认识。"她也依旧回得利落，"你们此行除了我，根本没有和别的蝶陵人打过照面不是吗？"

"还敢撒谎！"廖文列愤愤掐住她的喉口，只稍微用力，便能让她窒息而死。

但庄子秦仍只是笑笑："你不敢。我死了，很多东西就更没有办法向皇帝证明了。"

廖文列松开手，也冷冷一笑："是孙锐对吗？更生堂都是你们的人。"

庄子秦的眼神立刻变得有些讶然，这让廖文列更坚定了自己的猜测："自从蝶陵细作的事情出来之后，孙锐的更生堂便借着回老家悄无声息地消失了。老友无故回乡，你既不惊讶，也不关心。那时更生堂已经消失，你更是无意中撒谎露出破绽。"廖文列声音低沉，似是满怀恨意，"从你嘴里，可有一句实话？是不是从头到尾，根本就无关吴江冷的事，一切都是你在从中作梗？"

"所以你觉得是我主动让大胤来攻打蝶陵，是我主动让自己的同胞子民血洒疆场吗？"庄子秦聊到此处，亦是愤怒难平，"蝶陵子民何辜，是你们犯我在先。其实我早已经做好一切结束后坦白的打算，但是眼下必须将这件事瞒过去才行，否则枝节横生，势必会延误行程。"

说到这里，孙锐的一句话闪过她的脑海，庄子秦神色一震："不好，钱兴有危险！"

剑门关外，钱兴带着队伍在官道上缓缓前行。望着熟悉的狭长蜀道，即便是自称不解风月大老粗的钱兴心中也不禁感慨万千。自从平定蜀地之乱，陷阵营解散后，他本以为自己和廖大人再也不会踏上这片土地了，没想到现在转眼已经在蜀地待了一年。要说与来时的差别，就是路上的商旅都不见了。不过这也难怪，蜀地盐荒、粮荒已经平定，商人们已经无利可图，加之已经入冬，山路难走，人少也是应该的。

然而这个念头刚在钱兴脑中盘桓片刻，就被一股刺骨的寒意打碎，钱兴的心猛然提起，他很清楚这股寒意，不是因为寒冷，而是如有实质的杀意。钱兴一抬手，车队立刻停了下来，这些与自己并肩作战多年的战友一句话也没有问，立刻排出了防御的阵形。

"是哪路好汉，不出来见个面吗？"回答钱兴的是山崖上射来的一阵利箭，钱兴不闪不避只是盯着箭来的方向，而其他人则如同有人下令一般变换阵形立起盾牌挡住了所有箭矢，竟然一人未伤。

但是钱兴心里清楚这一轮交锋只能算是平手，袭击者显然训练有素。但一轮箭雨之后，竟然没有一人暴露身形，现在恐怕早已不在刚才射箭的地方了，依旧是敌暗我明，而且如此多的人行动起来竟然犹如一人。钱兴心中不断思考着袭击者是何方神圣，行动上也没有丝毫迟疑："左起，右还射！"钱兴在袭击者放出第二轮箭的同时就觉察到了他们的位置，抓住机会一声令下，所有人毫不迟疑地进行了还击。

然而还是没有丝毫战果，还击的箭雨没有激起丝毫波澜。

钱兴握紧了手中的剑，心里越发沉重，袭击者的这种战斗风格太熟悉了，"其疾如风，其徐如林，侵掠如火，不动如山"。钱兴心中苦涩不已，没想到自己噩梦中的场景竟然化成了现实，当年陷阵营的袍泽竟要对自己刀剑相向。

"出来吧，当年兄弟一场，你们就这么看不起老战友吗？"没有人回应钱兴的话，但片刻之后一队人马如同鬼魅从隐蔽处出现，与钱兴一行相对而立。双方如同一个模子里刻出来的，都如同一把蓄势而发的宝刀，摆着相同的阵形，沉默地积蓄着杀气。

"果然是你们。"当钱兴真的看到这些老战友出现在自己面前，反而没有预想中的激动了，也许在当初陷阵营众人分道扬镳的时候他就预料到会有这一天了吧。

"钱兴，放弃吧，你们不可能赢的。"吴牧心开口试图劝说钱兴，却只换来钱兴的大笑："我说牧心，我们好歹也曾并肩而战过。我记得陷阵营的人可没有在战前羞辱对手的习惯啊。"

吴牧心轻笑着点头，果然有些事是无论过多久都不会变的："好吧，是我错了。那么就让我看看你们的本事还剩下几成。"

二人同时拔出手中的剑："杀！"无须更多的命令，双方都对对方的一切了如指掌，因为每一招、每一式、每一个阵形都是在同一个沙场上磨炼出来的，而此刻历经杀阵磨炼出来的技艺被用在了曾经托付后背的袍泽身上。但是没有人犹豫，道不同，刀兵相见已成定局，既然兄弟已成仇敌，那么只有使出全力才是对他们最后的尊敬。

祥瑞客栈里，廖文列和众人都在庄子秦的房中，廖文列来回踱步，忍不住再一次问起庄子秦："你真的肯定吴江冷会在蜀道对钱兴下手？现在钱兴可是以我这个司农的名义，奉旨回京。"

"如果你敢乱打主意，这次我的剑便不会再卖任何人面子了。"沈寻萧的眼神满含杀气。

庄子秦肯定地点头："他一定会这么做的，既然他已经布下这么大一个局，自然不会坐视你将其破坏。"

廖文列来回走了两步，最后下定决心转身准备出发。经过李方鸿身边时，李方鸿上前两步拦住廖文列的去路："你现在准备去做什么？"

因为接连而来的坏消息而焦头烂额的廖文列，失去了一直以来的沉稳："自然是去救我的人。"

李方鸿面对急于赶路的廖文列丝毫没有让开的打算，只是平静地注视着他："吴江冷的目的就是阻止你进京，你这样过去只能是将自己送到他手中。"

庄子秦也上前劝解廖文列，廖文列却毫不领情："那么难道你们要我见死不救吗？"此话一出正中庄子秦的心事，看到庄子秦满脸自责模样的廖文列以为是自己说得太过，终于冷静下来一掌打在一旁已经光秃秃的树干上，"那么我们还能怎么做？孙祥他们远在成都也来不及赶到。"

"你是不是忘了蜀道是谁的地盘了？"魏奤君的话打破了沉重的气氛，李方鸿想要阻止她说下去，魏奤君却只是摆摆手，"既然我们已经决定帮助他们，就不必一直试探了。"

李方鸿只得苦笑，一直以来自己的魄力确实不如她，这一次也是自己太过瞻前顾后了吗？

"怎么回事？"廖文列心中有了些猜测，却难以置信，魏奤君爽快地给出了答案："昨天袁庆连夜出发就是因为这件事，他已经前去支援钱兴。"

"可昭云门不是应该已经被灭门了吗？我还记得当时的战况惨烈无比，就算郭霍提前雪藏了人马也不会太多才是啊。"庄子秦的话让廖文列回想起当天自己所目睹的战况，血腥的气息弥漫在昭云门的每一个角落，能将吴江冷逼到这个份上，昭云门的精锐应该已经损失殆尽了才对。

魏奤君和李方鸿相视一笑，实际上当他们得知郭霍留下这么多人马时也是一样惊讶，然而郭霍确实就是凭借着当年蜀军的老人，硬生生地支撑到了最后，并让所有人以为昭云门精锐尽没。李方鸿没有向廖文列解释原委，只是向他发问："如果我能向你保证你手下们的安全，现在你打算怎么做？"

廖文列犹豫片刻，还是决定相信他们："所有人做好准备，我们立刻前往京城！"

"变阵！"钱兴和吴牧心同时下令，将手按在剑上随时准备出鞘，将士们面对昔日的战友握紧了手中的剑准备发起冲锋。

吴牧心突然一皱眉头，心中警兆急闪，将拔出一半的剑收了回去："守阵！"

钱兴立刻察觉到吴牧心的异样，虽然不知道发生了什么，但是他不会错过这个大好的机会："杀！"几乎同一时间吴牧心也大喊一声："杀！"带着人马对着钱兴的冲锋发起了攻击。

难道刚才是诈？这个念头闪过钱兴的脑海，攻势为之一缓，却没有想到看起来气势汹汹的吴牧心却剑锋一偏只是与他擦身而过。

"可恶，放箭能留下一个是一个！"另一侧的树林里传来一个男人的声音，随后杂乱地射出一阵箭雨。钱兴看得出这群人箭术不错，然而因顾及着自己一行人，箭矢大多落了空。原来吴牧心这家伙做的是这个打算，钱兴此时才明白吴牧心那奇怪动作的目的，然而想再留下他已经晚了。

钱兴勉强留下吴牧心的几个人之后，只能看着他消失在蜀道上。然而钱兴没有追击，反而小心地维持着阵形："刚才不知道是哪里的朋友出手相救，可否出来一见？"

树林里一个熟悉的身影带着人走了出来，正是重新披上战袍的袁庆："怎么一段时间没见，不认得我了？"

钱兴很是惊讶，收起武器让兄弟们收起戒备后上前打量着袁庆，一时间没能把眼前这个袁庆久历沙场的形象与之前武痴少门主的样子对上:"怎么是你?"

袁庆大笑着拍着钱兴的肩:"怎么不能是我,要不要交手试试看是不是真货?"

看到袁庆眼中跃跃欲试的战意,钱兴终于确定是那个一言不合就单挑的袁庆:"果然是你,不过你从哪里找来这么多人?"

"这蜀道上除了我昭云门,还有哪里有这么多好手?"袁庆反问道。

钱兴一愣,昭云门被灭的惨状他也是看到的,虽然知道郭霍事先撤走了不少人,但是要想恢复元气恐怕难度不亚于重建。

袁庆看出了钱兴的疑惑,实际上他刚按李方鸿所说的,联络上这些昭云门旧人时也是一样的想法:"实际上我大哥在昭云门刚建立时就预料到了这么一天,所以他一直做着准备,过去蜀军的精锐早就被他偷偷雪藏起来。"

"可是……"钱兴忍不住出声,雪藏精锐?难道昭云门的名气就是郭霍带着一群老兵打出来的吗?看到袁庆眼中那一丝落寞,钱兴将问题吞了回去,已经有了答案。只是可惜了郭霍,他凭借着一群老弱病残坚持到了最后,如果他能再多坚持一会儿,等到孙祥赶到也许就能获救。不过他从一开始就心存死志了吧,他这一战成功地让所有人以为昭云门灰飞烟灭了,却在此刻给了吴江泠一个大大的惊喜。

"除了我们,中途还有不少蜀地的江湖人士加入,他们应该快来了。"袁庆说着就从吴牧心离去的方向来了一群人马,虽然看起来杂乱无章但是可以看出个个身怀绝技。为首的一个壮汉有些羞愧地向着袁庆一抱拳:"袁门主,对不住,兄弟们没能拦下那群人,让他们逃了。"

钱兴摆摆手,宽慰道:"这位好汉不用在意,他们毕竟是当年名震天下的陷阵营的人。如果他们铁了心要走,没有数倍的人手谁也拦不下他们。"

壮汉听到陷阵营的名号好受了一些:"你就是袁门主说的钱兴钱大人吧?你叫我老古就行,我们听说你们要彻查我们蜀地盐荒的事,特地带着兄弟们来帮忙了。"

四十六

　　廖文列心中挂念着钱兴那方的安危，一路默然不语地低头前行，连带着原本就因颜溪之死而低沉的队伍，在狭窄的山路上彻底没了言语。庄子秦抬头迎着耀眼的阳光看着廖文列的背影，再一次压下心中想要向他倾诉一切的冲动，只是在心中暗叹。

　　此时山崖边一个身影一晃而过，原本因阳光而眯起眼睛的庄子秦心中警兆大作，猛然睁大了眼睛："山上有埋伏！"她话语刚落，廖文列一行就感受到了脚底的微微震动，抬头便见几块硕大滚石从山崖上带着无可阻挡的威势向着几人压来。

　　庄子秦出声的那刻，沈寻萧深深地看了她一眼便往前冲去，廖文列大吼一声："快！"回头却看到庄子秦那头慢吞吞的毛驴，伸手一拉直接将庄子秦拉到自己怀中驾马前冲。没等廖文列几人跑远，巨石落地的震动便将几人连人带马震倒在地。等到烟尘散去，廖文列起身环视却没有看到魏啬君夫妇，而身后的山路已经被堵得死死的。

　　"李将军，你们还活着吗？"廖文列向着巨石的另一面高声喊道，过了一会儿才听到魏啬君隐约的回应："还活着，幸好我男人反应快。不过看来我们只能另外找路了。你们先走吧，我们京城见。"

　　廖文列松了口气："那你们多加小心。"

　　"等等。"魏啬君出声喊住几人，不一会儿一个包裹便从巨石上被抛了过来，"这东西就先放你们那里。"

　　廖文列打开包裹，里面赫然是魏啬君这几天贴身小心保管的与吴江冷的往来信件。

　　"看这样子是你们先到京城，这东西就由你们带着，你们到时候可别被我们反追上。"魏昔君的声音一如既往地爽快,只是有不易察觉的颤抖。

庄子秦心中却有不祥的预感,她看着巨石的另一边,不知为何眼眶有些湿了。

廖文列也朝着石头拱手一礼:"必不负所托。"

廖文列回头看看其他两人,沈寻萧只是狼狈了一些,问题是庄子秦。廖文列伸手按住庄子秦明显已经扭向奇怪地方的脚踝,庄子秦此时才后知后觉地痛呼出声。

"看来是脱臼了,忍着点。"廖文列一用力将关节复位,庄子秦死死咬着自己的手才没有喊出来。

看着庄子秦被咬出血的手臂,廖文列心中泛起怜惜:这又是何苦呢。

沈寻萧默默地等到廖文列处理好庄子秦的伤势才开口:"想好接下来怎么办了吗?"

廖文列疑惑地看向沈寻萧,却是庄子秦先开口为他解惑:"你是说伏兵吧。这些人刚才放任我们在这里休息,怕是这山路不好发挥他们人数的优势。等到我们出了这一条道的山路……"

"所以现在路口怕是已经有重兵把守了,你们打算怎么办?可别说你打算带着这个病号强冲出去。"沈寻萧不等廖文列开口便堵上了他的话。

廖文列沉吟良久再次打算开口,又被沈寻萧打断:"你也别说你引开伏兵,我带着庄子秦走,我可没自信带着个病号能躲开追杀。"

看着廖文列屡次被猜中心思的尴尬样子,庄子秦忍不住对沈寻萧道:"你又不是不知道以他的脾气,永远不会想到那个法子的。"

沈寻萧轻笑道:"也是,那就由我去引开他们吧。毕竟我怎么说也是能从小白眼下偷溜出去的人,打不过逃走总是不成问题的。"

"你就不怕只有廖文列一个人看着我,我趁他不注意逃了吗?"庄子秦忍不住出声,不知道这个之前还要挑断自己手脚筋的男人,这个时候怎么会放任自己离开他的视野。

沈寻萧瞥了庄子秦一眼，毫不掩饰自己眼中的杀意："如果没有更好的选择我现在就会杀了你，但是……"

沈寻萧将视线转向廖文列："现在就先让这副镣铐铐着你，况且你的'盟友'吴江冷看来也放弃你了，你跟着廖文列说不得还有一线生机。"

那个男人恐怕没有那么容易被逼得亲自下场，这个念头在庄子秦脑海里一闪而过。廖文列伸手想要拦住沈寻萧，但最终还是在沈寻萧的眼神下收回了手，只说了一句："别逞强。"

一个时辰后，冬日的太阳已经开始西斜。沈寻萧站在悬崖边苦笑，自己终究还是棋差一着。被白葡萄历练出来的逃脱技巧虽然起到了作用，让自己没有被伏兵包围，最后却栽在了这陌生的蜀道上。现在前方无路，追兵渐近，没想到他刚看到复仇的希望就被逼到了这个地步。沈寻萧望着悬崖下滔滔的河水，长笑一声："罢了罢了，廖文列，一切就交给你了吧。"

听着耳边因下坠而呼啸的风声，沈寻萧闭上了眼睛，用只有自己能听到的声音道："我来陪你了，颜溪。"

而另一边，廖文列看着如血的残阳，估算着时间，在庄子秦前面半蹲下："上来。"

"做什么？"庄子秦有些讶异地看着廖文列。

"进京耽搁不得，既然你已经无法行动，那就……"廖文列的脸不易察觉地一红，"到我背上。"

庄子秦笑笑，一下扑到他背上，让他一个踉跄差点摔到地上。廖文列镇定起身，背着她走在夕阳下。

晚风徐徐，蜀道外的路也变得开阔起来。庄子秦见他的汗水已沁满额头，忍不住拂袖为他拭去。廖文列却极不自然地避开："不必。"

她亦觉得自己是受了轻视，没好气地收袖："冒昧了，以前我待轿夫也这般，看不得人辛苦。"

廖文列冷笑："想不到你虽是这副心肠，竟也看不得人辛苦。"

"我待敌寇自然心肠如蛇蝎，但蝶陵的子民，都觉着我是天下最好的女子，嫁得良人，也配得良将。"

她说此话时，铿锵有力，不害臊，也不心虚，吐气若兰，恰好在他耳边。他一怔，望着群山、晚霞，只觉天地间就剩下二人。

曾经，满朝文武都觉得自己会是官家小姐的良配。只可惜，他早年一直征战杀伐，不知明日是否会身首异处，因此不忍害了年纪轻轻的姑娘，一直未动成家的心思。

后来年岁渐长，他也逐渐习惯了孤身一人。哪怕颜溪这样正值花季的女子在身边，属下们都以为他们必定会在将来某一日走在一起，但月老似乎并不以距离牵线，两人相处多年，一直以兄妹泰然处之。

而后经历这种种，他以为对庄子秦的感情与颜溪并无不同。直到听见她方才的话语，他心中不由得一痛。是了，他也意识到了，国别相异，二人只能是仇敌。

如此，那就将一些话永远埋藏心底吧。

原本繁荣安定的京城蒙上了一层阴影，号称天子脚下的京城百姓，不知已经多久没有感受到刀兵随时可能加身的不安。京城的人已经安逸太久，久到即便十年前那一场灭门大案也不过沦为闲人们茶余饭后的谈资，久到战争一词已经褪去血腥变成美谈。

直到今日大军列阵于京城之下，耳畔响起刀剑与甲胄碰撞的声音，这些热衷于歌颂皇上英明神武的人才如梦初醒一般想起战争的残酷。无数梦想着自己在两军阵前挥斥方遒、杀敌无数的年轻人躲在家中瑟瑟发抖。

而在皇宫里，大殿之上，赵深终于不再需要面对太后的刁难、御史大夫的掣肘，他却一点也高兴不起来。

"国舅打着'清君侧'的名义，举起了反旗，现在更是率军包围了京城，你们可有退敌之策？"赵深目光所及之处，群臣纷纷低下了头，生怕自己被注意到一般，这让赵深心中的烦躁越发强烈。

"皇上，依臣之见不必过于担忧，国舅一党虽然人多势众，但京城守备完善，禁卫军个个是一等一的好手。现在国舅如果想要强攻，正好给其迎头痛击，胜负还未可知。"丞相自信满满的话让朝堂上的氛围轻松了些，赵深也不想再见这群言之无物的大臣了，一挥龙袍，一边的太监立刻会意地高声唱喏："退朝。"

所有大臣跪安后都如释重负地离开了大殿，只有丞相留了下来。

"丞相还有何事？"见大殿里群臣都已经退下，丞相褪下了脸上的自信，不再掩藏自己的忧虑："皇上英明，想必也看出臣刚才只是安抚人心之计。国舅围城，掐断了我们对外所有的联系。以太后之才，如果我们不做些什么的话，恐怕过不了多久，天下诸侯都会信了他们的说法。"

赵深深以为然，一想到满朝大臣能想到这一步的却只有丞相一人，再也按捺不住心中的愤怒，一掌生生拍断了龙椅的一角："嘿，亏我这些年苦心拉拢这些大臣，事到临头，却没有一个能为朕分忧的。"

丞相应声跪地，满脸惭愧："皇上息怒，臣只能安抚城中人心，不能替皇上分忧，有愧于皇上的信任。"

赵深深吸一口气，自己原本不应该如此失态，但一想到国舅一方提出剿灭清风堂，便难以压制自己的愤怒："起来吧，术业有专攻，这怪不了你。"

丞相缓缓站起身，目光闪烁似有所悟："皇上您的话倒是提醒了我，术业有专攻，我不能为您分忧，但我想当今天下有两个人也许能解这场危机。"

赵深一愣，随即一个身影浮现在脑海里："吴江冷吗？这个老狐狸，不到朕与太后拼个你死我活之时，他可不会乖乖听话。"

"如果陛下愿意许他四国之地开府封疆，我想吴太尉不会不心动的。"丞相再次劝说赵深，却只换来赵深的摇头："你且先说说还有一人是谁？"

丞相心中暗自轻叹，其实皇上也知道这一策才是最稳妥的，以吴江冷在中立派中的号召力，只要他表态，那么太后便再无胜算，可惜皇上始终放不下这权力。

"还有一人便是廖文列，以他的领兵才能加上禁卫军，国舅再想如现在这样封锁京城便不可能了。只要能联络上各地，我们的局势便不会再恶化。"

赵深听到这个名字，静静地重新坐回龙椅上，眺望着大殿外那一方狭窄的天空。丞相见赵深久久不语，以为他是在怀疑廖文列的忠心，急忙进言："皇上，廖大人虽然数次忤逆圣意，但是他对皇上忠心耿耿，绝无背叛之心。"

赵深回过神来，惊觉自己连日疲惫中又走神回想起当初的种种了，也不多解释："罢了，廖文列确实有这个才能。明日朕亲自选一队精兵，让他们杀出城去接应廖文列回京。"

丞相走后，赵深一人留在大殿里，砖凉瓦寒，大殿冷意森然，让他很是不适，直到沈寻音走近他才有些安然。

"尚宫局做事不细致，这样的冷天，该给你添厚衣。"沈寻音说着拨弄紫金炉中的炭火。

"不碍事，时局如此，我只觉心中团团烈火，焦灼无比。"他看着她，深深叹气，"寻萧三日前就已经来信了，是吗？"

沈寻音手一顿，继而看着赵深，眼中有些愠意："你调查我？"

"你别误会，是他那个白白胖胖的手下太引人注目了。他与寻萧向来形影不离，我单见着他回来了，说明沈寻萧有很重要的情报需要他快马加鞭递交回京。我一直在等你告诉我，可是，已经三日了……"

赵深也急，如此时局，谁占尽先机，谁便更有胜算。他没有怀疑过沈寻音对自己的情意，可是这样的隐瞒，着实让他心头一紧。

"因为我不知，这样的消息告知于你，是否合适，也不知一旦你知道了，天下会是怎样的后果。"沈寻音看着赵深依旧俊朗的面庞，抚了抚他紧蹙的眉头，"十年间，你我的眉间似乎从未有舒展的时候。"

"我们夺回大权，从此就能举案齐眉，眉间亦能舒展。"他依旧满含希望。

"这次清君侧是国舅的意思，我们都知道，太后爱权，却也并不想兵戈相向。如果我们这次成功了，你预备如何处置他们？"

"国舅多年来位高擅权，鱼肉百姓，自然应该褫夺封号，发配宁古塔。"

"那么太后呢？"沈寻音步步紧逼，让赵深有些慌神，"你同我一样称呼了她多年太后，忘记了曾唤她一声母妃。我只问你，若是此番我们一举拿下他们，太后的结局会是如何？"

如果不是沈寻音提醒自己太后亦是自己的母妃，自己恐怕已经忘记，这么多年来，他们除了权力的尔虞我诈，更是血脉相连的至亲。

她也曾给自己找寻天下最好的太尉，教礼义，奉尊卑。

她也曾给自己一个母亲应有的关怀。

只可惜皇权腐蚀了他们柔软的内心，他们变得无坚不摧，也变得冰冷锋利。

更重要的是，如果他真的为魏家平反，将太后变成阶下囚，那么天下将如何看待自己？

"寻音，她终究是生我养我的母妃。"最终似是商量一般，他握住她的手，"若我护你一世周全，若我让你成为我唯一的皇后，你可否……"

"可否放下执念，不再与她针锋相对是吗？"寻音笑了，笑着笑着泪水充斥眼眶，"赵深，你以为我伴你身旁多年，出生入死，殚精竭虑，是为了你身旁皇后的宝座吗？我从来没有稀罕过这些虚名。你知道的，我要的是魏家平反，要的是我魏氏满门的清白。"

似是下定决心一般，她想从袖中拿出那封信，掷到桌上，告诉他："这便是寻萧的来信，你看吧。"

但最终她还是没有拿出。还是她爱他更多一点。

他不愿为了她，背上不孝的罪名。

她却心软，不愿拿出寻萧调查到的全部真相。

他那么骄傲、那么珍视自己的皇位，如果知道一切真相，不知会怎样崩溃。

沈寻音一袭红袍曳地，美得夺人心魄："寻萧说，当今的太后，当年的皇后，弑、君。"

既然他对太后尚有羁绊，既然她苦心辅佐多年，换来的是他要自己放下执念，那她也要为自己的家族，放下私情，拼上最后一把。

我不告诉你真相，事关你的尊严。

但我会告诉你，所谓骨肉相连的母后，做了什么。

你不是她心爱的皇子，只是她稳固后位、保住谢氏家族的筹码。

殿上的赵深，惊诧地滑落了暖炉，火星子迸射而出，差点烫到他的袍子，他却丝毫不觉。他从小没有感受过多少父爱，在他还懵懂之际，所谓的父皇就成了别人眼里的先皇。

"传闻当年太后与先皇鹣鲽情深，但事实往往疮痍满面。"沈寻音的话语没有任何温度，"她能那样对待自己的夫君，你又怎知她会怎么对待你？你忌讳天下觉着你铁血冷漠，但你怎知一旦留情，对方是否也会顾及舐犊情深？言尽于此，寻音告退。"

她走了，不顾他的呼唤。

他头痛得厉害，最终不得不叫嚣着："来人，来人！"

宫人步履匆匆入殿："陛下，老奴在。"

赵深定了定神："传大理寺顾超西。"

四十七

蜀道外的密林里，燃着篝火，廖文列翻烤着红薯，仔细看了看色泽:"应该熟了。"他小心地吹着,将红薯皮剥开,晚风里阵阵薯香让庄子秦贪婪地吸了口气:"还是中原地大物博,随便就能挖到这么好的玩意儿,帮我拿一个过来。"

廖文列不为所动:"你的脚好得差不多了,自己过来拿吧。"

庄子秦指着脚上、手上的镣铐:"这很重。"

廖文列没办法,只好隔空抛了一个过去,庄子秦接过红薯,没料到会这么烫,两只手来回颠着:"恨我也不用这么整我吧。"

廖文列并没有理睬她,自顾自躺下,望着繁星:"吃完就休息吧,明天一大早还要赶路。"一边说着他一边将自己的外袍甩过去给庄子秦披盖用。

"我知道要赶路。可是你现在把我的手脚都铐着,以咱们的行进速度,会远远超出皇帝要你回京的期限。你真的不考虑让我自己走吗?你的武艺比我高,不用担心我会逃走。"

廖文列闭眼,打算开始安睡的样子,对她的话不为所动:"皇上见到你,自然会明白为何我延误了行期。至于镣铐,必要程序,你配合一下。"

庄子秦有些失望,却了然的样子:"是啊,到时候论功行赏都来不及,怎么会怪罪你区区延误之罪。是我多虑了。"

廖文列睁眼,似乎因为这一句又变得睡意全无:"你知道的,我抓你回去不是为了论功行赏。盐荒牵连出太多事,也有太多人为了真相牺牲了。"

"我明白。"庄子秦故作轻松般道,"谁让我技不如人,落入你们手中呢,只好,只好跟着你回京。"

"为什么?"他突然看着她发问。

"什么为什么?"一时间,庄子秦也有些不解他的眼神,却被看得心漏跳了一拍。

"无论是布条,还是铁链,其实都束缚不了你,不是吗?"他抓起庄子秦的手腕,"你内力不错,应该说是很不错。可是你还是选择随我回京，告诉我你真正的目的。"

"还是被看出来了。"庄子秦用笑掩饰自己的苦涩，"你猜我是为了什么？"

廖文列低下头："我猜不透你。"

"为了你呀傻瓜。"她在他身旁耳语，逼得他措手不及地转身。

廖文列低声呵斥："我在很严肃地问你。"

"好吧，方才确实是玩笑话。那我也严肃地回答你，为了面见大胤的皇帝，为了与他当面谈判，他的秘密，足以让他退避三舍。"

"你太小看陛下了。"廖文列舒了口气，果然方才她就是随口一说，不然自己又将如何自处，"到时候你非但争取不到自己想要的结果，恐怕你的命也要留在大胤。"

"这不正是你想要的？"庄子秦看着他，神情有些轻蔑。

"我不想要你的命，我知道，颜溪不是你杀的。但有些责任，我必须履行。"廖文列的声音低了很多。

"如果你们大胤的皇帝要杀我，你会保全我吗？"庄子秦的发问让廖文列许久没有说话。最终他只是淡淡道："自有大理寺处理。"

曾经，他们也曾月下攀谈，聊人生志趣，每一次都在月光照拂下带着笑意归去。

而今，清辉依旧，但二人早已背对背，不再多发一言。

又行了几日，两人终于到了京城外的一个小村庄里，廖文列站在村口的小山坡上，眺望着远处已经隐约可见的京城。但远远望去，城门外皆是国舅的人，于是廖文列没有带庄子秦立刻进京，而是找了家客栈打算暂时住下。

"客官是两间还是一间？"小二看着两人的神态举止，似是一对璧人，女的却戴着手铐脚铐，着实有些不解。

"两间。"

"一间。"

说着两间房的庄子秦惊诧地看了廖文列一眼："你干啥？"

"都快到京城了，我不想节外生枝，你必须在我的视线内。"

廖文列将银两放在柜台上，拉着庄子秦上楼。

客房不算豪华，但是干净敞亮。连日来，二人风餐露宿，还要躲避各种追杀，这样的客房对他们来说已是足够上等的条件。

"床留给你。"廖文列搬了一些被褥在地上铺好，神色与平日在野地露宿时无异。

只有庄子秦还有些摸不着头脑："京城近在咫尺，你为何反倒在这里住下了？"

廖文列没有多说什么，国舅的人马驻守城门，想必京城已经动荡不安。而今，庄子秦再也不是从前他可以对其知无不言的那个人。他生怕这样的消息被庄子秦脑子一转又横生枝节。

庄子秦见廖文列并不回答，顿时起了戏谑的心思："是舍不得我死吧？"

"你想多了。"见她厚颜无耻地这么说话，廖文列忍不住开口："我只是怕……你被我押送回京的消息早已被你的同伙知晓，若是他们在城门口接应，事情会很麻烦。"

"你在撒谎。"庄子秦直截了当地戳穿廖文列的说辞，"你自己也说了，我若是想逃，要什么同伙，要什么镣铐。"

廖文列干脆躺下不再说话，庄子秦也不甘心地躺在床上。两人再次相对无言。只是这次，廖文列有些辗转反侧。

庄子秦的一句话刺到了他心中。

京城要到了，为何不带着她进京？

固然他怕的是国舅的人马会让他们暴露，但更怕的恐怕是那一天的临近。

他一生做惯了忠臣良将，知道自己不该有这样的私心。但是他也越来越清楚，不管自己嘴上有多倔强，他没有办法看着庄子秦被关进天牢，生生让她送死。

所以他留在了客栈，就当自己自私一次，做一次暂且逃避的懦夫吧。

鸡鸣声起，庄子秦醒来时，手脚上的镣铐已经被解开，廖文列也早就到了农家客栈的院子清扫落叶。山间的客栈不比城中热闹，这里投宿的只有二人。使得整个环境异常静谧。

庄子秦看着廖文列不疾不徐地扫着落叶，朝阳照在他身上，像是镀了一层光辉，她不由得上前，踮起脚。廖文列本能地后退，却被庄子秦钳住了臂膀："别动。"

他真的就没有动了。

千军万马踏着铁蹄而来时，他亦面目沉毅，未曾改色，但此刻，他的心跳远比战场厮杀时更剧烈。他紧了一下喉口，手心有了薄薄的汗水。

可她只是踮脚拂去了他肩头的落叶，她的笑靥离自己这么近，却又那么远。

他回过神，似是舒了口气，更似失落："给你解了镣铐，便这么不老实。"

"给你掸叶子叫不老实，要不要我来更不老实的！"庄子秦再次靠近，这次他果断后退，连连摆手呵斥："行了，姑娘家像什么样子。"

不远处的小二看着这一幕偷偷忍住了笑意，他以为自己见着了寻常眷侣的和睦相处，忍不住眯起眼对一旁缝补衣物的娘亲道："我也想娶媳妇啦。"

他不知道，眼前这两个人几日后，或许就要天人永隔。

"两位客官是外地过来的吧，我和夫君今日要上山采梅花，可有兴趣一道？"缝补好衣物的老板娘说道。

"有啊有啊，你们摘梅花做什么？"庄子秦接茬接得飞快，生怕廖文列又婉言拒绝。

"酿酒。"店家笑得和蔼，"年年如此，算店里的招牌。"

"梅花酒啊！"连日的疲倦恩仇似乎一下消失不见，庄子秦恢复了往日的神采。也是这一瞬,廖文列觉得,她并非伪装了一切。

她对酒、对生命的热爱是由衷的。

"好,我们一道去。"廖文列的回答让庄子秦有些意外。

几个人往山间走着,冬日的风在暖阳下不算凌厉。远远地,廖文列看着梅花树下的庄子秦。

一年前的沈宅里,她换上了女装,清风朗月下,巧笑嫣然。

还是一样的梅花,还是一样的暖阳。

此时此景却变得悲伤。但她毫不在意一般,依旧和旁人有说有笑,甚至摘下梅花,缀在耳旁,问廖文列:"好看吗?"

廖文列移开目光,应付似的点点头:"好看。"

庄子秦有些不悦:"直说不好看就罢了,我知道你一直当我还是初见时的酒鬼小子。"

她转身时忽然被他拉住,他顿了顿说:"我说的,都是真的。"

她笑了笑:"好,我知道。"

客栈的院子里,他们照着老板娘的方子酿制了一坛梅花酒。但酒是一年陈,需要来年揭盖。庄子秦将它埋在了地下,自言自语般道:"我恐怕没有这个口福了,来年,就让这呆子来这里把你取走吧。"说完她抬头望着廖文列,"你别忘了,这里还有我的一坛酒。"

廖文列点点头,不再言语,转过身,知道他们该走了。即便他再想逃避,但那一天依旧会来。如果再这样下去,他觉得自己会疯掉。

"庄子秦。"他唤了一声,"我们明日走吧,不再留了。"

庄子秦刚把最后一抔土埋上,听到廖文列的话愣了一下,但还是应允道:"好,你终于还是决定了。"

清早,二人准备出发时,庄子秦走散多时的驴已经在门口候着。她抚摸着小花,眼中很是不舍,在小花的耳边耳语了几句,然后奋力扬鞭,小花吃痛地扬长而去。

"它好不容易找到你,你怎么又让它走了?"

"主人命不久矣,它留在身边徒增伤感与危险。"看着小花走远,庄子秦像是放下了心，"走吧。"

"客官，现在京城已经被国舅包围得死死的，不论是想要进城的还是想要出城的，都是格杀勿论。我劝你还是再等几日吧。"村里帮着父母开小客栈的半大小子牵来了马，涉世不深的小伙子不忍心看自家的客人不明不白地去送死，出言相劝。这几日与二人相处，他们一家都觉得二人慈眉善目，心生不忍。

庄子秦从小二手中接过缰绳，取了些散碎银两塞在小二手里："这些日子承蒙关照了，我们自有办法。"

小伙子推却不得，手里拿着银两脸上有些不好意思，突然一拍手转身跑回店里，不多时就又跑了出来，气喘吁吁地递过一个包袱："我家自做的包子，可好吃了。这里到京城还有些路，你们带着路上吃吧。"

庄子秦一愣，小伙子生怕她不收一般，将包袱往她手里一塞就挥着手走开了。庄子秦打开包袱看着里面白白的包子，闻着味道不用吃就知道用的是上好的面料。脸上久违地露出一丝微笑，她喃喃自语一般道："原来大胤的百姓也是这般淳朴吗？"

庄子秦回过身却看到廖文列不知从何时开始就一直默默注视着自己。在廖文列的目光中庄子秦脸上的微笑如同被冻结一般化为冷笑，她一伸手递过包袱："怎么着？要检查检查吗？"

廖文列接过包袱却没有打开，只是将其挂在马上，翻身上马。庄子秦望着远处的京城，知道二人马上就要迎来最后的结局。

在上马的时候，清风吹过，庄子秦听到有一个熟悉的声音在风中说："果然还是笑的时候最美。"

四十八

　　二人行了半天京城越发清晰了，只是一路相顾无言显得分外寂寞，所幸几日来都是如此，二人倒是也有些习惯了。

　　"嘚儿嘚儿。"廖文列耳朵一动，听到身后的马蹄声直奔自己而来，心中一紧。一路上的刺客都是徒步而行，生怕发出动静，现在这批人马恐怕是朝廷的人了。

　　"你……走吧。"不知是不是几日没开口的缘故，廖文列的声音沙哑得连自己都吓了一跳。庄子秦难以相信地看着廖文列，甚至觉得自己出现了幻听。

　　"我说叫你走！"廖文列回头狠狠地盯着庄子秦，一向温和的面孔此刻狰狞得如同恶鬼一般，"走得越远越好，回到你的蝶陵去，再也不要回来！"

　　面对廖文列的咆哮，庄子秦却笑了，几日来第一次发自内心地笑了。因为她看到了廖文列目光里那一丝哀求，在这一刻廖文列为了她放下了一切。

　　他明明知道这样空手而回，将会背负一世骂名；他也明明知道要平复太后和皇帝的争端必须有人为之牺牲；他更知道她庄子秦是敌国的间谍，是害死自己义妹的凶手。

　　但是他依旧选择了最不应该选择的路。

　　"你不做忠臣了吗？把我绑到皇帝殿前，告诉他一切，你就可以回家了。"她不是戏谑，语调低沉，是真的在为他考虑。

　　"我自有办法。"廖文列并不打算多说什么，"朝廷的人马马上来了，你再不走，就来不及了。"

"我不会走。"庄子秦策马上前,握住了廖文列因过于用力紧握而发白的手,"这是我的赎罪。"

廖文列还想说些什么,然而一队轻骑已经出现在视野中,心中万般纠葛到最后化为一声轻叹。战争在他们之间,感情从萌芽的那一刻便写上了悲剧的结局,这让廖文列不禁想自己曾引以为傲的戎马生涯又造成了多少这样的悲剧。

正在廖文列恍惚之际,庄子秦却从飞奔而来的骑兵身上察觉到几分异样,当即手腕一转长鞭便到了手上:"呆子,情况不对。"

廖文列得到警示,未及多想立即拔剑将庄子秦护在身后,庄子秦心中一颤,用微不可察的声音喃喃自语:"果真是个看不清形势的呆子。"

眼见着骑兵越来越近,却丝毫没有减速的打算,廖文列厉声大喝:"我乃当朝司农廖文列,来者何人?"

骑兵们没有任何回话的意思,只是沉默着拔出武器继续冲锋。感受到迎面而来的骑兵们身上浓烈的杀意,看着他们熟悉的架势,廖文列疑惑不已:"是京畿卫,皇上……不,是太后的人。但是为什么?"

京畿卫的骑兵们没有一丝要交流的意思,一交手便是杀招,廖文列勉力架开第一人势大力沉的一刀,没等他回击,第二人的刀锋便直刺他的面门。就这样一个接一个,一击不中当即脱离,下一人即刻接上。原本鏖战数个时辰犹有余裕的廖文列,此时仅仅接了十几刀便大汗淋漓。

然而未等廖文列稍加休整,最后一人刀势尚未完全脱离,第一人已经掉转马头冲锋,马刀直奔廖文列的脖颈而去。眼见廖文列就要落入下风,一条长鞭从廖文列臂下刺出,一缠一绕如蛇一般咬上骑兵的手腕,随后长鞭一颤,带着骑兵的马刀一偏,直接往骑兵自己胯下的坐骑砍去。然而最后关头骑兵一松手马刀脱手飞出,擦着马头飞到了一边的草丛里,倒是庄子秦要不是收鞭快,险些被骑兵顺手揪着长鞭扯到地上。

廖文列借着这个空隙，长剑连刺，第二人一时变招不及，只能护住自身，马匹却连中数剑立时毙命将他掀翻在地，之后的数人速度不减从倒地之人身边掠过，虽然没有继续攻击，却也让廖文列无法对倒地的人攻击，让那人从容起身退开。

"这就是大胤最精锐的士兵吗？"如果当初进攻蝶陵的都是如此精兵，恐怕蝶陵早就被攻破了吧，庄子秦心中断定。

廖文列深吸几口气，乘机调整着呼吸，听到庄子秦的感慨后眼神黯然："大胤军中京畿卫只排第三。不，现在的话应该是第二。"

庄子秦一时语塞，但随即想到最为精锐的应该是拱卫紫禁城的御林军，那么还有一支曾经超越京畿卫的是什么部队？她猛然间想到孙祥等人超凡的武艺。

陷阵营，庄子秦若有所悟，可惜他们现在不在此处。

京畿卫的攻势并没有就此停下，被庄子秦出其不意袭击了两人后其余的人改变战术，不再强攻而是一点点地消磨着廖文列的气力。廖文列对任由他们如意的后果心知肚明，当即暗中打了个手势让庄子秦跟上，接了京畿卫们几招后廖文列突然发难，对其他京畿卫的牵制视而不见，直奔为首的士兵攻去。

庄子秦全力将长鞭舞出道道残影，替廖文列挡下攻击。然而京畿卫终究是天下少有的精兵，为首的士兵眼见避无可避便不再防御，被廖文列击中落马丧命的同时，在廖文列手臂上划出一道深深的伤口。廖文列脸色丝毫未变，如同伤的是他人的手臂一般，毫不停顿地向着下一个人冲去。

随着骑兵们一个个倒下，廖文列身上的伤口也越来越多，涌出的血液将他身上的皂白布衣染成了鲜红的战袍。廖文列转向最后一个骑兵，面对满身血污的廖文列即便是京畿卫的士兵也不禁退了一步，廖文列又一次催动胯下多年的战马冲锋，然而马比人先一步倒下，马身上的伤口已经让它无力负担早已熟悉的重量，在冲锋途中翻倒在地。

本就已经透支的廖文列再也坚持不住，重重地被甩在地上后便再无声息。庄子秦二话不说翻身下马，护在廖文列身前，然而庄子秦知道即便只有一个骑兵，她获胜的可能性也只有五五之数。庄子秦望了眼一边微微颤动的树丛，之前落马的两个京畿卫之前便躲藏在树丛里，无论何时只要他们出手偷袭自己便必败无疑，可恶，如果是在西蜀或者蝶陵有奇蜂异蝶相助就好了。

这个念头一闪而过，听着越来越近的马蹄声，庄子秦握紧长鞭收回心神全神贯注。就在双方将要交锋的这一刻，庄子秦身后传来一声利箭破空的声音，果然还是来了，想到自己和廖文列最后倒能死在一起，这也许是两人能得到的最好结局了吧。

胡思乱想中庄子秦长鞭落地，但预料中刀箭入体的疼痛没有到来，庄子秦缓缓睁开眼睛看到原本应该杀死自己的京畿卫此刻却被一箭穿喉，倒在自己眼前。庄子秦猛然回头，看到了一个最不可能出现的人："是你？你为什么会在这儿？"

吴江冷依旧是那副清冷没有一丝杀气的模样，仿佛自己方才只是拍死虫蚁一般："为什么在这里？不如说我一直在这里。既然你们的目的地是京城，那么我又何必苦苦到处寻找你们，在这里静待你们上门不是更好？"

庄子秦啐了一口，冷笑道："说得轻巧，要不是你一路的刺杀都失败了，你怎会亲自出场？不过没事，即便我们被阻断在这里，还有魏喑君和沈寻萧两路人马，你拦不住的。"

"我以为你会比我想象中更聪明，原来不过如此。"吴江冷不以为意，一边一一确认京畿卫的气息，一边随意地说着，"李方鸿早在蜀道你们第一次遇袭就死了，魏喑君强撑的情绪你应该能感知到吧。"

尽管对当时巨石另一侧的情势庄子秦有所猜测，但听到吴江冷这么说她的心还是一痛。他们走后，魏喑君独自面对后方围剿，想必结局也已在意料之中，所以魏喑君才会将包裹交予廖文列。

庄子秦不能露怯，依旧故作镇定地询问："所以沈寻萧……"

"被逼上绝路，乱箭穿心，跳崖，死无葬身之地。"吴江冷依旧说得轻巧,"但有件事还是需要点明的,我不过是旁观了这一出出戏码,想你们死的可不是我。"

庄子秦心中一紧,虽然早有所料但是听到这个消息还是感到前途黯淡:"是太后吧。"

吴江冷轻笑一声随手一划,一个尚有些许气息的京畿卫被割断了喉咙:"你还在骗自己吗?以你的智慧不会不明白,一旦廖文列将所有真相告知皇帝,最想他死的人是谁吧?"

庄子秦不言,知道吴江冷的言下之意,皇帝确实需要一个掣肘太后的借口,但绝不会是这个。如果皇帝知道廖文列手握着自己并非正统的证据,恐怕第一个要取自己二人性命的就不是太后了。

"你从一开始就全知道吗?"庄子秦声音中满是苦涩,看着背身而立的吴江冷,自诩聪明的自己从一开始便只是吴江冷的棋子而已。

没想到吴江冷摇了摇头:"不,我不知道。不过万幸我也不需要知道,我只知道我的计划一切顺利。"吴江冷转过身,直视着庄子秦,"那么请你告诉我现在你是否在按计划行事?"

庄子秦长叹一口气,将长鞭一扔,做出一副放弃的样子:"那么吴太尉,请问您现在又有什么计划需要我去执行呢?"

吴江冷毫不在意庄子秦话语中的讥讽,反而轻笑着顺着庄子秦的话道:"现在我有两个计划,需要你帮我参详一下。你放心,无论哪个计划我都不会对你们下手,谁让你们一个是我的兄弟,一个是我的同伙呢。"

吴江冷无视庄子秦满脸怀疑的神情:"第一,我现在就离开,带着军队进京。无论太后和皇上谁赢了,为了转移百姓视线都将再次攻打蝶陵。第二……"吴江冷停顿了一下,从怀里拿出一个玉瓶随手扔给庄子秦。

庄子秦接住玉瓶,打开一看脸色一变:"寒玉丸?这东西吃了以后可就人事不省了。"

"但是能保他暂时不死,而且你知道寒玉丸的冰毒应该怎么解。"

庄子秦手握着温润的玉瓶，却只感觉自己心底发寒，原来自己从未逃出过吴江冷的棋局。他早已看出廖文列的伤势之重，没有寒玉丸只能是死路一条。

而寒玉丸的解药，在蝶陵。

"你的第二个计划还有后续吧。"庄子秦不动声色，吴江冷仅仅为了区区兄弟情而放他们走，她决计不信，他一定还有后招。

吴江冷背对着二人，眼角闪过一抹笑意，话语中带着些许诚恳："很简单，这次去了就别再回来了，和他离开这乱世。只要你们不回来，我可以保蝶陵还是那个世外桃源。"他长叹一口气，"当然，他这一去，怕是也回不来了。我会放出消息，他与蝶陵细作勾结，一路南下，到时，他回来等着他的将是叛国之罪。"

说完吴江冷也不等庄子秦回复，便头也不回地离开了。

"大人。"阴影处吴牧心牵过马，吴江冷自嘲地一笑，也不知是对吴牧心还是对自己低声说道："隐忍十年最终还是心软了，希望我的决定没有错吧。"

而庄子秦手握着玉瓶，踌躇许久。

如果不吃下这寒玉丸，他命不久矣。

他一直强调，忠臣良将是自己的使命，吃下寒玉丸去蝶陵，要他做一个"叛臣"，恐怕比让他死更难受吧。

"原谅我自私一次。"她最终还是一咬牙，捏开廖文列的嘴，喂下了寒玉丸。

毕竟活着，还有翻盘的机会。

四十九

握着廖文列渐渐冰冷的双手,庄子秦费力地将他放在马上,转身沿着二人来时的路离去,原本近在咫尺的京城一点点远去。

眼下凛冬将至,虽然这样的天气,加上寒玉丸的功效可以延缓廖文列伤口溃脓,但这一路在马上颠沛震荡,也让廖文列的脸色越发苍白。而高山积雪,雪拥蓝关马不前。

她只好奋力将廖文列从马上扶下来,朝着高山迈进。

她从小跟着鬼谷子习武,已经比寻常姑娘力气大上许多。但廖文列亦是习武出身,身沉无比。风雪吹过,让她的眉眼都覆上了雪花。她腾不出手掸开,只能任其融化在脸上,一阵阵冰冷刺骨的寒意侵入骨里,她咬牙喃喃:"廖文列你给我撑住,不然怎么对得起此刻饮风雪的我。"

入夜,庄子秦好不容易找到一个山洞可以躲一躲,但风毫不客气地呼呼往里灌。她把廖文列带回山洞,自己堵在了洞口。双手已经僵硬红肿,她只能不停地哈气。洞里温度适宜,迷迷糊糊中廖文列醒来,看到庄子秦的身影,干裂着嘴唇苦苦一笑。

她总骂自己是呆子,可此时的她何尝不是。

"庄子秦。"他哑声唤道,但口气已不似前几日那般冷硬,沙哑里满是柔情。

庄子秦俯身,想去听他说些什么:"我在,你说。"

"临安杏花巷,门前有棵老蜡梅的便是我家。"他的神志不是很清醒,已经干裂的嘴唇张张合合,艰难吞吐着字音,"若我熬不过去,你去那儿,跟我娘说声,孩儿不孝,随军远征,未有归期。"

"混账！"她一边骂一边哽咽，"要说你自己去说！你要敢死，我就鞭尸！你们大胤的将军，死一个我鞭一个！"

他气息越来越弱，她还是胆怯地哭了出来："我说笑的，你撑住，我求求你撑住。就当为我，不，是为了你娘。她盼着你辞官回乡，就差一点点了，就一点点。"

蒙眬中，他见庄子秦的泪如断珠洒落在自己的肩头。

她成日里没心没肺的模样，怎么会哭呢？

可是肩头的温热好像又很真切。

雪终于停了，天也快亮了，她再次将他扶起，踏上苍茫的雪地。

京城赵深高坐在龙椅之上，听着信使上报的廖文列已西出蜀地直奔蝶陵而去。连日来一直在争论该如何应对国舅的朝堂此刻落针可闻，赵深藏在旒冕后的面孔让人看不出喜怒，只有冕服下紧握的拳头诉说着他心中的滔天怒气。过了许久赵深才缓缓开口，朝臣们惊讶地发现就连被国舅兵临城下时都镇定自若的皇帝，此时沙哑的嗓音中却带着无法压抑的愤怒。

"传我旨意：从今日起，剥夺廖文列一切职位。通告天下活捉此贼者赏千金，封百户。我要亲手杀了这个逆贼。"

"陛下……"御史大夫上前一步似乎想说点什么，却被赵深打断："如有异议者，视为此贼同伙。斩！"说完他拔剑一掷，宝剑直入地面，闪烁的寒光让朝堂上所有人心中一颤，"现在还有谁要说话？"

大殿中鸦雀无声，只有宝剑刺入地面的些许金铁之声尚在回响。

是夜，得知大殿上发生之事的沈寻音来得比以往早了一些。望着一片狼藉的御书房，沈寻音默默地挥退了所有人。"皇上为何发如此大的怒气？"沈寻音一边收拾着地上的书籍，一边发问。见赵深看着窗外的月亮没有回话的意思，沈寻音继续装傻，"难道是因为廖文列的事？"

"哼，明知故问。"听到廖文列的名字，赵深终于有了回应。

"哦，这倒是出乎我的意料，我本以为你不会为此动怒呢。"赵深猛然回头，沈寻音却只是不紧不慢地放好书籍，"难道不是吗？廖文列的背叛难道不是在你的意料之中吗？"面对赵深的怒视，沈寻音只是冷笑，"你既然相信他，为何最初对他处处提防，在他调查盐荒时还特地安排清风堂监视？你若是不信他，那他的背叛你应该早有准备，为何现在又失措至此？"

一番话问得赵深哑口无言，良久他才露出几分苦笑，自己费尽心机，却从来没想过廖文列真的背叛时的情景，最终也许只是自己不相信自己值得廖文列忠心至此吧。沈寻音没有给赵深继续伤感的机会："那么，我再问皇上一个问题，你真的相信廖文列投奔蝶陵了吗？"

冷静下来的赵深长出一口气："真的也好，假的也罢，木已成舟，是我冲动了。"

"不，皇上确实冲动了，但做得并不算错。"赵深冷静下来后，沈寻音的话却大大出乎他的意料，"皇上，如果廖文列不是自愿前往蝶陵，那么是谁最不希望他回到京城？"

赵深微微一愣，随即咬牙切齿地说道："太后……"

没想到沈寻音却摇头："错，是'幕后主使'。"看着赵深不解的眼神，沈寻音低头磨着墨慢慢解释，"谁放任廖文列离开，谁就是'幕后主使'。起码对于不明真相的天下人而言他就是元凶。"

想通了关节的赵深轻笑着道："这么说我倒是误打误撞破了太后这一局。"

"那么请陛下昭告天下廖文列私通蝶陵，国难当头需举国之力讨伐蝶陵。同时收编国舅军队，如果国舅不从，就以叛国通敌的大义攻打国舅。"沈寻音开口道。

"好一个以退为进，自此之后再无外戚一派，看来清风堂已经蛰伏得够久了。"皇帝玩味一笑。

不久，吴江冷收到了赵深的宣告，眼中的火光却渐渐燃起。十年了，是向逝去的亡魂们献上第一个祭品的时候了。

五十

　　数日后，一阵蹄声打破宁静，明明是冬季却依旧繁花似锦的山谷，如同被一阵清风吹过，满地的"花瓣"纷纷起舞，原来山谷里的花都是蝴蝶。看着鬼谷特有的奇景，庄子秦却无心欣赏，只顾策马向谷内奔去。

　　庄子秦轻车熟路地直奔山谷内的一个庄子，将廖文列安置好后便在药房里翻找起来。

　　"师姐，你要找的可是这个？"庄子秦猛然回头，一个目光清澈的青衣少年斜倚在门口，手里拿着一个瓷瓶，瓷瓶中不时透出一股奇异的清甜气息。

　　"对，青渊，就是这个。你怎么知道我在找这个？"庄子秦接过瓷瓶一拍师弟的肩膀，脸上久违地露出了喜色。

　　顾青渊笑笑："师姐还要特地带回鬼谷来医治的病，恐怕也就只能是为了雪峰蜜了。"

　　"多谢了。"庄子秦低头迅速配完药便要出门。

　　"师姐，但是这值得吗？"顾青渊看着一向冷静聪慧的师姐现在为了一个人如此方寸大乱低声问道，一心挂念着廖文列的庄子秦却并没有听见。

　　通体发寒昏迷的廖文列喝下药后，身体逐渐转暖，脸上也有了些许血色。

　　庄子秦看着一路以来如同死去一般的廖文列恢复些许生气，心头如释重负，握着廖文列的手微笑中眼泪不住地坠在地上碎成一片。顾青渊站在门外看着自己记忆中从未向任何人示弱的师姐，在躺在床上生死不明的男人面前如同一个普通弱女子一般，只能轻叹一声。

服下解药的廖文列醒过来已经是三日后了，他看着这片陌生的天地，这谷中温暖湿润，百花齐放，明显与自己昏睡之前的季节不符。难道自己这一睡已经过去几个月了？

他欲起身，被刚踏进门的庄子秦喝住："别动。"他竟真的乖巧地坐下，庄子秦手捧一碗百合芡实粥，小心地吹着热气。

廖文列猛地摇摇头，让自己恢复些神志，面对庄子秦送过来的粥，他握住她的手："这是哪儿？"

庄子秦犹豫了一下，还是选择坦陈："蝶陵。"

廖文列如触电般"噌"地站了起来，但转瞬又因为伤口撕裂而被迫重新瘫坐在床上，他这才冷静了下，开口问庄子秦："所以现在是什么时间？"

"腊月初五。"

"也就是说我昏迷了一个多月。"

庄子秦点点头："大部分时间是路上耽搁的，三日前我才将你送回此处医治。"

"等我痊愈，还要几日？"他焦急难安，迫切询问自己的康复之日，好快马回京。

庄子秦这回没有回答："你只需在此处安心静养。"

"你知道，我静不了！"他鲜少扬高声调说话，"我本该在大胤的殿前，诉说一切真相。"

"不。"庄子秦苦涩一笑，"你永远也等不到那一天。在你踏入殿前，所有人都会阻止你开口。"

"所有人，只有吴……"话到一半，廖文列便意识到了什么。

以皇上和太后的性子，怎么可能让那样的秘密公之于众。

"即便，即便我不说出那件事……那吴江冷的狼子野心也亟待揭发。"

"来不及了。"庄子秦将一卷告示扔到他手中，"你已是通敌叛国的罪臣。来蝶陵，是条不归路。"

廖文列打开告示，上面赫然是自己的头像，他失踪一月有余，皇帝久召不回，更有有心者看到他伙同蝶陵人氏进入蝶陵境内。这样的非常时期、这样的举止，他想全身而退，洗去嫌疑根本没有可能。

"不，不可能……"廖文列唇齿颤抖。

他知道皇帝多疑，也知道这些年自己的脾性硬了些，总是惹龙颜不悦，但他以为皇帝终归是信自己的。

他以一颗赤胆忠心报效家国，日月可鉴，被他奉为明君的赵深怎会这样斩断自己的后路？

"李将军夫妇已经在半道被太后的追兵截杀，沈寻萧生死未卜。没有人可以证明你的清白了。廖文列！"手中的粥已经凉了，庄子秦把它放置在桌上，亦深深叹息，"你这一生，问心无愧，可老天偏要如此。如果君是不值得辅佐的君，国是将你视为仇敌的国，你还忠什么君、报什么国？"

廖文列悲极反笑："所以你觉得此刻的我该做什么？就该放任一切发生吗？"

"做你自己。"她的话让他愣住了。

确实，活到现在，他怕是从没做过自己喜欢的事。

"吴江冷承诺，只要你不回大胤，他可保蝶陵无虞。所以这里，可以让你无忧一世。"

"你信他？"廖文列轻蔑一笑，"你还想与虎谋皮？"

"我信他。"庄子秦说得斩钉截铁，"其实吴江冷从来没有骗过我，他告诉我的都是真相。只是真相说一半，是弥天大谎。他没有告诉我的事，太过凶险。但他既然明确承诺，我便信他。事实上，我们都能看出，他真正的目标从来不是蝶陵，不是吗？"

"是大胤。"廖文心下悲凉。

或许，这真的就是天意吧。

"这段日子，承蒙照顾了。"他的声音变得有些沙哑，"虽是你的地盘，但此刻，可否留我一人在此，我想静静。"

庄子秦点点头："确实需要时间。"她出门欲关门时，他唤了一声："子秦。"

庄子秦一怔，自从颜溪死后，他总是连名带姓地叫着"庄子秦"，所以这声"子秦"显得突然而又让她怦然心动。

她有些讶异地瞧着他，等待他接下来的话语。他勉强地挤出一个笑容："谢谢。"庄子秦摇了摇头，退出门去。

屋内，廖文列静静回想自己这一生。

他生于临安小镇，据说当年他的父亲是个剑客，途经此地，遇着了他的母亲，于是天涯倚剑的潇洒儿郎成为小镇采菊东篱的田园男子。那年朝局亦有些动荡不安，男子和镇上的青年都被远征北伐。

男子其实已经不年轻了，但技艺不错，在军中算是夺目的存在。彼时男儿都有着血洒疆场的豪迈气概，男子也不例外，披荆斩棘，浴血奋战。可是前线厮杀，男子不会忘记家书抵万金，每每歇战，总会第一时间给娘子报平安。而临安的来信也总是男子最大的慰藉。

死伤的战友越来越多，男子逐渐有些疑惑，何为战争？

兵戈相向，一将功成万骨枯，真的值得歌颂吗。

转眼冬至，千里雪飘，男子用仅剩的一点军饷换取了信客手中的家书。看完信后，所有将士都在沿河浴血奋战，男子却萌生了退意。

终于在那个天光未亮的早晨，男子拿着自己那把长剑悄悄离开了军营。

不知逃了多久，男子才找到一间破庙，跌跌撞撞地进去，一下就昏睡过去。很久之后，男子在凛冽的寒风里哆嗦着被冻醒，发现破庙外那片荒凉的地域，只一觉的时间就被铺成了无疆的雪国。他踉跄起身，才惊觉脚上的冻疮已经开始溃烂，和浅履粘连在一块儿，抬脚便有撕裂的疼痛，那条因行军打仗而造成的老寒腿也举步维艰。无奈男子只得重新坐下，准备等天好些了再做打算。

男子朝四周望了望，关山冷月，万里寒凉，方圆十里清冷无人，一种寒意侵上心头，破庙里那腐烂的稻草濡湿了衣裤，使得他本就发凉的身子变得更加战栗。破庙没有门，风灌进来的时候还夹杂着雪末。他不小了，又在行军中落下了病根，难抵这样的寒冷，望了望空空的庙，最后只得到泥像后边藏身。

虽然只是间破庙，这泥像却是硕大的，挡风不说，地还特别宽敞。他躺着那里，略带欣慰地吁了口气，终于有一个安宁的时刻了。连日的奔波让他有说不出的倦意，这一躺惬意得让他忘记了很多事。但他还是不能安然入睡，只觉得像是少了点什么，许久，他才反应过来。枕了很多年的那把大刀已经在途中丢了。想到这里，他竟难以入眠了。

他从怀里掏出一张信纸，在微弱的月光下细细端详起来，他抚了抚上边简单的几句话，满是胡楂和污垢的脸上泛起了久违的笑意，可眼里分明又是灼然的泪水。多年的铁马冰河出生入死，他都没有落泪，此刻却老泪纵横。那信纸已经残破不堪，多次被鲜血濡湿，干涸之后在上面留下斑斑点点的痕迹。他还是万般疼惜地小心折起，重新放进怀里，喃喃："天不负我，廖家有后了。"

月光从那个逼仄的小窗子里投射进来，照在了那尊他许久都没有正视的泥像上。他看着泥像的背影觉得好熟悉，瘸着腿上前一瞧，撞见了泥像锐利的眼神，被震慑了一下。那是岳飞，精忠报国的大宋臣子。他下意识地移开了目光，磕头如捣蒜。

岳王爷没有说话，还是威严正义地耸立在那里。他也没有说话，只是久久地低头跪在那里不肯起身。直到外边的风声消失，直到大雪不再狂劲，直到，他听见了远处的马蹄声。他这才惊觉，"腾"地站了起来，再也不顾脚下的疼痛往门外跑去。

苍茫的雪地上，他迈着艰难的老寒腿前行，脚步所到之处，白雪被染得猩红，浅履里也浸进了冰凉的雪水。他越是惶恐，越是一次次跌倒。每一次跌倒，他都艰难地爬起继续向前跑，脑中只有一个意识，跑。

后边的马蹄声越来越近。他在这冰天雪地里大汗淋漓，但是只要跑到前边的山头，骑兵就没有办法上山捉人了。忽然，他摸了摸胸口顿住了脚步。只是一瞬的时间，他便决定往回跑。这时，不知从哪个方向传来喝声："站住！"

他听到了，却跑得更快了。那喝声越来越急促，他觉得自己快窒息了。

远处一支弓箭正慢慢地搭在弦上，恰到好处的时候射了出去。

微弱的阳光斜射在这片苍茫的雪地上，时间似乎在那一瞬静止了。那箭果断地穿心而入，箭头上的血水在阳光下折射出催泪的光芒。他终于倒下，终于踏实地躺下了。弥留之际，他只挣扎地伸手，伸手。

可是那双婴儿虎头靴始终离自己还有一寸距离……

多年后，廖文列也开始记事。他父亲从当年的一个剑客变成乡里人人耻笑的逃兵，他在流言蜚语中长大，并不似母亲那般淡然。他知道，对母亲来说，父亲是英雄，那她就是英雄的妻；父亲是懦夫，那她便是懦夫的妻子。

这么多年来，她的苦闷忧虑都来自战争。对她来说，那些高高在上的统治者才是罪魁祸首，将良民逼成了懦夫，也将青年逼成了逃兵。

所以她只求廖文列能一世安稳，不再涉兵家之事。

偏偏他不能活得那样洒脱，希望自己热血洒疆场，希望自己精忠又报国，为他们母子，也为当年的父亲洗去那些遭人白眼的时光。

可是命运似乎是循环而又注定的，他最终还是与父亲一样，成为别人眼中的耻辱。

他甚至有些后悔了，或许自己当初不该一意孤行，就该留在母亲身边，做一个平凡的贩夫走卒，自食其力。而今，他位至司农，依旧是这样的下场。

屋外的明月光洒向幽静的河面，波光粼粼，星芒点点。庄子秦坐在河边，出神地望着远方。直到顾青渊的脚步近了，她才回过神，冲着顾青渊一笑："来了啊。"

顾青渊在一旁坐下:"师姐找我?"

庄子秦将手里的包裹递给顾青渊:"送你的。"

顾青渊打开包裹,里边是一副棋,他一边摩挲一边诧异道:"师姐有心了,这棋怕是得来不易。"

"你喜欢就好。"她回想起当初为了这副棋,在大胤棋楼大打出手,与廖文列相识的情景,会心一笑,"一直未能与你碰面,转眼这棋到手一年了,历经些变故,也不如当初新了。"

"现在才是最好的色泽。"顾青渊小心地将其收起,目光不再注视棋子,而是放在了庄子秦身上。

她那日风尘仆仆地回来,带着屋内那个将死的青年,眼中焦急如火。顾青渊从认识庄子秦开始,便见惯了她的气定神闲,见惯了她的雷霆果断,从未见过她有这样惊慌失措的时刻。他知道了,那个男人也许是庄子秦生命中最重要的人。想到这点,顾青渊的目光亦黯淡许多。

"我可以问问他是谁吗?"顾青渊小心地开口。

"大胤的重臣。"庄子秦苦苦一笑,回答顾青渊,"没想到有一天我会这样糊涂是吗?"

顾青渊沉默了一下,摇摇头:"师姐做事,总有师姐的道理。"

"你太抬举我了。我知道,我现在做的是天下最蠢的事。青渊,我从小不如你活得通透。有些事,我明知道最好的解决办法是什么,偏偏选择了另一条错误的路。"庄子秦话及此处,已经有些动情地哽咽。

"天下没人担得起通透二字。"顾青渊低下了头,"不过是表象罢了。我不是比师姐通透,只是没有师姐勇敢。"

"什么?"庄子秦对顾青渊的话有些难解。

"没什么。"他及时地盖过话题,"接下来,师姐怎么打算呢?"

"我以为你不会关心这个。"她有些讶异,但还是与他谈了接下来的打算,"吴江冷,也就是与你弈棋的那位,他说了,可保蝶陵无虞。他的话,我是信的。但蝶陵今后再不能靠别人的承诺和仁慈过活了。

趁着休养生息的这段时日,我要带领百姓掌握蝶陵自己的主动权。"

说到这里,她眼中似有一团火焰。

所有人都以为顾青渊的世界里只有棋,但也许那只是旁人不愿意去深入了解他罢了。此刻他看着庄子秦目光坚毅的样子,自己眼中亦流光溢彩:"我可以帮师姐做些什么吗?"

"如果你愿意的话。"庄子秦笑笑,"但我知道,你有自己的原则。"

"国将不国,我只管好自己的棋局是没有用的,天下,他们还下着更大的一盘棋。"他顿了顿,又道,"所以师姐,将来如果需要帮助,一定要跟我说。"

"好。"两人相视一笑,河水寂静,一如当年。

五十一

顾青渊走后,庄子秦还是留在岸边,许久之后,有个身影在一旁坐下,庄子秦回头一看,正是廖文列。

"看你的样子,淡然了很多。"她小心地开口。

"很多事,痛苦、揪心、绝望,却不得不接受。"廖文列唇色发白,分不清是因为现在的情绪太差还是身体不支,"或许你说的是对的。我把君王奉为一生中最重要的人。但事实上,他并不是。我应该为自己而活。"

"所以……"庄子秦小心翼翼地开口问道,"今后,你愿意留在这里吗?"

他将一封信掏出给庄子秦:"你派人帮我送一封信给我娘。里头,交代了一些事,她会懂我的。然后,我便在这里,了此残生。"

听到这句话庄子秦因数日未眠而发红的眼睛再次湿润,不等廖文列回神就紧紧抱住了他，似乎生怕他消失一般："知道你这么说，是因为哀莫大于心死，但我依旧庆幸。廖文列，我怕是不能离开你了。"

廖文列愣住，之前的一幕幕浮现在眼前，他几次抬手，最后却还是放下。他忘不了那些向自己发起冲锋的京畿卫，说到底自己为之努力的一切，在那些"大人物"眼中不过是交换利益的砝码，无论是皇帝还是太后获胜，这天下都没有百姓的一席之地。

感受到廖文列回抱的温暖，庄子秦最后的防线终于崩溃，眼中徘徊许久的泪水瞬间浸湿廖文列的肩膀。

而在廖文列决定放下一切的时候，命运的车轮并没有因为他的退出而停止。

半月前，赵深要求收编京畿卫攻打蝶陵，没想到国舅非但不从，反将一军。城墙上，赵深听着城下国舅的使者高声宣读着太后的懿旨，心中越发烦躁。

清风堂妖言祸君，必须诛杀贼首。

十年前京城中的那场火还不够大吗？赵深望着万里无云的蓝天，眼中却映照着一片十年未曾褪去的血色。

"太后，你要战，那便战。"

赵深一把夺过身边侍卫的长弓对准城下的使者，只听"铮"一声弦响，使者愣愣地看着自己胸口的空洞，渐渐失去血色的脸上，满是难以置信的表情。他无论如何也想不到自己会在万人注视下成为第一个死者。

然而这一箭并不是赵深所射，他看着不知何时出现在自己身边的佳人，难得地露出一脸不解。沈寻音此时突然出现，让他有种不好的预感。

沈寻音回身一笑，带着一丝俏皮与狡黠，让赵深想起两人初遇的那一天。没等赵深回神，沈寻音弹指一挥，一阵异香直扑赵深而去。

"你……"觉察到异样的赵深已经使不上力，只能眼睁睁地看着沈寻音掏出令牌："此地危险，送皇上回宫。"

目送赵深被护送下城墙，沈寻音渐渐收敛了笑意，心中怅然若失地想着，如果还能再活着相见不知道赵深还会不会像当初那样，一边责怪自己的莽撞大胆，一边二话不说替自己扛下一切后果。

"诸位，国舅犯上作乱，随我一起击退乱党。"面对沈寻音的要求，禁卫军只是略一犹豫便拒绝了："没有皇上的命令，恕难从命。"

沈寻音恨恨地咬牙，按着剑似乎就要动手，城门上弥漫着剑拔弩张的气氛。最终沈寻音还是松开握剑的手，转过头："罢了，你们回城守好皇上，这边交由我们清风堂处理。"禁卫军首领望着城下的人马，脑中想起最近城里关于清风堂的流言，一挥手带着禁卫军缓缓退回了皇宫。多日来戒备森严的城墙上人顿时稀疏起来，这让城下的部队开始蠢蠢欲动。看到此幕沈寻音脸上却褪去了刚才的愤恨，一切都如她计划的那样。

"太后！既然皇上不愿对你下手，那么就由我亲自来，当年的亡魂至今仍没有忘记复仇！"在内力催动下沈寻音的话语响彻两军，看到太后走出了营帐，沈寻音露出发自内心的笑容。现在后路都已经备好，人情也已经还清，接下来便是属于她的复仇时间了。

她从袖中拿出一串剔透的佛珠："太后，你可还记得此物？"

太后脸色微变冷哼一声："记得如何，不记得又如何？"

沈寻音展颜一笑："太后年纪已长，记不记得都正常。但少府的记载可还在？此物乃国舅特意从极南之地寻来的玛瑙，再经过太后特意挑选的大匠之手制作，天下仅此一物。十年前于先皇寿诞之时呈上，当时可是万人瞩目啊。"

"你这么一说我倒是想起来了。"太后一副恍然大悟的表情，但随即目光一冷，"可我记得清楚，此物已经随先皇下葬，你莫不是偷了皇陵？来人，给我射杀这个盗墓贼！"

"盗墓贼不敢当，倒是太后你弑君之罪该如何论处？"闻言原本打算听令的京畿卫相视停下了手头的动作，"太后你承认了此物是你送的就好。"说罢沈寻音便将佛珠掷下城头，随后一箭射碎了一枚佛珠，露出里面的空心来。

"当年你为了毒杀先皇可谓费尽心机，贡品向来要经过重重检查，但一旦有方法瞒过检查，那么贡品反而成了最不易被怀疑的东西了。所以你在佛珠芯中下毒，最初毒在佛珠内当然检查不出，等时日一久毒性方会渗透出来。而等先帝死后你又第一时间以陪葬品为名将凶器埋葬，真的是好算计。"沈寻音冷笑着看着国舅变幻的脸色。

太后却只是微微皱眉，嗤笑道："你以为你说的话有人会信吗？你若有此证据为何直到我们兵临城下才拿出？怕不是走投无路后想出来的诬人法子。"

果然太后还是中计了，沈寻音大笑，果然这么多年过去太后的手段一点没变："哦，看来太后也技穷了。十年后找到的证据依旧是证据，十年后大白的真相依旧是真相。何时拿出来又有什么关系？至于你说我是为了自保。那么……"沈寻音跃上城墙，俯视着明白过来她想做什么的太后，高声道："我，清风堂堂主沈寻音，以命相证！"

血花飞起，那一抹决绝的鲜红烙印在城墙上下每一个人眼中。

三日后，蜀道上正在缓缓向京城进发的征西军中，正在等待最后一步的吴江冷得到了令他意外的消息："京畿卫哗变，太后与国舅不知所终。"

"怎么回事，京畿卫为何会阵前哗变？"

"因为清风堂堂主拿出了太后弑杀先帝的证据，并以命相证。太后没有了清君侧的大义，又担心事情败露所以逃了吧。"吴牧心的神态依旧惊讶。

吴江冷沉吟良久，颇为感慨："看来这清风堂堂主倒是个人物，可惜未能一见。罢了，最坏也不过是再等十年。"

吴江冷取过笔开始书写密函，虽然沈寻音的决绝出乎吴江冷的意料，却依旧没有超出他的掌控："反正已经十年了，我不在乎再等一个十年。"

清风堂彻底在世间消失了，仿佛从来没有存在过。

皇帝召吴江泠快马回京，商议后事。太后和国舅虽然退兵，但是他们退回的是蜀地。国舅的势力在蜀地盘根错节，而今这架势，完全有整军待发之势。

与皇帝商议完对策，吴江泠注意到他铁青的面色。

多少年他都没有见到皇帝这般伤神。这不正是自己盼望的吗？吴江泠这么想着，心下却似有不祥的预感。

"我再交代你一件事。而今清风堂没了，里头有些东西需要查封。你替我走一趟吧。"

得知沈寻音死的那一刻，赵深奔向城楼，亲自横抱起她去见太医，可是一切都已经晚了。他知道，沈寻音不愿自己背负对母亲和舅舅动手的骂名，所以让他离开，自己动手。他以为，仅此而已。

不承想，她让他离开，亦是为了自己能够死得决绝一些。

她给他的信，还放在案头。但今后，夜半的大殿再不会有那一袭红衣与自己置气抗衡。

秋风凛冽，吴江泠踏进沈寻音的府邸负责查封，他虽无由得见这个传奇人物，但在死后来凭吊一下也愿意。

沈府庭前栽满了金桂，香气馥郁，让吴江泠回忆起少年时在魏家养马的时光。那时，他出身贫寒，日日照顾着良驹，那个马场外也是这样金桂飘香。魏家长女喜好骑射，时时会来挑马驰骋。有次因他照顾不周，马儿受惊，差点让小姐从马背上摔下。这样的大祸他本该被杖毙，以儆效尤。是她谎称马儿是因她的香囊受惊，并非吴江泠的过错。她救了他的命，但也从来没有正视过他。她不知道，不知是从何时开始，她成为他一生中最重要的那个人。

他看着她与皇帝情愫日渐浓郁，从未有半分僭越之想。对吴江泠来说，能看着她日日开心、幸福，便已知足。可是十年前的那夜，她满门被灭，葬身火海。从此，少年入了江湖便已苍老。他流干了泪水，苦心孤诣，步步为营，一切都是为了报当年之仇。

他踏进沈府，感觉到这里的气息竟如此熟悉。清风堂堂主的房间像极了一个女子的闺房，有一个眼熟的锦盒就放在铜镜一旁，而让他为之一震的是锦盒里的一份圣旨："柔嘉成性，毓自名门，贞静持躬。应正母仪于万国，做朕原配。正位中宫……"

这分明是当年魏家大小姐被册封的圣旨！只是这份圣旨没有玉玺盖印。他颤抖地握着圣旨，终于知道在这个世界上，不在自己掌控中的还有很多事。他不知自己是如何踉跄地跑出那个房间的，此刻他无比迫切地想知道一件事。

而在中原风云变幻之际，在一处山谷之中，廖文列却过上了久违的和平生活。将劈好的柴火捆好，廖文列运动了一下手臂，抬头看着当午的太阳，心中估摸着也差不多到午饭的时间了。果然没等廖文列把斧子放好，屋子里便传来庄子秦招呼吃饭的声音。廖文列刚走进屋就看见庄子秦的师弟不满地盯着自己，八成又是想偷吃被庄子秦强按着等人到齐，不由得露出一个微笑快步走向饭桌。

几日来平淡安适的生活让廖文列感觉有些恍如隔世，放下国家的责任后，廖文列恍然发觉自己一直以来视为敌寇的蝶陵百姓，也只是一日三餐只求安稳度日罢了，自己戎马半生开疆扩土又是为了什么？

"怎么了，菜不合胃口？"发现廖文列愣愣地看着饭菜发呆，庄子秦有些担忧自己果然不该做中原菜式。

"菜很好，只是有些感慨。对了，青渊呢？"庄子秦露出一副颇为头疼的样子："谁知道这个小子又跑哪里云游去了，也不知道留封信交代下……你以后可别跟他学！"

廖文列笑着还没回话便被门外栅栏的响动打断了，两人向门外望去，看到是平日里收柴火的张叔。廖文列笑着放下碗筷，起身收拾柴火："张叔，今天你怎么自己来拿了？"

已经五十有余的张叔帮着扎紧了柴火，满是愁容的脸上挤出一丝笑意："嘿，别提了。今天就是来和你们说一声，时局乱，我也指不定哪天不在了，以后这柴火你们要另寻他处了。"

廖文列想要宽慰他一般笑了笑："也许这一次打不起来呢。"

张叔将柴火往背后一甩："罢了，人各有命，真有个万一也算是为国效力了吧。"

溪水潺潺，湖边庄子秦依偎在廖文列肩头，二人看着远山如黛，看着静谧山谷，心下说不出地安然。

"如果能这样老去，也不失为人间幸事。"

"是人间第一幸事吧。"廖文列轻笑。

"那你答应我。"庄子秦起身，神色无比凝重，"从此在这里做一个普通良民，这不正是你当初想要的？"

廖文列的笑意逐渐变得苦涩，庄子秦看出他心中所想，无奈长叹："你终究，放不下。"

二人不再多言，只是静默地看着远方。

五十二

清晨快马加鞭来的消息，让庄子秦眉头紧蹙。

远在前线的孙锐来报，吴江冷重新聚集军队攻打蝶陵。

可以说，对吴江冷这个敌军，她给予了全部信任。她以为吴江冷说不会打蝶陵，那便真不会打。但政治的真相似乎从来没法靠情感臆测。

边境再次危在旦夕。一年前，她以智计逼退三军，却在吴江冷手中败下阵来。

她本以为是场硬战，没想到却在各种博弈中按兵不动，没有造成更多伤亡。

这次，是真的要烽烟四起了吗？

还未得知消息的廖文列照旧在村口帮助老妪背柴下山，路遇清澈的溪水，他汲水自饮，觉得甘甜可口："大娘，这是蝶陵的古河吗？水这样清洌。"

老妪笑笑："这是鬼谷先生最小的弟子，那个喜欢下棋的娃娃开的渠。就花了一年时间，我们也是托他的福，打水都方便了。"

廖文列没有多想，跟着点头赞叹："他平日沉默寡言的，想不到也是个热心肠。"

"也不全是热心肠。"老妪边说边笑着，"他们都说是因为三公主爱好酿酒，他才开了这条河。"

廖文列神色不易察觉地一变，但依旧明了地点点头："不管怎样，也算是造福百姓了。"

另一边的庄子秦犹豫再三，终于一声哨响，呼来了蝶陵精壮的白马。庄子秦想翻身上马，缰绳却被人牵住。她一回头，是神色同样凝重的顾青渊。

"青渊？"她有些不解，"你这是……"

"师姐是要奔赴前线吗？一年前，你突然消失得无影无踪，我……"他眼中有不易察觉的焦虑，但话到此处又顿了顿，"我很担心，不能和师父交代。这次，无论如何，不能让你孤身前往那里了。"

庄子秦看着他那张俊秀倔强的面庞，安抚道："我不会有事，每一次，我都平安回来了。"

"师姐，这次，在前线的是吴江冷，我比你更有兴趣与他一战。"他目光坚毅，"这次，我不会输给他了。你得留下，那个大胤人伤势很重，需要你照顾。"

"可是你……"庄子秦有些犹豫，"青渊，战局不比棋局，你明明志不在此。"

青渊这么做，无非担心自己再犯险境，不然以他那淡漠的性子，前线无论是何光景都不会理会。思索间，青渊已将庄子秦的胳膊利落一拉，自己翻身上马。

"师姐你要相信我，师父教给你和师兄那套，我也都牢记于心。我，未必会比你差呢。"青渊一边说着，一边脸上泛起了笑意，露出若隐若现的梨窝，让他本就俊朗的面庞显得更清秀了。

她只瞧出了他的神采飞扬，以为自己错看了。

他不过是个十六岁的少年，尚是血气方刚的年纪。或许他也需要在疆场上与敌国主将一较高下来证明自己的实力，尤其对手还是曾经与他半子之差的吴江冷。

她放开了缰绳，对他郑重道："师父说过，青渊有朝一日会一鸣惊人。这次，换我等你凯旋。"

庄子秦没有看出的是他的留恋，这一去，他哪里有信心再相见。

但顾青渊及时扬鞭，不让她察觉自己眼底的那一抹哀伤。

前线，交给顾青渊，不求能将大胤反击得节节败退，但至少可保边界无虞，这点庄子秦是放心的，而今更让她放心不下的是另一件事。

她看了一眼廖文列的草屋，那屋外晾晒着他来时的衣物。那是中原特有的缎纹袄，衣物早就被刺得粉碎，但他还是疼惜地留了下来，清洗干净。庄子秦知道，只有这些衣物，能够留给他做些念想，能够提醒他，自己的母国是哪里。

他不可能这样担水劈柴一辈子，而今不过是因为对君王的失望让他压抑了很多情感。她正想着，廖文列便拿着些果子回来了。他用手在庄子秦眼前晃了晃："想什么呢，这么出神？"

边说着他边将红彤彤的果子放入庄子秦的手心："今天帮大娘背柴，她非要塞给我的。你尝尝好不好吃？"

庄子秦放进嘴里象征地嚼了嚼，挤出笑来："很甜。你别每天这样操劳了，伤还没好全，还是静养吧。"

"也不能只静养吧。没事，就是几捆柴的事，我以前……"话到此处他顿住了，无所谓地笑笑，庄子秦心照不宣地没有问他本来想说什么。他无非想说，自己行军打仗时，手中的利刃远比这几捆柴重。反倒是廖文列自己发现庄子秦神色有些异样："你看着有心事。"

"想多了。"她试图掩盖自己的担忧，"还是去躺下吧，都开始神志不清了。"

"青渊在哪？我送些果子去给他。"

"他出去……远游了。"庄子秦犹豫了下还是没有说出真相。

廖文列有些惊异："我上午出去时还见着他在草屋外读书，远游前还能这般气定神闲？"

"青渊远游从来都是率性而为，你何时看他精心准备过？"庄子秦低着头遮掩着自己不安的眼神。廖文列回想起往日顾青渊的行为倒不怎么生疑，只是若有所思地点点头："他倒是个有趣的人，会惹你喜欢吧？"

"没人不喜欢他。"庄子秦笑靥如花，"他是孤儿，被师父带入谷的，也是师父的关门弟子。我们师兄妹三人，师父最喜欢他。"

"百姓也喜欢，回来的路上，我还遇到了他开渠的河，河水甘甜，很适合酿酒。"说完此话廖文列有些后悔，不知为何，他觉得有些心虚，分明心中有些不悦，嘴上却是夸奖，连他自己都有些瞧不起现在的自己。

"是啊，年年岁岁，我都会从里头取一瓢酿酒，这样想起来，我们在客栈还埋了一坛酒呢。"庄子秦眼中有些失落，"本以为来年你可以喝上的。"

"不想了。"廖文列拍拍她的肩膀似是宽慰，"有时候我想想，如果太平属于永世，我在哪里又有何区别呢？只要两边的百姓都安居乐业，我何必居功把自己看得那么伟大，在哪里不是过一生。"

也不知道廖文列是真放下还是假宽怀，说完他便走进了屋内。庄子秦上前几步却又退却了。

凌河岸边，乌压压的军队驻扎。几个主将都有些惴惴不安，底下的小兵都在追问，何时才能一鼓作气打到岸边，杀他个片甲不留。可是吴江冷迟迟按兵不动，他们也只能宽慰："吴太尉一定有自己的盘算。"

他的确有盘算，但盘算的不是蝶陵。

凌河岸不比鬼谷，冬风并不留情面。吴江冷紧了紧自己的大氅，耳朵敏锐地察觉到了帐外有人低语。

"发生了什么？"他淡漠地一问。

吴牧心低头恭敬地禀告："有个人自称是大人您的棋友，在军营外无故喧闹。现已被巡营军士拿下，大人是否要一见？"

"棋友？"吴江冷一愣，随即一个青年的身影浮现在脑海里，不禁失笑，"他倒是有趣，让人把他带过来吧。"

吴牧心行了一礼："是，将军。"

没过多久顾青渊被带入营帐，吴江冷一拂袖屏退了旁人："蝶陵顾青渊，久违。"

"久违，吴大人。"顾青渊微微颔首，神色淡然。

"一年前，你说我们有缘自会再相见，现在看来，你我颇有缘分。"

"一年前，吴大人也说过，国势如此，非你我能左右。可现在看来，搅动风云的，恰恰是吴大人自己。"顾青渊一针见血地点破来意，"大人这一着，可真是大出天下人所料。"

吴江冷一反常态，仰天大笑："少年可期，你有胆有智，未来的路还很长。你今天只身来见我，可有准备退身之策？"

"既是以大人棋友的身份来，那自然是要和大人弈过一局。"顾青渊自顾自地走到大帐中沙盘边，将代表着蝶陵军队的旗子往前推了半寸，"若是我赢了，大人不放我回去，蝶陵依旧可生；若是我输了，大人即便放我，我也无处可去。"

"有趣，所以……你想兵棋推演？"吴江冷亦坐下，将属于大胤的棋子分成三路直插蝶陵必救之处，"你可知道自古兵法便有'十则围之，五则攻之，倍则战之，敌则能分之，少则能逃之，不若则能避之'。以势压人，如大日煌煌才永远是最正确的兵法。"

顾青渊无情地放过吴江冷的兵锋任由他进入蝶陵，主力却直指大胤后方蜀地，一副以伤换伤的打法："可自古以来从来不缺以弱胜强的战役不是吗？蝶陵生死存亡背水一战，而对大胤呢？取千里之外一块飞地又有何意义？"

"不过是垂死挣扎。"吴江冷用沿途后备守军依地势层层设防，只撤回一路大军，蝶陵主力眼看就要被前后围堵，"以弱胜强？数千载来战争不计其数，能以弱胜强者屈指可数。所谓背水一战从来只是一厢情愿，更何况你们如果束手就擒，未必就是亡国灭种。"

顾青渊眼看主力即将被围却毫不惊慌："束手就擒？吴大人这种玩笑话就别提了，将生死寄托于他人的仁慈？蝶陵人虽与世无争，却也没有天真到这个份上。"说着只见顾青渊将蝶陵主力化整为零，一时间整个蜀地四处火起，而处于蝶陵境内的两支主力则长驱直入，后勤粮草突然开始屡屡遇袭，顾青渊将所有守军全藏在了这一刻。

吴江冷一挑眉毛，轻笑道："呵，有点意思。"大胤势如破竹的攻势终于被顾青渊层出不穷的计谋给拖延住了，但是吴江冷占着军力的优势，步步为营，却始终元气未伤。

面对如此形势，顾青渊眉头越发紧锁，最终将手中的推杆一扔："吴大人，你到底想干什么？"

吴江冷抚掌笑道："你不是说要以弱胜强吗，现在形势还大有可为，你就放弃了？"

"你所求根本就不在蝶陵，一开始我还只当你是谨慎，现在一看你根本就是另有所图。此战之后，恐怕这前线十万大军都将成吴大人你的亲信吧。原本我听师姐所言只以为吴大人志在封侯拜相，现在一看恐怕吴大人是要鲸吞这天下啊！"说完顾青渊长叹一声，明明是一员稀世将帅，但为何偏偏有着这样一副心肠？

"哦，那现在我的谋划都被你看出来了，你说我该拿你如何是好？"吴江冷转着手中的棋子，平淡无奇的语气却令帐内空气平白冷了几分。

"大人既然无心针对蝶陵，那又何必赶尽杀绝？"

"哦，那听你的意思蝶陵是打算跟我合作？"吴江冷露出一丝玩味的笑容，"你就不怕我真的攻打蝶陵？"

顾青渊掸了掸衣袖，神色没有丝毫动摇："那么到时候蝶陵自有办法应对。而且我此来本就只为了打消我的两个疑问，一个是你志不在蝶陵，那么你志在何处？另一个则是师姐说吴大人从不骗人，但也从不说尽实话，即便当你的棋子我也不得不试探一二。"

吴江冷一愣，久久不语，随后道："没想到，她竟然是这么看我的。有趣，果然有趣。"顾青渊看着轻声自语的吴江冷，默默地起身离去。他已经得到自己想要的答案了。他出门的那一刻，背后传来了吴江冷的声音："告诉她，别忘了当时对我的承诺，这也是为了她好。"

另一边鬼谷里的庄子秦挖出了一坛老酒，与廖文列相坐梅花树下对饮。月华如水，梅花静静落在肩头。庄子秦喝得微醺，说话也渐渐含糊起来："这酒，很烈的，你要留心。这是我父皇在我出生时便酿下的酒，等我嫁人了才能揭盖喝。"

廖文列瞧着琥珀色的酒，被它浓郁的香气吸引，也似有心事，端坛直接豪饮："那你这还没嫁人，怎么就拿出来了？"

庄子秦傻乎乎地笑了："你猜。"

"一定是你父皇觉得你嫁不出去了。"

面对这毫无情趣的回应庄子秦直翻白眼，但说到这儿，廖文列突然有些疑惑："你是蝶陵皇室的人，为何住在这僻静的鬼谷？"

庄子秦望着明月，眼中似有哀伤："我出生时，我父皇请人算过卦。必须将我寄养在远离皇宫的山郊，并且皇族的人都尽量少与我打交道，否则就会有牝鸡司晨的祸患。如果不是这次战乱，恐怕我父皇也不会联系我吧。"说着说着，她垂下眼帘，泪落到了酒中："只有长姐常常偷偷来看我。众多兄弟姐妹，都看轻我。可是我长姐，嫁到滑台，也在这次战乱中自刎而死。"

看着她把头埋进自己的臂弯，廖文列有些心疼却不知所措："我答应你，永远不会让两国交战，不会让百姓蒙受腥风血雨之灾。"

"如果，我是说如果，蝶陵和大胤再次交战，你会选择站在哪一边？"庄子秦满怀期待地看着他。

廖文列摇摇头："我会阻止，哪怕是用我的命阻止。那些斡旋的权力、那些肮脏的交易，通通应该被撕去。"

庄子秦的泪又滑落下来："我知道你一定会这么做，但是很多事你阻止不了。我是蝶陵小国，你亦是大胤随时能捏死的一只蚂蚁。"

"所以，前方的战况你打算一瞒到底？"廖文列举起了孙锐的书信，"如果真不想让我知道，就不要将它这样大意地丢弃。"

庄子秦笑笑："你怎知是我丢弃的，而不是故意呢？我瞒不下去了，日夜受着煎熬，我不想再骗你。我就是想试试，你知道真相，是会立刻离开我，还是依然留下陪我。"

廖文列生气地起身："现在，我确实是该走的时候了。"

但随即廖文列只觉脚下一软："你……酒里……"

庄子秦也起身扶住了他，将他锁进屋中："我也猜到了，你会与我对质，有个交代，然后再走。果然是有情有义，每一步都无可挑剔。可是我不能让你走，这一走，我怕真的会此生难见。"

"如果你不放我，那么此生，亦不复相见。"他说得决绝，眼中血红，脸色铁青，"我回大胤，告诉皇帝吴江冷的全盘计划，能阻止这场战争！"

"你不能，他不会信你。况且你还没有见到皇帝，沿路就被追杀了。你身上的旧伤没有告诉你昔日之痛吗？"庄子秦深吸一口气，下定了决心，"我会派人按时送饭菜，青渊回来之前，你先委屈几日。"

说罢她走出房门，却被廖文列一声"子秦"叫住了脚步。

廖文列因为酒中的药效动弹不得，声音也变得有些虚弱："你也不愿我痛苦地活着，对吗？"

庄子秦走出房门，泪如雨下："廖文列，我当初千辛万苦救你回来，不是为了让你有朝一日重新去送死。"

"你要为了我活下去，活下去才有翻盘的可能。而且我会回来，我一定会活着回来。"

庄子秦没有听下去，选择了疾步离开。

第二天一早，庄子秦看着空荡荡的床铺，以及床头那封墨迹初干的信，泪再次夺眶而出。

这个结果，是她早就预料到的，昨晚她还是没有选择锁上门，但终究她还是伤心。

信中，字字句句，亦皆苦楚。他说能在此了却残生，确实是幸事，可惜这样的幸运不属于自己。他出生的时候，父亲去往战场当兵，但因为收到儿子诞下、母子平安的家书，开始退缩，开始怕死，做了逃兵，被执法队一箭穿心。廖文列与母亲背负耻辱长大，精忠报国成为他人生的刺青。他的内心一直愧疚，因为这一切不过是为了洗去心魔，而并非真正为了家国天下。可是这几日，与蝶陵百姓相处，这一年，经历那么多事，他终于开始真的心疼百姓。这个选择，和忠臣良将无关，他是为了追随自己的内心。

"等我回来。"信最后如此写道，庄子秦看着远方，将信放在了胸口。

五十三

等到顾青渊回到鬼谷，已经是三日后了。看到空荡荡的屋子和憔悴的庄子秦，他立刻明白发生了什么："师姐，他还是回去了？"虽然是疑问，却没有几分疑问的语气，他只是确认罢了。

"那么师姐，你又是为什么就这样放他一个人离开了？"

庄子秦痴痴地看着桌子上那封被翻了一次又一次的信："他答应我

会回来的，只要揭穿吴江冷的谋划，这一切纷争便会结束……彻底结束。然后我们就可以永远在这里安静地生活下去，不会有任何人再来打扰。"

看着原本精明的师姐此刻一副魂不守舍的狼狈样，顾青渊心中怜惜的同时，一股无名火压抑不住地熊熊燃起："师姐，我有一个好消息和一个坏消息。好消息是蝶陵无忧，如你当初所说吴江冷确实志不在蝶陵。"

"那就好，吴江冷要什么都先答应他，只要文列到了京城一切就都结束了。"庄子秦勉强挤出一个笑容，这让顾青渊心中越发难受，语气甚至带上了几分寒气："是啊，等他到京城就一切都结束了。坏消息是无论廖文列成与不成，他都一定回不来了。"

庄子秦猛地抬起头，声音颤抖："什么？为什么？"

"师姐，你可是忘了廖文列现在在大胤的身份？他现在可不是什么大司农，是人人得而诛之的叛将。"随着顾青渊的话语，庄子秦的脸色骤然惨白，被点穿后庄子秦又如何不知道，此去廖文列不是九死一生而是全无生机。

"不，不行。一定有办法。"庄子秦猛然起身，眼中爆发出让顾青渊难以直视的光芒，"对了，只要我也去京城……是了，就是如此。"说着庄子秦便风风火火地出门去，顾青渊伸手想要拉住庄子秦，最后却只是将自己回来后尚未来得及放下的包袱扔向庄子秦："师姐接着！"

目送庄子秦远去后，顾青渊喃喃自语："一定不要做傻事啊，师姐。"

孙祥最近很暴躁，非常暴躁。饥荒、盐荒、战祸接踵而至，得知京城大乱之时，他还很不厚道地松了口气，起码当那些大人物将目标放在彼此身上，蜀地的百姓多少能休养生息，而廖文列带回京城关于幕后黑手的秘密足够让上位者们收敛些许。没想到好景不长，他满怀期待却等来了廖文列叛出大胤投奔蝶陵，太后与皇上和解，即将再度发兵的消息。

尤其是今天，孙祥越发暴躁，因为一个男人的深夜来访。

"所以，廖文列，这些天你到底在做什么？"坐在孙祥面前的赫然就是已经被下了通缉令的廖文列。

面对孙祥的追问廖文列没有回答："孙祥，答应我刚才说的。无论如何拖住吴江冷的大军，别让两国开战。"

孙祥一拍桌子，站起身来不断来回踱步："你说得轻巧。当初所有人都以为真相已经大白，你却要继续追究。后来大家都对你满怀期待，你却叛了国。现在整个中原都在通缉你，而且浩浩荡荡百万大军攻下蝶陵指日可下，你让我拦着大军？"孙祥停下脚步目光如剑一般直刺廖文列，"你莫不是真投了蝶陵吧？"

"别说气话了，你要是真觉得我投奔了蝶陵，此刻我早就躺在你院子里当了花肥。"

孙祥哼了一声收回目光，对廖文列的话不置可否，廖文列也不等孙祥回应便起身往屋外走去。看着廖文列的背影，孙祥忍不住开口问道："廖文列，你真的知道自己在做什么吗？你这一去……"

面对孙祥的关心，廖文列挥挥手带着一丝决然道："不过是身死罢了，我早有觉悟。待到百年之后，后人自有公论。"

"公论？你要是死在路上你的公论便是，乱臣贼子死有余辜！"一声叱喝后，便是接连不断的咳嗽，孙祥单手扶着额头，一副无奈至极的样子，"袁庆，我不是跟你说了好好看住他，别让他乱跑吗？一个病人就老实点，真是麻烦。"

随着孙祥的话，门口进来的赫然是沈寻萧、钱兴和袁庆三人。

"寻萧！"面对廖文列吃惊的表情，沈寻萧原本就因身体的伤而惨白的脸色更差了："怎么看到我还活着你很意外？"

"行了，你一个病人哪来这么大火气。"孙祥毫不客气地打断沈寻萧，"这家伙落水后被你手下和那个二愣子救了。本打算去京城，结果没多久就传出你去了蝶陵的消息。此后这几个货就一直在我眼皮子底下东躲西藏，还以为我不知道，后来我实在看不下去就直接把他们抓了。所以你们几个好歹给我有点现在是囚犯的自觉啊！"

"是我拖累你们了。"廖文列听孙祥说得轻松，但依旧能想象那是一段多么难过的时光。

"你还知道！"

"其实还好啦。"

"大人不敢当啊！"

三个人七嘴八舌地回应着。

"都别客套了，你们赶着这个时间出来我也知道你们的打算。你们愿意送这个傻瓜去京城也好，省得他不明不白死在路上。"孙祥一语道破三人的心思。

沈寻萧冷着脸："祸害遗千年，我看我们不陪着，他活到京城也毫无问题。"

孙祥一瞪眼："那好，反正你也是个病人，干脆留下算了。之前是谁一直喊着就算廖文列不回来也要去京城来着？"

沈寻萧撇着嘴不再说话，此刻倒是廖文列犹豫起来，他已经让他们失望过一次了。孙祥却不给他们继续思考的时间："走，都走，天天养你们这群吃白饭的，知府家也没有余粮了。既然决定了就去做，犹犹豫豫的像什么样子。"

等到廖文列一行消失在知州府门外，孙祥才喃喃自语："所以我才说我不愿管这些麻烦事啊。"

吴牧心不无担忧地看着吴江冷，半炷香前，他将当日京城城墙上发生的一切都告知了吴江冷。清风堂从来都是魏家的清风堂，沈寻音……不，魏瑾容隐姓埋名十载只为此刻复仇。

吴牧心后边的话吴江冷已经听得不真切。他脑中只盘旋着一句话，沈寻音就是当年的魏家长女魏瑾容。当年她没有死，被皇帝救下，隐姓埋名，换了身份。但是因为他，竟在最后一刻不得不成为牺牲品。

他这么多年，爬到这个位置，运筹帷幄，决胜千里，为的就是让皇帝太后反目，除掉皇帝最得力的清风堂，为当年的魏家报仇。可是如今，恰恰是他，将清风堂一步步逼到最不利的境地，也就将她推向了死亡的深渊。

　　"牧心，你先出去吧。"他的声音一如往常，不露悲喜。吴牧心有些担忧，但还是遵从命令，出了房门。吴牧心出门的那一瞬，吴江泠嘴角苦苦一笑，继而哈哈大笑，笑得热烈而又悲凉，突然喉口一热，一口鲜血喷出，将那块无字碑浸染得猩红。他忙拿下墓碑，带着哽咽不停地说着："对不起，对不起。"

　　十年前，他希望时光倒流，在沈寻音与皇帝最初相识时，即便拼了性命，也要阻止他们相遇。十年后，他亦希望时光倒流，让自己与当年一众被灭门的魏家人一同死去。这样，他便不会搅动风云，自作聪明，让天下和沈寻音一起为自己愚蠢的计划陪葬。

　　在门外看着吴江泠喷血后眼中逐渐消失的光芒，吴牧心知道自己必须做点什么，不然心死之下吴江泠熬不过这一劫。

　　"大人，太后未死。"情急之中吴牧心脱口而出。

　　随着这句话一出，屋子里死寂的氛围为之一凝。吴江泠原本如枯木一般的眼睛中，犹如被天雷劈中一般燃起名为憎恨的火焰："她在哪儿？"

　　"当日京城之下，魏小姐身死之时，国舅见事不可为，便带领亲信……"吴牧心还未说完，便被吴江泠揪着领子狠狠地按在了墙上："我问，她在哪儿？"

　　面对吴江泠几欲择人而噬的眼神，吴牧心隐隐觉得自己已经将他逼上了另一条绝路。

　　"她在哪儿？"

　　"谢家故里——郦都。"

　　吴江泠松开手，一言不发摇摇晃晃地朝着门外走去。吴牧心虽然猛烈地咳嗽着，却依然紧跟着吴江泠的脚步。

"你欠我的早就还清了，去告诉那些跟着我的人，从今以后各自生活吧。"吴江冷回身吩咐道，吴牧心抬头，吴江冷虽然看着他，眼中火焰深处映照的却是太后的身影。

"是。"吴牧心一如既往地什么都没有说，只是默默退下。

"谁？"山谷中看守着谢家别院的亲卫最后看到的却只有胸口透体而出的长枪。面对看守的尸首，吴江冷依旧手起刀落将其枭首，甚至没有多看一眼抢先击杀看守的吴牧心，只是如同重伤的凶兽一般向着别院内杀去。

院内国舅摔碎了第三个青花瓷瓶："为什么，为什么会这样？明明只差最后一步了。果然，果然当年就不该留手。"

而太后只是跪坐在蒲团上对国舅的咆哮充耳不闻。

"亏我们当年还特意为那个不知感恩的野种保守秘密，没想到今天他竟然这么对我们。是了，是了，他不仁就休怪我们不义，谋害了先帝又如何，他也不是什么正经的继承人。大不了一起掀了底子，大家重新凭实力决定这天下该姓什么！"

"够了！"一声断喝阻止了国舅出门的举动，数日来一言不发的太后终于开了口，"够了，哥哥，真是不像样，不但输了大局连脸面都要输出去吗？当年为何要保守这个秘密，你难道不清楚？"

"难道就这么看着那小子嚣张？"国舅拂袖遥指京城方向，眼中露出毒蛇般的凶光。

太后双手合十，闭眼祈祷："深儿……长大了啊。谢家这一局输了便输了，暂且蛰伏吧。只要活着，总有办法的。"

"谢子乔！"太后话语未落，一声怒喝便传遍了整个别院，随后便是纷杂的脚步声，以及护院亲卫们的厮杀声。"砰！"没等国舅反应过来，院门便被砸开，一具护院的尸身翻滚到了国舅的脚下。

"谢子乔！今日十年前的亡魂来找你索命了！"

听到来人的话语，国舅强自镇定拔剑提防，一道黑影猛然从碎裂的大门后蹿出,凌厉的杀意毫不掩饰直奔国舅而来。交手仅两招,国舅便被一记重砍劈飞,要不是早有提防此刻应该早已被劈成两半:"你到底是谁?"

"我是谁?哈哈哈……我是亡魂,是十年前魏家的亡魂。"

国舅此时才看清来者的面貌,心中顿时凉了半截,怎么也无法将眼前这个狂徒与朝堂上那个清冷的太尉对上号,声音不禁也有些变调:"吴江冷!你竟然是……"他话音未落,便被吴江冷一剑穿喉。

听着身后的响动,太后依旧没有起身,只是轻叹一声:"看来因果循环,我们谢家终究逃不过这一难。只是没想到,会是你。"

"谢子乔!为你十年前犯下的罪孽后悔吧!"吴江冷怒喝着举起了剑,太后却冷笑一声:"悔?我为何要悔?"

"你!你面对那场大火里的魏家一门竟然没有一点悔意?!"吴江冷几乎要咬碎牙齿,一点点将声音从喉咙中挤出。

太后缓缓起身,面对吴江冷滔天的杀意却毫不动摇:"可笑,这世间只有你没有资格质问我。你可以为了替魏家复仇而罔顾天下,那我为了谢家安危除去隐患又有何错?我为我儿复仇又有何错?"

说完太后想到了什么似的,脸上露出一抹诡异的笑:"魏家的亡灵啊……他们又何止呼唤着我。"吴江冷狂怒中仅存的本能意识到太后要说什么,莫大的惊恐填满了吴江冷的心神,他顾不得一切章法疯狂地斩向太后,但最后那几个字还是传入了他的耳中,"复仇的亡魂也在呼唤着你呢。"

熊熊燃烧的烈火、满地的尸体、垂死的呻吟一如十年前的夜晚再一次印入吴江冷的脑海:"啊!!"

郿都山谷中的火还在燃烧,而京城中有一团火也将要燃起。京城外,几个戴着斗笠的汉子眺望着城门口来往的人流。

"吴江冷就这么放过我们了?"一个汉子看着四下无人小心翼翼地问道,是袁庆的声音,"这一路上虽然拦路的人不少,但显然都是觊觎着大哥身上的赏金下手的江湖人士。"

为首的汉子一顿，直接掀开斗笠，赫然就是廖文列。其余几人看到廖文列的举动一阵骚动。

　　"兄弟们就送到这里吧，接下来我自己处理就好。多谢各位了。"

　　说完廖文列向几人深施一礼，便转身走向城门。钱兴二话不说想要跟上去，却被沈寻萧拦住："接下来便是朝堂的争斗了，你们帮不上忙的。"

　　"可是……"远远地几人便看到因朝廷钦定的通缉犯出现而大乱的城门，"相信他。"沈寻萧按住了因卫兵刺伤廖文列而想要出手的钱兴，几人沉默着眼睁睁地看着廖文列倒下被绑进京城。沈寻萧回身对着几人道："接下来就安心交给我们吧。"

　　"都这样了还活着，廖爱卿可真是命硬啊。"平淡的声音让人听不出他是赞叹还是讥讽，囚室中满身伤痕的廖文列挣扎着起身："未完成君命，廖文列岂敢死。"

　　"放心，我不会让你就这么不明白地死了，你死，也要死得名正言顺。明日，朕会押你上殿。"

五十四

　　第二日大殿森严，赵深俯视群臣，脸色越发难看。

　　底下的重臣已然都是自己一手提拔的保皇派，太后昔日的羽翼已经被拔得干干净净，但是此刻，他们一起在为廖文列求情，齐齐跪了一片。

　　他不知该笑还是恼。

　　他果然有识人之明，提拔的都是能为忠义死谏而不惜与君王相撞的忠臣。可是这样,他就真的是孤家寡人了。年少时,随太傅读史,他总觉得史书里的亡国君王偏信佞臣,愚蠢至极。而今,他何尝不希望有个人能顺顺他的耳朵。毕竟这一生,他都在分庭抗礼里度过。

"陛下。"一直不愿来乌烟瘴气的朝堂掺和一脚的孙祥此刻金珠黄缎,器宇轩昂。如果不是这身官威逼人的朝服,大伙儿都忘了有这样一个王爷抛了京城的繁华,常年驻留蜀地:"此次京城危机得以消解,都靠廖大人深入敌穴,刺探军情,臣以为,不当杀,当赏。"

"赏他十二道金牌急诏不回?赏他在举国危难之际,擅自去往敌国?还是赏他与蝶陵公主勾结苟且?"

"急诏不回事出有因,去往敌国乃知己知彼。他与蝶陵公主,臣亦可做证,一直是那蝶陵细作纠缠廖大人,落花有意流水无情。"

沈寻萧此刻也能堂堂正正站在大殿上,但赵深怎会想到他第一次站在朝堂上竟是在自己的对立面。

"廖卿,你们真的清清白白,毫无瓜葛吗?"赵深询问殿宇下伤痕累累的廖文列。

廖文列苦苦笑了声:"我与她,清清白白。"

"好,那我还你自由,你可否将她缉拿归案,以证清白?"赵深冷冷发问,步步紧逼,"她与吴江冷勾结是不争的事实,你身为良将捉拿她,朕不算为难你吧?"

孙祥、沈寻萧与群臣都用热切的眼神看着廖文列,只要他点一下头,他们就有办法帮助他逃走,哪怕亡命天涯,也比阴湿的天牢要强。

但廖文列紧咬牙关,最终只是拒绝:"臣能力不够,难担此大任。"

赵深喜怒莫测道:"好,既然如此,就让朕来帮你。"

众人神色一惊,所有人都猜到了赵深的意图。

是日,大街小巷都流传着大司农因叛国罪,将在三日后于菜市口斩首的消息。天牢里的廖文列看着天窗外微弱的光,只能暗自祈祷:"傻瓜,千万,不要来。"

三日后,熙熙攘攘的菜市口众人看着奄奄一息的大司农垂着头被送往刑场，两旁的民众愤愤不已。

"亏我之前还以为他是个清官，没想到却是这样十足的恶人。"

"可不是，每年赈灾赈粮，原来都是收买人心的小恩小惠。"众人一边说着一边往他身上砸石头。但奇怪的是砸了石头的那群人都被形似马蜂的大蜂叮得抱头鼠窜。

午时行刑，刽子手高高扬起的斧头突然被一支冷箭射开。行刑官员立刻露出冷厉的神情："全力捉拿！"

刹那间人群里出来几个便衣高手，围着庄子秦立刻与她开打。她一边接着凶猛的招式一边瞧着台上的廖文列。他始终没有抬眼看自己，她突然意识到不对。

这个人，不是廖文列！不过是皇帝为了引自己出来的诱饵！

想到这里，她突然罢手放弃抵抗。几个打手见她停下反而奇怪，她收起鞭子笑了笑："皇帝与我都想错了，我正愁没有门路进宫，既如此，各位请吧。"

清冷的大殿，赵深依旧独自坐在殿上，庄子秦被人带了进来。他回过神看了看这个一直活在别人嘴中的庄子秦，叹道："高鼻深目，你们蝶陵人都美得摄人心魄。"

"谬赞。"庄子秦看似气定神闲地站在那里，但心中不免为现在廖文列的处境担忧，"咱们这一见，事关生死存亡，你还有闲情在这儿与我顾左右而言他？"

"看来你很着急。"赵深一笑，觉得自己颇得上风，"你与廖文列，果真情深义重。"

"事到如今，我与他撇清关系只会欲盖弥彰，我不妨开诚布公此次前来的目的。"她往殿前进了几步，"我要你放了他，保他平安无虞。"

"哈哈哈哈……"赵深听着只觉庄子秦不自量力，"为什么你会认为你现在有跟我谈条件的资格？此刻，你不该考虑自己如何全身而退吗？"

"我退不退已经不重要了。"她笑得凄婉，又有真正的淡然，"我知道，你想要我的命，你拿去便是。但是他的，你得留下。"

"做一对亡命鸳鸯岂不更好？"赵深拂袖，并不理会她的要求，"你放心，你们死后，我会让你们合葬在一起。"

"如果我没有猜错的话，你这么想他死，无非因为他勘破了你的一些秘密。"庄子秦的语气也渐渐转硬，"可是有些东西，没有一杀了之这么简单。"

赵深意会到了她的言外之意，眼睛直直地盯着她："你知不知道，此刻我一声令下，便能让你万箭穿心，即便你也知道秘密，也会长眠入土了。"

"我既然来了，便做了准备。"庄子秦淡淡回道，"十日后，廖文列若还没有出宫门，那么自会有人将你的身世传遍天下。你敢赌，就试试。"

"你敢威胁我？"这回轮到赵深有些惶恐，"帝王家的野史、皇宫外的童谣，从来不乏戏说，口说无凭的事，我不惧怕悠悠众口。"

"所以我说你敢不敢赌，你怎知我手里没有比你更切实的证据？"庄子秦露出一如既往的狡黠笑容，"如果你觉得没有，那么你大可将我与他一同处死。我今天过来不是要挟，是交易。"

"你想用你口中所谓的证据换廖文列的自由？"

"以及蝶陵的一世太平。"庄子秦补充道，"其实大胤国土辽阔，物资丰饶，你说到底也不过是孤家寡人，血肉之躯，攻下这么多的邻国，有甚意义呢？"

是啊，他这回是彻底的孤家寡人了。

这么久了，寻音都没有来过他的梦里。

赵深看着眼前的庄子秦，她从进殿堂开始，那双眼睛就异常明亮。同样浸润在权力家国的斡旋里，他怎么就目光混浊了呢？

但也仅仅是一瞬间的柔软，很快他就恢复往日的冷血："我可以答应你，但我也有个条件。"

"说来听听。"庄子秦笑言，"不要耍花招，不要想着赶尽杀绝。你的母后为了掩盖秘密，灭口那么多人，最终只会反噬，树立更多仇家。"

"你放心，我答应了，便是同意这样的权衡之法。"赵深悠悠开口，眼中充满了帝王家的算计，"只是我若放你二人走了，你们掌握着所谓的秘密，而我这里，着实没有保障了。"

庄子秦立刻明白赵深的意思："好，只要你放了他，我便永世在你大胤的宫殿里。"

"那你那些……"

"你放心，这个可能性，在我来时便考虑到了。我会每年放出暗号，表示我还在皇宫里，他们只要看到廖文列平安出城和我每年的暗号，便不敢轻易行动了。"

赵深点点头："你竟愿意为他做到这一步，值得吗？"

庄子秦眼中满是幸福的神采："皇帝，若是你一生都没有为自己喜欢的人全力以赴过，那才是很伤感的事。"

全力以赴？赵深眯起眼回想起往昔的岁月，好像也有吧。

他为了寻音，与母亲彻底决裂，甚至想脱了这身黄袍，与她浪迹天涯。

后来，又发生了什么，让他从此不愿从王座上下来，从此喜好征战四方？他闭眼，喃喃道："就按照你说的办吧，你可以去见见他。"

庄子秦听到这句话似有所动，终于强撑的镇定一瞬间垮塌，满脸都是担忧的神色。她疾步转身，跑出大殿。

赵深看着她的背影，沉沉地闭上了眼。

黑暗的地牢，外边飘来一阵酒香，廖文列心下一紧，拖着铁链走到了牢门边。果然庄子秦站在那里，白衣翩然，暗牢里投进一束光刚好打在她身上，显得这个场景有些虚幻。他努力揉了揉眼睛，才确信真的是她。

庄子秦走近廖文列，望着廖文列身上深可见骨的伤，内心如刀割一般，立时转过头去。好一阵后她才又转回来，脸上重新挂上了廖文列熟悉的笑容，目光却再也不敢在廖文列身上停留："你答应我的，会平安回来，这样子，也叫平安？"

牢房的门被打开，庄子秦将一坛酒放在他身边："来得急，没能买到好酒，只能凑合。"

廖文列抓住她的手："你为什么要来，他不会放过你的。"

庄子秦故作轻松地一笑："他不是我的对手，我想要保的人，他动不了。"

"所以……"廖文列带着狐疑的神色问，"他同意不再追究？"

庄子秦将一小杯酒递给廖文列，没有正面回答他的问题："来，你受伤了，但喝一点点没事。"

廖文列只是怔怔地看着她，她最终叹了口气："你放心吧，事情都已经谈妥了。明日你便可以从牢里出去了。"她依然晃了晃酒杯，"真的一口都不喝吗？"

廖文列接过酒，一饮而尽："上次你请我喝酒，可不是什么好事。"

庄子秦凄婉一笑："这次是好事，你喝了，便能自由了。"

廖文列并不满意这模糊的回答："你还有筹码与他谈吗？"

庄子秦冷冷一笑："他是最好被拿捏的人。他心虚、重权，我赌的是他畏惧的魂灵不敢与我正面对垒，所以再拙劣的威胁他也信了。你放心，你出去后，会明白事情的起因经过。"

庄子秦斟满酒，一片花瓣从窗外飘落进酒杯中。

"冬天快过去了吧。"廖文列接过庄子秦递过来的酒杯，看着杯中的花瓣，"说起来当初相遇也是这个时节。"

两人相视一笑碰杯一饮而尽，随着视线渐渐模糊，往事如走马灯一般在庄子秦脑海里浮现。

廖文列隐隐觉得有些事不对劲："你告诉我，你与他谈的条件是什么？"

"我要他保蝶陵平安，保你平安。"

"代价呢？"

"我永世留在宫中。"

"不可以！"廖文列激愤道，瞬间意识到庄子秦为什么要劝他喝酒，"你又骗我。"

庄子秦眼中泛着泪光："对不起，这次饯别酒我本该开开心心地喝坛好酒，但我不得不这么做。"

庄子秦说完，廖文列已经倒在她的肩头，她的泪滑落在他的面颊上。

京郊外的那坛酒，终究是没有办法一起喝了。

廖文列醒来时已经是三日后，他躺在当初与庄子秦借宿的京郊客栈里，周围是钱兴他们一干人。

"终于醒了。"孙祥长舒一口气，"那药效这么好，差点以为你还魂不了了。"

廖文列起身，四处张望，却看不到她的身影："她人呢？"

所有人静默下来，最后廖文列看向了向来不会说谎的钱兴："你说。"

钱兴为难地低下了头，用沉默代替言语。

廖文列看向窗外的蓝天，他已经很久没有见到阳光见到碧空了。重获自由本是一件值得欣喜的事情，但他知道，这片蓝天是有人用一生的自由换给他的。

京郊到处是馥郁的花香，这年除夕来得很迟。

众人围坐在客栈里，一派热闹的景象，只是终究觉得少了些什么。孙祥此次被调任到京城代替吴江冷的职责，只是皇帝经此一事，变得更加擅权，往后的日子不知会如何。

沈寻萧终究觉得朝野并非自己的天地，刚穿上的朝服又脱了去，他记得颜溪年少时对自己说过想要悬壶济世浪迹天涯，于是备上了一匹上好的马，不日将游历江湖。

所有人将目光看向了廖文列，他一杯温酒下肚，最终目光沉毅："从此我不再是大胤的良臣。我会去蝶陵与大胤的边界，无论是谁，攻打另一方，我都会拼死守护。"

钱兴与众兄弟亦举杯明志："属下愿誓死追随。"

袁庆亦跃跃然："那我昭云门也加入！战火连绵，苦的只会是蜀地的百姓。廖大哥有心反战，算我一个！"

"蜀地有你们，我也放心不少。派去的新任知州蒋项是不可多得的人才，但终究年轻了些。"孙祥一面安心，一面也有些难过，"可是你这一辈子求的就是衣锦还乡。你这样，对大胤来说，也算是个叛将吧。"

廖文列摇摇头："我曾以为我最在乎的就是那些虚名，但有一个人让我明白，问心无愧便是忠良。不管百年后他们如何定论，我都无惧无畏。"

一年后的京郊，山风凛冽，廖文列来到客栈挖出了那一坛梅花酒。又是一年除夕，家家户户外爆竹声声，廖文列一边酌酒一边抬头看向天空。无数的烟火中有一朵形似梅花的烟火在皇宫上空绽放，他一笑，举杯："这杯，敬你。"

史书记载，大胤十三年，蝶陵公主庄子秦被擒，供出太尉吴江冷勾结蝶陵意欲谋反。叛臣廖文列只身营救不成，怀恨在心，公然举兵反叛盘踞于蝶陵西蜀一线，号称天下有兵戈入此地皆杀之。皇上念其旧情，赦免其罪。

同年，太尉吴江冷闻太后弑帝之事，义愤填膺孤身追至郦都，终因寡不敌众与敌同归于尽。

次年，天下战事渐息。